U0796928

文学照亮人生

文学照亮人生

——中国现当代优秀文学作品选

WENXUE ZHAOLIANG RENSHENG

ZHONGGUO XIANDANGDAI YOUXIU WENXUE ZUOPINXUAN

小说卷（下）

沈　轩◎主编

ARTTIME 时代出版

时代出版传媒股份有限公司

安　徽　文　艺　出　版　社

图书在版编目(CIP)数据

文学照亮人生:中国现当代优秀文学作品选·小说卷(下)/沈轩主编. —合肥:安徽文艺出版社,2012.12
ISBN 978-7-5396-3817-1

Ⅰ.①文… Ⅱ.①沈… Ⅲ.①小说集-中国-现代②小说集-中国-当代 Ⅳ.①I216.1

中国版本图书馆CIP数据核字(2012)第284071号

出版人:朱寒冬　　总责编:朱寒冬　宋潇婧
本卷责编:宋潇婧　张　磊　　装帧设计:许含章

出版发行:时代出版传媒股份有限公司　www.press-mart.com
安徽文艺出版社　www.awpub.com
地　址:合肥市翡翠路1118号　邮政编码:230071
营销部:(0551)63533889
印　制:安徽新华印刷股份有限公司　(0551)65859551

开本:710×1010　1/16　印张:39.75　字数:600千字
版次:2012年12月第1版　2012年12月第1次印刷
定价:45.00元(小说卷全两册:90.00元)

编者的话

为配合全民阅读活动，应广大干部群众要求，我们选编出版了《文学照亮人生——中国现当代优秀文学作品选》（小说卷、诗歌散文卷、报告文学回忆录卷）。

我国现当代优秀的文学作品，凝聚着人类文明的智慧结晶，蕴含着历久弥新的情感力量，其思想艺术价值已跨越时空，成为中华民族共有的精神家园。在新的历史时期，倡导人民群众特别是年青同志阅读优秀的文学作品，对于把握人生航向，塑造高尚品格，建设美好生活，具有重要的意义。根据这一主旨，本书精心选择各个历史时期引导、激励人们积极向上，推动时代发展进步，至今仍具有震撼力量的优秀作品，力求为广大读者提供一套可供鉴赏收藏的文学经典读本。

在选编过程中，安徽省省直有关单位、高等院校、研究机构的部分专家学者提出了许多宝贵意见，安徽省作协和安徽文艺出版社对本书出版给予了大力支持，在此一并表示感谢。

2012 年 11 月

目　　录

李双双小传

李 准

一

李双双是我们人民公社孙庄大队孙喜旺的爱人，今年二十七岁年纪。在人民公社化和“大跃进”以前，村里很少有人知道她叫“双双”，因为她年纪轻轻的就拉巴了两三个孩子。在高级社的时候，很少能上地做几回活，逢上麦秋忙天，就是做上几十个劳动日，也都上在喜旺的工折上。村里街坊邻居，老一辈人提起她，都管她叫“喜旺家”，或者“喜旺媳妇”；年轻人只管她叫“喜旺嫂子”。至于喜旺本人，前些年在人前提起她，就只说“俺那个屋里人”，近几年双双有了小孩子，他改叫作“俺小菊她妈”。另外，他还有个不大好听的叫法，那就是“俺做饭的”。

双双这个名字既然被这么多的名称代替着，自然很难有露面的时候。可是什么事情都有变的时候，一九五八年春天“大跃进”，却把双双给“跃”出来了。她这个名字，不单是跃到全公社，又跃到县报上、省报上。李双双这个名字被人响亮亮地叫起来了。不过话还得说回来，她这个名字头一次出现在人们面前，还是在一九五八年春节后，孙庄群众鸣放会上的一张大字报上。故事也还得从那个时候说起。

一九五八年开春，全乡群众打破常规过春节，发动起来一个轰轰烈烈向水利化进军的高潮。孙庄的男女青年们，都扛着大旗、敲着锣鼓上黑山头修水库去了，村子里剩下的劳力，也都忙着积肥送粪，耙春地，下红薯秧苗，可是终因劳力缺少，麦田管理怎么也顾不过来。

这时候，社里党支部发动群众鸣放讨论这个事，要大家想办法解决。社里开了个动员会，第一天，大字报就在街上贴满了。这天，乡里党委书记罗书林同志正来孙庄，他和社里老支书老进叔，看着一街两行房山墙上贴的红红绿绿的大字报。就在这时候，他们被一张大字报吸引住了。

这张大字报的字写得很大，字迹写得有点歪歪扭扭，可是上边的事却写得格外新鲜。上边写的是：

家务事，
真心焦，
有干劲，
鼓不了！
整天围着锅台转，
跃进计划咋实现？
只要能把食堂办，
敢和他们男人来挑战。

下边写的名字是“李双双”。

这一张大字报贴出来不要紧，可把罗书记喜欢透了。他念了一遍又一遍，拍着老进叔的肩膀头说：“嗨，老伙计，这可有了办法了。这一张大字报重要得很！要是能把家庭妇女解放出来，咱们这个‘大跃进’可就长上翅膀了！”他接着就打听这个李双双是谁家的。

老进叔想了想说：“如今这些年轻媳妇们，我都还安不清位，这都是不常开会那一号。”

罗书记说:“你打听打听,这个人可要好好地培养。能想出来这一条就不简单,有股子冲劲!”

提到“冲劲”,老进叔说:“这么说来,兴许是喜旺媳妇。”

罗书记说:“怎见得是她?”老进叔说:“那个小媳妇可能拿得出来了!去年大辩论时候,上到台子上发言的就是她。就是平常开会少一点。前两天,我见她跟喜旺还干仗哩!”

两个人正谈论着,树影儿已经正了,地里的人也都回来了,围着过来看大字报。老支书就问他们:“这个李双双是不是喜旺媳妇?”有人说“是”,也有人说“不是”。

有人说:“这就是喜旺家写的,去年冬天扫盲上民校时候,她报的名字就叫李双双。”

还有人说:“那个媳妇利利洒洒的,读书心眼可灵了,她能写出这几个字。”

大伙正在议论,恰巧喜旺推着小车从地里回来了,喜旺有三十四岁年纪,比双双大着七八岁。他原来也是个贫苦出身,解放前在镇上饭馆里当过两年小学徒,后来因为端菜打破了两个八寸瓷盘,怕挨掌柜的打,就偷跑到外边在吹鼓手班子里混了两年,一直到解放后,才回到村里。

大伙看见喜旺,就叫着他问:“喜旺,你看这是谁写的大字报,是不是您小菊她妈?”

喜旺听说双双贴了大字报,先吓了一跳。他忖着:“这个‘出马一条线’的货,该不是把前天和我吵嘴的事儿掀出来了吧!”他又见乡里罗书记和老支书都在这里看着那张大字报,更是不能承应。他哼着哈着走到那张大字报跟前念了念,心里一块石头才算落了地,又听见罗书记说:“写得好!这张大字报写得真好!”他才慢慢吞吞地说:“就是俺做饭的写的。”

喜旺话音一落地,大家轰的一声笑起来。喜旺听着别人笑,还只当是别人笑他吹牛，急忙证实着说：“你们不信哪！真是俺小菊她妈写的。她就叫李双双，她会写字啊！她不光在这里贴大字报，平常写的小字条，把我们那个屋子都贴满了。”他这么一说，大家笑得更厉害，罗书记笑着问他：“平常她写的小字条上都写些什么？”

喜旺红着脸说：“女人家，她懂得什么。写的都和这张大字报上差不离，什么：‘我真想学习呀，就是没时间。’‘啥时候我也能不做饭，去参加“大跃进”！’还有什么：‘裤子的裤字，去掉一边的衣字，就是水库的库。’……可多啦！床头上、窗户纸下贴的都是，我都记不清。反正我那个做饭的，是个有嘴没心‘没星秤’的人，你们不用和她一般见识。”喜旺说着就去撕山墙上双双写的那张大字报，老支书拦住他说：“你这是干啥？人家写的大字报，你怎么就能随便撕。人家这是鸣放啊！”

喜旺听说这是“鸣放”，忙把手缩回来了。罗书记打量着他笑着说：“喜旺啊！你爱人李双双这张大字报写得好得很，这个建议对咱们全乡‘大跃进’要起很大作用。人家不是不懂什么，是懂得很多。我要把这张大字报拿走了，乡党委要专门开会研究这个建议。”接着又拍着他的肩膀说，“哎，以后要改改旧习惯了，怎么老叫‘俺做饭的’‘俺做饭的’，人家大字报都贴到你的床头了，还不民主点。”

罗书记说罢，把那张大字报取下折起来装在口袋里，和老支书上社里去了。喜旺这时却弄得像个丈二金刚——一时摸不着头脑。

二

喜旺推着空车子往家一路走，一路想着。

他想，别看我那个女人，她编两句顺口溜，却连乡里罗书记都看得那样金贵。不过也好险哪！好在她还没有把我们打架那个事儿给亮出来，她要真写我一张大字报贴在街上，说不定大伙还要和我“辩论”一下。哎，这个直性子女人，以后可真得小心点儿哩。

说起来喜旺和双双前两天打架,还有一段缘由。双双娘家在解放前是个赤贫农户,她在十七岁那年,就嫁给了喜旺。

才过门那几年,双双是个小丫头,什么事也不懂,可没断挨喜旺的打。到土改时候,政府又贯彻婚姻法,喜旺才不敢老打了。一则是日子也像样了,害怕双双和他离婚;二则是双双也有了小孩,脾气也大起来。有时候喜旺打她,她就拼着还手打喜旺。喜旺认真地惹了她两次,可是到底也没惹下,村里干部又评他个没理,后来也干脆就把拳头收了起来。可是家里里里外外的事情,还是他一个人当着家。合作化以后,男女实行同工同酬,双双虽然做活少,可也有人家一份。喜旺这时候办个什么事,也得和她商量商量。不过双双孩子多,很少开会,也很少下地。喜旺也乐意自己多做一点。照他自己的看法是,这也少找许多麻烦,少生闲气。

喜旺也确实喜欢双双。他喜欢双双那个火辣辣的性子,喜欢她这些年变化得敢说敢笑的爽快劲儿。双双人长得漂亮,又做得一手好针线,干起活来快当利落。前几年纺棉花,粗拉拉的线一天能纺半斤,织起布来一天能织一丈三四。就是这几年孩子多了,喜旺也没断过新鞋穿。秋风凉的时候,孩子们总是能换上干干净净的棉衣服。可是喜旺也有不喜欢她的地方,那就是在他看来,双双嘴太快,爱在街上管闲事,说闲话。因为多管闲事,就断不了要跟一些人吵嘴,有时候还得喜旺出面给人家赔不是。逢到这种时候,喜旺总是恨恨地说着:“哎,这女人心眼太聪明了,她少个心眼倒安分了!”

从前年冬天起,村子里扩大民校,双双上民校了。她这时一心一意学文化,和人家吵嘴事情少了,喜旺也乐得安心起来。他想着:“这样也好,每天能画两个字,倒把她心给占住了。反正水总得有个渠渠。”

村里各家在前年安有线广播时,喜旺家里也安了一个小喇叭碗。喜旺喜欢听梆子戏,听吹唢呐;双双喜欢听新闻,听报告。两口子一人一段,也不矛盾。可是喜旺却没有料到双双自从学了文化以后,又听广播，又看报纸，倒是越发要闹起“事儿”来，她不但在屋子里贴满小字报，前天还和他干了一架。

打架是在正月初七那天。双双看着青年们都上黑山头水库去了，又听说还要把红石河的水引到村里来，在村东边挖一条大渠，这时她就要求着也要去修渠。

喜旺说：“你算了吧，队里又没派你的工。”

双双说：“没派我我也要去。我在家憋闷得慌。人家都‘大跃进’哩，我就不能走出这个家！”

喜旺说：“什么‘大跃进’呀，还不是挖土。”双双撇着嘴看了他一眼说：“就你的落后话多，我非去不行。”

喜旺扭不过她，只得由她把小孩子寄给邻居四婶，去村东参加修渠了。

双双修了两天渠，脸吹得红扑扑的，话也稠了，笑声也响了，可是也更忙了。特别是做三顿饭。每天人家不下工她就得跑回来，忙着烟熏火燎地烧火做饭，可是还没等吃到嘴里，队里就又打上工钟了。

初七那天晌午，双双回来得稍晚了点，一到家里，就看见几个孩子哭着要吃饭。她累得浑身没一点劲儿，孩子们又闹着吃饭，急的一心火。她掀开帘子到屋子里一看，喜旺却早回来了，直杠杠地躺在床上吸烟。

双双看了很生气，她说：“孩子们哭成这样子，你也不哄哄，你倒清闲！”

喜旺却在床上只是吧嗒吧嗒抽烟，也不吭声。

双双一面从笼里取出两块馍，塞给孩子们，一面洗着手和着面说：“你又不是不会做饭，你要回来先把面和好，我回来擀，也省点时间。就会躺在床上吸烟。”

喜旺这时却伸着两个指头说：“哎！我就不能给你起这头。做饭就是屋里人的事。我现在给你做饭，将来还得叫我给你洗尿布哩！”

双双一听这话，心里就窝着火。她说：“那你也得看忙闲，我忙成这样子,你就没长眼!"

喜旺说:"那是你自找,我可养活不起你啦!谁叫你去劳动?"

双双正在切面,她把刀往案板上一拍说:"将来社里旱田变水田,打的粮食你不用吃!"喜旺说:"你说不叫我吃就行了?将来还得你给我做着吃。"

双双听他这样说,气得眼里直冒火星。她把切面刀哗地一撂说:"吃!你吃不成!"说罢气得坐在门槛上哭起来。

双双在一边哭着,喜旺却装得像个没事人一样。他躺了一会,腆着个脸爬起来到案板前看了看切好的那些面条说:

"这就够我吃了,我自己也会下。"说着就往锅里下起面条来。

面条下到锅里,他又找了两瓣蒜捣了捣,还加了点醋,打算吃捞面条。

双双在屋里越哭得痛,喜旺把蒜臼越捣得咣咣当当直响。

双双看他准备得那样自在,气得直咬牙。她想着:"我在这里哭,你在那里吃。你吃不成!"想到这里,就猛地跑过去狠狠地朝着喜旺脊梁捣了两拳。

喜旺挨了两拳,嘴里喊着说:"好!你反天了!"他拿着蒜锤扭过身来正要还手,却被双双一把抢了过来,又猛地推了他一掌子,把他一下子推到院子里蹲在地上。

双双把喜旺推蹲在地上,自己却忍不住咯咯地大笑起来。

她笑得那样响,把满脸泪花都笑得抖落在地上。

喜旺从地上爬起来正要出气,却被双双上去扭住他说:

"走!咱们去找老支书说理去!就是不兴你这样,我参加'大跃进'你不愿意,你嫌不舒坦,不美气,故意找我岔子,你这是啥思想!走!"

喜旺本来想狠狠地揍她两下子,可是听双双这么说,自己知道理短。何况今天这个事,又是他故意给双双穿小鞋。因此他也不敢再打她了,更不敢和她同去见老支书。他急忙挣脱两只手,站在大门跟前故意气昂昂地说：

“你去吧！你前边去，我后边跟着！”

他话虽是这么说，自己却先溜了。出去把门反扣上。

三

两口子闹了这一场，双双又是生气，又是好笑。不过她心里却有了心事，她想着：“光是这样闹，也不是长法，得想个法子。”

这天夜里，双双把孩子都哄睡，又把灯拨了拨，一个人坐在窗户前在纳鞋底。她一面纳着鞋底，一面想着心事。正在这时，忽然村东一片火光把她家的窗户纸都映红了。一阵人声喧闹和欢笑，紧跟着是雨点子般的镢头铁锨挖着石头块的响声，一阵阵地传送过来。

双双从窗户洞里往村东看了看，知道这是引红石河的人们在搞夜战上工了。灯笼吊了一长行，像一条火龙。在灯笼下边，是一条黑黝黝的人群，镢头和铁锨挥舞着，起落着。石夯重重落下的声音有节奏地响起来，小伙子和姑娘们的清脆夯歌声，像一股潮水一样，一股脑儿向着双双家的窗子里涌进来。

“外边‘大跃进’干红了天，我还能叫这个家缠我一辈子！”双双想着，只觉得心里扑愣愣的，脸上热乎乎的，再也无心做活。

正在这时，忽然吱呀一声门开了，走进个人来。双双还只当是喜旺，故意赌气不看他。

“哟！好大的抬神哪！你是瞌睡了吧！”

双双急忙抬头一看，原来进来的是南院长水媳妇桂英，先笑了。她说：“我还只当是俺那个主回来了，原来是你呀！”

桂英说：“怎么，你还不想理他呀？”

双双说：“我十辈子不理他也不想他！”

桂英说：“算了吧！你没听人家常言说：‘天上下雨地下流，小两口打架不记仇，白天吃的一个锅里饭，晚上枕的一个枕头！’”双双说：

"我们就是这一个锅里的饭吃不到一块呀!"

两个人说着都咯咯地笑起来,由于笑得太响,把床上的小孩子也震得翻了个身,她们忙止住了笑。

双双小声问桂英:"你孩子们呢?"

"也是才哄睡。"桂英说。

"你怎么不睡?"

"睡不着。你呢?"

双双说:"我也睡不着。听说再过几天水就要从咱这大门口流过来了。"

桂英说:"喜旺嫂子,你说咱这一号可咋办!人家都'大跃进'哩,咱们怎么'大跃进'?前天我们长水上黑山头水库了。我也要去,人家说咱这孩子多的一号不行。我说我去水库上做饭,人家说没人带小孩!"

双双猛地站起来问:"水库上成立食堂了?"

桂英说:"是啊,前天把大锅大笼都拉去了!"

双双把鞋底一撂说:"嘿!他们水库上能成立食堂,咱们村里怎么不能成立食堂!"桂英也拍着手说:"是啊!这倒是个办法。"

两个年轻媳妇一高兴,劲头也大了,办法也多了。她们商量着如何办食堂,如何安置小孩,越说越有劲,一直说到半夜,还是说不完,双双就拉着桂英,连夜去找老支书。

到了老支书家里,老支书在工地上还没回来,只有进大娘在家里。她们把要求办食堂的事和进大娘说了说。进大娘说:"你们想这个办法是正碴儿,今天夜里正开会研究挖劳力办法。你们这个办法好,去鸣放鸣放,管保行!"

双双说:"怎么'鸣放'呀?"

进大娘说:"糊大字报!你们会写字,把你们想的,字写得大大的,尽往街上糊了……"

进大娘说着,双双就拉着桂英说:

“走！管它三七二十一，咱先写一张糊上再说。”两个人兴致勃勃地走了。

双双回到家里，看见喜旺已睡下了。她又点着了灯，找了张纸，写起大字报来。正写着，喜旺醒了，他看见双双在聚精会神地写着字，就叫着说：“喂！睡吧，别熬油了，凭你再画字也考不了秀才！”

双双却不理他，只管写着，她一直写到东方发白，才编成快板，拿出去贴在大街上。

喜旺再也没想到双双写的大字报这么中用。

他推着空小车回到家里后，坐在院子里看着双双只管嘻嘻嘻、嘻嘻嘻地傻笑。笑得双双不耐烦，就冲着他问：“你笑什么呀？只管笑，像吃了呱呱鸡的肉了！”

喜旺眯着两只眼说：“小菊她妈，你不简单呀！”

“什么简单不简单的，有话你就直说呗，吐半截，咽半截！”

喜旺说：“你写的那张大字报，给乡里罗书记看见了。罗书记说你那个顺口溜重要得很，乡党委会要专门开会研究。”

“真的吗？”双双听说后高兴得几乎跳起来。喜旺却接着说：“我说你呀，以后可别乱给我捅娄子了！这大字报可不是随便糊的。你懂得什么政策！这食堂是怎么个办法子，社里还能开饭馆子？”

双双说：“你就记着开饭馆，我们说是办公共食堂。全村各户凡乐意的就把粮食对到一块，选几个好炊事员做饭。像水库上那样，又省人，又省些煤，还能节约粮食。我的好大哥，以后呀，你也别想拿捏我了，我呢，这个煤渣坑也跳到头了！”

喜旺听她这么说，先嗬了两声说：“我还不知道你是要插翅膀飞呀！那行不行？七家八户放到一块吃饭。净想鲜点子！乡里要能准了你这张大字报，哼！……”

双双说：“那也说不定，真要准了怎么说？”

喜旺说：“我头朝下走三圈！”

喜旺话音还没落地，忽然房檐下挂的有线广播小喇叭碗响起来了。

广播说:“告诉各社员们一个好消息,为了组织更‘大跃进’,乡党委根据群众要求,要在孙庄办一个公共食堂。……”

双双听了这几句话,高兴得撒开腿就往街上跑,她跑到大门口,进大娘、四婶、桂英等一群妇女正在向她家涌来。她们都吵着喊着:

“双双!咱们那张大字报顶事了,乡里要咱办食堂了!”

“走,现在咱就去找地方盘炉子!”

“谁会盘炉子呀?”

“现成的人,喜旺嘛!喜旺会盘大吸灶火!”

“借大锅,东头二毛家过去杀牛有一口大锅!”

“俺家有个大水缸!”

“我对一个大风箱!”

“我家还有一把大火钳呢!”

霎时间,喜旺家院子里像赶春会似的挤满了人,这一群妇女吵吵嚷嚷,又是笑,又是闹,把喜旺推推拥拥,找地方盘炉子去了。

四

食堂地址是借在村十字路口南边,富裕中农孙有家的旧东院里。三间北房粉刷得雪白粉亮。屋子靠南墙窗户下,盘了两个八面通大吸灶煤火。煤火上放着两口大白印锅,煤火两厢放着两个牛腰粗大双缸,在房子东头,架起来一块一丈二长八尺宽的大柿木案板。

大件家具都借全了,孙庄农业社的公共食堂就要冒烟了。

在院子里,村里一百多户人家集合在这个新食堂院里,在选食堂的炊事员和管理员。

开会的时候,老支书说了说乡党委支持大家办食堂的要求,并且说干就干。最后轮到选炊事员时,大家轰的一声吵开了。

双双头一个发言。她涨红着脸提高嗓门喊着说:“喂!我提议叫四婶当个炊事员。四婶是个贫农，人也干净，做活也牢靠。再说，都知道四婶心事也好！”

双双刚说完，大伙就赞成着说：“四婶算一个！四婶能行。”

“人家决不会抛撒米面。”

“可是咱现在都是大锅大笼，还得要个棒实点的人哪。”

“再选个男人！”

喜旺这天也参加会了。他本来只是蹲在一边抽着烟来看热闹，可没想到这时候却有人提他的名字，那是桂英。

桂英站起来说：“哎，我提个人，喜旺哥，咱们都知道喜旺哥是做菜的高手。人家干过馆子，什么炒菜熘菜都行。可咱们连见都没有见过！大家说行不行?”

“行。”大家应和着。还有人说：“添上喜旺这个棒劳力连挑水都有了！”

“有了喜旺，想吃鸡想吃鱼都不挡把！”

“喜旺行，喜旺为人和气。”富裕中农孙有本来不愿意办食堂，可是看大家都这么说，他也在一边应付着。

又有人接着说：“要是咱这食堂有喜旺这炊事员，就是吃根萝卜菜也会有味。”

大家你一句我一句说着，可把双双喜欢坏了。她自从和喜旺结婚以来，还没见过这么多人夸奖喜旺。她想着：“这‘大跃进’真是把有什么本事的人都用起来了，看他多受大家欢迎啊。”双双想着。可是就在这时候，喜旺站起来发言了。他发言时特别神气。旱烟袋不抽了，从耳朵缝里取出来一根纸烟吸着，先咳嗽了两声才说：“刚才大伙都选举我，叫我进食堂，这是看得起我。可是这食堂活我干不了。有人会说你从前在北山白木店大镇上馆子里都干了，还差农村这个食堂！这里边有个原因，这叫不读哪家书，不识哪家字。从前在馆子学徒是分着面案、菜案、流水案。我学的是菜案。你要说弄个鸡子，弄个鱼，不管清蒸红烧咱不外行，可是蒸馍、做面条，这是面案……”

喜旺这一派话还没说完,群众就嚷着说:“就是选你这号做菜手嘛!”

“会推磨就会推碾!将来咱们这食堂也要吃鱼吃鸡子,你得往前看哪!”

“水库里鱼都长的一斤多重了!”

双双这时也笑着指着喜旺说:“他会蒸馍,也会擀面条。平常在家他自己做嘴吃可会做了。”

喜旺见双双揭他的底,就愣着眼说:“就你长着一张嘴!你什么时候见我做嘴吃?”

双双也不让他,说:“前天你还做哩!怎么你就是不会擀面条,不会蒸馍?放着排场不排场,放着光荣不光荣!我就见不得‘牵着不走,打着倒退’‘狗肉不上桌’这号人!”

双双这几句话说得像刀子裁一样,把全场群众都说得哈哈大笑。喜旺挽着袖子还要说什么,老支书说话了。老支书说:“办食堂是咱们全体社员的福利,是为咱们生产能更好‘大跃进’。大伙既然选住咱,那就是看咱能给大伙服务,也就不用推辞了。”老支书这话虽然说的不多,却句句都是叫喜旺听的。喜旺这人平常虽说有点流气,对老支书却是非常尊敬。他红着脸说:“要是这样,那我刚才说的不算,‘俺做饭的’说那个算就是了!”

他这一句话刚出口,大家又轰的一声笑了,连老支书也笑了。喜旺这时脸涨得鲜红,他搔着头皮想着,忽然感到这个称呼是多么背时啊!

五

食堂头一顿饭吃的是小米绿豆面条,群众叫作“鲤鱼穿沙”。因为是做头一顿饭,老支书、队长玉顺都亲自下厨房了。炊事员除了喜旺和四婶外,又选了桂英。管理员暂时找不到人,就由孙有家的老大孩子金樵担任。这金樵原是个小学毕业生,后来因为年龄大了,也没考上中学,就在社里劳动。老支书这天一早就到了食堂,一到就先烧了一阵火,然后抓住一副扁担水桶,咕咚咕咚地往水缸担起水来。喜旺看着老支书年纪这样大,还来干的这样泼,自己有点过意不去。他把几块面擀开以后,交给桂英她们切着,自己夺过老支书的扁担和水桶就去挑水。他一口气挑了三十来担,把两个大水缸挑得弥楞满沿才算不挑。

吃饭的时候,全村的男女老少都来了。双双也带着小菊、小笛、小笙三个小孩子来了。她看着喜旺穿着雪白的工作衣,戴着白帽子,衣服上边还绣着大红字儿。她又看着他忙着给大家打饭收饭票,大家也叫着他找着他,好像他也会说了,会笑了,猛地年轻了十几岁一样。

吃饭时候,双双远远瞟着他只是笑。她故意把面条在碗里挑得大高往嘴里吃着,吃得很香的样子叫喜旺看,意思说:我也吃上你做的饭,好气气他。喜旺看见了只装没看见,把脸迈在一边。

老支书还没吃饭,他挨桌子问着群众,了解对食堂的意见。他去到双双跟前问:“双双,这食堂饭好吃不好?”双双笑着说:“太好吃了。这多省工夫呀,吃罢饭嘴一抹尽走了,只说赶‘跃进’,什么心都不操了!”她说着看了喜旺一眼,喜旺心里说:“好,你现在算是熬成人了。”

吃罢饭,喜旺在食堂里洗刷一毕,回到家里,看见双双正在给小笛子、小笙子两个小家伙洗脸、擦粉抹胭脂,换新衣裳往幼儿园里送。他进到屋里也不顾这些,先长长地唉了一声说:“他娘的! 真把我使坏了,浑身上下都零散了!”说着往床上咕咚地一放。

双双知道他这个爱表功的脾气,却先不理他,任他在那儿哼呀咳呀漫天地扯。孩子们收拾好了,进大娘来了。她是幼儿园的园长,来领小笛子和小笙子。进大娘把两个小孩领去后,双双这才回来从暖水壶里倒了一杯水,抿着嘴微笑着双手端着放在喜旺跟前。

“光累的慌?”双双轻声问。

“我身上像抽了楔子啦。”喜旺故意装得愁眉苦脸地说。双双又打了一盆洗脸水端过来说:“看你那个脸,涂得像个张飞。就这你还吹着你是大馆子出来哩。头一条卫生你就不讲究。现在是‘除四害’,要是兴‘除五害’呀,连你也除了!”

喜旺翻身坐起来说:“我挑了四十担水,你去试试!”

双双说:“我不用去试。我知道那活有多深多浅。我要是做饭回来,决不会像你这样哼呀咳呀……”

喜旺洗着脸说:“说大话使不着人!你如今算是站到高枝上了。”双双说:“哎,那我也没闲着。都是工作嘛!老赵说这炊事员还是重要工作。”喜旺接着高兴地问:“小菊她妈,你只说面条擀的咋样?”

“好。又细又长!”双双称赞着说。

经这么一夸,喜旺高兴起来了。他说:“嗨!你是没吃过我做的好饭。就这面条,配上点鸡汤,再加上点鸡丝、海米、紫菜!那你吃吃看。现在食堂东西不全,从前……”他正要往下讲,双双说:“我不听我不听。”喜旺说:“我没说完,你知道我说什么?”双双说:“又说你那当年‘北山白木店’,你当我不知道!”

喜旺咽了口唾沫说:“那可不是。”

双双看他扫了兴,就劝他说:“你怎么老摆你那个‘北山白木店’,我就不想听。那是旧社会,那时候你在那里是挨打受气,你做的东西再好吃,是给那些地主恶霸坏蛋们做的,咱自己家里吃的什么!端起碗来照得见人影,糠窝窝捏都捏不起来,过个年也没见过一个白馍。如今这食堂虽是家常饭,可都是为咱自己劳动人民干的。你也不要吹你那个,我想着咱要能这样‘跃进’,将来粮食大丰收了,猪喂的多了,鱼养的多了,总有一天,非超过你们那馆子饭不行。另外你知道你这两只手进到食堂,能腾出来多少双手啊!今天我调到猪场,就喂了十八头猪。可是过去我在家里就只能侍候你。”

喜旺点着头想着:“说的也在理。”他想了一会,漫不经心地问双双:“小笛他妈,我今天听人家说马克思过去就说过叫办食堂,你读过这本书没有?”双双说:“我还没读过。可我听说是恩格斯说的!”喜旺说:“不,是姓马!……”

六

麦收后,全乡成立了人民公社,孙庄划作了一个生产队。

这时黑山头水库修成了,红石河渠也修成了。一条清凌凌的渠水从孙庄村中流过去,庄子周围,都改成了水稻田。

公社化以后,群众干劲更大了,公社的力量也雄厚了。黑山头库下边盖了一片红瓦厂房,榨油厂、面粉厂、机械厂、洋灰厂都办起来了。在山里,公社还办了几个大牧场、林场和育苗场。在孙庄的西边鲁班庙周围,队里还盖了个繁殖猪场。

双双就在猪场喂猪。

孙庄生产队夏季小麦获得了丰收,食堂又办得较早,所以不断有人来参观。可是每逢人家来参观一次,老支书总得批评喜旺一次,因为他们食堂里总是弄得不够卫生,发现过苍蝇,还碰到个老鼠。

喜旺每天清早和双双一块出来上班,到天黑两个人又一块下班回家。两个人见面,双双总要说他们猪场的新鲜事。比如一个猪下了十个猪娃呀,人工授精的新技术呀,特别是近来双双研究出来“肥猪肥吃,瘦猪慢吃,按类分槽”的办法,还得了一次模范。不过喜旺每听到她说猪场的新鲜事,就唉声叹气地说:“我这活不能干,比不得你那个活,光得罪人!”

双双说:“那有什么得罪人,你不偏这家不向那家,有什么怕。”

喜旺说:“你哪里知道,是人都长有嘴,特别是打饭时候,你净听二话了。”双双说:“我就不信,你只要公公道道,他们说也不行。就怕你是个‘软面筋’,人家谁夸奖你几句,给你戴个三尺半高帽子,你就对人家不一样!”

喜旺听了,却不吭声。

这天后晌,喜旺正在蒸馍,对门孙有过来了。这孙有有五十多岁年纪,因为他儿子金樵在食堂当管理员,食堂院又是租他家的房子,所以经常到食堂走动,看看这,摸摸那,唯恐人家把他的房子弄坏似的。

喜旺在揭着笼,孙有蹲在一边凳子上看着和他排话。

孙有说:“咦,喜旺,今天你这个馍蒸得好!这面和成了,揭开泛白不泛青!”喜旺说:“你这算是懂得,就这是新麦面。”

他说着拿起来一个热蒸馍说:“给!尝尝!”孙有拿着蒸馍吃着,话稠起来了。他说:“喜旺,如今咱们食堂是一天吃两顿馍,前几年就我那个家里,你是知道,像这麦罢天里,一天三顿干的,有时半晌还外加一顿贴膳!”喜旺听孙有这么说着,心里说:“你从前一天吃三顿干的,我可没吃上三顿干的,我觉着我那一群小家伙能吃上这食堂饭就不错了。”可是他这个人就有这个毛病,心里这么想,嘴里不能这么拿出来。他却也故意装着叹着气说:“咳!现在这事儿吧,难说!”

这孙有看他随和老实可欺,就又向他提出了要求。他说:

“喜旺,我有个事想央求你,明天是我老大周年哩,想做几碗供菜。家里不方便,想放到食堂做,趁趁你这高手。”喜旺平常在食堂里只做家常饭,正想“露一手”。又听孙有左夸奖右夸奖,脑子就有点晕晕乎乎了。他说:“你把东西只管拿来了吧,这还央着我啥能处!还能叫你作难?”

夜里,孙有过来了。他说的是做五碗大菜,却只掂了一个小鸡。喜旺看他只拿来一只鸡,心里说:“你这倒是叫作难哩!”可是既然答应了人家,少不得只得拿食堂东西往里填。

搭了油盐酱醋还不算,青菜粉条的浪费了一大筐。那金樵看着却只装没看见。

喜旺给人家忙了大半夜,自己反没吃一点东西。最后剩了半碗菜汤,孙有说:“剩这些你吃了吧!”

喜旺说:“你不知道,做啥不吃啥!光气都闻够了。”

“端回你家里。”孙有撺掇着说。喜旺说:“我家里那几口人都不吃腥荤。”其实倒不是他家里人不吃腥荤，他是怕双双。

他知道双双平常是见不得这种事情的人，进食堂时，就不断和他叮咛这些事情，要一清一白，别见小。

喜旺虽然这么小心，可是没有不透风的墙。没过上两天，这个事就在群众中吵开了。初上来人们还在风言风语的估猜，后来就有人干脆在食堂贴出了大字报。

喜旺是个胆小的人，一见大字报，先吓了一跳。他寻思着：“这事情将来要是弄得水落石出，少不得要扯住我一批嘛。干脆，趁台阶下驴，不干这个炊事员算了，也省得得罪人生闲气。”

回到家里，他看见双双，先长出了口气。

双双在猪场的食堂吃饭，还不知道这个事情，她问：“又怎么了？”喜旺摇摇头说：“这食堂我干不了啦。”双双说：“干得好好的，怎么就干不了啦，光怕麻烦得罪人还行？”喜旺本来是正想这么说，可是反被双双先堵住了。他这时一想，只得又想出个办法来。他哼了两声说：“小菊她妈，你不知道我有个恶心病，我从小学馆子时得的病根。一闻见热蒸馍气就恶心。这些年我只说好了，谁知道天一热它又犯了？我不是怕出力呀，现在到地里不管推粪、锄地我都能干，就怕闻这热馍气！一闻到它连一口饭也吃不进去。”

双双看他说得那样可怜，信以为真。她说：“那你不用发愁，和老支书说说，找个人替你就是了，反正都是‘大跃进’嘛！”

喜旺拿着工作服说：“你把这给老支书送去吧，叫人家赶快安排个人，我明天得看病去。”

双双不识是假，就拿着工作服上大队部去，恰巧碰见老支书在和四婶、桂英等几个人说话。双双不知道他们在说什么，就过去把喜旺犯了怕闻热蒸馍气的病说了一遍，她还没说完，桂英和四婶却忍不住咯咯地笑起来。

双双说：“你们不信，他真的有这个病啊！”老支书说：“双双，他不是这个病，他是害的‘政治没挂帅’的病！你看，这是人家贴的大字

报!”说罢把一张大字报递给了双双。双双接住那张大字报一看,只见上边写着:

炊事员孙喜旺:前天夜里孙有去食堂里,编着说给他大哥做周年,你用食堂的东西给他做了五个大菜,浪费了食堂的东西。都像你这样,咱们食堂还怎么能办好?

双双看完这张大字报,气的眼睛都发黑了。她想着:“我早叮咛,晚叮咛,只说他‘大跃进’以来思想变好了,谁知道他还是这样一盆糨糊!”想到这里,她眼里憋着泪,嘴唇都气白了。

老支书好像看透了她的心事。他给了她个凳子让她坐下,然后微笑着说,“双双,这也不奇怪。这就是人的旧习惯哪!如今就得和这些旧习惯作斗争。要是认不清有些人的资本主义思想,他何止光想沾食堂光呢!叫他想着走回头路才好。所以现在不管干什么活,非得‘政治挂帅’不行。”

双双问:“什么是‘政治挂帅’?”

老支书说:“‘政治挂帅’就是要听党的话。不管干什么活,都要想到这是革命工作,都是为咱们‘大跃进’干,为咱们人民公社大办农业大办粮食干,也是为咱们群众能早日过幸福日子干。思想能通到这个线上,就避邪了!就不会推推动动,也不会上那些落后人的当了。”

老支书这一派话,对双双影响极深。她平常只想着喜旺在食堂只要不偷不摸,公公道道当个正派人就行了,没有想到还必须“政治挂帅”!

这时老支书又对她说:“喜旺他不能在里边领,他这个人要别人领着他干才行。可就是下边找不到这个强实人。食堂可重要的很呀,今年夏天咱们干这几千亩水稻,一月几遍水,要争取丰收,食堂办不好可不行!”

双双听老支书这么说,反倒干劲来了。她说:"老支书,我去食堂当炊事员怎么样?本来办食堂时我就想去,那时候大伙都说喜旺他有技术。现在我愿意干!我保证,'政治挂帅'!"

双双话还没落地,桂英就嚷着说:"大伙早就看到你身上了,我们拍手欢迎你!"四婶也高兴地说:"双双行!不会像喜旺那个'面筋'样!"

老支书说:"行,我也想着你去好。猪场我和他们说说,他们新近还要拨来一批团员。"接着他又指着双双拿的工作服问,"这是什么?"

双双红着脸说:"工作服哪!人家叫我来给你交差来了!"

桂英抢着说:"走吧!理他呢!到食堂里再拿一套回去。这一回呀,你们两口子是双双进食堂了。"说罢和四婶挽着双双的胳膊往食堂里去了。

喜旺在家里,正在拿着个唢呐跟着有线广播上的唢呐吹着学着。双双走进屋子,他正吹得有劲。

喜旺见双双回来,急忙放下唢呐。双双把两身工作服往床上生气地一撂。他忙问:"你怎么又拿回来啦?"双双问:

"我问你,你害的什么病?"喜旺说:"怕闻热蒸馍气呀!"双双把眼一瞪说:"胡说,你怎么给富裕中农孙有捣的鬼,你说说!"喜旺看她揭了底,马上愣住了。双双接着就数落着他说:"平常我和你怎么说,结果你还是弄个这!你没有想想,咱们过去过的啥日子。现在党领导咱们'大跃进',办人民公社,还不是为了咱们赶快过好日子。咱们不光是要听党的话,听毛主席的话,还得热爱党,保护党提出来办的一切事情,谁破坏,就和他斗争!可你办这个事算什么?"接着她又把老支书说的话和人家揭发的那大字报事情对喜旺说了说,喜旺惭愧地耷拉着头不吭声了。临末了他说:"小菊她妈,反正都怨我糊涂,你说怎么办?"

双双说:"写张大字报检讨去!"

喜旺说:"这个不是多光彩的事,还到人前张扬个啥。"

双双说:“就是因为不光彩,才叫你检讨。以后只要咱立的正,行的正,群众还会拥护咱。”

喜旺抱住头想了半天,只得写了。他写着,双双坐在对面看着,把他使得一头汗。

大字报写完后,喜旺到床头上一翻,见是两身工作服,忙问:“怎么你一身没送出去,又拿回来一身哪?”

双双说:“是啊!我也到食堂里当炊事员啦,以后咱们两个在一块工作了。”

喜旺一听这个消息,又怪了!他说:“啊,原来是这样,那你去我不去。两口子都弄这个事,像个啥,我不和你挤在一块!”

双双笑着说:“我又没有穷气扑着你,夫妻两口当炊事员,只怕太好啦!咱们为的是工作嘛,这有什么不好。”双双接着又劝了他一阵子,喜旺慢慢想通了。他说:“调来调去,你又来领导我了。不过你呀,到食堂后,说话可软和点,别把人都得罪完了。”

七

双双头一天到进食堂当了炊事员组长,来头就不一样。吃早饭时候,孙有因为做菜的事,被喜旺揭发,受了批评,心里不愿意。打饭时候,在一边故意拍着胸膛口说:“哎!当炊事员可都得把心放到这里!”双双说:“我不用放,就在这里长着!谁想来占便宜,不行!”双双回答得利落干脆。社员们都高兴地说:“这一回行了,食堂里有公道人了。”到了上午,双双就把炊事员召集起来说:“咱们这个食堂呀!得大搞一下卫生。把这院子里的几堆砖头瓦块都清理清理,墙也刷刷,大家说行不行?”几个炊事员都拥护这个意见,金樵却说:“队里忙成这个样子,哪里有人呢!”双双说:“咱不要队里的人,咱们做罢饭,突击干它一下就行了。”金樵说:“我还得结账。”双双忙说:“你忙,我们几个干。”喜旺也说:“这点活儿,不算啥。咱们自己干。”金樵看大家都很坚决，也只得同意了。

到了下午，双双和大家刷罢碗，收拾完毕，就趁着空儿抬着箩筐干起来了。头一天，把几堆砖头抬得干干净净。第二天，双双从公社石灰厂里挑来了两担石灰，又扛了两个半截缸，绑了几个大麻刷子，和喜旺、桂英几个通前扯后粉刷起墙壁来。连着粉刷了两天，就把个食堂院漂刷得像粉妆玉砌一般。

院子里收拾好后，他们又把厨房里的炊具来了个大搬家，大洗刷。案板、木笼、锅碗瓢勺都洗刷得起明发亮，不见一个灰星。老支书来看了看，非常高兴。他说："这真是活怕人做。你们苦战这几天，食堂马上就变样了。"双双说："这一次食堂评比，我们要争取当'四无'食堂。保险没有一只苍蝇、一个老鼠。就是得要点纱布，我们把案板、锅、水缸都要加盖。"老支书说："这个能办到。就是说的是'四无'，可要认真做到。别像上一次人家正来参观，偏偏从那个坑下边就跑出个大老鼠来。"他说着看了看喜旺，喜旺装着没听见，把脸扭到墙上。

"就是墙角那个坑？"双双指着一个放着一排瓦罐的旧土坑说。老支书说："就是那个坑里。"双双说："不怕，今天再苦战它黄昏，挖它！"

到了夜里，双双和桂英、喜旺等几个人又挖起坑来了。前几天搞卫生，金樵只管在小屋子里拨算盘，并不来帮助；今天夜里，金樵听见有人在挖坑，却吓得什么似的慌慌张张跑来了。

他一进厨房就问："你们挖什么？"

"挖老鼠洞，这里边有大老鼠！"喜旺一边掏着一边说。金樵说："这里边不会有老鼠！别挖了。"双双和桂英这几个哪里听他，只顾往里边挖。金樵看他们挖得紧，就夺过来桂英的镢头说："你们过去，叫我挖！妇女家，没一点劲。"

金樵拿着镢头，净在边起磨蹭，却不往里边掏。好像这个旧坑里藏着什么东西。双双说："金樵，你怎么像搔痒似的，怕吓着老鼠？"金樵说:“里边哪里会有老鼠?”双双说:“你过来!”她说罢就往里边挖。可是她往外边扒着,金樵往里边扒着,惹得双双性起,一镢头狠狠地刨下去,只听见坑里咣当一声,把双双手都震木了。原来镢头碰着了一块硬邦邦的东西!

“什么东西!”双双和桂英齐声喊起来。

金樵这时额头滚着汗珠子,他说:“不会有什么,可能是瓦片。”双双这时看出了里面有鬼,就喊着说:“管它是妖是怪,咱们除‘四害’,非把它除了不行!”说罢,忽里忽通扒起坑来。他们把坑顶一揭,却扒出来一部解放式水车。喜旺喊着:“水车!水车!好啊,这里边藏着这个东西!”

这部水车扒出来后,金樵脸都变成白的了。原来这部水车是他家在入社时藏起来的,已经埋了几年了。食堂借用他这地方时,因为搞得太快,他家还没来得及搬。双双说:“金樵,你家这坑里怎么会有水车?”金樵说:“我也不知道,我爹他熟人多,可能是亲戚家放到这里的。”

双双看问不出长短来,又看了看桌子上的钟。已经十点了。就说:“咱不管是谁家的吧!先放到这里,天明汇报给大队。现在天也不早了,大家回去睡一会吧!”说罢大家都回家去了。

双双回到屋子里,想到孙有藏着水车,和社里不一心,越想越气,就是睡不着。喜旺这时呼噜呼噜睡得正甜。她怕惊醒他,只悄悄地翻了个身。这时候却听见有人在窗户外小声叫着:“喜旺!喜旺!”

双双仔细听了听,是老孙有的声音。她故意不吭声听着。

听了一会,喜旺醒了。喜旺问:“那谁?”外边孙有说着:“我,喜旺,跟你说个关紧事!”

喜旺哼着嘟哝起来了。到了院子里,开开大门,双双就听见孙有小声咕哝哝、咕哝哝说了好半天,也听不清说的什么,可是却听见喜旺说:“不行,我以后得‘政治挂帅’了!我不能包庇你这个事!”

接着,孙有又低声下气地说:“喜旺,你看咱都是一个孙字掰不开，这事情一弄出去，我就丢人大了。是这样……”下边他咕咕哝哝不知道说了些什么，只听见喜旺说：“什么‘将来用得着的时候，咱两家一块用’！你还是想留点私有尾巴呀！我看你这思想赶紧得拆洗拆洗了。我对你说，咱们两个根本不是一条道，你赶快给我走！往后你姓你的孙，我姓我的孙，你别在这儿穷嘀咕了！”喜旺说罢，孙有忙着说：“你别说了，你别说了，我自动交出来就是。”说着起来跑了。

双双在屋子里听着喜旺说的话，她差点儿笑出来。可是她没有听清孙有的话。喜旺回到屋里后，她睁开眼问：“刚才那谁？”喜旺说：“老孙有。”双双说：“他找你什么事？”喜旺磨磨蹭蹭地说：“反正我把他赶跑了，你睡吧！”照喜旺想来，他走了算了，咱只要不跟着他走邪路。可是双双却坐起来说：“他究竟说些什么？”喜旺本待不说，搁不住双双三问两问，他只得说：“刚才孙有来，他说咱们挖出来那部水车，只要咱们两口子不张扬出去，别人都好说。将来水车能用着的时候，和咱合用！……”他还没有说完，双双把被子一掀跳下床来说：“原来这老家伙还想走老路啊！”说罢就往外走。喜旺忙问：“你上哪儿呀？”双双说：“找他去！”她说着把布衫大襟一裹就冲出去了。

喜旺见双双出去后，自己在屋子里感叹着说：“哎！真是火见不得水！比点炮捻还疾！”

双双到孙有家没找着孙有，就直接跑到大队部找老支书。

这时天还没亮，老支书和几个支委刚从水稻地里检查回来。听双双汇报后，大家都非常生气。玉顺说：“前年他入初级社时，说他的水车卖了，原来藏起来了！”老支书说：“这一次咱们可找到个好反面教材，平常咱们说这些人想走老路，有的群众还不相信，这一回可得叫群众好好讨论讨论，叫大家看看这些富裕中农存的什么心。另外，金樵啊，别看他是个青年，满脑子自私思想，赶快换他下来算了。”

八

春节前,全县举行了一次食堂大评比大检查,孙庄食堂因为粮食节约和粮食调剂搞得好,被评为全县一等红旗食堂。

双双这时已经接替了金樵的食堂管理员,由于工作积极负责,办事又公道,群众很满意,在冬天整社建党时,她被吸收加入了党。

这时正是正月开春,公社里布置要大浇小麦返青水。队里因为去年红薯收得多,每天要吃三分之一红薯。红薯这东西才吃新鲜,吃得久了容易吃絮。双双看着每天中午的馒头,晚上的汤面条社员们都吃得很快活,就是早上的红薯稀饭,三大锅饭总是要剩半锅。小孩子们吃饭时,有的只把米粥吃了,把红薯剩在碗里,摆得满屋都是。

双双每顿收拾碗筷时,眼里看着剩的这些红薯。又心痛,又可惜。她想着这都是隔年下种辛辛苦苦收回来的粮食,就这样浪费掉多可惜!这天夜里,她就把喜旺、桂英、四婶等人集起来开了个会,研究看怎么办。

双双说:“每顿饭红薯剩的那样多,咱们都看见了。社员们吃絮了,咱们得改改样子。只要饭做得好,花样变得多,社员们一定喜欢吃。”

喜旺平时对这个事也挺烦气,有时候还愣着眼和小孩子们吵几句。这时他说:“叫我看是吃得太饱了!饿不上两顿你看他吃不吃。”

双双说:“我就不同意你这个意见,咱们办公共食堂是既要群众吃饱,还要群众吃好,这和过一家子日子一样,你不能叫人家提意见。”喜旺说:“要没意见也容易,把细粮揄住尽吃啦!细粮吃完,只剩下红薯,他们不吃也没办法。”

双双听他这么说,就生气地说:“你这个人就是一头碰到南墙上,别的就没有法子啦?这每个月细粮决不能超支,亲老子说也不行!担子在我们肩上,不能没个计划,现在吃完了,将来锅吊起来!”

桂英这时也说:“有些社员这两天也说,‘哎,正浇地哩,少吃点红薯吧’。咱可不能开这个例子,将来都剩下红薯,做饭才作难呢。”

双双说:“那么好的红薯,糟蹋了也真可惜。只要想办法,还能做不好?”

喜旺这时不敢大声说了,却在一边嘟哝着说:“红薯总是红薯,还能把它变成一朵花!”

四婶这时候却说:“要是不怕费工夫,也能改变个花样呀。俺家里以前穷,孩子们就是吃红薯长大的。这东西我做过,把红薯磨成粉浆烙煎饼,又省面又好吃。另外红薯面多少掺点白面,擀出来的面条可好啦!”

双双听到四婶有这方面的老经验,高兴得鼻子眼都会笑了。这天吃罢晚饭,也顾不得回去睡觉了,几个人点上灯就在食堂里试验起来。一直试验到半夜,煎饼和面条试验成功了,煎饼摊出来又香又软,面条也擀得又细又长。这一回喜旺服气了,他想着:“真没料到,这红薯里边也还有这么大学问。”

吃清早饭时,老支书来食堂正找双双他们研究如何改进生活,双双说:“你来看看我们做的这两宗东西。”老支书看了煎饼和擀的面条后,高兴地说:“报喜!赶快报给公社!上级正大抓,‘粗粮细吃’,这一回咱们又走在前边了。”双双说:“就是有个问题,煎饼摊着太慢,一百多口人吃饭,做不出来。”老支书说:“那再想办法,反正咱们是找着门道了。”

上午,老支书到公社党委开会时,把这事情汇报了一下,下午党委会的福利委员也来孙庄了。他看了做的这几种东西,还亲自在这里试验做了做,觉得是个很大的创造,马上从机械厂拨来了一部轧面条机,当天晚上,还在全公社的广播大会上,表扬了李双双和四婶,又推广了这个经验。

喜旺和双双都在听广播。喜旺听着对双双的表扬,心里却老大不痛快。双双这时早看透了他的心事,就问:

“怎么你那个脸上,就像阴了天?”

喜旺没吭声,只叹了口气。双双又问,喜旺说:“我跟着你呀,反正是一辈子也是个老鼠尾巴,发不粗长不大。”

双双说:“你是炊事员,我也是炊事员,我怎么就妨碍了你哪!”

喜旺说:“你看你如今县里也去开过会了,报上也登过了,广播里三天两头表扬你,我只能拉马缒蹬,永没有出出头那一天!”

双双听他这样说,扑哧笑了。原来喜旺也想“跃进跃进”呢,可是他这个看法却不对。双双就对他说:“我去开会,是代表咱们孙庄食堂去的,这里边也有你一份。再说去开会是为了交流经验,改进工作,怎么能算出出头?你真是要想,去‘出出头’,这个会还不敢叫你去开呢!”她这么一说,喜旺脸红了,双双急忙又说:“什么事情,不能从个人想起,要为大家。你只要好好劳动,想办法把群众食堂办好,不要说县里省里,北京你也能去!可是你心里就没有把食堂办好这一格,还想着要出出头,那当然不会有那一天。”接着双双又向他讲了几段劳动英雄故事。

喜旺仔细听着想着,觉得双双的话有道理。照他原来想着,如今人不为钱了,还要为个名。可是照双双讲的,这图个名也是不光彩。只能是为工作,为大伙,为社会主义。喜旺想到这里,觉得和自己结婚十多年的这个老婆,忽然比自己高大起来,他不由得嘴里溜出来一句话:

“劳动这个事,就是能提高人!”

双双没有听清他说的是什么,就问他:“你说的是什么呀,像在肚子里说的一样?”

喜旺说:“我说我知道,你别问了。我说今后啊,我一定要赶赶你,也要争个上游!”双双感动地说:“这太好了!我听见你说这个话,比人家表扬我还高兴。眼前这炊具改革就是个大事情,你在这上边想点办法嘛!”

喜旺这时也兴奋地说:“十七还能常十七,十八也不能常十八,浪子回头还金不换呢！我孙喜旺就不‘跃进跃进’了？”

喜旺这次谈话以后，就像换了个人。第二天就在这煎饼灶上打主意。他一心想要创造个快速摊煎饼的方法。他一个人抱住头想了半夜，猛的想起来从前在饭馆学徒弟时，烧茶炉子的炉灶来，茶炉灶是好几个煤火眼，所以一次能烧开几把壶，他就根据着这个道理，连夜创造了一种“多孔台阶式煎饼灶”。这种灶一次可以摊六个，一个人摊两个钟头，就可供上一百多口人吃煎饼。

煎饼灶创造成功了，老支书又亲自领着他们把食堂的吃水用水改成自流化。双双和桂英又制成了一种洗碗机和保暖饭车。这事情轰动了全村社员，大家都来看，看着喜旺做的煎饼灶，都最感兴趣。

这个说：“这一下把红薯算找着出路了！”

那个说：“有了这东西，大家都要增加体重了。”

老支书也表扬喜旺说：“喜旺，就得这样干！这个创造好得很，我今天夜里去公社开会，再去报个喜！”

喜旺说：“进叔，你去报喜时再捎上一条，就说李双双那个爱人，如今也有点变化了！”他这么一说，大家都乐得轰轰地笑起来。

第二天清早，队里人在地里突击抗旱浇小麦拔节水，青年们也在往地里上草木灰等磷钾肥料。

双双和桂英、四婶把面条做好后，喜旺又摊了几百张煎饼，一齐放在保暖饭车里，由双双推着，向着村西的小麦田里来送饭了。

这时正是春天二月来天气，村外大队栽的桃树园，正开的粉红灿烂，远远看去像一片云霞。马路两旁的小柳树，也摇曳着软溜溜的像金线似的枝条，把一朵朵飞絮，弄得满天飞舞。

在小麦丰产田里，脚下到处都响着淙淙的流水声音，从水面上，又飘送过来人们的欢笑声音。双双只有两天没到这边来，可是她发现那油绿绿的麦苗，就像手提着长一样，已经密密实实地扑住膝盖了。

她把饭车推到一个水车井台上的大柳树下，扬着手巾喊了两声，人们都说着笑着围过来了。

这时有个小伙子问着:“双双嫂子,今天给我们做的啥饭?听说你们有了新花样了?”

双双笑着说:“你们打开看看就知道了,多提意见啊!”

一个老汉接着说:“吃李双双做这个饭,别的不说,真干净,挤着眼吃都不要紧。”

双双把大家招呼来后,自己就去推着水车,不让水断了。

一个小姑娘叫着她说:“双双嫂子,咱们来一块吃吧,你也休息一会。”双双说:“我回去吃。”旁边一个妇女说:“哎,别叫她了,她这已经习惯了,早晚来送饭,非干一会活不行。”

双双在推着水车,大家在吃饭。她只听见大家打开保暖饭车以后,都高兴地吵起来了。

这个说:“这是什么面条啊,像细粉丝一样?”

“你们尝尝,你们尝尝,筋丝丝的,比白面还好。”

“这就找不到红薯面嘛!”

又一个小伙子喊着说:“你们看,还有热煎饼哩!”

“来吧!外焦里软,这煎饼就叫,‘老头美’!”

“双双嫂子!食堂饭做得好!我们要贴你们的大字报了!”

大家你一句,我一句说着吃着,双双在井台上听着,只是在抿着嘴笑。

她一面推着水车,看着清清的泉水,顺着渠道往地里奔腾的流着,一面听着大家呼噜呼噜的吃饭声音,吃得那样香,那样甜,那样有味。就在这时候,她忽然感到他们在食堂里滴下的汗珠,好像也随着清清的泉水,流到这茁壮茂盛的丰产田里,变成了米粮。

耕　云　记

李　准

一

今年春天，我们到玉山人民公社去，走到路上，雨沥沥拉拉下起来了。“春雨贵似油”，这时青青的麦苗，长的有一筷子高，正赶上拔节。在蒙蒙雨雾中，麦苗饱喝着雨水，悄悄地又抽出两片又嫩又绿的大叶来。

大路旁有个茅草棚，大家都挤在下边避雨。人们在说着笑着，谈论着这场好雨。有人在甩着伞上的雨水，有人脱下衣服迎风晾着。这个小茅棚下，顿时变得又热闹，又拥挤。

外边雨正下得紧，这时从大路上跑进来一个小姑娘。她有十八九岁年纪，高高的身材，衣服被雨淋湿了，显得更加修长健壮。一双很俊的眼睛里露出纯洁坚定的表情。她没有拧衣服上的雨水，也没有跺脚上的泥，只用手轻轻掠了一下额前几丝滴着水珠的乌黑头发，在草棚最边上找了一块刚能避雨的地方，不声不响地站在那里。

天上亮出了几块黄云彩，雨不下了。大伙一看雨住了，就像放开闸门的水一样，一下涌到路上忙着赶路。这个小姑娘却没有动，她犹豫了一下，向里边站了站，忽然又喊着：“同志们，还有雨！”可是这时大伙只顾挽着裤脚向前跑，很少有人听得见。果然，大家跑了没有二百步远,一阵急骤的雨点,像筛豆子一样哗哗地又下起来。

大家都又嘻嘻哈哈地笑着跑回来,挤到茅草棚下,因为位置都还没有摆好,草棚下显得更挤了。那个姑娘悄悄地又让出了地方,自己仍然站在最靠边的地方。她虽然还没有说话,可是大家已经对她注意了,就和她谈起话来。

“小妮,刚才你怎么知道还有雨?”

“刚才那两块黄云彩,是下阵雨的‘积雨云’。”

“这雨还能下多长时间?”大家都静下来注意听着。

“下不了多大一会儿,这是清早下的雨,到后晌就晴了。”小姑娘从容地回答着。

“这里春天雨就多!”不知谁插了一句。

“嗯!”小姑娘不同意地说,“这里春天雨不多。去年四月一号到十二号就没有下雨。也正是在十三号那天,下了四指雨。”

“去年四月十四号呢?”一个青年故意问着。

“晴天转多云。”

“十五号呢?”

“阴天,下午有一场六级西南风!”

“十六号呢?”那个青年好像要“打破砂锅问到底”。

“晴天。一直到六月七号才下了十公厘雨。”

小姑娘回答得那么流利自然,又记得那么准确。这一年前的事情,就好像在她嘴边放着一样。大家对这个有心计的姑娘惊讶起来,问的人也更多了。有人问:“小妮,你是个气象员吧?”她老老实实地回答说:“就是。我是公社气象站的气象员。”

又有人问:“哎,小妮,你这个记性怎么这样好啊?”

“……”小姑娘一时想不起来该说什么好,她没有回答出来,脸有些红了。

大家没有再问了,把话题转到小麦上。可是在每人的心里却都埋着一句话:“这个姑娘真行!”

雨住了。一块块小麦丰产田,在太阳光下,发出绿葱葱的透明颜色,一粒粒像水银似的小雨珠,悄悄地顺着麦叶子滚在松软的泥土上。人都走了,我们几个人也背起行李向公社管委会走着。到了管委会,见到公社党委书记关天纪同志。他是一个眉目开朗的中年人,非常淳朴、热情,说话时声音有点重,显出一种诚恳认真的表情。

“今年咱这个公社种了多少小麦?”我们问。

“七万四千二百六十三亩。”接着他又笑着说,“今年各队积肥动手早,如今有百分之七十都追了三遍肥了。”

他说话也是那么准确,认真,使我们立刻想起来路上碰到的那个小姑娘。好像这里的干部、群众都有那么一股踏踏实实的劲头。我们原来还不知道那个小姑娘就是这个公社的,在第二天,关书记领着我下大队时候,在村子外却碰见了她。

她正在气象站的台上检查着百叶箱记录着什么,看见了我们就先笑了。她问:“那天回来没有淋着雨吧?”我们说:“没有。你就是这个公社的气象员呀?”她笑着说:“是啊!”这时关书记对我们说:“这个小妮叫萧淑英,工作很好,是全省的‘红旗手’,在群众中威信可高了。”听了关书记的介绍,我们对这个小姑娘越加敬佩了。后来,我们在一次县里参加一个会议后,到气象站访问了她,下边就是她谈的故事。

二

“从哪里谈起呢?”她问。我们说:“还从那天路上的雨说起吧!”她笑了,说:“那一天那个同志问我为什么记性好?专心呗!其实,我的记性并不好,俺妈就骂我没脑子,老丢东西。我觉着人的记性都差不多,看你专在哪个事上。我是在一九五八年冬天,由我们公社保送到省里‘气象训练班’学习的。去以前,关书记就对我说:‘淑英,这一回去学习,可得努力呀!咱们公社是山区,又是省边县界,今天人民

公社的大集体生产,很需要气象站,到那里一定要把经取回来!'

"那时候'气象'这个词是个什么意思,我也不知道。只想着党委既然派自己去,那就是这个工作需要。各项工作都在'大跃进',提困难也没有用。管它三七二十一,先去再说。玉山上石头块子都炼成铁水了,可见人的本事大着呢。

"腊月十三那天,俺爹背着行李,冒着大雪把我送到汽车站。到省里,正赶上过元旦。过罢年,学习开始了,一看我们那些同学,心可发慌了。原来人家都是高小毕业、初中毕业的学生,只有我是个扫盲毕业。我们扫盲毕业的这些小姑娘有个缺点:字认得不少,就是写得太慢,手跟不上来,一根钢笔好像有几百斤重。讲头一课时,我也拿着笔记本,端端正正地放到桌子上,拿起钢笔,学着人家那个样子。一面听一面记。可是我记的是什么呀!字写的像枣子那么大,一句话写不上三个字就跟不上了。教室外边刮着尖冷的东北风,我却一头汗跟着一头汗出。

"这天夜里,我在床上躺着,心里好发愁。我们公社这么忙,拿着粮票拿着钱,让我来学习,可是像这样学,能结个什么茧呢!回去又怎么办气象!又想到党委书记来时交代的话,想起了俺爹的嘱托,越想越揪心。我想着写封信回去,再换个人来吧,我们那个公社离省这么远,光信一来一回就得半个月。我想来想去没法子,最后却猛地想起了几个字,那就是'大跃进'!我想着种地能'大跃进',炼钢铁能'大跃进',学文化为什么不能'大跃进'?想到这里,脑子里明亮了,我拿定了一个主意。

"第二天上课,我不用笔记了。集中一切力量用心听,狠狠往脑子里记,一个字也不让它漏掉。你们别笑,我这个记性呀,就是从那时候锻炼的。

"白天记在脑子里,到夜里我就一个字一个字再往笔记本子上写。有时候不光写一遍,还要抄两遍三遍,反正练习字吧,又有那么亮的电灯。我们在那里学习,看着很忙,其实工夫满多呢。它是上下班,夜里人家去看电影,我不去。人家去街上看,我也不去。我在省里住了两个月,还不知道百货公司门朝哪里。因为这个俺嫂子好埋怨我:她托我给她买一双白力士鞋,我没有给她买回来。

“就这样学了一个月,字写得顺手了,可是眼睛也熬红了。训练班里党支部发现了这个情况,就叫教师特意辅导我。我真不好意思,一个人还得再让人家讲一遍。又想了想,反正都是为了党的事业,自己只有好好学习。

“三月间,训练班结业了。我可真想不到,我考了个第一。我们主任在会上说:大家看看,一个‘瞎子’,赶过了五十个‘睁眼’!……我听到这里,眼睛湿了,要不是党,我怎么能学到这些知识呢!

“三个月没有回家,可也真想。特别是想俺妈和小兰。我和小兰可好了,前几年都是穿一样颜色的花布衫,编一样的辫子。这几年虽然大了,可是总想见见面,说说话。另外,我们公社这几个月究竟变成了个什么样子,脑子里总在想。

“三月初四那天到县,第二天一早就跑着回公社来了。一过丹河大堤,心豁地一下开了。老远就看见我们公社的红旗,看见西滩坝下风磨上又高又直的风帆架。前年栽的桃树林,开得一片粉红,看去就像一片云霞围着村子。地里的麦子,长得肥绿肥绿,风刮着,就像一湖绿水。再配上村边一片一片黄灿灿的油菜花,真是好看。我就喜欢看农村的庄稼,它有变化,你每次出外回家,它总是要换个样子给你看。这几天是绿油油的,再过些时候,它又变成金黄金黄的了。另外,像公社猪场,我走时才订计划,可是回来时候,已经在南岭上盖了青堂瓦舍一大片了。

“我正在看着,猛听见堤上柳树林里炸着响鞭。我从鞭子响声听出来是我哥哥赶着马车来了,我叫起来,柳林里答应了,果然是俺哥。

“俺哥你们不认识吗?就是青年队那个队长,黑乎乎的,多高个子,叫萧铜锤。他劳动可好了,性子也直。他小时候,俺妈总是说他是从大山里挖出来的人,可有力气哩。可是他呀,那个时候,思想还有点落后。我坐到他车上后,他说:‘淑英,你去省里学习这几个月,学了点什么?’我说:‘学气象呀!就是预报天气,可重要了,是指挥农业的参谋……’

“没等我说完,他就说:‘淑英,叫我说呀,‘大跃进’嘛,当个青年人还是大马金刀地干点体力活。别坐到屋子里,撇着北京腔干那个脑力劳动。’

“我说:‘哎呀,你弄错了,那是广播站,我们这是气象,两回事!’可是他还不服气,我们两个一直抬了一路杠。下了大堤,看见一行人推着木轮车从村子里走出来,越走越近,啊,看清楚了,原来是公社党委委员们都下地了。关书记、刘书记、张社长、许部长一个人推着一车子粪,向地里送。我忙把行李交给俺哥,跳下车跑过去了。关书记、张社长他们看见我回来,可高兴啦,关书记老远就喊着:‘嗬,咱们侦察天空的小情报员回来了!’

“张社长也问着说:‘淑英,学习有困难没有?’我说:‘有困难,领导上帮助克服了。’我平常听人家说,到外边学习、开会,回来还要汇报。当时就慌着在路上把一叠子笔记本掏出来说:‘我汇报吧?’关书记笑了,他说:‘你看,我们在推着车子呀!到地里再说。’经关书记这么一说,连我自己也笑了。三个月没有推车子,手都有点痒了。我抢过张社长的木轮车来,一口气推到地里。

“地头柳树下,关书记他们听了我的汇报,大家可兴奋了。关书记还把风的信号像‘旗子飘动,三级风’、‘电线丝呜呜作响,五级风’那些都记下来了。关书记又问我:‘淑英,省里精神是不是让咱们回来建立气象站?’

“‘省里说,各地方可根据各地方情况,有条件就建立起来。’

“‘咱们办!’关书记考虑了一会,说出这一句话。他又说:‘咱们这里是个山区,气象情况复杂,又是在省的边沿,有时候全省全县的气象预报,在别的地方都准了,可在咱们这儿就不一定准。指挥农业生产老是被动,咱们说办就办!’

“党委是这样重视气象工作，我觉着我要说的话，关书记都说出来了。可是那时候也有的同志不同意，我们那个许部长，他那时候就不大通。他说：‘办气象站不是那么容易，咱们什么也没有。’

“关书记却是坚决得很。他说：‘这种事就是不能等待。今年咱们这几万亩小麦，都是三水五肥，指标是四百斤！能不能保证丰收，气象是个很重要的条件。没有东西想办法。反正伸手等待，寸步难行；自力更生，日行千里。这么大个公社，还能办不起来个气象站！’

“就这样，我们公社决定十天以内把气象站建立起来。我回到家里和俺爹俺妈说了说，俺爹俺妈也支持我。俺爹思想可进步了！他叫萧宽，就是咱公社的仓库主任。他一九五一年就入了党，还当过农会主席。如今六十多岁了，可是有眼光。前年城里剧团来招人，有人叫我去考，他不叫我去。他说：‘我这可不是封建，我留着她在农村开拖拉机哩。我看这农村机械化要不了多少年啦！’你们看，他多有眼光。

“才回到家里，我对俺妈说我学的是气象，她还不知道气象是干什么的。俺爹对她说：‘就是管老天爷哩，管天管地，管刮风管下雨。以后你在食堂做饭，先听听咱淑英预报。是晴天，大伙要出工干活，饭做的稠点儿；是阴天，大伙下不了地，要歇着，就做的稀点。这样就节约粮食了。’俺妈笑着说：‘哟！想不到这妮子对我这食堂工作还有点用处。’

“在龙王庙台上找了块地，我们把百叶箱、风向仪、量雨器都安放在这里。这些东西都是我们公社自己做的。百叶箱还是俺妈一个破板箱改了改做的，刷了一层白油漆，和买的一样。后来就差个木栅栏，可是又找不来那么多木料；正在发愁的时候，关书记来了。他问：

“‘要这木栅栏是起什么作用？’

“‘挡猪，挡鸡鸭，也防小孩们进来捣乱。’

“‘那好办。’他说着跑到东边地呼哧呼哧一下子扛来六大捆高粱秆，往地下一放说，‘来吧，我帮你们编个篱笆，咱们看看行不行。’他说罢挽起袖子就编起来。只用了一晌工夫,就把篱笆编起来了。编得又整齐,又好看。他对我说:‘淑英,你看,这不是也很好嘛!咱们公社就得这样,富日子当作穷日子过,能节省一文钱、一寸木料,那也就是壮大咱们国家一分力量。’

“关书记这几句话对我教育可大了。”

三

“气象站那些东西往龙王庙台上摆了以后,公社里又写了三个大字‘观天台’,高高地挂在篱笆门上。这一下,在村里可传开了。

“有人说:‘这是学诸葛亮夜观天象哩!’

“有人说,‘这是看人造卫星哩!’

“后来大家知道我是气象员,就找着我了。只要一出大门走到街上,人们就问:

“‘气象员,今天晴天阴天?’

“‘气象员,明天能下雨不能?’

“特别是青年队那些青年们,平常他见你好像也没有什么话可说,如今一天能问两三遍。连那些学校里的小学生,见面也大声喊着乱问。

“那几天我可紧张啦,因为关书记叫我十号再正式提天气预报。我还没有观测天气,人家一问,我就回答不出来。弄得我有时不敢走大街,就从僻街走。可是,就这样也不行。有些富裕中农还说风凉话:‘这台子都搭起来了,锣鼓家伙也摆上了,怎么不见唱家出来呢?’

“我听了这些话,就想:干脆自己先偷偷试着提预报吧!要不人家问也没什么说。就这样,每天根据观测的情况,暗暗作出了预报。前三天,都是好天,我测对了,可是我没有向别人说。到第四天,情况变了,我预测出这天有冷空气南来,我们这儿很可能下冰雹!可是县里气象站只预报有阵雨。我想着,这可怎么办,自己又拿不准,和党委会说不说呢！这时，我就去找小兰，小兰是公社广播站的广播员。我和她一说，她就说：

“‘春天会下冰雹？’

“我说：‘根据我的预测可是有。’

“她说：‘算了吧，党委不是让你十号才正式提天气预报吗，再说县站也没有说有冰雹。’

“听她这么一说，我就没有向党委汇报。可糟了，就在这天夜里下了雷阵雨，雨里边夹着冰雹，把我们公社林场里苹果花打坏了，把鱼秧场的小鱼也砸死了好多。

“原来我还不知道。清早起来去检查量雨器，看见鱼秧场挤了一堆人。我拐去一看，只见关书记、鱼秧场的老魏都在捞死鱼秧，大家谁都不吭声。

“关书记看见我说：‘淑英，你看，昨天晚上下冰雹了，小鱼砸死这么多。到十号咱们赶快提前预报吧！如今咱们公社是农林牧副渔都有，哪一方面都需要气象情况。’

“关书记说着，我只觉得我脸上热辣辣的，心里愧极了。我本来知道嘛，可我就因为嘴笃和责任心不强，没有到党委会说，如果说了，这些鱼秧池子用席盖住，就不会有这个损失了。我越想越难受，我说：

“‘关书记，昨天这个冰雹本来预测出来了！’

“‘怎么，你已经知道了！’

“‘是啊，可是我大意了，没有说。’

“关书记没说什么，只瞪了我一眼。他没有批评我，我觉得倒不如批评几句好。从这一次教训以后，我知道应该怎样工作了。

“捞罢死鱼秧，关书记对我说：‘淑英，从明天起，咱们公社的气象站就提前预报吧。一天是一天的事，不要等到十号了。’

“‘我也这么准备。’

“‘有什么困难没有？’

“‘没有。’我嘴里说没有什么困难，可是这个老天爷好像故意跟我斗气，头一天工作，就闯了个大乱子。

“这一天，根据各方面的预测，第二天的天气情况是：‘晴天，早上九点钟有四级偏北大风，到下午加大至六级。夜间风住后，有霜冻！’就是碰到这个难题，有霜冻，就要防啊，要是不准可怎么办？我考虑来考虑去，最后觉得还是实事求是嘛，我把预报拿到党委会了。

“许部长先接住看了看，眼瞅着我说：‘嗬！有霜冻！这可不是个小事。你究竟有把握没有啊？’

“‘有。’我心都快要跳出来了。

“关书记又接过来看了看，半天才坚决地说：‘有霜冻就防嘛！记上这个事，明天下午布置全面防霜冻。’

“许部长说：‘哎，她一个小妮子……’

“关书记说：‘不！咱们既然安上气象站，就要相信她嘛，另外咱们也没什么根据。拿去叫广播站广播吧。’

“关书记这几句话还是像平常那样说的，可是我觉着重极了，好像掉在地下都能把地砸个坑。

“我拿起来预报，像飞一样跑到广播室，把它交给小兰。小兰看了看伸了伸舌头说：‘淑英姐，你知道，这一广播出去，就要出动几万人防霜冻啊！’

“我说：‘我知道，你只管广播吧。’

“我们气象室和广播室住隔墙，小兰在广播着，我在气象室伏在桌子上听着。当她念着：‘下边是咱们玉山人民公社气象站的天气预报：明天早上，有四级偏北大风……’的时候，我心里可兴奋了，我想着：我们这山窝窝里到底也有气象站了。

“问题就在第二天。那天我起来可早啊，先出去跑了一圈，没有一丝风，连树叶也不动一动。哎，我想着这可麻烦了，这四级风怎么不来呀！那时候还怕人碰见问哪，又赶快跑回来在屋子里直瞪着眼睛看着风速仪。一直等到吃早饭时候，还是纹风不动。

“我饭也没心吃了，也不敢去吃了。食堂里那么多人，他们要是问我，我说点什么！哎，越是怕，狼来吓！偏偏就遇着俺嫂子那个‘机关枪’。她是我们大队风力磨面粉厂主任。她在食堂院扯着脖子喊着：‘淑英，今天到底有风没有啊？有风我们就要把粮食运到磨坊啦！’

“她嗓门也大，声音也响亮，只喊了两声，两道街的人都听见了，她也不管人家心里多乱。

“我跑过去说：‘嫂子，你怎么这么大声音，给我喊魂哩！’我真有点急了。我嫂子说：‘我得用风啊，人家老天爷是我们风磨厂的驴。可是这头驴不好用啊！’她说着自己哈哈大笑起来。

“这时候，一个富裕中农走过来了。他叫范富兴，外号叫个‘能豆儿’，可爱说风凉话了。特别是对于俺农村这些新技术，他总要编一联讽刺讽刺。双铧犁他叫‘双垮犁’，玉米人工授粉他叫‘玉米结亲’。这时候他走过来看见我说：

“‘啊，萧宽家的闺女，听说你要当诸葛亮了，能掐会算，还说今天有风？’

“‘是啊，今天有四级大风。’

“‘啊！’他故意吃惊看着天说，‘这风我怎么看不见呢！’他说着，一群老头哈哈笑着。

“有人说：‘一个小妮家，她会知道个啥！’

“有人说：‘天爷的事，人要知道，人不成神了？’

“这个一句，那个一句，那时候就是没有风，我心急得像猫抓一样。可是我呀，表面上还装的那么镇定。我还劝他们。我说：‘人不是神，可是人掌握了科学，比神还厉害。今天是有风的，大家等着吧。’也真巧，我刚说着，猛然听见我们公社党委会旗杆上的红旗，哗啦啦地飘起来了！我这个心哪，扑棱棱地像开了花！范富兴正在说着：‘科学！嗬，没听说过！……’一句话还没说完，大风把他头上戴的大草帽一下掀掉了，草帽随风滚着，他在后边赶着，满街的人都拍起手来。

“你们别笑,老鼠拉木锨——大事还在后头呢!吃罢午饭,风越刮越大了,广播忽然响起来。这是关书记的声音,他布置防霜冻了。他说:‘各管理区、各大队、牧场、林场的同志们,今天夜里有霜冻,为了确保今年小麦大丰收,战胜霜冻,各队火速准备柴火烟熏。今天夜里九点钟以前把柴火都要运齐,各区都要有专人负责。’

“真是命令一下如山倒啊!一会工夫,街上人声铜锣声都响起来了,人们像一股水一样,大车小辆地往地里运柴火,就像打仗一样。只一会儿工夫,七八万斤柴火都运到地里了。

“半夜时候,夜静下来了,风也全停下来了。月亮光从云彩里钻出来,白花花的洒了一地。麦地边上,这儿一堆柴火,那儿一堆柴火,摆得整整齐齐,远远看去,活像一个大棋盘。

“关书记这天夜里到县委开会去了,张社长担任防霜总指挥。我们张社长可能干哪,别看她是个女的。解放前她是个童养媳,解放后就参加工作,还当过区委书记。她长得面嫩,我长得个子高,都是长长的脸,人家都说我们两个像姊妹。我们这里女孩子,开会、讲话、发言都是跟她学的。这天夜里她一直没有睡,我也没有睡。我只穿了身夹衣服,她还带了个花棉袄。后半夜天冷了,她说:‘淑英,来,咱两个披住。’我们两个肩并肩挤在一块,披着一个棉袄,在地里转悠着,检查着。

“柴火堆旁有人说话了,还是那个范富兴和另外一个老头。范富兴说:‘也不知道有霜冻没有,把咱们弄到这里,觉也睡不成。看吧,准得撅着蹲坐到天明!’

“‘反正今天夜里你别打算睡了!’老头说。

“我们正要说话,地那头猛地站起来一个人,瓮声瓮气地说:‘范富兴,你在嘀咕啥哩,麦子霜冻坏了你负责!’

“我一听是俺哥铜锤,他就爱起态度。范富兴不吭声了。张社长说:‘大家别睡着了,用根草棍顶住眼皮。明天放你们的假。’这一说大家都哈哈大笑起来了。

“到了后半夜天快明时候，天灰蒙蒙的起了一层薄雾，气温也变得尖冷尖冷。我知道这是霜冻快要来了。在我们这儿是气温降到零度，就有霜冻出现。一般在气温降到二三度时，就要点火放烟，把霜冻熏跑。

“我在地下看着温度表，张社长在一边等着放信号敲钟。我瞪着两只眼看着水银柱，看着它慢慢往下边降，也不知道看了多长时间，只觉得两只眼发酸。温度降到五度、四度，马上又降到三度了！

“‘三度了！’我喊着。

“‘敲钟吧？’张社长可紧张了。

“可是就在这个时候，我觉得脸上像棉花絮拂着一样，呼呼呼刮来一阵南风，温度停止下降了！马上又回升。我急忙喊着：‘张社长，别敲钟！’因为她只要一敲钟，七八万斤柴火就要点着了。张社长这时也忙跑过来看着温度表说：‘怎么回事啊？’我说：‘你看，温度回升了，霜冻大概不会来了。’她说：‘好悬哪，就差那么一点。’

“我们又等了一会儿，温度更高了，觉着身上也暖洋洋的，抬头一看，嗬，火红火红的太阳露出脸来了。

“张社长敲了解除霜冻警报的钟，地里边的人，立即像赶庙会一样闹哄哄地站起来回村了。咳！谁想到就惹出来这么大乱子呀。全路上的人，都纷纷议论着这个事。钻到我耳朵里头一句话就是：

“‘报错了！报错了！知道咱这土气象不管事。’

“‘鸭子要能叼鱼，何必上陈州买鱼鹰哩！’

“有些好心人说：‘哎，她一个黄毛丫头，懂个啥！’

“‘往后可不敢叫瞎报了，拉的全公社筛子笸箩乱动弹。’

“那些富裕中农吵得更厉害了。范富兴故意冲着俺哥说：‘哼，这就是管老天爷哩，吃公社食堂那大白蒸馍吧！’有人问着：‘这是谁报的有霜冻呀？’范富兴故意扬着嗓子说：‘萧宽家闺女嘛！’

“俺哥这个人哪，他就是个麦秸火脾气，我看他气得那个样子，用眼狠狠地瞅我,瞪我,好像回到家里要打我一顿一样。我和小兰一块走着,看也不敢看他。

“走到村头上,偏偏又遇见个老头。他捣着小兰说:‘哎,都是你一句话,把大家弄到地里冻了一夜。’

“小兰说:‘不是我呀。’

“‘还说不是你,我听着广播里是你的声音。’小兰这时候也没办法说清楚了,我在她身边她也不好意思说。她气得也不和我厮混了,赌气从前边走了。

“我这个人可倔呀,那候我一点眼泪也没有掉。我只想着一句:‘错了,是错了。问问心,没有愧!’回到我们气象室,脑子里像发山水一样,轰轰地乱响。就在这时,门口一个黑影一亮,进来一个人,我一看,是俺哥,那个样子呀,就像庙里的站神哼哈二将。

“他瞪着眼说:‘淑英,你什么工作干不了,要干这个报天气!’

“‘工作需要,是党分配我做的!’

“‘我有意见!’他声音越来越大。

“‘有意见你提呗!’

“‘你报的好天气!’

“‘有错就有对,谁也不是生来就会。’

“‘你还嘴硬哩,你丢咱全家的人!人家说你怕出力!人家捣咱爹的脊梁骨!’

“你们看,俺哥就是这样人,气急了,什么话就只管往外撂。我当时气得手都成颤的了,可是一时又和他说不清理。没办法,我只得猛地把他一推,推到门外说:

“‘不要你管!’把门关上了!

“没等多大一会,门又轻轻地开了,我一看,是俺爹!他拿了两个馍,端着一碗菜往桌子上一放,说:‘给,先吃吧,妞!一夜没睡了,先吃点东西。刚才我把你哥嚷了一顿,咳,要说啊,就得揍他两破鞋。’

“我平常最不爱哭,可是见了俺爹,眼泪窝也不知道怎么那样浅,咳，像小珠子断线一样，一个劲往脸上滚。

“俺爹又劝我说：‘哎，别哭了，经不起考验还行啊。一回生，两回熟，只要专心，还有打不出水的井，挖不开的山！毛主席怎么领导红军从雪山草地走过来的！’他又故意夸奖着我说：‘叫我看这就不错了。一个放羊的丫头，只上了三年扫盲班，会算出来几级风，几级雨，还知道什么温度。这真不坏呀！’

“俺爹越说，我越哭的痛。我说：‘爹，你别说了，还是怨我工作没做好。’

“俺爹走后，我思想还没有转过弯来。我想着，这工作这么难！还不如到队里干活去。可是再想想，不做吧，党培养自己不是白搭了吗？另外，如今人民公社各项事业大发展，也真需要气象工作呀。主意拿不定，就去党委找张社长，我看她今天回来时候，也是怪生气的样子。走到办公室门口，听见里边高一声低一声正在说话，有张社长、许部长，还有关书记。原来关书记早上就从县委开会回来了。

“许部长说：‘群众对咱们这个气象员报错天气，反映可大了，有人说还不如不要了，少找点麻烦！’

“关书记在里边发脾气了，他说：‘这是哪些群众说的？什么人说的，你调查了没有？这次县委开会，专门研究技术革新、大搞土地机械化。县委还表扬咱们建立了气象站。叫群众辩论辩论嘛！可见这个保守劲头还不小哩。’

“张社长说：‘其实昨天夜里也算准了。温度已经下降到三度了，可是马上就又回升，才没有让点火。’

“关书记说：‘是啊，我看昨天晚上这个工作还做得不错哩。省了几万斤柴火！我从县里回来，一路上看别的公社都点火了，咱们这一次省多少柴呀……’

“下边我没敢听。一来是听领导上说话不好，二来是我这时眼泪憋不住一个劲往外流。回到气象室里，我觉得我思想上什么问题也没有了，只想着一句话：

“‘天塌下来,也要为党工作!’

“我马上继续工作了。检查风向,看云状……也算真巧,第二天又是有霜冻!这一次我就拿定主意了,反正我是老老实实地报,不管将来碰到什么问题。

“后晌,关书记和张社长到我们气象室来了。关书记脸上还有点生气的样子,在屋里转来转去没说话,可又好像有很多话要说。张社长先问我:‘淑英,哭了吧?’

“我低下头没吭气。

“关书记挥着手说:‘要有个缠磨头劲儿啊,不能怕困难。有些落后群众的话,不要去听它。昨天没有报准确,以后努力!争取百分之百准确嘛。’

“关书记原则性可强了,他对我没有提省几万斤柴火那个事,我知道这是怕我骄傲。他接着说:‘淑英,还要继续工作呀,不能躺倒。’

“我把第二天的气象预报给了他,说:‘这是明天的预报!’他看了看预报,又看了看我,点着头说:

“‘行!就得有这股劲。啊!又有霜冻,准确吧?’

“‘准确。’我说了说根据。

“‘我们马上布置。’

“这一次霜冻真的出现了,是‘平流霜冻’。因为我们公社防得好,几万亩麦子没有受到损失。”

四

萧淑英把故事讲到这里,一个拿着赶马车鞭子的青年来找她。他问着:“淑英,咱们马车队这一回要上许昌去运化肥,有雨没有?有雨我们就带着油布。”

萧淑英把他领到外边说话去了,我们几个在屋里等着,这时却发现墙上有一张大字报,大字报上写着:

气象站，我赞成，
一会离了也不行。
指挥生产当参谋，
征服自然当哨兵。
你们长了千里眼，
能看云外天十层。
能唤雨，能呼风，
能报天阴和天晴。
只要常听您的话，
更大丰收有保证。

我们正看着，萧淑英回来了。我们问："这是谁写的大字报？"她笑着说："就是俺哥！刚才进来问我能下雨不能的就是他。如今我们联系可好了，可是去年呀，他就不信这一套。咱们就说这张大字报吧！

"自从那一次战胜霜冻以后，党委对我们气象站抓得可紧了。提出来的口号是：'书记挂帅，土洋结合，自力更生，力争准确。'在群众中广泛展开宣传气象知识，给我们气象站里又配备了个气象员。生产队长都要学习气象知识，还要定期考试，这里边也有俺哥。

"一个'土洋结合'口号提出来，可真起了大作用。我们敬老院那些老人们哪，他们都是'聚宝盆'。党委开始下聘书，请他们做气象站的顾问；开初我还有点不懂，后来一收集农谚，我才知道这个方针重要了。我们这个敬老院里有个柏大爷，他今年九十七啦，光他一个人就记几百条。比如：'玉山戴帽，长工睡觉'；'云往东，刮场风，云往西，关公骑马披蓑衣'；还有'早霞不出门，晚霞行千里'；'东虹日头西虹雨'；'天上有了扫帚云，不出三天大雨淋'；'早雷不过午，夜雷十日雨'，可多了。这些重要的农谚，都是在我们敬老院搜集的。

“有了这些宝贵经验,我们这个气象站不一样了。关书记还领导着我们把每条农谚加以研究选择,加上对照说明。比如‘天上有了扫帚云,不出三天大雨淋’。‘扫帚云’,我们书上叫‘豆荚云’,太阳落山时候,出现这种云状,三天以后就有雨。

“经过这样‘土洋结合’,我们劲头可大了。预报天气,准确率越来越高,慢慢地我们也能预测三天、五天、十天以后的气象情况了。

“到了麦子熟的时候,关书记把我们叫去了说:‘今年麦子熟得齐,长得又好,龙口夺食,气象工作可一定得做好!’我们说:‘没问题,保证做好。’去年的麦子长得真好,都是一人来深。一个穗上四路籽,圆饱饱的,像石榴籽一样。我们公社种的多是‘碧蚂一号’,这种麦子麦糠口松,容易脱粒,最是怕风。收割那几天哪,我们一面参加收麦,一面观测天空,夜里也不敢睡觉,只要有风的情况,就给党委会打电话。

“麦子收到第四天,竞赛正搞得热火朝天,我们发现有雨情了。先是在太阳落山时候,我们发现天空上有三条箭形云,按照农谚说:‘日落三条箭,隔天雨就现。’回到家里,看了看瓶里蚂蟥,蚂蟥也不在水底了,它老想跳出来。我们又检查了一下空气湿度、风的速度,初步确定这场雨第二天下午就要来到。

“这时候地里割下来的麦子,都堆了一地,大部分都还没有运到麦场里收打脱粒,要是雨一来,就要沤坏生芽子。这时我们就赶快汇报给党委会。

“党委几个领导同志,听了我们汇报,觉得停止收麦这个命令要是下去,关系太大了。这时外边天上又是万里无云,赤挂晴天。关书记可认真哪,他亲自领着我们,把各种仪器检查了一遍。又领我们到山上牧场里,去找赵松大伯。

“赵松大伯也是我们气象站的顾问。他一辈子在山上放了五十多年羊,经验可丰富啦!苍黑时候,我们在山坡上找着他,他正要赶羊下山。关书记见他说:‘老赵,明天有雨没有?’他看了看我们,一口气没吭，蹲到地下，先搬起来一块石头叫我们看着说：‘有雨。你们看，这石头出汗了。’他又从地下捡起一段节节草看了看说：‘节节草发白了，要下雨。’

“‘这雨什么时候能下来？’关书记问。

“他笑了，看了看我说：‘这我就说不那么准了。要看这绵羊恋着草吃、不想下山那个劲，明天就会有雨。’

“关书记得住这个情况以后，可紧张啦！下山时候他一路小跑，我们老赶不上。回到指挥部里，马上召开了临时战地会议。一个钟头以后，开始广播布置了，命令各大队、各生产队一律停止再收割麦子，集中全部力量，连夜突击运，突击打。

“这个决定传到俺哥的青年队，他们可搞不通了。原来他们队想争第一个收完，只剩下几十亩麦子，要不是这个决定，他们这天夜里就能收完了。可是也就数他们队运得差，割下来的麦子，堆得满地都是。

“我们那时候都在他那个队里帮着收麦。听到广播后，他就冲着我嚷着说：‘淑英，这天能下雨？连一丝云彩也没有，雨在哪儿？’他说着指着晴天大太阳。

“我反正不理他，我想你总得执行决定。正在这时候，关书记、张社长来检查了。一看他还没有运麦子，关书记就批评他说：‘铜锤，你现在还不运，雨来了怎么办？’

“‘关书记，这天会能下雨，下不了啊！连一点雨影子也没有。’他在那儿蘑菇。关书记可不跟他客气，关书记说：‘马上停止收！要叫你看见雨，就赶不上了。赶快想一切办法往家里运，这是决定！’

“你看吧，他嘴撅得有四指长，瞪眼瞅着我，我却不看他。这天夜里，我去帮助他们队搭麦垛脱粒的时候，他还说：‘差你这个蛤蟆四两气！’

“我没有理他。

“第二天早上，我因为晚上干了一夜，正在睡觉，他就把我喊醒了,他说:‘淑英,你起来,你起来看看这雨在哪里!全公社耽误这一天收麦子,可不是小事!’我说:‘还没到时候哩,到时候雨就来了。’他还在那里嘟哝,叫俺妈把他骂了一顿走了。

“吃罢清早饭,还是蓝澄澄的大晴天。他又在院子里嚷起来了,这一回不是直对着我吵,却是故意叫我听。他说:‘这雨在哪里!这么多劳动力,耽误一天谁负责!’俺哥呀,他就是这种人,他一会儿也闲不住,可关心社里的生产啦。这时候他暴跳的那个样子,我知道和他去说也不行,他正想找个碴儿和我吵两句;我呢,才不去戳他那个马蜂窝。反正你总会明白,我现在就是不理你!

“他正嘟哝着,前屋电话铃响了。前屋是他们青年生产队办公的地方,这是公社办公室打来的电话。我悄悄跟着他到门口去听了听,原来是关书记‘考试’他的气象哩!要他说一说今天天气情况。这一回他可慌了,他压根就没有记。他说:‘啊……要下雨!……多大雨吗?……风呢……’

“这时候啊,他又是摆手,又是跺脚,要我告诉他。我说:‘今天有二级偏东风,下午有中雨。’他回答关书记了。接着关书记就布置上午组织全公社劳动力,突击栽红薯,说这是个机会,一律不要浇水,后晌天就给咱们浇水了。

“这一回他越发闹不通了。他说:‘好家伙!后晌要是不下雨怎么办!红薯苗不全晒死了!’

“关书记告诉他这是有根据的。老天爷这个事,只要掌握住他的情况,就得巧干,这样栽又省力,又省水。

“这一天上午,我们公社一下子栽了六千亩红薯。俺哥也去了。可他就是放不下心,栽着嘟哝着。晌午回来,他饭也吃不下了。一会看看天,一会看看红薯地,像热锅上蚂蚁一样。恰巧这时候俺嫂子吃罢饭从食堂回来了。俺嫂子见了他就说:

“‘后晌队里也没安排活,我想去俺娘家一趟,就是怕下雨。你说能下不能?’

“俺哥说:‘雨在哪里!你没看红天大日头,你倒是学会吃顿饭也得看历书了。’

“俺嫂子说:‘气象站可报的是有雨。’

“‘你听她的!只管去吧。’

“嫂子到屋里换了一身新衣服,又穿了一双雪白新鞋子。打扮得油光水气的,夹着个红包袱去走娘家了。俺哥呢,他挑着一副水桶也出去了,原来他到塘里挑水去浇红薯哩!

“他刚把头一担水挑到地里,天空上一块砧形云上来了!这种云也叫‘跑马云’,像个砧子形,我们叫它‘造雨工厂’,最是下雨下得急。只听见一阵风响,大雨柱子哗哗像瓢泼一样下来了。俺哥挑着水桶,像摇拨浪鼓一样跑回来了,刚到大门楼下,俺嫂子也淋得浑身水湿跑回来了。一双新鞋踏得像泥巴板,一身新衣服也淋得贴在身上。她见了俺哥就用拳头捶着他说:‘你说下不了,你说下不了!’俺哥这时候他也不生气啦,光对着俺嫂子说好话了。他说:‘哎,别打了!社里六千亩红薯苗全活了,比你那一双新鞋金贵得多。’

“从那一次以后,俺哥对气象工作可重视了,抗旱时候给我们帮助可多了。这张大字报就是他那时候写的。他送来时候说:‘淑英,我们青年生产队表扬你们气象站来了!’我说:‘你也不用表扬我们气象站,要不是党,要不是群众,光凭我们这些小丫头,管什么用。’

“说实在的,这些成绩全是党的。要不是党,我们怎么知道‘土洋结合’,怎么知道走群众路线?今天才知道,这个方针太重要了。人家越是表扬我们,我们就越得虚心依靠党的领导。他头一天贴上大字报表扬我们,我们第二天就写了一张标语贴在对面墙上。”萧淑英说着指着东边墙上的一张标语,我们看了看,标语上写着:

“坚决依靠党的领导,听党的话。”

五

这个小气象室布置得很清洁、朴素。就在那张标语下边，朝阳开了两扇大窗子，窗子格上糊着雪白的粉连纸，在窗子中间那个大格子上，贴着一幅桃红色的漂亮的民间剪纸。

这幅剪纸剪得很有功夫。内容是在天空上，朵朵云彩飘动着，一条龙拉了一张犁，张牙舞爪地在云彩里奔腾着。后边扶犁的是一个姑娘，她微笑着拿着鞭子赶着龙。

我们看着这幅剪纸，都在赞叹着剪得好！我们说："太好了，这是谁剪的？"

她笑了，脸红红地说："我自己剪着玩的呢！"接着她又说："我们这一片妇女们大多会剪窗花。俺妈从前剪的窗花，还在会上卖过，可有名了。不过她剪的都是老戏上故事。"

我们说："这一幅意思可新鲜。"

她说："也不算新鲜，去年我们这里群众编的快板，就有'牵着龙王鼻子走'这一句。就说人工下雨吧，我们这儿也试验过了。也不是很难的事。"接着她谈起去年抗旱，她说："提起来去年抗旱，可是一场大斗争。通过抗旱，才真正看到人民公社'一大二公'的力量！

"按照气象上来说，我们这里去年碰上的是'百年一遇'的大旱。党委会接住省里电报，听说有百日大旱的时候，关书记、张社长两顿都没有吃下去饭。可是在第二天，党委下决心了！全公社开了一个四万人的抗旱誓师大会。在会上，关书记讲了话。他说：'社员同志们！老天爷向咱们挑战来了，我们不怕。有党和毛主席领导，有我们的人民公社，有咱们"大跃进"以来修的几个水利工程，咱们一定要抗旱抗到天低头，誓夺秋季大丰收！'……

"当天夜里，全体党委委员都背着行李下到各大队去了，关书记自己就住在地里。六月十号那天，全面抗旱运动就展开了。水车、水渠、锅驼机、抽水机、吊杆、飞桶,到处响着,到处流着水。那时候村里就不见人,地里像群龙倒海。

“气象站也搬到双山水库大坝上来了。我们和小兰几个人还包了十亩水稻。这天,关书记来给我们开了个会。他在大坝上指着下边我们社新改的稻田说:‘这八万亩稻子就是咱们公社的命根子!能抗住旱灾,稻子收成夺到手,口粮、饲料问题全解决。要是旱瞎了,那问题就大了。咱们这儿交通不方便,凭着从外边运粮食来,那可是大问题。所以说咱们公社要集中一切力量,保证这几万亩稻子丰收。别的晚秋旱坏也不怕,这就是咱们的总任务。’接着他又说,‘给你们气象站的任务,就一条:把这一段气象、墒情报准确,要认真负责,实事求是,一点也不能含糊,这可是要真刀真枪。’

“关书记的话不多,可是听着都像刻在我们脑子里一样。我们这些农村青年呀,就有这个脾气,听见吹吹呼呼的,干起来反而没有劲,任务交代明确,天大的困难也不怕!越是困难大,越是干劲足。我们说:‘保证做好党的助手,一天两次报墒情、报湿度,决不让浪费一滴水。’

“就在那几天中,我们自己创造了量墒情的‘烘土器’,量湿度的‘毛发湿度仪’,都是自己做的。那时候我们这个双山中型水库和下滩水库还存有四千万方水,我们算了算,只要用好,就是天不下一滴雨,这两库水也能把这八万亩水稻灌三遍。

“全公社人马行动起来,一连抗了四十七天。有些井也干了,河也枯了,可是群众劲头越来越大。后来城市支援的大水泵、电动机也来了,大伙信心更高。

“七月二十五那天,我们在作天气预报,发现第二天是阴天!那时候呀,我们广播天气,每天晴天,每天晴天!我们也说絮烦了,群众也听絮烦了。这一天我们发现是阴天,觉得怪新鲜。就在这天夜里,县里气象站紧急周期预报来了!预报说:‘在全县范围内,二十六号夜里,有大雨和暴雨!’

“大伙听说有大雨,都高兴得要跳起来,可是我却愣住了,因为根据我们公社气象站预测,二十六号二十七号都没有雨。关书记听说这个消息后,没有让马上向群众公布,他和许部长到气象站来了。

“关书记问我们:‘咱们预测没有雨吗?’

“‘是啊。空气湿度不够。另外,明天夜里是西风,咱们这儿不可能下西风雨。’

“许部长说:‘那还能这么强定,有时候西风也能下雨。我看还是明天叫大家休息吧,天也该下雨啦!’

“关书记说:‘不,这可不是小事情,群众劲一散,几天组织不起来。’又对我们说,‘你们一定要继续进行预测,多方面找根据,多找你们那些顾问商量。把情况认真闹清楚,不能说可能。’

“第二天早上,天果然阴了,阴得很重。我们连夜检查气温风向。这时候,有些富裕中农就嚷起来了。范富兴就吵着说:‘天有雨了,天有雨了,该歇歇了。现在浇地是白费水,白出力。’‘老天爷低头了。’他这么一吵喝,弄得群众都不安心了。俺哥看着天上云彩黑乌乌的,也拿不住主意,就来问我。我说没有雨,叫他坚持抗旱。俺哥回到地里,还开了个辩论会,和范富兴好辩论了一番。可是这时候天阴得更重了,呼雷也轰隆隆响起来。后晌,我又到玉山上找赵大伯,他笑着说:‘我知道你该来找我了。’

“我说:‘赵大伯,你看这天有雨没有?’

“他说:‘这天还能没有雨!就是恐怕下不到咱这一片。只看是起什么风,要是东风,就能下到咱这里,要是西风,这雨过不来,玉山把它挡住了,顺着山北走了。’

“我问:‘你碰见过几回这样情况?’

“他笑着说:‘我这是几十年经验了。逢到这种天气,我就把羊赶到崖头下避一会就行了,一场干风。’

“听他这一讲,我的信心更足了。回来后,我又把三个省的省气象台预报仔细研究了一下,还翻了翻我们的资料记录,又调查了风向、风速，空气湿度，看了云状变化，把所有的根据都找遍了，检查结果，我们这儿还是没有雨，只有一场六级大风。这时候天已经黑了，黑疙瘩云彩像跑马一样来回翻着，天色黑沉沉的暗下来。咔嚓嚓嚓！呼雷就像从脚底下打过来，一道一道闪电，就像要把天劈开一样。

“这时候我拿定主意啦！反正我有根据，打闪电，响雷，你再做作得厉害，我不害怕。我去党委会汇报去！

“党委会已经点上灯了。一进党委会办公室，我先吓了一大跳。关书记、张社长、刘书记都站在那里不吭声，头上冒着汗，好像出了什么大事！

“县里水利局王股长也来了。我听见王股长说：‘据估计，这场暴雨明天早上，或者下半夜就来到。暴雨下来后，有山洪暴发，为了全县安全，水利局研究，把全县水库里的水都要放掉。’

“‘放水！’我一听这个消息，好像雷打在头上一样，怎么敢把水库里的水放掉哪！这时我又听见关书记说了。他说：‘如今水像金子一样，一碗水就是一碗粮食，我们这儿万亩稻子，就是全凭这两库水啊！这是关系到我们整个公社的大事！’

“王股长说：‘是啊，大家辛辛苦苦修的水库，今年才蓄了水，不想放掉，这也是能想到的。可是咱们不能因小失大。这是县里的决定，我是到咱们这个公社来执行。’

“许部长也满有把握地说：‘不要紧嘛，放了水天上还要下的，到明天再蓄。’

“关书记说：‘可是根据咱们气象站预报，这个暴雨还下不到咱这儿！’

“许部长指着外边天说：‘眼看雨就下来了！’他说话时候，外边又是响呼雷又是打闪！这时候也有别的同志说：‘要不就执行县里的决定吧！这责任太大了。’

“许部长又说：‘咱们这两个大水库，是在县城上边，万一山洪下来，溢了大坝事小，淹了下边怎么办！我的意见是执行县里决定。’

“这时候我真憋不住了,我说:‘许部长,我们气象站又详细预测了一遍,咱们这儿确定不会有雨!’

“王股长说:‘这一次雨面积大啦,不光是咱们一个县有雨。’

“关书记这时候站起来了,他坚决地说:‘这样吧,我再请示一下县委,把情况汇报一下,请县委决定。’他刚要摇电话铃,哎!一个高高大大的人进来了,大家一看,是县委林书记!

“‘林书记来了!林书记来了!’大家都高兴地喊起来。关书记笑着说:‘正要打电话找你,向你请示一下……’他没有说完,林书记就说:‘是水库放水的事吧,我全知道了。刚才我拐到水库上看了看,群众也在嘀咕着不想放水呢。现在咱们是这样啊,’他提高嗓子严肃地说,‘全省全县有大雨,这是没有问题了。你们不想放水,也可以。应该看到具体情况。可是要拿出根据,不能马虎,因为这不是一般问题。’林书记讲话就是那么干脆利落!他说话时候,我心一直在通通通跳着。外边呢,这时候雷越响越紧,闪电一道跟着一道,小兰在我身边站着,她脸色都变了。

“这时候我也想了,不管怎么样,只记住一句话:实事求是,敢说敢负责!自己还会点什么本领,党培养自己就是叫报情况,情况报不准还管什么用。再说我们那两库水,它不是水,它是黄澄澄的粮食啊!

“关书记这时叫我了。他问:‘淑英在这儿没有?’我从人缝里挤出来了,我说:‘在这儿!’他说:‘你把气象情况向林书记汇报一下吧!’

“我那时候呀,大概是急得太很了,衣裳都叫汗溻湿完了,可是我自己还不知道呀。林书记看见我说:‘啊哟!坐下,坐下,你怎么把衣服都溻湿了。’他说着还给我倒了一碗开水。又笑着说:‘你就说说吧,不要慌。’

“我接着就说开了!我说:‘林书记,根据我们预测,我们这儿没有大雨:第一,空气湿度不够;第二,西北方的急雨云,在三千公尺以下,被玉山挡住,顺着山北走了;第三,根据老农经验,根据我们六次记录,夏季西北风的暴雨,有百分之八十下不到山南这一片;第四,我们这里是山区,又是三省交界地方,一般的天气预报,在这里不一定都准确。另外我们还检查了温度,看了风速,确定我们这儿没有雨,只有一场六级大风。'

“我当时说得快极了,像背书一样,小兰后来对我说,就像演戏一样。可是我看看林书记呢,他听得可仔细啦!也就那么巧,我在里边说着,外边雷响着。一声闷雷响,大雨点子飘飘洒洒先向窗子里洒了进来。

“许部长喊着:‘雨下来了!雨下来了!’

“林书记却沉着气说:‘别慌,呼雷大,雨点小。’我听了这句话心里就像放了块石头!

“王股长又问我:‘你说没有雨,要是暴雨来了怎么办,你敢不敢负责任?’

“‘真是报错了,我情愿受处分。’

“林书记这时突然站起来说话了,他说:‘她已经负起这个责任了。’接着对大家说,‘我看这个小姑娘的报告是有根据,有调查,有研究。我也就是为这个事来的。在路上,我也作了些调查,问了十二个老农,有九个说这里下不了雨。还有一个对我说:“雷公先唱歌,有雨也不多。”可见群众常说“夏雨隔牛背”,是有道理的。现在我们怎么办呢?决定暂不放水,但是要组织一部分青壮劳力到堤上守护着,要有坚强干部领导。大家还有什么意见?’

“‘没意见。’大家喊那一声把外边雷声都盖住了!关书记又说:‘今天夜里我守在坝上!’说罢,大家衣裳一披,都出来了。

“这时候天漆黑漆黑的,对面看不见人,风呼呼地怪叫着,就像和那些大树吵架一样。关书记从俺哥那青年队调来四十个强实小伙子,看守着水库闸门,只要说有山洪下来,就马上开闸放水。

“什么都安排停当了,已经到了后半夜时分。关书记叫我们回去睡觉,可是看着书记他们还在亲自守夜,战斗又这么紧张,我们怎么睡得着呢!后来我一想,我还有事情要做:上玉山去!到玉山顶上看着,万一雨云窜过来了,我给他们报个信。我把衣服大襟一裹,一个人插着个头,冲着大风上玉山了。平常上玉山,倒是很平常,可是夜里天黑得像墨一样,风又大,那个风啊,就像故意截着你一样,不让你上山。

“爬到玉山上后,风更大了,雷声震得好像要把山推倒下来,一道闪电明亮,只见山北边,白茫茫的云海,就像几万匹马向前跑着一样,顺着丹江,一直往东滚着。有几次风把云块推过来,玉山就像个大佛爷凸着肚子,把它又挡回去。电闪着,雷打着,风卷着云,雨乘着风,整个天空上呀,就像个唱戏大舞台。那时我也忘记害怕啦!只觉得好看。另外,那天夜里,我可真得到不少宝贵的气象资料。

“天快明时候,天上洒落了一阵大雨点子,只洒湿了地皮就不下了。我回到水库坝上时,北边已经露出蓝天了。关书记和俺哥他们正在用绞车开水库闸门。他们开闸门可不是把水放掉,是天不下雨我们自己下雨,把清清的泉水放出来,浇灌我们公社那八万亩围风不透的稻田。

“一直到秋收,天还没有下一滴雨。可是我们的人民公社,照样红火朝天忙着秋收,打场。这八万亩稻子打下来后,一亩地合四百七十斤。我们公社四万口人留足口粮、种子、饲料外,四辆汽车还整整往外边运了一个月余粮。老天爷他本来要向我们人民公社来挑战,可是结果呢?

“他输了!”

羊舍一夕

汪曾祺

夜晚

火车过来了。

“216！往北京的上行车。”老九说。

于是他们放下手里的工作，一起听火车。老九和小吕都好像看见：先是一个雪亮的大灯，亮得叫人眼睛发胀。大灯好像在拼命地往外冒光，而且冒着气，嗤嗤地响。乌黑的铁，锃黄的铜。然后是绿色的车身，排山倒海地冲过来。车窗蜜黄色的灯光连续地映在果园东边的树墙子上，一方块，一方块，川流不息地追赶着……每回看到灯光那样猛烈地从树墙子上刮过去，你总觉得会刮下满地枝叶来似的。可是火车一过，还是那样：树墙子显得格外地安详、格外地绿。真怪。

这些，老九和小吕都太熟悉了。夏天，他们睡得晚，老是到路口去看火车。可现在是冬天了。那么，现在是什么样子呢？小吕想象，灯光一定会从树墙子的枝叶空隙处漏进来，落到果园的地面上来吧。可能！他想象着那灯光映在大梨树地间作的葱畦里，照着一地的大葱蓬松的、干的、发白的叶子……车轮的声音逐渐模糊成为一片，像刮过一阵大风一样过去了。“十点四十七。”老九说。老九在附近的山头上放了好几年羊了，他知道每一趟火车的时刻。

留孩说：“贵甲哥怎么还不回来？”

老九说：“他又排戏去了，一定回来得晚。”

小吕说:“这是什么奶哥!奶弟来了也不陪着,昨天是找羊,今天又去排戏!”

留孩说:“没关系,以后我们就常在一起了。”

老九说:“咱们烧山药吃,一边说话,一边等他。小吕,不是还有一包高山顶吗?坐上!外屋缸里还有没有水?”“有!”

于是三个人一起动手:小吕拿砂锅舀了多半锅水,抓起一把高山顶来撮在里面。这是老九放羊时摘来的。老九从麻袋里掏山药——他们在山坡上自己种的。留孩把炉子捅了捅,又加了点煤。

屋里一顺排了五张木床,连成一个大炕。一张是张士林的,他到狼山给场里买果树苗子去了。隔壁还有一间小屋,锅灶俱全,是老羊倌住的。老羊倌请了假,看他的孙子去了。今天这里只剩下四个孩子:他们三个,和那个正在排戏的。

屋里有一盏自造的煤油灯——老九用墨水瓶子改造的,一个炉子。外边还有一间空屋,是个农具仓库,放着硫铵、石灰、DDT、铁桶、木叉、喷雾器……外屋门插着。门外,右边是羊圈,里边卧着四百只羊;前边是果园,什么都没有了,只剩下一点葱,还有一堆没有窖好的蔓菁。现在什么也看不见,外边是无边的昏黑。方圆左近,就只有这个半山坡上有一点点亮光。夜,正在深浓起来。

小　吕

小吕是果园的小工。这孩子长得清清秀秀的。原在本堡念小学。念到六年级了,忽然跟他爹说不想念了,要到农场做活去。他爹想:农场里能学技术,也能学文化,就同意了。后来才知道,他还有个心思。他有个哥哥,在念高中,还有个妹妹,也在上学。他爹在一个医院里当炊事员。他见他爹张罗着给他们交费、买书,有时要去跟工会借钱,他就决定了:我去做活,这样就是两个人养活五个人,我哥能够念多高就让他念多高。

这样，他就到农场里来做活了。他用一个牙刷把子，截断了，一头磨平，刻了一个小手章：吕志国。每回领了工资，除了伙食、零用（买个学习本，配两节电池……），全部交给他爹。有一次，不知怎么弄的（其实是因为他从场里给家里买了不少东西：菜，果子），拿回去的只有一块五毛钱。他爹接过来，笑笑说：

“这就是两个人养活五个人吗？”

吕志国的脸红了。他知道他偶然跟同志们说过的话传到他爹那里去了。他爹并不是责怪他，这句嘲笑的话里含着疼爱。他爹想：困难是有一点的，哪里就过不去啊？这孩子！究竟走怎样一条路好：继续上学？还是让他在这个农场里长大起来？

小吕已经在农场里长大起来了。在菜园干了半年，后来调到果园，也都半年了。

在菜园里，他干得不坏，组长说他学得很快，就是有点贪玩。调他来果园时，征求过他本人的意见，他像一个成年的大工一样，很爽快地说：“行！在哪里干活还不是一样。”乍一到果园时，他什么都不摸头，不大插得上手，有点别扭。但没过多久，他就发现，原来果园对他说来是个更合适的地方。果园里有许多活，大工来做有点窝工，一般女工又做不了，正需要一个伶俐的小工。登上高凳，爬上树顶，绑老架的葡萄条，果树摘心，套纸袋，捉金龟子，用一个小铁丝钩疏虫果，接了长长的竿子喷射天蓝色的波尔多液……在明丽的阳光和葱茏的绿叶当中做这些事，既是严肃的工作，又是轻松的游戏，既“起了作用”，又很好玩，实在叫人快乐。这样的活，对于一个十四岁的孩子，不论在身体上、情绪上，都非常相投。

小吕很快就对果园的角角落落都熟悉了。他知道所有果木品种的名字：金冠、黄奎、元帅、国光、红玉、祝[①]；烟台梨、明月、二十世纪；密肠、日面红、秋梨、鸭梨、木头梨；白香蕉、柔丁香、老虎眼、大粒白、

① 祝，又名美夏、祝光、白糖，苹果的一种。

秋紫、金铃、玫瑰香、沙巴尔、黑汗、巴勒斯坦、白拿破仑……而且准确地知道每一棵果树的位置。有时组长给一个调来不久的工人布置一件工作，一下子不容易说清那地方，小吕在旁边，就说："去！小吕，你带他去，告诉他！"小吕有一件大红的球衣，干活时他喜欢把外面的衣裳脱去，于是，在果园里就经常看见通红的一团，轻快地、兴冲冲地弹跳出没于高高低低、深深浅浅的丛绿之中，惹得过路的人看了，眼睛里也不由得漾出笑意，觉得天色也明朗，风吹得也舒服。

小吕这就真算是果园的人了。他一回家就是说他的果园。他娘、他妹妹都知道，果园有了多少年了，有多少棵树，单葡萄就有八十多种，好多都是外国来的。葡萄还给毛主席送去过。有个大干部要路过这里，毛主席跟他说："你要过沙岭子，那里葡萄很好啊！"毛主席都知道的。果园里有些什么人，她们也都清清楚楚的了，大老张、二老张、大老刘、陈素花、恽美兰……还有个张士林！连这些人的家里的情形，他们有什么能耐，她们也都明明白白。连他爹对果园熟悉得也不下于他所在的医院了。他爹还特为上农场来看过他儿子常常叨念的那个年轻人张士林。他哥放暑假回来，第二天，他就拉他哥爬到孤山顶上去，指给他哥看：

"你看，你看！我们的果园多好看！一行一行的果树，一架一架的葡萄，整整齐齐，那么大一片，就跟画报上的一样，电影上的一样！"

小吕原来在家里住。七月，果子大起来了，需要有人下夜护秋。组长照例开个会，征求大家的意见。小吕说，他愿意搬来住。一来，夏天到秋天是果园最好的时候。满树满挂的果子，都着了色，发出香气，弄得果园的空气都是甜甜的，闻着都醉人。这时节小吕总是那么兴奋，话也多，说话的声音也大，好像家里在办喜事似的。二来是，下夜，睡在窝棚里，铺着稻草，星星，又大又蓝的天，野兔子蹿来蹿去，鸹鸹悠叫，还可能有狼！这非常有趣。张士林曾经笑他："这小子，浪漫主义！"还有，搬过来，他可以和张士林在一起，日夜都在一起。

他很佩服张士林。曾经特为去照了一张相，送给张士林，在背面写道:“给敬爱的士林同志!”他用的字眼是充满真实的意思的。他佩服张士林那么年轻,才十九岁,就对果树懂得那么多。不论是修剪,是嫁接,都拿得起来,而且能讲一套。有一次林业学校的学生来参观,由他领着给他们讲,讲得那些学生一愣一愣的,不停地拿笔记本子记。领队的教员后来问张士林:“同志,你在什么学校学习过?”张士林说:“我上过高小,我们家世代都是果农,我是在果树林里长大的。”他佩服张士林说玩就玩,说看书就看书,看那么厚的,比一块城砖还厚的《果树栽培学概论》。佩服张士林能文能武,正跟场里的技术员合作搞试验,培养葡萄抗寒品种,每天拿个讲义夹子记载。佩服张士林能“代表”场里出去办事。采花粉呀,交换苗木呀……每逢张士林从场长办公室拿了介绍信,背上他的挎包,由宿舍走到火车站去,他就在心里非常羡慕。他说张士林是去当“大使”去了。小张一回来,他看见了,总是连蹦带跳地跑到路口去,一面接过小张的挎包,一面说:“嗬!大使回来了!”

他愿意自己也像一个真正的果园技工。可是自己觉得不像。缺少两样东西:一样是树剪子。这里凡是固定在果园做活的,每人都有一把树剪子,装在皮套子里,挎在裤腰带后面,远看像支勃朗宁手枪。他多希望也有一把呀,走出走进——嗬!可是他没有。他也有使树剪子的时候。大的手术他不敢动,比如矫正树形,把一个茶杯口粗细的枝丫截掉,他没有那么大的胆子。像是丁个头什么的,这他可不含糊,拿起剪子叭叭地剪。只是他并不老使树剪子,因此没有他专用的,要用就到小仓库架子上去拿“官中”剪子。这不带劲!“官中”的玩意儿总是那么没味道,而且,当然总是,不那么好使。净“塞牙”,不快,费那么大劲,还剪不断。看起来倒像是你不会使剪子似的!气人。

组长大老张见小吕剪两下看看他那剪子,剪两下看看他那剪子,心里发笑。有一天,从他的锁着的柜子里拿出一把全新的苏式树剪,叫:“小吕!过来!这把剪子交给你,由你自己使:钝了自己磨,坏了自己修,绷簧掉了——跟公家领,可别老把绷簧搞丢了。小人小马小刀枪,正合适!”周围的人都笑了:因为这把剪子特别轻巧,特别小。小吕这可高了兴了,十分得意地说:“做啥像啥,卖啥吆喝啥嘛!”这算了了一桩心事。

自从有了这把剪子,他真是一日三摩挲。除了晚上脱衣服上床才解下来,一天不离身。没有事就把剪子拆开来,用砂纸打磨得锃亮,拿在手里都是精滑的。

今天晚上没事,他又打磨他的剪子了,在216次火车过去以前,一直在细细地磨。磨完了,涂上一层凡士林,用一块布包起来——明年再用。葡萄条已经铰完,今年不再有使剪子的活了。

另外一样,是嫁接刀。他想明年自己就先练习削树码子,练得熟熟的,像大老刘一样!也不用公家的刀,自己买。用惯了,顺手。他合计好了:把那把双箭牌塑料把的小刀卖去,已经说好了,猪倌小白要。打一个八折。原价一块六,六八四十八,一八得八,一块二毛八。再贴一块钱,就可以买一把上等的角柄嫁接刀!他准备明天就去托黄技师,黄技师两三天后就要上北京。

老　九

老九用四根油浸过的细皮条编一条一根葱的鞭子。这是一种很难的编法,四股皮条,这么绕来绕去的,一走神,就错了花,就拧成麻花腰子了。老九就这么聚精会神地绕着,一面舔着他的舌头。绕一下,把舌头用力向嘴唇外边舔一下,绕一下,舔一下。有时忽然“唔”的一声,那就是绕错了花了,于是拆掉重来。他的确是用的劲儿不小,一根鞭子,道道花一般紧,地道活计!编完了,从墙上把那根旧鞭子取下来,拆掉皮鞘,把新鞭鞘结在那个楸子木刨出来的又重又硬又光滑的鞭杆子上,还挂在原来的地方。

可是这根鞭子他自己是用不成了。

老九算是这个场子里的世袭工人。他爹在场里赶大车,又是个扶耧的好手。他穿着开裆裤的时候,就在场里到处乱钻。使砖头砸杏儿、摘果子、偷萝卜、刨甜菜,都有他。稍大一点,能做点事了,就什么也做,放鸭子,喂小牛,搓玉米,锄豆埂……最近三年正式固定在羊舍,当“羊伴子”——小羊倌。老九是土生土长(小吕家是从外地搬来的),这一带地方,不论是哪个山豁豁,渠坳坳,他都去过,用他自己的说法是“尿尿都尿遍了”。这一带的人,不问老少男女,也无不知道有个秦老九。每天早起,日头上来,露水稍干的时候,只要听见:蓝蓝的天上白云飘,白云下边马儿跑……就知是老九来了——这孩子,生了一副上低音的宽嗓子!他每天把羊从圈里放出来,上了路,走在羊群前面,一定是唱这一支歌。一挥鞭子:挥动鞭儿响四方,百鸟齐飞翔……矮粗矮粗的个子,方头大脸,黑眉毛大眼睛,大嘴,大脚。老九这双鞋也是奇怪,实纳帮,厚布底,满底钉了扁头铁钉,还特别大,走起来忒愣忒愣地响。一摇一晃的,来了!后面是四百只白花花的,挨挨挤挤,颤颤悠悠的羊,无数的小蹄子踏在地上,走过去像下了一阵暴雨。

老九发育得快,看样子比小吕魁伟壮实得多,像个小大人了。可是,有一次,他拿了家里的碗去食堂买饭,那碗恰恰跟食堂的碗一样,正好食堂里这两天丢了几个碗,管理员看见了,就说是食堂的,并且大声宣告:“秦老九偷了食堂的碗!”老九把脸涨得通红,一句话说不出,忽然号叫起来:“我×你妈!”

一面毫不克制地咧开大嘴哇哇地哭起来,使得一食堂的人都喝叽起来:

“暧噫,不兴骂人!”

“有话慢慢说,别哭!”

老九要是到了一个新地方,在一个新单位,做了真正的“工人”,若是又受了点委屈,觉得自尊心受了损伤,还会这样哭,这样破口骂人么?

老九真的要走了,要去当炼钢工人去了。他有个舅舅,在第二炼钢厂当工人,早就设法让老九进厂去学徒,他爹也愿意。有人问老九:

“老九,你咋啦,你不放羊了么?”

这叫老九很难回答。谁都知道炼钢好,光荣,工人阶级是老大哥。但是放羊呢?他就说:“我爹不愿意我放羊,他说放羊不好。”

他也竭力想同意他爹的看法,说:“放羊不好,把人都放懒了,啥也不会!”

其实他心里一点也不同意!如果这话要是别人说的,他会第一个起来大声反驳:“你瞎说!你凭什么?”

放羊?嘿——

每天早起,打开羊圈门,把羊放出来。挥着鞭子,打着呼哨,嘴里“嘎!嘎!”地喝唤着,赶着羊上了路。按照老羊倌的嘱咐,上哪一座山。到了坡上,把羊打开,一放一个满天星——都匀匀地撒开;或者凤凰单展翅——顺着山坡,斜斜地上去,走成一溜。羊安安驯驯地吃开草,就不用操什么心了。羊群缓缓地往前推移,远看,像一片云彩在坡上流动。天也蓝,山也绿,洋河的水在树林子后面白亮白亮的。农场的房屋、果树,都看得清清楚楚。一列一列的火车过来过去,看起来又精巧又灵活,简直不像是那么大的玩意。真好呀,你觉得心都轻飘飘的。“放羊不是艺,笨工子下不地!”①不会放羊的,打都打不开。羊老是恋成一疙瘩,挤成一堆,走不成阵势,吃不好草。老九刚放羊时,也是这样。老九蹦过来,追过去,累得满头大汗,心里急得咚咚地跳,还是弄不好!有一次,老羊倌病了,就他跟丁贵甲两个人上山,丁贵甲也还没什么经验,竟至弄得羊散了群,几乎下不了山。现在,老羊倌根本不怎么上山了,他俩也满对付得了这四百只羊了。问老九:“放羊是咋放法?”他也说不出,但是他会告诉你老羊倌说过的:

---

① “笨工子”指外行,“下不地”指应付不了。

看羊群一走，就知道这羊倌放了几年羊了。

放羊的能吃到好东西。山上有野兔子，一个有六七斤重。有石鸡子，有半鸠子。石鸡子跟小野鸡似的，一个准有十两肉。半鸠子一个准是半斤。你听："呱格丹，呱格丹！呱格丹！"那是母石鸡子唤她汉子了。你不要忙，等着，不大一会，就听见对面山上"呱呱呱呱呱呱……"你轻手轻脚地去，一捉就是一对。山上还有鸬鸬，就是野鸽子。"天鹅、地鹊、鸽子肉、黄鼠"，这是上讲究的。鸬鸬肉比鸽子还好吃。黄鼠也有，不过滩里更多。放羊的吃肉，只有一种办法：和点泥，把打住的野物糊起来，拾一把柴架起火来，烧熟。真香！山上有酸枣，有榛子，有橹林，有红姑蔫，有酸溜溜，有梭瓜瓜，有各色各样的野果。大北滩有一片大桑树林子，夏天结了满树的大桑葚，也没有人去采，落在地下，把地皮都染紫了。每回放羊回来经过，一定是"饱餐一顿"，吃得嘴唇、牙齿、舌头，都是紫的，真过瘾……

放羊苦么？咋不苦！最苦是夏天。羊一年上不上膘，全看夏天吃草吃得好不好。夏天放羊，又全靠晌午。"打柴一日，放羊一晌"。早起的露水草，羊吃了不好。要上膘，要不得病，就得吃太阳晒过的蔫筋草。可是这时正是最热的时候。不好找个阴凉地方躲着么？不行啊！你怕热，羊也怕热哩。它不给你好好地吃！它也躲阴凉。你看：都把头埋下来，挤成一疙瘩，净想躲在别的羊的影子里，往别个的肚子底下钻。这你就得不停地打。打散了，它就吃草了。可是打散了，一会会，它又挤到一块去！打散了，一会会，它又挤到一块去了。你想休息？休想。一夏天这么大太阳晒着，烧得你嘴唇、上腭都是烂的！

真渴呀！这会儿，农场里给预备了行军壶，自然是好了。若是在旧社会，给地主家放羊，他不给你带水。给你一袋炒面，你就上山吧！你一个人，又不敢走远了去弄水，狼把羊吃了怎办？渴急了，就只好自己喝自己的尿。这在放羊的不是稀罕事。老羊倌就喝过，丁贵甲小时当小羊伴子，也喝过，老九没喝过。不过他知道这些事。就是有行军壶,你也不敢多喝。若是敞开来,由着性儿喝,好家伙,那得多少水?只好抿一点儿,抿一点儿,叫嗓子眼潮润一下就行。

好天还好说,就怕刮风下雨。刮风下雨也好说,就怕下雹子。老九就遇上过。有一回,在马脊梁山,遇了一场大雹子!下了足有二十分钟,足有鸡蛋大。砸得一群羊惊惶失措,满山乱跑,咩咩地叫成一片。砸坏了二三十只,跛了腿,起不来了。后来是老羊倌、丁贵甲和老九一趟一趟地抱回来的。吓得老九那天沉不住气了,脸上一阵白,一阵紫,他觉得透不出气来。不是老羊倌把他那个竹皮大斗笠给他盖住,又给他喝了几口他带在身上的白酒,说不定就回不来啦!

但是这些,从来也没有使老九告过孬,发过怵。他现在回想起来倒都觉得很痛快,很甜蜜,很幸福。他甚至觉得遇上那场雹子是运气。这使他觉得生活丰富、充实,使他觉得自己能够算得上是一个有资格,有经验的羊倌了,是个见识过的,干过一点事情的人了,不再是只知道要窝窝吃的毛孩子了。这些,苦热、苦渴、风雨、冷雹,将和那些蓝天、白云、绿山、白羊、石鸡、野兔、酸枣、桑葚互相融和调和起来,变成一幅浓郁鲜明的图画,永远记述着秦老九的十五岁的少年的光阴,日后使他在不同的环境中还会常常回想。他从这里得到多少有用的生活技能和知识,受了多好的陶冶和锻炼啊。这些,在他将来炼钢的时候,或者履行着别样的职务时,都还会在他的血液里涌浮,给予他持续的力量。

但是他的情绪日渐向往于炼钢了。他在电影里,在招贴画上,看过不少炼钢的工人,他的关于炼钢的知识和印象也就限于这些。他不止一次设想自己下一个阶段的样子——一个炼钢工人:戴一顶大八角鸭舌帽,帽舌下有一副蓝颜色的像两扇小窗户一样的眼镜,穿着水龙布的工作服——他不知那是什么布,只觉得很厚,很粗,场子里有水泵,水泵上用的管子也是用布做的,也很厚,很粗,他以为工作服就是那种布——戴了很大很大的手套,拿着一个很长的后面有个大圈的铁家伙……没人的时候,他站在床上,拿着小吕护秋用的标枪,比画着,比画着。他觉得前面,偏左一点,是炼钢的炉子,轰隆轰隆的熊熊的大火。他觉得火光灼着他的眼睛,甚至感觉得到他左边的额头和脸颊上明明有火的热度。他的眼睛眯细起来,眯细起来……他出神地体验着,半天,半天,一动也不动。果园的大老张一头闯进来,看见老九脸上的古怪表情(姿势赶快就改了,标枪也撂了,可是脸上没有来得及变样——他这么眯细着太久了,肌肉一下子也变不过来),忍不住问:“老九,你在干啥呢?你是怎么啦?”

今天晚上,老九可是专心致志地打了一晚上鞭子。你已经要去炼钢了,还编什么鞭子呢?

一来是习惯。他不还没有走吗?他明天把行李搬回去,叫他娘拆洗拆洗,三天后才动身呢。那么,既然在这里,总要找点事做。这根鞭子早就想到要编了。编起来,他不用,总有人用。何况,他本来已经想好,在编着的时候又更确实地重复了一遍他的决定:这根鞭子送给留孩,明天走的时候送给他。

留孩和丁贵甲

留孩和丁贵甲是奶兄弟。这一带风俗,对奶亲看得很重。结婚时先给奶爹奶母磕头;奶爹奶母死了,像给自己的爹妈一样地戴孝。奶兄弟,奶姊妹,比姨姑兄弟姊妹都亲。丁贵甲的亲娘还没有出月子就死了,丁贵甲从小在留孩娘跟前寄奶。后来丁贵甲的爹得了腰疼病,终于也死了。他在给人家当小羊伴子以前,一直就在留孩家长大。丁贵甲有时请假说回家看看,就指的是留孩的家。除此之外,他的家便是这个场了。

留孩一年也短不了来看他奶哥。过去大都是他爹带他来,这回是他自己来的——他爹在生产队里事忙,三五天内分不开身;而且他这回来和往回不同:他是来谈工作的。他要来顶老九的手。留孩早就想过到这个场里来工作。他奶哥也早跟场领导提了。这回谈妥了,老九一走,留孩就搬过来住。

留孩,你为什么想到场子里来呢?这儿有你奶哥;还有?——“这里好。”这里怎么好?——“说不上来。”……

这里有火车。

这里有电影,两个星期就放映一回,常演打仗片子,捉特务。这里有很多小人书。图书馆里有一大柜子。

这里有很多机器。播种机、收割机、脱粒机……张牙舞爪,排成一大片。

这里庄稼都长得整齐。先用个大三齿耙似的家伙在地里画出线,长出来,笔直。

这里有花生、芝麻、红白薯……这一带都没有种过,也长得挺好。

有果园,有菜园。

有玻璃房子,好几排,亮堂堂的,冬天也结西红柿,结黄瓜。黄瓜那么绿,西红柿那么红,跟上了颜色一样。有很多鸡,都一色是白的;有很多鸭,也一色是白的。风一吹,白毛儿忒勒勒飘翻起来,真好看。有很多很多猪,都是短嘴头子,大腮帮子,巴克夏,约克夏。这里还有养鱼池,看得见一条一条的鱼在水里游……这里还有羊,这里的羊也不一样。留孩第一次来,一眼就看到:这里的羊都长了个狗尾巴。不是像那样扁不塌塌的沉甸甸颤巍巍地坠着,遮住屁股蛋子,而是很细很长的一条,当啷着。他先初以为这不像样子,怪寒碜的。后来当然知道,这不是本地羊,是本地羊和高加索绵羊的杂交种。这种羊,一把都抓不透的毛子,做一件皮袄,三九天你尽管躺到洋河冰上去睡觉吧!既是这样,那么尾巴长得不大体面,也就可以原谅了。那两头“高加索”,好家伙,比毛驴还大。那么大个脑袋(老羊倌说一个脑袋有十三斤肉),两盘大角,不知绕了多少圈,最后还旋扭着向两边支出来。脖子下的皮皱成数不清的折子,鼓鼓囊囊的,像围了一个大花领子。老是慢吞吞地,稳稳重重地在草地上踱着步。时不时地,停下来,斜着眼,这边看看,那边看看,样子很威严,很尊贵。留孩觉得它很像张士林的一本游记书上画的盛装的非洲老酋长。老九叫他骑一骑。留孩说:“羊嘛,咋骑得!”老九说:“行!”留孩当真骑上去,不想它立刻围着羊舍的场子开起小跑来,步子又匀,身子又稳!原来这两只羊已经叫老九训练得很善于做本来是驴应做的事了。

留孩,你过两天就是这个场子里的一个农业工人了。就要每天和这两个老酋长,还有那四百只狗尾巴的羊做伴了,你觉得怎么样,好呢还是不好?——“好。”

场子里老一点的工人都还记得丁贵甲刚来的时候的样子。又干又瘦,披了件丁零当啷的老羊皮,一卷行李还没个枕头粗。问他多大了,说是十二,谁也不相信。待问过他属什么,算一算,却又不错。不论什么时候,都是那么寒簌簌的;见了人,总是那么怯生生的。有的工人家属见他走过,私下担心:这孩子怕活不出来,场子里支部书记有一天远远地看了他半天,说,这孩子怎么的呢,别是有病吧,送医院里检查检查吧。一检查:是肺结核。在医院整整住了一年,好了,人也好像变了一个。接着,这小子,好像遭了掐脖旱的小苗子,一朝得着足量的肥水,嗖嗖地飞长起来,三四年工夫,长成了一个肩阔胸高腰细腿长的,非常匀称挺拔的小伙子。一身肌肉,晒得紫黑紫黑的。照一个当饲养员的王全老汉的说法:像个小马驹子。

这马驹子如今是个无事忙,什么事都有他一份。只要是球,他都愿意摸一摸。放了一天羊,爬了一天山,走了那么远的路,回来扒拉两大碗饭,放下碗就到球场上去。逢到节日,有球赛,连打两场,完了还不休息。别人都已经走净了,他一个人在月亮地里还绷愣绷愣地投篮。摸鱼,捉蛇,掏雀,撵兔子,只要一声吆唤,马上就跟你走。哪里有夜战,临时突击一件什么工作,挑渠啦,挖沙啦,不用招呼,他扛着铁锹就来了。也不问青红皂白,吭吭就干起来。冬天刨冻粪,这是个最费劲的活,常言说:“刨过个冻粪哪,做过个怕梦哪!”他最愿意揽这个活。使尖镐对准一个口子,憋足了劲:“许一个猪头——开!许一个羊头——开!开——开!狗头也不许了!”这小伙子好像有太多过剩的精力,不找点什么重实点的活消耗消耗,就觉得不舒服似的。

小伙子一天无忧无虑,不大有心眼。什么也不盘算。开会很少发言,学习也不大好,在场里陆续认下的两个字还没有留孩认得的多。整天就知道干活、玩。也喜欢看电影。他把所有的电影分成两大类:一类是打仗的,一类是找媳妇的。凡是打仗的,就都"好"!凡是找媳妇的,就"嗳噫,不看不看!"找媳妇的电影尚且不看,真的找媳妇那更是想都不想了。

他奶母早就想张罗着给他寻一个对象了。每次他回家,他奶母都问他场子里有没有好看的姑娘,他总是回答得不得要领。他说林凤梅长得好,五四也长得好。问了问,原来林凤梅是场里生产队长的爱人,已经生过三个孩子;五四是个幼儿园的孩子,一九五四年生的!好像恰恰是和他这个年龄相当的,他都没有留心过。奶母没法,只好摇头。其实场子里这个年龄的,很有几个,也有几个长得不难看的。她们有时谈悄悄话的时候,也常提到他。有一个念过一年初中的菜园组长的女儿,给他做了个鉴定,说:"他长得像周炳,有一个名字正好送给他,《三家巷》第一章的题目!"其余几个没有看过《三家巷》的,就找了这本小说来看。一看,原来是:"长得很俊的傻孩子",她们咯咯咯地笑了一晚上。于是每次在丁贵甲走过时,她们就更加留神看他,一面看,一面想想这个名字,便咯咯咯地笑。这很快就固定下来,成为她们私下对于他的专用称呼,后来又简化、缩短,由"长得很俊的傻孩子"变成"很俊的——"。正在做活,有人轻轻一嘀咕:"嗨!很俊的来了!"于是都偷眼看他,于是又咯咯咯地笑。

这些,丁贵甲全不理会。他一点也不知道他有这么一个名字。起先两回,有人在他身后咯咯地笑,笑得他也疑惑,怕是老九和小吕在他歇晌时给他在脸上画了眼镜或者胡子。后来听惯了,也不以为意,只是在心里说:丫头们,事多!

其实,丁贵甲因为从小失去爹娘,多受苦难,在情绪上智慧上所受的启发诱导不多;后来在这样一个集体的环境中成长,接触的人事单纯，又缺少一点文化，以至形成他思想单纯，有时甚至显得有点愣，不那么精灵。这是一块璞，如果在一个更尖利精微的砂轮上磨铣一回，就会放出更晶莹的光润。理想的砂轮，是部队。丁贵甲正是日夜念念不忘地想去参军。他之所以一点也不理会“丫头们”的事，也和他的立志做解放军战士有关。他现在正是服役适龄。上个月底，刚满十八足岁。丁贵甲这会儿正在演戏。他演戏，本来不合适，嗓子不好，唱起来不搭调。而且他也未必是对演戏本身真有兴趣。真要派他一个重要一点的角色，他会以记词为苦事，以背锣经为麻烦。他的角色也不好派，导演每次都考虑很久，结果总是派他演家院。就是演家院，他也不像个家院。照一个天才鼓师(这鼓师即猪倌小白，比丁贵甲还小两岁，可是打得一手好鼓)说：“你根本就一点都不像一个古人!”可不是，他直直地站在台上，太健康，太英俊，实在不像那么一回事，虽则是穿了老斗衣，还挂了一副白满。但是他还是非常热心地去。他大概不过是觉得排戏人多，好玩。红火，热闹，大锣大鼓地一敲，哇哇地吼几嗓子，这对他的蓬勃炽旺的生命，是能起鼓扬疏导作用的。他觉得这么闹一阵，舒服。不然，这么长的黑夜，你叫他干什么去呢，难道像王全似的摊开盖窝睡觉?

现在秋收工作已经彻底结束，地了场光，粮食入库，冬季学习却还没有开始，所以场里决定让业余剧团演两晚上戏，劳逸结合。新排和重排的三个戏里都有他，两个是家院，一个是中军。以前已经落了几场了，最近连排三个晚上，可是他不能去，这把他着急坏了。

因为丢了一只半大羊羔子。大前天，老九舅舅来了，早起老九和丁贵甲一起把羊放上山，晌午他先回一步，丁贵甲一个人把羊赶回家的。入圈的时候，一数，少了一只。丁贵甲连饭也没吃，告诉小吕，叫他请大老张去跟生产队长说一声，转身就返回去找了。找了一晚上，十二点了，也没找到。前天，叫老九把羊赶回来，给他留点饭，他又一个人找了一晚上，还是没找到。回来，老九给他把饭热好了，他吃了多半碗就睡了。这两天老羊倌又没在，也没个人讨主意！昨天，生产队长说:找不到就算了,算是个事故,以后不要麻痹。看样子是找不到了,两夜了,不是叫人拉走,也要叫野物吃了。但是他不死心,还要找。他上山时就带了一点干粮,对老九说:“我准备找一通夜!找不到不回来。若是人拉走了,就不说了;若是野物吃了,骨头我也要找它回来,它总不能连皮带骨头全都咽下去。不过就是这么几座山,几片滩,它不能土遁了,我一个脚印一个脚印地把你盖遍了,我看你跑到哪里去!”老九说他把羊赶回去也来,还可以叫小吕一起来帮助找,丁贵甲说:“不。家里没有人怎么行?晚上谁起来看羊圈?还要闷料——玉黍在老羊倌屋里,先用那个小麻袋里的。小吕子不行,他路不熟,胆子也小,黑夜没有在山野里待过。”正说着,他奶弟来了。他知道他这天来的,就跟奶弟说:“我今天要找羊。事情都说好了,你请小吕陪你到办公室,填一个表,我跟他说了。晚上你先睡吧,甭等我。我叫小吕给你借了几本小人书,你看。要是有什么问题,你先找一下大老张,让他告给你。”

晚上,老九和留孩都已经睡实了,小吕也都正在迷糊着了——他们等着等着都困了,忽然听见他连笑带嚷地来了:“哎!找到啦!找到啦!还活着哩!哎!快都起来!都起来!找到啦!我说它能跑到哪里去呢?哎——”

这三个人赶紧一骨碌都起来,小吕还穿衣裳,老九是光着屁股就跳下床来了。留孩根本没脱——他原想等他奶哥的,不想就这么睡着了,身上的被子也不知是谁给搭上的。“找到啦?”

“找到啦!”

“在哪儿哪?”

“在这儿哪。”

原来他把自己的皮袄脱下来给羊包上了,所以看不见。大家于是七手八脚地给羊舀一点水,又倒了点精料让它吃。这羔子,饿得够呛,乏得不行啦。一面又问:“在哪里找到的?”

“怎么找到的?”

“黑咕隆咚的,你咋看见啦?”

丁贵甲嚼着干粮(他干粮还没吃哩),一面喝水,一面说:“我哪儿哪儿都找了。沿着我们那天放羊走过的地方,来回走了三个过儿——前两天我都来回地找过了:没有!我心想:哪儿去了呢?我一边找,一边捉摸它的个头、长相,想着它的叫声,忽然,我想起:叫叫看,怎么样?试试!我就叫!满山遍野地叫。不见答音。四处静悄悄的,只有宁远铁厂的吹风机好像远远地呼呼地响,也听不大真切,就我一个人的声音。我还叫。忽然——‘咩……’我说,别是我耳朵听差了音,想的?我又叫——‘咩……咩……’这回我听真了,没错!这还能错?我天天听惯了的,娇声娇气的!我赶紧奔过去——看我膝盖上摔的这大块青——破了!路上有棵新伐树桩子,我一喜欢,忘了,叭叉摔出去丈把远,喔唷,真他妈的!肿了没有?老九,给我拿点碘酒——不要二百二,要碘酒,妈的,辣辣的,有劲!——把我帽子都摔丢了!我找了羊,又找帽子。找帽子又找了半天!真他妈缺德!他早不伐树晚不伐树,赶爷要找羊了,他伐树!

“你说在哪儿找到的?太史弯不有个荒沙梁子吗?拐弯那儿不是叫山洪冲了个豁子吗?笔陡的,那底下不是坟滩吗?前天,老九,我们不是看见人家迁坟吗,刨了一半,露了棺材,不知为什么又不刨了!这东西,爷要打你!它不是老爱走外手边吗,大概是豁口那儿沙软了,往下塌,别的羊一挤,它就滚下去了!有那么巧,可正掉在坟窟窿里!掉在烂棺材里!出不来了!棺材在土里埋了有日子了,糟朽了,它一砸,就折了,它站在一堆死人骨头里——那里头倒不冷!不然饿不杀你也冻杀你!外边挺黑。可我在黑里头久了,有点把星星的光就能瞅见。我又叫一声——‘咩……’不错!就在这里。它是白的,我模模糊糊看见有一点白晃晃的,下面一摸,正是它!小东西!可把爷担心得够呛!累得够呛!明天就叫伙房宰了你!我看你还爱走外手边!还爱走外手边?唔?”

等羊缓过一点来,有了精神,把它抱回羊圈里去,收拾睡下,已经是后半夜了。

今天,白天他带着留孩上山放了一天羊,告诉他什么地方的草好,什么地方有毒草。几月里放阳坡,上什么山;几月里放阴坡,上什么山;什么山是半椅子臂,该什么时候放。哪里蛇多,哪里有个暖泉,哪里地里有碱。看见大栅栏落下来了,千万不能过——火车要来了。片石山每天十一点五十要放炮崩山,不能去那里……其实日子长着呢,非得赶今天都告诉你奶弟干什么?

晚上,烧了一个小吕在果园里拾来的刺猬,四个人吃了,玩了一会,他就急急忙忙去侍候他的家爷和元帅去了,他知道奶弟不会怪他的。到这会还不回来。

夜,正深浓起来

小吕从来没放过羊,他觉得很奇怪,就问老九和留孩:"你们每天放羊,都数么?"

留孩和老九同声回答:"当然数,不数还行哩?早起出圈,晚上回来进圈,都数。不数,丢了你怎么知道?"

"那咋数法?"

咋数法?留孩和老九不懂他的意思,两个人互相看看。老九想了想,哦!

"也有两个一数的,也有三个一数的,数得过来五个一数也行,数不过来一个一个地数!"

"不是这意思!羊是活的嘛!它要跑,这么蹿着蹦着挨着挤着,又不是数一笸箩梨,一把树码子,摆着。这你怎么数?"

老九和留孩想一想,笑起来。是倒也是,可是他们小时候放羊用不着他们数,到用到自己数的时候,自然就会了。从来没发生这样的问题。老九又想了想,说:"看熟了。羊你都认得了,不会看花了眼的。过过眼就行。猪舍那么多猪,我看都是一样。小白就全都认得,小猪娃子跑出来了,他一把抱住,就知往哪个圈里送。也是熟了,一样的。"小吕想象,若叫自己数,一定不行,非数乱了不可!数着数着,乱了——重来;数着数着,乱了——重来!那,一天早上也出不了圈,晚上也进不了家,净来回数了!他想着那情景,不由得嘿嘿地笑起来,下结论说:“真是隔行如隔山。”

老九说:“我看你给葡萄花去雄授粉,也怪麻烦的!那么小的花须,要用镊子夹掉,还不许蹭着柱头!我那天夹了几个,把眼都看酸了。”

小吕又想起昨天晚上丁贵甲一个人满山叫小羊的情形,想起那么黑,那么静,就只听见自己的声音,想起坟窟窿,棺材,对留孩说:

“你奶哥胆真大。”

留孩说:“他现在胆大,人大了。”

小吕问留孩和老九:

“要叫你们去,一个人,敢么?”

老九和留孩都没有肯定地回答。老九说:“丁贵甲叫羊急的,就是怕,也顾不上了。事到临头,就得去。这一带他也走熟了。他晚上排戏还不老是十一二点回来,也就是解放后,我爹说,十多年头里,过了扬旗,晚上就没人敢走了。那里不清静,劫过人,还把人杀了。”

“在哪里?”

“过了扬旗。准地方我也不知道。”

“……”

“——这里有狼么?”小吕想到狼了。

“有。”

“河(洋河)南狼多,”留孩说,“这两年也少了。”

“他们说是五八年大炼钢铁炼的,到处都是火,烘烘烘,狼都吓得进了大山了。有还是有的。老郑黑夜浇地还碰上过。”

“那我怎么下了好几个月夜,也没碰上过?”

“有!你没有碰上就是了。要是谁都碰上,那不成了口外的狼窝沟了!这附近就有,还来果园。你问大老刘,他还打死过一只——一肚子都是葡萄。”

小吕很有兴趣了,留孩也奇怪,怎么都是葡萄,就都一起问:

“咋回事? 咋回事?”

“那年,还是李场长在的时候哩! 葡萄老是丢,而且总是丢白香蕉。大老刘就夜夜守着,原来不是人偷的,是一只狼。李场长说:‘老刘,你敢打么?’老刘说:‘敢!’老刘就对着它每天来回走的那条车路,挖了一道壕子,趴在里面,拿上枪,上好子弹,等着——”

“什么枪,是这支火枪么?”

“不是,”老九把羊舍的火枪往身边靠了靠,说,“是老陈守夜的快枪——等了它三夜,来了! 一枪就给撂倒了。打开膛:一肚子都是葡萄,还都是白香蕉! 这老家伙可会挑嘴哩,它也知道白香蕉葡萄好吃!”

留孩说:“狼吃葡萄么? 狼吃肉,不是说‘狼行千里吃肉’么?”

老九说:“吃。狼也吃葡萄。”

小吕说:“这狼大概是个吃素的,是个把斋的老道!”说得留孩和老九都笑起来。

“都说狼会赶羊,是真的么? 狼要吃哪只羊,就拿尾巴拍拍它,像哄孩子一样,羊就乖乖地在前头走,是真的么?”

“哪有这回事!”

“没有!”

“那人怎么都这么说?”

“是这样——狼一口咬住羊的脖子,拖着羊,羊疼哩,就走,狼又用尾巴抽它——哪是拍它! 啯擞——啯擞——啯擞,看起来轻轻的,你看不清楚,就像狼赶羊,其实还是狼拖羊。狼要不咬住它,它跟你走才怪哩!”

“你们看见过么? 留孩,你见过么?”

“我没见过,我是在家听贵甲哥说过的。贵甲哥在家给人当羊倌子的时候,可没少见过狼。他还叫狼吓出过毛病,这会不知好了没有,我也没问他。”

这连老九也不知道,问:“咋回事?”

“那年,他跟上羊倌上山了。我们那里的山高,又陡,差不多的人连羊路都找不到。羊倌到沟里找水去了,叫贵甲哥一个人看一会。贵甲哥一看,一群羊都惊起来了,一个一个哆里哆嗦的,又低低地叫唤。贵甲哥心里扑通一下——狼!一看,灰黄灰黄的,毛茸茸的,挺大,就在前面山杏丛里。旁边有棵树,吓得贵甲哥一蹿就上了树。狼叼了一只大羔子,使尾巴赶着,刷拉一下子就从树下过去了,吓得贵甲哥尿了一裤子。后来,只要有点着急事,下面就会津津地漏出尿来。这会他胆大了,小时候,——也怕。”

“前两天丢了羊,也着急了,咱们问问他尿了没有?”

“对!问他!不说就扒他的裤子检查!”

茶开了,小吕把砂锅端下来,把火边的山药翻了翻。老九在挎包里摸了摸,昨天吃剩的朝阳瓜子还有一把,就兜底倒出来,一边喝着高山顶,一边嗑瓜子。

“你们说,有鬼没有?”这回是老九提出问题。

留孩说:“有。”

小吕说:“没有。”

“有来,”老九自己说,“就在咱们西南边,不很远,从前是个鬼市,还有鬼饭馆。人们常去听,半夜里,乒乒乓乓地炒菜,勺子铲子响,可热闹啦!”

“在哪里?”这小吕倒很想去听听,这又不可怕。

“现在没有了。现在那边是兽医学校的牛棚。”

“嗳噫——”小吕失望了,“我不相信,这不知是谁造出来的!鬼还炒菜?!”

留孩说:“怎么没有鬼?我听我大爷说过:有一帮河南人,到口外去割莜麦。走到半路上,前不巴村,后不巴店,天也黑夜了,有一个旧马棚,空着,也还有个门,能插上,他们就住进去了。在一个大草滩子里,没有一点人烟。都睡下了。有一个汉子烟瘾大,点了个蜡头在抽

烟。听到外面有人说:

"'你老们,起来解手时多走两步噢,别尿湿了我这疙瘩毡子,我就这么一块毡子啊!'这汉子也没理会,就答了一声:'知道啦。'

"一会儿,又是:

"'你老们,起来解手时多走两步噢,别尿湿了我这疙瘩毡子,我就这么一块毡子啊!''知道啦。'

"一会儿,又来啦:

"'你老们,起来解手时多走两步噢,我就这么一块疙瘩毡子!'

"'知道啦!你怎么这么噜苏啊!''我怎么噜苏啦?'

"'你就是噜苏!'

"'我怎么噜苏?''你噜苏!'

"两个就隔着门吵起来,越吵越凶。外面说:'你敢给爷出来!''出来就出来!'

"那汉子伸手就要拉门,回身一看:所有的人都拿眼睛看住他,一起轻轻地摇头。这汉子这才想起来,吓得脸煞白——"

"怎么啦?"

"外边怎么可能有人啊,这么个大草滩子里?撒尿怎么会尿湿了他的毡子啊?他们都想,来的时候仿佛离墙不远有一疙瘩土,像是一个坟。这是鬼,也是像他们一样背了一块毡子来割莜麦的,死在这里了。这大概还是一个同乡。

"第二天,他们起来看,果然有一座新坟。他们给它加加土,就走了。"

这故事倒不怎么可怕,只是说得老九和小吕心里都为这个客死在野地里的只有一块毡子的河南人很不好受。夜已经很深了,他们也不想喝茶了,瓜子还剩一小撮,也不想吃了。过了一会,忽然,老九的脸色一沉:"什么声音?"

是的!轻轻的,但是听得很清楚,有点像羊叫,又不太像。老九一把抓起火枪:

“走！”

留孩立刻理解：羊半夜里从来不叫，这是有人偷羊了！他跟着老九就出来。两个人直奔羊圈。小吕抓起他的标枪，也三步抢出门来，说：“你们去羊圈看看，我在这里，家里还有东西。”

老九、留孩用手电照了照几个羊圈，都好好的，羊都安安静静地卧着，门、窗户，都没有动。正察看着，听见小吕喊：“在这里了！”

他们飞跑回来，小吕正闪在门边，握着标枪，瞄着屋门：“在屋里！”

他们略一停顿，就一齐踢开门进去。外屋一照，没有。上里屋。里屋灯还亮着，没有。床底下！老九的手电光刚向下一扫，听见床下面“扑哧”的一声——“他妈的，是你！”

“好！你可吓了我们一跳！”

丁贵甲从床底下爬出来，一边爬，一边笑得捂着肚子。“好！要我们！打他！”

于是小吕、老九一齐扑上去，把丁贵甲按倒，一个压住脖子，一个骑住腰，使劲打起来。连留孩也上了手，拽住他企图往上翻拗的腿。一边打，一边说骂；丁贵甲在下面一边招架，一边笑，说：

“我看见灯……还亮着……我说，试试这几个小鬼！……我早就进屋了！拨开门划，躲在外屋……我，嘻嘻嘻……叫了一声，听见老九，嘻嘻嘻嘻……”

“妈的！我听见‘啤——咩’的一声，像是只老公羊！是你！这小子！这小子！”

“老九……拿了手电嘻嘻就……走！还拿着你娘的……火枪嘻嘻，呜噫，别打头！小吕嘻嘻嘻拿他妈一根破标……枪嘻嘻，你们只好……去吓鸟！”

这么一边说着，打着，笑着，滚着，闹了半天，直到丁贵甲在下面说：

“好香！煨了……山药……煨了！哎哟……我可饿了！”

他们才放他起来。留孩又去捅了捅炉子,把高山顶又坐热了,大家一边吃山药,一边喝茶,一边又重复地演述着刚才的经过。

他们吃着,喝着,说了又说,笑了又笑。当中又夹着按倒,拳击,捧腹,搂抱,表演,比画。他们高兴极了,快乐极了,简直把这间小屋要闹翻了,涨破了,这几个小鬼!他们完全忘记了现在是很深的黑夜。

明　天

明天,他们还会回味这回事,还会说、学、表演、大笑,而且等张士林回来一定会告诉张士林,会告诉陈素花、恽美兰,并且也会说给大老张听的。将来有一天,他们聚在一起,还会谈起这一晚上的事,还会觉得非常愉快。今夜,他们笑够了,闹够了,现在都安静了,睡下了。起先,隔不一会还有人含含糊糊地说一句什么,不知是醒着还是在梦里,后来就听不到一点声息了。这间在昏黑中哗闹过、明亮过的半坡上的羊舍屋子,沉静下来,在拥抱着四山的广阔、丰美、充盈的暗夜中消融。一天就这样地过去了。夜在进行着,夜和昼在渗入、交递,开往北京的216次列车也正在轨道上奔驰。

明天,就又是一天了。小吕将会去找黄技师,置办他的心爱的嫁接刀。老九在大家的帮助下,会把行李结束起来,走上他当一个钢铁工人的路。当然,他会把他新编得的羊鞭交给留孩。留孩将要来这个很好的农场里当一名新一代的牧羊工。征兵的消息已经传开,说不定场子里明天就接到通知,叫丁贵甲到曾经医好他肺结核的医院去参加体格检查,准备入伍、受训,在他所没有接触过的山水风物之间,在蓝天或绿海上,戴起一顶缀着红徽的军帽。这些,都在夜间趋变为事实。

这也只是一个平常的夜。但是人就是这样一天一天,一黑夜一黑夜地长起来的。正如同庄稼,每天观察,差异也都不太明显,然而它发芽了，出叶了，拔节了，孕穗了，抽穗了，灌浆了，终于成熟了。这四个现在在一排并睡着的孩子（四个枕头各托着一个蓬蓬松松的脑袋），他们也将这样发育起来。在党的阳光照煦下，经历一些必要的风风雨雨，都将迅速、结实、精壮地成长起来。

现在，他们都睡了。灯已经灭了。炉火也封住了。但是从煤块的缝隙里，有隐隐的火光在泄漏，而映得这间小屋充溢着薄薄的、十分柔和的、蔼然的红晖。

睡吧，亲爱的孩子。

红　　岩

(节选:川北路上)

罗广斌　杨益言

江姐来到浓雾弥漫的朝天门码头附近,四边望望,雾太大,几步以外全是一片朦胧。江姐只好站住脚,理理头上的纱巾。

“……小姐,雾大得很,开船还早咯。来碗炒米糖开水?”

江姐摇摇头谢绝了。她犹豫了一下,迎着江风和浓雾,朝江边走去,一双时髦的半高跟鞋,踏在陡斜的石级上,咯噔咯噔地响。力夫提着个不大的行李卷,跟在后面。

路边,零星地听到叫卖声,乞丐的哀告声。突然出现了一声粗暴的呵斥:“走快点!跟上!”

江姐回头看时,一长列穿着破烂军衣的壮丁,像幽灵一样,从雾海里显现了,一个个缩着肩头,双手笼在袖口里,周身索索地发抖;瘦削的脸颊上,颧骨突出,茫然地毫无表情,一双双阴暗的眼睛,深陷在绝望的眼眶里……

到了江边,力夫把行李放下,江姐付了钱,站在来往的旅客间,等待着。江风迎面吹来,掀动衣角,潮湿的雾海包围着她,她扣上了那时新的细绒大衣的扣子,又把双手插进大衣口袋。

江姐的仪容本来是端庄的,经过化妆,更显出一种典雅的风姿。她站在江边,心里久久地不能忘怀那群壮丁的惨状。苦难深重的农民,怎能再忍受反动派的蹂躏?更大的反抗怒潮,一定会从根本上动摇反动派的统治基础,迎接未来的光明。她渐渐地又仿佛看见了雾海之外，有无数红旗在广阔的原野上招展，一眼望不尽的武装的农民，正出没在群山之间。老彭那里，现在的工作基础更好了吧？江姐想着，又感到肩头上担负的责任的重大。这次，党增派一批同志到川北去，老彭一定会高兴的。去年春天，也是在朝天门码头送他上船，转眼就一年了。现在，他还像在重庆工作时那样，经常吐血吗？他还爱说那句口头禅吗？——“为了人民的解放，有一分热，我们要发几分光！”那时候，孩子还没有出世，老彭说，等我们再见那天，全国一定解放了，孩子一定会喊爸爸了！他还嘱咐过：在几亿人口的大国建设共产主义，不是轻而易举的，孩子不要娇生惯养，革命的后代，应该粗茶淡饭，从小过惯艰苦的生活。现在，孩子已经断奶了，他见了照片，一定会喜欢的……

“江姐！”一个声音在耳边喊。她转回头，一眼看见甫志高从人丛中挤过来，捎着一口大箱子，走到她身边。

“开船还早，我们到江边坐一会儿。”江姐说着，轻轻提起小行李卷，领着甫志高，离开人丛，走向寂静无人的江岸。江姐把行李放下，像要耐心等船似的，坐在行李上休息。甫志高也把箱子放下，掏出手巾，拍打着藏青色西服上沾染的灰尘。

“昨晚快到半夜，小余才把东西送来……我还担心他出了什么事咧！”甫志高也坐到箱子上，凑近江姐耳边小声地说着，“小余说，两百份《挺进报》——《目前形势和我们的任务》特刊，山上修械所要的两台设备，昨夜已全部交给交通员同志带走了。箱子里装的全是山里急需的药品。”

“按照我说的那样包装的吗？”江姐轻声问，虽然附近没有行人，她仍保持着应有的警惕，即使有人注意，也不过是两个等待雾散上船的旅客。

甫志高点点头。“你的证件放在最上面，这是钥匙。”

江姐接过钥匙，又看见甫志高摸出手巾擦拭着额角。江姐这才似乎无心地问：“你为什么不找个力夫？”

“哦,箱子不算太重。”甫志高微笑着,解释道,“艰苦点是应该的,一口箱子,何必找人搬呢?况且,自己搬更安全些!”

“安全?”江姐微微地摇了摇头,不知怎的,她有点觉得他是在显示自己的“艰苦”作风。她用目光指点着过往的旅客:“你看,哪有穿西服的人自己掮行李的?”

“啊?”甫志高嘘了一口气,搔着自己油亮的头发,“我倒忽略了这一点。”他不禁解嘲地微笑起来,“枉自做了多年地下工作,运口箱子都走了火!”甫志高正对着江姐转向他的目光,期待地说道:

“别时容易见时难。江姐,你过去给过我很多帮助,再给我提点意见,好吗?”

暂时没有说话,江姐心里像在想着什么。在她移交沙磁区委书记职务给接替她的同志以前,已经不止一次地和甫志高交换过意见了。过了一会儿,她才缓缓地问道:

“有一件事,我听华为讲,你常叫陈松林到重庆大学活动,是这样的吗?”

“这是过去了的事情。”甫志高略一迟疑,便回答说,“小陈偶尔到重大去,只是给华为送点书报罢了。”

“不过,”江姐又说,“我觉得这样做总不大好……”

“江姐,”甫志高用完全听懂了江姐话意的声调回答道,“谢谢你的提醒,我一定……改进工作方法……”

上船的时刻快到了,旅客们三三两两,喧嚷着,向岸边走来。

甫志高关心地问:

“江姐,你一时不会回重庆,孩子有朋友照管吗?”

江姐缓慢地点点头,回答说:“组织上帮我做了安排。我只担心同志们太溺爱孩子,对他过于娇惯了。”

“江姐,见了彭松涛同志请代为致意。啊——民运轮已经在上客了……”

正当他们要分手的时候,忽然“砰”“砰”两声枪响,码头上来往的人们，都惊愕地循声张望。

“上差船的壮丁跳水逃跑！”有人在说。

“砰砰！”又响了几枪。

雾散了一些，隐约望得见一艘登陆艇停在附近，长列的壮丁正在上船。挂着青天白日旗的舱面上，排列着刚出厂的重炮。敞开的船头闸门边，成群的力夫正把一袋袋军粮背进底舱。

“打死了没有？”

“谁知道？”

旁边的旅客议论着：

“天寒地冻的，跳江多冷啊！”

“不跳江？登陆艇今天就要开出川呀！”

江姐握着甫志高的手，低声叮咛着：“你回去吧！请代向区委的同志们致意。暴风雨还没有过去，你们在重庆，要多加小心！”

“你放心，江姐。”甫志高自信地笑着，“我相信下回见面时，这里一定雾散云开，阳光普照！”

“再见！”江姐直望着甫志高的身影在薄雾中渐渐消失了，才离岸上船。

“上舱房间票。朝那边走！”船员检过票，指点着方向说。

烟雾弥漫的煤舱里，寒流浸骨的船舷上，都挤满了人群，全是买不起舱位的统舱旅客。船舷边遮风的帆布被江风刮着，在铁栏杆上啪啪地响。婴儿不住地号哭，母亲焦急地抚慰着。满船嘈杂的人声，乱哄哄地混成一片。

离船头不远，江姐找到了自己的舱位。她打开行李，把床位铺好了，便把箱子往床下一塞。箱子又高又大，塞不进去，她重新把箱子放在床上。这时，一个茶房从门边走过，江姐便喊着：

“茶房！船多久开？”

“还在扎雾，大概九点钟才开得成。”

“何大副起床了吗？”

“小姐,你姓李,是他表姐吧?”茶房打量了一下江姐入时的衣着问道。

江姐笑着,点了点头。

“大副上夜班,叫我等着,你来了,就叫醒他。”

话音刚落,何大副已披着大衣径直找来了。

“表姐,我正等你哟,你一个人回去?”

“你大哥走不开。出来几年了,早就想回家看看……坐吧,表弟。”江姐从床上把箱子提下来,左放不是,右放也不是,她埋怨地说,“我说不带箱子,大哥偏要我带,路又远,真不方便。”

“这里放不下,放在我那里吧。”何大副说着,从门外叫来一个茶房。

“把这口箱子送到我房间去。”

茶房正要去提箱子,江姐却拦住了他:“等一下,我拿点东西。”她把箱子放上床,当着全舱的旅客,打开锁,翻开粉红色内衣、花绸夹袍……把靠上面的一只精巧的手提包取了出来,顺便拿起个药瓶晃了一下,“大哥想得真周到,给舅母买些鹿茸、银耳……你看,鱼肝油也怕乡下买不到。可真把我累坏了。”她笑着,锁上箱子,交给茶房。

“开船还有一阵,我们出去看看风景好吗?”何大副征求意见地问。江姐同意地点了点头,她提起手提包,刚要和何大副一道走出舱房时,从舱房另一头传来了叫喊声:

“现在开始检查啦!旅客们不要走动!”船上嘈杂的声浪顿时沉静下来。

两个穿白色服装的水上警察,从过道上走了过去,后面跟着几个背枪的士兵,刺刀闪着寒光。检查正在统舱里进行,只听见刺刀撬破木箱、戳穿罐头的响声,夹杂着孩子的尖声号哭。

“慢点嘛,看把豆瓣打泼了!”

“叭嗒!”传来罐子落在甲板上的破裂声,接着便是一声女人的尖叫:“哎呀,我的一罐榨菜!”

警察来到舱房，一位学生装束的双辫子姑娘，在舱房的另一端，遭到反复盘问。江姐从容地从床上斜起身子，顺手拿起刚才向对面的旅客借来的一张《中央日报》，不在意地浏览着。

“小姐，请问你去哪里？”

江姐把报纸慢慢放下，扫了警察一眼，冷淡地回答了两个字：“回家！”

“有证件吗？”

江姐拿起精巧的手提包，轻轻地把拉链一拉，用戴着手套的食指和中指，从皮包里夹出一份证件，随手丢在床上。

警察的气焰，在盛装的女客面前完全收敛了，规规矩矩地拾起那份盖着大印的证件，仓皇地看了一眼。

“对不起，对不起！”警察毕恭毕敬地退出舱门说，“我们是例行公事，例行公事。”

四面传来的骂声，把警察送下了船舷的吊梯。

“呜——”轮船起锚开航了。

江姐出了舱房，缓步走向船头。这时，雾散天晴，金色的阳光，在嘉陵江碧绿的波涛里荡漾。“山城，再见了！同志们，再见了！”江姐默默地在心头说着。这时轮船正从长江兵工总厂前面驶过，她隐约望见了成岗住的那座灰色的小砖楼。晨雾初散，嘉陵江两岸炊烟袅袅，才露面的太阳，照着江边的红岩。雄壮的川江号子，从上上下下的船队中飘来，山城渐渐被丢在船后。阵阵江风，吹动她的纱巾，她站在船头上，两眼凝望着远方，心里充满了美好的希望……

长途汽车溅着泥浆开进车站，停了下来。旅客从车上拥下，车顶上的行李也解开递下来了。在中途同江姐一道上车的华为，提起箱子，又去帮她拿行李。江姐是初次到川北来，华为做了她的向导，为了旅途的方便，他们便以姐弟相称。

“天下雨，路不好走，姐姐，这里没有力夫，我来提吧。”

“你提箱子,行李卷给我。”

就在这时候,他们忽然听见车站上的职员大声招呼着:

“请旅客们排队出站,检查行李!”

江姐愣了一下。这时汽车司机离开车子,踱到江姐身边,低语道:

“我上一趟来没有检查。这里怎么也紧起来了?”他从华为手上接过那只重要的箱子,朝汽车里司机座位上一放。轻声打了个招呼:“等一会儿我给你们送来。”

江姐没有开口,她对这里的情况是陌生的。华为便机灵地点了点头,叮咛了一句:“我们在城门口等着。”顺手提起了江姐那件小小的行李卷。

在车站出口处,他们遇到了严格的检查,虽然江姐拿出了证件,但是军警还是查看了行李卷,这使江姐感到意外,清楚地看出这座县城完全被一种特别严重的白色恐怖笼罩着。如果不是司机沿途保护,他们很可能刚到目的地就出事了。

出了车站,他们放心了些,但仍不便逗留。江姐一边走,心中还丢不下那只放满药品的箱子,又不知道司机要过多久才能送来,便问华为:“进城有多远?”

“不远,十来分钟就走到了。”华为说着,心中倒很坦然,他到底年轻一些,并不在乎这件小小的意外。

在进城的路上,华为兴奋地望着远处,心情难免有些激动。几年以前,他在自己的故乡读中学,常常为妈妈跑腿、送信,参加过秘密活动,情况是很熟悉的。他和妈妈分手,是在考上大学以后。妈妈和同志们去年又上了山,他是在学校里知道的。能够回来参加武装斗争,他十分高兴。因此,他不愿为刚才遇到的危险担忧,放开心怀在江姐耳边轻声说道:“姐姐,你瞧,那边的山……妈妈可能还不知道我回来咧!”

出发以前,江姐听李敬原说过,华为的妈妈是个了不起的老同志，坚强而且富有斗争经验，老彭下乡以后，就和她在一起工作。因此，她对这位老妈妈有着特别亲切的印象。江姐向着华为指点的方向望去，透过飘忽的雨丝，可以看到在平坦的田野尽头，一条连绵不绝的山脉遮住了半边天，奔腾起伏的峰峦，被覆着苍翠的森林……她也不由得赞美道：

“好雄伟的气派！这就是有名的华蓥山脉？”

华为点点头，尽量抑制着心里的激动，小声说着：“我们要和游击队见面了！”

江姐笑了。一边走，一边眷恋地望着郁郁苍苍的崇山峻岭。她不知道老彭是否住在这座山上。如果真的住在这山上，这样大的山，又到哪里去找呢？上山的路华为可能知道，但她此刻不急于问。不知怎的，她总觉得老彭一定住在那一座尖尖的，像剑一样刺破天空的最高的峰顶。这种想法，连她自己也觉得好笑，“住得那么高，那才脱离群众咧！”但她却禁不住要这样猜想。

“半山上，隐隐约约的那个白点点……看见了吗？我们就是到那里去。过去川陕苏区老红军也在那里设过司令部！”

果然，和她想象的完全不同，那地方，不是在山顶，而是在半山上。江姐忍不住抿着嘴唇笑了。

“那里叫东海寺。地形险要，左边是悬岩，右边是天池，传说天池通东海，所以叫东海寺……”

“你真是个好向导。”江姐愉快地说着，加快了脚步。

“我是本地人嘛。我妈妈当时就参加了斗争，在山上打过仗……”

“你爸爸呢？”

“不知道。”华为沉默了一下，声音变低了，“我很小的时候，爸爸就被敌人捉去，恐怕早就牺牲了……”

江姐不知道华为的心上有着这段痛苦的回忆，她不愿让华为过多地回想这些，就没有再问华为为什么。过了一会儿，江姐又忍不住用和缓的声调发问:“那么,你从小就跟着妈妈?”

“嗯,一直跟着妈妈。可是我从来没见妈流过眼泪。妈妈常常对我说:孩子,快长大吧!红军一定会回来的!血仇要用血来报,剩下孤儿寡妇,一样闹革命!妈妈说得对,现在妈妈不是又上山打游击去了!听说她现在做了司令员咧!”

江姐仔细地听着,从华为的口中,像见到了这位久经考验的坚强战友。她的思绪已随着谈话,飞到了山上。她对华为说:“你有这样英雄的妈妈,真是了不起!真希望很快就见到她。”

“一定能见到!”华为说,“听说大家都不喊她的名字,喜欢尊称她叫‘老太婆’咧!”

江姐的心绪,被华为牵动了。她想象着华为的妈妈,更想念着和那英雄的老太婆战斗在一起的自己的丈夫彭松涛。分别一年了,今天就可以重逢,就可以见到他,而且在一起过着新的战斗生活。这怎能不使她兴奋激动啊!

说着话,离城不远了。路渐渐变得更溜滑难走,满地泥泞,雨又下大了。同车下来的旅客,都远远地走在他们前面,快到城门口了。江姐头上的纱巾被雨淋透了,她伸手遮住迎面的急雨,目光穿过雨丝,望见了城门边拥挤着的人群。转念之间,江姐敏感地担心进城时又会遇到检查,虽然她有证件,却不愿轻易冒险。她的目光一闪,瞥见路旁正好有一家小小的饭店。

“我们先吃饭吧,”江姐说,“顺便躲躲雨。”

下雨天,小饭店里冷清清的没有顾客。在一张桌边坐下,江姐问:“有什么菜?”

“来一份麻婆豆腐。”华为笑嘻嘻地说,“川北凉粉又麻又辣,来两碗尝尝?”

江姐点头微笑。

华为端起凉粉尝了一口,兴高采烈地说:“你尝,真好呀!乡下就是比城市好。我小时候,有一回,凉粉吃多了,又吐又泻,把妈妈急坏了。”

“你小时候一定很调皮！”

华为点点头，悄悄地说：“妈妈教我打枪，我就瞄着家里的老母鸡当靶子。那回，我挨了打。哈哈！”华为扬起眉毛，望着江姐的眼睛，回味着童年生活。回到家乡，这里的事物，对他是那么熟悉、自然、可爱。眉宇之间显示着，家乡是属于他的，他也是属于自己的家乡的。

“妈妈带我吃尽了苦，我从小也受惯了苦。仔细想起来，又是那么值得留恋。我爱川北，虽然过去的日子，除了苦难，并没有留下什么值得留恋的东西，但我始终热爱这地方！”

门外的雨下过一阵，渐渐小了，屋檐上的水珠还不断地滴滴答答，华为充满自信和乐观地说着他的心愿：

“将来，我们要在华蓥山里开凿石油钻井！在嘉陵江上架起雄伟的铁桥，让铁路四通八达，把这里富饶的物产送到全国去！”想了想，他又在江姐耳边小声地说，“还要修一座纪念碑，纪念为革命牺牲的先烈！”

江姐吃完了饭，放下筷子，目光不时地打量着周围。在学校里稳重缄默的华为，回到家乡，话也多了，人也活跃了。他毫不隐瞒回到家乡的喜悦，一路上小心翼翼的神情，随着风雨飘走了。开始，江姐还有些担心，可是当她看了看环境，饭店里除了他们两人，再没有顾客，也就放心了。

“江姐，”华为大口地扒着饭，又低声说道，“在这儿打两年游击，你一定会爱上川北！将来你就留在这里，你一定要留在川北。打下天下，再把它建设起来！”

“如果将来成瑶不肯来，你安心留在川北吗？”江姐微笑着问。

华为毫不迟疑地回答：“不爱川北的人，我决不爱她！”接着，他像暴露内心的秘密似的，悄悄告诉江姐，“她告诉过我，她早就想来了！”

华为看见江姐心情愉快地笑着，突然放大胆子说道：“姐姐，听说你的丈夫也在华蓥山上，要是他和我妈妈在一起，那才好咧！”他有点调皮地眨了眨眼睛，“可是，我还不知道我的‘姐夫’叫什么名字。”

江姐眼里闪动着愉快的光辉，笑道：“见了面，你就会知道他是谁了。”

“还有菜，你再吃碗饭吧。”江姐见华为只顾说话，没有吃多少饭，有意改变了话题。

华为笑着，低头扒饭。江姐望望店门外的蒙蒙细雨，心里又想着进城的问题。出发前，约定的第一套联络办法是：把箱子送进城去，交给城里的秘密联络站，然后由联络站派人护送他们上山。可是从种种迹象看来，这里的情况可能发生了变化。送箱子进城，恐怕有些危险。就是在城门口等候司机同志送箱子来，也不安全，容易引起旁人注目。因此，她低声告诉华为：“我先到城门口看看。”并且叫华为慢慢吃饭，留在店里等着司机路过。

华为点头会意，放慢了扒饭的速度。

江姐走到店门口，又谨慎地向坐在柜台里的老板——一个老态龙钟的白胡子老头探问：“老大爷，附近有卖伞的吗？”

随着店老板的指点，江姐从容地向城门口走去。城门口仍然挤着很多人。这情景，增添了江姐的戒心，她感到不安，渐渐加快了脚步。距城门愈来愈近，她发现在城门口聚集的人丛中，有光头赤足的挑夫，有戴着斗笠的农民，也有撑着雨伞的市民和商人。有的往城头望了望，低下头走开了；有些人，驻足瞧看着，还在交头接耳议论着。江姐心里更起了疑团，她似乎发现那雨雾蒙蒙的城楼上，像挂了一些看不清楚的东西。

又向前走了一段路，看得稍微清楚了。高高的城楼上，挂着几个木笼子。啊，这不是悬首示众吗？江姐一惊，紧走了几步，仔细一看，木笼子里，果然盛着一颗颗血淋淋的人头！

江姐趋前几步，挨近围在城墙边的人群。她听见人丛里有低沉的叹息，有愤慨的不平，这种同情和悲痛，深深注进她的心坎。又是一批革命者，为党为人民，奉献出了自己宝贵的生命。虽然还不太了解情况，但是凭着经验，她知道牺牲的定是自己的同志。她在心中喃喃地说："安息吧，同志，我们定要为你们复仇！"

江姐想到自己的任务，尽量冷静下来，不愿久看，掉回头，默默地走开了。她刚走了几步，心里又浮现出一个念头：就这样走开，连牺牲者的姓名也不知道，这对得起死难的战友吗？应该仔细看看，了解他们的姓名，记住他们牺牲的经过，报告给党，让同志们永远纪念他们。鲜红的血，应该播下复仇的种子！

江姐转回头，再一次靠近拥挤的人群，强自镇定着脸上的表情，抑制着不断涌向心头的激怒。她的目光梭巡着，忽然看见城墙上，张贴着一张巨幅布告。布告被雨水淋透了，字迹有些模糊，几行姓名，一一被红笔粗暴地勾画过，经过雨水浸渍，仿佛变成朵朵殷红的血花……江姐挤过了几个人，靠近布告，她的目光，突然被第一行的姓名吸引住，一动不动地死盯在那意外的名字上。

是眼神晕眩？还是自己过于激动？布告上怎么会出现他的名字？她觉得眼前金星飞溅，布告也在浮动。江姐伸手擦去额上混着雨水的冷汗，再仔细看看，映进眼帘的，仍然是那行使她周身冰冷的字迹：

华蓥山纵队政委彭松涛

老彭？他不就是我多少年来朝夕相处、患难与共的战友、同志、丈夫么！不会是他，他怎能在这种时刻牺牲？一定是敌人的欺骗！可是，这里挂的，又是谁的头呢？江姐艰难地、急切地向前移动，抬起头，仰望着城楼。目光穿过雨雾，到底看清楚了那熟悉的脸形。啊，真的是他！他大睁着一双渴望胜利的眼睛，直视着苦难中的人民！老彭，老彭，你不是率领着队伍，日夜打击匪军？你不是和我相约：共同战斗到天明！

江姐热泪盈眶，胸口梗塞，不敢也不愿再看。她禁不住要恸哭出声。一阵又一阵头昏目眩,使她无力站稳脚跟……

“姐姐!”

一个亲切的声音响在耳边。江姐一惊,后退了一步。定定神,慢慢回过头,她看见了华为关切的目光。

“姐姐,我到处找你!”

江姐茫然的视线,骤然碰到华为手里的箱子……

“我在干什么?”一种自责的情绪,突然涌上悲痛的心头。这是什么地方?什么时候?自己肩负着党委托的任务!不!我没有权利在这里流露内心的痛苦,更没有权利逗留。江姐咬紧嘴唇,向旁边流动的人群扫了一眼,勉强整理了一下淋湿的头巾,低声地,但却非常有力地对华为说:

“走吧,不进城了。”

江姐接过行李卷,挥了挥手,叫华为快走。可是自己却站着不动,她再一次抬起头来,凝望着雨雾蒙蒙的城楼……

江姐终于离开了人群,默默地朝华为走远的方向走去,赶上了他。她的脚步,不断踏进泥泞,一路上激起的水花、泥浆,溅满了鞋袜,她却一点也不知道。这时,她正全力控制着满怀悲愤,要把永世难忘的痛苦,深深地埋进心底。渐渐地,向前凝视的目光,终于代替了未曾涌流的泪水。她深藏在心头的仇恨,比泪水更多,比痛苦更深。

江姐的脚步愈走愈急,行李在她手上仿佛失去了重量,提着箱子伴随她的华为,渐渐地跟不上了……

一个背着背兜的农民,遥遥地走在前面,沿着一条曲折的石板路,转过山坳去了。华为领着江姐,远远地跟着那农民,唯恐他的背影突然消失。

这一带地方,华为也没有走过,一路上翻山越岭,遇见村落时,还要绕道而行。已经是半下午了,那领路的农民既没有和他们说一句话，也没有停步休息。这就使得华为深深地感到：穿过敌人的封锁，是一件很不容易的事。

一路上，江姐沉默不语，像有重大的心事，也使华为感到纳闷。他记得，自己只在饭店里等了一会儿，司机同志便送箱子来了。他和江姐分手，只不过十来分钟，不知道为什么江姐的心情，竟突然变得悒郁不乐起来。找到江姐时，他看出她的神色不好，急于去招呼她，竟没有来得及细看那城门口的布告。眼见到牺牲了的同志遭受敌人的凌辱，谁的心里能不痛苦？但是江姐的感受，似乎更深，以致难以理解。他也觉得，在当时的情况下，放弃第一套联络办法，不再进城去是对的；因此，江姐一提示，他便遵照江姐的意见，改用了第二套联络办法：他们从城边转向离城三里路的白塔镇，找到了那家兴隆客栈，装作住栈房的模样进了客栈，对了接头暗号。客栈"老板"的神色也有些紧张，什么情况也没有谈，只催他们快点吃饭上路。而且他说，敌人封锁很紧，暂时不能上山去找游击队，只能把他们送到一处上级指定的秘密地方去。江姐换了衣服，变成农村妇女的打扮，箱子和小行李卷，交给客栈"老板"叫来领路的农民，装在他的大背兜里，面上还放了些零碎东西，遮掩着。临走时，"老板"一再叮咛：情况很紧，路上多加小心，莫要和领路的人说话，只远远地跟着走，要是遇到意外，才好见机行事……华为对这一切，起初倒并不觉得严重，他估计这是因为城门口的示众布告，引起了不安。直到一次次绕过敌人设在附近村落里的许多哨点，才逐渐发觉农村的情况，的确也十分紧张。

路两边，许多田地都荒芜了。已经是麦穗扬花的季节，但是田地里的麦苗，却显得稀疏萎黄，胡豆、豌豆也长得不好。全是肥沃的好地方啊，华为不禁痛苦地想：抓丁、征粮，故乡的农民被反动派蹂躏得再也活不下去了……

背着背兜的农民，从山头上一处破败的古庙边穿过丛林，脚步跨得更快了。可是江姐走过庙门时，不顾急于跟上农民的华为，渐渐站住了,一副石刻的对联,在庙门边赫然吸引了她的视线。华为见江姐驻脚,也停下来,解释道:“这一带,有很多这样的遗物,都是川陕苏维埃时代的。”

江姐凝视的目光,停留在气势磅礴的石刻上,那精心雕刻的大字,带给她一种超越内心痛苦的力量:

斧头劈翻旧世界
镰刀开出新乾坤

庙门正中,还有四个代替庙匾的闪闪发光的字:

前仆后继

目睹着暴风雨年代革命先烈留下的字句,心头激起一种无限复杂而深厚的感情,江姐的眼眶不禁潮湿了。她由此得到了巨大的启示,来自革命前辈的顽强战斗的启示!

前面,成片的竹林掩映着一座大院落。领路的农民,在一株巨伞般的黄桷树下站住了。那黄桷树正长在离院落不远的山岩上,站在树下可以一眼望见前面起伏的无数山峦。那农民四边望望,然后回头暗示地看了他们一眼,背着背兜穿过竹荫,走到成片瓦房的院落附近,把背兜放在那大院落前的晒坝边,便独自向另一条路上走开了。这座院落比农村常见的院落大些,房子也要好些。院坝里喂了一群鸡,猪圈的柱头上,系着耕牛,几个农民坐在院坝里修整农具。一个农民走过来,背起背兜,向他们点了点头,引着他们进了院坝,从挂着匾额的堂屋旁边,弯弯拐拐地穿过几间房子,进到后院。

江姐他们走进后院,在天井里站了一下,便看见一个头发斑白腰杆硬朗的老太婆,撩开袍角快步跨出门来。

“妈妈!”华为低叫了一声,扑上去抓住了老太婆的双手。他没有想到不是在山上的游击队里，而是在这个地方意外地遇到了妈妈。

领路的农民，在他们进屋时，已经从背兜里取出了箱子和行李卷，放在屋角，提起空背兜悄悄地走了出去。

“妈妈，我来介绍一下。”华为说道，“这是江姐，江雪琴同志。”

老太婆的目光朝江姐一扫，便走上前，眯起满是皱纹的眼睛，细心地端详着她，然后伸出手来，紧抱住江姐的肩头。

“早就听说你要来了！”

老太婆的声音，洪亮有力，充满了刚强和自信，和她慈祥温和的目光，成为强烈的对比。江姐平静地露出一丝笑容，伸手扶住了老太婆瘦削的肩头。

“走，到里边休息。”

老太婆牵住江姐的手，迈开脚步，把江姐领进又一道门，径直走进了她那陈设简单的寝室。从这最初的接触中，江姐已感觉出这位早已闻名的老太婆的豪爽直率；只是，她的动作似乎过于急促，仿佛要想掩饰内心的活动。江姐刚刚坐下，便听见老太婆朗朗地说道：“你来得不巧，昨天老彭刚好出去检查工作，过几天才回来。华为，你怎么不给江姐倒茶？”

老太婆接过华为手上的热茶，亲自递到江姐手上。“先喝口茶吧！”她的目光扫过窄狭的房间，解释道，“这几天敌人封锁很紧，不容易上山，所以老彭要我赶下山来接你，这里比较安全，是一个当乡长的同志的家。”

江姐喝着茶，不时打量着老太婆，这位久经风雨的老战士，如果到了战场，江姐相信，她定是叫敌人丧胆的威武指挥员。可是此刻，她的举止却微显不安，使江姐对她刚才说的那句意外的话，不能不怀疑。江姐慢慢放下茶杯，声音尽量开朗地说：“我把情况汇报一下。”

“不用急！”老太婆打断江姐的话，“吃了饭再说。”

江姐压抑着奔腾的心潮，继续观察着面前的战友。热腾腾的菜饭，很快就送进房来，看得出来，这是早就准备好了的。

“吃饭吧!”老太婆让江姐坐定,便把菜一箸一箸地夹到她的碗里,“你尝尝,城里哪有这样的鲜菜!”

老太婆不让江姐开口,又接着说道:“这是专门为你做的一碗红烧肉,你要多吃点!我的牙齿不好,吃不动瘦肉……老彭在山上时,一有空,就种些我爱吃的芋头、萝卜……怎么酒还没有拿来?”老太婆是很健谈的,可是她此刻的话说得又快又多,并且不让江姐插话,使华为也感到奇怪,她过去并不是这样的呀。

老太婆衣袖一拂,一只空酒杯被打翻了。她看了华为一眼:“你去拿酒!”华为惶惑地放下筷子,跑了出去。

江姐听出,老太婆又一次提到了老彭,心里不禁一动:是老太婆还不知道老彭的牺牲,还是有意隐瞒这不幸的消息?老太婆这种充满热情的不显得有丝毫做作的神态,又使江姐心里浮起了一种侥幸的念头:莫非老彭没有牺牲,那张布告只是敌人无耻的欺骗?可是她亲眼看见的不是他那永不瞑目的眼睛么……江姐抬头细看,老太婆始终面不改色,仍然不断地给自己夹菜。

华为拿着酒瓶回来了。老太婆斟了一个满杯,递给江姐,又斟了两杯,一杯给华为,一杯自己举起来:“江姐,这杯酒,我代表同志们,也代表老彭,给你洗尘。”

江姐没想到对方又提到老彭,她心里一时竟涌出阵阵难忍的悲痛,嘴唇沾了沾苦酒,默默地把酒杯放下了。她悲痛地感触到对方也有隐藏的苦衷,她不忍当面刺伤老太婆苦苦的用心,勉强吃完那碗说不出滋味的菜饭,便轻轻放下了筷子。

“你怎么只吃这点点东西?”老太婆目光一闪,立刻追逼着问。

“江姐饭量不大。”华为在旁边代她回答。他不了解妈妈的怀疑,更无法看穿江姐的心事。

“身体不舒服吗?”

“没有什么。”

老太婆锐利的目光,久久地停留在江姐脸上。江姐虽然尽力克制着自己的感情，但她的面颊上仍然显得苍白，两只水汪汪的眼睛，也泄露着心头的秘密。老太婆的目光，忽然转向华为。

“这是怎么回事?”

“我的饭量不大。”江姐重复着华为的话，抢先说。

华为略一思索，便告诉老太婆：“江姐和我心里都很难受，我们在城边看见了……”

“嗯?”

华为痛苦地低下了头：“我看见了木笼，没有看清布告，江姐……”他的目光转向江姐，仿佛说：布告上的姓名，江姐可能全都记下来了。

老太婆脸色霍然一变，直视着江姐。

“我全都知道了!”江姐猛然抓住老太婆的双手，顿时泪如雨下，但她并不回避老太婆的目光，昂起头来急切地说道，“我看见了……”

一连串的泪珠，从年迈的老太婆痛楚的脸颊上，沿着一条条的皱纹，涌流出来，她用双手紧抱着江姐的肩头，什么话也不说了。

“我知道，同志们怕我难受，我知道你……”江姐的语音里夹杂着呜咽，“早点知道也好，老彭留下的担子，我应该马上承担……”

“原谅我，江姐!”华为猛然醒悟过来，他这时才明白那城门口的示众，为什么给江姐带来了这么大的悲痛，“一路上……我不知道你心里多么难受……”年轻的华为，忍不住心中的剧痛，他忽然掀开房门，洒着热泪，冲了出去，叭嗒一声又把门掀了回来。

“莫憋在心头，江姐……”老太婆的喉头哽塞，纵横的老泪滑过脸上的皱纹，“我懂得你的心。我们有相同的不幸……多少年来，为了胜利，为了继承先烈的遗志，实现我们共同的理想……江姐，战士的眼泪不是脆弱的表现，它代表坚贞的心向革命宣誓……在亲人面前，你放声痛哭一场吧！江姐，江姐，你要把眼泪流干啊……”

江姐竭力控制着自己，但是，她怎么也禁不住泪水的涌流……她想说话，却什么也说不出，只把双手紧抱住慈母般的老太婆。她的思绪,又一再牵向那雨雾蒙蒙的城楼。

“你放声哭吧!”

无声的泪,不断地流,江姐做梦也没有想到,自己会遭受这样的不幸。多少欢乐的想念,多少共同战斗的企望,全都化为泡影。动身的时候,她还想着他肺病很重,给他带来了瓶鱼肝油,可是谁想到……江姐无力地依在老太婆的肩头,大睁着泪眼,她真想放声一哭!

“不,不啊……”江姐忽然轻轻摇头,“哭,有什么用处?”

老太婆也默然了,更紧地把江姐搂在怀里。江姐微微抽泣着,时断时续,但她却不肯顺从老太婆对她善意的纵容……她终于慢慢抬起头来,深情的目光,凝视着老太婆的泪眼,仿佛从她满是皱纹的脸上,感受着无穷的爱和恨,感受着共同的感情。“你说过,剩下孤儿寡妇,一样闹革命!”江姐轻轻吐出心坎里的声音,“我怎能流着眼泪革命?”

“江姐……”随着这声音,老太婆一边伸出火热的手指,梳理着江姐的鬓发,一边又在耳边讲述那不该对她隐瞒的真情:那天,双河场开抗丁抗粮群众大会,老彭临时决定去参加。还没有进场口,就发现会场被匪军包围了,匪军在场口上架上两挺机枪,准备扫射、屠杀!可是开会的群众还不知道,还在高呼口号!眼看众就要血染全场,老彭在那千钧一发的时刻,立刻鸣枪示警,并且掩护群众撤退……就这样,为了上千群众,老彭他们三个同志……

江姐默默地听着,渐渐地,眼里的泪水不再滴落了。她的目光,仿佛望见了老太婆告诉着她的情景。她喃喃地,低声说道:“我希望,把我派到老彭工作过的地方……”

“前仆后继,我们应该这样。”回答的声音,是那样的刚强。久经患难的老太婆带着虔敬的心回忆着:“老彭说过,你把群众当作自己的父亲,群众才把你看成自己的儿子。鞠躬尽瘁,死而后已。他给我们,也给群众留下了多么光辉的榜样!”

艳 阳 天

(节选:开镰,收割!)

浩 然

社员们日日夜夜盼望的那个日子,终于来到了。

开镰,收割!

收割,开镰!

好多人从假日的第三天下午,就摩拳擦掌地待不住了。他们都知道,麦子收割、登场、打轧、入仓,每一节儿都是一个胜利;等到公粮交上去,口粮分下来,那就算把最后的胜利拿到手里啦!在这个日子口上,谁还能够安静呢?特别是年轻人,好像要过年似的,高兴得睡不着觉;一直到了半夜,还能听见街上有人说笑,院子里有磨镰刀的声音。

当然啦,东山坞也有少数人愁的睡不着觉,恨的睡不着觉;天不黑,他们就钻到屋子里,往炕上一躺,唉声叹气。马之悦、马斋、马小辫这一伙子人,热油煎心似的等着马志新和李世丹快点儿来。因为他们已经看出,事态的变化,离着他们追求的目标越来越远了,横在前边的关口越来越多了,心里边怎么能够消停呢……

高兴也罢,发愁也罢,仇恨也罢,丰茂的麦子还是遵循着大自然的规律,响应着流过汗水的人给它提出来的号召,按照时令成熟了!

东方泛起鱼肚白,月儿坠到西天边,风儿不吹,树叶不摇,鸡不啼,马不叫。

北方的乡村,静极啦!

每一个农家的门儿:大排子门、木板门、小栅栏门,都轻轻地、轻轻地打开了,“嘎吱吱”、“吱扭扭”,一片响声。

男男女女,老老少少,一个跟着一个地走出来。他们每个人胳肢窝都夹着一把长柄的镰刀;镰刀都磨得飞快,在月光中闪着亮儿;有的人揉着眼睛,有的人系着纽扣,跟走到一块儿的人小声地说几句什么,又朝着村西头的金泉河边上走。

小石桥那儿汇集了一大群人,奔麦地里去了;又汇集了一大群人,也奔麦地里去了……

人群先奔山坡下早熟的麦地里去。在田间的小路上,形成了长长的、一串串的队伍。

脚步声、低语声,惊醒了沉睡的田野。

在月光的斜射下,金灿灿的麦浪上,笼罩着一层稀薄的雾气,更增加了它那离奇神秘的色调。成饱的麦穗儿,像是就要出嫁的闺女,含羞地低着头,又忍不住地发出微笑。

社员们一个个站在地头上,望着麦浪,闻着清新的香味儿,听着低声细语,真如同小伙子见了新媳妇,心都醉了……

韩百仲,这个老庄稼把式,从打记事儿起,经过了多少个春种秋收,经过了多少个这样的夜晚哪!可是他从来都没有像今天这次收获,今天这个夜晚这般高兴过。他挽了挽袖子,弯下腰去,开了第一镰;一簇麦子倒在他的怀里,麦芒儿吻着他那围着胡子楂儿的嘴,好似有一股蜜水,流进他的心里。接着,“咔嚓”一声,那一簇麦子,就让他给割下来了。

这是一声进军号,霎时间,银镰遍地飞舞,“咔嚓咔嚓”,响声一片,多么动听,多么美呀,这又好似迎娶新娘入门的乐队……

天色由黄变成银灰,又变成乳白,在人们不知不觉的时候,东山梁吐出了一缕嫩红。

鲜亮亮的太阳跳了出来,笑嘻嘻地朝着人们问好。

这时候,每个人的脸上都挂满了汗珠子,麦个儿也倒了一大片,一垄一排，齐齐整整。

随着阳光升起，年轻人唱起欢乐的歌子，这边那边，一边刚落下去，一边又响了起来：

五月端阳好风光，
石榴花红麦子黄。
忙收割呀收割忙，
快打快轧快入仓，
快快交售爱国粮。
…………

在歌声中，人们更加飞快地挥动着镰刀。在他们行走之间，那麦海的波涛没影儿了；身后却出现了一个挨着一个的麦个儿，静静地枕着麦茬，躺在垄沟里，好似为了铺铁轨摆下的枕木，又整齐，又壮观……

这会儿，有人发现了一个快手，大声喊："嗨，割到前边的那个人是谁呀？"

"哟，他割得可真快呀！"

"那不是咱们支书吗？"

"好家伙，他一个顶俩！"

萧长春没直腰，转过头来，朝着喊叫的人笑笑；又拧了拧镰刀把，运了运劲儿，接着割起来。

他那割麦子办法挺特别，从地头上插镰起，割到另一头的最后一镰，一次腰都不直，割的时候不直，捆的时候也不直。别人割够了一把，就直起腰，转回身，放在地下，再割第二把，他是一把一把地揽在胳膊上，好像抱着似的；别人割够了一捆，再割一小把，打个"要子"①，

① 把两小把麦秸连接在一起，捆麦个儿用，俗称"要子"。

再捆上,他是割一把,抓着头一拧、一分,再把胳膊上揽着的麦子往下一溜,拦腰一扭,再一扭,顺着两条腿中间朝后一丢,嘿,就是一个麦捆儿啦!

有个小伙子看着又眼馋,又嫉妒,就大声说:“嗨! 你们看,支书好像下蛋哪!”

“哈、哈、哈……”

整个地里都响起了笑声。

萧长春拾起一块土坷垃朝那个小伙子投过去了,咧着嘴笑着,抬起拿镰刀的那只手腕子抹了抹脑门上的汗水。

昨天傍晚,他求焦振茂给他剃个头。青白的头皮,衬托着他那俊气的红脸膛,脑门和眼睛都在太阳下边闪着光。他换上了焦淑红给他新补好的汗衫,那是从军队上带回来的;洗得白净,补得细密,穿着可体;敞着怀,露出结实的胸膛。他下身穿着青布裤子,系着一条皮带。脚上穿着一双蓝帆布球鞋,还扎着一双袜苫。在这金黄无际的田野里,这个年轻的庄稼汉子,显得特别威武,透着一股子蓬蓬勃勃的气势。

周围的人议论着丰收,交流着喜悦,不断地朝他这边投过敬佩、感激的目光。

“我长这么大,都没见过这么好的麦子!”

“农业社就是出奇事儿嘛!”

“不是社会主义,去年那场大灾,不要说收麦子,这会儿咱们说不定在什么地方逃荒要饭哪!”

“我头三天就高兴得睡不着觉。要不是跟那伙子坏蛋斗了一家伙,按着他们的心思来个土地分红,麦子全成他们的了,我们不就干瞪眼啦!”

“要我看哪,要没有马主任给他们撑腰,他们也不敢闹得这么冲!”

“从打去年秋天起,我光知道他坏,没想到他这么坏!”

“看样子,昨天的党支部会上把他整得不轻,从小窝棚出来的时候,就像卸架的黄烟叶儿——蔫了。”

“昨天把弯弯绕一斗争,一揭发,一臭,包管很多人都擦亮眼,他也得老实一阵子了。”

人们在随随便便地谈论,萧长春听到了,却觉得这是群众对党支部领导的这一段工作的鉴定;是提醒自己别再脑袋发热,得多想想问题,也是给自己鼓劲儿。

昨天晚上临睡之前,党、团支委又在狮子院开过碰头会。他们把马之悦这一伙人研究了一遍,推测他们在党支部斗争了马之悦,社员代表会斗争了弯弯绕之后,会发生什么样的变化,又会对动摇的中间派起到什么样的影响。他们还猜想乡长李世丹听到斗争了马之悦的信儿会有什么反应,会不会立刻到东山坞来;县委什么时候会讨论他们的请示,什么时候会批下来……萧长春又亲自执笔写了两封很长的信。一封是向王国忠汇报李世丹对东山坞这场斗争的态度,汇报支部没有完全按着李世丹的意见行事,而在支部内部把马之悦斗了一下子;他们肯定县委会支持他们这个做法。另一封信是写给挖河工地上的临时党支部的,把萧长春回村后发生的一切问题,都做了详细介绍,也谈到他们对以后形势发展的估计;他们让工地的党支部告诉那儿的全体社员:不论在什么情况下,不论还会发生什么变故,家里的人都会坚决保卫农业社,保卫总路线,保卫社会主义,永远做硬骨头!最后,他们又重新研究了干部的分工问题。决定让焦淑红协助萧长春专管两个场院和处理日常事务;焦克礼协助韩百仲专管地里的收割。在安排马之悦这个“特殊”干部的时候,他们还发生了一点小分歧。几个年轻人主张把马之悦打发到地里去,不让他沾打麦场的边儿。萧长春和韩百仲觉着,地里的地方大,干活分散,不可靠的人全在地里,也显得杂;把马之悦打发到地里去,反而不如场院里容易监视。萧长春给几个年轻人解释说:“马之悦要想发坏,放在哪儿,也会发坏,怕是没用的,也用不着怕他。一队的场上有喜老头,有贫下中农,人多,眼多,我们还怕他什么!马之悦的问题,要等着上级的决定,我们心里得有个数儿就行了。”年轻人听萧长春这么说,只好同意。这样,麦收前的最后一道准备工作,才算结束……

收获时节开始了,复杂的斗争时代,风云多变呀!年轻的党支部书记,还要领着你的同志闯过多少关口?闯过什么样的关口?这是不容易推想到的。但是,他满怀着胜利的信心,浑身是劲,迎接着雷雨的来临!

…………

太阳高高地升起,红光已经普照大地了。

韩德大挑来一担白开水,从麦地中间横插过来。

韩百仲吹开了哨子,摇着胳膊朝大伙儿喊:“嗨,休息了,喝水了!”

随着他的喊声,人们停住手,喊着,笑着,又抢碗,又舀水,大口地喝着;有的奔向地边的树阴,有的钻进用麦个儿搭起来的小窝棚里。

忽然有人喊了一声:“嗨,你们看,来队伍了!”

大伙儿扭头看去,只见一群小孩子,排着队,迈着大步,摇摆着胳膊朝这边走过来。有的光着小脊梁,有的光着屁股,一丝不挂。他们全都带着家伙,不是背筐子,就是挎篮子。萧长春的儿子小石头也在队伍里边,他把那个小荆条篮子当帽子戴在头上,空着两只小手,向两边张开,挺着圆鼓鼓的肚子,扭哇扭地朝前走。

有个大点的男孩子是韩百仲的小儿子拴柱。他跟着队伍一边走着,喊着口令:“一二一、一二一、一二三四!”

小家伙们全都直起脖子、咧着嘴喊起来:“一二三四!”

拴柱又喊一声:“立正!”

小家伙们全都站在地头上了。

他们小声地嘁喳什么有趣的话儿。

一个孩子叫了一声:“嗨,大蚂蚁!”趴在地下扑打。

拴柱喊:“喂,要遵守纪律,不许乱动!”

那个孩子乖乖地回到队伍里去了。

又一个孩子叫起来:“嗨,麦黄鸟!”摇着胳膊去追赶。

拴柱喊:“喂,不许乱动!”

那个孩子也乖乖地回到队伍里去了。

小石头也跑出队伍:“爸爸,爸爸!”

拴柱喊:“小石头,不许乱动!”

小石头一看见爸爸,就顾不上听“指挥”了,撒开小腿就跑,一口气跑到大柳树下边,扑到爸爸的怀里:“爸爸,我们拾麦穗来啦!”萧长春摸着孩子的脑袋,故意逗着他玩:“拾了麦穗儿给谁呢?”

小石头仰着脸,顽皮地笑着:“你猜吧?”

萧长春说:“给爷爷?”

小石头摇摇头:“不是。”

萧长春说:“给爸爸?”

小石头又摇摇头:“也不是,再猜。”

萧长春说:“给饲养场的马四爷?”

小石头还是摇头:“更不是,再猜。”

萧长春说:“给淑红姑姑?”

小石头依旧摇头:“不是,不是,再猜。”

萧长春也摇摇头说:“我猜不着啦。”

小石头两只乌黑的小眼珠一转悠说:“告诉你吧,给农业社! 送到场里去!”

萧长春假装认真地说:“这麦穗儿是丢下的,又是你们自己拾的,怎么送给农业社呢?”

小石头知道爸爸在考自己,就挺了挺胸脯子说:“你跟我说的,小孩子要从小学着爱社,一个柴火节儿也不能白拿集体的,拾了都得交农业社,对不对呀?”

萧长春一弯腰把小家伙抱住,一边亲他的小脸蛋一边说:“好孩子,小石头真是个好孩子! 从小爱农业社,长大了更爱农业社,当个好社员,对吗?好好,快去跟小朋友们一块儿拾麦子去吧,看谁拾得多;别乱跑,别打架,啊!”

小石头答应着,乐颠颠地朝队伍那边跑去了。

韩德大这会儿抱着扁担凑过来,小声问:“萧支书,上边得什么时候批下来呀?”

萧长春只顾乐,没有听清楚:“你说什么批下来呀?”

韩德大说:“撤马之悦呀!”

萧长春笑了:“好急的性子!就是打个电话,还得摇摇铃、找找人哪,报告材料哪会走那么快?送到了,县委还得讨论决定,回头再通知下来,往少算,也总得个五六天时间。”

韩德大说:“真慢呀!急死个人。”

萧长春开导这个愣小伙子说:“别急。只要上级决定了,组织处理好办,一个通知,一个会议,就解决问题了。最要紧的是,除了咱们真正地认识了他,还得让更多的人认清他,也敢跟他斗到底儿。要不然,光是我们这些人跟他斗,好些人还都是非不清,还迷信他,还不愿意走社会主义道儿,把一两个人斗争倒了,又该怎么样呢!”

韩德大也笑了:“马之悦这家伙就是软的欺,硬的怕,昨个你们把他一斗,蔫啦。今个早起,假充积极,到处横张罗,干这个,干那个,还嘱咐我:‘德大,给地里送水去吧,多带上几个碗。’我用得着你指使,跟你说话我都嫌脏。我说:‘快好好地想你自己的事儿去吧,这比什么都实在。’说得他干翻白眼,屁也没放。嘻嘻!”

萧长春说:“支部批评马之悦,还是党内的事儿,你不要到处乱讲。”

韩德大说:“那当然啦!我是怕不早点把他撂倒,他又使别的坏水儿;这个人肚子里没有别的,全是坏水儿!”

萧长春说:“现在两条道儿都给他马之悦摆好了,一条是彻底坦白悔改前非,一条是坏到底儿,随他挑吧。看眼时的情形,他是假老实,真不认罪。他的鬼道道多啦。还有,要在我们农业社兴风起浪的也不是马之悦一个人，他左右前后，上上下下，都能找到扶手，斗争复杂也就复杂在这儿。我们得加倍警惕呀！你这一阵子做的事情都挺对，不愧是咱们贫下中农家门口出来的青年。往后，你好好跟克礼他们一块儿工作；不光工作，还得在工作里学本领、长知识，争取当个青年团员。”

韩德大让支书一夸，非常得意，刚想表示表示决心，又被村子那边的一片响声惊动了。

拉麦子的大车冲出村子，一辆、两辆、三辆……车后边卷起一股子黄色的烟尘。铃声叮叮，马蹄哒哒，红缨鞭子噼啪响；赶车人唱着河北小调儿，男子汉捏着嗓子唱女腔，招笑极啦！

不一会儿，大车开进了麦地里，跟车的社员们，手里拿着绳子和木杈，一个个从车上跳下来；有一个人跳下来没有站稳，闹了个屁股蹲儿。

割麦子和拉麦子的人互相喊着话儿，开着玩笑：

“按垄拉，可别丢下麦子呀！”

“放心吧，丢不下；这是汗珠子，丢下还行？”

“嗨，都归归堆，别羊拉拉屎似的，这儿一捆、那儿一捆的行不行？”

“那是你们孩子妈拉拉的！”

“振丛那个胶皮轮怎么没来呀？”

“上西地给一队拉去了。”

“拉到场上就铡吗？”

“不光铡，还拣干的轧哪！”

“嗨，真是边收、边打、边入仓啊！”

在这收获的季节，在这喜悦的日子里，人们都变得爱说爱笑、爱管闲事儿，也变得特别和气。

刚刚停下镰刀的社员们，都自动地跑过来，帮着搬麦子、归堆和装车。

有的用杈子挑,有的用手抓着,抡起麦个儿往车上扔。不一会儿,每辆车都装得像一座小山,上去几个人在上边摆,下边几个有力气的小伙子,喊着号子摇着“绞杆”,那小胳膊一般粗的绳索,把麦个子紧紧地缆住……

一辆辆大车装完了,装得满满的,高高的,跟车的小伙子先把杈子从车下扔上去,人也爬上去,趴在车顶上,还在上边打了个滚儿,跟割麦子的人嘻嘻哈哈地说着笑话。车把式庄严而又高傲地摇着鞭子,顺过长套里的牲口,又靠在车辕子上,“驾哦”地一吆喝,大车便带着响声,顺着大路往回走,晃晃荡荡的,像一个吃饱了粳米干饭大炖肉的胖子。

打麦场上比地里还要热闹。

这里边大部分都是妇女。常年不出工的病号、孩子多的和使上了几房儿媳妇的老太太,也都到场上来了,跟大伙儿一起分享丰收的快乐。

喜老头和焦振茂是场头,分别负责一、二队打麦场的全面指挥。焦振茂管的二队这个场,在村南边,四面没遮挡,风溜非常好。两盘大铡刀绑在两条又宽又长的凳子上,焦淑红和马翠清一个人把着一盘刀,并排安放在场中间。她们站在凳子上,一只脚蹬着凳子,一只脚蹬着铡刀床子,一手叉腰,一手提着铡刀把儿。妇女们排着队,把车上卸下来的麦个子抱起来,在怀里把头顺好,把“要子”拧松,放在刀床上;掌刀的人把刀一按一提,“咔嚓”一声,麦穗头跌落下去;早有人拿杈子等候,麦穗一落,她们便用力挑开,摊晒在那平如镜面的场板上。只听得“咔嚓咔嚓”、“咔嚓咔嚓”的一片切麦子的响声。焦淑红的短发像翅膀,随着她那秀丽的身子灵巧地起伏,一扇一掀;马翠清的大辫子,一会儿跳到胸前,一会儿又蹦到背后,两个闺女真像登台跳舞似的。

那个挂牌子的妇女主任,从打村里发生了事儿,她就住娘家躲清静去了,昨晚上才回来,也挺热心地参加了麦收打场。她抱着一个大麦个子，移动着不太方便的胖身子，摇摇晃晃地朝铡刀那边走；刚走两步，垛坍了，滚下两个大麦个子，把她绊了个仰八叉。跟车回来的小伙子拍着手喊："都来看哪，大肚弥勒佛钻被窝了！"

妇女主任赶忙从地上爬起来，瞪他一眼，骂道："烂嘴的货，你媳妇瘦得像秫秸秆儿扎的！"

妇女们都嘻嘻哈哈地笑开了。

大脚焦二菊抱着个麦个子跟过来，说："你甭不爱听，你是胖得够瞧的了。人不费心思，当然得长膘啦！"

妇女主任不高兴地说："我没你费心思，我死心瞎肺半个肝，办不了什么大事儿，过了麦收，咱们改选，这个主任的牌子我要摘了，得你挂上了。"

焦二菊呵呵地笑了起来："这个现成，你什么时候摘，我就什么时候接着；接过来，我就不挂着，卖什么，吆喝什么，干什么得像什么。"

妇女主任说："那好哇，我早干够了。"

焦二菊说："你干够了，我们也看够了。快抱麦子吧，别的事儿，先别摆在这张桌子面上。"

焦庆媳妇不知怎么也插上一句："别怪主任摔跟头，今年的麦子个儿分量就是重。"

焦二菊故意刺她说："是吗？我怎么没觉出来呢？"

焦庆媳妇说："从我懂事起，哪年也比不上今年的麦子好，真是怪事儿！"

焦二菊又呵呵地笑起来，摇晃着胳膊对大伙儿喊："你们听见没有，这位先生也说良心话了！"又转脸对焦庆媳妇说，"这是农业社的优越性嘛，怪什么呀！"

焦庆媳妇不好意思地笑笑："真没想到……"

焦二菊哼了一声说："你没想到的事儿还多着哪。往后再遇见事儿，把心眼摆正一点儿，别夹在胳肢窝，多寻思寻思，也就不觉着怪了。"

焦庆媳妇赶忙去抱麦子,躲开了。

站在凳子上的马翠清跟站在凳子上的焦淑红挤眉弄眼,又忍不住"嗤嗤"地笑。

焦淑红也抿着嘴儿笑笑,又使劲儿按着铡刀。

…………

老饲养员马老四牵来两头壮壮实实的大骡子:"振茂,趁着脆,快轧吧!"

焦振茂应声跑过来,一边接缰绳,一边笑嘻嘻地说:"老四,你这是给我们送脱谷机来了。"

马老四也笑着说:"甭忙,迟早有一天,买个真脱谷机摆在场上,归你管。"

焦振茂说:"那敢情好呢! 老四你没见哪,脱谷机那玩意儿可棒啦! 一个就顶百八十人。机器一开,粮食粒是粮食粒,糠皮是糠皮,分得一清二楚,连口袋都替你装上,更不用做场了,在地里一走,全完!"

从地里回来开碰头会的韩百仲听见焦振茂正假充内行地谈论脱谷机,就打趣说:"听听振茂这一套,说得有鼻子有眼儿,我倒怀疑你见过什么脱谷机没有。"

焦振茂直着脖子说:"谁说我没见过?"

"你见过什么样?"

"就跟汽车那么大,跟,跟这场房这么高,上边还有个大烟筒……"

"那不把麦子都烧着了?"

"又不烧火,着哪家子,全是汽油,坐在那上边,跟坐在炕头上一样稳,上边还有个篷子,日头都晒不着……"

"越说越神,请问你在哪儿看见的?"

"哪儿? 画报上呗!"

"哈哈哈!"

整个打麦场上的人都笑了。

韩百仲指点着焦振茂说:“好个牛皮大王,这回可吹破了,快缝缝去吧。”

焦振茂并没有觉着不好意思,反而挺得意地说:“过了麦收,我就跟百安搭伙,到双桥农场参观参观去!”

在说笑声里,两头大骡子套上了碌碡,在那摊着金铺着银的场板上,转着圈圈儿奔跑起来;堆得厚厚的麦穗儿,在“吱吱扭扭”的响声里跳动着,越变越薄,越薄越平滑;麦粒儿在碌碡的滚轧之下,从穗子上脱落下来,漏到最底层……

碌碡声一止,几十个拿着杈子和木板耙的人冲过来,起花秸,推麦粒儿。

第一场麦子打下来了。

焦振茂和韩百仲两个人,分别站在两个麦粒堆旁边,开始扬场了。

焦振茂对这种活儿当然很拿手。他两条腿分开站着,前腿弓,后腿绷,两手把着簸箕边儿,两眼沉着而又自得地望着天空;先铲一点儿麦粒儿,簸了几下子,看看风向,找找地势,簸箕朝后一伸,随后说了声“开始吧”,站在他背后的焦二菊铲起满满一木锨麦粒儿,扣在他手上的簸箕里,他便轻轻地一颠,顺势朝上一扬。

麦粒儿飞到天空,又洒落下来,微风把麦鱼子、土屑和麦粒儿分得清清楚楚。

老把式的手艺高超,拿着杈子等着再摊第二场的社员们,站在场边上,不住地喝彩、叫好。别人越夸,焦振茂越扬得起劲儿,汗水不住地顺着脖子往下流。好多人劝他歇一歇他偏不肯住手。

萧长春跟着拉麦子的大车回来了,站在一边,笑眯眯地看了一会儿,说:“换换班吧!来,我试几下子,谁给我供锨?”

正在一边拣麦粒儿的萧老大丢下小簸箕,走过来说:“我给你供。”

刚刚停下铡刀的焦淑红,抢先从焦二菊手里拿过木锨,说:“这是重活儿,我来吧。”

萧长春也拉开了架势,一簸箕一簸箕地扬着。他这扬场的风格跟焦振茂完全不同,焦振茂把麦子扬上去是弧圈形的,轻轻地落下来;他扬上去好像一把刺刀那么锋利,落下来也特别有气势。支部书记的眼前像是一片金色的汗珠在降落,像是理想的火光在燃烧,像是斗争的云雾在翻滚。他陶醉了……

世界上最美的情景,并不是在舞台上、绘画内,也不在文章描写的字里行间,而在劳动里。劳动是美的,百花齐放、丰富多彩,同时又变幻无穷。只有在劳动里,才能显示出人的美和我们今天国家的美。这是因为劳动不仅直接创造物质财富,也直接创造精神财富。劳动是一切美和艺术的源泉,劳动者是艺术家。我们五亿农民都投身在驱赶灾难、争夺社会主义革命胜利的集体劳动,这不是世界上最美妙、最伟大的情景和形象吗?

一场轧完了,另一场又摊上了。

大车还在往场上拉着麦个子;铡刀也跟着响起来了。

欢乐的说笑声,一直没有停止过。

焦淑红心里特别高兴。这个念过中学的庄稼地的闺女,在团支部会议上,自己教育了自己;昨天跟马之悦和弯弯绕那一场面对面的斗争,对她的影响也是相当大的。她觉着自己思想境界又提高了一步。胜利鼓动着她,斗争召唤着她,热烈而又欢乐的劳动场景,忽然激起她要写一首诗的冲动。一边干着活儿,句子就一个一个地从心里朝外蹦;不一会儿的工夫,一首诗酝酿个差不离了。休息的时候,她把马翠清拉到大麦垛的阴凉里,两个人就地一坐,就一边叨念着,一边修改起来了。

萧长春带着一脸汗痕,披着一身黄尘土,转到垛后边来找她们:“嗨,钻到这儿躲清静来了?”

马翠清咕嘟着嘴说:“谁躲清静?我们作诗哪!”

萧长春笑着逗她说:“什么,作诗? 太湿了,麦子怎么轧呀! 你可别在这里呼风唤雨啦,麦子要是淋了雨,发了霉,你可得负责任呀!”

马翠清跳起来,使劲儿推着他说:“你懂得什么叫诗呀! 快去吧,一会儿,我们作出来,给你一念,保证把你吓一跳。”

萧长春说:“别那么有心有肠地作诗了,还得给你们布置一件任务。昨天妇女会开的不错,要建立一个临时托儿组,好动员百分之九十的妇女参加麦收。你们知道了吧? 这件事儿都推给百仲舅妈一个人不行,团支部也得协助。你们两个帮五婶先把摊子摆起来;除了这件事,还得帮助妇联动员妇女。得抢难的事儿干,谁难动员,你们就包谁。”

马翠清故意说:“哟,你这支书,真会见缝插针,一个喘气的空儿也不给人家呀?”

萧长春说:“我们活一辈子,就得忙一辈子,生活就是斗争嘛! 别等着喘气的时候。”

焦淑红笑笑说:“行啦,这件事儿包给我们得了,下午我们找小组长们问问,都有哪些人没出来干活儿,再跟百仲大婶商量商量,分头包人动员,行吧?”

萧长春点点头,又朝马翠清耸了耸鼻子,赶快忙别的事情去了。

两个姑娘又争论一阵儿,打闹一阵儿,一首纪事诗就写成了。焦淑红往起一站,大声地朗诵起来:

噼啪啪,
路上的鞭儿响,
赶车的小伙子,
扬眉吐气挺胸膛。
超载的大车,
在他身边,
摇摇晃晃;

它装着满车的金子,
满车的欢笑和希望——
一车车麦个儿拉进场。

吱扭扭
场里的碌碡响,
蒙着眼的骡子转着圈儿,
脖子下的铜铃儿叮叮当当。
大嫂们是翻场的快手,
汗水却湿透了衣裳。
别怪她们没力气,
是这麦子比往年增加了分量。

笑声朗朗舞南风,
男男女女起场忙,
杈子挑,
簸箕扬,
扬场的把式,
要算老队长。
他弓腿挺胸,
一锨一个金波浪;
扬到天上一条线,
落到地下弓一张;
左扬一个银燕单展翅,
右扬一个蛟龙出海闹长江。
糠皮舞,
麦粒儿跳,
像雨点儿,不,

是颗颗珍珠，
落在社员的心坎上。

麦粒儿堆成了大堆，
麦秸儿垛在一旁，
一转眼，
平地立起两座山冈：
这边超过了古庙的高墙，
那边遮住了千年的白杨，
支书擦着汗，笑对大伙讲：
站在垛顶上，
就能摸太阳。
社会主义的光芒啊，
闪耀在这能摸太阳的垛顶上。

焦淑红朗诵完毕，激动得好久都没有动一下。

马翠清听完朗诵，也激动地说："淑红姐，后边还得加一句。"

焦淑红问："加句什么，你说吧。"

马翠清拉开一个演员式的架子，仰着脸说："加一句社会主义的光芒，闪耀在每个社员的心口窝……"

焦淑红说："这个窝字不押韵了。"

马翠清说："管它韵不韵的，实情理是这样嘛。不信你摸摸!"

说着，一把拉过焦淑红的手，按在自己的胸口上。

焦淑红立刻就觉到了——马翠清那年轻的胸膛热乎乎地跳动着……

翠绿色的夏天

浩　然

我在邦均下了汽车,很想托人给姐姐捎个口信,让她到车站上来接接我。按说这里离姐姐家只有三里多路,很容易走;就怪我带的东西多了点儿,一个人实在搬不动。碰巧,今天这儿是大集,集上总可以看见个熟人吧?

我站在路口,在来往的人群里寻找。

巧极啦,盼熟人,熟人到,那边走过来的不是姐家西邻的周春雨吗?这个十六七岁的小伙子,是个回乡参加生产的中学生。他比去年高了,更显得结实了。身上穿着青裤白褂,脚上的两只纳帮鞋的底子上,钉着挺厚的胶皮轮带,黑红的长方脸,头顶一个宽檐大草帽,倒背手牵着一匹灰骡子。骡子背着鞍架,没驮东西,正好是往回走。我赶紧朝他喊了一声。

他站住了,扭转头,瞧见我,咧嘴笑了。他笑得十分温和,像一个文静的女孩子。他问:“刚到吗?”

我回答说:“刚下车。我这儿有个大行李弄不动,让你的牲口给我驮回去吧。”

他听了我的话,使劲儿摇摇头,连声说:“不行,不行。好几个社员买了东西,都想让灰骡子给他们驮回去,我一个也没答应;要是给你驮铺盖,他们也跑来加载怎么办?”说着,走了。

我碰了这个意外的钉子,有些不好意思,愣愣地看着他走去,就不想再求他了。可是，他没走远，在一个人稀的地方停住，把灰骡子拴在一棵小柳树上，又转身走到我的跟前。

他依旧那样平和地对我说："行李在哪儿？我给你背着。"

我连忙推辞："不要，不要，你回去给我姐捎个信就行了。"

他不容我分说，找到行李，扛起就走。不是我连抢带夺，他还要提个旅行包。

他扛着行李，牵着大骡子；我提着两个旅行包。一路上，他没有跟我说一句话，好像旁边没我这个人一样。直到进了村，他把行李放在路旁，才告诉我："你自己往家运吧。这灰骡子好像有点儿不舒服，我得赶快找老饲养员交代一声。"

晌午，姐姐忙着做午饭，我帮她到菜园子里拔青蒜。

这是个望不见边的大菜园，连着多半个村庄。每一家有一溜畦子，对着主人的后门口。菜畦里种着各种各样的菜蔬，鲜嫩的大葱、莴苣，宽叶子苤蓝，爬蔓的豆角和黄瓜，一色翠绿，整个园田里显得清爽而又生气勃勃。没有风吹，太阳也不毒，空气潮湿，像渗着薄荷那样清爽。园中央有两个人正在推水车，那叮咚、叮咚的声音，给静穆的菜园平添了一股欢乐的调子。

我拔了几棵白嫩的青蒜，到井台的龙口旁边借水洗涮。

推水车的人一个是周春雨，另一个是比周春雨大几岁的青年人。他们光着脊梁，赤着双脚，奋力地推着水车，随着他们那结实的脚步，白花花的水从龙口跳出来，跌进龙沟，流到远处的菜畦里。

那个青年热情地招呼我："哟嗬，客人还干活儿呀！真是的。"

听他的话音，看他的神气，我忽然认出，他是能说善讲的张六志。去年我回乡探亲，他常到姐家来串门。他也是个中学毕业生，比周春雨早回乡三年。这三年里边，他在千甘涧当过工人，在邦均学过理发，也到北京、唐山跑过几趟，据说，因为周春雨回来，有了伴儿（都是知音青年），他才下决心留在村子里，不再到外边乱闯了。有一天晚上，我正坐在灯下整理笔记，他坐在我身旁就山南海北说了起来。从当前生产到国内国外大事，他几乎无所不知。他能说善讲，津津有味地谈了一个多小时，没容我插嘴。他谈起他的抱负，他说他非常想当一个文学家，要像当代许多著名作家那样，长期深入生活，将来写一部反映家乡变化的长篇小说，留给后代；还说，他要跟周春雨合作，因为春雨字儿写得工整，抄稿子有耐性。最后他又谈到修水库、建发电厂，说到我现在使用的这个小油灯不亮。他说："嘿，我家那个大保险灯才带劲儿哩！又省油，又亮堂，隔着窗子瞧，你真猜不透它是电灯还是油灯。"当时，我姐正在旁边做针线活儿，她对张六志说："我正愁这灯不明，他写字不方便哪，快把你那灯借我们用两天。"姐姐的话音刚落，张六志的神情立刻一转，好像丢了什么东西似地拍拍衣袋："糟糕，我那灯不错，就是没有灯头！"把我们都说笑了。

水车有节奏地响着，清水哗哗地流着。周春雨没有跟我打招呼，一句话也不说，只是朝我笑笑。他一边推水车，一边用胳膊肘擦擦脑门上的汗水，看看我被水和泥弄脏了的手，从背后的腰带上抽下一条雪白的新毛巾，一扬手，扔给我了。

这时，张六志对周春雨说："伙计，咱们抽袋烟歇歇吧！"

周春雨说："快推吧，我还没吃饭哪！"

张六志说："你呀，哪辈子没见过饭！年轻轻的，一顿两顿不吃饭，照样干活儿！"又转过脸来朝我神秘地挤着眼，"我们这个小老弟可棒哩！我就愿意跟他搭伙计干活儿，把他套上顶一匹马使！"

周春雨大声吆喝张六志："你是要嘴皮子，还是推水车？"

张六志马上加劲儿推起来："好好，我这不是推哪吗！"转了个圈儿又对我说，"我这小老弟可能干了，去年一年干了四百二十个劳动日，顶我俩半。"又转过脸，半认真半开玩笑地朝周春雨眯着眼说，"这不行，我说春雨，工分都让你挣去，明儿你要当财主呀！"

周春雨用力往前推着，瓮声瓮气地说："谁像你，做梦都想不费力气发洋财当财主！"

张六志笑了："哈！哈！谁想当财主？你真把人瞧扁啦！过去说

人为财死，鸟为食亡，我看这个财字得改改，改成人为名死倒还不错。人活一辈子，要是不留下个名字，后代人不知道你，真是白来一世——喂，伙计，咱们那个长篇小说可该动手写了。你到底儿参加不参加？”

周春雨看他一眼，说：“我正在写，我写出来的东西你看不见。”说着，更加劲地往前推，差一点儿把张六志甩到井台下边去。井台上，留下他那一串串结实的脚印儿；清水更猛烈地从龙口往外跳，哗哗哗，像是从小伙子心里发出来的声音。

这当儿，在东边姐家门口里出现一个老头子。他拄着棍子，弓着腰，弯着腿，颤巍巍地走过来。到了井台旁边，停下说：“你们说糟不糟，灰骡子病重了，眼都不睁！”

张六志好像没有听见，反而加劲推起来了。

周春雨一惊，咯噔一下，水车停住了。

张六志大声吆喝：“老弟，你倒是推呀！”

周春雨没理他，只顾问那个老头子：“三爷，饲养员害眼哪，谁拉骡子看去了？”

老头子说：“我这不是找队长去啦？他不在，家里都是妇女了。”

张六志毫不在意，别人说的重要事情，他都当了耳旁风。又跺着脚喊起来：“春雨，推呀，推呀！”

周春雨直起身，说：“不推了。”

“瞧你这个人，我还剩一畦了，浇完我的，好给你浇呀！”

“你的菜畦都浇足了，我的今个不浇啦。”

“好好，走你的吧。真死心眼儿，快浇完了，咱们好等着分骡子肉去呀！”

没等周春雨开口，那个老头子一迈腿上了井台，冲着张六志问：“张六志，你满嘴喷的啥粪？”

“哟，你怎么开口伤人？我说要改善生活了！”

“你为啥说丧话？”

“我说丧话它就死了？我的嘴要那么灵验，我就坐在井台上说它半天！”

我光顾劝架了，等两个人安静下来，已经不见了周春雨。我提着青蒜往回走，刚到后门口，一群妇女从姐姐家里慌慌张张地跑了出来。里边有姐姐，还有二表嫂(她丈夫是队长)。看样子她们都是从灶边跑出来的，有的人两手沾着面，有的人还提着烧火棍子。每个人的脸上都带着焦虑不安的神气。

一个妇女说：“怎么办哪，赶快找个内行人拉它到兽医站看看去吧！”

姐姐说：“好了，好了，张六志在那儿，他办事儿机灵，让他去！”

二表嫂说：“这事儿能靠他？他光仗着嘴巴活着哩。”

姐姐已经朝井台那边走了几步，大声喊：“六志，灰骡子病了，你是内行人，辛苦一趟吧！”

张六志像是没有听见，使劲用小铁锨堵畦口子。直到姐姐又喊了一遍，他才扭过脸来，那脸色是阴暗的。他说：“你真会调遣人，这么热的天气，病牲口能走路哇！”说着，抬头瞧了瞧毒热的太阳，皱皱眉头。

姐姐说：“那也得给它看看去呀，不能看着它伸腿呀！喂，好六志，快点去吧。”

张六志把铁锨往地上一插，拖长声音说：“行——啊，我得先喂肚子去。”

那个刚走开的老头子回转身来说：“年轻轻的，少吃顿饭算啥呀！”

张六志立刻朝他横了一眼：“哟嗬，你倒喝凉水不塞牙，你饿一顿试试！”

姐姐说：“别顶嘴了，快去吧！”

张六志不吭声，慢吞吞地坐在地下，磕打鞋里的土末子。

几个妇女又急又气，又得极力忍着。二表嫂忽然喊了声：“来救星了!”大家抬头一看,周春雨从他家后门口出来了。他披着白褂子,一边急忙往这边走,一边往袖口里伸胳膊。

二表嫂喊他:“你干啥去呀?”

春雨说:“拉牲口看病去。”

妇女们都高兴了。

姐姐说:“还是春雨好。你快去吃饭吧。你家没熟,我家现成。”

周春雨说:“不吃了。”

二表嫂说:“你带了点钱呀!”

周春雨转过身拍了拍衣袋:“拿上了。”

大伙儿目送周春雨走后,就都松了一口气。往回走时,二表嫂对姐姐说:“你总拿张六志当个人,他就会说漂亮话,不办漂亮事儿!”

整个下午和第二天全天,人们谈论的话题总是不离灰骡子,多少人为它焦灼呀!我到菜园子里去了好几趟。头一次去,瞧见张六志在烈日之下,一边哼着小曲儿,一边整理他那水灵灵的蔬菜。只是不见周春雨。他那几畦菜旱得打蔫了,畦里裂开口子,像在张嘴呼喊它的主人。第二次去,碰见周春雨和张六志顶嘴。

张六志往周家的后门框上一靠,两手抱着肩头,胳肘窝夹着一叠子白纸,和气地说:“算了吧老弟!咱们趁着今天放假,讨论讨论咱们的小说大纲好不好?”

周春雨手里捧着饭碗回答:“早跟你说过了,我觉着自己还没有本事干这个,我要做自己能做的事情。”

“我们合作,我帮助你嘛!”

“我没工夫。还得遛骡子。”

“得了,少揽点闲事儿就行了。”

“你这是什么话?”

“你当你的社员,管哪家子饲养场啊!”

“饲养场是集体的。”

“集体的事多着哪,你都管呀?”

“都管！我有多大劲儿使多大劲儿。”

“照这样东抓一把,西抓一把,将来把自己的青春都浪费了……”

“六志,别说了,你今天想上天,明天想入地,后天想当个什么伟人,光想光说不动手;一天一月一年地过下去,你手里总是一张白纸,真正浪费青春的是你呀!”

张六志被刺痛了,也许发现我来了,红着脸说:“算啦,爱干不干!”就夹着那卷子白纸走了。

吃晚饭的时候,二表兄隔着墙喊叫张六志,喊了半天他才懒洋洋地答应一声。

“队长,叫我有啥事呀?”

“前半夜轮你遛灰骡子。”

“春雨呢?”

“你又攀他！昨个人家给灰骡子治病跑了好几十里地,一夜没睡,今天又遛了半后晌骡子。你怎么不知道疼疼人呢!”

“行啊,队长你放心,这差事保证干好!”

二表兄离开墙头,说:“我吃了饭,得把春雨锁起来,让他好好歇歇。”

二表嫂笑着说:“你能锁住他呀！后晌我跟他妈怕把这孩子累坏了,硬把他推到屋子里;我们就在前门口一边做针线,一边守着他,谁料想,我们姐俩守了半天空房,人家春雨遛了半晌牲口,又从后门回来了。”

吃过饭,我和姐姐、二表嫂坐在菜园子里乘凉、闲谈。

月下的菜园里,百种菜蔬,都变成了苍茫茫的墨黑色,空气里流动着一股淡淡的香味儿。不知在什么地方,有两只青蛙,偶尔地叫一声。透过灰蒙蒙的夜幕,菜园北边远远的大车路上,一个庞大的影子在蠕动着:从东到西,折回来,从西到东,一会儿隐没了,一会儿又出现出,偶然间闪起手电光,立刻又熄灭了。

姐姐用蒲扇指着那远远的黑影子说:“你们看,张六志也变得安静起来了,那不是干得不错嘛!”

二表嫂说:“长不了,一会儿就不是他了,保管把牲口拴在棚里,回家睡觉去。对,我去摘两根黄瓜,给他加加油。”

她说着,站起身,摸摸索索地朝井台东边的黄瓜架走去。

突然,那边发出一声怪叫:“哎哟,你怎么不长眼,往我身上踩呀!”

二表嫂也吼起来:“好你个混账,跑这儿睡觉来了!”

“不这儿睡,哪儿睡?”

“骡子哩?”

“它也累了,人、牲口是一道,拴在北边那棵树上歇着哪,放心吧,跑不了它。”

……

我已经猜到那个躺在黄瓜架底下睡觉的是谁,也猜到那个在小路上不声不响地遛骡子的是谁。月光下,那个庞大的黑影仍然在蠕动着。手电光一闪,周春雨昨天说的那句话又响在我的耳边:“我正在写,我写的东西你看不见。”真的,这个年轻人正用自己灼热的心,结实的脚步,书写着最动人的长篇巨著。

抉 择

(节选:夜访)

张 平

一

市长李高成已经约好了司机,准备去看望中纺集团老职工夏玉莲的时候,市委书记杨诚的电话打了进来。

杨诚的话简单而又笼统:下午的常委会刚刚开完,晚上还要接着开。常委会上关于中纺和李高成本人的问题有过好几次很激烈的争论。万书记和魏省长此时可能没什么别的安排。是否给他们去个电话。最好尽快见见他们。别的什么也不要谈,就谈自己的问题和中纺的问题。关键是中纺的问题。最好也能见见纪检委书记柏卫华。要争取说服他们必须进一步查清中纺的问题。想尽快召开市委常委会,看他有什么想法。市委那边有个会,他得参加一下。随时同他联系,争取晚上能见面谈谈。

李高成问了一句,是不是会上讨论中纺的破产申请了?杨诚说,这个别管它,要是再陷进这场争论里边去,可就什么也完了。要给万书记、魏省长和纪检柏书记谈中纺的问题!什么也不谈,就谈问题!还有,要有应付各种事情和压力的准备,懂吗?你一定得挺住。然后一下子便把电话挂了。

形势看来很不妙,否则杨诚不会这么着急。但杨诚的观点是对的，他非常清醒。杨诚真的比自己强，看来你确实不是当书记的料。一遇到什么事情，自个儿先乱了阵脚。要没有杨诚，真难说这会儿会是个什么局面。

先给万书记挂了个电话，占线。

给魏省长挂电话，没人接。

纪检书记柏卫华的秘书接了电话，他说柏书记正在接见客人，请他20分钟后再来电话。

他又给万书记挂电话，秘书让他稍等，几分钟后，他听到了万永年的声音：

“高成吗？嗨！怎么回事么！发生了这么大的事情，我找了你好多次了，你怎么一直不来找我？你架子好大呀，是不是以为我已经对你有什么看法了？我先告诉你，没看法！什么看法也没有！省委还是信任你的，我和魏省长都还是信任你的！你首先不要有什么想法，更不要有什么压力和包袱。杨诚已经给我谈过好几次了，严阵也给我多次谈过，他们对你的看法都很好，也都非常信任你……”

李高成一下子蒙了，严阵在省委书记面前居然对自己的看法很好！而且仍然像过去一样非常信任自己！这不明摆着在省委书记面前堵自己的嘴吗，干得真高明！

“高成呀，你听我说，我想跟你细细地谈一次，但今天不行，明天也不行，这两天安排得都很满，后天吧，具体时间我提前给你打电话，行不行？不过有一点我得先给你通通气，中纺的问题我不放心，一点儿也不放心。中纺的问题不要管别人怎么吵吵，你我心里都要有数，你一点儿不要给我放松。那个调查报告我已经细细地看过了，我不知道你心里到底是怎么想的，我现在就把我的看法端给你，我觉得中纺的事情肯定没有这么简单！要真是这么简单，那中纺的几万工人还闹什么事？就仅仅只是因为发不了工资？就仅仅因为停工停产？前些日子工人代表们送来的万人书，这两天我对照着调查报告又细细地看了一遍，纯粹就是头疼医脚、离题万里么？工人们要是知道了你们送上来的就是这样的一份调查报告,想想那会是什么反应?所以你听着,电话上我就不给你多讲了,中纺的调查我看还得搞,得认真地搞,问题查不清楚,其余所有的问题都是瞎扯淡,也都是极不负责任的……"

他一直静静地听着,几乎一句话也没能挨上说,其实也根本不知道自己该说什么,因为他根本没想到万书记会这么说。一直等到万书记把电话挂了,一直等到电话铃声再次响起来的时候,他才发现自己已泪流满面。

电话是纪检委柏书记的秘书打来的,说如果他有时间,柏书记请他马上过去,柏书记有急事要跟他谈。

柏卫华是一位多年来一直被人称为强人的女书记。

她曾经在团委干了将近十年,干过团地委书记、团省委副书记、团省委书记。而后调到地区任行署副专员、地委副书记,然后调至省纪检委任副书记,在纪检委副书记的位置上一直干了将近六年,直到前年51岁的时候才被任命为纪检委书记,并进了省常委。如果不是因为五大班子的一把手可以超龄再干五年,她实际上已经到了退休的年龄。

所以在别人眼里,她是一个很让人怕,也很让人担心的领导。因为一般像这种年龄的领导干部,可能会变得很贪,也可能会变得很强。有些人到了这种年龄,觉得没几年了,一旦把握不住,晚节不保,便会很快堕落下去,反正干不下几年了,趁机赶紧捞一把,再不捞可就没机会捞了,因此这种人往往更让人感到憎恶和忧虑。与此相反,有些干部到了这种年龄,恰恰会什么也看开了,什么顾虑也没了。反正就这一届了,再不干可就干不上了,以后想给老百姓办点事也办不上了。于是反倒会变得天不怕地不怕,就只想干出一番惊天动地的事业来,给自己的卸任画一个完整的句号。这种人也一样会让一些人感到可怕和难以对付。

在李高成眼里，柏卫华似乎更多地应属于后者。再加上也一样是个没背景，没后台，全靠自己的才能干上来的一位女领导。所以一般的领导干部，甚至也包括省一级的领导干部，都感到她有些难以对付。一个无法套近乎的女同志，不抽烟，不喝酒，不吃请，不纳礼，说话从不跟你讲客套，却又是一个专门办案的纪检委书记，你说你能不对她敬畏三分，为之肃然？或者是能不小心翼翼，谨言慎行？

柏卫华果然在等他。见他进了门，并不站起来，坐在椅子上跟他握了握手，然后不苟言笑指了指座位让他坐下。几乎还没等他坐稳，便开门见山地说：

“你这30万元的案子，我们同万书记和魏省长已经交换过意见，决定立案，你谈谈你的想法。”

李高成感到茫然，他本不想谈这个问题，或是尽量避开这个问题，应集中力量谈中纺的问题，这是关键。却没想到一进来的第一句话就是这个问题。他想了想说：

“我没什么想法，我只想知道在立案期间会不会有什么限制？”

“你指的是什么？”柏卫华的脸上看不出任何表情。

“比如我的工作，比如我的行动，比如我的家庭，会不会受到影响？”

“有可能。”

“那能不能再靠后一些时间再立案？”

“为什么？”

“我想先把中纺的问题查清楚。柏书记，我希望你在这个问题上能支持我。这对我很重要，我只需要一两个月的时间就行。”李高成显得非常真诚和急切。

“这两件事并不矛盾。”柏卫华仍然不动声色地说道，“中纺的问题省纪检委也同样已经立案，纪检委常委会也研究过了，省委也同意，决定由纪检委配合你们市委市政府，力求尽快查清中纺的问题。这件事我已同杨诚交换过意见，主要还是由你负责。”

“这就是说,一方面查我的问题,一方面查中纺的问题,一块儿立案,一块儿调查?”

“是。”

“柏书记,这件事是不是已经决定了?”

“是。”柏卫华再次点点头。

“……柏书记,”李高成不禁有些纳闷和不理解,“你让我来就是只告诉我这件事?”

“不。”柏卫华似乎迟疑了一下,然后直丁丁地看着李高成说道,“还有你妻子的问题,我们也已经决定立案。”

就像听到一声惊雷,李高成呆在了那里,好久好久都没动一动。他早就想到过可能会有这一天,但等这一天真正来到了的时候,还是让他感到这样的震惊和难以接受。

“老李,我希望你要有思想准备。你妻子的问题非常严重,根据一些检举揭发的材料,经我们初步了解,有些问题证据确凿,相当严重。老李,我给你说实话,这对你非常不利。我个人以及万书记和魏省长,现在唯一希望的就是你没问题……”

柏卫华继续严肃地说着,那张不苟言笑的脸上显示着一种痛心和关切。

李高成则好像已经什么也听不到,什么也看不到了。

末了,他只说了一句话:

“柏书记……能不能再推迟一些时间?”

“不能。”柏卫华书记声音很轻,但却是没有任何余地而又非常坚决地说,“这是省纪检委常委会的决定,我们也已经通知了杨诚和市纪检委。”

原来杨诚已经知道了,但他并没有给自己说,只是说让自己挺住,要有各方面的思想准备。

就像天塌下来一样,李高成觉得自己实在有点挺不住了……

二

正是下班高峰期间，市内几乎每一条街上都被车和人塞得满满当当的。

市政府到中纺本来半个多小时的路程，现在只市内这一段说不准就得二十分钟。

李高成默默地坐在车里，脑子里仍是一片巨大的空白。一个奇怪的想法不断地在脑子里闪现，他此时真想孤身一人隐居到某个没有人烟的地方去，十年二十年都不再露面，不再回家。

这还不到一个月的时间，人还是过去的人，职位还是过去的职位，但一切的一切却全都变了，全都不一样了。

柏书记说了，目前的情况对自己非常不利，仅仅是不利吗？就算那盘录音带说明不了什么问题，但那30万元人民币你就能解释得清楚吗？所有的人就只听你这一面之词吗？就像妻子的问题一样，那是因为你自己知道妻子确实有问题，假如你根本不知道妻子的问题，而现在只凭你的影响和权力，能保住妻子没有任何事情吗？实事求是地讲，你不能，而且根本就没有可能。因为置你于这种境地的人，置你的妻子于这种境地的人，对你来说，并不只是因为问题和影响，这一点严阵讲得已经再清楚不过了，是因为你没了一个圈子，再说白点，是因为你失去了一张保护伞。现如今的领导，尤其是一把手，能有几个没让人给告过？但真正立案调查的究竟能占到多大的比例？严阵不是说了，"什么叫清除腐败，整顿党风？清除什么，整顿什么？还不就是清除异已，整顿异已？""……要不是我在你后面撑着，你早倒台多次了，还轮得着你当市长？""……我的权力大得很，让我扳倒一个人很容易，但要让我扳倒一个圈子，可就没那么容易……"

严阵并不只是吓唬吓唬你，他现在就是这么干的！没问题的他可以让你有问题，小问题的他可以让你成为大问题。反过来，有问题的他可以让你没问题,大问题的可以让你变成小问题。不管你有多大问题,有他护着,就什么事情也没有,没了他,大大小小的问题立刻就遮天盖地地扑了过来,而且立刻就能立案审查!江河大溃自蚁穴,山以小厄而大崩!而一旦堤溃石崩,可就是兵败如山倒,想挡也挡不住了。其实怨来怨去,还是怪你自己。因为你有问题,所以他才能控制你,因为你有问题,他才能这样任意掐掉你,也正因为你有问题,所以他才可以这么翻手作云,覆手为雨!

柏卫华书记其实也表示得很清楚:这对你非常不利。

因为你妻子的问题,还能跟你没有关系?你妻子有了问题,你还会没有问题!

这就是严阵的杀手锏!虽然卑鄙,但却非常有效力。

我们党内竟会产生出这样的人来,而且你一时还对他毫无办法,这实在是太让人感到痛苦了。

杨诚说一定要挺住。

没错。其实也只能这样。

不只要挺住,最最要紧的是,挺住了之后做什么?

跟他们干,跟他们斗!不是鱼死,就是网破!不是你死,就是我亡!

其实就只有这一条路,你还是别无选择!

到了中纺的时候,已将近七点。

在街上买了一些水果。又让吴新刚挑选了一些自己住院时别人送来的营养品。另外,他还带了三千块钱。李高成想,如果夏玉莲的情况还可以,年前就暂时住在家里;如果情况不太好,那就尽快送医院。医院他也已经让吴新刚联系好了,随时都可以住进去。

然而当他一到了夏玉莲的住处时,才明白实际情况要比他想象中的还要糟得多得多。

屋子里居然连暖气也没了，因为交不起暖气费！而且没有电，因为交不起电费！供电局年前统一给卡了，理由是整个中纺欠了将近一年的电费都没有交；连水也没有，因为整个宿舍区拖欠了将近半年的水费，所以整个宿舍区都没有水，喝水只能到附近的农村去拉……

李高成不禁感到一阵阵压抑不住的愤怒，上次他来时，还专门带了市供电局的局长和市自来水公司的经理，要求他们不管有多大困难，都必须在春节期间保证正常和足量地供给，这是政治任务，绝对不能含糊。怎么这才几天，就全变了！

一打听，才知道是刚刚几天的事情，说这是省里有关领导的意思。由于中纺欠的水、暖、电费太多，近期并没有能还了的迹象，而且还听到了中纺即将破产的消息，而这些供电、供水单位也属于承包性质，一个几万人的大企业，这并不是一个小数目，所以便打报告给省级部门的领导，上边的领导自然也不好说什么。就这么欠着吧，这么大的一笔钱谁也做不了主，免了吧，更没有人敢做主。研究来研究去，便让下边负责争取年前把欠下的款项要回来，如果要不下来，就由他们自己想办法解决。一句话，上边不负这个责任。既然你上边不负责任，也没有什么具体指示，那么下边又有什么好办法，于是就停电的停电，停水的停水。没有多久，由于还不了欠下的煤款，煤场自然跟着如法炮制，于是就断了中纺的煤炭供应，没了煤，暖气自然也就停了。不过这些单位的领导都说了，年前年后肯定会正常供应，绝不会让公司的工人在春节期间没水没电没暖气。

将要过年了，不管市里还是省里这些部门的领导似乎都有一个感觉，像这样大的企业肯定会像往常一样，拿出几百万块钱来，该补的补，该发的发，只要把工人们和企业逼一逼，一断水一停电，那还不往上反映，那还不闹腾起来。只要这么一反映一闹腾，那上边还不着急。只要上边着急了，那还不要什么就有什么？

过去是所有的单位都想方设法地向这些企业伸手要钱，如今则好像是所有的单位都在想方设法地逼着工人去上访告状、闹事造反！

究竟还有多少人真正地为着这个国家考虑,为着这个党负责,为着全体老百姓着想?

尤其让李高成感到愤怒异常的是,一个在公司干了一辈子的女工,在得了这种不治之症的情况下,在职的那些大大小小的领导干部居然一个也没来这儿看望过!

李高成默默地看着眼前的这一切。

还是这小得不能再小的,像鸽子笼一样的被切成好多块的平房,还是这个只有两米长一米多宽的,用塑料布撑起来的用来住人的过道,还是那个只有两三平方米左右的"院落",还是那个半截锅台都伸到了街面上的"厨房"……

唯一不同的是,生病的母亲和刚生了孩子的儿媳妇一同住在了平房里,而儿子则代替了母亲,住到了那个当作"卧室"的过道里。没有电,代用的是四五十年代农村才用的小煤油灯。没有水,"院落"里增加了一个如今农民都不用了的旧水缸。既用于取暖又用于做饭的是一个很小很浅的蜂窝煤炉子,可能是为了省煤,即使在很黑的屋子里,也看不到亮光。房檐下的一个角落里,堆着大概还有几十块蜂窝煤,要靠这一些煤块熬过春节,看来是远远不够。而如今要拉一车蜂窝煤,少说也得近百元……

只有到了这种地方,也许才会清楚钱的金贵。一百元,对这样的一家人来说,想挣到它,可真是非常非常的不容易……

媳妇刚生了孩子,难产住院又几乎花干了家里本来就不多的积蓄。儿子就这么一个老老实实的后生,工厂开不了支,干别的一没技术二没钱。因为怕丢掉这份工作,即使发不了工资,也一直坚守在工作岗位上。你让这样的家人怎样去自谋生路?又怎样能自食其力?

别说一百元了,就是十元二十元,你又让他到哪儿挣去?

于是这个年近六十,在纺织厂干了几乎整整一辈子的纺织女工,在这么点微薄的退休金都无法领到的情况下,在浑身是病,浑身是伤,尤其是在肺癌已经到了晚期的病痛中,在那样恶劣的工作环境里，在那样超负荷的劳作下，一天必须干到十个小时以上，才能拿到五六元人民币的血汗钱！而这五六元钱极可能就是这一家人赖以生存的活命钱！

他默默地瞅着眼前这张苍白而又衰老的脸，久久说不出一句话来。夏玉莲的年龄跟自己差不多，但此时看上去就像个风烛残年的老人。一道道深深的皱纹，犹如刻上去一样布满了她的脸庞。稀疏而又灰白的头发，显示着她常年的劳累苦重和营养不良。因为昏睡着，所以也就显得更加消瘦，消瘦得让人几乎不忍目睹。一晃一晃昏暗而又飘忽不定的煤油灯光，似乎在昭告着人们她的生命之路正在走向尽头……

难怪那一天她见到他时，她会那么那么长时间认不出他来！她说她老是头晕；她说她眼睛老早老早就花了；她说她不敢一个人过大街；她说她一见了汽车和拖拉机就头昏脑涨；她说她不能戴口罩，一戴上口罩就憋得喘不过气来；她说她老了，真的不如那些年了，干一会儿活就累得胸口疼；她说她真是没出息，小姐身子丫鬟命，这才多大年纪，就这么不如从前了……

她什么也想到了，就是没想到自己竟会得了这种对穷人来说是极为痛苦、极为残酷的不治之症！

他瞅了瞅她的身旁，看不到有任何营养品，甚至连像点样的药也没有。一个得了晚期肺癌的病人，放在她跟前的只有一小袋安定和十几粒去痛片！

几乎就是在眼睁睁地等着她在极度的疼痛和折磨中死去。

如果让这样的一个女工就这么饱含痛苦而又死不瞑目地离开这个世界，那将是多么的不公平！

只要看看她这张脸，就会明白她这一辈子除了劳作还是劳作，除了受苦还是受苦。活这么大，她绝不会知道什么是那些富人的享受和消闲。作为一个女人，她从未用过也根本说不出那些品牌多样的化妆品，数百元以至上千元一盒的美容霜，对她来说，无疑是一个真正的天方夜谭。数百元的一条皮带,数千元的一件大衣,上万元的一套服装,她永远也不会明白为什么会有人把这些东西标出这么高的价格,而这样的东西偏是会有人来买。同理,像那些豪华歌厅高级桑拿浴,她一辈子也没见过,也想象不出来那里边到底是怎么一回事。所以她也就同样不会明白数千甚至上万元的一桌饭菜是个什么样子,而这样的饭菜又怎么会有人谈笑风生、连眉头也不皱地把它毫不心疼地吃下去。过年时,当她这样的一家人在为五块钱的土豆、十块钱的白菜而斤斤计较,困心衡虑时,她并不知道有些领导干部,每逢过年过节,只下边给送来的购物券就能达到数万元之多!她更不会知道有人行贿送礼,一次就能送来三十万元人民币!而这样的一笔钱,她可能十辈子也挣不来!

"……李厂长!"夏玉莲就像吓了一跳似的醒来了,一醒过来就好像她是个好人似的一骨碌爬起来便往床下挪,"快给李厂长沏茶呀,三子……"

三子大概就是她三儿子的小名,也许是一种下意识,她见到李高成的第一个反应,便是叫他李厂长。李高成费了好大力气,才算没让她挪到床下来。但也就是这么一折腾,夏玉莲已经上气不接下气,脸色也变成青白青白的了。

"……李市长,你给我说实话,是不是……我这回真的熬不过去了?"此时似乎清醒了的夏玉莲,眼巴巴地瞅着李高成,有些气喘吁吁地问,"李市长,我一点也不怕死,要不是为了孩子,我早死好几次了。我只要你给我说实话……"

当活着比死还难受的时候,谁还会怕死!他知道她说的是真话,但此时此刻,他能给她说真话么?

"夏大姐,你听我说,这会儿要紧的就是安心养病,你千万不要胡思乱想。我这不是刚刚好了?当时你看我病得有多重?夏大姐,你听我说,我这回来,就是要把你接到城里的医院去……"

"好了,你不要说了。我明白了……"夏玉莲打断了李高成的话,神色顿时也好像平静了许多。“妈,李叔叔来了好半天了。”夏玉莲的儿子这时在一旁插话说道,“李叔叔给你带来了好多东西,还有三千块钱。”

“……李市长,还有件事,你一定不要瞒我。”夏玉莲并不理会儿子的话,只是目光定定地瞅着李高成问,“你是不是让人给告了,上边正在查你?还有,爱珍是不是也让人给陷害了,听说马上就要给关起来?”

“……你听谁说的?”李高成不禁怔住了。消息怎么传得这么快!居然连病在家中的夏玉莲也知道了这些事!

“今天厂里的好多人都来我这儿了,他们啥也告给我了……”夏玉莲似乎终于在李高成的脸上证实了这一切,“为什么?他们为什么要这么做?就因为你听了工人的话,要调查他们,他们就反咬一口,把你和爱珍就都给告下了?”

“夏大姐,你放心,什么事情也不会有,省里的领导还是支持咱们工人,还是支持我的,有些事情工人们并不了解,你不要听他们这些……”

“省里的领导都支持你,可为什么还要查你?为什么还要查爱珍?别人不清楚你们,我还不清楚你们?”

“你安心养病吧,有些事情非常复杂,可不像他们说的那样,也不像你想的那样。我这会儿只告给你一句话,我什么事情也不会有的。你既然清楚我,就安心养好身子,什么也不要担心。”李高成说到了这儿,便打住话题,要夏玉莲马上动身去城里住院。

“你听我说,李市长,你这一番好意,我心领了。这些天,我一个人一整天地想呀想呀,像我这样的一个病老婆子,还能为你做点什么呢。我要是身体还好好的,我要是再年轻点,那我这会儿就跟你一块儿回去。眼下担子这么重,压力这么大,害你的人又这么多,我在家里给你和爱珍还有孩子们洗洗涮涮的,多多少少还能帮点忙。可我现在还能给你干点啥呢,如果谁要是让人拿命换你一个清白,那就让我去死……"

夏玉莲说到这儿,猛地一下子打住了,然后便直瞪瞪地瞅着李高成一个劲地看,好久好久再也说不出一句话来。

李高成深深地被感染了,屋子里一阵沉默。

末了,李高成要夏玉莲一块儿坐他的车进城住院,夏玉莲却死也不答应。

"你别劝我了,我不会去的,等到哪天我要是糊涂了,认不出人了,随便你把我拉到哪儿去,只要我这会儿脑子还管用,人还明白着,我就哪儿也不会去……"夏玉莲说得斩钉截铁,没有任何回旋的余地。

李高成想了想,只好作罢,那就改天再说吧。

他临出门的时候,夏玉莲好像还有什么话想给他说,但她忍了忍,什么也没说出来。

三

到郭中姚家里去!

一出了夏玉莲家里的门,不知为什么就一下子生出这么一个念头来。

他只是想看看,看看这个中阳纺织集团公司的总经理,这个自己亲手提拔起来的人,这会儿他的家里是个什么样子。

也会一样没有暖气,没有煤气,没有电,没有水吗?也会一样像这些工人一样,既没有吃的,也没有花的,以致连看病的钱都没有?

腊月天,又已是晚上十点左右,再加上整个宿舍区都没有电,所以越发显得天黑,伸手不见五指。轿车一停下来,一灭了灯,顿时就有一种陷入地窖的感觉。

好不容易才摸到了郭中姚住的那一栋楼房里,也一样没有电,也一样黑咕隆咚的面对面都看不见人。一见到这黑乎乎的楼房,李高成的心反倒踏实了一些，不管怎么说，这一点上他多少还能同工人们保持一致，所以罪恶也就多多少少还可以减轻一些。至少在面子上他还没有那么张狂和放肆，他还知道什么是耻辱和羞愧。

敲了好长时间门都没人开门，仔细听听，里面也没有任何动静。

怎么会没有一个人在家里？就算出门，也不可能一个人也不留呀。

下了楼，问了几个人，才有个人不冷不热地给了他两句：

“……郭中姚？哦，就是郭经理呀！没电没水没暖气的，人家能住在这儿吗？没电没水没暖气的，他敢住这儿吗？你想想厂里的工人能让他安稳了？他要是还敢在这儿住，那不就说明他没有问题了？他要是还住在这儿，厂里还会停产？工人们还会闹事？告给你吧，人家这会儿可是狡兔三窟，有好几个窝呢。给人说是儿子闺女的房子，其实都是他自个的房子。听人说，这几天他好像是在东城区的那个叫什么‘美舒雅’豪华住宅小区里住着，听说那个住宅小区就是人家一伙开发的，中纺的郭老板，你到那儿一打听就知道……”

“美舒雅”这个名字，可谓名副其实，至少表面上看是这样。

这个住宅小区基本上分三个等次，超豪华型，豪华型，一般豪华型。看得出来，每个等次的住房都不是一般老百姓住得起的。

超豪华型是独门独院的小楼，豪华型是两户一院的小楼，一般豪华型则是一百平方米以上，带有阁楼的单元房。

郭中姚住在一幢独门独院的超豪华小楼里。

李高成在门前气鼓鼓地站了好半天，这比省委书记住的楼房还要大，还要宽！至于从美、舒、雅这几个角度来看，省委书记的楼房就更比不上了。

妈的！李高成突然这么骂了一声。多少年了，他第一次这么骂人。其实连他自己也不明白自己究竟是在骂谁，骂自己？骂这座小楼？骂住在这座小楼里的郭中姚？

门铃一摁，没有三秒钟，门口的灯就亮了，没有二十秒钟门就开了。

一个跟小莲差不多年纪的小保姆,有些意外地打量着李高成,问:

“找谁?”

“郭中姚。”

“你是谁?”

“李高成。”

“干什么?”

“看看他。”

李高成一边说,一边就要往里走,小保姆拦了一下没拦住,便嚷嚷了起来。于是立刻便走出两个公安模样的人来,只是肩膀和袖子上少了两个标志。李高成一看服装就清楚,这肯定是中纺公司里的保安人员。

“什么人?”其中一个厉声呵斥道。

“让郭中姚出来!”李高成也厉声还了一句。

“你是……呀! 李市长!”其中一个的嗓门突然发出了一个颤音。

“李市长呀,快请快请,郭经理在家呢。”另一个也变得极为热情地招呼道。

“郭经理! 李市长来看你啦!”其中的一个一边把李高成往里请,一边这么高声地喊起来。

可能是没听见,可能是电视机的声音太大,也可能已经来不及了,当李高成走进客厅里时,郭中姚居然在沙发上还没能站起来。一见到大步走进来的李高成,郭中姚就像触了电一样跳了起来,然后就像看一个怪物一样直勾勾地盯着李高成瞧。

李高成走到客厅里,立刻就明白了郭中姚为什么会用这样的一副眼神看他。

在这个暖烘烘的客厅里,在那个宽大的沙发上,还坐着一个打扮得妖艳入时,一身珠光宝气的年轻女人!

看这女人张扬放肆的样子，李高成立刻就知道这绝不是一般的女人，她不会是客人，也不会是妻子，更不会是子女或亲戚。客人不会就像在自己家里一样，衣服穿得这么少，拖着一双只有在卧室里才会穿的软鞋，几乎像是睡了一样懒洋洋地躺在沙发上；妻子则不会有这样一副娇滴滴而又满不在乎的表情，她对郭中姚吃惊的神情似乎根本就没有觉察到，或者是觉察到了也根本没往心里去；而子女和亲戚，在自己的长辈面前，绝不会有这样的一副浓妆艳抹、放浪不羁的媚态。

郭中姚自从离婚以来，就再没有结过婚，这一点李高成知道得清清楚楚。而郭中姚也一直表示还没有找到合适的女人，当然也主要是由于工作太忙，所以也就一直无暇顾及自己的婚姻。那么，眼前的这个女人就是他正在苦苦寻求的那个女子？如果要是这个女子，那郭中姚在李高成眼里立刻就会一钱不值，还不如一头畜生！因为这个女子顶多也就是二十岁左右，以郭中姚的年龄，几乎可以做她的爷爷！

而如果这些全不是，那么就剩了一种可能，这个女人大概就是引起工人们强烈愤慨的，也就是告状材料上所反映的郭中姚供养着的众多女人中的一个！

“起来，起来！”郭中姚显得有些气急败坏，手足无措地朝沙发上的女人嚷道，“李市长来了，还躺着！”

“……哟，李市长呀。”这个嘴里不知在嚼着什么的女子好半天似乎才悟出点什么来，然后一边往起站，一边斜睨着郭中姚说，“你看你，你就没给我说嘛，我咋就能知道是李市长。要是早知道李市长要来，不就到门口迎接了嘛……”

“行了行了！你先到屋里坐吧，我跟李市长有事要说。快点！”

这女子有些不高兴地拉下脸来，撅着嘴瞥了郭中姚一眼，然后一扭一扭地走进卧室里去了。

能跟这样的女人在一起，可见郭中姚的趣味和层次！

“李市长，这是我的一个侄女，平时惯坏了，所以就这么不知天高地厚，没大没小的。”郭中姚一边解释着，一边急急忙忙地收拾着沙发上乱七八糟的东西，“坐，坐，李市长，快坐呀。小李子，快去沏一壶好茶来！”郭中姚向保姆像发命令似的喊道。看他这样子，好像那个女人一不在眼前了，往日做总经理的那种威仪和庄重立刻就又恢复了。他那张脸一点一点又渐渐变得严肃，变得诚实，变得憨厚，变得愁苦起来。

“行了！闹什么好茶，还没吃呢。”李高成毫不客气地，“先给我的司机和秘书找个地方吃点饭。咱们就在这儿一边吃一边说，我有事要问你。”

“李市长，就在家里？”郭中姚有点为难地说，“家里没有太好的东西呀。”

“随便什么都行，什么快就来什么。”

一刻钟后，客厅里的茶几上，便摆上了几样相当精致的食品，酱猪蹄、辣牛肉、韩国泡菜、美国杏仁、两只香嫩的乳鸽、几只炸得焦红的海蟹、一罐鲜活的“醉虾”，外加一瓶价格不菲的“酒鬼”酒。

看来这个濒临破产的总经理的口味并不低，就这还说家里没有太好的东西。

“还有几样从北京捎回来的冻饺子，正煮着呢，马上就好马上就好。”郭中姚一副忙忙碌碌的样子，“其实这都是现成的，要让我做，肯定要比这好。李市长，我的手艺你还是知道的。这么多年没老婆，别的好处没有，做饭的本事可是大大长进了……”

“好了，一块儿吃吧。”

“李市长，其实我吃过了，难得你来，就陪你喝两杯。”郭中姚一边说着，一边挺麻利地打开酒瓶。老大的酒杯，一人倒了大半杯。

也许是饿了，也许是生气，李高成低下头来，看也不看他，径自大口大口地吃喝起来。

几口酒下去，两个人的脸色都渐渐地红了起来。郭中姚刚才的那种紧张的神情，也全被酒气给淹没了。

“李市长，好些天了，我一直想找个机会跟你唠唠心里话，真没想到你就来了。”郭中姚此时已显得仍然像以前那样一脸的真诚和恭顺，“前几天你病了，我去看你，你当时睡了两天两夜还没醒过来。我一人在你床跟前坐了好久好久，不瞒你说，看着你那样子，我哭得眼睛都肿了。”

“哭什么？是不是看着我挺可怜的？”李高成咕咚一声喝了好大一口。

“李市长，你看我这会儿还有资格可怜别人吗？”郭中姚眼睛红红地说，“李市长，我当时是真的觉得对不起你，真的对不起你呀！”

“因为什么？”李高成慢慢抬起头来看着郭中姚说。

“还用得着我再说吗？其实你这会儿什么不清楚？”郭中姚在李高成的逼视下，拿起酒杯来，也自顾自地喝了一大口酒，“我早就明白，对我们这些人的事，你什么也知道，什么也了解了。谁要是想瞒你什么，纯粹就是大傻瓜。如果说别的什么事情还可以瞒瞒你，纺织系统的事还能瞒得住你？”

“既是这样，那么有些事我想问问你，你敢不敢给我说实话？”

“李市长，我把这样的话都给你说了，想想还有什么话不敢给你说？”郭中姚似乎是想借着酒劲，故意显出一副什么也不在乎的样子，把平时不敢说的话趁机全都说出来，“其实我早就不是个好人了，李市长，如今不是有好多人都这么说么，我是流氓我怕谁？其实生意场上官场上都一样，人要是到了这份上，那还会怕什么？我早就给你说过了，中纺的问题，小查小问题，大查大问题，不查就没问题。如今的事情，说白了，越是小腐败越有人查你，越是大腐败就越没人敢查你。就因为中纺的问题实在太大了，所以就没人敢来查，一查就会查出一大批、一大片，哪个敢查，又有哪个敢让查？我马上就要五十八了，中纺又是这么个样子。你想想，没官再可当，也没事再可干，我又不缺钱花，又不怕你查，你想想在这个世界上我还会怕什么？”

"……这就是你心底里的话?"李高成像是看一个陌生的东西一样在看着他,"这也就是你变成了现在这副样子的真正原因?"

"我这副样子是不是让人觉得非常恶心?你是不是觉得我没给你说实话?"

"我是流氓我怕谁,可你是流氓谁又会怕你?你都成了这样子了,谁还会觉得你恶心?你要真是什么也不怕,为何不敢住回厂里,却要住在这里?你要真是什么也不怕,为什么不管住在什么地方,不管走到哪里,身边都要前呼后拥地放上几个保镖,即使是住在这种地方,为什么还要让几个厂里的保安人员给你站岗放哨?"

"李市长,你要是这么说,可就说错了。老百姓只有不相信共产党了,只有抱成团的时候,才有人会觉得他们可怕。现在的老百姓绝大多数还相信党,还相信党的干部,所以就不会抱成团。而我现在还是党员,还是党的干部,所以我也就代表着党的形象,代表着政府的形象,党和政府当然也就得维护我的利益,维护我的形象,在这种情况下,你想我会怕老百姓么?我之所以不住回厂去,无非是想给领导们一个印象,给领导们一个压力,中纺的问题确实得下决心了,我说的决心就是一个:破产。"

"这我明白,你们早就想这么做了。只要一破产,一切的一切,就全都一笔勾销了。"李高成一口把酒杯里的酒喝干,然后审视着眼前这张脸说,"郭中姚,你真的觉得你可以把这一切全都一笔勾销了?"

"至少我现在还没有感到有什么威胁。李市长,说实话,在眼下这会儿。我反倒觉得你更让人感到担心。"郭中姚说到这儿,好像越来越显得自信起来,也越来越没了什么顾忌。他一边给李高成斟酒,一边继续说道,"你是实干家,正儿八经的一个干才。这个社会上其实只需要两类人,一类是干才,一类是奴才。这些日子里,我把自己好好想了一遍,我想我充其量大概就是奴才一类的人。干才是干上来的,奴才是爬上来的,干才靠本事,奴才靠会舔,会送,会拍,会巴结,会讨好,会让上级高兴,会让领导们舒舒服服什么也不用操心。

不过社会上需要这两类人,并不就是说这两类人就可以稳稳当当,高枕无忧。因为这两类人实在是太多太多了,这个社会上并不缺。而只有一类人可以永远干得稳稳当当,那就是既是干才又是奴才一类的人。"

"这么说,你就是既是干才又是奴才这一类的人了?"

"我想我是。"郭中姚依旧非常真诚地说,"我的能干,当然不是指的你的那种能干,而是会干。我没什么大本事,所以我当奴才是有代价的,既然我当了奴才,我就不能让你随随便便把我给除了。说实话,这么多年来,就这么一个中阳纺织厂,我养下了多少保护它的人。就像养狗一样,我干吗养它,还不就是让它看门?我这会儿说的都是心底里的话,我也不是有意在你跟前说别人的坏话。严阵他算什么?我知道严阵这会儿对你有意见,你也对他有看法,就是没意见没看法我也会这么说,他跟你就没法比!充其量他也就是一条还算聪明的狗!一条让我给养肥了的大狗!虽然他这会儿护着我,可我一点儿也没瞧得上他!"

"这么多年来,你究竟给严阵送了有多少?"

"直接的,还是间接的?"

"各说各的。"

"直接的可就难说清楚了,我给你打个比方吧,这就像市场上的物价一样,它会随着行情不断看涨的。十年前,过一个年过一个节,能花多少钱?如今过一个年过一个节,又得花多少钱?过去一个领导的孩子过生日,花费一千块钱也就差不多了,如今三千五千你打得住?过去一个领导家里过年,两千三千的也就行了,现在这点钱你能拿得出手?过去一个领导出国,三千五千的也可以了,现在你没有一万两万的怎么说得出口?还有领导的孩子上大学呀,领导的孩子过生日呀,领导的孩子结婚呀,给领导的父母祝寿呀,给领导的父母送丧呀,还有领导搬家呀,领导生病呀,甚至领导的衣服和日常用品,等等等等。哪一个地方你不得打点?这还不包括领导老婆杂七杂八的事情。其实不用说领导了,就是市里省里能管着我们的处长科长的,什么样的条子不在我们这儿报销?甚至连买了衣服、买了化妆品的条子都往这儿塞。后来想想也就算了,既然让你来报销,那还不如让我们送上门去算了。像什么皮大衣呀,羊绒衫呀,毛料西服呀,高级化妆品呀,我们什么都送,他们也什么都要。李市长,你知道么?这个公司要养活多少领导干部!其实都是我养着他们呀!想查中纺的问题,查得动吗?这些年,你不收礼,这是大家一致公认的事情,可在你妻子身上,你知道我们花费了多少?你孩子上大学我们送了多少?你搬家时,我们又花了多少?光你院子里的花木,几乎都是我们送的,你清楚那值多少?还有你的内兄,你的内侄,你妻子平时的一个条子,这统统算起来又得多少?那一年你母亲去世,前前后后我们一共花费了多少?这我们说得清楚吗?这又不是你一个领导,上上下下、方方面面的,你算算,这一年一年的算得清吗?说句实话,在认识你以前,我们就已经认识严阵了。因为严阵那时候需要一个给他脸上贴金的人,也就是需要一个干才,于是就选中了你。我们当时就已经清楚,只要你走了,我们就有希望了。我们那时的希望并不是想捞什么钱啦、东西啦一类的好处,我们就是想在你走了以后能尽快升一格。说实话,我们是通过你才认识了严阵,而没有严阵也就不会有我们的今天,当然没有严阵也就没有你的今天。其实还有一点你并不清楚,如果要是没我们,你也一样不可能会有今天。你可能到现在也不明白,那时候,我们瞒着你,曾给严阵送了多少东西!你知道不知道,严阵那时候随便一个条子,或者随便一个电话,说不定就会毁掉我们几十万甚至上百万的生意和利润啊!其实这件事就是到今天来看,你能当上副市长、市长,主要是由于你的能力和你的威望。你毕竟赢得了大多数领导干部的信任和支持,但如果要是缺少严阵这一票,或者要是有严阵在卡着你,你能不能那么快就提上去?会不会那么顺顺当当地提上去?要是没有我们这种物资上的支持,说不定今天的市长不会是你。我们支持你,表面上看是为你,其实更是为我们。你要是成了一棵大树,我们当然会好乘凉。只是我们没想到的是,严阵的胃口竟会这么大,怎么填也填不满它呀!到这会儿了,我就实话实说,自打认识了严阵,一直到现在,这间接的,也就是说,不是直接送给他的,少说也有好几百万呀!”

“不止吧,”李高成冷冷地,看也不看他地说道,“间接的才几百万,你是不是说的纯利润?有国家数以亿计的人民币做资金,怎么会只有几百万?”

“没错,我估计的就只是真正到了他手里的钱,而为了这些钱到他手里,也就是说,为了这几百万,这几万工人,这几万工人的一个企业,这好几亿的国有财产,其实都被他当作了本钱来用的呀!说到底,是他毁了我们的前程,这么大的一个中阳纺织集团公司,就是因为送礼给送垮了的呀!”

一脸醉意的郭中姚,此时一扫刚才那种满不在乎的神态,竟痛不欲生地放声大哭。也许,此时流露出来的才真正是他内心最深处的东西。

看着郭中姚号啕大哭的样子,李高成的心似乎也在随着震颤。最最让他感到震惊和没想到的是,当初自己竟是被他们用金钱给送走的!他的位置竟是用金钱买来的!一个严阵,就毁了这么一大批干部,毁了这么大一个企业,也毁了这么多的工人!

“你的意思,我有今天,还得感谢你一辈子是不是?”李高成一边吃着,一边不动声色地说,“我实在看不出来你为什么要哭,你住在这样的房子里,好吃好喝,有保镖护着,还有女人陪着,旧社会的地主富农资本家,到你这份上不也就到顶了?你还哭什么哭?以你的实力和能力,能走到这一步天地,能拥有这么大的财富,就是盖上十床棉被也梦不来这等好事,你还有什么可伤心的?还不觉得该知足了?靠着共产党你当了官,如今又靠着钻共产党的空子发了这么大的财,是不是你还觉得有什么不满意?光看看你这座房子,没有百十万的人民币,又有谁住得起这儿?你给我说老实话,你现在在银行里存款,到底有几位数字?除了这儿,你外边还有几套房子?”

“李市长,你错了,我还没有你想象的那么坏,不管咋说,我总还是个人吧。”郭中姚使劲地抹着眼角的泪水,“这套房子我只是暂时住在这儿的,厂里没电没水没暖气的,再说工人们有意见,住在那儿也不安全,所以就临时住在这儿。老实说,公司这几年在外边赚下的钱,基本上都投资到这个住宅区了。当初觉得房地产生意没问题,肯定赚大钱,没想到刚投资进去,房价就跌了下来。几千万压在这儿,一压就是好几年,到现在连三分之一也还没收回来。李市长,我给你说实话,中纺的第三产业,主要就垮在了这里。要不是投资房地产,就是再次也不会像现在这个样子。你问我银行存款有几位数字,我到底谋了国家多少钱?我也给你说实话,乌七八糟所有的都算上,也就是个六七十万,银行里这会儿总共不到四十万。这就是我这些年落下的,有一点我可以给你保证,要真的有一天查到我头上来,我已经算过了,也就是开除党籍坐几年牢的事情,判不了死刑死缓,也判不了无期。这个我不怕,也没什么可担心的。别人都吵吵说我有几百万上千万,天地良心!我还没有贪到那种地步!不瞒你说,我当时曾想过,要是第三产业真的赚了钱,我一定想办法让中纺起死回生。我心里清楚,我可以没有任何东西,但我不能没有中纺。要是中纺一没了,我这个人也就彻底完了。我已经快六十了,就算能攒几个钱,又能咋的?真的,我一时一刻也没忘记过中纺,别看我口头上说让中纺破产是最好的办法,但中纺要是真的破了产,头一个受不了的就是我。”

“说了这么半天,看来工人们不是应该恨你,而是应该感谢你是不是?”李高成仍然显不出一点儿愤恨和憎恶的表情,仍然慢条斯理地说道,“几十万块钱在你看来还是讲了良心,同那些几百万、几千万的相比,算不了什么,你还算得上是个好官、清官。看来当初让你当了总经理我们真没走了眼,你还真的是值得我们信赖的好干部,你没给我们脸上抹黑,而是给我们争了光,是不是?”

“我说这些，并不是想让你说我好。我只是想说明一点，中纺到了这个样子，我不是存心的。我知道你恨我，生我的气。我给你脸上抹了黑，也连累了你，但我当初真的是想把这个公司搞好的，要不我怎么会冒这么大风险去搞什么第三产业。你想想，现在只‘新潮公司’就亏欠几千万，我心里能好受得了吗？就算这会儿还没什么人能奈何了我，可我也想过了，迟早有一天这也是个事情。就算能逃过政府这一关，在这几万工人面前我也逃不过去呀。”郭中姚又喝了一大口闷酒，从他的脸上好像看不出有什么虚伪的地方。

“得了吧，到这会儿了，你还给我说假话。就算‘新潮公司’欠着几千万，那欠的也是国家的，这你心里还会不清楚？你说‘新潮公司’亏了，又有谁知道？别的不说，‘特高特’值多少钱？每年又赚多少钱？‘昌隆纺织服装厂’值多少钱，每年又赚多少钱？还有，‘青苹果娱乐城’值多少钱？每年又赚多少？还有那座‘金桥商业大厦’值多少钱？还有一个什么‘大鑫超市’又值多少钱？它们每年又能给你们赚多少？还有你现在住的这个‘美舒雅’，又值多少？你说你到现在成本还没收回来，也许这是事实，就按你说的只回收了三分之一，但你总共投资了多少？少说也值差不多有一个亿吧，三分之一不也早把你投入的本钱收回来了？其实你该赚的也早赚回来了，该捞的也早就捞足了，欠下的无非还是国家的贷款。你说你住的这房子并不是你个人的，只是暂时住在这儿的，那暂时可住的地方多的是，为何偏要住在这地方？你们这一套哄哄小孩子还行，连工人都知道你们玩的是什么猫腻，你倒还来拿这一套哄我。你刚才的意思是说你这会儿根本不怕什么人来查你，所以你给我说的都是实话，可其实你还是不敢给我说实话。看来你还是有点怕是不是？那么你究竟怕什么？怕工人？我见过你在公司闭路电视上的讲话，就像老子训儿子一样，那样子让人怕着呢！让我说，你这会儿心底里根本没什么能让你怕的，你连我这个市长都没有放在眼里，你想想你还会怕谁？你要是真的怕了什么，还会带上保卫人员住在这种地方？”

“李市长,这都是谁给你说的!”郭中姚虽然像是喝多了,但还是对李高成的这些话感到了吃惊,也许他并没有想到李高成对这一切能知道得这么清楚,“你说的那一切,其实跟我根本没有关系,我说的真的都是实话,这些地方根本就不由我,我说话不算数也一样插不进手。”

“可你一样得到了实惠!就算你没偷东西,你也一样是个大窝主!”李高成突然吼了一声,但紧接着又平静了下来,“中姚,我真有点不明白,像你这样位置上的人,共产党够信任你的了,国家和政府给你的也够多的了,你说你还要这么多钱干什么?你孤零零的一个人住在这么好这么大的房子里真的会感觉很好?你把这么大的一个领导班子,全都变成了只知道给自己捞钱的小集体,就算你现在不怕,将来也不怕?工人们这会儿还没到了铤而走险的地步,万一有一天要是有个什么变化,就算你自己不怕,也不怕连累你的家人?还有,共产党对你这么好,又给了你这么高的位置,你暗地里却这样糟蹋共产党,挖共产党的墙脚,你真的就不怕共产党给你算总账?”

“……你说的这些话,你以为我没有想过。我是没法子,真的没法子呀!”郭中姚又喝了一口闷酒,想了好半天,像是真的横下心来似的说道,“你在的那会儿,大伙跟着你干,每天拼死拼活的,可也无忧无虑。不就是一心一意地干么,谁想过给自己的兜里捞什么?至少我自个儿没想过。真像你说的,共产党给我这么高的一个官位子,像我这样一个祖祖辈辈都是扛活出身的穷小子,做梦都没想过的呀,那会儿就只想着把厂里的事情办好,对得起国家,对得起工人,对得起自个儿,最最要紧的是要对得起共产党。可从一开始调你走,事情就出来了。那会儿的人都看好我,第一,我是你的红人;第二,我本来就是二把手,是当然的接班人;第三,大概觉得我这个人还算厚道,还算靠得住;第四,其实也是他们最满意的一点,就是觉得这个人好说话,有事好商量,说难听点,也就是耳根子软,没主意,他们说什么也就能听什么,就像我刚才说的那样,是个又听话又能干的奴才。李市长,你呀什么都好,就是有一点,你眼力不行,你就不是个搞政治的,好人赖人你根本就分不清。就像我,你就看不出来,其实我根本就不是当领导的料,让我跟着你搞生产搞业务,那还马马虎虎,让我当总经理,当一把手,我从来就不称职不够格,我真的就不配。还有那个冯敏杰,那样的一个人,你竟让他当分管供销的副总经理。那几年,钱还值钱着哪,人也不像这会儿把几万几十万的不当一回事。你知道为了让你尽快当上副市长,让他能尽快上一格,他一次从供销科拿出多少钱来?四十万,四十万呀!我当时都给吓傻了,这四十万要是查出来,那会儿就是有十个脑袋也保不住呀!”

“……四十万?就是在我还没走的时候?”李高成默默地抬起头来,似乎感到有些不可思议。

“那时你其实什么都不知道,领导上对你一次接一次不断地考察,而你事务性的活动却是那么多,我记得你当时到北京去参加一个什么活动,整整二十天都没有回来。冯敏杰那时对我说了,你知道不知道上面为什么一次一次地考察李高成,还不就是要他给上面表示表示。我当时还觉得他说的全是疯话,你冯敏杰他妈的也真是想当官想得神经都有毛病了,你一次拿这么多钱想买官,他妈的还不是想找死!其实他小子心里有啥想法,我早把他揣摩得清清楚楚。明里说是给你帮忙想办法,让你早点当了副市长,其实究底里还是为了他自己。是他想赶紧点上,想方设法尽快把你推出去。本来一直找不到接近上级领导的机会,这回可好,因为上边要考察你,正好可以一箭双雕,借着你的名义,既同上面拉上了关系,又给自己铺平了路子;既落了个好名声,又不怕担风险出问题。就算有个什么闪失,有人想查这件事,跟他也没什么直接的责任。可当时我又能说什么,第一,人家这是为你着想;第二,也是为我着想;第三,这也算不上是犯错误;第四,这是严书记说过的事情,只是借给市领导暂用,并不是想把这笔钱怎么怎么样。当时严阵书记要去美国、澳大利亚和欧洲考察,似乎是在无意之中说市政府急需一些外币用,看中纺这个涉外企业是不是暂时能解决一些。说者无意,听者有心,冯敏杰就把这句话记住了。其实那会儿中阳纺织集团公司哪来的外币,冯敏杰就用这笔钱托人在黑市换了三万美元和四万港币,就在你从北京回来的第二天,他硬拉着我一块儿把这笔钱送给了严阵书记。说实话,我当时真是怕呀,赶进人家的家门时,腿肚子都止不住地打战。可没想到放到人家桌上时,人家连问一声都没有。乱七八糟扯了半天,便让我们转告你,说考察的结果没什么大问题,让你一两天内去见他。半个月后,你的副市长的任命就下来了。气得冯敏杰在我跟前直骂,说你这副市长其实是他给你买下来的。李市长,我没说假话,真的没说假话呀。"

李高成看着郭中姚信誓旦旦的样子,好久也没能说出一句话来。看来这一切都是真的,就算有什么出入,大概也只是枝节上的问题,至少这件事不会有假。他默默地看着眼前的酒杯,不禁有些欲哭无泪。末了,他只说了一句:

"是不是从那会儿你就开始变了,一直变成现在这个样子?"

"……也许是吧,我自己也说不清了,那一次对我的触动实在是太大了。我根本没想到会是这样,你想想,过去的一切在我眼里都是非常神圣的呀,像你像我到了这一步,不都是靠自己干出来的?"

"这么说来,工人们告的那些也都是真的了?"

"有的是真的,有的不是真的,工人们毕竟是工人,他们什么也不知道,别看这么大一个企业,其实也就是我们几个人说了算,有了什么决策,顶多下发一个文件也就了事了。李市长,这些年跟你在的时候根本不一样了。你那时候谁干得好就提拔谁,这些年是谁听话就提拔谁。其实不这么干不行呀,公司里这么多问题,要是内部出了问题怎么办?外边的人怎么告也没关系,内部的人要是告起来可就危险了。像纪检委得安排自己人吧,工会也得安排自己人吧,党委书记就更不用说了。李市长,其实这就像吸毒一样,只要你走了第一步,就等于是走上了绝路,而且是再也别想能回头了,你就是想回头他们也不会让你回头的。大伙都一身黑，就你干干净净的，这行吗？他们会答应吗？他们能容得下你吗？他们还会再拥护你吗？还会再听你的话吗？你还指挥得动他们吗？你这个总经理还当得稳吗？在他们眼里，你这个不给他们谋福利的一把手究竟有什么用处？李市长，这几年跟那几年真的不一样了。我是真的没法子，真的没法子呀！”

“你的意思是不是就是说，别人的腐败都是主动腐败，而你的腐败则是不得已的被动腐败？所以你也就觉得主动腐败和被动腐败是应该有区别的，本质上是不一样的？”

“这只是你的说法，真正的感觉你并不了解。不识庐山真面目，只缘身在此山中。李市长，你想过没有，假如在一个环境里，如果所有的人想的都跟你不一样，干的也都跟你不一样，那么即使你是一个天大的好人，你干的也都是天大的好事，可在这样的环境里，在这些人眼里，你还能算是一个好人？对他们来说，你干的岂不全是坏事？”

“所以就用买优质棉的价格买回了上千吨次品棉，把淘汰了的机器当废品卖出去再用高价当新产品买回来？连这样伤天害理的事情都干得出来，这也是没法子？这跟杀人放火又有什么区别？犯了十恶不赦的罪行，你也能说你是因为没法子？你把所有的问题和责任全都推得干干净净，好像这一切都是社会的原因造成的，都是体制的原因造成的。上梁不正下梁歪，因为是上边有了腐败行为，所以你才不得不跟着腐败，就这么简单吗？就跟你个人没有一点点关系吗？苍蝇不叮无缝的蛋，你要是没口子，你要是没味儿，那些乌七八糟的东西还会寻到你头上来？其实今天我这么晚跑到你这里来，并不是只听你说说这些为自己开脱的话。我只是想不明白，你究竟为什么要这么做，在心底里你到底是怎么想的？你干吗要这样？为什么？究竟是为什么？其实你什么也有了，你什么也不缺。当领导干部当到这份上，一个堂堂的正厅局级干部，你还有什么后顾之忧让你干出这样的事情来？你给我说真话，我真的想不明白，我只想听听你的心里话。”李高成眼睛红红地说。也许真是有些喝多了，所以才这么执拗地要打破砂锅问到底。

“既然你非要这么问,那说得难听了,你也就别生气。”郭中姚也同样眼睛红红地说,“李市长,我真的不清楚你现在真的还是这么好,或者就是给我打迷糊。你妻子做的那些事情你真的会一点儿都不知道?还有,几年来,我们做的这些事情你也真的什么都不了解?公司里还过得去的那几年,哪一次过节我们不到你家里去?哪一次没有三万两万的能下来?别的不说,只你的女儿梅梅上大学,我们一次性地就送了两万多块的钱和东西。为了让梅梅上一个好大学,上一个好专业,前前后后我们就花了三四万块。这一切你真的会不知道?我们也知道这一切都是你妻子一个人一手操办的,但我确实有些不太相信,对这些你真的从来都没过问过?一点儿都不知内情?”

“我听着呢,你往下说。”李高成直直地盯着郭中姚说。

“李市长,你的为人我知道,你真的是个好人,是个没私心的人,是个事业心很强的人。可这么多年了,你就真的一点儿没变,还跟过去一个样子?你真的还是一直把这个社会看得这么亮堂?对这个社会你真的还像过去那么有信心?”

“你能不能把意思说得更明白点?”李高成听得好像确实非常认真,他就像鼓励似的说道,“没关系,你是怎么想的就怎么说,你说过的,我这会儿把你也怎么不了,对你的话我当然也不会生什么气,你只管放开说就是。”

“李市长,你在这么高的位置上干了这么些年了,你就没考虑过这个国家的前途?还有我们这个党的前途?”

“对这个国家,对这个党你是不是已经感到绝望了?”

“那么你呢,是不是还满怀希望?”

“你觉得呢?”

“我觉得我们其实都是在演戏,表面上看,我们都还在忙忙碌碌,信心十足,而内心里所有的人都在做着准备。不瞒你说,我的感觉就是所有的人都在等,都在等着那一天的到来。”

"……那一天？哪一天？"

"李市长，你非要让我把这样的话赤裸裸说出来吗？"

"你是不是说这个国家、这个党迟早有一天非得垮台不可？"

"我不是这个意思，这个国家不会垮台，这个党也不会垮台，我只说，这一切还存在着，但实质却完全不一样了。"

"我明白了，你是说形式上没变，但本质上却完全变了。共产党也不是过去的共产党了，社会主义也不是真正的社会主义了，老瓶装新酒，一切都徒有其表罢了，是不是这样？"

"这种想法，只可意会不可言传，能说那么清楚吗？就算是这样吧。"

"所以你们就加紧开始准备了，所以你们就大把大把地捞啊捞。这大概就是你们'两手硬'，要钱有钱，要权有权。要还是社会主义我就照当我的官，要成了资本主义我就去当资本家。反正怎么着我也不怕，什么时候我也是人上人，对不对？"

"李市长，你看，你不也这么想了吗？我们得有退路，得给自己留一条后路。狡兔还三窟呢，我们还不为自己的后事着想着想？"

"你是不是就是这样看一切领导干部，看一切人的？"

"当然不是，但这个数字不会很少。"

"这是不是你们搞腐败隐藏在内心最深处的动机之一？换句话说，正是因为你对这个党、对这个国家失去了信心，不抱有希望了，所以才开始这么搞腐败的？"

"如果大多数人都在做相同的一件事，那大概就不能叫腐败了。"

"你真的以为像你这样的一个集体腐败，就能高枕无忧，太平无事了？"

"是，至少眼前是这样，拔个萝卜带把泥，一挖一大片，就像一包炸药一样，谁动就炸了谁，成了这种局面，谁还敢来查？他们从我们这儿得到了经济利益，就必然得维护我们的政治利益。说难听点，既然是我养的，还会不听我的？我们给了他们实惠，他们自然而然地也就成了我们的保护人和代言人。老实说,你走了以后,我本不想把中纺这个摊子弄得这么大。可后来一想,我要是把这个摊子越弄越大,弄成一个几万工人的大型集团公司,那岂不是就会越来越保险?工人多了,摊子大了,为了稳定,银行还会不给你贷款?政府还会不处处保护你?这会儿看来,当初的这种选择还是选对了,若要不是摊子这么大,若要不是每年有这么多的贷款,我们这些人早就让人给收拾了,哪还能待到今天?为什么会问题越小越有事,问题越大越保险,这大概也是主要的原因之一。其实这种情况你不已经体会到了么?为什么对中纺的事情一直这么小心翼翼、战战兢兢,明知道大面积亏损,但仍然大笔大笔地贷款,还不就是为了个稳定?要放在一般的小企业身上,你们还会像输血一样地扶植它么?所以我对我现在的处境根本不但心,对中纺的事情也一样根本不担心。拿钱买稳定,国家肯定会一直好好保着它,就算让它破产,也绝不会让它出大事,也得想办法把工人们都安置了。当然也包括我们的事情,要真是把这一切问题都查清楚了,你们又怎么给工人交代?李市长,我这会儿并不担心我,而最担心的却是你,像你那三十万款子的问题,像你妻子的问题,还有你内兄的问题,你内侄的问题,你说得清楚吗?"

"原来这一切你都知道?"

"如今的事情就是这样,你要真的想反腐败,说不定第一个就会反到你的头上。这不,你不是想查中纺的问题么,结果怎样,不就把你给查出来了?要再这么下去,说不定就会毁了你自己。"

"你们想象得是不是太乐观了?"

"这不是想象,是事实。其实你所想要维护的东西才是一种想象中的东西。我以前也像你一样,也曾试图抗争过,抵制过,可我后退了,我不能以我为代价。反对别人却把自己反得粉身碎骨,这样做是不是有点太傻了?李市长,我想你最终也会同我一样,头破血流了才会有所醒悟。李市长,我以一个老部下的名义斗胆再劝你一次,你这会儿退回来还来得及,只要你听了严书记的,我们都会保护你的。即便你见不得他这种人，我劝你也一定不要与他作对，你斗不过他的，就算有人把他告到中央，也照样拿他没办法。因为这些人早就把共产党的这一套都吃透了，别看他干了这么多坏事，谁也清楚他干了那么多坏事，可你真要查他，保准什么也查不出来……”

“谢谢你，没想到你还有这样的好心肠。”李高成一口饮尽杯子里的酒，然后慢慢地站起来说，“看来我当初并没有瞎了眼，到这会儿了，我的这几个部下还能想着要保护我！还会这样一点儿没私心地劝我！哈哈……”

李高成一阵悲愤地狂笑，直笑得泪水横流。

“李市长，你怎么了？”郭中姚看着李高成的样子，顿时显出一脸的恐慌来。

“……郭中姚，”李高成俯下身来，像是在说什么悄悄话似的，“你这样的一堆臭狗屎怎么会把我骗了这么久？就算我的眼睛瞎了，我的脑子也让鬼掏了？我他妈的怎么就没看出你这么一个王八蛋来！”

“李市长……你说过的，你不会生气。”郭中姚一时乱了阵脚。

“你以为我会生你的气，你这样的东西还值得我生气？我是生我自己的气！我当初能让你这样的一个东西入了党，又接了我的班，我想我这一辈子都不会饶恕我自己！你听着，郭中姚，我说过的，我今天不会生你的气，不过我还要给你说两句。我眼睛瞎了，你的眼睛也一样瞎了！你比我瞎得更厉害！你竟然会把共产党看得这么黑，把这个国家的前程看得这么灰！我以前只想着你大概是个庸才，是个既无能又没本事的傻瓜蛋！所以才把这个中纺弄得这么糟。却没想到你会这么愚蠢！愚蠢得竟以为共产党会做了你的保护人，会成了你的代言人！愚蠢得竟以为共产党会拿腐败来换取稳定！共产党要是能让金钱买垮的话，那还轮得上你们这些东西！你居然还会以为只要有严阵这样的人做了你的靠山，你就可以为所欲为，连工人也不放在眼里，连共产党也不放在眼里，你怎么会把这一切看得这么简单？我告诉你，凭我现在的身份，我只需一个电话，半个小时以内，成千上万的工人就会冲到你这儿来,半分钟内就会把你撕得粉碎!我当然不会这么做!我还不会愚蠢到以工人们为代价同你这样的人来交换!我只是想告诫你一句,工人们对你这样的人有多恨!你竟还以为要是共产党不存在了,你还可以稳稳当当地当你的资本家?你记着,若真要是有了那一天,工人们头一个要惩罚的就是你,老百姓会把你这一身的肥肉沤成一堆粪!你居然还不知道怕!我还要告诫你一句,你以为我会像你一样,以为所有的共产党人都会像你一样,为了自己的利益,而不去维护大多数人的利益,不去维护党和国家的利益!你错了,我现在就明明白白地告给你,我宁可以我自己为代价,宁可让我自己粉身碎骨,也决不会放弃我的立场!我宁可毁了我自己,也决不会让你们毁了我们的党!毁了我们的改革!毁了我们老百姓的前程!这就是我同你不一样的地方!也是所有有良心的中国人跟你不一样的地方!也是一个真正的共产党人跟你不一样的地方……"

李高成从郭中姚家里出来时,已经夜里十一点多了。

高山下的花环

李存葆

记不清哪朝哪代哪位诗人，曾写过这样一句不朽的诗——“位卑未敢忘忧国”。

——作者题记

引　子

在哀牢山中某步兵团三营营部，在赵蒙生的办公室里，我和他相识了。

寒暄之后坐下来，便是令人难挨的沉默。赵蒙生是这三营的指导员。他出生于革命家庭，其父是位战功赫赫的老将军，其母是位“三八”式的老军人。三年前在对越自卫反击战中，他荣立过一等功。三年多来，他毫不艳羡大城市的花红柳绿，默默地战斗在这云南边陲。另外，他还动员他当军医的爱人柳岚，也离开了大城市来到这边疆前哨任职。

在未见到他之前，军文化处的一位干事简介了上述情况之后，对我说：“你要采访赵蒙生，难啊！他的性格相当令人琢磨不透。他的事迹虽好，却一直未能见诸报章，原因就是他多次拒绝记者对他的采访！”

脾气怪？搞创作的就想见识一下有性格的人物！

见我执意要去采访,文化处那位干事给赵蒙生所在团政治处打罢电话,又劝我说:“李干事,算了,别去了,去也是白跑路。团政治处的同志说了,三天前赵蒙生刚收到一张一千二百元的汇款单,那汇款单是从你们山东沂蒙山区寄来的。赵蒙生为那汇款单的事两宿未眠,烦恼极了!”

一张汇款单为啥会引起将门之子的苦恼,这里面肯定有文章!于是,我更是毫不迟疑地乘车前往。

此时,我虽见到了他,但他一句“没啥可谈”,便使我吃了“闭门羹”。

坐在我们一旁的是营部书记(注:营部书记是做文书工作的,相当于排职干部)段雨国。像是为了要打破这尴尬的局面,他起身给我本是满着的茶杯,又轻轻添进一丝儿水。

赵蒙生仍是一声不吭。他是个非常英武的军人。从体形到面容,都够得上标准的仪仗队员。显然是因为缺乏睡眠的缘故,此时他那拧着两股英俊之气的剑眉下,一双明眸里布满了血丝,流露着不尽的忧伤和悲凉。难道还是为那汇款单的事而苦恼?也许他也受不了这样的沉闷,他摘下了军帽。我这才发现他额角右上方有道二指多宽的伤疤。我正琢磨着该怎样打破这僵局,想不到他竟开口了:“听口音,您像山东人?”

“对,对。我老家离沂蒙山不远呢!”

“您在济南部队工作?”

“我是济南部队歌舞团的创作员。”

“那么,您怎么会来这云南……”

我连忙告诉他,三年前的初春,在总政文化部的统一组织下,我曾有幸来过这云南前线跟随参战部队,经历了那场世界瞩目的对越自卫还击战。我这次来的目的,是想访问一些三年前在战场上涌现出来的英雄人物,如今又是怎样生活和战斗的……

“噢。”他出于礼貌点了点头。

见采访火候已到，我忙说："赵教导员，您能否给我谈一谈，您是怎样说服您的爱人柳岚同志来边疆的……"

"啥？让我瞎吹柳岚呀！那真是可悲可叹！"他连连摇头，自嘲地接上道，"柳岚休探亲假去了，她现已超假二十多天未归队！我们正准备打报告给她处分。小段，你证实，这可不是瞎说吧！"

书记段雨国约有二十三四岁，白皙皙的脸蛋上挂着书生气。他很是认真地对我说："对。柳军医超假已二十二天了。可她有病假条。"

"那病假条绝对是骗人的鬼把戏！"赵蒙生愤慨地对我说，"柳岚军医大学毕业后分到我们这里还不到一年，就多次嚷着要脱军装转业，说这里绝对不是人住的地方。看来，要让她继续留在这边防，那是'蜀道之难，难于上青天'！"

他说罢，又陷入了痛苦的沉思之中。

眼下是三月，我临离开济南时刚见过一场大雪，而这地处亚热带的滇边，竟是酷热难当了。屋外，树上知了的叫声响成一片，我心中涌起阵阵燥热。看来，我这次采访也将是毫无收获了。

过了会，他竟又开口了："既然您是从山东来的，那么，先请您看看这……"

他递给我的，正是那张一千二百元的汇款单！汇款单是从山东沂蒙山区枣花峪大队寄来的。上面写有简短的附言：

> 蒙生：这是三年多来你寄给梁大娘的钱，现全部如数给你寄回，查收。

"汇款单是前天寄来的。我真搞不清梁大娘为啥把钱全部退给我……"赵蒙生用拳头捶了下头，脸抽搐着，痛苦异常。

沉默了一大会，他才静下心来对我说："在自卫还击战前前后后，我有过非同寻常的经历。也许有了那段经历，我才至今未离开边防前哨。”稍停,他望着我,“您要有兴趣的话,我倒可以把那段经历讲给您听听。”

我连连点头:“好。您讲吧!”

他站起来:“先请您看一下这两幅照片——”

我这才发现,他的办公桌上方的墙上,并排挂着两帧带相框的照片。他指着左边的相片说:“这张放大了的六寸免冠照,是我要讲述的故事中的主人公。他名叫梁三喜,老家在山东沂蒙山。他原是我们三营九连连长,在还击战中壮烈殉国。当时,我是九连的指导员。”

还未等我仔细端详烈士的遗容,他又指着右面那张十二寸的大照片说:“这是梁三喜烈士一家在他墓前的留影,这衣服上打着补丁的白发老人,是烈士的母亲梁大娘。这身穿孝服的年轻媳妇,是烈士的妻子韩玉秀。玉秀怀中抱着的是梁三喜未曾见过面的女儿,名叫盼盼。”

我们又坐下来。赵蒙生的表情仍很沉重。

我从旅行包里取出小型录音机,轻轻装上了磁带。然而,赵蒙生却向我摆了摆手:“别急。在我讲述之前,我得向您提出三点要求,当您认为我的要求您能接受时,我才有可能对您讲下去。”

“哪三点呢?”我轻声问。

“其一,当您把我讲述的故事写给读者看的时候,我希望您不要用华丽的辞藻去打扮这个朴实的故事。要离部队的实际生活近些,再近些。文学是要有审美价值的,而朴实本身不就是美吗?”

想不到跟前这教导员竟如此有文学修养!他说的全乃行家之言,我当即点头同意。

“其二,当前读者对军事题材的作品不甚感兴趣。我看其原因是某些描写战争的作品却没有战争的真情实感,把本来极其尖锐的矛盾冲突磨平,从而失去了震撼读者心灵的艺术力量。别林斯基说过,缺乏戏剧性的长篇小说,是生气索然而沉闷的。这话有道理。但有的作者为追求戏剧性,竟凭空编造故事,读来则更令人感到荒诞不经。这里先请您放心，我的亲身经历，本身已具备了戏剧性。不过，在我进行必要的铺垫和交代时，您开始会感到有点儿沉闷，但希望您不要打断我的讲述。我请求您耐心地听下去。您最终便会知道，这个真实生活中发生的故事，即使石头人听了也会为之动情，为之落泪的！”说罢，他望着我，“您能不加粉饰地把它记录下来吗？”

我再次点头表示从命。

“其三，在这个故事中，我和我妈妈都扮演了极不光彩的角色。您必须如实描绘生活中的‘这一个’，如果您稍将‘这一个’加以美化的话，这个故事不是大减成色，便是不能成立了。因此，这是三点中至关紧要的一点。”

我大惑不解。

这时，书记段雨国对我说：“在教导员讲述的故事中，我也是个很不光彩的角色。但我也诚恳地企望，您切莫对我笔下留情！”

呵，又出来一位“这一个”，我更不解了！

“我提的三点，尤其是第三点，您能接受吗？”赵蒙生催问我。

我急于听到下文，连忙点头同意。

以下，便是赵蒙生的讲述……

一

我记得非常清楚，那是一九七八年九月六日。

我离开军政治部宣传处，下到九连任指导员。我原来的职务是宣传处的摄影干事，那可是既美气又自在的差事呀。讲摄影技术，我不过是个“二混子”。加上我跟宣传处的几位同志关系处得也不太好，我要求下连任职，是他们巴望不得的事。

我不多的家当，两天前就由团后勤处的卡车捎到了九连。当团里用小车送我到九连走马上任时，我随身只带着个小皮箱。皮箱里装着一条大中华烟，还有一架“YASHIKA”照相机。那架进口照相机，是我八月份回家休假时，妈妈托人给我从侨汇商店里买的。当我把公家的照相机移交之后，高兴时我还可以玩玩这“YASHIKA”。

当时，九连的驻地并不在这边防前哨，离这里少说也有千里之遥。营房也是设在阒无人迹的深山沟里。

我和梁三喜及九连的排长们第一次见了面。

梁三喜两手紧紧握着我的手，煞是激动：“欢迎你，欢迎你！王指导员入校半年多了，我们天天盼着上级派个指导员来！”

看上去，梁三喜是个“吃粮费米、穿衣费布”的大汉，比我这一米七七的个头，少说要高出两公分。那黝黑的长方脸膛有些瘦削，带着憨气的嘴唇厚厚的，绷成平直的一线。下颌微微上扬。一望便知，他是顶着满头高粱花子参军的。

他望着我：“指导员，有二十六七岁了吧？”

我说：“咱可不是‘选青’对象，都三十一啦！”

“这么说咱俩是同岁，都是属猪的。”他笑着，“可看上去，你少说要比我小七八岁呢！”

“连长，你也学会‘逢人减岁，遇货加钱’啦！”站在我身旁的一位排长对梁三喜说罢，又滑稽地朝我一笑，“行啦，一个黑脸，一个白脸，你俩这一对猪，今后就在一个槽子里吃食吧！”

梁三喜忙给我介绍说：“这是咱连的滑稽演员，炮排排长！”

“靳开来，靳开来！”炮排长靳开来握着我的手，“不是啥滑稽演员，是全团挂号的牢骚大王！”

梁三喜接着把另外三位排长一一给我介绍。

外表比我老气得多的梁三喜，又诚笃地对我笑着说：“行呀，今后你吹笛儿，我捏眼儿，一文一武，咱俩配个搭档吧！”少停，他叹口气，“咳！副连长进了教导队，副指导员因老婆住院回去探家了。这不，连里就我和这四员大将连轴转，你来了，就好了。要不然，今年我的假就休不成了！”

靳开来接上道：“连长，干脆，明天你就打休假报告，争取下个星期就走！别光给韩玉秀开空头支票了，让人家天天在家盼着你！”说罢，他转脸对我，“奶奶的，连队干部，苦行僧的干活！”

看来，我的搭档们都不是“唱高调”的人。这，还算是对我的心思。

紧急集合号声骤起。那刷刷的脚步声告诉我，要让我“宣誓就职”了。

“同志们！”梁三喜郑重地把我介绍给大家，“这是新来的赵指导员！”

如雷的掌声过后，队列里鸦雀无声。

我当摄影干事时曾下连拍摄过队列照片。但如此整齐的队列，我却第一次见到。四行队伍成四条笔直的一线，个个收颌挺胸，纹丝不动。连队是连长的镜子，我顿时觉得梁三喜可能是位带兵极严的连长……

“同志们，赵指导员是主动要求下到我们九连的！他从大机关里来，文化高，有水平！”他用威严的目光扫视了一下队列，与适才那轻言慢语的声调判若两人，“同志们不要有丝毫的误解，赵指导员既不是下连代职锻炼，更不是到这里来体验生活的，上级正式任命他为我们九连的指导员！他的行李和组织关系，等等，全一锅端来了！今后，大家遇事要向他多请示，多报告。军人么，服从命令是天职，大家要坚决服从指导员的指挥！请指导员讲话。”

掌声又起。可爱的士兵们鼓掌也总是拿出拼刺刀的劲头！

“同志们！我……水平不高，我缺乏经验，我……愿和大家一起，把咱连的工作搞好。我……讲完了。”

我本是个侃侃而谈的人，但众目睽睽之下，我的“就职演说”却是如此简短。全连解散后，我仍觉得脸上热辣辣，心跳如鼓。柯涅楚克在《前线》一剧中塑造了一个绝妙的艺术典型客里空，眼下我在生活中正充当着客里空的角色。但我又缺乏客里空的演技——撒起谎来可以百倍认真而心不跳、脸不红。

演戏,我分明是在演戏!滑稽剧?恶作剧?还是真正的悲剧!指导员——党代表,我是在亵渎这神圣而光荣的称号啊!

有些城镇入伍的战士把参军当成“曲线就业”,我甘愿从军机关下到九连任职,玩的是“曲线调动”的鬼把戏。

我出生于军人之家。授衔时爸爸是少将,妈妈是中校。记得我上四年级时,我曾跟一位同龄的伙伴,为争论谁爸爸的官大而大动干戈:“赵蒙生,别瞎吹,再吹你爸爸也是一个豆!俺爸爸是‘双铁轨’,四个豆!”

“‘双铁轨’顶啥用!”我反驳说,“我爸爸一个豆是金豆,是将军豆!你爸爸四个豆是银豆,是校官豆。银豆比起金豆来,差远了!”

“你瞎吹!”

“瞎吹?你回去问问你爸爸,我爸爸让他立正,他不敢稍息!”

……

于是乎,拳来脚往,俺俩打得不可开交。

这事让我爸爸知道了,我挨了爸爸一顿好揍,我从来没见爸爸发那样大的火。我哭着到妈妈怀中撒娇,谁知妈妈竟也一把推开我,让我站好,严厉地训斥我:“什么官不官的,官再大也是人民的勤务员!记住,你是红军的后代,长大了要为人民服务!”……

那阵儿,爸爸妈妈对我要求极严。他们坐的小车从来都不让我坐,我穿的衣服也是姐姐穿下来之后改做的。妈妈经常给我讲述战争年代的艰辛生活和英雄人物,还有意识地给我买些这方面的画书。我印象最深的是《卓娅和舒拉的故事》,还有盖达尔的《帖木儿和他的伙伴们》。读了之后,我和小伙伴们便像帖木儿那样去做好事。清晨送身残的同学上学,放学后给烈军属买粮食,大冬天到教室里帮助工友生炉子。每逢暑假,老师便带我们到郊外过夏令营。面对熊熊燃烧的营火,我们憧憬着未来,崇拜卓娅和舒拉,更崇拜董存瑞……

六五年军衔取消了。然而,用童心可以拥抱生活的岁月却变得浑浊了。

六七年我参军时，爸爸已被关押起来。几经交涉，妈妈领我见到爸爸。妈妈悄声对爸爸说："总算有门路了，蒙生可以当兵了！"

爸爸从铁栅栏里伸出手，颤抖地抚摸着我的脸："孩子，莫哭，战士有泪不轻弹嘛。去吧，到有枪声的地方去锻炼！要记住你为啥叫蒙生，要记住你是军人的儿子！"

就这样，我来到了这个军。这个军是当年从山东南下过来的。军、师、团三级现任领导中，不少人是我爸爸的老部下。我曾洒泪感激正直豪爽的军中前辈，在爸爸蒙难之时，他们念及战争岁月的生死之交，对我精心关照……

十年动乱，摧残了多少人才。权力的反复争夺，又使多少人茅塞顿开，学得"猴精"呀！人为万物之灵，极具谋求生存的本领，是适应性最强的动物。在那你死我活的政治漩涡中，心慈的变得狠毒，忠厚的变得狡猾，含蓄的变得外露，温存的变得狂暴……造物主催化万物的奥妙，是在一个"变"字呀！

职位再高的人也是人，人都具有可塑性。妈妈本是军区卫生部副部长，不知从何时起，她已像"外交家"一样极善于周旋了。当五千年古国文明史上首屈一指的"演员"林彪摔死之后，我爸爸"华野山头黑干将"的问题澄清了，又恢复了职务。妈妈的"外交才华"，更是熠熠生辉……

妈妈的"外交内容"事无巨细，颇为繁杂。比如为老战友搞些难搞到的药品啦，补养品啦；又如哪位老同事想当候鸟，随着季节的变换要由北去南或由南去北疗养啦，妈妈便不遗余力地挂长途电话联系，把求上门来的老同事安排到称心之地……最能体现妈妈"外交才华"的是送女同胞参军。那阵儿，城里的父母们一面高呼"广阔天地，大有作为"，一面却在为子女们苦苦寻求出路。尤其是女孩子，不管是高墙深宅的闺秀还是普通人家的千金，大都把穿上军装当作梦寐以求的最高理想。我的姐姐是六二年凭考分进了上海军医大学的，用不着妈妈再操心。我的两个妹妹是同一天穿上军装的，我们家一下便成了“全家兵”……

有人暗中估算过,说通过我妈妈的关系穿上军装的姑娘,足能编一个“红色娘子军连”。这实在太夸张了。我了解实情,妈妈送走的女兵也就是十多个,最多能编一个“娘子军班”。

“送走几个孩子当兵犯什么法?保卫祖国是她们神圣的权利和义务!”妈妈常在人面前这样说,“现在北极熊到处挑衅,当兵是去准备流血牺牲的!杨家将,一齐上。打起仗来,让你们瞧瞧俺赵家的全家兵!”

我当然不再相信妈妈的话是出自内心。但我却常常为有妈妈这样的大树作为荫庇,感到莫大的幸福和自豪!

然而,大也有大的难处。因我爱人柳岚上大学的事,妈妈竟遇上了难劈的柴。

七七年夏天,S军医大学来我们军招生。名额只有两个。原则上是通过推荐和考试择优录取。柳岚在军门诊部工作,妈妈费了好大的劲才使柳岚刚刚由护士提升为医助。这时,她又想上大学。于是,远在外军区的妈妈打长途电话来,把柳岚推荐上了。参加考试的有二十多位“娘子军”,柳岚考了个倒数第三,却被录取了。“娘子军”可是不好惹,一旦她们发现自己仅仅是些“陪衬角色”时,她们联名写信到处揭发,说柳岚提医助就是走的关系,这次上大学又走后门。什么“这次招生根本不是才华与智慧的选拔,而是权力与地位的竞争”,言辞尖刻得很。有人提出要组成联合调查组,揭开这次招生的内幕,坚决把柳岚追回来……

妈妈接到我的告急电话之后,像基辛格往返中东搞穿梭外交那样,火速赶到军里。

听我说明事态后,妈妈显得有点紧张,转眼便神态自若。她带着我,先后看望了爸爸的两位老部下。

“……老干部活到今天容易吗?是不是有人嫌我和蒙生他爸挨斗挨得还不狠,受罪受得还不够?是不是军里有人生个法子想整我们?群众有情绪,可以开导教育嘛。柳岚的事我是不管,你们看着办!”临别,妈妈朝对方笑了笑,“哎,忘了对您说了。您那老三在我们军区司令部干得很出色呐,群众威信蛮高嘞。听说快提副科长了。”

妈妈对爸爸的另一位老部下说:“……柳岚考试分数是低了点,那还不是十年动乱造成的!她爸妈都是地方干部,前些年受的罪更是三天三夜也说不完。正因为柳岚文化差,才更应该让她上大学深造嘛!不然,没有过硬的技术,怎能让她更好地为人民服务!这些话,你们当领导的得出面给同志们解释呀。”临别,妈妈握着对方的手,“呃,忘了跟您报喜了。您那四丫头在我们总院内二科,根本不用人操心,全凭自己干得好,前几天已入党了。对了,她可是到了找对象的年龄了。可怜天下父母心。这种事,我这当大姨的是得给你们老两口分点忧哪。放心,你们放心。”

一切都在谈笑之间。既不像低级说客那样赤裸裸地进行交易,更不像小商贩那样为头高头低去煞费苦心地拨弄秤砣。然而,我却深悉妈妈话中的潜台词:“外交关系”按惯例都是对等的,来而无往非礼也!

柳岚的事总算平息下去了。

前两年要不是活动和等待柳岚提升医助,我和她早就调回爸妈身边去了。当柳岚上大学之后,我的调动便列入了妈妈的“议事日程”。

谁知这时,人称“雷神爷”的雷军长在十年靠边站之后,又重新回到军里任军长了!

对他的到任,我曾喜出望外。因为妈妈给我讲过,在抗日战争期间,她曾拼死救过“雷神爷”的命。现在只要你“雷神爷”点个头,我赵蒙生可以大摇大摆地调回去!

哪知“雷神爷”一到军里,便电闪雷鸣,嘁哩喀喳,又是搞党委整风,又是抓机关整顿,那架势,即使是亲娘老子他也不买你的账!

团以下干部跨军区调动,在过去是极为罕见甚至是没有的事。

可这些年,战士跨军区调动也不是奇闻了。按说,连职干部的跨军区调动,也是需要通过军区干部部的。可某些单位为了给某些人以方便,连职干部从师里便可直接调往外军区。这当然是违反规定的。鉴于这种情况,有人在电话上给我妈妈出点子,说我要想调回去,得赶紧离开军机关,躲开"雷神爷",千万不能在"雷神爷"眼皮底下干这种事!

干部处的花名册告诉我,这九连的指导员是空位。于是,通过关系,我便冠冕堂皇地来上任了。

这一切,连长梁三喜还蒙在鼓里呢!

吃过午饭,他领我围着营房到处转,看了连队的菜地、猪圈、豆腐房。边看他边给我当解说员。当他安排完下午各排的训练课目后,又回到连部给我介绍整个连队的思想状况……

他真的把我当成来九连扎根的指导员了!我俩面对面坐着,他轻言慢语地说,我装模作样地在小本上记……

不过,客里空的角色很难扮演,我真不知道这"曲线调动"的戏该怎样收场!

二

熄灯号响了。我和梁三喜隔着一张办公桌,各自躺在自己的铺上。

他告诉我:明天是星期二,早操课目是"十公里全副武装越野"。还说我乍从机关来到连队,怕一时难适应紧张的生活,他让我越野时只带上手枪就行,背包啥的就不必带了……

九连执行全训任务,是全团军事训练的先行连。步兵全训连队,往往比搞生产和打坑道的连队更艰苦,更消耗体力。对此,我当时既不甚了解,也没有吃大苦的思想准备。

我睡得正酣,猛觉有人在晃动我。听声是梁三喜:"指导员,快,吹号了!"

我一骨碌爬起来,懵懵懂懂摸过军装穿上。想打背包也谈不上了,我连衣服扣儿都没顾上扣,提起手枪就蹿出连部。我已尽了最大努力,自认为动作也够麻利的了。可赶到集合点一看,梁三喜早已带着披挂整齐的战士们,像一队穿山虎一样嗖嗖远去了……

"指导员,连长让我留下等你。"说话还带着又尖又嫩的童音的司号员金小柱,边跑边不时回头呼唤我,"指导员,我认识路,快!"

启明星还没隐去,眼前黑魆魆的。蜿蜒山道,崎岖不平,看不清哪处高,哪处低。跑着跑着,我脚下打了个滑,一头摔倒了。全副武装的小金,不得不折回身来捡起我……

我在军机关里散漫邋遢是挂了号的。我天天早晨睡懒觉,有人开玩笑说我是政治部里的"一号卧龙"。我从来赶不上在机关食堂里吃早餐。柳岚从营养学的角度多次对我说,早饭特别重要。我也曾研究过人体每天需要多少热量,当然不会让自己的体内缺乏营养。每天睡足之后爬起来,先来一杯浓浓的橘子汁,再来两块美味巧克力或蛋糕啥的……咳!我"一号卧龙"啥时吃过眼前这种苦!不过,为了装装样子,我得咬紧牙关坚持一番……

当我跟在司号员小金身后,上气不接下气地爬到一架大山的半腰,离山顶还有一大截子路时,梁三喜已带着全连返回来了。

他在我面前停下,轻声对我说:"比上次越野,又提前了两分多钟到达山顶。"

汗水已浸得我眼也睁不开。我抬起右臂用袖子抹了下脸,发现他携带着背包、挎包、手枪、水壶、小铁锹、指挥旗、望远镜等全副装备;另外,身上还挂着两支步枪,肩上还扛着一架八二无后坐力炮筒。

想不到这"瘦骆驼"样的连长,真能"驮"!

这时,三个掉队的战士赶到他身边,很难为情地把该属于他们携带的铁家伙,从连长身上取走了。

全连一个个都像刚从河里捞出来一般。梁三喜让炮排长靳开来前头带队,他和我走在队伍的后面。

“别着急,慢慢就适应了。”他谦和地对我说,“人么,总是各有特长。今后,军事训练方面我多抓些,你集中精力抓思想方面的工作。”

看来,他是个很能宽容人的人。

“行。”我有点受感动,点头答应着。

我身上仅带着一支手枪,返回连队途中,却直觉得双腿像灌满了铅,身子像散了架。出现了低血糖症状,热量已消耗殆尽。

后来,我精确计算过,在全副武装越野时,连里步兵班战士的负重尚不值得惊叹,八二无后坐力炮班的战士,每人负重是八十九斤!他们如牛负重,还得像战马一样火速驰骋,拼命冲杀呀……

在我下连之前,连里已进行了两周时间的轻武器射击预习。按规定,连里的干部也要参加射击考核,并须掌握本连的各种武器。

我既怕打得太差丢人现眼,也想过一次“枪瘾”,便耐着性子和战士们一起,胸贴大地背朝天,苦苦地熬了三天。

星期五这天,第三季度轻武器精度射击考核开始了。

梁三喜第一个上阵,取得了“全优”成绩。然而,战士们谁也没有感到惊讶。看来,这是连长的拿手戏,大家早已多次目睹。

我过去喜欢拨弄手枪,那不过是玩新鲜。眼下却使我没丢大丑。手枪射击我“猎”了个良好,除了轻机枪射击不及格,别的都及格了。

梁三喜脸上漾着笑:“指导员,你还行哩!就预习了三天,不错,打得还算不错!”

接着,从一排开始逐班进行考核。一班、二班打得很理想。临到三班打靶时,战士段雨国九发子弹,只打了十七环……

讲到这,赵蒙生转脸对段雨国:“喂,小段,你当时是个啥形象,你自己塑造一下吧。”

段雨国朝我笑了笑,说:“说起我当时的形象,那真是令人啼笑皆非。我是从厦门市入伍的,爸爸是工艺品外贸公司的经理,妈妈也在外事口工作。我当时哪能吃得了连队生活的苦哇!因我读过几部外国小说,便自命是连里的才子。甚至还曾妄想要当中国的雨果。我当时尤其看不起从农村入伍的兵,说他们身上压根没有半个艺术细胞,全身都是地瓜干子味。结果,大家便给满身‘洋味’的我起了个绰号——‘艺术细胞’。连里所有的人都不在我眼里。一次,王指导员给全连上政治课,我在下面听我的袖珍收音机,使课堂骚动不安。王指导员让我站起来,命令我关死收音机。我当即把收音机的音量放得更大,并油腔滑调地说:‘听,这是中央台,是党中央的伟大声音!怎么,不比你指导员那套节目厉害得多吗?’……仅此一事,您就能想象出我当时是个啥德行!好啦,在这个故事中,我是一个很次要的小角色,还是让教导员接下去对您讲吧。”

赵蒙生淡淡一笑,继续讲下去——

当时,三班战士围着小段,一片讥讽。

“喂,请问‘艺术细胞’,你把子弹艺术到哪里去啦?”“新兵老秤砣,每次打靶都拽班里的成绩!”

“呸!这种玩意还叫人,脸皮比地皮都厚!”

“嘴干净些!”段雨国抹了把他那在全连里唯一的长头发,用蔑视的目光望着众人,“不就是飞了几发子弹嘛,老子不在乎!再说,打不准也不怪我,是枪不好!”

梁三喜走过来:“你的枪咋不好?”

“不好就是不好呗,准星歪了!”段雨国挑逗般地望着梁三喜,“怎么,能换支枪让咱再打一次吗?也像你们连干一样,过过子弹瘾!”

梁三喜那厚厚的嘴唇嚅动了几下,我猜他必该动怒了。

然而,他二话没说,一下从小段身上抓过那支步枪,把八发子弹压进弹仓。他没有卧倒在靶台上,举枪便对准靶子,采用的是更见功夫的立姿射击。

一声哨响,靶场寂然。

“叭!叭!叭叭……”他瞬间便射击完毕。

战士们眼睛不眨望着正前方,等待报靶员挥旗报靶。只见报靶员从隐蔽处跃到靶子前瞧了会,扛起靶子飞也似的跑过来……

“让,让中国的雨果先生……”报靶员气喘吁吁,“自己瞧瞧!”

战士们围着靶子,欢呼雀跃:“七十八环!七十八环!”

“喂,‘艺术细胞’,瞧瞧这是不是艺术呀!”

“可爱的雨果先生,过来,过来瞧瞧哟!”

面对战士们的讥笑,段雨国原地不动,故意把头歪在一边:“打80环也没啥了不起!”

“你说啥?!”随着一声吼,只见炮排长靳开来拨开围成圈的战士们,像头发怒的狮子闯在段雨国面前。

靳开来中等偏上的个头,胖墩墩的。眉毛很浓,眼睛不大。眼神却像两道闪电似的,又尖又亮。他周身结实得像块一撞能出声的钢板,战士们说他是辆“轻型坦克”。他用两个指头点着段雨国的鼻尖儿:“段雨国,又有啥高见,冲我靳开来说!”

段雨国眼皮一耷拉,不吱声了。

“说呀!”靳开来把两个指头收回,攥成拳头,“亏你段雨国不在我炮排!要是你在我炮排,两天内我不治得你‘拉稀’,算我不是靳开来!”

是慑于“轻型坦克”的威力,还是识时务者为俊杰?段雨国乖乖地低下了头……

三

风吹日晒,摸爬滚打,我好不容易熬到星期六。

晚上,团电影组来连队放电影,片子是老掉牙的《霓虹灯下的哨兵》,我懒得去看。司号员小金帮我从伙房提来一大桶温水——再不冲个澡,我实在受不了啦!

下连六天来,尽管我流的汗水比连长梁三喜,甚至比战士段雨国都要少得多,但我的军装也是天天湿漉漉没干过。要不是昨天小金把我塞到床下的军装和内衣全洗了，眼下连衣服也没得换。

冲完澡，觉得身上轻松些了。我想把堆在地上的那全是汗碱的军装和内衣涮洗一下，但双臂酸疼懒得动手。我用脚把它们踢到床底下。也许明天小金又要抢去帮我洗，那就让他去学雷锋吧……

我晓得指导员应该是个艰苦朴素的角色。下连后我把抽烟的水平主动降低，由抽带过滤嘴的“大中华”降为“大前门”之类。趁眼下没人在，我打开我那小皮箱，先看了看那架“YASHIKA”照相机，又取出一盒“大中华”拆开。点上一支烟，我倚在铺上吸起来。闭上眼，那五光十色“小圈子”里的生活，又频频向我招手……

前不久，七、八月份。在军医大学的柳岚放暑假，我也趁机休假了。我和她同时回到了爸妈身边，回到了那令人向往的大城市。

孩提时的伙伴和朋友，纷纷登门邀请我和柳岚，到他们那个“小圈子”里光顾一番。

在部队里，我和柳岚已被人们视为“罗曼蒂克派”。可跟那“小圈子”里的红男绿女一比，才深感自惭形秽，才知道我俩还不是“阳春白雪”，仍是“土八路”，“下里巴人”！

“穿‘黄皮’吃香的年代早过去了，快调回来吧！”

“喂，两位‘老解’，还在部队学雷锋呀，瞧瞧我们是怎样学的吧！”孩提时的伙伴们，很友好地戏谑我和柳岚。

“小圈子”里举行家庭舞会：探戈、伦巴、迪斯科、贴面舞……

“小圈子”里比赛家庭现代化：小三洋、大索尼、雪花牌电冰箱……

香水、口红、薄如蝉翼的连衣裙，使看破红尘的男女飘飘然；威士忌、白兰地、可口可乐，令一代骄子筋骨酥软……

我和柳岚眼花缭乱。她以“患流感”为由续假在家多玩了十天，我也以“发高烧”为借口晚十天才回到军里。

理性告诉我，那“小圈子”里的生活是餍足而又空虚，富足却又无聊。本能在向往：我和柳岚完全具备可以那样生活的条件，何乐而不为!

…………

“指导员,快出来!”炮排长靳开来进屋便喊道,“来,甩老K!”

听来头是电影散场了。初来乍到,出于礼貌,我摸起一盒没开封的“大前门”烟,从内屋走出来。

梁三喜和另外三位排长,也都进来了。大家围着四张长方桌拼起来的大办公桌坐了下来。

“砰”,靳开来把两副扑克按在桌上,顺手摸起我的“大前门”抽出一支,又朝桌中间一拍:“指导员抽烟的水平不低,弟兄们,都犒劳犒劳!”说罢,他从口袋里掏出一盒没启封的“三七”,也朝桌子中间一放:“今晚两盒烟抽不完,这场老K不罢休!”

看来他很讲义气。我发现,这“轻型坦克”完全不是发怒时的样子了,面部表情很生动。

梁三喜早已点起一支小指头肚般粗的旱烟。他重重地吸了一口,说:“算了吧,都挺累的,今晚上不甩了。”

“我知道看了这场电影,你就没心思甩老K了!”靳开来斜觑着梁三喜,“怎么,要早躺下梦中会‘春妮’呀!”

梁三喜淡淡一笑,轻轻地吐着烟。

“指导员,你还不知道吧。要是《霓虹灯下的哨兵》在这里连放一百场,连长准会看一百次的。你知为啥?”靳开来先卖个关子,接上说,“别瞧连长这副穷样儿,命好摊了个俊媳妇。媳妇姓韩名玉秀,长得跟电影上演春妮的演员陶……陶啥来?”

“陶玉玲。”显得最年轻的一排长说。

“对。全连一致公认,韩玉秀长得跟陶玉玲似的。心眼嘛,比电影上的春妮还好。”靳开来朝我使了个眼色,“呶,你瞧,一提春妮,连长的嘴就合不拢了。”

的确,梁三喜的脸上已漾起美滋滋的笑。下连以来,我首次发现他的笑容是那样甜美。

“奶奶的！陈喜也不撒泡尿照照自己，摊上春妮那样的好媳妇还闹离婚！”靳开来仍饶有兴味地谈论刚看的电影，“要是咱摊上春妮那模样又俊、心眼又好的人当媳妇，下辈子为她变牛变马也值得！哪像咱那老婆，大麻袋包，分量倒是有！”

一排长“嘻嘻”地笑着：“这话要是叫你老婆听见……”

“听见咋啦？她充其量不过是公社社办棉油厂的合同工，我靳开来的每句话，对她都是最高指示！”他说罢，抓起扑克，“不谈老婆了。来，甩老K！争上游？还是升级？”

见梁三喜和我都没有甩老K之意，勒开来把扑克又放下了。他一本正经地对梁三喜说：“连长，别苦熬了，你是该休假了。”

梁三喜看看我：“等指导员再熟悉一下连队情况，我就走。”

“要走你得早些走，韩玉秀可是快抱窝了。”靳开来笑望着梁三喜，掰着指头算起来，“小韩是三月份来连队的，四、五、六……嗯，她是十二月底生孩子。你等她抱窝时回去，有个啥意思哟！”他诡秘地一笑，骂道：“奶奶的！夫妻两地，远隔五千里，一年就那么一个月的假，旱就旱死了，涝就涝死了！”三位排长笑得前仰后合。

梁三喜说：“炮排长呀，你说话就不能文明点儿！”

“甩老K你们不干，谈老婆你又说不文明。那么，这星期六的晚上怎么熬？好吧，我说正事儿。”靳开来站起来，郑重其事地对我说，“指导员，你刚来还不了解我，我正想找你谈谈心。现在当着大家的面，我把心里话掏给你。你到团里开会时，请你一定替我反映上去，下批干部转业，说啥我靳开来也得走！为啥！某些领导对咱看不惯，把咱当成‘鸡肋’！鸡肋嘛，吃起来没啥肉很难啃，嚼嚼没有味儿可又舍不得扔。我靳开来不想当这种角色，等人家嚼完了再扔掉！转业回去不图别的，老婆孩子在一块，热汤热水！算了，不说了，回去挺尸睡大觉！”说罢，“牢骚大王”扭头而去。

不欢而散；另外三位排长见老K甩不成，也都走了。

梁三喜对我说：“炮排长这个人呀，别听说话脏些，作风很正派。

他当排长快六年了,讲资格是全团最老的排长了。论八二无后坐力炮和四〇火箭筒的技术,在全团炮排长中是坐第一把交椅的。他对步兵连的战术,也是呱呱叫。管理方法虽说生硬了些,但他对战士很有感情。实干精神那更是没说的。"停了会,梁三喜叹了口气,"咳!这人就是爱发牢骚,爱挑上面的刺,臭就臭在那张嘴上。连里和营里多次提议,想让他当副连长,可上面就是不同意。"

我没吱声。梁三喜面部悒郁地愣了会神,说:"以后慢慢就互相了解了。不早了,休息吧。"

我俩回到内间屋。他搬过一个大纸箱,打开翻弄着,说要找出衣服明天好换洗一下。

他连个柳条箱也没有,看来这是他的全部家当。纸箱里,他的两套军装全旧了,有一套还打着补丁。下连后我听战士们反映,步兵全训连队的军装不够穿,他这当连长的当然也不例外。我见他纸箱里有个大塑料袋,塑料袋里装着件崭新的军大衣。便问他:"这大衣是刚换发的?"

"不是。是去年'十一'换发的。"

他这当连长的为啥连块手表也没有?他为啥总是抽黑乎乎的旱烟末儿?我已知道他老家是沂蒙山,而我也是在当年炮火连天的沂蒙山中出生的呀!按说,我们这一文一武有好多话题可闲聊。然而,既然他还不晓得我是高干子弟,压根还不知我为啥要颠到这九连来,我可懒得跟他去谈啥沂蒙山……

躺在铺上,我浑身酸疼睡不安宁。听他也不时轻轻翻身儿。他大概认为我睡着了,划火柴抽起烟来。像他这样的人并不怕吃苦,大概也是感到寂寞难熬吧?是想"春妮"了?我猜。

……我不知不觉地迷糊过去了。外面哗哗的雨声又将我唤醒。朦胧中,我听见他下床了。那扎腰带的声音告诉我,他要冒雨去查铺查哨。

当他轻手轻脚地走出去后,我心中涌起阵阵恻隐之情。是的,像他这样的连长，以及那些土头土脑的战士，无疑都是忠于职守的。对他们，我可以表示同情，怀有怜悯，甚至还可以赞美他们！但是，要让我长期和他们滚在一块，我却不敢想象……

咳！这被称为“熔炉”的连队，这真正的“大兵”生涯！没有“苦行僧”的功夫，我该怎样继续熬下去！我又恨起“雷神爷”来，要不是为了躲开他，我何用“曲线调动”来九连“修炼”呀！

四

单兵爆破、土工作业、排连进攻、刺杀对抗、周末会操……团司令部下连按“操典”逐一进行验收，指导员竟毫无例外地要做一名战斗员接受考核。

文部建设、季度总结、“双学”评比、党团发展、谈心次数……团政治处要求政治工作渗透在练兵场，指导员的工作包罗万象，很难胜任。

最令我望而生畏的是每星期二早晨那“十公里全副武装越野”，尽管我几次都没跑到过目的地，但每遭下来，小腿肚儿准转筋，有一次还差点虚脱过去。另外，可供转化为热量的一日三餐，也常使我感到度日如年。馒头、大米、玉米面倒可放开肚皮吃，就是副食太差。我真不晓得造物主赐给人的胃都一样，为啥梁三喜他们竟吃得那般香甜。我几次试图让炊事班长改善一下生活，炊事班长叫苦不迭。说伙食标准没增加，物价日见涨。要改善也只能做些“金银卷”（白面、玉米面合制），把碗中菜用皮儿包起来（大包子）。

连队驻在深山沟，我有钱也没处下馆子。一次，我到团部开会时从服务社买回两包点心。人面前不敢吃，每次都是趁人不在时慌忙吞两块，那滋味就跟偷了人似的……

掰着指头数日子，我下连差两天还不到一个月。照照镜子：脸黑了！摸摸腮帮：人瘦了！每次冲澡时我都发现，身上的皮一层一层朝下蜕……

我已两次给妈妈写信,让她尽快展开“外交攻势”。妈妈来信说,她那头好说,准备安排我到军区新闻科当摄影记者,只是我这头还不行。她已给师里有关领导同志写过信打过长途电话,得到的回音是:眼下不是前几年,调动之事切不可操之过急,过急了太显眼,太显眼容易出娄子。让我在连队干半年再调不迟……

天,半年?那我就熬成“瘦骆驼”了!

这天中午,我到营部开会回连,全连已吃过午饭。我到饭堂把炊事班留给我的饭菜胡乱吃了些,便回到宿舍倚在铺上想心事。

猛然间,紧急集合号响了。我忙扎好腰带,走出连部。

只见全连列队站在饭堂门前。梁三喜面对全连,脸上“乌云翻滚”:“……不像话!简直是不像话!”

想不到他的脾气竟是这样大,我第一次见他如此动怒。我不知连里出了啥不像话的事,便悄悄站在队列里洗耳恭听。

“馒头,有人把雪白的一个半馒头扔进了猪食缸!”他用手拍了拍心口窝,“同志们,扪心问一问,感情,我们还有没有劳动人民的感情?还有没有?!”

我呆了!适才我吃午饭时,炊事班给我留了三个馒头在碗里,我只吃了一个半,便把剩下的扔进了猪食缸……

“解散!”梁三喜怒吼着,把手一挥,“现场参观!”

战士们围着饭堂旁边的猪食缸,叽叽喳喳地议论着。

靳开来把目标对上了段雨国:“段雨国,你这花花公子,说,这是不是又是你干的!”

段雨国大眼一瞪:“吃柿子单拣软的捏,你就看我好欺侮!面对上帝起誓,谁扔的谁是乌龟蛋!”

三班长出面证实,说中午吃饭时没见段雨国扔馒头。靳开来才不吱声了。

梁三喜余怒未息:“谁扔的,可个别找班长、排长讲一下。今晚各班都要召开班务会,好好议一下这种少爷作风!”

也许我对“公子”、“少爷”这样的字眼尤为敏感,我当下便认定是梁三喜借一个半馒头整我,是想转着圈子丢我的丑。我心中拱着一团火,扭头急步回到连部,气鼓鼓地倒在铺上。过了会,梁三喜进来了。我怒气冲冲地对他说:“连长同志,要整我,明着来!不必效仿‘文化大革命’来个发动群众!一个半馒头,是我扔的!”

“指导员,我……不知你去营部开会已回来了。我确实不知那馒头是你扔的。要知道是你,我会同你个别交换意见的。”梁三喜尴尬地解释。

我“腾”一下转过身去,把脸对着墙壁,又听他叹口气说:“指导员,千万别为这事影响团结。我不是表白自己,我这个人……还没搞过那种背后插绊子的事。我和原来的王指导员共事三年多,俺俩争也争过,吵也吵过,有时也脸红脖子粗。但俺俩始终如同亲兄弟,团结得像一个人。”

我仍不吱声。停了阵,他讷讷地说:“我这就让司号员小金去通知各班,晚上的班务会,不……不开了。”

为这事我三天没理梁三喜。

这事发生后的一天中午,三班战士段雨国趁梁三喜不在时溜进了连部。

“指导员,别理那‘七撮毛’!”段雨国察言观色地望着我,“大上个月我把吃剩的一块馒头扔进了猪食缸,也是挨了‘七撮毛’一顿好整!”

“什么‘七撮毛’!”

“嘿嘿……是我用艺术手法给连长起的绰号。”段雨国得意地笑着。他从梁三喜那破旧的绿色军用牙缸里取出一支牙刷,“指导员,你瞧瞧,他用的这支牙刷像从垃圾堆里捡来的。一撮,两撮,三撮……哟,不是七撮,是九撮……这不,又掉下一撮来,那么,就叫他‘八撮毛’吧!”

我没搭腔。和梁三喜一个月的相处,我虽没数过他用的牙刷还剩几撮毛,但我早已觉得他是个地地道道的乡巴佬,连一分钱也舍不得乱花。

"每月六十元钱的军官,他连支新牙刷都舍不得买!"段雨国把那"八撮毛"的牙刷扔进牙缸里,"攒钱,就知道攒钱,典型的小农民意识!世界已进入高消费的时代,听说日本人衣服穿脏了连洗都不洗,扔进垃圾堆里就换新的。可咱这里,'八撮毛'竟然借一个半馒头整人,真是滑天下之大稽也!"

看来段雨国是来寻找"同盟军",跟我搞"统一战线"来了。尽管我对梁三喜已怀有成见,但指导员这职务的最起码的约束,我也不会跟段雨国这样的战士搞在一起。

见我不吭气,他又搭讪道:"指导员,你还不赶快调走呀!"

我一惊:"你听谁说我要调走?"

他笑笑:"这还用谁说,我自己估计呗!"

我沉下脸来:"你……"

"这怕啥哟。"少停,他问我,"指导员,听说你爸爸的官挺大,是六级,还是七级?"

"你瞎说些啥!"我有些火了。

"嘿嘿……你的事我多少知道一点呢。"他仍嬉皮笑脸,"事情明摆着,咱们跟'八撮毛'这些乡下佬在一起,哪有共同语言?哪有共同向往?年底,我就打报告要求复员!"他说罢,又跟我套近乎道,"指导员,你要买大彩电和收录机啥的,给我说一声就行。我爸妈都在外事口工作,买进口货对我段雨国来说,是小菜一碟!价格嘛,保准比市面上便宜一半……"

"我啥也不会托你买!请回吧。"

见我冷冰冰的样子,段雨国才怏怏而去。

…………

十月中旬,梁三喜的休假报告批下来了。他几次打点行装要动身回沂蒙山，但几次又搁下了。

想走又觉得不能走，我看出他的心情是极为复杂和矛盾的。显然，他早已觉出我是个十二分不称职的指导员，他担心他走后我会把连队搞得一团糟……

这天，他去团部参加为期一天的军训会议返回连里，已是晚上八点多了。

灯下，他把军训会议的精神简要对我讲了一下，说转眼就是年终考核，劲可鼓不可泄。说罢，他望着我："指导员，我想明天就动身休假。这样，回来还误不了年终考核。你看呢？"

"那就走呗！"我漫不经心地回答他。

他把黑乎乎的旱烟末卷起一支，吸了两口，很难为情地对我说："指导员，我这个人有话憋在心里怪难熬的。前些日子我就听说过，这次去团部开会，我又听到关于你要调走的风言风语。"

我打了个愣。他接上道："我想，这也可能是有人瞎传。不过，你真要调走的话，这假我暂时不休了。如果没有那回事，那我明天就动身。"

事情既已点破，我也就不在乎了。我没好气地对他说："休不休假，你自己看着办！至于有人议论我，舌头长在他们嘴里，我任凭他们说长道短！反正组织上还没通知我，让我调走！"

他没有再说啥。第二天，他没有动身。以后，他再也不跟我提休假的事了。

我和梁三喜以及连里其他干部之间的隔阂，越来越明显了。每逢星期六晚上，连部里空荡荡的，他们早就不愿和我凑到一块甩老K、谈老婆，逗笑取乐了。

一天，这里进行正常性的战备教育。按团政治处拟定的教育内容是：把越寇近年来在我广西和云南边境多次进行的武装挑衅，综合起来给战士们讲一次，以激发大家的练兵热情。我便找来一些报纸，念了几篇有关这方面内容的消息、通讯以及我外交部对越南当局的照会等等。我毫无个人发挥,完全是照本宣读……

下课后,炮排长靳开来竟一本正经地对我说:“指导员,你讲得不错!飞机上挂暖瓶,你水平高得很嘞!放心,啥时打起仗来,我们保证跟着你这当指导员的屁股后头,一个劲地往前冲!”

面对他的讥讽挖苦,我扭头而去……

我调动的事,妈妈抓得越来越紧了。每隔几天,我总会收到她的信。她在信中不断向我说明调动一事的进展,叹息她从来没遇到过这么难办的事……

我本想“曲线调动”的事连里是不会知道的。可世上没有不透风的墙。这时,尽管这里还没谁了解其全部内幕,但我来九连是为了调走这一点,不仅连里干部全知道,连消息灵通的部分战士也挤眉眨眼地晓得了。

我苦熬硬撑到十一月底。这天,我又收到妈妈一封信。她在信中告诉我,调动的事总算有眉目了。她让我一旦接到调令,务必尽快离开连队。她在信的结尾部分,煞是神秘地告诉我,说她听说我们这支部队可能有行动。但告诫我:切莫声张!切莫瞎传!

面对两个带叹号的“切莫”,我琢磨不透我们这支部队能有啥行动。不错,南边的形势是够紧张的,但那是小打小闹,枪声离我们这里还远着呢!我竟违背了妈妈的叮嘱,趁没人时悄悄把电话挂到师里那位帮我办调动的领导家里,当我把意思拐弯抹角地说明后,对方哈哈笑了起来,说他压根还没听到啥,说我妈妈的神经太过敏了……

我放心了。但我却一天也不愿在连队里熬了。我天天盼着调令来!

那是一个星期六的晚上,我心烦意乱地到山溪边散了会步返回营房。当我走到连部窗前时,听屋内梁三喜和靳开来在高声谈论,我便悄悄停下来。

靳开来:“连长,除了那件大衣是新的,你总共就那么点破家当,又穷鼓捣啥!”

梁三喜:“伙计,你也抽空拾掇拾掇吧,看来是快开拔了。”

靳开来:“开拔? 见鬼,往哪开拔?”

梁三喜:“往南边! 你不觉得该打一仗了?”

靳开来:“仗看来是要打的。可全国这么多军队,你咋知我们这支部队要往前开?”

梁三喜:“你别问了。等着瞧就行了。”

靳开来:“连长,是不是上面已给你透风了? ……怎么,对咱还保密呀!”

梁三喜:“上面没谁给我透风。该咱连级干部知道的事,老百姓也差不多知道了。”

靳开来:“那,你是……”

梁三喜:“我是从指导员他母亲那里得来的消息。”

靳开来:“活见鬼,那老娘们能给你啥消息!”

梁三喜:“你真是个直肠子。你就没想想,为啥她对指导员的调动抓得那么急? 我听团里的干部干事说,这些天指导员的母亲几乎天天往师里打电话……”

靳开来:“嗯。有道理! 听说那老娘们神通广大,她知道消息要比师长、军长还早呢!”

梁三喜:“这不就得啦。我看部队在十天、八天之后要上前线! 这事你千万要保密,决不能瞎嚷嚷。”

靳开来:“奶奶的! 只要是共产党坐天下,那老娘们胆敢在部队上前线时把她儿子调回去,看我靳开来不自费告状到北京!”

…………

十天之后我终于拿到了调令!

然而,想不到梁三喜竟能料事如神! 当我就要离开连队时,一声令下,我们这支部队果真要上前线,要开拔!

当天,炊事班一下便宰了四头猪,但却来不及吃了!

进亦难,退更难。我处在万分矛盾当中!

“滚蛋,你给我赶快滚蛋!”忠厚人梁三喜一下变成靳开来,他面对我劈头盖脸地痛骂,“奶奶娘!你可以拿着盖有红印章的调令滚蛋,我可以再请求组织另派一位指导员来!但是,养兵千日,用兵一时!军人,你不会不知道你穿着军装!现在,你正处在一道坎上,上前一步还好说,后退一步你是啥?有的是词儿,你自己去想!你自己去琢磨!”

五

长龙般的专列闷罐车载着武器和士兵,昼夜兼程。在九连坐的两节闷罐子里,有我这拿到调令没敢退却的指导员。

不用梁三喜直着骂,我当然也晓得,军人效命沙场,当应义无反顾。倘若我在这种时候离开这支部队,那将是对军人称号的最大玷污!众口啐我是“逃兵”算是遣词准确,破口骂我是“叛徒”也毫不过分……

部队开到云南边防线,大家才知道这所谓边防实际上是有边无防。可红河彼岸,我们用肉眼便可看到一个挨着一个的永备性、半永备性的碉堡工事。如果拿起望远镜,即能清晰地看见那瞄准我们胸膛的黑洞洞的射击孔。而我们这边,多年来却一直高喊把自己的国土,当作对方“最辽阔的大后方”……

如今,在迫不得已的情况下进行还击,一切都显得紧迫而仓促。一下拥来这么多部队,安营首先成了大问题。团以上指挥机关挤进了地方机关的办公室。连队则分散在深山沟里,用青竹、茅草、芭蕉叶和防雨布,搭成了各式各样的“营房”。为防空防炮,还常常住进那刚挖的又潮又湿的猫耳洞……

当我们九连听了边民有家不能归的控诉,现场参观了河口县托儿所被越寇用机枪横扫后的惨状后,求战书像雪片一样飞到连部。尽管上级不提倡写血书,连里还是有几位战士咬破了中指……可我这个当指导员的,人虽跟着九连来了,心里却仍在打小鼓。我懊丧自己自作自受,我后悔当初不该放着摄影干事的美差不干,来到这九连搞啥“曲线调动”! 眼下,我唯一的希望是离开这战斗连队,回到军机关……

于是,我便悄悄找军里和我要好的同志,让他们侧面反映一下,以工作需要为名,把我重新调回军机关。恰在这时,军党委做出一个十分严厉的决定:凡在连队和基层单位的高干子女,一律不准调到机关里来。已经调的要坚决送回基层,个别因有利于打仗确实需要调的,不管他是干部还是战士,均需军党委审批才能调动。否则,按战时纪律予以追究。

我听后,心里凉了半截。

梁三喜对我的态度倒还够意思。在他骂我滚蛋时我没还嘴,见我跟着连队来了又没离开连队,他不仅没再向我投来鄙视的目光,反而像我刚下连时那样主动找我商量工作。我还觉察到,他已给连里的其他干部做过工作了;当我们坐着闷罐车朝前线开时,一路上靳开来曾不时地说些风凉话给我听。扬言说战场上他将摽着我,一旦发现我有叛变的苗头,他会给我一粒“花生米”尝尝……而眼下,他见到我尽管脸还放不开,但大面上也总算说得过去了。

连队进入了临战前的突击性训练。为适应在亚热带山地丛林中作战,团里让我们九连练爬山,练穿林。这比那“十公里全副武装越野”,更够人喝一壶的。梁三喜累得嗓音嘶哑,眼球充血,嘴唇龟裂,那瘦削的脸膛更见消瘦了。就连被誉为“轻型组克”的靳开来,脸颊也凹陷了。至于我,那就更不用提了。我累得晚上睡觉连衣服都懒得脱,常产生那种“还不如一颗流弹打来,便啥也不知道才好”的念头……

我和妈妈已有二十多天中断了联系。来到前线后,料她也无神通可施展了,我也就懒得再给她去信。这天,从后方留守处转来连队一批信件,其中有我三封。一封是柳岚从军医大学写来的,她在信中质问我为啥接到调令后还不回去,讥笑我是不是想当什么英雄了。她毫不掩饰地写道:现在的大学生宁肯信奉纽约伯德罗埃岛上的铜像(自由女神),也决不崇拜斯巴达克斯……另外两封信是妈妈写来的。头一封信她让我离开连队动身时给她拍个电报,她好派车到车站接我回家。第二封信她已觉出事情不妙,似乎也深知在这种时刻调我回去的利害关系。她问我是否因周围有不良反应才没走成,如果觉得实在不能调走,那就无论如何也得离开连队,重回军机关工作方为上策。

妈妈的"上策"和我的心思吻合了。

此时,我多么想赶快离开九连回军部啊!而重回军部的希望,只能寄托在雷军长身上。这时,我想起了妈妈多次给我讲过的她救过"雷神爷"一命的往事:一九四三年秋,近三万名日寇纠合吴化文、刘桂堂(即刘黑七)等部的皇协军,对山东沂蒙山区进行大规模的拉网扫荡。当时,雷军长是山东军区独立团的一营营长,妈妈是团所属"地下医院"的指导员(因医院的所谓床位不过是一些堡垒户的炕头,故称地下医院)。一营在掩护山东分局机关和渤海银行机关转移时,被敌包围了。人称"雷神爷"的雷营长,率全营四百余众与敌展开血战。战斗从上午十时许打响直到黄昏,机关安全转移了。这时,"雷神爷"所率的四百余众尚存不足百人,而且大部挂了彩。"雷神爷"也多处负伤,奄奄一息倒在血泊中。担负救护伤员任务的妈妈,借着暮色的掩护,冒着纷飞的弹雨,在一片死尸堆里寻找还未死去的伤号。当妈妈用手一捂"雷神爷"的嘴,觉出"雷神爷"还有一丝呼吸,便将他背在身上,从死尸堆里一步一步爬了出来……

为躲过敌人的清剿,妈妈把"雷神爷"安置在一个非常隐蔽的山洞里。妈妈把一头乌发推成光头,从乡亲们那里借得一顶瓜皮式旧毡帽戴在头上,腰缠一根猪鬃绳腰带,扮成一个看山林的穷小子,日夜守护着"雷神爷"。妈妈千方百计地为"雷神爷"寻找药物。没有绷带,她把自己唯一的一床被面用开水消毒后,撕成了条条……

一个电闪雷鸣的雨夜，妈妈听到洞外有声声怪叫。出得洞来，借着一道闪电，妈妈发现有四五只狼睁着绿森森的眼睛，嗥叫着向洞口涌来。显然，是“雷神爷”的伤口腐烂，让野狼嗅到了味儿。妈妈将驳壳枪上了顶门火，但怕暴露目标又不敢鸣枪。她便抓过一把镐头立在洞口，与饿狼对峙，到天色破晓……

妈妈承受了一个女同胞极难承受的艰险，精心护理“雷神爷”，终于使“雷神爷”死而复生。

在“雷神爷”康复归队那天，他紧紧攥着我妈妈的手说：“有恩不报非君子，我雷神爷走遍天涯海角，也忘不了你这女中豪杰！”

这真是生死之交！没有妈妈，你“雷神爷”能活到今天当军长吗?！要知道，我是妈妈唯一的儿子，尽管你“雷神爷”摆出副“铁面包公”的架势，可妈妈在最关键的时刻求你点事，难道你真会不帮忙吗?再说，我本来就是军机关里的人，军机关也要参战，调我回去并不是啥出大格的事嘛！只要你“雷神爷”说一句“这是工作需要”，那就名正言顺了！

想到这些，我忙给妈妈写了封信，火速发出。

我们在阵地上度过了春节。这时，各连的干部配备进行了较大的调整。我们九连的副连长调到团司令部侦察股任参谋去了。曾发牢骚说自己是“鸡肋”的炮排长靳开来，被任命为副连长……

一个星期又熬过去了。我估计妈妈已收到我的信，我盼着妈妈快写信给“雷神爷”！

战前的训练已停止，各连都在反复检查携带的装备，开始养精蓄锐了。

迟了！我调回军部的事看来是办迟了！

二月十四晚上(后来才知道，此时距十七日凌晨发起进攻，只有五十小时)，师里组织排以上干部看内参电影《巴顿》。

看完电影，已是夜里十一点了。师参谋长通过扩音器大声宣布，说军长正忙着最后审定我们师的作战方案，让大家静坐等待，一会军长要来讲话。

“嗬,我们的巴顿要来讲话了!”不知是谁这样小声喊了一句。

我知道,在座的好多人看完《巴顿》后,是很容易把军长跟巴顿将军联想在一起的。

少顷,人们探头探脑地说军长来了。我一瞧,正是“雷神爷”驾到!

雷军长身高顶多有一米七〇出头,是个干练的瘦老头儿,绝没有巴顿将军的块头。但他却比巴顿更令他的同僚和部属敬畏。他平时走路也按“每步七十五公分”的“操典”进行,腰板笔直,目光平视,一举一动都显出军人的英武和豪迈,将军的自信和威严。

他捷步登上土台子,师参谋长忙把麦克风给他左右矫正了一下。

军长用目光环视了一下这设在山间的露天会场,那俯瞰尘寰的架势告诉人们,他统帅的这个军,永远是天下无敌的!

这时,只见他脱下军帽,“砰”地朝桌子上一甩,震得麦克风动了一下。

仅此一甩帽,会场便骤然沉寂。静得像无波的湖水,连片树叶儿落下也会听得见。

在我们军里,谁没听说过雷军长“甩帽”的轶事啊!

那是一九六七年“一月风暴”席卷神州之后,军机关所在地C市的左派要夺市委的大权,中央文革小组顾问康生亲自打电话给军里,让军方支持C市左派夺权,并指出军里可派一名主管干部,任C市“三结合”红色新政权的第一把手。在此之前,军里派出的支左观察小组已把得来的情况报告过军长,军长已知道参加夺权的那位造反派头头,是个偷鸡摸狗的人物;而准备参加“三结合”的那位革命老干部,则是军长早就一见就烦的“滑头派”……

军长主持召开军党委会,把军帽猛地朝桌上一甩:“不怕罢官者,跟我坐在这里开会!对那帮乌合之众要夺市委的大权,我雷某决不支持!怕丢乌纱帽者,请出去!请到红色新政权中去坐第一把交椅!”……

甩帽的后果:他丢了军长的职位,被押进了学习班。

C市左派夺权后搞得实在太不像话。一年之后,连“中央文革”也不喜欢他们了。军长这才从禁闭式的学习班回到军里。但是,军长的职位早有人占了,他便成了个无行政职务的军党委常委。接着,林彪抓什么“华野山头”,他又一次在军党委会上甩帽,为陈老总评功摆好……

根据军党委会议记录,十年中军长曾四次甩过军帽。对于甩帽的后果,有几句顺口溜作了描述:“军长甩军帽,每甩必不妙,不是蹲班房,就是进干校。”

眼前,这“雷神爷”为何又甩帽?人们目瞪口呆!

只见他在台上来回踱了两步又站定,双手扦腰,怒气难抑。

终于,炸雷般的喊声从麦克风里传出:“骂娘!我雷某今晚要骂娘!!”

谁也不晓得军长为啥这般狂怒,谁也不知道军长要骂谁的娘!

他狂吼起来:“奶奶娘!知道吗?我的大炮就要万炮轰鸣,我的装甲车就要隆隆开进!我的千军万马就要去杀敌!就要去拼命!就要去流血!!可刚才,有那么个神通广大的贵妇人,她竟有本事从几千里之外,把电话要到我这前沿指挥所!此刻,我指挥所的电话,分分秒秒,千金难买!可那贵妇人来电话干啥?她来电话是让我给她儿子开后门,让我关照关照她儿子!奶奶娘,什么贵妇人,一个贱骨头!她真是狗胆包天!她儿子何许人也?此人原是我们军机关宣传处的干事,眼下就在你们师某连当指导员!……”

顿时,我脑袋“嗡”地像炸开一样!军长开口骂的是我妈妈,没点名痛斥的就是我啊!

骂声不绝于耳:“……奶奶娘!走后门,她竟敢走到我这流血牺牲的战场上!我在电话上把她臭骂了一顿!我雷某不管她是天老爷的夫人,还是地老爷的太太,走后门,谁敢把后门走到我这流血牺牲的战场上,没二话,我雷某要让她儿子第一个扛上炸药包,去炸碉堡!去炸碉堡!! ……”

排山倒海的掌声淹没了“雷神爷”的痛骂,撼天动地的掌声长达数分钟不息……

军长又讲了些啥,我一句也听不清了。

那一阵更比一阵狂热的掌声,送给我的是嘲笑!是耻辱!!是鞭笞!!!

…………

我差点晕了过去。我不知是梁三喜还是谁把我扶上了卡车,我也不知下车后是怎样躺进连部的帐篷的。

当我从痴呆中渐渐缓过来,我放声大哭。

“哭啥,哭顶个屁用!”梁三喜愤慨地说,“不像话,你母亲实在太不像话!她走后门的胆子太大了!”

我仍不停地哭。梁三喜劝慰我说:“谁都会犯错误,只要你能认识到不对,就好。仗还没打,战场上有改正错误的机会。”

眼泪哭干了,我又处于痴呆的状态中。

天将破晓了,一片议论声又传进帐篷:“军长骂得好,那娘们死不要脸!”

“战场上谁敢后退,就一枪先崩了他!”

是谁们在这样说呵,声音嘈杂我听不真。

“奶奶的!说一千,道一万,打起仗来还得靠咱这些庄户孙!”是靳开来在大声咋呼,“小伙子们,到时候我这乡下佬给你们头前开路,你们尽管跟在我屁股后头冲!死怕啥,咱死也死个痛快!”

“哼,连里出了个王连举,咱都跟着丢人!”啊,那又尖又嫩的童音告诉我,说这话的是不满十七岁的司号员金小柱!我下连后,小金敬我这指导员曾像敬神一般!可自打我拿到调令那天起,他常撅着小嘴儿朝我翻白眼啊……

“别看咱段雨国不咋的,报效祖国也愿流点血!咱决不当可耻的逃兵!"啊,连"艺术细胞"段雨国也神气起来了……

我麻木的神经在清醒,我滚滚的热血在沸腾! 奇耻大辱,大辱奇耻,如毒蛇之齿,撕咬着我的心!

我乃七尺汉子,我乃堂堂男儿! 我乃父母所生,我乃血肉之躯! 我出生在炮火连天的沂蒙战场上,我赵蒙生身上不乏勇士的基因! 我晓得脸皮非地皮,我知道人间有廉耻! 我,我要捍卫人的起码尊严! 我要捍卫将军后代的起码尊严!!

我取出一张洁白的纸,一骨碌爬起来冲出帐篷。

我面对司号员小金:"给我吹紧急集合号!"

小金惊呆了,不知所措。

"给我紧急集合!"

梁三喜跟过来轻声对小金说:"吹号。"

面对全连百余之众,我狂呼:"从现在起,谁敢再说我赵蒙生贪生怕死,我和他刺刀见红! 是英雄还是狗熊,战场上见!"

说罢,我猛一口咬破中指,在洁白的纸上,蹭! 蹭! 蹭! 用鲜血写下了三个惊叹号——"!!!"

说到这,赵蒙生两手捂着险,把头伏在腿上,双肩在颤动。我知道,他已陷进万分自责的痛苦中。

"咔"的一声响,又一盘磁带转完了。过了会,我才轻轻取出录好的磁带,又装进一盘。

良久,赵蒙生才抬起头来,放缓了声调,继续对我讲下去

六

我们团受领的任务是打穿插。即:在战幕拉开之后,全团在师进攻的正面上,兵分数路从敌前沿防线的空隙间猛插过去,楔入纵深断敌退路,在保证大部队全歼第一道防线之敌的同时,为后续部队进逼敌第二退防线取得支撑点。

我们三营任团尖刀营,九连受命为营尖刀连。这就使我们九连一下在全团乃至全师——居于钢刀之刃,匕首之尖的位置上!

上级交给我们九连的具体任务是:在战幕拉开的当天,火速急插,务必于当天下午六时抵达敌364高地前沿,于次日攻占敌364高地,并死死扼守该高地。

从地图上看:由无名高地和主峰两个山包组成的364高地,距我边境线直线距离有四十余华里。位于通往越南重镇A市的公路左侧,是敌阻击我南取A市的重要支撑点。

据情报得知:364高地上有敌一个加强连扼守,阵地前设有竹签、铁丝网、布有地雷,高地上有敌炮阵地,多梯次的堑壕和明碉暗堡……

是军长要实践他第一个让我炸碉堡的诺言,还是因九连是全团军事训练的先行连,才使这最艰巨的任务一下便落到我们九连的头上?(全营各连曾为争当尖刀连纷纷求战,而营、团两级几乎是毫无争议地便拍板定了我们九连,并说是军长点头让九连先上。)对于这些,我不愿去琢磨了。

全连上下部为当上了尖刀连而自豪。但大家更明白:摆在我们九连面前的,将是一场很难想象的恶仗!按照步兵打仗前的惯例:全连一律推成了锃亮的光头,一是为肉搏时不至被敌揪住头发,二是为头部负伤时便于救治。

炊事班竭尽全力为全连改善生活,并宣布在国内吃的最后一顿饭将是海米、猪肉、韭菜馅的三鲜水饺。我发现,即使每月拿六元津贴的战士,会抽烟的也大都夹起了带过滤嘴的高级香烟。连从来都抽劣等旱烟末的梁三喜,竟也破例买了两盒“红塔山”。靳开来对我已明显表示友好,他不知从哪里买来两瓶精装的“五粮液”,硬拉我和其他连、排干部一起醺一口……

人之常情呵,这一切都在告诉我,大家都想到将去决一死战,都想到这次将会流血牺牲。而在告别人生之前,要最后体味一下生活赐予人的芳香！这里已决定一排为尖刀排。党支部再次开会，商定连干谁带尖刀排。

团里搞新闻报道的高干事列席了我们的支委会。当上级把尖刀连的重任交给我们连之后，他便来到连里搜集求战书和豪言壮语。显然，一旦我们九连打出威风，那将是他重点报道的对象。

支委们刚刚坐下，靳开来便站起来说："这个会根本不需要再开嘛！查查我军历史上的战例，副连长带尖刀排，已是不成条文的章程！既然战前上级开恩提我为副连长，给了我个首先去死的官衔，那我靳开来就得知恩必报！放心，我会在副连长的位置上死出个样子来！"

高干事没有往他的小本上记，这些牢骚话显然毫无闪光之处。

我沉痛表示："执行军长让我第一个炸碉堡的指示吧！这尖刀排，我来带！"

"指导员，你……"梁三喜严肃地望着我，"咋又提起那件事？尖刀排，哪能让你带！"

靳开来接上道："指导员，我靳开来已觉出你是个有种的人！已过去的事我不提了，也不准你再提起！从现在起，我们将患难相依，生死与共！指导员是连队的中枢神经，要死，第一个也轮不到你！"

他的话充满真诚的感情，我眼里一阵发热。

梁三喜刚提出要带尖刀排，就被靳开来大声喝住："连长，少啰唆，要带尖刀排，比起我靳开来，你绝对没有资格！"

我和高干事都一愣。

靳开来接上对梁三喜道："当然，讲指挥能力，我靳开来从心里服你；论军事素质，你也比我靳开来高一筹！我说的资格是：我靳开来兄弟四个，死我一个，我老父老母还有仨儿子去养老送终，祖坟上断不了烟火。可你梁三喜，你家大哥为革命死得早，二哥为他人死得惨，惨啊！就凭这，不到万不得已，你梁三喜得活下来！"他转脸对我和高干事，"你们不知道连长家的事……咳！我这个人，就愿意把话说得白一些,尽管说白了的话怪难听。”

我心里沉甸甸的。下连这么久了,我竟对连长的身世一无所知!看来,连长家中不知遇到过啥样的不幸。而眼下我们已来不及去聊那些事了。

靳开来擦了擦发湿的眼睛:“连长,我说句掏心话,全连谁‘光荣’(前线战士把‘光荣’作为牺牲的代名词)了,我都不会过分伤心,为国捐躯,打仗死的嘛!唯独你,如果有个万一……你那白发老母亲,还有韩玉秀怎么办……咳!小韩该是早已经生了,可你还不知她生的是男是女啊!”

梁三喜摆了摆手,声音有些颤抖:“副连长,别说那些了!”

我眼里阵阵发潮。怪我,都怪我这不称职的指导员,使连长早该休假却没休成!

“行了。别开马拉松会了。顺理成章,带尖刀排的事,听我的。”靳开来拍板定了音。

接着,我们又进一步设想行动后可能遇到的难题,议论着对付困难的办法。

散会时,靳开来对高干事笑了笑:“喂,笔杆子!一旦我靳开来‘光荣’了,你可得在报纸上吹吹咱呀!”说着,他拍了拍左胸的口袋,“瞧,我写了一小本豪言壮语,就在这口袋里,字字句句闪金光!伙计,怕就怕到时候我踏上地雷,把小本本也炸飞了,那可就……”

梁三喜:“副连长!你……”

靳开来:“开个玩笑嘛!高干事又不是外人,怕啥?”……

一切都准备好了,但一切又是何等仓促。

二月十六日下午,从济南部队和北京部队调到我们团一大批战斗骨干,都是班长以下的士兵。团里照顾我们这尖刀连,一下分给我们十五名。显然,他们是从各兄弟部队风尘仆仆刚刚赶到前线。抱歉的是,我们既没有时间组织全连欢迎他们,甚至连他们的名字都来不及登记,就三三两两地把他们分到各班,让他们和大家一起去吃

“三鲜水饺”去了！

夜幕降临，我们全连伏在红河岸边待命。

战斗打响前，最大权威者莫过于表的指针。人们越是对它迟缓的步伐感到焦急，它越是不肯改变它那不慌不忙的节奏。当它的时、分、秒针一起叠在十二点上时，正是十七日凌晨。

骤然，一声炮响，牵来万声惊雷，千百门大炮昂首齐吼！顿时，天在摇，地在颤，如同八级地震一般！长空赤丸如流星，远处烈焰在升腾，整个暗夜变成了一片深红色。瑰丽的夜幕下，数不清的橡皮舟和冲锋舟载着千军万马，穿梭往返，飞越红河……

此时，一种中华民族神圣不可侮的情感在我心中油然而生，我更感到自己愧为炎黄子孙！全连在焦急的等待中迎来了破晓。早晨七时半，冲锋舟把我们送到红河彼岸。

刚过河，就看到从前沿抬下来的烈士和伤员，连里几个感情脆弱的战士掉泪了。

靳开来不知从哪里搞来一把傣家大刀。他把银灼灼的大刀当空一抡：“掉啥泪？哭个球！把哭留给吃饱了中国大米的狗崽子们！看我们不揳得他们鬼哭狼嚎！”说罢，他转脸对为我们九连带路的华侨说：“老哥，你在身后给我指路，一排，跟我来！”

尖刀排沿两山间的峡谷朝前插去。梁三喜和我率领大家急速跟进。

刚插进不多远，便遇上一群被我正面攻击部队打散的敌兵。他们用平射的高肘机枪、枪榴弹、冲锋枪，三面朝我连射击。

“卧倒！”梁三喜一把将我摁倒，厉声下达命令，“三排，占领射击位置，打！”

梁三喜手中的冲锋枪打响了。少顷，三排的轻、重机枪一齐“咕咕咕”叫起来。

我刚端枪瞄准敌人，梁三喜转脸对我喊道：“我带三排留下掩护，你带大家尽快甩开敌人！”

“我留下!”说着,我射出一串子弹。

“执行预定方案,少废话,快!”

梁三喜的话是不容反驳的！我的指挥能力,怎能同他相比啊!

我带二排和炮排匍匐前进躲过放射界,纵身跃起,紧紧尾随尖刀排上前急插……

十时许,梁三喜才率三排跟了上来。他用袖子抹了抹满脸硝烟和汗水,沉痛地告诉我,有两名战士牺牲了,一名战士负了重伤。烈士遗体和伤号已交给担任收容任务的副指导员……

越南北部山区,草深林密,路少坡陡。杯口粗的竹子紧紧挤在一块,砍不断,推不倒,硬是像道道天然屏障。芭茅草、飞机草高达两米以上。草丛中夹着杂木,杂水中盘着带刺的长藤。节令刚过“雨水”,这里的气温竟高达三十四五度。这一切,都给我们急速穿插的尖刀连带来不可想象的困难。

我们心急火燎地沿无路可寻的山沟插进,只见尖刀排在前面停住了。跟上去一看,面前是三米多宽、两米多高的木薯林,钻过去无空隙,爬上去又经受不住人。靳开来手持傣家大刀,左右横飞,为全连砍通道路……

这时,营长在报话机中呼叫,问我们九连的位置,梁三喜忙展开地图,现地对照。一个扛着八二无后坐力炮的战士凑过来,瞧了几眼地图,一下用手在地图上指点说:“在这儿,错不了,这就是我们九连的位置。”

梁三喜点了点头,看了看眼前这位昨天下午刚补进我连的战士,便对着报话机向营长报告了九连所处的位置。

报话机中传来营长焦急的声音:“太慢！太慢！加快速度！要加快速度!”

“是!”梁三喜回答营长后,站定身对全连命令道:“把背包、多余的衣服,统统扔掉！尖刀排继续头前开路,二、三排和连部的同志,协助炮排携带弹药!”

战士们立即照办了。梁三喜的决定无疑是十分正确的。步兵排每人负重六十多斤,炮排每人负重九十多斤,要加快穿插速度,是得扔掉一些不急需的玩意才行呵!当这一切办完之后,梁三喜问眼前那位识图能力极强的战士:“你,是从哪个部队调来的?”

“北京部队。”

“叫啥名字?”

“嘿,说名字一时也记不准。我们刚补进来的十五名同志,就我自己是从北京部队来的。干脆,就叫我‘北京’好了。”

这自称“北京”的战士,稍高的个头,长得挺秀气,浓眉下的眼睛一闪一眨,热情,深邃,奔放,显得煞是机灵聪敏。

“那好。你就跟在我身边行军。”梁三喜说。显然,他已觉得身边极需这位很有一套的战士。

我们加快了穿插速度。在通过一道山梁时,又两次遇到小股敌人的阻击。仍是由梁三喜率三排断后掩护,我们很快就甩开了敌人,拼死拼活地往前插……

营长不时地在报话机中询问我们的位置,每次都嫌我们行动迟缓。

下午三时许,营长又一次呼叫我们。战士“北京”又很快在地图上找到了我们的位置。

梁三喜向营长报告后,报话机中的营长火了:“师、团首长对你们行动迟缓极不满意!极不满意!如不按时抵达指定位置,事后要执行战场纪律!执行战场纪律!!喊赵蒙生过来对话。”

梁三喜移动了一下,我蹲到报话机边。

“赵蒙生!赵蒙生!你战前的表现你清楚!刚才军长在报话机中向我询问过你的表现!你要当心,要当心!政治鼓动要抓紧,要抓紧!不然,战后你跳进黄河洗不清,洗不清!……”

我的头皮又嗖嗖发麻。梁三喜推开我。

“营长同志,政治鼓动很重要,很重要!但是我们没空多啰啰!

有啥指示,你快说!”

“梁三喜,你别嘴硬!战场纪律,对谁都是无情的!”

营长的喊话停止了。从尖刀排位置折回身来的靳开来,牢骚开了:“娘的!让他们执行战场纪律好了!枪毙,把我们全枪毙!他们就知道用尺子量地图,可我们走的是直线距离吗?让他们来瞧瞧,这山,是人爬的吗?问问他们,路,哪里有人走的路!……”

“副连长,少牢骚!”梁三喜额角上的青筋一鼓一跳地蠕动着。

梁三喜厉声对战士们命令:“武器弹药携带好,每人留下两顿饭的干粮,另外是水壶,水壶绝对不能丢!其余的,统统扔掉!”

…………

没有亲身经历这场战争的人,压根儿想象不出我们这尖刀连在穿插途中的窘迫之状。为争取按时抵达指定地点,我们冒着热在亚热带高山密林中穿行,上山豁出命去爬,下山干脆坐下连滑加滚,一个个衣服全扯碎了,身上青一块、紫一块……

太阳沉下去了,四周影影绰绰,我已辨不出东西南北。腿早已不打弯了,我跟着大家死死地往前蹿。当听见梁三喜说已到达指定位置时,我一头栽倒了。

梁三喜架起我做惯性运动。我定了下神,见全连绝大部分战士也都倒在了地下。

梁三喜边架扶着我边命令:“都起来,互相协助,活动一下。”他突然松开我,轻声呼唤,“小——金,小金!”

我一看,只见司号员小金栽倒在面前的草丛中。

梁三喜晃动着小金:“小金!金小柱……”

听不见小金的声音。

我和梁三喜忙把小金身上的装备卸了下来:冲锋枪、子弹带、十二枚手榴弹、飘着红缨穗的军号、两包压缩饼干、水壶。另外,还有沉重的四发八二无后坐力炮弹——显然,这是他在穿插途中,遵照连长的指示,从炮排战友身上,背到了他的背上……

梁三喜坐下把小金扶起，让小金倚在他怀中。他取过小金的水壶晃了下，听见有点响声，便将水壶对上小金的嘴："小金，醒醒，喝点水……"

小金嘴唇紧闭，毫无反应。

我忙给小金做人工呼吸，但无济于事。

我用手一摸，小金的心脏已停止了跳动！

梁三喜眼中涌出滴滴泪珠。他用毛巾擦拭着小金脸上的泥垢和汗渍。小金那长长的睫毛垂了下来，胖乎乎的两腮上，各有一个浅浅的小酒窝……

他还没来得及为全连进攻吹响冲锋号，他没能杀敌立功，就这样安详地睡去了，永远地睡去了。

事后，我反复想过，如果小金不给炮排背那四发炮弹，他也许不会……也许因为他太年轻，也许他的心脏或身体的某个部位本来有点小毛病，使他承受不了如此剧烈的穿插。啊，这位不满十七岁的士兵是累死在战场上的！

此刻，我抚摸着他那圆鼓鼓的手，抽泣着。我下连后，就是这双手，曾天天早晨给我打好洗脸水，把牙膏都给我挤在牙刷上；就是这双手，曾给我一次次的洗军装；也是这双手，在那"十公里全副武装越野"时，将摔倒的我扶了起来……我年龄几乎比他大一倍，可我……小金呀，原谅我吧，我不会是个永远都不称职的指导员，更不会成为"王连举"！

战争期间，时间是以分秒计算的。当我们到达364高地前沿时，已是晚上八点零二分。比上级指定的到达时间，误了一百二十二分钟！

然而，我们九连是问心无愧的。

七

梁三喜命令各班检查了装备,武器弹药没有丢损。只是大部分战士已把水壶和干粮全扔在穿插途中了。他让各排把仅有的干粮和水集中起来分配。吃了一顿半饥不饱的共产式的"大锅饭"之后,全连基本上粮尽水绝了。

我的水壶和干粮也在穿插途中扔掉了。梁三喜塞给我半包压缩饼干我没接,我瞒他说自己还有吃的。他把小金留下的水壶硬是塞给了我。我怎忍心喝小金留下的水啊!我把那半壶水连同小金为炮排背来的四发炮弹,一起交给了炮排……

夜,黑得像看不到边、窥不见底的深潭。

山崖下的灌木丛中,梁三喜召集各班、排长围拢在一起,研究下一步的行动。他在暗夜中铺开地图,借着圆珠手电笔那圆圆的光点,用手点了点由无名高地和主峰两个山包组成的364高地。接着,他让那位带路的华侨,谈一谈364高地敌人设防的情况。

我们的向导,是位三十四五岁的庄稼汉。穿插途中,我们派两位体格最棒的战士空手拉扯着他,才使他和我们一起赶到目的地。他是在越南当局反华、排华时蒙难回国的,他原来的家离这364高地不远。但遗憾的是,他对敌军事方面的布防所知甚少。他仅告诉我们,从七四年春开始,就看到有越南鬼子在前面的两个山包上构筑碉堡和工事。别的,他啥也不知道了……

面对敌人苦心经营的364高地,大家思忖着。

梁三喜已把战士"北京"视为连里的"高参"。此时,他对挨在他身边的"北京"说:"'北京'同志,先谈谈你的想法吧。"

"那好。我先谈点不成熟的设想,以便抛砖引玉。"战士"北京"说,"我连现已脱离大部队,孤军楔入敌腹。在缺乏强有力炮火支援的情况下,要攻占面前的两个山头,谈何容易!敌人居高临下,以逸待劳,颇有‘一夫当关,万夫莫开’之势。这就决定了我们的打法,切莫强攻,必须巧取。”

“说得很有道理。”梁三喜催促,“继续说下去。”

“现在我连已断粮缺水,一时又不能补充,行动必须迅速。趁敌尚未察觉我们,我建议战斗不应在明日,而宜在今夜展开。先拉开一个小小的战斗序幕。”

“序幕?”梁三喜问。

战士“北京”接上说:“对。孙子云,‘知己知彼,百战不殆’。这小小的序幕是:一、先设法破坏敌阵地前沿的雷区,撕开一道豁口,以便全连接敌;二、以步兵排实施火力佯攻,引敌暴露火力点的位置;三、我炮排和步兵排的爆破组,借暗夜接近敌火力点。在隐蔽好自己的前提下,离敌火力点愈近愈佳。这样,待明晨拂晓,便可以迅雷不及掩耳之势,夺下无名高地,取得立足点。然后,才有可能考虑下一步。”

想不到这年轻的战士“北京”,竟对兵家之事如此谙熟,我颇有些折服了。

大家小声议了一阵,一致认为战士“北京”的设想,切实可行。

这时,“北京”又说:“入伍后,我一直在步兵连八二无后坐力炮班当战士。在北京部队时,我参加过几次师里组织的山地进攻实弹演习。要讲摧毁敌火力点,‘八二无’堪称一绝。它最大射程一千米,绝就绝在进行肩炮直瞄发射时,我们可以把炮口当刺刀!山地作战,每块岩石下都可隐蔽自己。我打过多次百米内肩炮射击,根本不需瞄准,其准确程度如同把枪口直指敌人的肚皮,百发百中。眼下,我们是山地攻坚,如果采用远射程射击,倘若一炮打不准,敌碉堡里的机枪饶不了冲锋的步兵战友!我看,四〇火箭筒也定要在百米、甚至是五十米、三十米的距离上发射,做到弹无虚发。可别小瞧越南鬼子,他们打了多年的仗,拼起来是些亡命徒!因此,我们非得冒风险,下绝法子治他们不可!”

梁三喜说:"'北京'同志说得十分有理。'八二无'和四〇火箭筒发射时要近些,再近些!必须做到一炮摧毁一个敌碉堡!不然,后果大家都清楚。一排长,行动还是从你们尖刀排开始,你们先用成捆的手榴弹,引爆敌人的地雷……"

靳开来急不可待:"娘的!说干就干!先来十捆手雷,每捆十枚!"

梁三喜按住要行动的靳开来,又周密地进行了具体分工。

末了,梁三喜对我说:"指导员,战斗要提前打响,按说应该报告营里。可在敌人鼻子底下用报话机呼叫,那就等于把我们的行动报告给了敌人。你看怎样?"

我当即说:"不必报告了。两座山头反正得我们去攻,早攻下来总比晚拿下来好!"

战士"北京"说:"指导员说得极是。将在外,君命可有所不受。"

行动开始了。

靳开来率尖刀排把一捆捆手榴弹甩往雷区。随着手榴弹的爆炸,引来阵阵地雷的爆炸声……

迎着爆炸后呛人的梯恩梯味儿,全连在炸开的豁口上,迅速、安全地爬过了雷区。

这时,实施火力佯攻的三排,轻、重机枪早已一齐响起来。无名高地上敌各处的火力点喷吐出火舌。霎时间,山上山下一片枪声……

我默数着敌火力点,对梁三喜说:"十二个,有十二个敌火力点。"

"不,还多,最少是十三个。"

按打响前的分工,梁三喜和我各带炮排的两个班和步兵排组成的爆破组,从无名高地左右两侧朝前运动,去潜伏到敌人的碉堡下。

靳开来和我一起行动。有他在,我心里坦然多了。此时,他这炮排长出身的副连长,手握着火箭筒,身背着火箭弹,跃跃欲试要去炸碉堡了。

三排的轻重机枪打打停停,各处的敌碉堡不时喷吐出火舌,为人们指引着行动的目标……

我正向前爬着,靳开来扯扯我的衣服,悄声对我说:“别慌,你跟在我后面!”

近了,不时喷出火舌的碉堡,离我们越来越近了……

午夜时分,无名高地上完全静了下来。

“啾儿,啾儿……”“唧唧,唧唧……”纺织娘,金钟儿,蛐蛐儿,还有一些不知名的虫儿,轻轻奏起了小夜曲。

我和靳开来偎依在山岩下的茅草丛中。

他是个不甘寂寞的人。他贴着我的耳根问:“指导员,你,在想啥?”

“我……没想啥。”

他突然冒出一句:“你,没想你老婆吗?”

“这种时候,我可顾不上想她了。”

“你老婆肯定很漂亮吧?洋味的?”

“带点洋味。不过,还是土气点的厚道。”

过了会,他又悄声自言自语:“我那小男孩四岁了,长得跟我一个熊样。下月六号是他的生日。咳……真想能抱过他亲他几口。”

我们开始闭目养神。这时,我才觉出,被汗水多次浇透的军装已硬似铁甲,双腿沉得像两根木椽一样不能打弯,周身热辣辣地胀痛。

“丁零零……”头顶上传来电话铃声。接着是咿哩哇啦的喊叫声。噢,是敌堡里的敌人打电话。神经一收缩,身上的疲惫感顿然消失了。

置身于敌人的碉堡之下,我才深深地感到,这里已绝对没有啥将军后代和农民儿子的区分了。我们将用同样的血肉之躯,去承受雷,去承受火,去扑向死神,去战胜死神,一起去用热血为祖国写下捷报!

八

乳白色的晨雾像纱幔一样轻轻飘散,东方显出了朦胧的光亮。三颗红色信号弹腾空而起,梁三喜发出了冲锋的信号!

这时,卧在我身边的靳开来早已跃起身,他倚在岩石一侧,肩扛四〇火箭筒,眨眼间便扣响了扳机。但闻“轰”的一声巨响,敌碉堡刚喷出一缕火舌,便腾空飞上了天!

几乎是同时,离我有三十余米远的战士“北京”也肩起“八二无”,只见他身子一动,肩后便喷出长长的火龙(八二无后坐力炮发射时两头喷火,从后面喷出的火柱长达二十五米。)。

“指导员,隐蔽!”随着靳开来的喊声,我忙卧到在岩石下。被炸碎的敌碉堡水泥块儿,像雨一般刷刷落在四周。

一声声巨响接二连三地传来,无名高地上腾起一股股硝烟气浪。显然,从左侧接敌的梁三喜他们,也进展顺利……

靳开来和战士“北京”朝前跃进,我率火力掩护组迅速占领了有利地形。这时,无名高地顶端右侧,又有两个碉堡喷出火舌……

“打!”我趴在轻机枪后扫射着,掩护组一齐压制敌火力,把敌人的火力引过来了。

靳开来和“北京”各扛着自己的家伙,分别绕到敌堡一侧,真是炮口当刺刀,他们离敌堡都只有五十米左右的样子。只听两声巨响,又见两个敌堡飞上了天!

声声巨响过后,我们纷纷跃起身,饿虎扑食般冲上了无名高地。这时,从左侧出击的梁三喜他们也扑过来了。

扼守在堑壕中的敌人想负隅顽抗,我们劈头盖脸便是一顿猛扫,既来不及喊啥“诺松空叶”(缴枪不杀),也来不及呼啥“宗堆宽洪毒兵”(我们宽待俘虏),当敌人还没明白过是咋回事时,便死的死,窜的窜了……

战斗进行得如此干净利落，前后只用了十多分钟！梁三喜激动地拍着战士“北京”的肩说：“行！真不愧是从北京送来的战斗骨干！战后，我们首先为你请功！”说罢，他大声命令大家，“赶快清理阵地，进入堑壕，防敌反冲锋！”

大家立即进入敌人遗弃的堑壕，做好战斗准备。

我当时万万没想到，战斗从这时起便进入了极其残酷的时刻。事后，我们才清楚，仅这无名高地上就驻有敌一个加强连，而主峰上则是敌人的团属迫击炮连的阵地。

眼下，主峰上的敌人把一发发炮弹倾泻到无名高地上。炮弹呼啸着，在我们占领的堑壕周围炸开。浓密的烟雾，像一团团偌大的黑纱，遮住了太阳，遮住了蓝天。罩在我们头顶上。泥土、石块、敌人丢弃的枪支，合着炮弹片的尖叫声，狂飞乱迸……

每当炮击过后，敌人便从三面发起冲锋。

由于我们取得了立足点，敌人的头两次反扑被我们压下去了。但是，连里已有八名同志牺牲，十一名同志负了伤。

敌人又一次极为疯狂地炮击之后，第三次反扑开始了。

我和靳开来每人抱着一挺轻机枪，带领一排扼守在阵地西侧。这时，三十余名敌人在他们的火力掩护下，喊着、叫着，分梯次向我们扑来。

我们向敌猛烈扫射。因敌三次反扑的时间相隔太短，不大会，我们的枪管都打红了，不能继续射击了。

“快，拿手榴弹来！多，要多！”靳开来把帽子一丢，亮出了光头。

幸好，敌人丢弃的阵地上，到处是成箱的弹药和横七竖八的枪支，而且全是中国制造。我忙搬过一箱手榴弹，递给靳开来几枚。

“拧开盖，全给我拧开盖！”靳开来吼叫着，顺手便甩出了几枚手榴弹，“换枪，都快换枪！”

眼前有靳开来这样的勇士，懦夫也会壮起胆来！是的，越怕死越不灵，与其窝窝囊囊地死，倒不如痛痛快快地拼！我把手榴弹盖一个个拧开,靳开来两手左右开弓,把手榴弹“嗖嗖”甩向敌群。战士们抓紧时机换了枪……

敌人射来的子弹暴雨般在我们面前倾泻,蝗虫般在我们身边乱跳。有几个战士又倒在堑壕边牺牲了。每分钟内,我们都承受着上百次中弹的危险!

……战争,这就是战争!它把人生的经历如此紧张而剧烈地压缩在一起了:胜利与失败、希望与失望、亢奋与悲恸,瞬间的生与死……这一切,有人兴许活上十年、五十年,不见得全部经历到,而战争中的几天、甚至几小时、几分钟之内,士兵们便将这些全部体味了!

阵地前又留下一片横倒竖歪的敌尸,敌人的第三次反扑,又被我们打退了。

主峰上的敌人已停止炮击,战场沉寂下来。

我和靳开来走至堑壕中间地段,碰上了梁三喜,见他左臂上缠着绷带,便知他在刚才打退敌人反扑时挂花了。我和靳开来忙察看他的伤口,他抬起左臂摇了摇:“还不碍事,子弹从肉上划了一下,没伤着骨头。”

战士们把烈士遗体一个个安放在堑壕里。初步统计,全连伤亡已接近三分之一……

没有人再流泪了。是的,当看惯了战友流血时,血不能动人了!当看惯了生命突然离开时,活下来的人便没有悲伤了!只有一个念头,复仇!!

这时,梁三喜见三班战士段雨国倚在三班长怀中,便问:“怎么,小段也负伤了?”

“没有。”三班长说,“他晕过去了,渴的。嗨,小段也算不简单,拂晓进攻时,他只身炸了一个敌碉堡。”

“看不出这小子也算有种!”靳开来不无夸奖地说。

我们坐了下来。梁三喜把他的半壶水送给三班长:“快,全给他喝下去。”

三班长不接,梁三喜火了:“战场上,少给我婆婆妈妈的!”

三班长把水壶里的水慢慢流进段雨国的嘴里。过了会,段雨国苏醒了。

三班长对小段说:“这是连长的水,全连就他这半壶水了!”

段雨国慢慢睁开眼,望着梁三喜。他的嘴嚅动着,泪水顺着脸上淌下来……

我们尝到了上甘岭上的那种滋味。

在敌人反扑的间隙,梁三喜已两次派出战士在这无名高地周围到处找水,找吃的。别处均没发现有水,就敌人营房旁边有口井,但是,经过卫生员化验,井中已放上毒了。敌人已撤离的营房里,大米倒不少,一麻袋一麻袋的,麻袋上全印着“中国粮”的字样。可没有水,要大米有啥用啊!

时已中午,赤日当头,烤得我们连喘气都感到困难了。

三班长望了望我和梁三喜,嗫嚅地说:“山脚下……有一片甘蔗地……”

靳开来像是没听见三班长的话,朝我伸出手:“指导员还有烟吗?娘的,我的烟昨天穿插时跑丢了!”

我摇了摇头。出发前我带着两条烟,穿插时被我扔掉了。

梁三喜掏出他的“红塔山”,一看,还剩两支。他递给靳开来一支,将另一支折一半给了我。

靳开来点起烟,贪婪地吸了两口:“指导员,是否让我去搞点‘战斗力’回来?”

我当然知道他说的“战斗力”是什么,便站起来说:“让我带几个战士去吧,搞它一大捆来!”

靳开来站起来把我按下:“还用你去!你当指导员的能有这个话,我就高兴!这犯错误的事,我哪能让你们当正职的去干!反正我靳开来没有政治头脑已经出名了,如果不死在这战场上,回国后宁愿背个处分回老家!”

战前,上级曾严厉地三令五申:进入越南后,要像在国内那样,坚决执行三大纪律八项注意,不准动越南老乡的一针一线。违者,要加倍严肃处理。

靳开来又牢骚开了:"自己的老百姓勒紧了裤腰带,却白白送给人家二百个亿!今天,奶奶的,我不信二百个亿就换不了一捆甘蔗。"说罢,他转脸对三班长,"带上三班,跟我走!"

靳开来跃出堑壕,带三班走了。

我和梁三喜有气无力地在堑壕里走着,察看各班、各排的情况。全连又有三个伤号,因流血过多和缺水牺牲了。活下来的同志们个个口干舌燥,偎依在烈日下的堑壕里,连说话的劲都没有了……

渴得要命。水,在这种情况下,不也可以说是战斗力的重要组成部分吗?!

梁三喜也坚持不住了,他和我坐下来。他倚在堑壕边上,长吁了口气。

猛然间,从高地右下方传来"轰"的一声响,我和梁三喜认为是主峰上的敌人又要进行炮击前的试射,忙一下站起来,让战士们进入射击位置,做好击退敌人反扑的准备。可等了会,却不见一点动静。

这时,三班长扛着一大捆甘蔗,跑进堑壕:"不,不好了!我们回来的路上,副连长踩响了地雷!他……他干啥事都非得他走在前头不行,他……"三班长放声哭了。

不大会,三班的战士们把靳开来抬到堑壕边沿,我和梁三喜忙上前把靳开来接进堑壕里。

他躺在地上,左脚被炸掉了,浑身到处是伤。我们忙为他包扎。

他极度痛苦地翻了下身,把我们推开:"不,不用包扎了……我,不行了。让……让大家吃……甘蔗吧……"

"副连长,你……"梁三喜一头扑在靳开来身上,抽泣起来。

靳开来用手抓摸着梁三喜的肩:"连长,你……多保重!我……死了也没事,还有他们弟兄三个……"

“副连长……”我呜咽着。

靳开来侧脸望着我：“指导员，我……是个粗人，说话冲，你……多原谅……”

“副连长……”我哭出声来了。

他吃力地用手指了指他左胸的上衣口袋：“指导员，帮我拿……拿出来，不是什么豪言壮语，是……是全家福……”

我脑中倏地闪过他跟高干事说过的话，忙将手伸进他的口袋，拿出一看，是一张照片。照片上有他、他的妻子和一个四岁左右的小男孩……

我含泪忙把照片拿到他眼前，他用颤抖的手接过照片：“我……要去了，让我最后再……再看一眼……”

赵蒙生哽咽着，讲不下去了。

过了会，他擦了擦泪对我说：“副连长靳开来就是这样牺牲的。现在想起他来，使我揪心难过的并不全在于他的死。”

段雨国插话：“回国后评功评模，指导员多次向团里为副连长请功。但是，副连长连个三等功也没能立上！”

赵蒙生接上说：“如果按个人取得的战果评的活，我们副连长绝对可以评为战斗英雄！如果他口袋里果真有一小本豪言壮语，那就更能宣扬出去！可当我们如实把他在战场上的英勇表现写成材料报到团里，团里有人说：‘靳开来此人，思想境界一贯不高，是个牢骚大王。战前提他当副连长，他说让他去送死！再说，他是为一捆甘蔗死的，严重地破坏了三大纪律八项注意且不说，死得不值得嘛！’”

“值得，他死得完全值得！”段雨国嚷起来，“是人都会有缺点，他发牢骚也不是没缘由的！不管别人怎么说，副连长在我们九连的心目中，永远是大义凛然的英雄！没有他搞来的那捆甘蔗，我们当时都渴晕了，我们能攻上364高地主峰吗？！”

我们仨人都沉默了。

过了一大阵子，赵蒙生长叹了口气，接下去讲述这场未完的战斗。

九

战斗愈来愈残酷了。

当我们每人分到的两根甘蔗刚刚嚼完,主峰上的敌人居高临下,又一次向我们实施炮击。这次炮击比前几次更疯狂,更凶狠,炮击持续了长达半小时之久。无名高地上,我们作为依托和立足点的堑壕,前后左右,到处弹坑累累。扑面的硝烟使我们睁不开眼,浓重的梯恩梯味儿呛得我们喘不出气。

炮击刚停,主峰山半腰的两个敌堡,用平射的高射机枪、轻重机枪,向我们这无名高地扫射……

显然,敌人是要从南面反扑了!

“三排,压制敌火力!”梁三喜大声喊道。

我们刚从堑壕里探出头,便见一群敌人已爬上堑壕前的陡崖,离我们只有十几米了!“打!”梁三喜边喊边端起轻机枪,对着敌群猛扫!全速奋起向偷袭过来的敌群开火,瞬间,阵地前的敌人便被我们打得如同王八偷西瓜,滚的滚,爬的爬……

这群敌人是从主峰上下来的。他们趁炮击时我们无法观察,便越过主峰和无名高地间的凹部,偷袭到我们的阵地前沿。真险啊,如果我们稍迟几秒钟发现他们,他们就扑进我们的堑壕里来了!

当敌人的反扑又被我们打退后,敌战双方又平静下来。

这时,报务员跑到梁三喜跟前,说营长在报话机中呼叫九连。

梁三喜极其简要地向营长报告了我们攻下无名高地的经过。营长在报话机中告诉我们:营指挥所和营所属另外三个连队,离我们这无名高地直线距离还有十公里左右。预定的穿插计划因战局发展被打乱,他们已不能按预定方案按时到达预定位置了。眼下,三个连队正分头扼守山口要道,阻截从第一线溃逃下来的敌兵,保证大部队全歼逃敌。因此,他们一时腾不出兵力来支援我们。营长还收回了他昨天对我们的批评，并传达了师、团首长对我们九连的嘉奖令，说我们昨天的穿插速度是相当惊人的！……

是的，当他们也在我们昨天的穿插路上走一走时，他们便会晓得我们九连为啥误了122分钟！

“困难，你们有啥困难吗？”营长问。

“伤亡已超过三分之一，断粮断水！”梁三喜喊道，“水，主要是缺水！”

“坚持，你们想办法坚持！要坚持到明天头午，我们才能上去！”少停，营长喊道，“团首长指示，如果攻下主峰有困难，你们就坚守在无名高地上，等我们上去再说！”

“不行，我们不能在这无名高地上坚持！要死，也只有到主峰上去死！”

“怎么？你是梁三喜还是靳开来，牢骚不轻呀！”

“报告营长，靳开来已经牺牲，我是梁三喜！”梁三喜脸色铁青，“主峰上有敌人的迫击炮阵地，一个点地朝我们头上打炮，如果在这无名高地上坚持到明天头午，九连必将全连覆没！”

…………

跟营长通罢电话，梁三喜对我说：“指导员，召开个党员会吧。”

我忙通知党员开会。这时，一些不是党员的战士，也纷纷把他们早写好的火线入党申请书递到我手上，问我可不可以列席参加党员会。我眼里一热，忙说：“可以，绝对可以！”

此时要求入党，绝不是去领取一张谋取私利的通行证，而是准备向党献出一腔热血！

梁三喜对围拢过来的党员、非党员说：“我们不能再被动挨炮了，要主动出击！我提议组成党员突击队，去拿下面前的主峰，去占领敌炮阵地！”

战士“北京”接上说：“连长的话极有道理。看来主峰上敌兵力并不多，他们主要是靠炮来杀伤我们。只有我们站在敌炮阵地上，我们九连才能有点安全感。”

梁三喜望了望众人，宣布了两道命令，任命战前刚提升的炮排长为代理副连长，任命战士“北京”为代理炮排长。

说罢他问我：“来不及碰头商量了。指导员，你看怎样？”

我连连点头同意。眼下让谁升官，既不需升官者为自己“走后门”，更不需有人为升官者当说客，说文了叫“受命于危难之际”，说白了便是靳开来的话，给你个带头去死的差事！

战士“北京”对梁三喜说：“连长，这种时候我是不会说虚的。说实话，让我指挥一个炮排，我还是颇能胜任的。不过，我用‘八二无’去炸敌碉堡还有点绝招，因此，我觉得让我作为一名炮手去行动，更能见成效。”

梁三喜一听有理，点头同意了“北京”的要求。

以党、团员为主的突击队组成了。

梁三喜当即决定：由新任命的代理副连长和他带队，分头从主峰左右侧去攻占主峰。他让我和三排留下扼守无名高地，掩护他们出击……

“连长，你的胳臂已负过伤了！”我吼了起来，“如果你觉得我赵蒙生还有种，这突击队由我来带！”

“少废话！你有没有种，战场上大家不都看见了吗！”梁三喜的眼里射出不容分说的光，“可讲指挥能力，你还不过关！行了，趁敌还未炮击，要分秒必争！”他转脸对战士“北京”一挥手，“带足炮弹，你和弹药手们先是顺坡滑下去，速度越快越好！”

无名高地和主峰间是个“U”形，我阵地面前的坡崖坡陡七十多度，而坡崖又完全暴露在主峰之敌的射界下。当战士“北京”抱着“八二无”炮身，和弹药手们急速从坡崖上滑下去时，主峰山半腰的两个敌碉堡，便开始不停地封锁扫射……

“三排，压制吸引敌火力！”梁三喜命令。

三排对准敌碉堡开火，但狡猾的敌人并不理会，仍不时地朝我面前的坡崖实施拦阻扫射……

要通过这完全暴露在敌射界之下的坡崖，谈何容易啊！

梁三喜皱起眉头。稍停，他对突击队员们大声喊道：“看着点！都按我的样子办！”

说罢，只见他把一挺轻机枪抱在怀中，趁敌射击间隙，飞身跃出堑壕，猛地朝山下滚进，滚进……

我惊呆了！一个基层指挥员在战斗最紧要的关头，他把忠诚、勇敢和智慧所包含的全部内容变为沉着，继而从沉着中又产生出这果断而不惜赴汤蹈火的行动！

他成功了。

突击队员们学着他的样子，瞅准敌射击间隙，一个个先后“噌噌”跃出堑壕，滚进，急速朝坡崖下滚进……

过了会，敌人停止扫射。无名高地上安静无事，我心中越发不安。我问自己：“你不是立誓要血洗自己的耻辱吗？那你为啥不像梁三喜那样去冲锋?！”

敌人又开始拦阻扫射了。我抓过冲锋枪抱在怀中，对三排喊道：“你们坚守，我过去！”

我大步跨出堑壕，横身倒在坡崖上，拼命往山下滚进……

我当时想的是：都是爹娘生的，连长梁三喜是人，我也是人，他能去做的事，我这当指导员的也应照着去做。才算称职！

也怪，滚到山间，除了感到周身麻木外，竟觉不得疼。

主峰上下全是一人多深的芭茅草，一接近它，便躲过了敌人的射界。我火速爬着赶上了梁三喜他们。梁三喜见我来了，也没责怪我。

三排仍不时向敌人射击，敌人也不断还击。我们在草丛中攀援而上，去接近敌堡……

爬了一大阵子，猫起腰便看见敌堡了。

战士“北京”对梁三喜说：“连长，距离最多有五十米。放心，绝对不用打第二炮，干吧！”

梁三喜点头同意。

战士“北京”当即把炮弹装进炮膛。少许,他肩起“八二无”炮身,“噌”地站起来,勾动了扳机!然而,没见炮口喷火!

战士“北京”一下卧倒在地。敌人的子弹“嗖嗖”从我们头顶上飞过……

“怎么?是臭弹?”梁三喜问。

“嗯。是发臭弹。”“北京”说着,忙把臭弹退出炮膛。弹药手赶忙又递给他一发炮弹,他又将炮弹装进了炮膛。

稍停,他又肩起炮,猛地站起身,又一次勾响了扳机,却又一次没见炮口喷火!

“哒哒哒哒……”敌人一串子弹射来,战士“北京”一头栽倒在地上!

“‘北京’!‘北京’同志……”我和梁三喜同声呼唤着。

一切都发生在瞬息之间!

战士“北京”倒在血泊中,身上七处中弹。中的是平射过来的高射机枪子弹,处处伤口大如酒盅,喷出股股热血……

呵,倒下了,一个多么优秀的士兵又倒下了!他连哼一声也没来得及,眨眼间便告别了人生!他二十出头正年轻,芬芳的生活正向他招手!他是那样机敏果敢,他是多么富有才华!昨天晚上,他还以将军般的运筹帷幄,为我们攻打无名高地献出了令人折服的战斗方案!可此刻,他竟这样倒下了!他从北京部队奔赴前线补到我们连,到现下才刚刚两天,我们还不知道他叫啥名字啊!五十米的距离上,他不瞄准也绝对有把握一炮一个敌碉堡!可臭弹,该死的两发臭弹!!

梁三喜怒对爬到眼前的弹药手:“他的死,你要负责任!”

弹药手沉下头不吱声。我知道,梁三喜这是由极度悲恸产生的激怒,而激怒又变为这无谓的埋怨!在同生共死的战场上,有哪位弹药手愿意出现臭弹啊!

“怎么两发都是臭弹?咳!”

“早晨打无名高地时，就已出现过一发臭弹。”弹药手伤心地回答梁三喜，“为啥是臭弹，你看看弹身上的标号就晓得……”

梁三喜从战士“北京”身下的血泊中，取过那发退出膛的臭弹看了一眼，递给了我。我一看，只见弹身上印着：一九七四年四月出厂。

弹药手嘟囔说：“‘批林批孔’的年月里出的东西，还能有好玩意！那阵儿，到处都停工停产搞大批判，军工的工人也都不上班……”

啊，我心里一阵冷飕飕！那令人不寒而栗的动乱年月，不仅给人们造成了程度不同的精神创伤，还生产出这样的臭弹！如今臭弹造成的恶果，竟让我们在这生死攸关的战场上来吞食！

“奶奶的！”梁三喜气得像靳开来那样骂娘了，“要是再为了争权夺利，今天你搞他，明天他整你，甚至连死了两千多年的孔老二也拉出来批，我们就没个好！不用敌人打咱们，自己就把自己搞垮了台！”

这时，山左侧传来一声令人振奋的巨响，不用问，那是新上任的代理副连长带着战友们，把敌碉堡炸掉了！我们上面敌堡中的枪又急骤地响起来，一串串子弹从我们头顶上掠过……

梁三喜问弹药手：“还有几发炮弹？”

弹药手说：“还有九发。有六发是七四年四月出厂的。”

“真他娘的见鬼！扔了，把那六发全给我扔掉！”梁三喜气极了，厉声对弹药手，“你动作快点，给我拿发好弹来！”

梁三喜从战士“北京”身下双手摸过血染的炮身，把那发还在炮膛中的臭弹猛一下退出来，愤然甩出老远！他接过弹药手递过来的炮弹，一下装进了炮膛。

梁三喜肩起炮身。说时迟，那时快，他猛地站起来，眨眼间便见炮口喷火！炮弹“轰”地炸开，敌碉堡被炸得粉碎……

碎石泥尘还在刷刷下落，我们便跃起身，迎着硝烟气浪向前扑去！

上来了！上来了！从左右两侧出击的突击队员，还有从主峰正面待机冲锋的步兵一排，一齐呐喊着，冲上了山顶！

我们,终于站在了364高地主峰上!

"注意搜索残敌!"梁三喜命令说。

我放眼望去,山顶上敌堑壕里一片狼藉,空无一人。位于山顶右侧的炮阵地上,有十几门横倒竖歪的120迫击炮,遍地是待发的炮弹,还有那一箱箱未开封的炮弹箱摆在周围……这时,我才更觉出梁三喜判断的准确,决策的正确!如果不攻占这炮阵地,我们坚守在无名高地上是会全连覆没的!

山顶上到处是奇岩怪石。我们沿着堑壕南边向西搜索。

段雨国兴冲冲地来到我和梁三喜身边:"连长,指导员,胜利啦,我们终于胜利啦!这次战斗,能写个很好的电影剧本!"

我望着段雨国那副乐样儿,真没想到他也攻上了主峰!

"隐——蔽!"只听身后的梁三喜大喊一声,接着我便被他猛踹了一脚,我一头跌进堑壕里!跟着传来"哒哒哒"一阵枪响……

当我从堑壕里抬头看时,啊!梁三喜——我们的连长倒下了!

我不顾一切地扑过去。

"连长!连长!"我一腚坐在地下,把他扶在我怀中……

他微微睁开眼,右手紧紧攥着左胸上的口袋,有气无力地对我说:"这里……有我……一张欠账单……"

一句话没说完,他的头便歪倒在我的胳臂弯上,身子慢慢地沉了下去,他攥在左胸上的手也松开了……

我一看,子弹打在他左胸上,打在了人体最要害的部位,打在了他的心脏旁!他的脸转眼间就变得蜡黄蜡黄……

"连长!连长!"战士们围过来,哭喊着。

"连——长!"段雨国扑到梁三喜身上号啕起来,"连长!怪我……都怪我呀……"

梦,这该是场梦吧?战斗就要结束了,梁三喜怎么会这样离开我们!当理智告诉我,这一切已在瞬息间千真万确地发生了时,我紧紧抱着梁三喜,疯了似的哭喊着……

讲到这，赵蒙生两手攥成拳捶打着头，泪涌如注。他已完全置身于当时的场景中了。

我用手擦着不知啥时流下的泪，为梁三喜的死感到极为惋惜和沉痛。

过了良久，赵蒙生才抬起泪脸，喃喃地对我说："子弹，是一个躲在岩石后面的敌人射过来的。显然，梁三喜最先发现了敌人，如果他不踹我那一脚的话，他完全来得及躲开敌人，可为了我，他……"段雨国内疚地哽咽说："怪我，都怪我啊！怪我当时让胜利冲昏了头脑，才使指导员先顾了跟我说话，才使连长他……"

停了会，赵蒙生接上说："痛哭过后，我想起梁三喜临终前没说完的那句话，我从那热血喷涌的弹洞旁边，从他那左胸的口袋里，发现了这……"赵蒙生说着，从一本硬皮日记本里，拿出一片纸，用瑟瑟发抖的手递给我，"你……你看看……"

我接过一看，这是一张血染的纸条。这纸条是三十二开笔记本纸的小半页，四指见方。烈士的笔锋刚劲，字迹虽被血浸染过，但依然清晰可辨。只见上面写着：

我的欠账单
借：本连司务长 120 元
借：本团刘参谋 70 元
借：团后勤王处长 40 元
借：营孙副政教 50 元
…………

梁三喜烈士留下的这张欠账单上，密密麻麻写着十七位同志的名字，欠账总额是六百二十元。

我顿感头皮麻嗖嗖的！眼下，我虽还不知梁三喜为啥欠了这么多的账，但我已悟出，为啥赵蒙生在前面的讲述中，一再讲到梁三喜抽的是黑乎乎的旱烟末,连块手表也没有,用的牙刷只剩“八撮毛”……

赵蒙生叹息了一声,对我说:“三年多来,这血染的欠账单一直像沂蒙山中那古老的碾盘一样,重压在我的心上。每每看到它,我便百感交集。我常常这样想,梁三喜临终前那句没说完的话是:‘这里有我一张欠账单,我欠的账还没偿还,还没偿还啊……”

我们又陷入沉默中。

过了会,我问:“那么,最后战斗是怎样结束的?”

赵蒙生仍在擦泪,没有回答我。

段雨国说:“当时,一串子弹射来之后,我见连长倒在地上,我误认为连长是就地卧倒隐蔽。我抬头一望,见前面岩石上有个黑影,一晃便不见了。我跑过去一看,也没见敌人在哪里。这时,又过来几位战士,我们一齐搜索,才发现岩石右下侧有个洞口。我返回身来想报告连长时,见连长已牺牲在指导员的怀中。我扑上去就哭起来……当我含泪告诉指导员敌人已钻洞,指导员疯了般地站起来,喊着要手榴弹……”

赵蒙生摆手制止段雨国:“算了,算了! 不必讲那些了!”

“实事求是嘛! 总得让如实记录这个故事的作者同志,对这场战斗有个大概的了解。”段雨国接上对我说,“……指导员把十几枚手榴弹捆在一起,谁也拽不住他,他像疯了一样跑到洞口边,一下就钻进洞去。过了会,我们先是听到一阵枪声,接着是闷雷般的巨响。当时大家心想,指导员肯定牺牲了。我们打着手电,一个个钻进洞中,先把指导员抬了出来,见他额角上流着血,臀部也负了伤,他人事不醒了。接着,我们呼啦啦拖出九具敌尸,洞中的九名敌人,全让指导员那捆手榴弹给报销了! ……”

“行了,别塑造我的形象了!”赵蒙生内疚地说,“比比梁三喜、靳开来、战士‘北京’、司号员小金,我算个啥! 我不过是让军长和战友们骂上战场的懦夫而已! 如果说我还没有愧为炎黄子孙,那是烈士们用热血净化了我的灵魂。”停了停，他望着我，“不过，使我的心灵受到更大更剧烈震动的事情，还不是在战场上，而是在打完仗之后发生的。那石头人听了也会为之动情的故事，我当时万万没有想到，你现在也绝对猜不到。那么，让我给您继续讲下去吧——”

十

我们九连就打了这一仗。

当我抱着手榴弹闯进敌洞时，洞内漆黑啥也看不见。我贴着洞壁朝前摸，摸进十几米，才听见里面有动静。敌人显然也听到我进来了，射来一串子弹，却没有打中我。我便将一捆手榴弹拉了弦，扔了过去。之后，我就啥也不知道了。

后来，是代理副连长带领大家，像掏老鼠洞一样又掏了两个敌洞，又炸死了十三个敌人，战斗便胜利结束了。

我是被自己甩出去的那捆手榴弹炸晕的，伤得并不重。这时，我们营的七连奉命赶到364高地，接替了我们九连。

我先是被送到师战地医院，接着又转到国内。十几天后，我的伤就痊愈了。

整个部队班师回国，凯旋门前是人海鲜花，颂歌盈耳；庆功宴上是玉液琼浆，醇香扑鼻。当活下来的我重新体味生活的美好和芳香时，一想起连里殉国的英烈们，心情便分外沉重。

部队展开了评功活动。军里决定报请军区，授予我们九连“能攻善守穿插连”的荣誉称号。经过群众评议，我们九连党支部决定报请上级党委，分别授予梁三喜、靳开来、还有不知姓名的战士“北京”战斗英雄称号……

对梁三喜和“北京”同志，团里没有争议。对靳开来，不管我们党支部怎样坚持，却连个三等功也不批！这时，有人竟提议授予我英雄称号，说我在战斗最困难的时刻，第一个只身闯进敌洞炸死九个敌人,称得上什么“模范指导员”!

我被刺眼的镁光灯和接踵来访的记者包围了。

记者们对我好像尤其感兴趣,连我的名字也具有特别的诱惑力。有位记者说我当年出生在沂蒙战场上,现在又在战场上立了功,很值得宣传。他以抢新闻的架势找到我,对我进行单独采访。并说他已想好了一篇通讯的题目:正题是《将门生虎子》,副题——记革命家庭熏陶下成长起来的英雄赵蒙生。他让我围绕着这个题目提供材料。我当即把我参战前后的情况如实给他说了一遍,一下打乱了他的构思。但他仍坚持要宣扬我,并说了一大套理由:什么报道要有针对性啦,用材料要去芜取精啦,因此不需面面俱到,要以正面表扬为主……

我坚决拒绝了他:“要写,就真真实实地写,别做‘客里空’式的文章!”

是的,战争刚刚打罢,烈士尸骨未寒,我怎敢用烈士的鲜血来粉饰打扮自己!

评功活动完结后,接着进行烈士善后工作。我们连在全团是伤亡最大的连队。团里派出专门的工作组,来帮助我们做这项工作。

烈士善后工作进行极为顺利。烈士的亲属们深知亲人是为国捐躯,个个深明大义,没有谁向我们提出过任何超出规定的要求。他们最关心的是亲人怎样牺牲的。我向他们一一讲述烈士的功绩,并把授给烈士的军功章捧献给他们……

但是,当我面对靳开来的妻子和那四岁的小男孩时,我为难了。我向烈士的遗妻和幼子,讲述了副连长怎样带尖刀排为全连开路,怎样炸毁了两个敌碉堡,又怎样坚守无名高地消灭敌人。当然,我省去了副连长带人去搞甘蔗的事,我只说副连长在阵地前找水踩响了地雷……

当靳开来的遗妻抬起泪眼望着我,对这位来自河南禹县一个公社社办棉油厂的合同工,我已无言安慰。所有烈士亲人都有一枚授予烈士的军功章(大部分是三等功),唯独她没有……

我拭泪把我的一等功军功章双手捧给她:“收下吧,这是我们九连授给一等功臣靳开来烈士的勋章!”

这位憨厚淳朴的女合同工,双手接过军功章捧在胸前凝望着。过了会儿,她才把这军功章连同靳开来烈士留下的那张全家福一起包进手帕,小心翼翼地珍藏起来。

她带着那四岁的小男孩,不声不响地离开了连队。

谢天谢地,她并不晓得连队是无权决定给谁立功的(哪怕是记三等功)!我默默祝愿,祝愿那枚军功章能使她在巨恸中获得一丝慰藉,也企望那四岁的孩童在明晓世事之后,能为父辈留给他的军功章而感到自豪!

烈士亲属们都一一返回了。唯独不见梁三喜和“北京”同志的亲属来队。团政治处已给山东省民政部门发了电报和函件,请他们尽快通知梁三喜烈士的亲属来队。战士“北京”的真实姓名,在部队回国后我们通过查找对号,得知他叫薛凯华。参战前一天从兄弟军区火速赶来的那批战斗骨干,团军务股存有一份花名册。当时把他们急匆匆分到各连后,几乎所有的连队都没有来得及登记他们的姓名。因此,全团有好几个连队都出现了烈士牺牲时不知其姓名的事情……

团、师、军三级党委,决定重点宣传梁三喜的英雄事迹。让我们连多方搜集梁三喜烈士的遗物、照片、豪言壮语以及有宣传价值的家信等等,以便送到军区举办的英雄事迹展览会上展出。

当我着手组织这项工作时,确实作难了。

梁三喜的遗物,除了一件一次没穿过的军大衣外,就是两套破旧的军装。团里派人把两套旧军装取走了,因那打着补丁的军装,足能说明烈士生前身先士卒,带领全连摸爬滚打练硬功。团里听说梁三喜有支“八撮毛”的牙刷,又派人来连寻找,因那“八撮毛”的牙刷,足能说明烈士生前崇尚俭朴。然而,很可惜,在那拼死拼活的穿插途中,梁三喜已把牙刷、牙缸全扔在异国的土地上了……

至于照片,我们到处搜集,也没能找到梁三喜生前的留影。最后,我们从师干部科那里,从干部履历表中,才找到一张梁三喜的二吋免冠照。这为画家给烈士画像,提供了唯一的依据……

我是多么悔恨自己啊!我曾身为摄影干事,下连后还带着一架我私人所有的“YASHIKA”照相机,却未能为梁三喜摄下一张照片!

至于梁三喜写下的豪言壮语和信件,我们也一无所获。梁三喜是高中二年级肄业入伍的,按说他应该写下很闪光的文字。但是,我们只找到一本他平时训练用的备课笔记本,全是些军事术语,毫不能展现烈士的思想境界……

参战前后,他在戎马倥偬中为我们留下的,就是那张血染的欠账单!

这天,我把欠账单拿到团政治处,想让团领导们看一下。然而,无独有偶。团政治处的同志告诉我,这样的欠账单并不罕见。在全团牺牲的排、连干部中,有不少烈士欠着账。五连牺牲了四个干部,竟有三个欠账的。这些欠账的烈士,全是清一色从农村入伍的。他们欠账的数额不等,其中,梁三喜欠的账数额最多。

看来,我对从农村入伍的排、连干部以及那些土里土气的士兵们的喜怒哀乐,还是多么不知内情啊!

时间又过去了几天,仍不见梁三喜烈士的母亲及妻子来队。我多次催团政治处打听联系。这天,政治处来电话告诉我,他们已数次给山东省民政部门去过长途电话,查问的结果是:梁三喜烈士的母亲梁大娘、妻子韩玉秀,她们抱着个刚出生三个多月的女孩,起程离家已十多天了。

啊,十多天了?乘汽车、坐火车,再乘汽车……我掰着指头算行程,她们祖孙三代早该赶到连队来了呀!莫不是路上出了啥事?那可就……

我后悔自己工作不细,恨当初为啥不建议团政治处,让连里派人赶往山东沂蒙山，去接她们祖孙三代来连队……

我们连驻地不远有公共汽车停车点，我派人到停车点接了几次没接到，我更是忧心忡忡，日夜不安……

这天中午，师里的丰田牌轿车开进连里。我一看，是妈妈来了！

我忙把妈妈迎进宿舍里，给她倒了杯水："妈……今天刚赶来？"我不知说啥是好。

"咳！坐飞机，乘火车，师里派车在车站接到我，我到师里坐了一会，就来了。"

我与妈妈相对而视，沉默无语。

妈妈比我临下九连回家休假见她时，明显消瘦了。她脸上失去了往常那乐悠悠的神采，眼圈周围有些发乌。

"你……怎么不给妈写信？"

"回国后事情太多。"

"你……你知道妈这些日子是怎样熬过来的呀！"妈妈眼泪汪汪，"妈是从报纸上……看到你们九连……妈才知道你没……"

我无言对答。

"那天晚上，妈要了三个多小时的电话，才……才好不容易要到'雷神爷'。谁知，竟挨了他一顿……臭骂，打那，妈就夜夜做噩梦，一会儿梦见'雷神爷'用手枪指着你，让你去……去炸碉堡，一会儿又梦见你满脸是血，呼唤着妈妈……"妈妈抹着泪，"妈知道在那种时候打电话不应该，可'雷神爷'他……他也太不讲情面了！妈是快往六十岁上数的人了，生来也不是怕死鬼！可妈就你这么一个儿子呀，要死，妈宁愿替你去死！"妈妈伤心地抽泣起来。

我该说啥呀？我没有资格责怪亲爱的妈妈！

妈妈的老家在皖北。早年间外祖父一家一贫如洗，妈妈八岁上就卖给了地主当丫头。一九三八年，国民党政府为躲过日寇南逃，炸开了花园口黄河大堤，造成了豫东、皖北骇人听闻的黄泛，咆哮的洪水使外祖父一家全部丧生。妈妈当时十六岁，她是抱着地主家一只洗衣的木盆,才大难未死！当年秋,她只身流浪到沂蒙山投身革命,后来当过团卫生队的卫生员、护士长、“地下医院”的指导员,师卫生科科长……再后来她随大军打济南,战淮海,长驱南下……妈妈参加过上百次战斗,满满一手帕勋章闪耀着她光辉的历程。她那九死一生的传奇经历,能写一部比砖头还厚的书啊！……

而我,只不过刚刚参加了一次战斗！

我感到心中燥热难挨,便摘下了军帽。

“天！这……这是怎的?”妈妈发现了我额角上的伤疤,“是……是枪伤?”

“不是。是被手榴弹片儿划了一下。”

“天呀！一点点……只差那么一点点就……”妈妈的声音在打抖,“疼,还疼吗?”

我摇了摇头。

望着不时拭泪的妈妈,我心中像打翻了个五味瓶。妈妈是那样宠我,疼我,爱我,到眼下还把我当成小伢儿一般！我也曾为有这样的妈妈,感到无比自豪、幸福、温暖！可眼下,妈妈的一举一动,竟使我有种说不出的滋味。就连戴在妈妈手腕上那块“欧米茄”坤表和那熠熠生辉的表链,过去我觉得那样受看,眼下却觉得有些刺眼了。

“蒙生呀,咱不穿军装往回调啦,省得央这个,求那个!”妈妈擦干泪说,“血,你也为祖国流了,问心,咱也无愧了！边境线上看来还安稳不了,干脆就脱了军装转业吧!”

我摇了摇头。

妈妈吃惊地望着我:“怎么?你……”

“……”我不知该如何回答妈妈。

此时,我只是觉得:母爱是神圣的,也是自私的!

十一

我妈妈来队的第二天傍晚。

我正和妈妈一起在宿舍里吃晚饭,段雨国急匆匆地闯进来:“指导员,快,连长的一家来队了!”

我扔下碗筷,赶忙跟着段雨国来到接待烈士亲属住的房子里。

战士们正你出他进地忙乎着。见我进来,梁大娘和韩玉秀站了起来。床上睡着那刚出生三个多月的女娃。

段雨国对梁大娘说:“大娘,这是我们指导员!”

老人直朝我点头:“唔,唔。让你们操心了……”

梁大娘看上去年近七十岁了。穿一身自织自染的土布衣裳,褂子上几处打着补丁。老人高高的个,背驼了,鬓发完全苍白,面孔干瘦瘦的,前额、眼角、鼻翼,全镶满了密麻麻的皱纹。像是曾患过眼疾,老人的眼角红红的,眼窝深深塌陷,流露出善良、衰弱、接近迟钝的柔光,里面像藏着许多苦涩的东西。如果是在别的地方偶然遇上,我怎会相信这就是连长的母亲啊!

我连忙双手扶着老人:“大娘,您快坐下吧。”

我把大娘扶到床沿坐下,转脸对韩玉秀:“小韩,您也坐下。”

玉秀刚坐下,床上的孩子醒了,哇哇直哭。玉秀忙转过身去给孩子喂奶,轻声哄着啥事还不知的孩子:“盼盼,好闺女,莫哭,莫哭……”

“大娘,听说你们上路十几天了。怎么才到……”

没待我说完,段雨国贴着我的耳根告诉我,大娘她们下了火车,是步行赶来连队的!

“啥?!”我心里打了个寒噤。

从火车站到连队驻地一百六十多华里,难道这祖孙三代是翻山越岭,一步一步挪来的?这时,我发现大娘和玉秀的鞋上、裤角上全沾满了南国殷红色的泥巴。昨天刚落过一场雨,路该是多难走哇!

段雨国对梁大娘说:“大娘,下了火车站不远就是汽车站,汽车能直接开到我们连的山脚下。怎么?你们没打听着有长途汽车站!”

玉秀小声说:“打听着了。”

大娘接过话:“庄稼人走点路,不碍事。”

“你们在路上走了几天呀?”段雨国又问。

“四天带一过晌。”玉秀边给孩子喂奶边说,“要不是老打听路,走得兴许还快些。”

我忙给段雨国递个眼色,不让他再问了。

在邀请烈士亲属来队时,团里已寄去了足够用的路费。这祖孙三代下了火车步行而来,是将路费用在别的事上了,还是为了省出几块钱?!梁三喜留下的那六百二十元的欠账单,足以使我晓得梁大娘一家的日子过得该是有多难……

炊事班长带着几个战士,端着刚出锅的面条和四碟儿菜走进来。他们把面条盛进碗里,让大娘和玉秀坐到桌前吃饭。

这时,大娘从床上摸过一个包干粮的包袱。包袱是用做蚊帐用的那种纱布缝的,沾满了旅途上的尘埃。大娘解开快空了的包袱,我一看,里面包着的是些黑乎乎的碎片儿,还有几个咸萝卜头。大娘用手抓着那些碎片儿,朝面条碗里放……

炊事班长上前抓住大娘的手:“大娘!别吃这烂瓜干做的煎饼了!瞧,都挤成碎渣渣了……”

“带在路上吃没吃完。孩子,吃了不疼撒了疼,用汤泡泡还能吃。”大娘说着,又把那煎饼渣儿往碗里捧……

我眼里湿了。此时,只有此时,我才真正明白,梁三喜生前为啥因我扔掉那一个半馒头而大动肝火啊!

…………

大娘和玉秀安歇后,我打电话报告团政治处值班室,说梁三喜烈士一家已来到连队。

接电话的是搞报道的高干事。他告诉我，一个月前，团政治处已给梁大娘和韩玉秀去过两次信，让她们来队时一定带上梁三喜生前的照片和写的家信。高干事让我务必抓紧时间问一问照片和家信带来了没有。因为军区举办的“英雄事迹展览会”即将开馆展出，梁三喜烈士的照片和遗物都太少，军、师政治部已多次来电话催问此事……

次日早饭后，我又去看望大娘和玉秀。

屋内已坐着几位战士和几位班、排长。玉秀去年（一九七八年）三月间曾来过连队，他们跟她早就认识。

玉秀显得很是年轻，中上等的个儿，身段很匀称。脸面的确跟靳开来生前说的一样，酷似在《霓虹灯下的哨兵》中扮演春妮的陶玉玲。秀长的眉眼，细白的面皮，要不是挂着哀思和泪痕的话，她一定会给人留下一种特别温柔和恬静的印象。她上身穿件月白布褂，下身是青黑色的布裤，褂边和裤角都用白线镶起边儿，鞋上还裱了两绺白布（后来我才知道，她是按古老的沂蒙风俗，为丈夫服重孝）……

见我进屋，她站起来点了点头，脸上闪出一丝笑容，算是打招呼。然而，那丝儿笑就像在暴风雨中开放的鲜花一样，转眼便枯萎了，凋谢了，令人格外伤感。

大家都默默地抽烟，好像都不知该对烈士的老母和遗妻说啥才好。

昨天晚上，我已对全连讲过，关于梁三喜留下“欠账单”的事，谁要是有意无意地透露给烈士亲属知道，没二话，都要受处分！大家含泪拥护我定的“土法令”……

此时，我琢磨着该怎样把话题引出来。我想应该先向大娘和玉秀介绍连长在战场上的英雄壮举，然后再问及照片和家信的事。但一看见床上躺着的那才三个多月的女娃和低头不语的玉秀，我的心就隐隐绞痛。

如果不是我下到九连搞“曲线调动”，上级派别的指导员来九连的话,梁三喜怎会休不成假啊! 那样即使他在战场上牺牲了,他与妻子不也能最后见一面吗? 再说,战场上梁三喜如果不是为了救我,他也不会……

"秀哪,队伍上不是打信说要三喜的照片啥的。"大娘对玉秀说,"你还不赶紧找出来。"

玉秀忙站起身,从床上拿过个蓝底上印着白点点的布包袱,从衣服里面找出半截旧信封递给我:"指导员,别的没有啥。他就留下过这两张照片。一张是他五岁那年照的,一张是他参军后照的。"

我接过半截信封,先摸出一张照片,一看是梁三喜的二吋免冠照,这和从他的干部履历表中找到的照片,无疑是一个底版。

当我取出第二张照片看时,那变得发黄的照片使我一怔:照片上有位三十五六岁的农家妇女,墨黑的头发,绾着发髻,慈祥的笑脸,健康丰满。在她的怀前,偎依着两个一般大的小男孩。照片上方有行字:

大猫小猫和母亲合影留念　1953 年 5 月于上海

"啊!"我像触了电一样惊叫一声。这照片我不也有一张吗? 就夹在我上高小时用的那本相册里……

我脑子嗡嗡响,转身对着梁大娘:"大娘,这照片上……"

大娘探过身来,用手指着照片:"这边这个孩子叫大猫,就是俺那三喜。那边那个孩子叫小猫,是队伍上的孩子。这照片,是大娘俺有一年到上海去送小猫时,抱着两个孩子照的……"

霎时,我觉得眼前一阵发黑,周身像处在飘悠悠的云端里! 啊,命运之神,你安排过芸芸众生多少幕悲欢离合啊……

在我十几岁之前,妈妈不止一次对我讲过:那是一九四七年夏,国民党向山东沂蒙山区发动了重点进攻。孟良崮战役之后,为彻底粉碎敌人的进攻,我主力部队外线出击去了。

这时，我出生了。妈妈生下我第三天，她患了“摆子病”（沂蒙土话：即疟疾），一点奶水也没有。我饿得哇哇直哭。地方政府派人把妈妈和我送到蒙山①脚下的一个山村里。村中有位妇救会长，是当时鲁中军区的“支前模范”。她也生了个小男孩，那男孩比我大十天。就这样，那位妇救会长用两个奶头喂着两个孩子。为躲过还乡团的搜查，她把她的孩子取名大猫，叫我是小猫，说大猫小猫是她生的一对双胞胎……

妈妈也曾多次对我说过，那妇救会长待人可好啦，有奶水先尽我这小猫咂，宁肯让大猫饿得哭。妈妈在那妇救会长家中过了满月，治好了“摆子病”，接着又随军南下了……

直到我将近五岁时，那妇救会长才把我送到上海，送到爸妈身旁。当那妇救会长带着大猫悄悄走了之后，有十几天的时间，我天天哭着找娘，哭着找大猫哥哥……

“指导员，你……”

“指导员，你怎么啦？”

恍惚中，我听见战友们在喊叫我。

“大娘！”我呐喊了一声，扑进了梁大娘怀中。

大娘轻轻推开我：“孩子，你……你这是咋啦？”

“大娘，我……我就是那个小猫！”

“啥？！”大娘一下放开我，用手擦擦红红的眼角，望望我，摇了摇头，“不，不会……吧。”

“是！大娘，我真是那个小猫！”我哭喊着。

“你……你真格是当年赵司令的孩子？”

“嗯。打孟良崮时，他是纵队司令员。”

“你妈胜吴？叫……”

“嗯。她名叫吴爽。”

---

① 沂蒙山是由沂山和蒙山两道纵横几百里的山脉组成的。

大娘又愣了会儿,当我又伏进她怀中时,她用手抚摸着我的头,喃喃地说:“梦,这不是梦吧……”

我伏在梁大娘怀中,心潮翻涌:啊,梁大娘,养育我成人的母亲!啊,梁三喜,我的大猫哥!我们原本都不是什么龙身玉体,我们原本分不出高低贫贱!我们是吃一个娘的奶水长大的,本是同根生啊!……

十二

这意外的重逢,使我的心灵受到多么剧烈的震动,是可想而知的。

当我拿着那颜色变得发黄的照片让妈妈看时,她也蓦然惊呆了。

妈妈让我领她来到梁大娘一家住的房子里。

梁大娘慢慢站起来,和妈妈对望着。显然,她俩谁也很难认出谁了!

一九五二年五月,当梁大娘把我送交爸妈身边后,头几年我们两家还常有书信往来,逢年过节,妈妈总忘不了给梁大娘家寄些钱。我家也常常收到梁大娘从沂蒙山寄来的红枣、核桃、花生等土特产。后来,妈妈给梁大娘家写信逐年减少。十年动乱开始后,更是世态炎凉,人情如纸,两家从此便音讯杳然,互不来往了……

“梁嫂,您……”颇具“外交才华”的妈妈,此刻竟笨口结舌了。

“老吴,果真是老吴不成?”梁大娘满脸皱纹绽出了笑容,“当年,你管俺叫梁嫂,让俺喊你爽妹子,是吧?”

“是。”妈妈应着。

“老吴!”梁大娘上前挪动了两步,用枣树皮般的双手,激动地抚摸着我妈妈的两只膀臂,“前些年那么乱腾,你能好胳臂好腿地活过来,不易哪!那帮奸臣,天打五雷轰的奸臣,可把你们整苦了哇……”

妈妈无言以对。

梁大娘上下打量着我妈妈："一晃眼快三十年没见了。嗯，你没显老，没显老呀。赵司令(她称的是我爸爸当年的职务)，他也好吧？"

"嗯。好。"妈妈点头应着。往常，每当别人说起爸爸挨斗的事，妈妈可总是滔滔不绝呀。

"只要你和老赵都好，俺和村里人也就放心啦。"梁大娘叹口气，"咳！刚乱腾那阵，有人到俺那里调查你和老赵，问你们是不是投过敌，俺当场就没给他们好颜色！沂蒙山人嘴是笨些，可不会昧着良心说话呀。在俺那一块，谁不知你和赵司令！好人，你们是天底下难寻的好人啊。打天下那阵，你们流过多少血哪……唉……唉……"梁大娘撩起衣襟俺擦了擦眼睛。

"梁嫂……您，坐下吧。"妈妈扶着梁大娘坐下。

我和玉秀也坐了下来。

此时，我看出妈妈的神情是极其复杂的，梁大娘对我们越是无怨言，我和妈妈越觉得不是味。

妈妈望着梁大娘："梁嫂，您一家也都……"

"这不，俺一家子都来了。"梁大娘心平气静地说，"这坐着的是儿媳妇玉秀，那睡着的是孙女盼盼。"

沉默。

"咳——"梁大娘长叹一声，对我妈妈说，"俺那老大你没见过他，可你知道他。他小名叫铁蛋，当儿童团长时起大号叫大喜。大喜八岁就给咱八路跑交通，十二岁叫汉奸抓了去……"

梁大娘不朝下说了。

这时，我想起童年时，妈妈曾给我绘声绘色地讲述过那铁蛋送信的故事。

铁蛋八岁就当小交通员，送过上百次信，没出一次差错，老交通和首长们常夸铁蛋机灵。铁蛋十二岁那年，一次送情报让汉奸发现了。当铁蛋把纸条儿搓成团吞进肚里时，让汉奸抓住了。鬼子逼铁蛋的口供，汉奸用锤子把铁蛋满口的牙一个个全敲掉了，铁蛋没吐一点风声。鬼子把刺刀戳在铁蛋的鼻尖上,说再不开口就挑死他。铁蛋啥也没说,被鬼子用刺刀活活地挑死了……

啊,沂蒙山的母亲!你不仅用小米和乳汁养育了革命,你还把自己的亲骨肉一个个交给了民族,交给了国家,交给了战争啊!

半晌,妈妈又问梁大娘:"梁嫂,您不是还有个比蒙生他们大两岁的儿子,叫……叫栓……"

"你说俺那栓牢呀,他大号叫二喜。"梁大娘转脸对玉秀,"秀儿,二喜他是哪一年没的?"

"一九六七年'反逆流'的时候,二喜哥他……"

"这流那流俺说不上来,反正是那年夏天。那阵沂蒙山中老虎拉碾,一下子乱了套!老干部一个个都挨批挨斗,越是庄户人觉得好的老干部,越是没个好。你要不跟他们去反啥流,他们就把你往死里揳!庄户人看不过,便护着老干部,成群结队地沿着沂河往南奔,躲进了大南边的马陵山[①]……

"一天深夜,当年在俺家住过的张县长躲进俺家来了。家里哪能藏住他,二喜便护着他连夜走了。他俩白天藏,夜里赶,一块上了马陵山……

"没多久,从济南府用大卡车拉来了'棒子队',说是要剿灭'上了马陵山的土匪'。那'棒子队'多的看不到头,望不见尾。那架势,比蒋该死当年重点打咱沂蒙山半点也不差,甩了手榴弹,动了机关枪,也放了大炮。二喜是让人家用炮打死的。听说那一炮就打死了十多个庄稼汉,就地挖坑埋了。到现今,连二喜的尸首也不知埋在哪里……

"唉,不细说了。过去了,这些都过去了。唉……"

也许梁大娘的眼泪在早年间已经流尽,也许是因二喜的惨死已时隔十余年,老人轻声慢语讲这些事时,毫不像诉说她自己的命运,

---

① 马陵山位于鲁南和苏北交界处。

而像在讲述古老的《天方夜谭》。

妈妈用手帕擦了擦泪汪汪的眼。过了会，她声音发颤地对梁大娘说：“难道梁大哥他，他也是在……动乱中……”

“你说三喜他爹呀。他是在杀树挖坑那一年……”

玉秀轻声打断婆婆的话：“是‘批林批孔’，不是杀树挖坑。”

“不管是咋说法，反正是‘割尾巴’杀枣树那年春天，三喜他爹才得的气臌症。”梁大娘转脸对我妈妈说，“老吴，蒙生离开俺枣花峪时还小，记不得事。你知道俺枣花峪为啥叫枣花峪，就是仗着枣树多呀。光村南半山坡上那片枣林子，就有两千三百多棵枣树呀。每逢枣花开时，喘口气都是香喷喷的。那片枣林子是俺村的命根子，当家的打油买盐指望它，大闺女小媳妇扯块花布也指望它呀……

“老吴，你知道，俺家三喜他爹推着小车往淮海运军粮时，腿上挨过蒋该死的炮弹片儿。办初级社后，他别的重活干不了，就一直在村南半山坡上看枣林子。那片枣林子，大炼钢铁时被伐了一些炼了铁，但还没有挖坑刨根。后来又栽上了枣苗，那片枣林子越长越喜人了……

“可到了杀树挖坑那年，上面派来了‘割尾巴’小分队，硬逼着俺们伐了枣树修大寨田。眼看着枣树一棵棵被伐倒，三喜他爹心疼地趴在地上嗷嗷大哭。山上有棵最老的枣树，是蒋匪军当年上山伐木修工事时漏下的，村里人都叫它‘老头树’。三喜他爹搂着那棵‘老头树’，说啥也不让人家伐，说他宁可跟‘老头树’一块遭斧头。结果，人家一脚把他蹬了个大轱辘子，他滚到一边就爬不起来了。他当场气晕了……

“左邻右舍用门板把他抬回家，打那他就得了气臌症。天天躺在炕上，‘噗——噗——’，一口一口，不停地朝外倒气……

“转年夏天，一场大雷暴雨下来，全村老少修了一年的那大寨田，被大雨冲了个溜溜光。泥土全随着雨水流进了沂河，别说再回过头来栽枣树，山坡上连棵草也不爱长了……

“这事,村里人谁也没敢告诉三喜他爹。他躺在炕上一个劲地倒气。他一病就是两年多,可把在队伍上的三喜拽拉苦了。三喜一心想把他爹的病治好,一次次邮钱来,让我给他爹去抓药。那阵,三喜跟玉秀还没成亲,可多亏了玉秀忙里忙外地跑呀。洋药吃了又吃中药,熬了多少中药,玉秀最清楚不过了。到头来,钱花够了,三喜他爹也咽了气……”

啊,直到眼下,我才明白,梁三喜为啥会留下那六百二十元血染的欠账单!

停了会,梁大娘对我妈妈说:“三喜他爹临死那阵还叨念,说杀枣树那当口,如果赵司令在就好了。按赵司令那脾气,准会给那帮人一顿匣子枪不可。”

我和妈妈都没做声。即使我爸爸当时在场,他又有啥法子呢?我清楚,这些年来,我爸爸也说过不少违心话,办过不少违心事啊!他当年那带棱角的“脾气”,早已在“大风大浪”中磨平了。像雷军长那样一次次敢“甩帽”的战将,毕竟是少见的啊!

“老吴,一见面,俺不该给你提这些陈芝麻烂谷子的事,让你听了也伤心。”梁大娘望着我妈妈,“好啦,现在好啦!听说是毛主席过世时留下话要抓奸臣,托他老人家的洪福,共产党总算把奸臣抓起来了,一个个都抓起来了!往后,庄户人又有盼头,有盼头啦!”

这时,睡着的盼盼醒了,哭了起来。

玉秀忙起身把盼盼抱在怀里,给盼盼喂奶,盼盼仍不停地哭。

妈妈忙站起来:“怎啦,别是孩子生病吧?”

“不是生病。”玉秀说着,用手轻轻掂打着怀中的盼盼,“好闺女,莫哭,莫哭……”

梁大娘说:“是缺奶水。玉秀刚出满月,就听到了三喜的事。打那,奶水就不够孩子吃了。”

…………

妈妈和梁大娘一家见面后,又看了梁三喜留下的欠账单,她难受得直掉泪。让我脱军装转业的事，她再没提起过。

对梁大娘一家，我和妈妈商量该怎样帮助她们。妈妈这次来，身上没带几个钱，因我一直想调回去，手头上也没有存款。

这天下午，炊事班长要到团后勤跟卡车进城拉菜，我便将我的"YASHIKA"照相机交给他，让他想法到委托商店里卖掉。我还让他以连队的名义先从团后勤借一千元现金，我有急用。

妈妈一再嘱咐炊事班长："呃，别忘了，买十袋奶粉，买四瓶橘子汁，再买个奶锅、奶瓶。"……

新建的烈士陵园就在我们九连驻地的山腰间。梁大娘一家来队的第三天上午，我和连里的同志们，陪梁大娘祖孙三代去瞻仰了梁三喜烈士的墓。她们婆媳俩像所有的烈士亲属来队时一样，只是默默地站在亲人的墓前，没有当着我们的面流一滴眼泪。所不同的是，梁大娘和怀抱着盼盼的玉秀，像举行仪式那样，围着梁三喜的坟，左转了七圈，右转了七圈。后来，我才明白，那是她们按沂蒙山古老的祭俗，给亲人"圆坟"……

两天后，炊事班长回来了。他把从团后勤借来的一千元现金和买来的奶粉等物全交给了我。加上手头上还有的一点钱，我留出六百二十元准备为梁三喜烈士还账，又凑够五百元，准备交给梁大娘。

我和妈妈又来到梁大娘一家住的屋子里。

妈妈拿过一袋奶粉拆开，给玉秀讲着奶粉和水的比例应是多少。然后，她往奶锅里倒一点奶粉，开始调制。弄好后，她将奶装进奶瓶，试了试冷热是否合适，便抱起盼盼，给盼盼喂奶。

盼盼大口大口地咂着……

梁大娘站在旁边，乐了："在家时听他们年轻人说城里有这玩意儿，俺还不信哩。啧啧，这玩意儿是好……啧啧，人可真有本事，造的那奶头跟真的一样……啧啧，是好，是好……"

不大会儿，盼盼便咂饱了。妈妈把盼盼放在床上。盼盼睁着乌亮亮的眼睛望着我们，咧开小嘴，甜甜地笑了……

梁大娘更乐了,转脸对玉秀:“秀哪,这下可不愁了,不愁了!”

此时,梁大娘愈是高兴,我愈是心酸。毋庸讳言,现代文明离梁大娘她们,还是何等遥远啊!

过了会儿,我把那五百元钱拿出来,放在大娘面前:“大娘,这点钱,请您收下。”

“孩子,这……这可使不得!”梁大娘用那枣树皮样的手拿起钱,“使不得,这可使不得!”她硬是把钱塞回我的口袋里。

我三次把钱掏出,梁大娘十分执拗地又三次把钱塞还给我。

“梁嫂……”妈妈伤心地说,“您如果……还看得起我和蒙生,您就……把钱收下吧!”

“老吴呀,这你可就把话说远了!”梁大娘忙说,“你给盼盼买来了这么多奶粉,这就帮了俺的大忙了,哪好再花你们的钱。庄户人过日子好说,俺手头上还行,还行,不缺钱。”

当我和妈妈离开这屋时,我又把那五百元钱放在了床上。

玉秀火急地追出屋来:“指导员,不行,这可不行。不但俺婆婆不依,俺也不能收。快,您拿着……真的,俺还有钱,有钱。”

我回到自己的屋里,有种说不出的难受。

妈妈讷讷自语:“山里人,山里人的脾气哪……”

啊,山里人!难道我们不都是从山沟沟里出来的吗?我们的军队,是在山沟里成长壮大;人民的政权,是从山沟里走进高楼。山沟里养育出我们的一切啊!

前些年我曾一度把拜金主义当作圣经。此时,我才深深感到,人世间总还有比金钱和权势更珍贵的东西,值得我加倍去珍爱,孜孜去追求。

极度内疚中,我看了看另外那准备为梁三喜还账的六百二十元,我心中掠过一丝儿慰藉。然而,这慰藉很快又变为更难言状的悔恨。

是的,梁三喜烈士欠下的钱,我有财力悄悄替他偿还。可我和妈妈欠沂蒙山人民的感情之债,则是任何金钱珠宝所不能偿还的呀!

十三

这天下午,高干事骑着自行车来到连里。

一见面,他车子还没放稳,就很激动地对我说:"大有文章可做,大有文章可做呀!"

丈二和尚摸不着头脑,我不知他为何如此兴奋。

"战士'北京'的亲属找到了!"

"在哪里?"我急问,"薛凯华的亲属来队了?"

"你先猜猜,我们的英雄战士'北京',也就是薛凯华烈士……"高干事非常神秘地望着我,"你猜他的爸爸是谁?"

我摇头不知。

"雷军长!薛凯华是雷军长的儿子!"

"啊!!"我大为震惊。过了会,我有些不解地问:"凯华咋姓薛?"

"军长的老伴姓薛呀,凯华是姓母亲的姓!"高干事滔滔不绝地说,"我听军里一位干事说,军长有四个女儿,只有凯华一个儿子。军长的大女儿和凯华姓薛,另外三个女儿姓雷。军长的大女儿姓薛,是因为战争年代,军长的家乡曾多次遭敌人的血腥屠杀,凡是军属都在劫难逃,所以他的大女儿便随了外祖父家的姓氏。至于凯华为啥姓薛,听说是因为军长对他唯一的儿子管教极严,当儿子上学取大名时,军长问儿子是喜欢爸爸还是喜欢妈妈,儿子毫不含糊地说喜欢妈妈。军长哈哈大笑了一阵,说:'那好,像你大姐一样,你也跟你妈姓吧!'于是,便给儿子取名薛凯华……"说到这,高干事突然问我,"呃,军长到你们连来了。怎么,你还没见到他?"

"没有。"

"这就怪了。"高干事愣了会儿,"军长乘吉普车先到的团里,他离开团时说要到你们九连来,我是跟在他的吉普车后头,一个劲地蹬车赶来的!"

我一听,忙和高干事走出屋,围着营区转了一圈,既没见有吉普车,也没见军长的影子。

回到连部,高干事这才顾上蘸湿了毛巾,擦了擦满脸的汗。

"听说军长早就得知凯华牺牲了,但直到眼下,他还没把儿子牺牲的消息写信告诉老伴。"稍停,高干事接着对我说,"凯华同志留下了一纸遗书,遗书是师里烈士收容队在埋葬他的遗体时,从他的上衣口袋里发现的。因遗书上署名只有'凯华'两字,当时谁也没想到他是军长的儿子。遗书原件现已在军长手里,这里有师宣传科的打印件。"说着,高干事拉开采访用的小皮夹,把一纸遗书递给我,"你看看吧,一纸遗书才华横溢,内涵相当深,相当深!"

我接过薛凯华的遗书,急切地读下去。

亲爱的爸爸:

我从北京部队赶赴前线,与您匆匆一见,未及细述。儿知道,爸爸战前的时间,可谓分秒千金也。

遵爸爸所嘱,我已来到这担任穿插任务的九连。等待我们九连的将是一场啥样的恶仗,现在不管对您还是对我们九连来说,都还是个"×"。

去年冬,爸爸在《军事学术》上读到我写的两篇千字短文,来信对我倍加鼓励,并夸我有可能是个将才。不,亲爱的爸爸,您的凯华不瞒您说,我不但想当未来的将军,更想成为未来的元帅!

嗬,您二十一岁的凯华口气多大呀!不管此乃"野心"也罢,雄心也好,反正我极推崇闻名世界的这一兵家格言:"不想成为将军的士兵不是好士兵。"诚然,绝非所有的士兵都能成为将军和元帅的。举目当今世界,眼花缭乱的现代物质文明,对我们这一代骄子有何等的诱惑力呀!但是,我的信条是:花前月下没有将军的摇篮,卿卿我我中产生不出元帅的气质;恋栈北京的士兵，则不可能成为未来的元帅！未来的元帅应出自深悉士兵含义的士兵，应来自血与火的战场上！基于此种认识，我才请求离开京都，奔赴前线，来做一场“未来元帅之梦”。

亲爱的爸爸，您去年推荐我读的几部外国军事论著，我大都早已读过。爸爸年已五十有七，尚能潜心研究外军，儿感到可钦可佩。爸爸在写给我的信中云：“一介武夫，是不可能胜任未来战争的！”此语出自爸爸笔下，儿感到尤为振奋！有人把军人视为头脑最简单的人，错了，大错特错了！且不说张翼德的丈八蛇矛和关云长的青龙偃月刀，即使小米加步枪的时代也一去不返了！现代科学技术日新月异，世界列强又把科学尖端首先运用于军事。小小地球，日行八万里，转速何等惊人！现代战争，向我们的元帅和士兵，提出了多少全新的课题！如果我们的双脚虽已踏上波音747的舷梯，但大脑却安睡在当年的战马背上，那是多么危险呀！前些年儒家多遭劫难，但我却企望，我们的元帅和将军，个个都能集虎将之雄风和儒家之文采于一身！

亲爱的爸爸，写到这里，我不能不对我的父辈们怀有隐隐怜心。当新中国的礼炮鸣响之时，你们正值中年，如果从那时，你们便以攻克敌堡的精神去攻占军事科学高峰，那么，现在的你们则完全会是另一番风采！然而，一场场政治运动的角逐，一次次“大风大浪”的漩涡，既卷走了你们宝贵的年华，也冲走了中华民族多少物质的和精神的财富啊！更有甚者，有人乱中谋私利，把人民交付的权力当作美酒啜饮，那就更令人可悲可叹了！

爸爸，我知道，用牢骚去对待昨天是无济于事的。那么，让你们老一代带领我们新一代，赶紧去抢救明天吧！

亲爱的爸爸，马上就要集合了，您戎马生涯大半生，打仗意味着什么，毋庸儿赘言。如果战场上我作为一名士兵而献身，当然不需举国为我这“未来的元帅”举行葬礼。不过，能头枕祖国的巍巍青山，身盖南疆殷红的泥土，我虽死而无憾，也无愧于华夏之后代,黄帝之子孙了。

此次战争胜券稳操,凯旋指日可待。

祝爸爸健康长寿!

您的爱子:凯华敬上

1979 年 2 月 16 日下午四时

爸爸,参战前连里包的“三鲜”水饺,眼下尚未出锅,容我再赘几笔:假如我在战斗中牺牲,望爸爸缓一些日子再把我牺牲的消息告诉我最亲爱的妈妈。如果说爸爸那种“棍棒底下出孝子”的严厉父爱不会使儿沦为纨绔子弟的话,那么,妈妈的拳拳慈母之情,则更使儿倍觉人间的温暖。此时,一想起妈妈,儿就泪溅信笺。在爸爸蒙难之时,是妈妈带我闯过了生活的险关驿站!妈妈的心脏不太好,她实在承受不了更多的压力了。

另:妈妈曾多次让我改为父姓,一旦我牺牲,儿愿遵从母命。望爸爸转告组织。

再:当爸爸站在我墓前的时候,我望爸爸切莫为儿脱帽哀悼,只要爸爸对着儿的墓默默望几眼,儿则足矣!这是因为,爸爸脱帽容易使儿想起爸爸“甩帽”。“十年”中,爸爸每次“甩帽”都横遭大祸!儿在九泉之下,祝愿爸爸永远发扬“甩帽”精神,但儿却惧怕那常常惹爸爸“甩帽”的年月会卷土重来!不过,谁要再想给中华民族酝酿悲剧,历史已不答应,十亿人民也绝不会答应。看来,我的担心又是多余的。

儿:凯华又及

一纸遗书,令我荡气回肠!

“赵指导员,你……”高干事见我热泪滴滴,有些不解。

我并非感情脆弱,我在战场上目睹了凯华的大智大勇,此时捧读他的遗书所产生的激动,是局外人压根不能体味的呀!

屋外传来吉普车响。我和高干事出屋一看,正是军长坐的吉普车,却不见军长在车中。司机告诉我们,军长从团里又到了营里看了看,他现在已到烈士陵园去了,一会儿就到连里来。

我和高干事沿着新修起的路,直奔山腰间新建的烈士陵园。

只见军长站在写有"薛凯华烈士之基"的石碑前,默默为薛凯华致哀。许是遵照儿子的遗言,他没有脱帽。过了会儿,他后退一步,庄重地抬起右手,为长眠的儿子致军礼。良久,他才把右手缓缓垂下……

我和高干事轻轻走过去,只见军长老泪横流,大滴大滴的泪珠洒落在他的胸前……

"遵照凯华的遗愿,你们给团政治处写份报告,把凯华的姓……改过来吧。"军长声音嘶哑地对我说,"另外,我拜托你们,给凯华换一块墓碑,把'薛'字改为'雷'字……"

我擦了擦泪眼,连连点头应着。

这时,高干事打开照相机,要为军长在烈士墓前拍照,被军长挥手制止了。

"你,是团里的报道干事?"

"是!"高干事立正回答。

"宣传凯华一定要实事求是。"

"是。"

"不要在凯华改随父姓这事上做文章,报道中还是称他为薛凯华。"

"是。"

"凯华就是凯华,文章中不要出现我的名字。半点都不要借凯华来吹捧我。"

"是。"

"关于九连副连长靳开来没有立功的问题,请你给我搞份调查报告。"

“是。”

“十天之内寄给我。”

“是。”

“战场上,靳开来打得不错嘛。”

“是。”

“你俩先回去吧,”军长对我和高干事说,“我在这里再停一会儿……”

我和高干事离开了烈士陵园。当我俩走十几步回头望时,只见军长低头蹲在凯华的墓前,一手按着石碑,周身瑟瑟颤抖。当我们转身朝山下走时,隐隐约约听见军长在抽泣……

十四

我把凯华是军长之子的事告诉了妈妈,妈妈先是愕然,后是叹息,半晌没说一句话。

我从妈妈住的屋里走出来,站在营区外的路旁等候军长。不大会儿,军长从山上下来了。

军长先看望了梁大娘一家,才来到连部坐下。他让我向他汇报了梁大娘一家的遭遇,并看了梁三喜留下的欠账单。他指示让我抽空多跟梁大娘和韩玉秀唠唠家常,连里要尽量帮助梁大娘一家解决些具体困难,有些长期需要解决的问题,可通过部队组织反映给地方政府……

开晚饭时,军长亲自去把梁大娘一家请到连部里,陪着梁大娘一家吃饭。军长让我喊我妈妈一块来就餐,但妈妈推说她身体不舒服,没来……

吃过饭,军长让我带他到我妈妈住的屋里。

“吴大姐,大驾光临,有失远迎呀!”军长进门便嚷道,“不过,我知道你吴大姐是有意躲开我!”

半倚在床上的妈妈忙坐起来，朝军长点了点头。

“我这次到九连来，一是想在凯华的墓前站站，但主要还是想见见你这吴大姐！不过，有言在先，我老雷可不是来负荆请罪的！”军长说罢，坐了下来。

妈妈尴尬无语。

“吴大姐，老实对你说，我老雷早有思想准备。准备打完仗后，你哭着来跟我算账，跟我来要儿子！”军长点起一支烟，重重地抽了一口，“蒙生虽没死在战场上，但也是九死一生嘛！”

“老雷，您别……”

“不。你听我把话说完。不错，我在电话上臭骂了你一通，我那是忍无可忍！你可以恨我‘雷神爷’不近人情，但我老雷至今不悔！吴大姐哪，你的胆量可真不小呀！你出面打电话，你为啥不让我那指挥千军万马的老首长跟我打交道？他可以给我下指示，让我执行嘛！但是，我谅他不会，也谅他不敢！那种时候，你竟敢占用我前沿指挥所的电话，托我办那种事，你……你，你就没想想其中的利害关系吗？！”军长激动地用手指“咚咚”敲打着桌面，压了压火，他接上说，“要是时间后退三十几年，如果我‘雷神爷’托你大姐办那种军人最忌讳的事，你会咋办？骂我一通，扇我两耳刮子，那是轻的！给我一粒枪子，算我活该！当年是个啥样情景？‘妻子送郎上战场，母亲送儿打东洋’啊！那首歌，还是你吴大姐一句一拍教我唱会的，唱得热血沸腾啊！”

“老雷，您别说了……”妈妈啜泣起来。

“不。我今晚的话多着呢！你这次来，我满足你的要求。我老雷没有忘记我当年说过的话：有恩不报非君子！没有你吴大姐把我从死尸堆里背出来，我‘雷神爷’能活到今天当军长吗？！”军长一下拧死烟蒂，站了起来，“行呀！只要蒙生本人也同意，你这遭来可以把他领回去！穿着军装回去可以，脱掉军装回去也行！我老雷办事图干脆，这次，我签字！我画圈！”

“老雷……”妈妈哭出声来了。

“但是,签字画圈之后,我的吴大姐呀,我老雷得让你扪心问一问!那么办了,是报你的恩呢,还是把你往泥坑里推呢?那么办了,死去的烈士会不会答应?养育我们的人民能不能答应?!别的不说,单说一九四三年秋在沂蒙山的那场突围战,我带的那个营是整整四百人哪!可一仗下来,当吴大姐你把我从死尸堆里背出来后,活下来的有多少?只有四十三个幸存者,刚过十分之一呀……”

军长的声音沙哑了。他掏出手帕擦了擦发湿的眼睛,又坐了下来。他又点起一支烟,轻轻地喷吐着。

妈妈不停地拭泪,军长看看她,放缓了声调:“在延安整风的时候,我们曾学过郭老写的《甲申三百年祭》。那时候体会还不深。现在回过头来看,打天下,坐天下,居功骄傲,贪安逸,图享受,会毁掉一切的!前些年我靠边站,得空啃了几本古书,我反复诵读过杜牧的《阿房宫赋》,杜牧就秦王朝的灭亡,发出这样的感叹:‘秦人不暇自哀,而后人哀之。后人哀之而不鉴之,亦使后人而复哀后人也。’我们党作为工人阶级的先进部队,当然不可与历代农民起义相提并论。不过,两千多年封建特权的劣根性,资产阶级腐朽发霉的毒菌,在我们党内还是很有些市场啊!我们还有没有‘倒退’之虞呢?是否还要让我们的后人来‘哀’我们呢?这完全取决于我们自己!”军长抽了口烟,看看我,“经过十年动乱后,现在有人指责青年一代‘看破了红尘’。那么,我们这些老家伙中有没有所谓‘看破红尘’的?依仗权势,胡作非为,互开后门,损公肥己……发展下去,不得了哇!老百姓有句土话,叫作上梁不正下梁歪。我们这些老家伙不做出样子来,咋去教育青年一代?蒙生现在是功臣了,我不好再批评他。他过去之所以那样,固然有他自己的原因,可吴大姐呀,难道你这当妈妈的就没有责任吗?”

妈妈含泪点了点头。

军长望着我妈妈:“你八岁卖给地主当丫头,我七岁就给东家放牛。现在给青年人忆苦思甜,怕是起不到明显作用了。但我们这些老家伙常想想过去的苦,那还是很有好处的。‘忘记过去,就意味着背叛’,列宁算是把话说到家了!”军长弹了弹烟灰,又吸了口烟,“一九六五年我到北京开会时,和陈毅老总进行过一次长谈。当谈到我们当年在山东时,陈老总意味深长地说,在他进棺材之前,他忘不了山东父老!当然,我们的陈老总不单是指山东父老,他指的是人民!要说报恩,我们要一辈子报答人民的大恩大德,而不是把我们当成人民的救世主!革命,是人民用小米喂大的;胜利,是人民用小车推出来的呀!”

一弯月儿在窗棂上探出头来,投进点点银辉。屋内,静极了。

“今天见到梁大娘,别提我心里是啥滋味儿。”军长深沉地说,“吴大姐,你的蒙生是吃着梁大娘的奶长大的。可你看看梁大娘穿的那身衣裳,你再看看梁三喜留下的那欠账单,你就不难想象出,她们还过着啥样的日子啊……”

军长的眼里闪着泪光,妈妈也在抹泪。

“不错。吴大姐,十年动乱中,你我这些老家伙们都吃过苦,挨过整。可我要说,受苦受难最厉害的不是我们,是梁大娘那样的老百姓!不必隐讳,就是我在蹲班房时,我吃的用的也比梁大娘她们好得多,甚至可以说没法比。……咳!”军长喟然长叹一声,“我那凯华十五岁时和他四姐一起,到延安延川县插队,住在我当年的一个老房东家里。一九七七年春那阵我还没复职,我专程去延川县看望我那老房东。谁会相信呀,老房东全家八口人,却只有五个吃饭的碗,他们连吃饭的黑碗都买不全。当时,我……延安,那更是养育革命的圣地啊!”

“老雷,别……别说了……”

“我……不说了。说起来我真想大哭一场!前些年老百姓身上的肉早已不多,可‘尾巴’倒不少,一个劲地割,割,割!自己‘出有车,食有鱼’,过得舒舒服服的,咋就不睁眼看看老百姓?别说党性了,问问我们的良心何在?! 革命,共产党因为穷才革命。治穷,本是共产党人的天职啊……"

屋内的空气又凝结了,沉重的气氛像铅块,压得我透不过气来。

我轻声对军长说:"这次打仗,我们团里有许多烈士留下了欠账单,他们都是从农村入伍的。"

"这件事情,我们是要向中央报告的。"军长说,"极'左'路线,可把老百姓害苦了。"

过了五六分钟,军长的情绪才平静下来。这时,他问起我们九连的战斗情况,我一一作了汇报,并向他重点介绍了梁三喜和靳开来参战前后的表现……

军长听罢又站起来:"这真是位卑未敢忘忧国! 像梁三喜他们,尽管十年动乱给他们留下了难言的苦楚,但当祖国需要他们的时候,他们一个个都以身许国!"军长激动地挥着右手,"我们的民族是伟大的,这就是伟大之所在! 我们的事业是有希望的,这就是希望之所在! 鲁迅说'唯有民魂是值得宝贵的',梁三喜他们,真正称得上是我们的民族之魂!"过了会,军长又坐下来。他看了看表,"不早了,夜深了。"

他又简单地问起凯华牺牲时的情况,我回答了他。但那两发臭弹的事,我却压根没敢告诉他。我不忍心让这位虎将再怒发冲冠地"甩帽"了。

这时,炊事班长推门进来,慌慌张张地对我说:"指导员,韩玉秀不见了!"

我一听,急忙奔出屋。见梁大娘站在院子里,我问她是咋回事,她说她打了个盹,拉开灯睁眼一看,就不见玉秀了……

边境线上时有越寇的特工队员潜进来活动。我顿时慌得六神无主。战士们也都起来了,我忙带大家在营区周围寻找,也没见玉秀在哪里。

"玉秀她,会不会到三喜的坟上去了。"梁大娘对我说,"自打听到三喜没了,玉秀怕俺伤心,她没敢当俺的面哭过……”

我忙带着几个战士赶到烈士陵园。

一钩弯月斜挂中天。当我们离梁三喜的坟还有十几米远时,见一个人趴在坟上。无疑,那是玉秀。我让大家停下来。

山崖下,竹林中,草丛里,传来虫儿的声声低吟,却听不见玉秀的哭声。

过了一大会儿,我们才轻轻走近梁三喜的坟前,只见玉秀把头伏在坟上,周身战栗着,在无声地悲泣……

“小韩,您……哭吧,哭出声来吧……”我呜咽着说,“那样,您会好受些……”

玉秀闻声缓缓从坟上爬起来:“指导员,没……没啥,俺觉得在屋里闷……闷得慌……”她抬起袖子擦了擦泪光莹莹的脸,“没啥。俺和婆婆快该回家了,俺……俺想来坟上看看……”

满天星斗像泪人的眼睛,一闪一眨。苍穹下的一切,在我面前全模糊了。

十五

次日,军长离开连队到军区开会去了。临行前他又一再嘱咐,让我们好好关照梁大娘一家。

梁大娘和韩玉秀在连里又住了一个星期,便说啥也待不住了,非要回去不可。我知道是无法挽留她们了。再说,住在连里,举目便是烈士新坟,这对她们也无疑是精神的折磨。我想,一切留待今后从长计议吧,让她们早些回去,或许还好些。团里也同意我的想法。

梁大娘一家明天早饭后就要离开连队了。

这天下午,团政治处主任来到连里,一是来为梁大娘一家送行,二是要代表部队组织,问一下梁大娘家有哪些具体困难。因为,对于像梁三喜烈士这样不够随军条件的直系亲属及子女,抚恤的事需部队和地方政府联系商量。据我们了解,在农村中,对家中有劳力的烈士父母,一般是可照顾可不照顾;对烈士的爱人及子女,按各地生活水准不同,有的每月照顾五元,有的每月照顾八元……情况不等。团里想把梁大娘一家无依无靠的情况,充分向地方政府反映一下,以取得民政部门对梁大娘一家特殊的照顾。

梁三喜烈士没有给他的亲人留下什么遗产。他的两套破旧军装被作为有展览价值的遗物征集之后,团后勤又补发了两套新军装。再就是他生前用塑料袋精心保管的那件军大衣。

我拿着那件军大衣和两套新军装,准备交给韩玉秀。

当我和政治处主任走至梁大娘一家住的房前时,玉秀正坐在水龙头下洗床单和军衣。这些天来,不管我和战士们怎样劝阻,玉秀不是帮炊事班洗涮笼屉布,就是替战士们拆洗被子,一刻也闲不住……

"小韩,快别洗了。"我对玉秀说,"快进屋来,主任代表组织,要跟您和大娘谈谈。"

玉秀不声不响地站起来擦擦手,跟我和主任进了屋。

我把那两套新军装和塑料袋里的军大衣,放在玉秀的床上:"小韩,这是连长留下的……"

玉秀用手一触那盛军大衣的塑料袋,"啊"地尖叫一声,扭头跑出屋去。

我忙跟出来:"小韩,您……怎么啦?"

玉秀满脸泪花,把两手插在洗衣盆里,用劲搓揉着盆中的衣服。

"小韩……您? 主任要跟您谈谈……"

她上嘴唇紧咬着下嘴唇,没有回答我。

"蒙生啊,你让她洗吧。"屋内的梁大娘对我说,"俺早就跟同志们唠叨过,玉秀要干活,你们谁也别拦挡她。她啥时也闲不住的,让她闲着她心里更不好受。洗吧,让她洗吧。明日她想给同志们洗,也洗不成了……"

从玉秀身上,我看到了中国女性忍辱负重、值得大书特书的传统美德！可此时，梁三喜留下的军大衣为何引起她那般伤痛，我困惑不解……

“蒙生，别喊她了。有啥话，你们就跟俺说吧。”梁大娘又说道。

我和主任面对梁大娘坐了下来。

主任把组织上的意图，一一给梁大娘讲了。

大娘摇了摇头：“没难处，没啥难处。”

我和主任再三询问，大娘仍是摇头：“真的，没啥难处。如今有盼头了，庄户人的日子好说。”

面对憨厚而执拗的老人，我和主任无话可说了。

过了会儿，梁大娘望着我和主任：“有件事，大娘想请你们帮俺说说。”

“大娘，您说吧。”主任打开小本，郑重地准备记下来。

“咳！”梁大娘叹了口气，“说起来，俺梁家真是祖上三辈烧过高香，才摊上玉秀那样的好媳妇呀！你们都见了，要模样她有模样，要针线她有针线。家里的事她拿得起，外面的活她拢得下。她脾气好，性子温，三村五疃都夸俺命好有福……”大娘撩起衣襟擦了擦眼，“可一说起玉秀，大娘心里就难受，俺这当婆婆的对不起她呀！她过门前，三喜他爹病了两年多，俺手头上紧……她过门时，别说给她做衣服，俺连……连块布头都没扯给她，她就嫁到俺梁家来了……”

梁大娘难受得说不下去了。

停了阵，梁大娘又断断续续地说：“……去年入冬俺病了，病了一个多月。俺本想打封信让三喜回去一趟，可玉秀怕误了三喜的工作，说来回还得破费，就没给三喜打信说俺病了。那阵玉秀快生了，是她拖着那重身子，到处给俺寻方取药，端着碗一口一口喂俺吃饭……又擦屎又端尿的……唉，大娘这辈子没有闺女，就是亲生的闺女又会怎样，也……也比不上她呀！眼下，媳妇待俺越是好，大娘俺心里越是难受……”

梁大娘不停地用衣襟擦着眼角，我心里涌起阵阵痛楚。良久，她抬起脸来看着我和主任:“玉秀她今年才二十四岁,大娘俺不信老封建那一套。再说,三喜也留下过话,让玉秀她……可就是有些话,俺这当婆婆的不好跟媳妇说。你们在外边的同志,懂的道理多,你们帮俺劝劝玉秀,让她早……早寻个人家吧……”

“娘! 您……”玉秀一下闯进屋,双膝“扑通”跪在婆婆面前,猛地用手捂住婆婆的嘴,哭喊着,“娘! 您别……别说……俺伺候您老一辈子!”

梁大娘紧紧抱着儿媳:“秀哪,那话……当娘的早晚要……跟你说,娘想过,还是……还是早说了好……”

“娘! ……”玉秀又用手捂着婆婆的嘴,把头紧紧贴在婆婆怀里,放声哭着。

“秀,哭吧……把憋在肚里的眼泪全……全哭出来吧……”梁大娘也流泪了,她用手抚摸着儿媳的头发,“哭出来心里就好受了……”

玉秀戛然止住哭声,抽泣起来。

主任已转过脸去不忍目睹,他手中的记事本和笔不知啥时落在了地上。我用双手紧紧捂着脸,只觉得泪水顺着指缝间流了下来……

…………

炊事班长三天前便得知梁大娘一家要回去,他借跟团后勤的卡车进城拉菜的机会,买回了连队过节也难吃到的海米、海参、木耳、冰冻对虾等,准备做一餐为梁大娘一家送行的饭。

是的,世上任何山珍海味,珍馐佳肴,大娘和玉秀都有权利享用,也应该让她们尝一尝!

翌日晨。团里派来了吉普车,要把梁大娘一家直接送到火车站。

营首长来了。我妈妈也过来了。各班还选派了一个代表,和大娘一家一起就餐。

桌子上摆着二十多盘子菜。炊事班长说“起脚饺子图吉利”,还包了不少水饺。

我妈妈替玉秀抱着盼盼,用奶瓶给盼盼喂奶。

我们不停地把各种菜夹到大娘和玉秀碗里,让大娘和玉秀多吃点菜。但是,夹进碗里的各种菜都冒出了尖,大娘和玉秀却没动一下筷子……

在场的人谁心里都明白,这桌菜并不是供大家享用的,其作用只不过是借劝饭让菜,来掩饰大家心中的伤感罢了。

在大家一再劝让下,大娘只吃了两个饺子,喝了几口饺子汤。玉秀只吃了一个饺子,喝了一口汤,便说她早晨吃不下饭,她不饿,她饱了。

战士们已陆陆续续来到连部,要为大娘一家送行。昨晚,我已给大家讲过,在大娘一家离开连队时,让大家把眼泪忍住……

这时,段雨国竟第一个忍不住抹起泪来。他一抹泪,好多战士也忍不住掉泪了。

梁大娘站起来:“莫哭,都莫哭……庄稼人种地,也得流几碗汗擦破点皮,打江山保江山,哪有不流血的呀! 三喜他为国家死的,他死得值得……”

大娘这一说,段雨国更是哭出声来,战士们也都跟着哽咽起来。有人捅了段雨国一下,他止住了哭。大家也意识别不该在这种时候,当着大娘和玉秀的面流泪。

屋内静了下来。

“秀哪,时辰不早了。别麻烦同志们了,咱该走了。”停了停,大娘对玉秀说,“秀,你把那把剪子拿过来。”

玉秀从蓝底上印着白点点的布包袱里,拿出做衣服用的一把剪子,递给了梁大娘。

大娘撩起衣襟。这时,我们发现,大娘衣襟的左下角里面缝进了东西,鼓鼓囊囊的。大娘拿起剪子,几下便铰开了衣襟的缝……

我们不知大娘要干啥,都静静地望着。

只见大娘用瘦骨嶙峋的手,从衣襟缝里掏出一叠崭新的人民币,放在了桌上!

我们一看,那全是十元一张的厚厚一叠人民币,中间系着一绺火红的绸布条儿。

接着,又见大娘从衣襟缝隙里,摸出一叠发旧的人民币,也全是十元一张的……

大娘这是要干啥?我惊愕了!大娘身上有这么多钱,可她们祖孙三代下了火车竟舍不得买汽车票,一步步挪了一百六十多华里……

大娘看看我,指着桌上的两叠钱说:"那是五百五十块,这是七十块。"

这时,玉秀递给我一张纸条:"指导员,这纸条留给您,托您给俺办办吧。"

我接过纸条一看,是梁三喜留给她们的欠账单!这纸条和那血染的纸条是一样的纸,原是一张纸撕开的各一半……

顿时,我的头皮嗖嗖发麻!

梁大娘心平气和地说:"三喜欠下六百二十块的账,留下话让俺和玉秀来还上。秀哪,你把三喜留下的那封信,也交给蒙生他们吧。"

玉秀把一封信递给了我。

啊,我们在此时,终于见到了梁三喜烈士的遗书!遗书如下:

玉秀:

你好!娘的身子骨也很壮实吧?

昨天收到你的来信,内情尽知。因你的信是从部队留守处转到这里的,所以从你写信那天到眼下,已过去一个月的时间了。

你来信说你很快就要生了。那么,我们的小宝贝眼下该是快出满月啦。我遥遥祝福,祝福你和孩子都平安无事!娘看到她的小孙子(或小孙女)呱呱问世,准是乐得合不拢嘴了。

秀，从去年六月开始，我每次给你写信都说我很快就回家休假，你也天天盼着我回去。然而，由于种种原因，眼下新的一年又过去一个月了，我却没能回去。尽管你在来信时对我没有丝毫的抱怨，但我从心里觉得，我实在对不起你！

一个月前，我给你去信时说我们连要外出执行任务，别的没跟你多说。现在我告诉你，我们连离开原来的驻地，坐火车赶到这云南边防线来了。来到一看，越南鬼子实在欺人太甚，常常入侵我领土，时时残杀我边民！我们国家十年动乱刚结束，实在腾不出人力、物力来打仗，但这一仗非打不可了！别说我们这些当兵的，就是普通老百姓来这里看看也会觉得，如再不干越南小霸一家伙，我们作为中国人的脸是会没处放的！

当你接到这封信时，我们就已经杀上自卫还击的战场了！

秀，咱俩出生在同一个山村枣花峪，你比我小八岁，虽说不上青梅竹马，可也是互相看着长大的。自咱俩建立关系和结婚以来，只红过一次脸。你当然会清楚地记得，那是去年三月你来连队后的一天夜里。我跟你开了个玩笑，说我说不定哪一天会上战场，会被一颗子弹打死的。想不到这话惹恼了你，你用拳头捶着我的胸膛，说我“真狠”，“真坏”！之后，你哭了，哭得是那样伤心。我苦苦劝你，你问我以后还说不说那样的话，我说不说了，你才止住了泪。你说：“两口人，谁也不能先死，要死，就一块死！”秀，我知道你爱我爱得那样无私，那样纯真，那样深沉！

但是，军人毕竟是战争的产儿，没有战争就不会有军人！秀，现在我可不是跟你开玩笑了，我不得不告诉你，这极有可能是我写给你的最后一封信了！

秀，咱俩结婚快三年了。连我回家结婚那次休假在内，我休过两次假，你来过一次连队。我们生活在一起的时间总共还不到九十天！去年你来连队要回去的最后一个晚上，你悄悄抹了一夜泪。（眼下看来，那很可能是我们最后一次见面和最后一次在一起了。)我知道你是那样舍不得离开我,我也很想让你多住些天。但你既挂着咱娘一个人在家不行,又惦着农活忙,还是起程了。当你泪汪汪一步三回头地上了车,我当时心里也说不出的难受。艰苦并不等于痛苦,平时连队干部的最大苦衷,莫过于夫妻遥遥相盼,长期分居两地呀!我当时想过,干脆转业回老家算了,咱不图在部队上多拿那点钱,那点钱还不如你来我往扔在路上的多!家中日子虽苦,咱们苦在一处,不是比啥都好吗?!但转念一想,如果都不愿长期在连队干,那咋行?兵总得有人带,国门总得有人守,江山总得有人保啊!

秀,我赤条条来到这个人世间,吸吮着山村母亲的奶汁长大成人。如果从经济地位来说,我这"土包子"连长同他人站在一起,实在够"寒碜"人的了!但我却常常觉得我比他人更幸福,我是生活中的幸运儿!之所以有这样的感觉,那是因为有了你,我亲爱的秀!每当听到战友们夸奖和赞美你时,我心里就甜丝丝的。又岂止是甜丝丝的,你,是我莫大的自豪和骄傲!但是,每当想起你,阵阵酸楚也常常涌上我的心头。一是因为我家的那些遭遇,更是因为咱的家乡还太贫穷,你跟上我,没过一天宽裕日子呀!尽管我是被人们称为"大军官"的人,又是个月薪六十元的连职干部,可我却没能给你买过一件衣服,更别说什么像样的料子和尼龙了。然而,你却常常安慰我:"有身衣裳穿着就行了,比上不足,比下咱还有余呢!"……秀,此时想起这一切,我真不知该怎样感谢你,我只能说,你对我,你对俺梁家的高恩厚德,我在九泉之下也绝不会忘记的!

头一次给你写这么长的信,但仍觉话还没有说尽。营里通知我去开会,回来抽空再接上给你写。

玉秀,如果我在战场上牺牲,下面的话便是我的遗嘱:

当我死后,你和娘作为老革命根据地的人民,深信你们是不会给组织和同志们添麻烦的。娘只有我这么一个儿子了,她本人也曾为革命做出过贡献，一旦我牺牲，政府是会妥善安排和照顾她的。她的晚年生活是会有保障的。望你们按政府的条文规定，享受烈士遗属的待遇即可。但切切不能向组织提出半点额外的要求！人穷志不能短。再说我们的国家也不富，我们应多想想国家的难处！尽管十年动乱中，有不少人利用职权浑水摸鱼已捞满了腰包（现在也还有人那么干），但我们绝不能学那种人，那种人的良心是叫狗吃了！做人如果连起码的爱国心都没有，那就不配为人！

秀，你去年来连队时知道，我当时还欠着近八百元的账，现在还欠着六百二十元。（欠账单写在另一张纸条上，随信寄给你。）我原想三四年内紧紧手，就能把账全还上，往后咱们的日子就好过多了。可一旦我牺牲，原来的打算就落空了。不过，不要紧。鼓照规定，战士、干部牺牲后，政府会发给一笔抚恤金，战士是五百元，连、排职干部是五百五十元。这样，当你从民政部门拿到五百五十元的抚恤金后，还差七十元就好说了。你和娘把家中喂的那头猪提前卖掉吧。总之，你和娘在来部队时，一定要把我欠的账一次还清。借给我钱的同志们大都是我知心的领导和战友，他们的家境也都不是很宽裕。如果欠账单的名单中，有哪位同志也牺牲了，望你务必托连里的同志将钱转交给他的亲属。人死账不能死。切记！切记！

秀，还有一桩比还账更至关紧要的事，更望你一定遵照我的话办。这些天，我反复想过，我们上战场拼命流血为的啥？是为了祖国人民生活得更美好！在人民之中，天经地义也应该包括你——我心爱的妻子！秀，你年方二十四岁，正值芳龄。我死后，不但希望你坚强地活下去，更盼望你美美满满地去生活！咱那一带文化也是比较落后的，但你是个初中生，望你敢于蔑视那什么“忠臣不事二主，烈女不嫁二夫”的封建遗训，盼你毅然冲破旧的世俗观念，一旦遇上合适的同志，即从速改嫁！咱娘是个明白人,我想她绝不会也不应该在这种事上阻拦你!切记!切记!不然,我在九泉之下是不会瞑目的!!

秀,我除了给你留下一纸欠账单外,没有任何遗产留给你。几身军装,摸爬滚打全破旧了。唯有一件新大衣,发下两年来我还一次没穿过,我放在一个塑料袋里装着。我牺牲后,连里的同志是会将那件军大衣交给你的。那么,那件崭新的军大衣,就作为我送给你未来丈夫的礼物吧!

秀,我们连是全训连队,听说将担任最艰巨的战斗任务。别了,完全有可能是要永别了!

你来信让我给孩子起名儿,我想,不论你生的是男是女,就管他(她)叫盼盼吧!

是的,"四人帮"被粉碎了,党的三中全会也开过了,我们已经看到了未来美好的曙光,我们有盼头了,庄户人的日子也有盼头了!

秀,算着你现在已出了月子,我才敢将这封信发走。望你替我多亲亲他(她)吧,我那未见面的小盼盼!

顺致

军礼!

三喜

1979年1月28日

捧读遗书,我泪涌如注,我怎么也忍不住,我号啕起来……

我用瑟瑟发颤的手拿起那五百五十元的抚恤金,对梁大娘哭喊着:"……大娘,我的好大娘!您……这抚恤金,不能……不能啊……"

屋内一片呜咽声。在场的人们都已完全明白,是一桩啥样的事发生了!

战士段雨国大声哭着跑出去将他的袖珍收音机拿来,又一下撸下他手腕上的电子表,“砰”一下按在桌子上:“连长欠的钱,我们……还!”

“我们还!”

“我们还!!”

“我们还!!!”

……泪眼中,我早已分不清这是谁,那是谁,只见一块块手表,一把又一把人民币,全堆在了我面前的桌子上……

当一片撕心裂肺的哭声渐渐沉下,我嗓音发哽地哀求梁大娘:“大娘,我是……吃着您的奶长大的……三喜哥欠的钱,您就……让我还吧……”

梁大娘用手背抹了抹眼睛,苍老的声音嘶哑了:“……孩子们,你们的好意,俺和玉秀……领了,全都领了!可三喜留下的话,俺这当娘的不能违……不然,三喜他在九泉之下,也闭不上眼……”

不管大家怎样哭劝,大娘说死者的话是绝对不能违的!她和玉秀把那六百二十元钱放下,上了车……

我妈妈已哭得昏厥过去,不能陪梁大娘一家上火车站了。战士们把东倒西歪的我,扶进了吉普车内……

走了!从沂蒙山来的祖孙三代人,就这样走了!

啊,这就是我们的人民,我们的上帝!

尾　声

赵蒙生讲述的往事,已深深把我打动了。

我们啜泣着,谁也不再说话。

良久的沉默过后,赵蒙生擦了擦发红的泪眼,声音发涩地对我说:“就是因为那些,三年多来,我一直把梁大娘视为亲娘。我每月领到薪金后的第一桩事,便是给梁大娘写一封问安的家信,并汇去三十元钱。自然,我是有条件一次给大娘汇去上百元甚至几百元的,但我没有那样做。我知道梁大娘并不稀罕别人的钱,我之所以这样,是为了让大娘得到些精神上的安慰,让她老人家时时知道,边防线上还有一个她当年用奶汁喂大的儿子,还月月没忘了向她老人家尽一点点孝心呀!可眼下,大娘她……”赵蒙生拿起放在桌上的那一千二百元的汇款单,用手拍了下头,“为啥?大娘为啥把钱全给我退回来了?难道大娘一家的生活,真的不需要点添补吗?不是,不是啊……”

段雨国望着我,轻声说:“去年春天,我那阵还在九连当文书,连里推选我当代表,让我和教导员一起,专程去沂蒙山看望过梁大娘一家。由于实行了生产责任制,经济政策放宽了,梁大娘一家不再为吃犯愁了,穿得也比过去好些了。但是,我和教导员也都看到了,大娘家铺的炕席,竟有十几处补着蓝布补丁。大娘和玉秀,连领新炕席都舍不得花钱买呀!”

“为啥?这到底是为啥?”赵蒙生面对汇款单,又大声自问,“难道大娘是不宽恕我这不肖子孙吗?不会,不会的!再说,这三年多来,我没有啥事瞒着过大娘呀……”

“那是绝对不会的!”书记段雨国对赵蒙生说罢,转脸对我说,“李干事,你回山东后快去采访梁大娘吧,梁大娘真是有颗菩萨般的慈母心啊!去年春上,我和教导员去看望她老人家时,甭提大娘对我们有多好啦。吃,她怕我们吃不好;睡,她怕我们睡不宁。顿顿尽力给我们做好吃的,还悄悄把那下蛋的母鸡也宰了两只!不然,我和教导员还会多住两天的,怕再住下去把大娘累垮了,我们才不敢多停留。”

赵蒙生对段雨国说:“小段,你再帮我琢磨琢磨,大娘她为啥把钱全给退回来啊?”

段雨国长长的睫毛忽闪了两下:“前几天,我读过一篇小说。小说中的主人公说过:‘接受施舍会使人变得卑微,被人怜悯是最痛苦的事情。’梁大娘和韩玉秀是很有骨气的人,会不会……”

“啥?!”赵蒙生霍地站起来,一把抓起段雨国胸前的衣扣,“你这小知识分子,你说的啥?!你……你……”

面对骤然狂怒的教导员，段雨国结结巴巴地说："教导员，我……我……"

赵蒙生放开段雨国，满脸火辣猩红："施舍？怜悯？别说我小小赵蒙生，我要放声问，谁，谁有权力施舍梁大娘？！谁，谁有资格怜悯梁大娘？！天经地义，她早就应该过上好日子，顺理成章，她有权利也有资格享受幸福的晚年！"

说罢，他一下坐在椅子上，两手按着额头，又痛苦地沉默了。

段雨国低下头，自责地说："教导员，我……我说错了。"

吃晚饭的时间早过了。这时，通信员进来送给赵蒙生几份报刊和一封信，催我们去吃饭。

赵蒙生拆开信看了会，把信递给我："你，看看这封信吧。"

信是赵蒙生的母亲吴爽同志寄来的。大意是：柳岚这次超假，确系患病。柳岚患的是急性肺炎，已住院二十天，绝不是通过关系开啥病假条欺骗组织。这，她当妈妈的愿以老党员的党性来证实。信中说柳岚现已病愈，近几天便可归队。但说柳岚的思想问题仍很严重，一心想脱军装回城市。当妈妈的希望赵蒙生不要光是吹胡子瞪眼。要多做柳岚的思想工作。吴爽同志在信中还写道，她已办了离休手续，近些天她准备起程到沂蒙山，去看望梁大娘一家……

见我看完信，赵蒙生说："去年夏天，柳岚从军医大学毕业时，一心想分配到爸妈身边。我和她进行了反复的思想交锋，甚至闹到要离婚的地步，她才不情愿地来到这边防前哨。在这件事上，我妈妈还是起了好作用的，她提前把柳岚要回城市的后门全堵死了。我对柳岚的态度，也许有些过火。别说她，就是我本人又怎样呢？我也毕竟是生活在现实中的人啊！三年多来，在脱不脱军装转业回城的问题上，我也动摇过，彷徨过。但是，一想起牺牲的烈士们，一想起梁大娘一家，我就感到无地自容。不过，要让柳岚也在这里待下去，看来是难，难哪！"

我在部住了一夜。九连的营房离营部只有一溪之隔。第二天，赵蒙生带我来到九连。

头午,我召开了个座谈会。过午,全连停课采集花卉,我也参加了。

明天是清明节,九连要用鲜花扎成花环,敬献到烈士墓前。

云南边陲,四季花事不败。清明前后,又是花事最盛的时节。山上山下,路旁溪边,到处是花儿绽蕾舒萼。风里飘着幽香,空气里含着甜汁。傍晚时分,采集花卉的战士们汇集到溪边来了。

晚霞映照着从深山中流来的一泓清溪,溪中溢红流彩。大家坐在溪旁,用火红的攀枝,洁白的山茶,金黄的云槐,碧蓝的杜鹃,还有一束束颜色各异的野花,扎成一个个五彩缤纷、群芳荟萃的花环。然后,大家把扎好的花环立在溪中,将一串串珍珠般的溪水,洒落在花环上……

段雨国从营部跑过来,对赵蒙生说:“教导员,梁大娘来信了!信我已看了,那汇款单的事……干脆,让李干事先看看吧!”

我接过信,读起来:

蒙生:

你身体好,同志们的身体也都好吧!

每次给你回信,都是玉秀写。这次因为大娘要说到她的事,就让俺村小学的孙老师给俺写这封信。

前两天,大娘托人到邮局把你三年多来汇给俺的钱给你寄回去了,总共一千二百元,你收到了吧?蒙生,俺村老少没有不夸你的,说你心眼好,一直没忘了你大娘。大娘把钱给你寄回去,你可别多心呀。

一是因为大娘家的日子,现在是确实好过了。公家每月发给俺、玉秀、盼盼每人五元钱,合起来就是十五元。加上现在搞责任田,大娘一家三口包的地,收的也不少。村里有拥军优属小组,你大娘家包的地,都是种时先种,收时先收,不等俺和玉秀动手,他们就抢着给干了。老解放区,有这么个传统。现在你大娘不但不欠钱了,左邻右舍急着用钱时,还常常从你大娘这里拿几块呢!

二是前线上一直还不安稳,你们风里雨里站岗放哨,多么不容易啊!三喜当连长回家时对俺说过,连里有不少战士有困难,家里遇上啥病呀灾的,有的战士就犯难。可三喜那时手头上紧巴,拿不出钱来帮他们救急。所以大娘掂量来掂量去,还是把你三年多来寄来的这一大笔钱给你寄回去。万一哪个战士家遇上难处,你把这些钱铺排在他们身上,让他们安心保国,大娘觉得更合适。

蒙生,往后你可千万别再给大娘寄钱了。你心里有你这个大娘,大娘俺就觉得啥也有了。

另外,去年大娘打信跟你要柳岚的相片,你寄来了。大娘一瞧她那俊眉俊眼的模样,就喜得受不了,你来信说她在前线不安心,你说她的那些话,大娘俺不依你!你可别虎二呱叽地老训她。女人家比不上你们男子汉,夜里你可别让她去站岗!别说她是城里长大的,连俺玉秀都说,让她在那深山老林里住,她夜里都害怕。这些,你可得依着大娘的话去办!

再就是,这些日子大娘遇上了顶欢喜的事,玉秀的事已有着落,见眉目了。俺村里有个民办教师小陈,两年前他父母都过世了。小陈还没成家,他和俺玉秀是同岁。小陈心眼实,人长得也受看,配俺玉秀正合适。村里人撮合着要把玉秀许给小陈,小陈挺愿意,还说要上门来养俺的老。可就是玉秀心里还总惦念着三喜,一直不点头。也算巧了,你妈最近来信说她退休了,就要来看俺,俺本不想让你妈来回破费,但眼下俺盼着你妈来。她来了让她开导开导玉秀。只要你妈一来,大娘俺不管玉秀她点不点头,由俺和你妈给她做主,立时就欢欢喜喜地把她的婚事办了。

到那时,你大娘这辈子就啥心事也没有了,没有了……

…………

朝阳,头顶着一抹橄榄色的云冠,露出了慈祥的笑脸。霞光给青山绿水披上了斑斓的彩衣。

赵蒙生带领着九连全体同志和我,抬着一个个用鲜花编织成的花环,徐徐来到烈士陵园。

大家把花环一个个敬献在烈士墓前。

松柏掩映的烈士陵园里,到处有人工精心培育的花丛。在梁三喜烈士的墓前,是一簇叶茂花盛的美人蕉。硕大的绿叶之上,挑起束束俏丽的花穗,晨露在花穗上滚动,如点点珠玉闪光……

和梁三喜烈士的墓碑并排着的是:九连副连长靳开来烈士的墓碑、八二无后坐炮班战士雷凯华烈士的墓碑、不满十七岁的司号员金小柱烈士的墓碑……

默立在这百花吐芳的烈士墓前,我蓦然间觉得:人世间最瑰丽的宝石,最夺目的色彩,都在这巍巍青山下集中了。

…………

人　　生

路　遥

第一章

农历六月初十，一个阴云密布的傍晚，盛夏热闹纷繁的大地突然沉寂下来；连一些最爱叫唤的虫子也都悄没声响了，似乎处在一种急躁不安的等待中。地上没一丝风尘，河里的青蛙纷纷跳上岸，没命地向两岸的庄稼地和公路上蹦蹿着。天闷热得像一口大蒸笼，黑沉沉的乌云正从西边的老牛山那边铺过来。地平线上，已经有一些零碎而短促的闪电，但还没有打雷。只听见那低沉的、连续不断的嗡嗡声从远方的天空传来，带给人一种恐怖的信息—— 一场大雷雨就要到来了。

这时候，高家村高玉德当民办教师的独生儿子高加林，正光着上身，从村前的小河里蹚水过来，几乎是跑着向自己家里走去。他是刚从公社开毕教师会回来的，此刻浑身大汗淋漓，汗衫和那件漂亮的深蓝的确良夏衣提在手里，匆忙地进了村，上了塄畔，一头扑进了家门。他刚站在自家窑里的脚地上，就听见外面传来一声低沉的闷雷的吼声。

他父亲正赤脚片儿蹲在炕上抽旱烟，一只手悠闲地捋着下巴上的一撮白胡子。他母亲颠着小脚往炕上端饭。

他两口见儿子回来,两张核桃皮皱脸立刻笑得像两朵花。他们显然庆幸儿子赶在大雨之前进了家门。同时,在他们看来,亲爱的儿子走了不是五天,而是五年,像是从什么天涯海角归来似的。

老父亲立刻凑到煤油灯前,笑嘻嘻地用小指头上专心留下的那个长指甲打掉了一朵灯花,满窑里立刻亮堂了许多。他喜爱地看看儿子,嘴张了几下,也没有说出什么来。老母亲赶紧把端上炕的玉米面馍又重新端下去,放到锅台上,开始张罗着给儿子炒鸡蛋,烙白面饼;她还用她那爱得过分的感情,趺趺撞撞走过来,把儿子放在炕上的衫子披在他汗水直淌的光身子上,嗔怒地说:"二杆子!操心凉了!"

高加林什么话也没说。他把母亲披在他身上的衣服重新放在炕上,连鞋也没脱,就躺在了前炕的铺盖卷上。他脸对着黑洞洞的窗户,说:"妈,你别做饭了,我什么也不想吃。"

老两口的脸顿时又都恢复了核桃皮状,不由得相互交换了一下眼色,都在心里说:娃娃今儿个不知出了什么事,心里不畅快?一道闪电几乎把整个窗户都照亮了,接着,像山崩地陷一般响了一声可怕的炸雷。听见外面立刻刮起了大风,沙尘把窗户纸打得啪啪价响。

老两口愣怔地望了半天儿子的背影,不知他倒究怎啦?

"加林,你是不是身上不舒服?"母亲用颤音问他,一只手拿着舀面瓢。

"不是……"他回答。

"和谁吵架啦?"父亲接着母亲问。

"没……"

"那倒究怎啦?"老两口几乎同时问。

"……"

唉!加林可从来都没有这样啊!他每次从城里回来,总是给他们说长道短的,还给他们带一堆吃食:面包啦、蛋糕啦,硬给他们手里塞;说他们牙口不好,这些东西又有"养料",又绵软,吃到肚子里好消化。今儿个显然发生什么大事了,看把娃娃愁成个啥！高玉德看了一眼老婆的愁眉苦脸,顾不得抽烟了。把烟灰在炕栏石上磕掉,用挽在胸前纽扣上的手帕揩去鼻尖上的一滴清鼻涕,身子往儿子躺的地方挪了挪,问:“加林,倒究出了什么事啦？你给我们说说嘛！你看把你妈都急成啥啦！”

高加林一条胳膊撑着,慢慢爬起来,身体沉重得像受了重伤一般。他靠在铺盖卷上,也不看父母亲,眼睛茫然地望着对面墙,开口说:“我的书教不成了……”

“什么？”老两口同时惊叫一声,张开的嘴巴半天也合不拢了。

加林仍然保持着那个姿势,说:“我的民办教师被下了。今天会上宣布的。”

“你犯了什么王法？老天爷呀……”老母亲手里的舀面瓢一下子掉在锅台上,摔成了两瓣。

“是不是减教师哩？这几年民办教师不是一直都增加吗？怎么一下子又减开了？”父亲紧张地问他。

“没减……”

“那马店学校不是少了一个教师？”他母亲也凑到他跟前来了。

“没少……”

“那怎么能没少？不让你教了,那它不是就少了？”他父亲一脸的奇怪。

高加林烦躁地转过脸,对他父母亲发开了火:“你们真笨！不让我教了,人家不会叫旁人教？”

老两口这下子才恍然大悟。他父亲急得用瘦手摸着赤脚片,偷声缓气地问:“那他们叫谁教哩？”

“谁？谁！再有个谁！三星！”高加林又猛地躺在了铺盖上,拉了被子的一角,把头蒙起来。

老两口一下子木然了,满窑里一片死气沉沉。

这时候,听见外面雨点已经急促地敲打起了大地,风声和雨声逐渐加大,越来越猛烈。窗纸不时被闪电照亮,暴烈的雷声接二连三地吼叫着。外面的整个天地似乎都淹没在了一片混乱中。高加林仍然蒙着头,他父亲鼻尖上的一滴清鼻涕颤动着,眼看要掉下来了,老汉也顾不得去揩;那只粗糙的手再也顾不得悠闲地捋下巴上的那撮白胡子了,转而一个劲地摸着赤脚片儿。他母亲身子佝偻着伏在炕栏石上,不断用围裙擦眼睛。窑里静悄悄的,只听见锅台后面那只老黄猫的呼噜声。

外面暴风雨的喧嚣更猛烈了。风雨声中,突然传来了一阵"轰隆隆"的声音——这是山洪从河道里涌下来了。

足足有一刻钟,这个灯光摇晃的土窑洞失去了任何生气,三个人都陷入难受和痛苦中。

这个打击对这个家庭来说显然是严重的。对于高加林来说,他高中毕业没有考上大学,已经受了很大的精神创伤。亏得这三年教书,他既不要参加繁重的体力劳动,又有时间继续学习,对他喜爱的文科深入钻研。他最近在地区报上已经发表过两三篇诗歌和散文,全是这段时间苦钻苦熬的结果。现在这一切都结束了,他将不得不像父亲一样开始自己的农民生涯。他虽然没有认真地在土地上劳动过,但他是农民的儿子,知道在这贫瘠的山区当个农民意味着什么。农民啊,他们那全部伟大的艰辛他都一清二楚!他虽然从来也没鄙视过任何一个农民,但他自己从来都没有当农民的精神准备!不必隐瞒,他十几年拼命读书,就是为了不像他父亲一样一辈子当土地的主人(或者按他的另一种说法是奴隶)。虽然这几年当民办教师,但这个职业对他来说还是充满希望的。几年以后,通过考试,他或许会转为正式的国家教师。到那时,他再努力,争取做他认为更好的工作。可是现在,他所抱有的幻想和希望彻底破灭了。此刻,他躺在这里,脸在被角下面痛苦地抽搐着,一只手狠狠地揪着自己的头发。

对于高玉德老两口子来说,今晚上这不幸的消息就像谁在他们的头上敲了一棍。他们首先心疼自己的独生子:他从小娇生惯养,没受过苦,嫩皮嫩肉的,往后漫长的艰苦劳动怎能熬下去呀!再说,加林这几年教书,挣的全劳力工分,他们一家三口的日子过得并不紧巴。要是儿子不教书了,又急忙不习惯劳动,他们往后的日子肯定不好过。他们老两口都老了,再不像往年,只靠四只手在地里刨挖,也能供养儿子上学“求功名”。想到所有这些可怕的后果,他们又难受,又恐慌。加林他妈在无声地啜泣;他爸虽然没哭,但看起来比哭还难受。老汉手把赤脚片摸了半天,开始自言自语叫起苦来:“明楼啊,你精过分了!你能过分了!你强过分了!仗你当个大队书记,什么不讲理的事你都敢做嘛!我加林好好地教了三年书,你三星今年才高中毕业嘛!你怎好意思整造我的娃娃哩?你不要理了,连脸也不要了?明楼!你做这事伤天理哩!老天爷总有一天要睁眼呀!可怜我那苦命的娃娃!啊嘿嘿嘿嘿嘿……”高玉德老汉终于忍不住哭出声来,两行浑浊的老泪在皱纹脸上淌下来,流进了下巴上那一撮白胡子中间。

高加林听见他父母亲哭,猛地从铺盖上爬起来,两只眼睛里闪着怕人的凶光。他对父母吼叫说:“你们哭什么!我豁出这条命,也要和他高明楼小子拼个高低!”说罢他便一纵身跳下炕来。这一下子慌坏了高玉德。他也赤脚片跳下炕来,赶忙捉住了儿子的光胳膊。同时,他妈也颠着小脚绕过来,脊背抵在了门板上。老两口把光着上身的儿子堵在了脚地当中。

高加林急躁地对慌了手脚的两个老人说:“哎呀呀!我并不是要去杀人嘛!我是要写状子告他!妈,你去把书桌里我的钢笔拿来!”高玉德听见儿子说这话,比看见儿子操起家具行凶还恐慌。他死死按着儿子的光胳膊,央告他说:“好我的小老子哩!你可千万不要闯这乱子呀!人家通天着哩!公社、县上都踩得地皮响。你告他,除什么事也不顶,往后可把咱扣掐死呀!我老了,争不得这口气了;你还嫩,招架不住人家的打击报复。你可千万不能做这事啊……”

他妈也过来扯着他的另一条光胳膊,接着他爸的话,也央告他说:“好我的娃娃哩,你爸说得对对的!高明楼心眼子不对,你告他,咱这家人往后就没活路了……”

高加林浑身硬得像一截子树桩,他鼻子口里喷着热气,根本不听二老的规劝,大声说:“反正这样活受气,还不如和他狗日的拼了!兔子急了还咬一口哩,咱这人活成个啥了!我不管顶事不顶事,非告他不行!”他说着,竭力想把两条光胳膊从四只衰老的手里挣脱出来。但那四只手把他抓得更紧了。两个老人哭成一气。他母亲摇摇晃晃的,几乎要摔倒了,嘴里一股劲央告说:“好我的娃娃哩,你再犟,妈就给你下跪呀……”高加林一看父母亲的可怜相,鼻子一酸,一把扶住快要栽倒的母亲,头痛苦地摇了几下,说:“妈妈,你别这样,我听你们的话,不告了……”

两个老人这才放开儿子,用手背手掌擦拭着脸上的泪水。高加林身子僵硬地靠在炕栏石上,沉重地低下头。外面,虽然不再打闪吼雷,雨仍然像瓢泼一样哗哗地倾倒着。河道里传来像怪兽一般咆哮的山洪声,令人毛骨悚然。

他妈见他平息下来,便从箱子里翻出一件蓝布衣服,披在他冰凉的光身子上,然后叹了一口气,转到后面锅台上给他做饭去了。他父亲摸索着装起一锅烟,手抖得划了十几根火柴才点着——而忘记了煤油灯的火苗就在他的眼前跳荡。他吸了一口烟,弯腰弓背地转到儿子面前,思思谋谋地说:“咱千万不敢告人家。可是,就这样还不行……是的,就这样还不行!”他决断地喊叫说。

高加林抬起头来,认真地听父亲另外还有什么惩罚高明楼的高见。

高玉德头低倾着吸烟,一副老谋深算的样子。过了好一会,他才扬起那饱经世故的庄稼人的老皱脸,对儿子说:“你听着!你不光不敢告人家,以后见了明楼还要主动叫人家叔叔哩!脸不要沉,要笑!人家现在肯定留心咱们的态度哩!”他又转过白发苍苍的头,给正在做饭的老伴安咐:“加林他妈,你听着!你往后见了明楼家里的人,要给人家笑脸！明楼今年没栽起茄子，你明天把咱自留地的茄子摘上一筐送过去。可不要叫人家看出咱是专意讨好人家啊！唉！说来说去，咱加林今后的前途还要看人家照顾哩！人活低了，就要按低的来哩……加林妈，你听见了没？”

“嗯……”锅台那边传来一声几乎是哭一般的应承。

泪水终于从高加林的眼里涌出来了。他猛地转过身，一头扑在炕栏石上，伤心地痛哭起来。

外面的雨不知什么时候停了，只听见大地上淙淙的流水声和河道里山洪的怒吼声混交在一起，使得这个夜晚久久地平静不下来了……

第二章

高加林醒来以后，他自己并不知道时光已经接近中午了。

近一个月来，他每天都是这样，睡得很早，起得很迟。其实真正睡眠的时间倒并不多，他整晚整晚在黑暗中大睁着眼睛。从绞得乱翻翻的被褥看来，这种痛苦的休息简直等于活受罪。只是临近天明，当父母亲摸索着要起床，村里也开始有了嘈杂的人声时，他才开始迷糊起来。他朦胧地听见母亲从院子里抱回柴火，吧嗒吧嗒地拉起了风箱；又听见父亲的瘸腿一轻一重地在地上走来走去，收拾出山的工具，并且还安咐他母亲给他把饭做好一点……他于是就眼里噙着泪水睡着了。

现在他虽然醒了，头脑仍然是昏沉沉的。睡是再睡不着了，但又不想爬起来。他从枕头边摸出剩了不多几根的纸烟盒，抽出一支点着，贪婪地吸着，向土窑顶上喷着烟雾。他最近的烟瘾越来越大了，右手的两个手指头熏得焦黄。可是纸烟却没有了——准确地说，是他没有买纸烟的钱了。当民办教师时，每月除过工分，还有几块钱的补贴，足够他买纸烟吸的。

接连抽了两支烟,他才感到他完全醒了。本来最好再抽一支更解馋,但烟盒里只剩了最后一支——这要留给刷牙以后享用。他开始穿衣服。每穿完一件,总要愣怔半天,才穿另一件。好长时间他才磨磨蹭蹭下了炕,在水瓮里舀了一勺凉水往干毛巾上一浇,用毛巾中间湿了的那一小片对付着擦擦肿胀的眼睛。然后他舀一缸子凉水,到院子里去刷牙。

外面的阳光多刺眼啊!他好像一下子来到了另一个世界。天蓝得像水洗过一般。雪白的云朵静静地飘浮在空中。大川道里,连片的玉米绿毡似的一直铺到西面的老牛山下。川道两边的大山挡住了视线,更远的天边弥漫着一层淡蓝色的雾霭。向阳的山坡大部分是麦田,有的已经翻过,土是深棕色的;有的没有翻过,被太阳晒得白花花的,像刚熟过的羊皮。所有麦田里复种的糜子和荞麦都已经出齐,泛出一层淡淡浅绿。川道上下的几个村庄,全都罩在枣树的绿荫中,很少看得见房屋;只看见每个村前的打麦场上,都立着密集的麦秸垛,远远望去像黄色的蘑菇一般。

他的视线被远处一片绿色水潭似的枣林吸引住了。他怕看见那地方,但又由不得看。在那一片绿荫中,隐隐约约露出两排整齐的石窑洞。那就是他曾工作和生活了三年的学校。

这学校是周围几个村子共同办的,共有一百多学生,最高是五年级,每年都要向城关公社中学输送一批初中学生。高加林一直当五年级的班主任。这个年级的算术和语文课也都由他代。他并且还给全校各年级上音乐和图画课——他在那里曾是一个很受尊重的角色。别了,这一切!

他无精打采地转过脸,蹲在埝畔上开始刷牙,村子里静悄悄的。男人们都出山劳动去了,孩子们都在村外放野。村里已经有零星的吧嗒吧嗒拉风箱的声音,这里那里的窑顶上,也开始升起了一缕一缕蓝色的炊烟。这是一些麻利的妇女开始为自己的男人和孩子们准备午饭了。河道里,密集的杨柳丛中,叫蚂蚱间隔地发出了那种叫人心烦的单调的大合唱。

高加林刷牙的时候,看见他母亲正佝偻着身子,在对面自留地的茄子畦里拔草,满头白发在阳光下那么显眼。一种难受和羞愧使他的胸部一阵绞痛。他很快把牙刷从嘴里拔出来,在心里说:我这一个月实在不像话了!两个老人整天在地里操磨,我怎能老待在家里闹情绪呢?不出山,让全村人笑话!是的,他已经感到全村人都在另眼看他了。大家对高明楼做的不讲理的事已经习以为常了,但对村里任何一个不劳动的二流子都反感。庄稼人嘛,不出山劳动,那是叫任何人都瞧不起的。加林痛苦地想,他可再不能这样下去了!生活是严酷的,他必须承认他目前的地位——他已经是一个地地道道的农民了!高加林这样想着,正准备转身往回走,听见背后有人说:"高老师,你在家哩?"他转身一看,认出是后川马店村一队的生产队长马拴。

马拴虽然不识字,但是代表马店大队参加学校管理委员会,常来学校开会,他们很熟悉。这是一个老实后生,心地善良,但人又不死板,做庄稼和搞买卖都是一把好手。

他看见平时淳朴的马拴今天一反常态。他推一辆崭新的自行车,车子被彩色塑料带缠得花花绿绿,连辐条上都缠着一些色彩鲜艳的绒球,讲究得给人一种俗气的感觉。他本人打扮得也和自行车一样体面:大热的天,一身灰的确良衬衣外面又套一身蓝涤卡罩衣;头上戴着黄的确良军式帽,晒得焦黑的胳膊上撑一只明晃晃的镀金链手表。他大概自己也为自己的打扮和行装有点不好意思,别扭地笑着。加林此刻虽然心情不好,也为马拴这身扎眼的装束忍不住笑了,问:"你打扮得像新女婿一样,干啥去了?"

马拴脸通红,笑了笑说:"看媳妇去了!人家正给我说你们村刘立本的二女子哩!"

加林这才明白为什么他今天里外一崭新。眼下农民看对象都是这种打扮。他问:"是巧珍吗?"

“就是的。”

“那你这把川道里的头梢子拔了！你不听人家说，巧珍是‘盖满川’吗？”加林开玩笑说。

“果子是颗好果子，就怕吃不到咱嘴里！”憨厚的马拴笑嘻嘻地说了句粗话。

“看得怎样？成了吧？”

“离城还有十五里！咱跑了几回，看他们家里大人倒没啥意见，就是本人连一次面也不露。大概嫌咱没文化，脸黑。脸是没人家白，论文化，她也和我一样，斗大字不识几升！唉，现在女的心都高了！”

“慢慢来，别着急！”

“对对对！”马拴哈哈大笑了。

“回我们家喝点水吧？”

“不了，在我老丈人家里喝过了！”

这回轮上高加林哈哈大笑了。他想不到这个不识字的农民说话这么幽默。马拴戴手表的胳膊扬了扬，给他打了告别，便跨上车子，向川道里的架子车路飞奔而去了。

加林靠在埝畔的一棵枣树上，一直望着他的背影没入了玉米的绿色海洋里。他忍不住扭过头向后村刘立本家的院子望了望。

刘立本绰号叫“二能人”，队里什么官也不当，但全村人尊罢高明楼就最敬他。他心眼活泛，前几年投机倒把，这二年堂堂皇皇做起了生意，挣钱快得马都撵不上，家里光景是全村最好的。高明楼虽然是村里的“大能人”，但在经济战线上，远远赶不上“二能人”。对于有钱人，庄稼人一般都是很尊重的。不过，村里人尊重刘立本，也还有另外一个原因。立本的大女儿巧英前年和高明楼的大儿子结婚了，所以他的身份在村里又高了一截。“大能人”和“二能人”一联亲，两家简直成了村里的主宰。全村只有他们两家圈围墙，盖门楼，一家在前村，一家在后村，虎踞龙盘，俨然是这川道里像样的大户人家。从内心说，高加林可不像一般庄稼人那样羡慕和尊重这两家人。他虽然出身寒门，但他没本事的父亲用劳动换来的钱供养他上学，已经把他身上的泥土味冲洗得差不多了。他已经有了一般人们所说的知识分子的“清高”。在他看来，高明楼和刘立本都不值得尊敬，他们的精神甚至连一些光景不好的庄稼人都不如。高明楼人不正派，仗着有点权，欺上压下，已经有点“乡霸”的味道；刘立本只知道攒钱，前面两个女儿连书都不让念——他认为念书是白花钱。只是后来，才把三女儿巧玲送学校，现在算高中快毕业了。这两家的子弟他也不放在眼里。高明楼把精能全占了，两个儿子脑子都很迟笨。二儿子三星要不是走后门，怕连高中都上不了。刘立本的三个女儿都长得像花朵一样好看，人也都精精明明的，可惜有两个是文盲。虽然这样，加林此刻站在塄畔上只是恼恨地想：他们虽然被他瞧不起，但他自己现在又是个什么光景呢？

一种强烈的心理上的报复情绪使他忍不住咬牙切齿。他突然产生了这样的思想：假若没有高明楼，命运如果让他当农民，他也许会死心塌地在土地上生活一辈子！可是现在，只要高家村有高明楼，自己就非要比他更有出息不可！要比高明楼他们强，非得离开高家村不行！这里很难比过他们！他决心要在精神上，要在社会的面前，和高明楼他们比个一高二低！他把缸子、牙刷送回窑，打开箱子找一件外衣，准备到前川菜园下面的那个水潭里洗个澡。

他翻出一件黄色的军用上衣，眼睛突然亮了。这件衣服是他叔父从新疆部队上寄回的，他宝贵得一直舍不得穿。他父亲唯一的弟弟从小出去当兵，解放以后才和家里联系上，几十年没回一次家。一年通几次信，年底给他们寄一点零花钱，关系仅此而已。叔父听说是副师政委，这是他们家的光荣和骄傲，只是离家远，在他们的生活中不起什么作用。

高加林拿起这件衣服，突然想起要给叔父写一封信，告诉一下他目前的处境，看叔父能不能在新疆给他找个工作。当然，他立刻想到，父母亲就他一个独苗儿，就是叔父在那里能给他找下工作，他们也不会让他去的。但他决定还是要给叔父写信。他渴望远走高飞——到时候,他会说服父母亲的。

他于是很快伏在桌子上,用他文科方面的专长,很动感情地给叔父写了一封信,放在了箱子里。他想明天县城逢集,他托人把信在城里很快寄出去。

这个突然冒出来的想法,给他精神上带来很大的安慰。他立刻觉得轻松起来,甚至有点高兴。

他把这件黄军衣穿在身上,愉快地出了门,沿着通往前川的架子车路,向那片色彩斑斓的菜园走去。

黄土高原八月的田野是极其迷人的,远方的千山万岭,只有在这个时候才用惹眼的绿色装扮起来。大川道里,玉米已经一人多高,每一株都怀了一个到两个可爱的小绿棒;绿棒的顶端,都吐出了粉红的缨丝。山坡上,蔓豆、小豆、黄豆、土豆都在开花,红、白、黄、蓝,点缀在无边无涯的绿色之间。庄稼大部分都刚锄过二遍,又因为不久前下了饱墒雨,因此地里没有显出旱象,湿润润,水淋淋,绿蓁蓁,看了真叫人愉快和舒坦。

高加林轻快地走着,烦恼暂时放到了一边,年轻人那种热烈的血液又在他身上欢畅地激荡起来。他折了一朵粉红色的打碗碗花,两个指头捻动着花茎,从一片灰白的包心菜地里穿过,接连跳过了几个土塄坎,来到了河道里。

他飞快地脱掉长衣服,在那一潭绿水的上石崖上扩胸、下蹲——他已经决定不是简单洗个澡,而要好好游一次泳。

他的裸体是很健美的。修长的身材,没有体力劳动留下的任何印记,但又很壮实,看出他进行过规范的体育锻炼。脸上的皮肤稍有点黑;高鼻梁,大花眼,两道剑眉特别耐看。头发是乱蓬蓬的,但并不是不讲究,而是专门讲究这个样子。他是英俊的,尤其是在他沉思和皱着眉头的时候,更显示出一种很有魅力的男性美。高加林活动了一会,便像跳水运动员一般从石崖上一纵身跳了下去,身体在空中划了一条弧线,就优美地没入了碧绿的水潭中。他在水里用各种姿势游,看来蛮像一回事。

一刻钟以后,他从跌水哨的一边爬上来,在上面的浅水里用肥皂洗了一遍身子,然后躲在一个石窝里换了裤子,光着上身回到石崖上面,躺在一棵桃树下。这棵桃树是一辈子打光棍的德顺老汉的。桃子还没熟的时候,好心的老光棍就全摘了分给村里的娃娃。现在这树上只留下一些不很茂密的树叶,倒也能遮一些阴凉。

高加林把衫子铺到地上,两只手交叉着垫到脑后,舒展开身子躺下来,透过树叶的缝隙,无意识地望着水一般清澈的蓝天。时光已经到了中午,但他的肚子也不觉得饿。河道离得很近,但水声听起来像是很远,潺潺的,像小提琴拉出来的声音一般好听。这时候,在他右侧的玉米地里,突然传来一阵女孩子悠扬的信天游歌声:

上河里(那个)鸭子下河里鹅,
一对对(那个)毛眼眼望哥哥……

歌声甜美而嘹亮,只是缺乏训练,带有一点野味。他仔细听了一下,声音像是刘立本家的巧珍。他一下子记起刚才马拴看媳妇的洋相,又联想到巧珍唱的歌,忍不住笑了,心里说:你哥哥专门来望你哩,没望见你;他人走了,你现在才望他哩……他这样想这件可笑事时,就听见他旁边的玉米林子里响起沙沙的声音。坏了!大概是巧珍从这里过路回家呀。

高加林慌忙坐起来,两把穿上了衣服。他的最后一颗扣子还没扣上,巧珍提一篮子猪草已经站在他面前了。

刘巧珍看起来根本不像个农村姑娘。漂亮不必说,装束既不土气,也不俗气。草绿的确良裤子,洗得发白的蓝劳动布上衣,水红的确良衬衣的大翻领翻在外边,使得一张美丽的脸庞显得异常生动。

她扑闪着一双水灵灵的大眼睛,局促地望了一眼高加林,然后从草篮里摸出一个熟得皮都有点发黄的甜瓜递到高加林面前,说:“我们家自留地的。我种的。你吃吧,甜得要命!”接着,她又从口袋里掏出自己洗得干干净净的花手帕,让加林揩一揩甜瓜。高加林很勉强地接过甜瓜,但没有接她的手帕,轻淡地对她说:“我现在不想吃,我一会再……”

巧珍似乎还想和他说话,看他这副样子,犹豫了一下,低着头向上边地畔的小路上走了。

高加林把甜瓜放在一边,下意识地回过头朝地畔上望了一眼,结果发现走着的巧珍也正回过头望他。他赶忙扭过头,烦恼地躺在了地上,他在感情上对这个不识字的俊女子很讨厌,因为她姐姐是高明楼的儿媳妇!

他并不想吃甜瓜,此刻倒很想抽一支烟。他明知道纸烟早已经抽光,卷着抽的旱烟叶子也没带来,但两只手还是下意识地在身上所有的衣袋上都按了按,结果只是失望地叹了一口气。“加林!加林!快回去吃饭嘛!躺在这儿干啥哩?”他听见父亲在上地畔上叫他。他站起身,把巧珍送的那个甜瓜装在上衣口袋里,向菜地畔上走去。他上了地畔,先把父亲的烟锅接过来,点着一锅,拼命吸了一口,立刻呛得他弯下咳嗽了半天。

他父亲叹息了一声,说:“别抽这旱烟了,劲太大!”他把旱烟锅从儿子手里夺过来,说:“加林,我在山里思谋了一下,明儿个县里逢集,干脆让你妈蒸上一锅白馍,你提上卖去!咱家里点灯油和盐都快完了,一个来钱处都没有嘛!再说,卖上两个钱,还能给你买一条纸烟哩!”

高加林揩了揩咳嗽呛出的眼泪,直起腰看了看父亲等待他回答的目光,犹豫了半天。他很快想起他给叔父写好的信,觉得明天上一趟县城也好,他可以亲自把信发出去——要是托给别人邮,万一丢了怎么办?他于是同意了父亲的这个提议,决定明天到县城赶集去。

第三章

吃过早饭不久，在大马河川道通往县城的简易公路上，已经开始出现了熙熙攘攘去赶集的庄稼人。由于这两年农村政策的变化，个体经济有了大发展，赶集上会，买卖生意，已经重新成了庄稼人生活的重要内容。

公路上，年轻人骑着用彩色塑料缠绕得花花绿绿的自行车，一群一伙地奔驰而过。他们都穿上了崭新的“见人”衣裳，不是涤卡，就是的确良，看起来时兴得很。粗糙的庄稼人的赤脚片上，庄重地穿上尼龙袜和塑料凉鞋。脸洗得干干净净，头梳得光光溜溜，兴高采烈地去县城露面：去逛商店，去看戏，去买时兴货，去交朋友，去和对象见面……

更多的庄稼人大都是肩挑手提：担柴的、挑菜的、吆猪的、牵羊的、提蛋的、抱鸡的、拉驴的、推车的；秤匠、鞋匠、铁匠、木匠、石匠、篾匠、毡匠、箍锅匠、泥瓦匠；游医、巫婆、赌棍、小偷、吹鼓手、牲口贩子……都纷纷向县城涌去了。川北山根下的公路上，蹚起了一股又一股的黄尘。

当高加林挽着一篮子蒸馍加入这个洪流的时候，他立刻后悔起来。他感到自己突然变成一个真正的乡巴佬了。他觉得公路上前前后后的人都朝他看。他，一个曾经是潇潇洒洒的教师，现在却像一个农村老太婆一样，上集卖蒸馍去了！他的心难受得像无数虫子在咬着。

但这一切是毫无办法的。严峻的生活把他赶上了这条尘土飞扬的路。他不得不承认，他现在只能这样开始新的生活。家里已经连买油量盐的钱都没了，父母亲那么大的年纪都还整天为生活苦熬苦累，他一个年轻轻的后生，怎好意思一股劲呆下吃闲饭呢？他提着蒸馍篮子，头尽量低着，什么也不看，只瞅着脚下的路，匆匆地向县城走。路上,他想起父亲临走时安咐他,叫他卖馍时要吆喝,他的脸立刻感到火辣辣地发烧。

天啊,他怎能喊出声来!

“可是,”他想,“如果我不叫卖,谁知道我提这蒸馍是干啥哩?”走到一个小沟岔的时候,高加林突然想:干脆让我先跑到这没人的拐沟里试验喊叫一下,到城里好习惯一些嘛!

他满脸通红朝公路两头望了望,见没什么人,于是就像做一件见不得人的事一样,匆忙地折身走进了公路边的那条拐沟里。他在这荒沟里走了好一段路,直到看不见公路的时候才站住。他站住,口张了一下,但没勇气喊出声来。又张了一下口,还是不行。短短的时间里,汗水已经沁满了他的额头。四野里静悄悄的,几只雪白的蝴蝶在他面前一丛淡蓝色的野花里安详地飞着;两面山坡上茂密的苦艾发出一股新鲜刺鼻的味道。高加林感到整个大地都在敛声屏气地等待他那一声“白蒸馍哎——”啊呀,这是那么的难人!他感到就像要在大庭广众面前学一声狗叫唤一样受辱。他用手背擦了一下额头的汗水,决心下一声非喊出来不可!他狠狠地咽了一口唾沫,把眼一闭,张开嘴怪叫一声:“白蒸馍哎——”他听见四山里都在回荡着他那一声演戏般的、悲哀的喊叫声。他牙咬住嘴唇,强忍着没让眼里的泪花子溢出来。

他直愣愣地在这个荒沟野地里站了老半天,才难受地回到公路上,继续向县城走去。从他们村到县城只有十来里路,但他感到这段路是多么的漫长和艰难。他知道,更大的困难还在前头——在那万头攒动的集市上!

当他走到大马河与县河交汇的地方,县城的全貌已经出现在视野之内了。一片平房和楼房交织的建筑物,高低错落,从半山坡一直延伸到河岸上。亲爱的县城还像往日一样,灰蓬蓬地显出了它那诱人的魅力。他没有走过更大的城市,县城在他的眼里就是大城市,就是别一番天地。他对这里的一切都是熟悉的,亲切的;从初中到高中，他都是在这里度过。他对自己和社会的深入认识，对未来生活的无数梦想，都是在这里开始的。学校、街道、电影院、商店、浴池、体育场……生活是多么地丰富多彩！可是，三年前，他就和这一切告别了……现在，他又来了。再不是当年的翩翩少年，衣服整洁而笔挺，满身的香皂味，胸前骄傲地别着本县最高学府的校徽。他现在提着蒸馍篮子，是一个普通的赶集的庄稼人了。

往事的回忆使他心酸。他靠在大马河桥的石栏杆上，感到头有点眩晕起来。四面八方赶集的人群正源源不绝地通过大桥，进了街道。远处城市中心街道的上空，腾起很大一片灰尘，嘈杂的市声听起来像蜂群发出的嗡嗡声一般。

他猛然想到一个更糟糕的问题：要是碰上他在县城的同学怎么办？他下意识地抬起头，先慌忙朝前后看了看。这时候他才真正后悔赶这趟集了。一般的赶集倒也没什么，可他是来卖蒸馍的呀！现在折回去吗，可这怎行呢！他已经走到了县城。再说，家里连一点零花钱都没有了，这样回去，父母亲虽然不会说什么，但他们肯定心里会难受的——不仅为这篮没卖掉的蒸馍，更为他的没出息而难受！

"不，"他想，"我既然来了，就是硬着头皮也要到集上去！"

当然，他也在心里祷告，千万不要碰上县城里的同学。

他很快提起篮子，过了桥，向街道上走去。他准备穿过街道，到南关里去。那里是猪市、粮食市和菜市，人很稠，除过买菜的干部，大部分都是庄稼人，不显眼。

当他路过汽车站候车室外面的马路时，脸刷一下白了——白了的脸很快又变得通红。他感到全身的血一下都向脸上涌上来了：他猛然看见他高中时的同班同学黄亚萍和张克南正站在候车室门口。躲是来不及了，他俩显然也看见了他，已经先后向他走过来了。高加林恨不得把这篮子馍一下扔到一个人所不知的地方。张克南和黄亚萍很快走到他面前了，他只好伸出空着的那只手和克南握了握手。他俩问他提个篮子干啥去呀。他即兴撒了个谎，说去城南一个亲戚家里走一趟。黄亚萍很快热情地对他说:“加林,你进步真大呀!我看见你在地区报上发表的那几篇散文啦!真不简单!文笔很优美,我都在笔记本上抄了好几段呢!”

“你还在马店教书吗?”克南问他。

他摇摇头,苦笑了一下说:“已经被大队书记的儿子换下来了,现在已经回队当了社员。”

黄亚萍立刻焦虑地说:“那你学习和写文章的时间更少了!”

高加林解嘲地说:“时间更多了!不是有一个诗人写诗说:‘我们用镢头在大地上写下了无数的诗行’吗?”

他的幽默把他的两个同学都逗笑了。

“你们出差去吗?”加林问他们俩。他隐约地感到,他们两个的关系似乎有点微妙。在中学时,他俩的关系倒也很一般。

“我不出去。克南要到北京给他们单位买彩色电视机。我是闲逛哩……”黄亚萍说着,似乎有点不好意思。

“你还在副食公司当保管吗?”加林问克南。

“不。前不久刚调到副食门市上。”克南说。

“高升了!当了门市部主任!不过,前面还有个副字!”亚萍有点嘲弄地看了看克南,不以为然地撇了一下嘴。

“要买什么烟酒一类的东西,你来,我尽量给你想办法。我这人没其他能耐,就能办这么些具体事。唉,现在乡下人买一点东西真难!”克南对他说。

尽管张克南这些话都是真诚的,但高加林由于他自己的地位,对这些话却敏感了。他觉得张克南这些话是在夸耀自己的优越感。他的自尊心太强了,因此精神立刻处于一种藐视一切的状态,稍有点不客气地说:“要买我想其他办法,不敢给老同学添麻烦!”一句话把张克南刺了个大红脸。

黄亚萍也是个灵人,已经听出他俩话不投机,便对高加林说:“你下午要是有空,上我们广播站来坐坐嘛!你毕业后,进县城从不来找我们拉拉话。你还是那个样子,脾气真犟!”

“你们现在位置高了,咱区区老百姓,实在不敢高攀!”加林的坏毛病又犯了!一旦他感到自己受了辱,话立刻变得非常刻薄,简直叫人下不了台。

张克南已经明显地有点受不了了,正好车站的广播员让旅客排队买票,这一下把大家都解脱了。

克南马上和他握了手,先走了。亚萍犹豫了一下,对他说:“……我真的想和你拉拉话。你知道,我也爱好文学,但这几年当个广播员,光练了嘴皮子了,连一篇小小的东西都写不成,你一定来!”她的邀请是真诚的,但高加林不知为什么,心里感到很不舒服。他对亚萍说:“有空我会来的。你快去送克南吧,我走了。”

黄亚萍的脸刷一下红了,说:“我不是去送他的!我来车站接一个老家来的亲戚……”她显然也即兴撒了个谎。加林心里想:你根本没必要撒谎!

高加林再不说什么,他向她很礼貌地点点头,便转身向街道上走去。他一边走,一边心里为他和亚萍各自撒的谎感到好笑,忍不住自言自语说:“你去接你的‘亲戚’吧,我也得看我的‘亲戚’去了……”

但是,刚才和克南、亚萍的见面,很快又勾起了他对往日学校生活的回忆。在学校时,亚萍是班长,他是学习干事,他们之间的交往是比较多的。他俩也是班上学习最好的,又都爱好文学,互相都很尊重。他和克南平时不是太接近的,因为都在校篮球队,只是打球的时候才在一块交往得多一些。

黄亚萍是江苏人,她父亲是县武装部长和县委常委。亚萍是在他刚上高中的那年随父亲调来县上,插入他那个班的。她带有鲜明的南方姑娘的特点,又经过世面,那种聪敏、大方和不俗气,立刻在整个学校都很惹眼了。高加林虽然出身农民家庭,也没走过大城门,但平时读书涉猎的范围很广;又由于山区闭塞的环境反而刺激了他爱幻想的天性,因而显得比一般同学飘洒,眼界也宽阔。黄亚萍很快发现了他的这种气质,很自然地在班上更接近他。他同样也喜欢和她在一块。因为在这之前,他还没有接触过这样的女生。本地女同学和黄亚萍相比,都有点不大方,有的又很俗气,动不动就说吃说穿,学习大部分都赶不上男同学,他很少和她们来往。他俩有时在一块讨论共同看过的一本小说,或者说音乐,说绘画,谈论国际问题。班上的同学一度曾议论过他们的长长短短。他当时并不敢想什么出边的事。他和黄亚萍相比,有难以克服的自卑感。这不是说他个人比她差,而是指家庭、经济条件和社会地位这些方面而言。在这些方面,张克南全部有。克南父亲是县商业局长,他母亲也是县药材公司的副经理,在县上都是很像样的人物。当时,克南也对亚萍有好感,经常设法和她接近,但看出她并没有和他过多交往的愿望。

很快,高中毕业了。他们班一个也没有考上大学。农村户口的同学都回了农村,城市户口的纷纷寻门路找工作。亚萍凭她一口高水平的普通话到了县广播站,当了播音员。克南在县副食公司当了保管。生活的变化使他们很快就隔开很远了,尽管他们相距只有十来里路,但在实际生活中,他们已经是在两个世界了。高加林回村后,起初每当听见黄亚萍清脆好听的普通话播音的时候,总有一种很惆怅的感觉,就好像丢了一件贵重的东西,而且没指望找回来了。后来,这一切都渐渐地淡漠了。只是不知什么时候,他隐约听另外村一个同学说,黄亚萍可能正和张克南谈恋爱时,他才又莫名其妙地难受了一下。以后他便很快把这一切都推得更远了,很长时间甚至没有想到过他们……他刚才碰见他们,感到很晦气。他现在一边提着蒸馍篮子往热闹的集市中间走,一边眼睛灵活地转动着,以防再碰上城里工作的同学。刚到十字街口,接近人流漩涡的地方,他又碰到了一个熟人!

不过,这回他倒没什么恐慌。当他们城关公社文教专干马占胜有点尴尬地过来和他握手时,他这一刻不觉得胳膊上挽的蒸馍篮子丢人了——哼!让他看看吧,正是他们把他逼到了这个地步!当专干问他干啥时,他很干脆地告诉他:卖蒸馍!他并且从篮子里取出一个来,硬往马占胜手里塞。他感到他拿的是一颗冒烟的、带有强烈报复性的手榴弹!

马占胜两只手慌忙把这个蒸馍捉住,又重新硬塞到篮子里,手在已经有了胡楂的脸上摸了一把,显得很难受的样子说:"加林!你大概一直在心里恨我哩!我一肚子苦水无处倒哇!有些话,我真想给你说,又不好说!现在你听我给你说。"马占胜把高加林拉在十字街自行车修理部的一个拐角处,又摸了一把脸,放低声音说:

"唉,好加林哩!你不知情,咱公社的赵书记和你们村的高明楼是十几年的老交情了。别看是上下级关系,两人好得不分你我。前几年,明楼家没什么要安排的人,就一直让你教书。今年他二小子高中毕业了,他在公社跑了几回,老赵当然要考虑。你知道,这几年国民经济调整哩,国家在农村又不招工招干,因此农村把民办教师这工作看得很重要。明楼当然想叫他小子干这事嘛!下另外村子的教师,人家谁让哩?因此,就只好把你下了,让三星上。这事虽然是我在会上宣布的,可这不是我决定的嘛!我马占胜哪有这么大的牛皮!因此,好加林哩,你千万不要恨我!"

高加林心不在焉地用手指头理了理头发,对专干说:"老马,你太多心了。你不说,我也都了解这些情况,我们共事几年了,你应该了解我。"

"我当然了解你!全公社教师里面,你是拔尖的!再说,你这娃娃心眼活,性子硬,我就喜欢这号人。不怕!……噢,我忘记告诉你了,我已经调到县政府的劳动局,算是提拔了,当了个副局长。我前几天还给公社赵书记谈过,叫他有机会就考虑再让你当教师。赵书记满口答应了……不怕!你等着!……你快忙你的,我还要开个会哩。新官上任三把火!咱烧不起来火,最起码得按时给人家应酬嘛!……"

马占胜说完,手在脸上摸了一把,和高加林握了一下手,像逃避什么似的很快就钻到了人群里。

高加林因为一直就对这个公社有名的滑头没有好感,所以基本上没认真听他说了些什么。他现在只知道他离开了城关公社,高升到县政府了。但这些和他有什么关系呢?他现在最要紧的是把胳膊上挽的这篮子蒸馍卖掉!

高加林很快从街道里的人群中挤过,向南关的交易市场走去。

第四章

县城南关的交易市场热闹得简直叫人眼花缭乱。一大片空场地,挤满了各式各样买卖东西的人。以菜市、猪市、牲口市和熟食摊为主,形成了四个基本的中心。另一个最大的人群中心是河南一个什么县的驯兽表演团,用破旧的蓝布围了一个大圈当剧场,庄稼人挤破脑袋两毛钱买一张票,去看狗熊打篮球,哈巴狗跳罗圈。市场上弥漫着灰尘,噪音像洪水声一般喧嚣,到处充满了庄稼人的烟味和汗味。

高加林提着那篮子馍,从本县那条主要的大街上满头大汗地挤过来,就投入到这个闹哄哄的人海里了。

他提着篮子在人群里瞎挤了一气,自己也不知道该到哪里去。他是个讲卫生的人,雪白的毛巾一直把馍篮子盖得严严的,生怕落进去灰尘。谁也看不出他是个干什么的,有几次他试图把口张开,喊叫一声,但怎么也喊不出声音来。他听见市场上所有卖东西的人都在吆喝,尤其是一些生意油子,那叫卖的声音简直成了一种表演艺术。他以前听见这样的喊叫,只觉得好笑。可现在他在心里很佩服这种什么也不顾忌的欢畅舒坦的叫喊声,觉得也是一种很大的本事。他自己明显地感到,他在这个世界里,成了一个最无能的人。

正当他在人堆里茫然乱挤的时候,听见背后有个妇女对旁边一个什么人说:“今儿个死老头子又要喝酒,请下一堆客人,热得不想做饭,国营食堂的馍又黑又脏,串了半天,这市场上还没个卖好白馍的……”

高加林一听,赶忙转过身,准备把蒸馍上的毛巾揭开。可他身子刚转过去,马上又转了过来,慌忙躲到一个卖木锨的老汉身后——他看见那个寻找着买馍的妇女正好是张克南他妈!以前上学时,他去过克南家一两次,克南他妈认识他!

可怜的小伙子像小偷一样藏在那个卖木锨的老汉背后,直等到看不见克南他妈才又走动起来。也许克南他妈早认不得他了,但他的自尊心使他不能和这样一个过去认识的人做这笔买卖。

这时候,满城的高音喇叭响了起来。喇叭里传来了黄亚萍预报节目的声音。亚萍的声音通过扩音器,变得更庄重和柔和,普通话的水平简直可以和中央台的女播音员乱真。高加林疲乏地背靠在一根水泥电杆上,两道剑眉在眉骨上一跳一跳的。他眼睛微微地闭住,牙齿咬着嘴唇。他想到克南此刻也许正在长途汽车上悠闲地观赏着原野上的风光;黄亚萍正坐在漂亮的播音室里,高雅地念着广播稿……而他,却在这尘土飞扬的市场上颠簸着为几个钱受屈受辱,心里顿时翻起了一股苦涩的味道。

他已经完全无心卖馍了。他决定离开这个他无能为力的场所,到一个稍微清静的地方待一会,至于馍卖不了怎么办,现在他也不想考虑了。到哪里去呢?他突然想起了他已经久违的县文化馆阅览室。他很快又从大街里挤过来,来到十字街以北的县文化馆。因为他爱好文学,文化馆他有几个熟人,本来想进去喝点水,但他很快又打消了这个念头——他今天怕见任何熟人!

他径直进了阅览室,把馍篮放在长椅的角上,从报架上把《人民日报》、《光明日报》、《中国青年报》、《参考消息》和本省的报纸取了一堆,坐在椅子上看起来。这里没什么人。在城市喧嚣的海洋里,难得有这平静的一隅。

他最近由于生活发生了混乱,很多天没看报纸杂志了。他从初中就养成了每天看报的习惯，一天不看报纸总像缺个什么似的。当他好多天以后重新进入报纸的世界，立刻就把所有的一切都忘了个一干二净。

他首先看《人民日报》的国际版。他很关心国际问题，曾梦想过进国际关系学院读书。在高中时，他曾钉过一个很大的笔记本，里面虚张声势地写上"中东问题"、"欧洲共同体国家相互政治经济关系研究"、"东盟五国和印支三国未来关系的演变"、"中美苏三角关系中美国的因素"等等胡思乱想的"研究"题目。现在他想起来已经有点可笑，但当时的"气派"却把同学们吓了一跳！其实他也并没能"研究"什么，只不过剪贴了一点报刊资料而已。

他先把各种报纸翻着浏览了一遍，然后找了一篇长一点的文章"过瘾"。他身子蜷曲在长椅子里，看起了韩念龙在联合国召开的柬埔寨国际会议上的发言。

他把几种大报好多天的重要内容几乎通通看完以后，浑身感到一种十分熨帖舒服的疲倦。

直到阅览室的工作人员来关门的时候，他才大吃一惊：现在已经到城里人吃下午饭的时光了！

他慌忙提起蒸馍篮子，出了阅览室。

太阳已经远远向西边倾斜过去了。市声基本落下，街道上稀稀落落的没有了多少人。

啊呀，他在阅览室待的时间太长了！现在怎么办呢？庄稼人大部分都已经像潮水一样退出了城市，这时候他要是再出现在街上，很容易碰见熟悉的同学。

想来想去，没有什么办法了。他站在阅览室的门口踌躇了半天，最后只好决定提篮子回家去。

他垂头丧气出了城，向大马河川道那里走去，一切都还是来的样子，篮子里的白馍一个也没少。他赶这回集，连一分钱的买卖都没做。他走到大马河桥上时，突然看见他们村的巧珍立在桥头上，手里拿块红手帕扇着脸，身边撑着他们家新买的那辆“飞鸽”牌自行车。巧珍看见他，主动走过来了，并且站在了他的面前——

实际上等于把他堵在了路上。

“加林，你是不是卖馍去了？”她脸红扑扑的，不知为什么，看来精神有点紧张，身体像发抖似的微微颤动着，两条腿似乎都有点站不稳。

“嗯……”高加林应承了一声，很奇怪地看了她一眼，没话寻话地说，“你也赶集去了？”

“嗯……”巧珍用手帕揩着脸上沁出的汗珠，眼睛斜看着她的自行车，但精神却在注意他，说，“我来赶集，一点事也没……加林，”她突然转过脸看着他说，“我知道你一个馍也没卖掉！我知道哩！你怕丢人！你干脆把馍给我，你在这里把我的车子看住，让我给你卖去！”

巧珍说着，两只手很快过来拿他的篮子。

高加林闷头闷脑地还没反应过来这是怎么一回事，巧珍已经从他胳膊上把篮子夺走了。她什么话也没说，提着篮子就反身向街道上走去了。高加林望着她远去的苗条的背影，不知该如何是好。他两只手在桥栏杆上摸来摸去，怎么也弄不清楚为什么突然出现了这样的事情。

对于巧珍来说，她今天的行动是蓄谋已久的。不是一天两天，而是多少年埋藏在她心中的感情，已经忍无可忍——

她要爆发了！否则，她觉得自己简直活不下去了！

刘立本这个漂亮得像花朵一样的二女子，并不是那种简单的农村姑娘。她虽然没有上过学，但感受和理解事物的能力很强，因此精神方面的追求很不平常。加上她天生的多情，形成了她极为丰富的内心世界。村前庄后的庄稼人只看见她外表的美，而不能理解她那绚丽的精神光彩。可惜她自己又没文化，无法接近她认为“更有意思”的人。她在有文化的人面前，有一种深刻的自卑感。她常在心里怨她父亲不供她上学。等她明白过来时，一切都已经为时过晚了。

为了这个无法弥补的不幸,她不知暗暗哭过多少回鼻子。

但她决心要选择一个有文化,而又在精神方面很丰富的男人做自己的伴侣。就她的漂亮来说,要找个公社的一般干部,或者农村出去的国家正式工人,都是很容易的,而且给她介绍这方面对象的媒人把她家的门槛都快踩断了。但她统统拒绝了。这些人在她看来,有的连农民都不如。退一步说,就是和这样的人结婚,男人经常在门外,一年回不来几次;娃娃、家庭都要她一个人操磨。这样的例子在农村多得很!而最根本的是,这些人里没有她看得上的。如果真正有合她心的男人,她就是做出任何牺牲也心甘情愿。她就是这样的人!

她父亲虽然生了她,养活了她,但根本不理解她。他见她不寻干部、工人,就急着给她找农村的。并且一心看上个马店的马拴。马拴这人前几年公社农田基建会战时,她和他接触不少。他人诚实,心眼也不死,做买卖很利索,劳动也是村前庄后出名的。家里的光景富裕而殷实,拿农村的眼光看,算是上等人家。但她就是产生不了爱马拴的感情。尽管马拴热心地三一回五一回常往她家里跑,她总是躲着不见面,急得她父亲把她骂过好几回了。

其实,她并不是没有自己心上的人。多年来,她内心里一直都在为这个人发狂发痴——这人就是高加林!

巧珍刚懂得人世间还有爱情这一回事的时候,就在心里爱上了加林。她爱他的飘洒的风度、漂亮的体型和那处处都表现出来的大丈夫气质。她认为男人就应该像个男人;她最讨厌男人身上的女人气。她想,她如果跟了加林这样的男人,就是跟上他跳了崖也值得!她同时也非常喜欢他的那一身本事:吹拉弹唱,样样在行;会安电灯,会开拖拉机,还会给报纸上写文章哩!再说,又爱讲卫生,衣服不管新旧,常穿得干干净净,浑身的香皂味!

她曾在心里无数次梦想她和这个人在一起的情景:她把她的手放在他的手里,让他拉着,在春天的田野里,在夏天的花丛中,在秋天的果林里，在冬天的雪地上，走呀，跑呀，并且像人家电影里一样，让他把她抱住，亲她……

可是在现实生活里，她的自卑感使她连走近他的勇气都没有。她时时刻刻在想念他，又处处在躲避他。她怕她的走路、姿势和说话在他面前显出什么不妥当来，惹她心爱的人笑话。但是，她的心思和眼睛却从来也没有离开过他啊！

加林上高中时，她尽管知道人家将来肯定要远走高飞，她永远不会得到他，但她仍然一往情深，在内心里爱着他。每当加林星期天回来的时候，她便找借口不出山，坐在家院子的塄畔上，偷偷地望对面加林家的院子。加林要是到村子前面的水潭去游泳，她就赶忙提个猪草篮子到水潭附近的地里去打猪草。星期天下午，她目送着加林出了村子，上县城去了，她便忍不住眼泪汪汪，感到他再也不回高家村了。

加林高中毕业没考上大学，灰溜溜地回到村里以后，巧珍高兴得几乎发了疯。她多少次的梦想露出了希望的光芒。她谋算：加林现在成了农民，大概将来就得找个农村媳妇吧？如果他找农村户口的姑娘，她虽然没文化，但她自己有信心让他爱她。她知道她有一个别的姑娘很难比上的长处：俊。

可是，希望的光芒很快暗淡了。加林当了教师。教师现在是唯一有希望进入商品粮世界的。按加林的能力来说，将来完全有把握转成正式教师。

她又陷入了深深的痛苦之中。她常常一个人躲在他们家塄畔上的那棵老槐树后面，向学校那里呆呆地张望。她目送着加林从那条被学生娃踩得白光刺眼的小路上向学校走去；又望着他从那条路上向村里走来……

她是个心眼很活的姑娘！所有这一切做得谁也看不出来。是的，村里谁也不知道这个俊女孩子的梦想和痛苦！只有她在县城正上高中的妹妹巧玲，似乎有一点觉察，有时对她麻木的发呆和莫名其妙的焦躁不安,诡秘地一笑,或真诚地为她叹息一声!现在,在高加林又一次当了农民的时候,她那长期被压抑的感情又一次剧烈地复活了。这次就好像火山冲破了地壳,感情的洪流简直连她自己也控制不住了。她为他当了农民而高兴,又同时为他的痛苦而痛苦——为此,她甚至还在她大姐面前骂高明楼不是个人。

她不知道该怎样心疼他。昨天中午,她看见他去游泳的时候,匆忙提了猪草篮在水潭边的玉米地里穿过,顺便摘了自留地的一个甜瓜,想破开脸皮去安慰一下他;今天她看见他上集去了,又骑了个车子撵来了。她今天上集的确什么事也没;她赶这回集,完全是想找机会对他说出她全部的心里话!她今天实际上一直都不远不近地跟着加林在集上的人群里挤。她看见亲爱的人提着蒸馍篮子,在人群里躲躲闪闪,一个也卖不了,后来痛苦地靠在水泥电杆上闭起眼睛的时候,她脸上的泪水也刷刷地淌着,手帕揩也揩不及。

后来,她看见加林进了文化馆,知道他的蒸馍是卖不出去了。她当时很想也进阅览室去,但她想,自己不识字,进那里去干什么?再说,那里面人多,她不好和加林说什么话。于是,她就骑车来到大马河桥上,在那里等他过来,从中午一直站到下午……刘巧珍现在提着一篮子蒸馍,兴奋地走在县城的大街上,感到天地一下子变得非常明亮了,好像街道上所有的人都在咧开嘴巴或者抿着嘴向她笑。迎面过来一群幼儿园刚放了学的娃娃,她抱住一个就亲了一口!

直到过了十字街,穿过城里那条主要街道,来到南关的自由交易市场时,她才停住了脚步,忍不住害臊地笑自己的荒唐:她原来根本不是打算来卖这篮蒸馍的,而是准备送给城里她的一个姨姨家。她姨家住在十字街上面的山坡上,她现在却疯头涨脑地跑到了这里!至于馍钱,她不会向姨姨要的,她早已给加林准备好了。她并且还给加林买了一条好烟,已放在自行车的花布提包里了。

她很快又掉转身,向姨姨家走去。巧珍把一篮子蒸馍给姨姨家放下,折转身就起身。她姨和她姨夫硬拉住让她吃饭,她坚决地拒绝了:她怕加林在桥上等她等得不耐烦。

她提着空篮子从姨姨家出来,几乎是跑着向大马河桥上赶去。

第五章

高加林立在大马河桥上,对刚才发生的事老半天百思不得其解。他后来索性把这事看得很简单:巧珍是个单纯的女子,又是同村人,看见他没把馍卖掉,就主动为他帮了个忙。农村姑娘经常赶集上会买卖东西,不像他一样窘迫和为难。

但不论怎样,他对巧珍给他帮这个忙,心里很感谢她。他虽然和刘立本家里的人很少交往,可是感觉刘立本的三个女儿和刘立本不太一样。她们都继承了刘立本的精明,但品行看来都比刘立本端正;对待村里贫家薄业的庄稼人,也不像她们的父亲那般傲气十足。她们都尊大爱小,村里人看来都喜欢她们。三姐妹长得都很出众,可惜巧珍和她姐巧英都没上过学;妹妹巧玲正上高中,听说是现在中学里的"校花"。对于一个农民来说,找到刘立本家的女子做媳妇的确是难得的。高明楼眼疾手快,把巧英给他大儿子娶过去了。现在巧珍的媒人也是踢塌门槛,这一段马店的马拴又里外的确良穿上往刘立本家愣跑哩。高加林想起马拴那天的打扮,又忍不住笑了。太阳正从大马河西边无垠的大山中间沉落。通往他们村的川道里,已经罩上了暗影;川道里庄稼的绿色似乎显得深了一些。夹在庄稼地中间的公路上,几乎没有了人迹,公路静悄悄地伸向绿色的深处。东南方向的县城,已经罩在一片蓝色的烟气中了。从北边流来的县河,水面不像深秋那般开阔,平静地在县城下边绕过,向南流去了;水面上辉映着夕阳明亮的光芒。河边上,一群光屁股小孩在泥滩上追逐,嬉耍;洗衣服的城市妇女正在收拾晒在岸边草地上花花绿绿的衣服和床单。高加林不时回头向县城街道那边张望。他觉得巧珍也不一定能把那篮子馍卖了——因为现在集市都已经散了。

当他终于看见巧珍提着篮子小跑着向他走来时,他认定她没有把馍卖掉——这其间的时间太短了!

巧珍来到他面前,很快把一卷钱塞到他手里说:“你点点,一毛五一个,看对不对?”

高加林惊讶地看了看她胳膊上的空篮子,接过钱塞在口袋里,心里对她充满了非常感激的心情。他不知该向她说句什么话。停了半天,才说:“巧珍,你真能行!”

刘巧珍听了加林的这句表扬话,高兴得满脸光彩,甚至眼睛里都水汪汪的。加林伸出手,说:“把篮子给我,你赶快骑车回去,太阳都要落了。”巧珍没给他,反而把篮子往她的自行车前把上一挂,说:“咱们一块走!”说着就推车。

加林一下子感到很为难。和同村的一个女子骑一辆车子回家,让庄前村后的人看见了,实在不美气。但他又感到急忙找不出理由拒绝巧珍的好心。

他略踌躇了一下,对巧珍撒谎说:“我骑车带人不行,怕把你摔了。”

“我带你!”巧珍两只手扶着车把,亲切地看了加林一眼,又不好意思地低下了头。

“啊呀,那怎行呢!”加林一只手在头发里搔着,不知该怎办。

“干脆,咱别骑车,一搭里走着回。”巧珍漂亮的大眼睛执拗地望着他,突起的胸脯一起一伏。

看来她真诚地要和他相跟着回村了。加林看没办法了,只好说:“行,那咱走,让我把车子推上。”

他伸手要推车,巧珍用肩膀轻轻把他推了一下,说:“你走了一天,累了。我来时骑着车,一点也不累,让我来推。”

就这样,他俩相跟着起身了,出了桥头,向西一拐,上了大马河川道的简易公路,向高家村走去。

太阳刚刚落山,西边的天上飞起了一大片红色的霞朵。除过山尖上染着一抹淡淡的橘黄色的光芒,川两边大山浓重的阴影已经笼罩了川道,空气也显得凉森森的了。大马河两岸所有的高秆作物现在都在出穗吐缨。玉米、高粱、谷子,长得齐楚楚的,都已冒过了人头。各种豆类作物都在开花,空气里弥漫着一股清淡芬芳的香味。远处的山坡上,羊群正在下沟,绿草丛中滚动着点点白色。富丽的夏日的大地,在傍晚显得格外宁静而庄严。高加林和刘巧珍在绿色甬道中走着,路两边的庄稼把他们和外面的世界隔开,造成了一种神秘的境界。两个青年男女在这样的环境中相跟着走路,他们的心都由不得咚咚地跳。

他俩起先都不说话。巧珍推着车,走得很慢。加林为了不和她并排,只好比她走得更慢一点,和她稍微错开一点距离。此刻,他自己感到了一种从来没有过的精神上的紧张,因为他从来没有单独和一个姑娘在这样悄没声响的环境中走过。而且他们又走得这样慢,简直和散步一样。

高加林由不得认真看了一眼前面巧珍的侧影。他惊异地发现巧珍比他过去的印象更要漂亮。她那高挑的身材像白杨树一般可爱,从头到脚,所有的曲线都是完美的。衣服都是半旧的:发白的浅毛蓝裤子,淡黄色的的确良短袖;浅棕色凉鞋,比凉鞋的颜色更浅一点的棕色尼龙袜。她推着自行车,眼睛似乎只盯着前面的一个地方,但并不是认真看什么。从侧面可以看见她扬起脸微微笑着,有时上半身弯过来,似乎想和他说什么,但又很快羞涩地转过身,仍像刚才那样望着前面。高加林突然想起,他好像在什么地方见到过和巧珍一样的姑娘。他仔细回忆一下,才想起他是看到过一张类似的画。好像是一幅俄罗斯画家的油画。画面上也是一片绿色的庄稼地,地面的一条小路上,一个苗条美丽的姑娘一边走,一边正向远方望去,只不过她头上好像拢着一条鲜红的头巾……

在高加林这样胡思乱想的时候,他前面的巧珍内心里正像开水锅那般翻腾着。第一次和她心爱的人单独走在一块,使得这个不识字的农村姑娘陶醉在一种巨大的幸福之中。为了这一天,她已经梦想了好多年。她的心在狂跳着;她推车子的两只手在颤抖着;感情的潮水在心中涌动,千言万语都卡在喉咙眼里,不知从哪里说起。她今天决心要把一切都说给他听,可她又一时羞得说不出口。她尽量放慢脚步,等天黑下来。她又想:就这样不言不语走着也不行啊!总得先说点什么才对。她于是转过脸,也不看加林,说:"高明楼心眼子真坏,什么强事都敢做……"

加林奇怪地看了看她,说:"他是你们的亲戚,你还能骂他?"

"谁和他亲戚?他是我姐姐的公公,和我没一点相干!"巧珍大胆地回过头看了一眼加林。

"你敢在你姐面前骂她公公吗?"

"我早骂过了!我在他本人面前也敢骂!"巧珍故意放慢脚步,让加林和她并排走。

高加林一时弄不清楚为什么巧珍在他面前骂高明楼,便故意说:"高书记心眼子怎个坏?我还看不出来。"

巧珍一下子停住了脚步,愤愤地说:"加林!他活动得把你的教师下了,让他儿子上!看现在把你愁成啥了……"

高加林也不得不停住脚步。他看见他面前那张可爱的脸上是一副真诚同情他的表情。

他没有说什么,只是叹了一口气,就又朝前走了。

巧珍推车赶上来,大胆地靠近他,和他并排走着,亲切地说:"他做的歪事老天爷知道,将来会报应他的!加林哥,你不要太熬煎,你这几天瘦了。其实,当农民就当农民,天下农民一茬人哩!不比他干部们活得差。咱农村有山有水,空气又好,只要有个合心的家庭,日子也会畅快的……"

高加林听着巧珍这样的话,心里感到很亲切。他现在需要人安慰。他于是很想和她拉拉家常话了。他半开玩笑地说:"我上了两天学,现在要文文不上,要武武不下,当个农民,劳动又不好,将来还不

把老婆娃娃饿死呀!”他说完,自己先嘿嘿地笑了。巧珍猛地停住脚步,扬起头,看着加林说:

“加林哥! 你如果不嫌我,咱们两个一搭里过! 你在家里待着,我给咱上山劳动! 不会叫你受苦的……”巧珍说完,低下头,一只手扶着车把,另一只手局促地扯着衣服边。

血“轰”一下子冲上了高加林的头。他吃惊地看着巧珍,立刻感到手足无措;感到胸口像火烧一般灼疼。身上的肌肉紧缩起来。四肢变得麻木而僵硬。

爱情? 来得这么突然? 他连一点精神准备都没有。他还没有谈过恋爱,更没有想到过要爱巧珍。他感到恐慌,又感到新奇;他带着这复杂的心情又很不自然地去看立在他面前的巧珍。她仍然害羞地低着头,像一只可爱的小羊羔依恋在他身边。她身上散发出来的温馨的气息在强烈地感染着他;那白杨树一般苗条的身体和暗影中显得更加美丽的脸庞深深地打动了他的心。他尽量控制着自己,对巧珍说:“咱们这样站在路上不好。天黑了,快走吧……”

巧珍对他点点头,两个人就又开始走了。加林没说话,从她手里接过车把,她也不说话,把车子让他推着。他们谁也不知该说什么好。半天,高加林才问她:“你怎猛然说起这么个事?”

“怎是猛然呢?”巧珍扬起头,眼泪在脸上静静地淌着。她于是一边抹眼泪,一边把她这几年所有的一切一点也不瞒地给他叙说起来……高加林一边听她说,一边感到自己的眼睛潮湿起来。他虽然是个心很硬的人,但已经被巧珍的感情深深感动了。一旦他受了感动的时候,就立即产生了一种奇异的激情:他的眼前马上飞动起无数彩色的画面;无数他最喜欢的音乐旋律也在耳边响起来;而眼前真实的山、水、大地反倒变得虚幻了……他在听完巧珍所说的一切以后,把自行车“啪”地撑在公路上,两只手神经质地在身上乱摸起来。

巧珍看着他这副样子,突然笑了起来。她一边笑,一边抹去脸上的泪水,一边从车子后架上取下她的花提包,从里面掏出一包“云香”

牌香烟,递到他面前。

高加林惊讶地张开嘴巴,说:“你怎知道我是找烟哩?”

她妩媚地对他咧嘴一笑,说:“我就是知道。快抽上一支!我给你买了一条哩!”高加林走近她,先没有接烟,用一种极其亲切和喜爱的眼光怔怔地看着她。她也扬起脸看着他,并且很快把两只手轻轻地放在他的胸脯上。加林犹豫了一下,轻轻地搂住她的肩背,然后坚决地把他发烫的额头贴在她同样发烫的额头上。他闭住眼睛,觉得他失去了任何记忆和想象……

当他们重新肩并肩走在路上的时候,月亮已经升起来了。月光把绿色的山川照得一片迷蒙;大马河的流水声在静悄悄的夜里显得非常响亮。村子就在前边——在公路下边的河湾里,他们就要分手各回各家了。

在分路口,巧珍把提包里的那条烟掏出来,放在加林的篮子里,头低下,小声说:“加林哥,再亲一下我……”

高加林把她抱住,在她脸上亲了一下,对她说:“巧珍,不要给你家里人说。记着,谁也不要让知道!……以后,你要刷牙哩……”

巧珍在黑暗中对他点点头,说:“你说什么我都听……”

“你快回去。家里人问你为啥这么晚回来,你怎说呀?”

“我就说到城里我姨家去了。”

加林对她点点头,提起篮子转身就走了。巧珍推着车子从另一条路上向家里走去。

高加林进了村子的时候,一种懊悔的情绪突然涌上他的心头。他后悔自己感情太冲动,似乎匆忙地犯了一个错误。他感到这样一来,自己大概就要当农民了。再说,他自己在没有认真考虑的情况下就亲了一个女孩子,对巧珍和自己都是不负责任的。使他更难受的是,他觉得他今夜永远地告别了他过去无邪的二十四年,从此便给他人生的履历表上画上了一个标志。不管这一切是愉快的还是痛苦的,他都想哭一场!当他走进自己家门时,他爸他妈都坐在炕上等他。饭早已拾掇好了，可是，他们显然还没有动筷子。见他回来，他爸赶忙问他："怎才回来？天黑了好一阵了，把人心焦死了！"

他妈瞪了他爸一眼："娃娃头一回做这营生，难成个啥了，你还嫌娃娃回来得迟！"她问儿子："馍卖了吗？"

加林说："卖了。"他掏出巧珍给他的钱，递到父亲手里。

高玉德老汉嘴噙住烟锅，凑到灯前，两只瘦手点了点钱，说："是这！干脆叫你妈明早上蒸一锅馍，你再提着卖去。这总比上山劳动苦轻！"

加林痛苦地摇摇头，说："我不去做这营生了，我上山劳动呀！"

这时候，他妈从后炕的针线篮里拿出一封信，对他说："你二爸来信了，快给咱念念。"

加林突然想起，他今天为那篮该死的馍，竟然忘了把他给叔父写的信寄出去了——现在还装在他的口袋里！他从他妈手里接过叔父的信，在灯前给两个老人念起来——

大哥、嫂嫂：

你们好！今天写信，主要告诉你们一件事：最近上级决定让我转到地方工作。我几十年都在军队，对军队很有感情，但要听党的话，服从组织安排。现在还没有定下到哪里工作。等定下来后，再给你们写信。

今年咱们那里庄稼长得怎样？生活有没有困难？需要什么，请来信。加林侄儿已经开学了吧？愿他好好为党的教育事业努力工作。祝你们好！

弟：玉智

高加林念完，把信又递给他妈，心里想：既然是这样，他给叔父写的信寄没寄出去，现在关系已不大了。

第六章

刘巧珍刷牙了。这件事本来很平常,可一旦在她身上出现,立刻便在村里传得风一股雨一股的。在村民们看来,刷牙是干部和读书人的派势,土包子老百姓谁还讲究这?高加林刷牙,高三星刷牙,巧珍的妹妹巧玲刷牙,大家谁也不奇怪,唯独不识字的女社员刘巧珍刷牙,大家感到又新奇又不习惯。

“哼,刘立本的二女子能翘得上天呀!好好个娃娃,怎突然学成了这个样子?”

“一天门外也没逛,斗大的字不识一升,倒学起文明来了!”

“卫生卫生,老母猪不讲卫生,一肚子下十几个价胖猪娃哩!”

“哈呀,你们没见,一早上圪蹴在垴畔上,满嘴血糊子直淌!看这洋不洋?”

……

村里少数思想古旧、不习惯现代文明的人,在山里、在路上、在家里,纷纷议论他们村新出现的这个“西洋景。”

刘巧珍根本不管这些议论,她非刷牙不可!因为这是亲爱的加林哥要她这样做的啊!痴情的姑娘为了让心爱的男人喜欢,任何勇气都能鼓起来。她根本不管世人的讥笑;她为了加林的爱情什么都可忍受。

这天早晨,她端着牙缸,又蹲在他们家的垴畔上刷开了牙,没刷几下,生硬的牙刷很快就把牙床弄破了,情况正如村里人传说的“满嘴里冒着血糊子”。但她不管这些,照样使劲刷。巧玲告诉她,刚开始刷牙,把牙床刷破是正常的,刷几次就好了。这时候,碰巧几个出山的女子路过她家门前,嬉皮笑脸地站下看她出“洋相”;另外一些村里的碎脑娃娃看见这几个女子围在这里,不知出了啥事,也跑过来凑热闹了;紧接着,几个早起拾粪路过这里的老汉也过来看新奇。

这些人围住这个刷牙的人,稀奇地议论着,声音嗡嗡地响成一片。那几个拾粪老头竟然在她前面蹲下来,像观察一头生病的牛犊一样,互相指着她的嘴巴各抒己见。后面来的一个老汉看见她满嘴里冒着血沫子,还以为得了啥急症,对其他老汉惊呼:“还不赶快请个医生来?”逗得在场的人都哈哈大笑了。巧珍本来想和周围的人辩解几句,大大方方开个玩笑解脱自己,无奈嘴里说不成话。她也不管这些了,照样不慌不忙刷她的牙。她本来想结束了,但又赌气地想:我多刷一会让他们看,叫他们看得习惯着!

她右手很不灵巧地拿牙刷在嘴里鼓弄了好一阵后,然后取出牙刷,喝了一口缸子里的清水,漱了漱口,把牙膏沫子吐在地上,又喝了一口水漱起来。周围一圈人的眼光就从那牙缸子里看到她的嘴上,又从她的嘴上看到土地上。

这时候,巧珍她爸赶着两头牛正从埝沟里上他家的埝畔。这个庄稼人兼生意人前几天又买了两头牛,还没转手卖出去,刚才吆着牲口到沟里饮水去。

立本五十来岁,脸白里透红,皱纹很少,看起来还年轻。他穿一身干净的蓝咔叽衣服,不过是庄稼人的式样;头上戴着白市布瓜壳帽。看起来不太像个农民,至少像是城里机关灶上的炊事员。刘立本吆牛上了埝畔,见一群人围住巧珍看她刷牙,早已气得鬼火冒心了!他发现巧珍这几天衣服一天三换,头梳个没完没了,竟然还能翘得刷起了牙。他前两天早想发火了,但觉得女子大了,怕她吃消不了,硬忍着没吭声。

现在他看见巧珍在一群人面前丢人败兴,实在起火得不行了。他丢下两头牛不管,满脸通红,豁开人群,大声喝骂道:“不要脸的东西,还不快滚回去!给老子跑到门外丢人来了!”

刘立本一声喝骂,赶散了所有看热闹的人。娃娃女子们先跑了,几个老汉慌忙提起拾粪筐,尴尬地退出了他们本不该来的这个地方。巧珍手里提着个刷牙缸子,眼里噙着两颗泪珠说:“爸,你为啥骂人哩!我刷牙讲卫生,有什么不对?"

"狗屁卫生!你个土包子老百姓,满嘴的白沫子,全村人都在笑话你这个败家子!你羞先人哩!"

"不管怎样,刷个牙算什么错!"巧珍嘴硬地辩解说,"你看你的牙,五十来岁就掉了那么多,说不定就是因为没……"

"放屁!牙好牙坏是天生的,和刷不刷有屁相干!你爷一辈子没刷牙,活了八十岁还满口齐牙,临殁的前一年还咬得吃核桃哩!你趁早把你那些刷牙家具撇了!"

"那巧玲刷牙你为什么不管?"

"巧玲是巧玲,你是你!人家是学生,你是个老百姓!"

"老百姓就连卫生也不能讲了?"巧珍一下委屈得哭开了,她大声和父亲嚷着说,"你为什么不供我上学?你就知道个钱!你再知道个啥?你把我的一辈子都毁了,叫我成了个睁眼瞎子!今儿个我刷个牙,你还要这样欺负我……"她一下子背过身,双手蒙住脸哭得更厉害了。

刘立本一下子慌了。他很快觉得他刚才太过分——他已经好多年不这样对待孩子了,他赶忙过来乖哄她说:"爸爸不对,你别哭了,以后要刷,就在咱家灶火圪塄埝里刷,不要跑到埝畔上刷嘛!村里人笑话哩……"

"让他们笑话!我什么也不怕!我就要到埝畔上刷!"巧珍狠狠地对父亲说。刘立本叹了一口气,回头向院子后面看了看,立刻惊叫一声,撒开腿就跑——他的那两头牛已快把他辛苦务养起来的几畦包心菜啃光了!

巧珍擦去泪水,委屈地转身回了家。她先洗了脸,然后对着镜子认真地梳起了头发。她把原来的两根粗黑的短辫,改成像城里姑娘们正时兴的那种发式:把头发用花手帕在脑后扎成蓬蓬松松的一团。穿什么衣服呢?她感到苦恼起来。

自从那晚上以后,巧珍每时每刻都想见加林;想和他拉话,想和他亲亲热热在一块。可是不知为什么，加林好像一直在躲避她，好像不愿意和她照面，她想起加林哥那晚上那么喜爱地亲她，现在又对她这么冷淡，忍不住委屈得眼泪汪汪了。她看见他这几天已经出山劳动了，一下子穿得那么烂，腰里还束一根草绳，装束得就像个叫花子一样。他每天早上都扛把老镢头，去山上给队里掏麦田塄子，中午也不回来，和众人一块吃送饭。他有新衣服，为什么要穿得那么破烂？昨天她看见他在井边担水，肩背上的衣服已经被什么划破一个大口子，露出的一块皮肉晒得黑红。她站在自家硷畔上，心疼得直掉泪，想跑下去看他，可加林哥好像不愿理她，担着水头也不回就走了——他明明看见了她啊！

她昨个晚上，一夜都没睡好觉。想来想去，不知道加林为啥又不愿理她了。后来，她突然想到：是不是加林嫌她穿得太新了？这几天，她可是把她最好的衣服都拿出来穿过了。

可能就是因为这！你看他穿得多烂！他大概觉得她太轻浮了！人家是知识人，不像农村人恋爱，首先换新衣服。她太俗气了！她看见加林哥穿那身烂衣服，反而觉他比穿新衣服还要俊，更飘洒了！可她却正好相反，换了最新的衣服！加林哥一定看见反感了。可她又难受地想：加林哥呀，我之所以这样，还是为了你呀！现在她决定把那件米黄的确良短袖衫和那条深蓝色的确良裤子换下来，重新穿上平时她劳动穿的那身衣服：半旧的草绿色裤子，洗得发白的蓝劳动布上衣，再把水红衬衣的大翻领翻在外面。她打扮好后，就肩起锄头向前村走去。今天组里锄玉米，正好加林在玉米地对面的山坡上挖麦田塄，他肯定会看见她的……

高加林在赶罢集第二天，就出山劳动了。像和什么人赌气似的，他穿了一身最破烂的衣服，还给腰里束了一根草绳，首先把自己的外表“化装”成了个农民。其实，村里还没一个农民穿得像他这么破烂。他参加劳动在村里引起了纷纷议论。许多人认为他吃不下苦，做上两天活说不定就躺倒了。大家很同情他,这个村文化人不多,感到他来到大家的行列里实在不协调。尤其是村里的年轻妇女们,一看原来穿得风风流流的“先生”变成了一个叫花子一样打扮的人,都啧啧地为他惋惜。

高家村村子并不大,四十多户人家,散落在大马河川道南边一个小沟口的半山坡上。一半家户住在沟口外的川道边,另一半延伸到沟口里面。沟里一股长年不断的细流水,在村脚下淌过,注入了大马河。大马河两岸的一大片川地,是他们主要舀米挖面的地方。川道两边的山上,耕地面积倒比川里大得多,但都是广种薄收,大部分是麦田。

前些年由于村子小,四十多户人家一直是集体生产和统一分配,实际上是大队核算。这两年随着政策的改变,也分成了两个生产责任组。许多社员要求再往小划一些,有的甚至提出干脆包产到户。但高明楼书记暂时顶住了这种压力。他们直到眼下还没有分开。这两年书记心里并不美气。他既觉得现时的政策他接受不了——拿他的话说,“把社会主义的摊子踢腾光了”;另一方面又觉得他无法抗拒社会的潮流,感到一切似乎都势在必行。他常撇凉腔说:“合作化的恩情咱永不忘,包产到户也不敢挡。”实际上,他目前尽量在拖延,只分成两个“责任组”(实际上是两个生产队)好给公社交差,证明高家村也按新政策办事哩。

高加林家在前村一组。川道里现时正锄玉米,他不太会锄地,就跟山上翻麦田的人去挖地畔。

他的劳动立刻震惊了庄稼人。第一天上地畔,他就把上身脱了个精光,也不和其他人说话,没命地挖起了地畔。没有一顿饭的工夫,两只手上便打满了泡。他也不管这些,仍然拼命挖。泡拧破了,手上很快出了血,把镢把都染红了;但他还是那般疯狂地干着。大家纷纷劝他慢一点,或者休息一下再干,他摇摇头,谁的话也不听,只是没命地抡镢头……

今天又是这样，他的镢把很快又被血染红了。

犁地的德顺老汉一看他这阵势，赶忙喝住牛，跑过来把镢头从加林手里夺下，扔到一边，两撇白胡子气得直抖。他抓起两把干黄土抹到他糊血的两手上，硬把他拉到一个背阴处，不让他逞凶了。德顺老汉一辈子打光棍，有一颗极其善良的心。他爱村里的每一个娃娃。有一点好东西，自己舍不得吃，满庄转着给娃娃们手里塞。尤其是加林，他对这孩子充满了感情。小时候加林上学，家境不好，有时连买一支铅笔的钱都没有，他三毛五毛的常给他。加林在中学上学时，他去县城里卖瓜卖果，常留半筐给他提到学校里。现在他看见加林这般拼命，两只嫩手被镢把拧了个稀巴烂，心里实在受不了。老汉把加林拉在一个土崖的背影下，硬按着让他坐下。他又抓了两把干黄土抹在他手上，说："黄土是止血的……加林！你再不敢要二杆子了。刚开始劳动，一定要把劲使匀。往后的日子长着呢！唉，你这个犟脾气！"

加林此刻才感到他的手像刀割一般疼。他把两只手掌紧紧合在一起，弯下头在光胳膊上困难地揩了揩汗，说："德顺爷爷，我一开始就想把最苦的都尝个遍，以后就什么苦活也不怕了。你不要管我，就让我这样干吧。再说，我现在思想上麻乱得很，劳动苦一点，皮肉疼一点，我就把这些不痛快事都忘了……手烂叫它烂吧！"

他抬起乱蓬蓬的头，牙咬着嘴唇，显出一副对自己残酷的表情。德顺老汉点起一锅旱烟，坐在他旁边，一只手在他落满黄尘的头上摸了一把，无可奈何地摇摇白雪一样的脑袋，说："明天你不要挖地畔了，跟我学耕地。你看你的手，再不敢握镢把了，等手好了再……"

加林坚决地摇摇头："不，我要让镢把把我的烂手再拧好！"他说完就站起来，向地畔走去，向两只烂手唾了两下，掂起镢头又没命地挖起来。阳光火爆爆地晒着他通红的光脊背，汗水很快把他的裤腰湿透了。

德顺老汉看着他这副犟劲，叹了一口气，把崖根下一罐水提过去,放在离加林不远的地方,说:“这罐水都是你的。天热,你不习惯,都喝了……”他叹了一口气,又去犁地去了。高加林一个人把一道地畔挖完,过来抱住水罐,一口气喝了一半。他本想又一下全喝完,但看了看像个土人似的德顺爷爷,就把水又送到地头回牛的地方。

现在他一屁股坐下来,浑身骨头似乎全掉了,两只手像抓着两把葛针,疼得万箭钻心!

不过,他也感到了一种无法言语的愉快。他让所有的庄稼人看见:他们衡量一个优秀庄稼人最重要的品质——吃苦精神,他高加林也具备。从性格上说,他的确是个强者,而这个优点在某些情况下又使他犯错误。

他用一只烂手摸出一支烟,点着,狠狠吸了一口。他觉得这是他有生以来抽得最香的一支烟。

这时,他突然看见巧珍正站在对面川道里的玉米地畔上,仰起头向他这里张望。他虽然看不清她脸上的表情,但他感到她就像要腾空而起,向他这边飞来了。

他的心立刻感到针扎一般刺疼……

第七章

高加林疲乏地躺在土炕上,连晚饭都累得不想吃了。他母亲愁眉苦脸地把饭端上端下,规劝他,像乖哄娃娃一般絮叨说:“人是铁,饭是钢,你不想吃,也要挣扎着吃……”他父亲叫他明天干脆别出山去了,歇息一天,好慢慢让习惯着。

他们说了些什么,加林一句也没听见。此刻他的思想完全集中到巧珍身上了。赶集那天以后,他一直非常后悔他对巧珍做出的冲动行为。他觉得自己目前的处境,根本不是谈情说爱的时候。他甚至觉得他匆忙地和一个没文化的农村姑娘发生这样的事,简直是一种堕落和消沉的表现:等于承认自己要一辈子甘心当农民了。其实他内心里那种对自己未来生活的幻想之火，根本没有熄灭。他现在虽然满身黄尘当了农民，但总不相信他永远就是这个样子。他还年轻，只有二十四岁，有时间等待转机。要是和巧珍结合在一起，他无疑就要拴在土地上了。

但是，更叫他苦恼的是，巧珍已经怎样都不能从他的心灵里抹掉了。他尽管这几天躲避她，而实际上他非常想念她。这种矛盾和痛苦，比手被镢把拧烂更难忍受。

巧珍那漂亮的、充满热烈感情的生动脸庞，她那白杨树一般苗条的身体，时刻都在他眼前晃动着。

尤其是晚上劳动回来，他僵硬的身体疲倦地躺在土炕上，这种想念的感情就愈加强烈。他想：如果她此刻要在他身边，他的精神和身体也许马上会松弛下来；她会把他躁动不安的心潮变成风平浪静的湖水。

她是爱他的，爱得那么强烈。他看见她这几天接二连三换衣服，知道这完全是为他的。今天他收工回来，锄地的人都走了，他还看见她站在对面河畔上——那也是在等他。但他却又避开了她。他知道她哭了；也想象得来她一个人在玉米地的小路上往家里走的时候，心情会是怎样的难受啊！他太不近人情了！她那样想和他在一起，他为什么要躲开她呢？他自己实际上不是也渴望和她在一起吗？

他在土炕上躺不住了，激情的洪流立刻冲垮了他建立起的理智防堤。眼下他很快把一切都又抛在了一边，只想很快见到她，和她待在一块。他爬起来，下了炕，对父母亲说他到后村有个事，就匆忙地出了门。夜静悄悄的。天上的星星已经出齐，月光朦胧地辉耀着，大地上一切都影影绰绰，充满了一种神秘的气氛。

高加林走到后村，在刘立本家的坡底下站住了。他不知道怎样才能把巧珍叫出来。

正当他犹豫地望着刘立本家的高墙大院时，突然看见大门外那棵老槐树背后转出一个人，匆匆地向坡下走来了。啊，亲爱的人！她实际上一直就在那里不抱什么希望地等待着他的出现!

高加林的心咚咚地狂跳着,也不说话,转而下了沟底,沿小河上面的小路,向村外走去。他不时回头看看,巧珍不远不近地跟着他。他走到村外河对面一块谷地里,在一棵杜梨树下舒服地躺下来,激动地听着那甜蜜的脚步声正沙沙地走近他。

她来了。他马上坐起来。她稍犹豫了一下,就胆怯地、然而坚决地靠着他坐下了。她没说话,先在他胳膊上衣服被葛针划破一道大口子的地方,在那块晒得黑红的皮肤上亲了一口。然后她两只手抱住他的肩头,脸贴在她刚才亲吻过的地方,亲热而委屈地啜泣起来。

高加林侧身抱住她的肩头,把脸紧贴在她头上,两大颗泪珠也忍不住从眼里涌出来,滴进了她黑漆一般的头发里。他现在才感到,这个亲他的人也是他最亲的人!

巧珍头伏在他胸前,哭着问他:"加林哥,你这几天为什么不理我?"

"你一定难过了……"高加林用他的烂手抚摸着她的头发。

"你知道人的心就对了……"巧珍抬起头,闪着泪光的眼睛委屈地望着他。

"巧珍,我再也不那样了。"加林在她额头上亲了一下。

巧珍两条抖索的胳膊搂住他的脖子,笑逐颜开地流着泪,说:"加林哥,你给天上的玉皇大帝发个誓!"

加林被逗笑了,说:"你真迷信! 巧珍,你相信我……你为什么没穿那件米黄色短袖? 那衣服你穿上特别好看……"

"我怕你嫌不好看,才又换上了这身。"巧珍淘气地向他撅了一下嘴。

"你明天再穿上。"

"嗯。只要你喜欢,我天天穿!"巧珍一边说,一边从身后拿出一个花布提包,先掏出四个煮鸡蛋,又掏出一包蛋糕,放在加林面前。

高加林感到惊讶极了。他刚才只顾看巧珍,根本没发现她还给他拿这么多吃的。巧珍一边给他剥鸡蛋皮，一边说："我知道你晚上没吃饭。我们这些满年劳动的人，刚回家都累得不想吃饭，别说你了！"她把鸡蛋和一块蛋糕递给他。"蛋糕是我妈前几天害病时，我姐给拿来的，我妈没舍得吃。我今晚是从箱子里偷出来的！"巧珍不好意思地笑了笑，"你要是不来找我，我今晚上非到你家给你送去不可！"

加林咽下去一口蛋糕，赶忙对她说："千万不敢这样！让你爸知道了，小心把你腿打断！"加林开玩笑对她说。

巧珍又把一个剥了皮的鸡蛋塞到加林手里，亲切地看着他那副狼吞虎咽的样子，然后手和脑袋一齐贴在他肩膀上，充满柔情地说："加林哥，我看见你比我爸和我妈还亲……"

"傻话！你真是个傻女子！"高加林把手里的半个鸡蛋塞进嘴里，在她头上轻轻拍了一下，正好手上一个破了的泡碰在巧珍的发卡上，疼得他"哎哟"叫唤了一声。

巧珍像触了电一般抬起头，不知他发生了什么事。很快，她明白了。她手忙脚乱地在提包里翻起来，嘴里说："看，我倒忘了……"她从提包里掏出一瓶碘酒和一包药棉，把加林的一只手拉过来，放到她膝盖上，给他抹药水。

加林又一次惊讶得张开嘴巴，问她："你怎知道我手烂了？"

巧珍低着头给他手上擦药水，说："天上玉皇大帝告诉我的。"她嘿嘿地笑了一声，"村里谁不知道你的手烂了！你们先生的手真是娇气！"她扬起脸朝他亲昵地笑着，微微咧开嘴巴，露出两排刷过的洁白的牙齿，像白玉米籽儿一般好看。

巨大的感情的潮水在高加林的胸膛里澎湃起来。

爱情啊，甜蜜的爱情！它像无声的春雨悄然地洒落在他焦躁的心田上。他以前只从小说里感到过它的魅力，现在这一切，他都全部真实地体验到了，而最宝贵的是，他的幸福正是在他不幸的时候到来的！

在巧珍把他的两只手涂满药水以后,他便以无比惬意的心情,在土地上躺了下来。巧珍轻轻依傍着他,脸紧紧贴在他胸脯上,像是专心谛听他的心如何跳动。他们默默地偎在一起,像牵牛花绕着向日葵。星星如同亮闪闪的珍珠一般撒满了暗蓝色的天空。西边老牛山起伏不平的曲线,像谁用碳笔勾出来似的柔美;大马河在远处潺潺地流淌,像二胡拉出来的旋律一般好听。一阵轻风吹过来,遍地的谷叶响起了沙沙沙的响声。风停了,身边一切便又寂静下来。头顶上,婆娑的、墨绿色的叶丛中,不成熟的杜梨在朦胧的月下泛着点点青光。

他们就这样静静地、甜蜜地躺在星空下,躺在大地的怀抱里……

当爱情在一个青年人身上第一次苏醒以后,它会转变为一种巨大的力量。甚至对生活完全失去信心的人,热烈的爱情也可能会使他的精神重新闪闪发光。当然,奥勃洛摩夫那样的人是例外,因为他实际上已经等于一个死人。

高加林由于巧珍那种令人心醉的爱情,一下子便从灰心丧气的情绪中,重新激发起对生活的热情。爱的暖流漫过了精神上的冻土地带,新的生机便勃发了。

爱情使他对土地重新唤起了一种深厚的感情。他本来就是土地的儿子。他出生在这里,在故乡的山水间度过梦一样美妙的童年。后来他长大了,进城上了学,身上的泥土味渐渐少了,他和土地之间的联系也就淡了许多;现在,他从巧珍淳朴美丽的爱情里,又深深地感到:他不该那样害怕在土地上生活;在这亲爱的黄土地上,生活依然能结出甜美的果实!高加林渐渐开始正常地对待劳动,再不像刚开始的几天,以一种压抑变态的心理,用毁灭性的劳动来折磨肉体,以转移精神上的苦闷。经过一段时间,他的手变得坚硬多了。第二天早晨起来,腰腿也不像以前那般酸疼难忍。他并且学会了犁地和难度很大的锄地分苗。后来,纸烟变得不香了,在山里开始卷旱烟吃。他锻炼着把当教师养成的斟词酌句的说话习惯,变成地道的农民语言;他学着说粗鲁话,和妇女们开玩笑。衣服也不故意穿得那么破烂,该洗就洗,该换就换。

中午回来,他主动上自留地给父亲帮忙;回家给母亲拉风箱。他并且还养了许多兔子,想搞点副业。他忙忙碌碌,俨然像个过光景的庄稼人了。

白天是劳苦的,但他有一个愉快的夜晚。正是因为有这么一个幸福的向往,他才觉得其他的熬累不那么沉重了。

夜晚,天黑严以后,他和巧珍就在村外的庄稼地里相会了。他们在密密的青纱帐里,有时像孩子一样手拉着手,默默地沿着庄稼地中间的小路,漫无目的地走着;有时站住,互相亲一下,甜蜜地相视一笑。走累了的时候,他们就找一个僻静的地方,加林躺下来,用愉快的叹息驱散劳动的疲乏,巧珍就偎在他身边,用手梳理他落满尘土的乱蓬蓬的头发,或者用她小巧的嘴巴贴着他的耳朵,轻轻地、轻轻地给他唱那些祖先留传下来的古老的歌谣。有时候,加林就在这样的催眠曲中睡着了,拉起了响亮的鼾声。他的亲爱的女朋友就赶忙摇醒他,心疼地说:“看把你累成个啥了。你明天歇上一天!”她把他的手拉过来蒙住她的脸,“等咱结婚了,你七天头上就歇一天!我让你像学校里一样,过星期天……”

高加林每天都沉醉在这样的柔情蜜意里,一切原来的想法都退得很远了。只是有些时候,当他偶尔看见骑自行车的县上和公社的干部们,从河对面公路上奔驰而过,雪白的确良衫被风吹得飘飘忽忽的惬意身影时,他的心才猛然感到一种说不出的惆怅,一股苦涩的味道翻上心头,顿时就像吞了一口难咽的中药。他尽量使自己很快从这种情绪中解脱出来。直等到他又看见了巧珍,骚乱的心情才能彻底平息——就像吃完中药,又吃了一勺蜜糖一样。

他现在时时刻刻都想和巧珍在一起。遗憾的是,他们不在一个生产组,白天劳动很难见面,他们都想得要命。有时候,两个组劳动离得很近时,一等休息,他就装着去寻找什么,总要跑到后村组劳动的地方磨蹭一会。在这样的场所里，他并不能和巧珍说什么话，他只是用眼睛看看她。这时候，旁的人谁也不知道，只有他们两个心里清楚，这反而更有一种说不出的甜蜜味道。有时候，他没有什么借口，去不了她那里，她就会用她带点野味的嗓音，唱那两声叫人心动弹的信天游——

上河里（那个）鸭子下河里鹅，
一对对（那个）毛眼眼望哥哥……

他在远处听见这歌声，总忍不住咧开嘴巴笑。

而在巧珍那边，她刚一唱完，姑娘们就和她开玩笑说："巧珍，马拴骑着车子又来了，快用你的毛眼眼望一下！"

她气得又骂她们，又撵着给她们扬土，可心里骄傲地想：我哥哥比马拴强十倍，你们将来知道了，把你们眼红死！

在高加林和巧珍如胶似漆地热恋的时候，给巧珍说媒的人还在刘立本家里源源不断地出现，刘立本嘴说如今世事不同以往，主意得由女子拿，可他心里有数。他只看下个马拴——他家光景好，马拴人虽老实，但懂生意，将来丈人女婿合伙做买卖，得心应手。只是巧珍看不下这个黑炭一样的后生，得他好好做一番工作。他甚至想请他亲家明楼出面说服巧珍。在高加林这方面，也有不少庄户人家不时来登门说亲。加林父母一看他们穷家薄业的，还有人给说媳妇，高兴得老两口嘴巴都合不拢。尤其是山背后村里一个不要彩礼就想跟加林的女子，着实使高玉德老两口动了心。但所有他们认为的大喜事都被加林一笑置之了。

这样，加林和巧珍觉得也好，可以掩一下他们的关系。他们暂时还不想公开他们的秘密，因为住在一个村，不说其他，光众人那些粗鲁的玩笑就叫人受不了。他们不愿让人把他们那种平静而神秘的幸福打破。

有一次，加林和德顺爷爷一块犁地的时候，老汉问他："加林，你要媳妇不？"

加林笑了笑说："想要也没合适的。"

"你看巧珍怎样？"老光棍突然问他。

加林的脸刷地红了，一时不知道该说什么。

德顺爷爷笑眯眯地说："我看你们两个最合适！巧珍又俊，人品又好，你们两个天生的一对！加林，你这小子有眼光哩！"

加林有点惶恐地说："德顺爷爷，我连想也没想。"

"小子，甭哄我，我老汉看出来了！"

加林向他努了努嘴，说："好爷爷哩，你千万不敢瞎说！"

德顺爷爷两只老皱手抓住他的手说："我嘴牢得铁撬都撬不开！我是为你们两个娃娃高兴啊！好啊！就像旧曲里唱的，你们两个'实实的天配就'……"

中午，他和德顺爷爷犁罢地往回去，在村口突然又碰见了马拴。他还和上次一样，里外的确良，推着那辆花红柳绿的自行车。加林有点不愉快地想：他肯定又是到巧珍家去了。

马拴把加林热情地挡在了路上。他先不说什么，等德顺老汉走前一段以后，才开口说："高老师，唉！我在刘立本家都快把腿跑断了，人家巧珍根本不理茬嘛！我这见庙就烧香哩，你是这本村人，又是先生，你大概也和立本的女子熟着哩，你能不能也从旁给我也一把力？"

高加林心里很不痛快，但他尽量不在脸上露出来。他勉强笑了笑，对马拴说："你别再瞎跑了，巧珍已经看下对象了。"

"谁？"马拴吃惊地问。

"你慢慢就会知道的……"

高加林说完，绕开丧气的马拴，回家去了。

第八章

关于高加林和刘巧珍的谣言立刻在全村传播开来。

他们的坏名声首先是从庄里几个黑夜出去偷西瓜的小学生那里露出来的。他们说有一晚上,他们看见以前的高老师在村外打麦场的麦秸垛后面,正和后村的巧珍抱在一块亲嘴哩。又有人证实,他看见他俩在一个晚上,一块躺在前川道高粱地里……谣言经过众人嘴巴的加工,变得越来越恶毒。有人说巧珍的肚子已经大了;而又有的人说,她实际上已经刮了一个孩子,并且连刮孩子的时间和地点都编得有眉有眼。

风声终于传到了刘立本耳朵里。戴白瓜壳帽的"二能人"气得鼻子口里三股冒气!这天午饭时分,他不由分说,先把败坏了门风的女儿在自家灶火圪塄里打了一顿,然后气冲冲地去找前村的高玉德。"二能人"现在才恍然大悟:这多天来,巧珍能得刷牙,一天衣服三换,黑天半夜在外面疯跑,原来都是为了高玉德那个败家子儿啊!他先跑到玉德家的破墙烂院里,站在门外问高玉德在不在。加林妈在窑里告诉他:老汉不在。

"这亮红晌午,都在家里吃饭哩,他跑到什么地方去了?"立本在院里坚持问。"大概又到自留地刨挖去了。"加林妈跑出来,让村里这个体面人进窑来坐坐。立本说他忙,掉转头就走了。

他出了大门,下了小河,拐过一个小山峁,径直向高玉德的自留地走去。一路上他在心里嘲笑:"哼,就知道在土里刨!穷得满窑没一件值钱东西,还想把我女子给你那个寒窑里娶呀!尿泡尿照照你们的影子,看配不配!"

他老远照见高玉德正佝偻着罗锅腰锄糜子,就加快脚步向那边走去。他上了地畔,尽管满肚子火气,还是按老习惯称呼这个比他大十几岁的同村人:"高大哥,你先歇一歇,我有话要对你说。"

高玉德看见村里这个傲人，在这大热天跑到地里来找他，慌得不知出了什么事，赶忙把锄往地里一栽，向立本迎过来。

他俩圪蹴在土崖影下，玉德老汉把旱烟锅给他递让过去。立本摆摆手，说："你吃你的，我嫌那呛！"他说着，从口袋里摸出一根四川出的"工"字牌卷烟噙到嘴里，拿打火机点着，连带气长长地吐了一口，拐过头，脸沉沉地说："高大哥！你加林在外面做瞎事，你为什么不管教？咱这村风门风都要败在你这小子手里了！"

"什么事？"高玉德老汉吃惊地从白胡子嘴里拔出烟锅，脸对脸问立本。

"什么事？"刘立本一闪身站起来，嘴里气愤地喷着白沫子，说，"你那个败家子，黑天半夜把我巧珍勾引出去，在外面疯跑，全村人都在传播这丢脸事。我刘立本臊得恨不能把脑袋夹到裤裆里，你高玉德倒心安理得装起糊涂来了！"刘立本说着，夹卷烟的手指头气得直抖。

"啊呀，好立本哩！我的确不知道这码子事！"高玉德老汉冤枉地叫道。

"我现在就叫你知道哩！你要是不管教，叫我碰见他胡骚情，非把他小子的腿打断不可！"

高玉德虽然一辈子窝窝囊囊，但听见这个能人口出狂言，竟然要把他的独苗儿腿往断打，便"呼"地从地上站起来，黄铜烟锅头子指着立本白瓜壳帽脑袋，吼叫着说："你小子敢把我加林动一指头，我就敢把你脑壳劈了！"老汉一脸凶气，像一头逗恼了的老犍牛。乖人不常恼，恼了不得了。刘立本看见这个没本事的死老汉，一下子变得这么厉害，吃惊之中慌忙后退了一步，半天不知该如何对付。他索性转过身，傲然地背操起两条胳膊，从高玉德的土豆地里穿过去，一边走，一边回过头说："我和你没完！咱走着瞧吧！我不信没办法治你父子俩！真个没世事了！"

刘立本穿过高玉德正在吐放白花的土豆地，又从来路下了河湾。

这个能人又急又气,站在河湾里竟不知道自己该到哪里去。他是农村传统道德最坚决的卫道士,平时做买卖,什么鬼都敢捣,但是一遇伤面子的事,他却是看得很重要的,在他看来,人活着,一是为钱,二还要脸。钱,钱,挣钱还不是为了活得体面吗?现在,他那不争气的女子,竟然连体面都不要了,跟个文不上武不下的没出息穷小子,胡弄得满村刮风下雨。此刻,他站在河湾里,把巧珍恨得咬牙切齿:坏东西啊!你做下这等没脸事,叫你老子在这上下川道里怎见众人呀?刘立本在河湾里踅摸了半天,突然想起了他亲家。他想:好,让明楼出面把他加林小子收拾一顿!他不怕我刘立本,但他怕高明楼!明楼是书记!他小子受不下地里的苦,将来要再谋个民办教师,非得过明楼的关不行!

他于是从河湾里拐到前村的小路上,上了一道小坡,向明楼家走去。高明楼家和他家一样,一线五孔大石窑,比村里其他人家明显阔得多。亲家不久前也圈了围墙,盖了门楼。但立本觉得他亲家这院地方根本比不上自己的。明楼把门楼盖得土里土气,围墙也是用横石片插起来的;而他的门楼又高又排场,两边还有石对联一副。再说,明楼的窑檐接的是石板。石板虽比庄里其他人家的齐整好看,可他家是用一色的青砖砌起,戴了"砖帽",像城里机关的办公窑一样!更重要的是,他亲家的窑面石都是皮条錾溜的,看起来粗糙多了。而他的窑面石全部是细錾摆过,白灰勾缝,浑然一体!

不过,他今天来这里没心思比较双方院落的长长短短。他今天来是有求于亲家的。在这些方面,不像挣钱和箍窑,他清楚自己不如明楼。大女儿巧英和亲家母热情地把他招呼着入了中窑。中窑实际上是明楼的"会客室",里面不盘炕,像公社的客房一样,搁一张床,被褥干干净净地摆着,平时不住人。要是公社、县上来个下乡干部,村里哪家人也别想请去,明楼会把他招待在这里下榻的。靠窗户的地方,摆着两把刚做起的、式样俗气的沙发,还没蒙上布,用麻袋片裹着。立本坐下来,亲家母手脚麻利地端来一壶茶,放在他面前。立本没喝,抽出一根卷烟点着,问:“明楼上哪儿去了?”

“你还不知道?他到公社开会已经走了好几天。说今天回来呀,现在还不见回来,大概要到后晌了。”亲家母说。

“我前一段去内蒙古草地里买了一匹马,回来这几天也没到哪里去,因此我不知道明楼出去开会……”刘立本轻淡地说。

“有什么事吗?”亲家母问他。

“没什么事。一点小事……他不在家就算了,我走了。”立本站起就准备起身。巧英掂着两个面手,堵在门口说:“爸爸,我都把面和上了,你就在这里吃!”他亲家母也竭力留他吃饭。

立本想了想,家里刚闹过架,巧珍和他老婆都正在哭,回去也心烦。再说,他肚子也的确有点饿了。这阵回家没人做饭。于是他又重新坐到了明楼家的沙发上,喝起了茶。他想:吃完饭,我干脆到村前的路上等他明楼回来!

当刘立本重新在高明楼家坐下来的时候,高玉德老汉还下巴支在锄把上,站在他的自留地里发愣怔。

刚才刘立本没头没脑给他发了顿脾气,说他儿子勾引他的女子,实在叫老汉摸不着头脑。

本来,高玉德老汉最近情绪不坏。他看见他的儿子从苦恼中解脱出来,收心务正,已经蛮像一回事了。他已经日薄西山,但儿子正活在旺处,将来娶个媳妇,生儿育女,他就是闭了眼睡在黄土里,也平了心。加林性子比他硬,将来光景肯定能过得去的。现在突然听见这码子事,心头感到非常沉痛。乡里人谁不讲究个明媒正娶?想不到儿子竟然偷鸡摸狗,多让人败兴啊!再说,本村邻舍,这号事最容易把人弄臭!

他同时又想:巧珍倒的确是个好娃娃,这川道十几个村子也是数得上的。加林在农村能找这样一个媳妇,那真个是他娃娃的福分。但就是要娶,也应该按乡俗来嘛,该走的路都要走到,怎能黑天半夜到野场地里去呢,如果按立本说的,全村人现在大概都把加林看成个不正相的人了。可怕啊!一个人一旦毁了名誉,将来连个瞎子瘸子媳妇都找不上;众人就把他看成个没人气的人了。不光小看,以后谁也不愿和他共事了。糊涂小子!你怎能这么缺窍?

高玉德老汉已经没心思锄地了。他拖着风湿性关节炎病腿,一瘸一拐从小路上下了河湾。

虽说他还没吃午饭,但此刻肚子一点也不饿。他坐在河边的一棵老柳树下,瘦手摸着赤脚片,思谋这事该怎么办才好。他虽然老了,但脑筋还灵。他又从巧珍那方面想。他想:说不定这女娃娃真的喜欢我加林呢!要不要正式请个媒人光明正大说这亲事?但他一想到刘立本,就心寒了。他这个穷家薄业,怎敢高攀人家?别说是他,就是比他光景强的人家,也攀不上刘立本!太阳已经偏过了头顶,西面的山把阴影投到了沟底,时分已到后晌了。玉德老汉仍坐在树荫下摸他的赤脚片儿,不知这事该怎样处理。“哎!你一个人坐在这里思谋什么哩?”有一个人在背后说话。玉德老汉转过头,看见是老光棍德顺。他很想和他拉拉话。他们虽然年龄相差不少,却是一辈子的老朋友了:旧社会扛长工找的常是一个事主家。他招招手说:“德顺,你来坐一坐。我这阵心烦得要命!”

德顺一边往他身边坐,一边把肩上的锄头放下,说:“我还忙着哩!今后晌要赶着把我那块自留地再锄一下,满地又草糊了!”他接过高玉德递过来的烟锅,问他:“熬煎什么事哩?你有那么彪正个好儿子,光景一两年就翻上来了。加林实在是个好娃娃!别看他明楼、立本现在要红火哩,将来他们谁也闹不过加林的世事!”

“唉!”玉德老汉长叹一声,“你还夸他哩!这二杆子已经给我闯下乱子了!”

“什么乱子?”德顺一脸皱纹都缩到了眼角边上。

高玉德犹豫了一下,才说:“这小子和刘立本那个二女子一块胡鬼混哩,现在满村都在风一股雨一股的传播,我不信你没听说?”

“我早看出来了！谁说他们鬼混哩？年轻人相好，这有个什么？”

“啊呀，你早知道了，为啥不给我早说？”高玉德生气地对老朋友头一拐，把他瞪了一眼。

“我还以为你知道这事哩！两个娃娃正好配一对！年轻人看见年轻人好嘛！”德顺老汉笑嘻嘻地对恼悻悻的玉德老汉说。

“老不正经！要好，也看怎个好哩！怎能黑天半夜胡逛哩！”

“哎呀，你这个老古板！咱又不是没年轻过！我一辈子没娶过老婆，年轻时候也混账过两天，别说而今的时兴青年了！”

“好你哩，别说诳话了！立本刚刚来给我发了一顿凶，还说要把我加林的腿打断哩！我看要出事呀！你看这该怎么办？”高玉德一脸愁相，一只手不断摸着赤脚片。

“你别管刘立本那两声吓唬话！刚能把狐子吓跑！他再逞强，也强不过他女子！只要巧珍看下加林，谁都挡不定！就是这话，不信你等着看！你甭愁了，你这人就是爱忧愁！我还忙着哩，你快回去吃饭咯！”

德顺老汉把烟锅交给高玉德，站起身一肩锄就走了，嘴里还有上气没下气地哼起信天游小曲。

高玉德看着他远去的背影，觉得他比自己年龄大得多，但身子骨可比自己硬朗。他在心里说：哼！天下光棍没忧愁！一个人饱了全家都饱了。你能说争气话哩！叫你也有个儿子看看吧！把你愁不死才怪哩！小时候急得长不了，大了又急得成不事；更不要说给娘老子闯下一河滩乱子了！

高玉德老汉感到两腿不光疼，而且已经麻了，就站起来，一瘸一拐往家里走去。高玉德进了家门，见加林正光上身躺在炕上看书。加林他妈不在，大概到旁边窑里睡觉去了。

老汉把锄往门圪塄里一挂，对正在看书的儿子说：“你还看书哩！硬是书把你看坏了！这么大的小子，还不懂人情世故！你什么时候才不叫人操心啊……”

高加林坐起来,摸不着父亲这番话是什么意思。他看着父亲说:“我怎啦?”

“怎啦?你做的好事嘛!今儿个刘立本跑到咱自留地找我,说你和巧珍长了短了的,说满村都在议论你们两个的没脸事!”高玉德又蹲在脚地上,用手摸起了脚。

高加林脑子一下子嗡嗡直响。他把手里的书放到炕上,半天才说:“我的事你不要管,众人愿说啥哩!”

高玉德抬起苍白头,说:“你小子小心着!刘立本说要往断打你的腿哩!”

高加林牙咬住嘴唇,轻蔑地冷笑了一声,说:“既然是这样,我会叫他更不好看!”

高玉德站起来,走前一步,痛心疾首地对儿子说:“你千万不要再给我闯乱子了!”

“你早早死了心!咱这光景怎能高攀人家嘛!人家是什么光景?这一条大马河川都是拔梢的!”

高加林把两条光胳膊交叉抱在结实的胸脯上,对一脸可怜相的父亲说:“谁高攀谁家?爸,你一辈子真没出息!你甭怕!这事我做的,由我做主!”

高玉德看着儿子那张倔强的脸,痛苦地叫道:

“我的憨娃娃呀,你总有一天要跌跤的……”

第九章

高明楼从公社开罢会,独个儿一人在简易公路上步行往回去——他家的自行车被二小子三星推到学校了。车子是他主动让儿推去的。儿子当了教师,各方面都要体面一些,没个车子不行!高家村的当家人五十岁已出头,但走起路来精神还蛮好。他一身旧蓝咔叽布制服,颜色已经灰白;单布帽檐下面,一张红堂堂的脸上,两只眼睛炯炯有神。

明楼此刻走在路上,心情儿不太美气。这次公社召开的还是落实生产责任制的会议。看来形势有点逼人了。旁的许多村已经有联产到劳的。公社赵书记一再要叫大队书记解放思想,能联产到户、到劳的,要尽快实行。

“名词不一样了,可这还不是单干哩?”高明楼心里不满地想。实际上,他自己也清楚,现时的新政策的确能多打粮,多赚钱,尤其是山区,绝大部分农民都拥护。

他不满意这政策主要是从他自己考虑的。以前全村人在一块,他一天山都不出,整天圪蹴在家里“做工作”,一天一个全劳力工分,等于是脱产干部。队里从钱粮到大大小小的事他都有权管。这多年,村里大人娃娃谁不尊他怕他?要是分成一家一户,各过各的光景,谁还再尿他高明楼!他多年来都是指教人的人,一旦失了势,对他来说,那可真不是个味道。更叫他头疼的是,分给他那一份土地也得要他自己种!他就要像其他人一样,整天得在土地上劳苦了。他已多年没劳动,一下子怎能受了这份罪?

在强大的社会变化的潮流面前,他感到自己是渺小的。他高明楼挡不住社会的潮流。但他想,能拖就拖吧,实在不行了再说,最起码今年是分不成了!

他一路思谋着,不知不觉已经快到村子了。

“明楼,你回来了?”高明楼听见公路边的山坡上,有人给他打招呼。

他抬头一看,是德顺老汉。德顺虽然比他死去的父亲小六七岁,但两个人年轻时相好过,他一直叫老汉干大。他虽然是村里的领导,面子上的人情世故他都做得很圆滑,因此对德顺老汉常显出尊重的样子。

“干大,你今年自留地的庄稼还不错嘛!能打不少粮哩!”他站下,朝上面的德顺老汉随便这么说。

“多给我一点地,我还能打更多的粮哩!明楼,人家旁的村都往开分哩,咱们村怎还不见动静?这多少年众人搅混在一起,都要二流子哩,一个哄一个哩,而今虽说分成两个组,实际上和没分差不多!”

“干大,不要急嘛!咱集体搞了多少年,一下子就能分个净毛干?这几天两个组麦地都快翻完了吧?”明楼转了话题问老汉。

德顺老汉把锄放下,拿着旱烟锅下来了,老光棍大概想给书记建个什么议。他总是这样,爱管个闲事,常动不动给干儿在生产上指拨。明楼一般说来还听他的——一辈子的庄稼人嘛,说什么都在行。

明楼现在看老汉从坡上下来了,知道他又要给自己建议什么了,只好耐下心等他唠叨一阵。

他给德顺老汉抽了一根纸烟,两个人就圪蹴在了路畔上。

德顺老汉在明楼的打火机上吸着烟,说:“明楼,现时麦地都翻完了,马上就是白露,光一点化肥种麦子怎行?往年这时候,都要到城里去拉一些茅粪,今年你怎不抓这件事?”

明楼摇摇头:“往年一个队,说做什么,统一就安排了,今年分成两个组,你长我短的,怎个弄?再说,两个组都还有没锄二遍的地呢,人手怕抽不出来。”

“这有什么难的?这几天先少去两个人嘛!两个组合在一起拉,拉回来两家都能用。”

明楼想了一下,说:“这也行。还像往年一样,你把这事领料上。先套上两个架子车,前村连你先去两个人,再让后村巧珍到城里用她姨家的空窑,给你们晚上做一顿饭。过几天等地里的活消停了,再多套几个架子车,两个组多去一些人。你看这行不行?”

“行,我去!前村先叫加林去。队里这一段苦重,娃娃没惯了,叫歇息几天;拉粪活总轻一点。”

提起加林,明楼脸有点红,嘴里很快“嗯嗯”着同意了德顺老汉的安排。

老汉见他的“建议”被干儿采纳了,就站起身又锄地去了。明楼也把纸烟把子一丢,思思谋谋又起身往回走。

德顺老汉刚才提起加林,使他又不由得想到这个被他赶回生产队的本村后生了。加林是高明楼眼看着长大的。他小时候就脾气倔犟,性子很硬,人又聪敏。在庄前村后,显得比他同年龄的娃娃都强。高明楼在那时候就对这娃娃很感兴趣。加林在城里上学时,每逢星期六回来,他常爱到加林家串门。他虽是个老百姓,还爱关心点国际大事,加林正好这方面又懂得多,常给他说这个国家那个国家的事,把个高明楼听得半夜不回家。他常在心里感叹:高玉德命好!一辈子死没本事,可生养下一个足劲儿子!他自己的两个儿子太平庸了。老大上了两年学,笨得学不进去,老是一年级,最后只好回来当了农民。不是他在村里的威望,刘立本怎能把巧英给他的儿子?三星不是他用队里的东西在公社、县上巴结下几个干部,也怕连初中都上不了。按成绩不行,可那二年是推荐。现在总算把高中混完了。二儿子高中毕业后,他着实发愁了。旁的工作一眼看见不行——而今入公家的门难!他决心要给儿子谋求个民办教师的地位;他决不愿意两个儿子都当农民。有个教师儿子,他在门外也体面。再说,三星也从没吃过苦,劳动他受不了,弄不好会成个死二流子!他原来想两全其美,和公社教育专干马占胜商量,看能不能下旁的村一个教师,叫三星上;最好不要叫三星顶加林。他有恻隐之心。他盘算过,别看村里几十户人家,他谁也不怕,但感到加林虽然人小,可心硬人强,弄不好,将来说不定会成为他的仇人,让他一辈子不得安生!再说,他老了,加林还年轻,他就是现在对自己没法,但将来得了势,儿孙手里都要出气呀!他的两个儿子明显不是加林的对手!因此他不想惹这后生,想尽量不下加林的教师。

可马占胜马上嘲笑他想得太美了!是的,哪个村愿把位置让给他们村呢?就这样,他只好狠着心把加林的教师下了,让三星上。但这以后,这件事总是他个心病。尽管高玉德老两口比以前更巴结他了,可高加林明显地在仇恨他,加林刚开始劳动,听说手上的血把镢把都染红了,谁也说不下他,照样拼命,说要让手烂得更厉害些!他听后心里忍不住打了个冷战。心想:妈呀,这小子的心残着哩!他从这件事上,更看出加林不是个松动货。于是他的心病越来越加重了。

高明楼之所以好多年统辖高家村,说明他不是个简单人。他老谋深算,思想要比一般庄稼人多拐好多弯。

高明楼一路低头走着,思谋着这件事,觉得没什么好办法能使他的心灵安宁一些。

他走到大马河河湾的岔路上,抬起头向村里照了照,突然看见他亲家刘立本圪蹴在一棵老枣树下抽卷烟。他心想:大概到内蒙古又买了匹便宜马,等着给他能哩!

刘立本在亲家母家里吃完饭,就圪蹴在这里等上了明楼。

女儿给他做下的丢脸事,使他感到自己的个子都低了几寸。他现在想让明楼先把加林收拾一顿,把这事先镇压下去。然后得马上给巧珍找人家。今年能出嫁就出嫁,最迟不能拖过明年。女子大了,不寻人家,说出事就出事!他还想让明楼出面,说服巧珍和马店的马拴结亲。他是书记,面子大!

高明楼走到枣树下,很自然地蹲在了立本的对面。两亲家先让了一番烟。明楼嫌卷烟太硬,立本嫌纸烟没劲。两个人只好各吸各的。

“怎样?又买了便宜货了吧?能挣多少钱?”明楼问他的生意人亲家。

“挣钱顶个球!”立本粗鲁地叫道,情绪败坏地把头一拐。

“我头一次听你把钱不当一回事。”明楼脸上露出一丝讽刺的笑容,同时也不知道亲家有什么不高兴。看他满脸气呼呼的样子,就问:“你有什么不顺心的事?你今年钱挣得快把口袋都撑破了,还不满意吗?而今这政策正是你的好政策!”他又不由得露出讽刺的笑容。

“好你哩,不要挖苦我了。我现在滚油浇心哩!”刘立本两条胳膊朝亲家一摊,脸上显出一副哭相。

高明楼一看他这样子,也认真起来,说:“哭了半天还不知道你哭谁哩!你说你倒究出了什么事嘛!”

刘立本把正在抽的半截子卷烟扔到旁边的草地上,难受地说:“巧珍给我做下丢脸事了!”

“那么好个娃娃,弄下什么事了?”高明楼惊讶地问。

“唉,真叫人没法提!高玉德那个缺德儿子勾引我巧珍,黑地里在外面疯跑,弄得满村都风风雨雨的。你看我这人现在活成个甚了!”刘立本咽了一口唾沫,难受地把头倒勾了下来。

高明楼一下子笑了:“哈呀,我还以为是什么事哩!不就是他们两个谈恋爱吗?”

“狗屁恋爱!连个媒人也没经,黑天半夜在外面鬼混,把先人都羞死了!”刘立本抬起头,气愤地吼叫起来。

高明楼把刘立本溅在他脸上的唾沫星子揩掉,说:“立本,你整天走州过县做买卖,思想怎还这么古板?你没吃过猪肉,连猪哼哼都没听过?现在的年轻人还像咱们过去那样吗?你还没见得多着哩!我前几年都要到大寨参观一回,路过西安、太原,看见城市的青年男女,在大街上的稠人广众面前胳膊套胳膊走路哩!开始看见还觉得不文明,后来看惯了才觉得人家那才是文明……”

刘立本听了亲家这一番话,又气又失望。他原来还想叫明楼训一顿高加林,想不到明楼竟然指教起他来了。他嘴唇子抖着说:“加林是个什么东西?文不上武不下的,糟蹋我巧珍哩!”

高明楼眼一瞪:“怕人家加林看不下巧珍哩!只要人家看下了,你能都能不过来哩,还说人家糟蹋你女子哩!”

“加林有个什么出息?又不会劳动,又不会做生意,将来光景一烂包!”

“人家是高中生,你女子斗大字不识一升!”

“高中生顶个屁！还不是要戳牛屁股?”刘立本轻蔑地一撇嘴，并且又加添说，“牛屁股都不会戳!”

高明楼身子往立本旁边挪了挪，开始苦口婆心劝解起亲家来：“好立本哩，你的目光太短浅了。你根本不能小看加林。不是我说哩，这一条川道里，和他一样大的年轻人，顶上他的不多。他会写，会画，会唱，会拉，性子又硬，心计又灵，一身的大丈夫气概！别看你我人称‘大能人’、‘二能人’，将来村里真正的能人是他！他什么学不会？他要是愿意做，怕你骑上马都撵不上他哩！现在我把他的教师下了，为的是叫三星上。这事明说哩，我做得有点强。以后有空子，我还要给他找个营生干哩！要是他和巧珍结婚了，不是和我也成亲戚了吗?”

刘立本对他这一番话根本不以为然。他鼻子里哼了一声说：“看高玉德那是什么家庭？塌墙烂院，家里没一件值钱东西！高玉德又死没本事，加林他能什么哩?”

“哈呀！值钱东西是哪里来的？还不是人挣的？只要立得住，什么东西也会有！至于高玉德有本事没本事，那碍不了大事。巧珍是寻女婿哩，又不是寻公公！你别看他家现在穷，加林能把家立起来的！你我当年是什么样子？旧社会，你老子和我老子还都不是给地主刘国璋打长工吗?”

刘立本仍然没有被他亲家的雄辩折服，反而一闪身站起来，火气十足地说：“你别给我灌清米汤了！我长眼睛着哩！难道自己看不清高玉德家的前程吗？他那不成器的儿子，我看不下！你能说光面子话哩！巧珍是我的女子，我不能把她往黑水坑里垫!”

“你看不下，可巧珍能看下哩！看你还有什么办法!”高明楼也站起来，觉得他亲家已经有点可笑了。

“我没办法？我把他龟孙子的腿往断打呀!”

“咦呀？看把你能的！……好亲家哩，你这阵在气头上，我没办法说服你。不过，你也别太逞能了！这而今都是自由恋爱，法律保护婚姻哩！只要娃娃们同意，别说娘老子，就是天王老子也管不住！你敢动手动脚，小心公安局的法绳！”高明楼终究是大队书记，懂得法律政策，立刻将这武器拿出来警告他亲家。

刘立本的确被他这话唬住了。他怔了半天，在自己的脑袋上狠狠拍了一巴掌，转过身丢下明楼，独自一个人扯大步走了。两亲家今天第一次没把话说到一块！

高明楼在他后面慢慢往家里走。他心想：刘立本做生意算个把式，其他方面实在不精明。

按明楼的想法，巧珍最好能和加林结亲。一方面，他觉得巧珍能寻这么个女婿，也的确不错了；另一方面，他很愿意加林和他大儿子成担子，将来和立本三家亲套亲，联成一体，在村里势众力强。这样一来，加林和他成了亲戚，也就不好意思为下了教师而恨他了。本来，高明楼刚听立本说这件事，心里有点高兴——他一路上正盘算怎样平息加林仇恨他的火焰哩！现在他看亲家对此事这样坚决地反对，也就摸不来事情的结局倒究会怎样了。

第十章

早晨，太阳已经冒花了，高加林才爬起来，到沟里石崖下的水井上去担水。他昨晚上一夜翻腾得没睡好觉，起来得迟了。

石头围了一圈的水井，脏得像个烂池塘。井底上是泥糊子，蛤蟆衣；水面上漂着一些碎柴烂草。蚊子和孑孓充斥着这个全村人吃水的地方。

他手里的马勺犹豫了半天，终于还是没有舀水。他索性赌气似地和两只桶一起蹲在了井台边。

此刻他的心情感到烦躁和压抑。全村正在用各种各样的风言风语议论他和巧珍的“不正经”，还听说刘立本已经把巧珍打了一顿，事情看来闹得更大了。眼前他又看见水井脏成这样也没人管（大家年年月月就喝这样的水,拿这样的水做饭),心里更不舒畅了。所有这一切,使他感到沉重和痛苦:现代文明的风啊,你什么时候才能吹到这落后闭塞的地方?

他的心躁动不安,又觉得他很难在农村待下去了。可是,别的出路又在哪里呢?他抬起头,向沟口望出去,大山很快就堵住了视线。天地总是这么的狭窄!他闭住眼,又由不得想起了无边无垠的平原,繁华热闹的大城市,气势磅礴的火车头,箭一样升入天空的飞机……他常用这种幻想来满足自己的精神需要。

当他睁开眼睛的时候,他仍然在现实中。他看了看水井,脏东西仍然没有沉淀下去。他叹了一口气,想:要是撒一点漂白粉也许会好点。可是哪来的这东西呢?漂白粉只有县城才能搞到。他的腿蹲得有点麻了,就站起来。

他忍不住朝巧珍埝畔上望了望。他什么人也没看见。巧珍大概出山去了;或者被她父亲打得躺在炕上不能动了吧?要么,就是她害怕了,不敢再站在他们家埝畔上那棵老槐树下望他了——他每次担水,她差不多都在那里望他。他们常无言地默默一笑,或者相互做个鬼脸。

突然,高加林眼睛一亮:他看见巧珍竟然又从那棵老槐树背后转出来了!她两条胳膊静静地垂着,又高兴又害臊地望着他,似乎还在笑!这家伙!

她的头向他们家埝畔上面扬了扬,意思叫加林看那上面。加林向山坡上望去,见刘立本正在撅着屁股锄自留地。

高加林立刻感到出气粗了。刘立本之所以打巧珍,还放肆地训斥他父亲,实际上是眼里没他高加林!"二能人"仗着他会赚几个钱,向来不把他这一家人放在眼里。

加林决定今天要报复他。他要和巧珍公开拉话,让他看一看!把他气死!他故意把声音放大一点喊:"巧珍,你下来!我有个事要和你说!"巧珍一下惊得不知该怎办。她下意识地先回过头朝她家的埝畔上看了看。刘立本不知听见没听见,但仍然在低头锄他的地。巧珍终于坚决从坡里下来了。她甚至连路都不走,从近处的草洼里连跑带跳转下来,径直走向井台。

她来到他面前,鞋袜和裤管被露水浸得湿淋淋的。她忐忑不安地抠着手指头,小声问:“加林哥……什么事? 村子上面有人看咱两个呢,我爸……”

“不怕!”加林手指头理了一下披在额前的一绺头发说,“专门叫他们看! 咱又不是做坏事哩……你爸打你了吗?”

他有点心疼地望着她白嫩的脸庞和亭亭玉立的身姿。

巧珍长睫毛下的眼睛里闪着泪花,含笑咬着嘴唇,不好意思地说:“没打……骂了几句……”

“他再要对你动武,我就对他不客气了!”加林气呼呼地说。

“你千万不要动气。我爸刀子嘴豆腐心,不敢太把我怎样。你别着气,我们家的事有我哩!”巧珍扑闪着漂亮的眼睛,劝解她心爱的人。她看了看他身边的空水桶,问:“你怎不舀水哩?”

加林下巴朝水井里努了努,说:“脏得像个茅坑!”

巧珍叹了一口气,说:“没办法。就这么脏,大家都还吃。”她转而忍俊不禁地失声笑了,“农村有句俗话,说不干不净,吃了没病……”

加林没笑,把桶从井边提下来,放到一块石头上,对巧珍说:“干脆,咱两个到城里找点漂白粉去。先撒着,罢了咱叫几个年轻人好好把水井收拾一下。”

“我也跟你去? 一块去?”巧珍吃惊地问。

“一块去! 你把你们家的自行车推上,我带你,一块去! 咱们干脆什么也别管了! 村里人愿笑话啥哩!”加林看着巧珍的眼睛,“你敢不敢?”

“敢! 你送桶去! 我回去推车子,换个衣服。你也把衣服换一换! 你别光给水井讲卫生,看你的衣服脏成啥了! 你脱下,明天我给你好好洗一洗。”

加林高兴得脑袋一扬,用农村的粗话对他的情人开了一句玩笑:“实在是个好老婆!”

巧珍亲昵地撅起嘴,朝加林脸上调皮地吹了一口气,说:“难听死了……”他们各自都怀着无比激动的心情,各回各家去了。

对于巧珍来说,在家里人和村里人众目睽睽之下,跟加林骑一个车子去逛县城,这无疑是一个大胆的挑战。对于她目前的处境来说,这需要多大的勇气啊!她之所以不怕父亲的打骂,不怕村里人笑话,完全是因为她对加林的痴迷的爱情!只要跟着加林,他让她一起跳崖,她也会眼睛不闭就跟他跳下去的!

对高加林来说,他做出这个决定,是对他所憎恨的农村旧道德观念和庸俗舆论的挑战;也是对傲气十足的“二能人”的报复和打击!

加林把空水桶放到家里,从箱子里翻出那身多时没穿的见人衣裳。他拿香皂洗了脸和头发,立刻感到容光焕发,浑身轻轻飘飘的。他对着镜子梳了梳头发,觉得自己强悍而且英俊!他父亲出了山,母亲上了自留地,家里没人。他在一个小木箱里取出几块钱装在口袋里,就出门在塄畔上等巧珍——后村人出来都要经过他家门前塄畔下的小路。

巧珍来了,穿着那身他所喜爱的衣服:米黄色短袖上衣,深蓝的确良裤子。乌黑油亮的头发用花手帕在脑后扎成蓬松的一团,脸白嫩得像初春刚开放的梨花。

他俩肩并肩从村中的小路上向川道里走去。两个人都感到新奇、激动,谁连一句话也不说,也不好意思相互看一眼。这是人生最富有的一刻。他们两个黑夜独自在庄稼地里的时候,他们的爱情只是他们自己感受。现在,他们要把自己的幸福向整个世界公开展示。他们现在更多的感受是一种庄严和骄傲。

巧珍是骄傲的:让众人看看吧!她,一个不识字的农村姑娘,正和一个多才多艺、强壮标致的“先生”,相跟着去县城。

加林是骄傲的:让一村满川的庄稼人看看吧!大马河川里最俊

的姑娘，著名的“财神爷”刘立本的女儿，正像一只可爱的小羊羔一般，温顺地跟在他的身边！

村里立刻为这事轰动起来。没出山的婆姨女子、老人娃娃，都纷纷出来看他们。对面山坡和川道里锄地的庄稼人，也都把家具撇下，来到地畔上，看村里这两个“洋人”。

有羡慕的咂吧嘴的，有敲怪话的，也有撇凉腔的。正人君子探头缩脑地看；粗鲁俗人垂涎欲滴地看。更多的都感到非常新奇和有意思。尤其是村里的青年男女，又羡慕，又眼红，川道一组锄地的两个暗中相好的姑娘和后生，看着看着，竟然在人背后一个把一个的手拉住了！

高加林和刘巧珍知道这些，但也不管这些，只顾走他们的。一群碎娃娃在他们很远的背后，嘻嘻哈哈，给他们扔小土圪垯，还一哇声有节奏地喊：“高加林、刘巧珍，老婆老汉逛县城……”高玉德老汉在对面山坡上和众人一块锄地。起先他还不知道大家跑到地畔上看什么新奇，也把锄搁下过来看了。当他看见是这码子事时，很快在人家的玩笑和哄笑声中跌跌撞撞退回到玉米地里。他老脸臊得通红，一屁股坐在锄把上，两只瘦手索索地抖着，不住气地摸起了赤脚片。他在心里暗暗叫道：乱了！乱了！刘立本这阵在哪里呢？要是叫“二能人”看见了，不把这两个疯子打倒在地才怪哩！

刘立本此刻就在他家埝畔上的自留地里。所有这一切“二能人”也都看见了。不过，高玉德老汉的担心过分了。“二能人”正像他女子说的，刀子嘴豆腐心。他此刻虽然又气又急，但终于没勇气在众人的目光下，做出玉德老汉所担心的那种好汉举动来。他也只是一屁股坐到锄把上，双手抱住脑袋，接二连三地叹起了气……

第二天早晨，高家村的水井边发生了一场混乱。早上担水的庄稼人来到井边，发现水里有些东西。大家不知道这是何物，都不敢舀水了，井边一下子聚了好多人。有人证实，这些“白东西”是加林、巧珍和另外几个年轻人撒进去的。有人又解释,这是因为加林爱干净,嫌井水脏,给里面放了些洗衣粉。有的人说不是洗衣粉,是一种什么"药"。

天老子呀!不管是洗衣粉还是药,怎能随便给水井里放呢?所有的人都用粗话咒骂:高玉德的嫩小子不要这一村人的命了!有人赶快跑到前村去报告高明楼——让大队书记看看吧!更多担水的人都在急躁地议论和咒骂。那几个和加林一起"撒药"的年轻庄稼人给众人解释,井里撒的是漂白粉,是为了讲卫生的,众人立刻把他几个骂了个狗血喷头:"你几个瞎眼小子,跟上疯子扬黄尘哩!"

"你妈不讲卫生,生养得你缺胳膊了还是少腿了?"

"胡成精哩!把龙王爷惹恼了,水脉一断,你们喝尿去吧!"

那几个拥护加林这次卫生革命的人,不管众众人怎骂,都舀了水,担回家去了;但他们的父亲立刻把他们担回的水,都倒在了院子里。水井边围的人越来越多了。而刘立本家里正在打架:刘立本扑着打巧珍;巧珍他妈护着巧珍,和老汉扭打在一起,亏得巧英和她女婿正在他们家,好不容易才把架拉开!刘立本气得连早饭也不吃,出去搞生意去了——他是从自家窑后的小路上转后山走的,生怕水井边的人们看见他。

高加林听说井边发生事,要出来给乡党们说明情况,结果被他爸他妈一人扯住一条胳膊,死活不让他出门。老两口先顾不上责备儿子,只是怕他出去在井边挨打。

这时候,刘立本的三女儿巧玲从后沟里拿一本书走出来。她刚考完大学,在家里等结果。她起得很早,到后沟里背英语单词去了,因此刚才家里打架的事,她并不知道。现在她看见井边围了这么多人,就好奇地走过来打问出了什么事。

有人马上嘲讽地说:"你二姐和你二姐夫嫌水井脏,放了些洗衣粉。你们家大概常喝洗衣粉水吧?看把你们脸喝得多白!"

巧玲的脸刷地红到了耳根。她虽然还不到二十岁,但个子已经和巧珍一般高。她和她二姐一样长得很漂亮,但比巧珍更有风度。巧玲早已看出她二姐在爱加林——现在知道她真的和加林好了。她对加林也是又喜欢又尊重,因此为二姐能找这么个对象,心里很高兴。昨晚给水井里撒漂白粉的事,她也知道,于是她就试图拿学校里学的化学原理给众人说漂白粉的作用。

她的话还没完,有人就粗鲁地打断了她:"哼! 说得倒美! 你爬下先喝上一口! 和你二姐夫一样咬京腔哩! 伙穿一条裤子!"众人哄然大笑了。巧玲眼里转着泪花子,羞得转身就跑——愚昧很快就打败了科学。

这时,听到消息的高明楼,赶忙先跑到巧珍家问情况。本来他想去问加林,但想了一下,还是没去,先跑到亲家家里来了。他一进亲家的院子,看见他们家四个女人都在哭。刘立本已经不见了踪影。他的大儿子正笨嘴笨舌劝一顿丈母娘,又劝一顿小姨子。明楼叫她们都别哭了,说事情有他哩!

他在巧珍和巧玲嘴里问明情况后,很快折转身出了刘立本家的大门,扯大步向沟底的水井边走去。

高明楼来到井边,众人立刻平静下来:他们看村里这个强硬的领导人怎办呀。明楼把旧制服衣的扣子一颗颗解开,两只手叉着粗壮的腰,目光炯炯有神,向井边走去,众人纷纷把路给他让开。

他弯腰在水井里象征性地看一看,然后掉过头对众人说:"哈呀! 咱们真是些榆木脑瓜! 加林给咱一村人做了一件好事,你们却在咒骂他,实实地冤枉了人家娃娃! 本来,水井早该整修了,怪我没把这当一回事! 你们为什么不担这水? 这水现在把漂白粉一撒,是最干净的水了! 五大叔,把你的马勺给我!"高明楼说着,便从身边的一个老汉手里接过铜马勺,在水井里舀了半马勺凉水一展脖子喝了个精光!

这家伙用手摸了一把胡楂子上的水,笑哈哈地说:"我高明楼头一个喝这水! 实践检验真理呢! 你们现在难道还不敢担这水吗?"大家都嘿嘿地笑了。气势雄伟的高明楼使众人一下子便服帖了。大家于是开始争着舀水——赶快担回去好出山呀,太阳已经一竿子高了!

第十一章

高加林在他的“卫生革命”引起一场风波以后,心情便陷入了很大的苦闷中。夜晚,他有时也不主动去找巧珍了,独自一个人站在村头古庙前那棵老椿树下面,望着星光下朦胧的、连绵不断的大山,久久地出神。全村人都已入了梦乡,看不见一星灯火,夏夜的风把他的头发吹得纷乱。

有时,在一种令人沉重的寂静中,他突然会听见遥远的地平线那边,似乎隐隐约约有些隆隆的响声。他抬头看,天很晴,不像是打雷。啊,在那遥远的地方,此刻什么在响呢?是汽车?是火车?是飞机?不知为什么,他总觉得这声音好像是朝着他们村来的。美丽的憧憬和幻想,常使他短暂地忘记了疲劳和不愉快,黑暗中他微微咧开嘴巴,惊喜地用眼睛和耳朵仔细搜索起远方的这些声音来。听着听着,他又觉得他什么也没有听见,才知道这只不过是他的一种幻觉罢了。他于是就轻轻叹一口气,闭住眼睛靠在了树干上。

巧珍总会在这样的时候,悄悄地来了。他非常喜欢她这样不出声地、悄然地来到他身边。他把他的胳膊轻轻搭在她的肩头。她的爱情和温存像往常一样,给他很大的安慰。但是,已不能完全冲刷掉他心中重新又泛起的惆怅和苦闷了。过去那些向往和追求的意念,又逐渐在他心中复活。他现在又强烈地产生了要离开高家村,到外面去当个工人或者干部的想法——最好把巧珍也能带出去!

他虽然这样想,不知为什么,又不想告诉巧珍。

其实,聪敏的巧珍最近已经看出了他的心思。从内心上讲,她不愿意让加林离开高家村,离开她;她怕失去他——

加林哥有文化,可以远走高飞;她不识字,这一辈子就是土地上的人了。加林哥要工作了,还会不会像现在一样爱她?

但是,当她看见亲爱的人苦闷成这个样子,又很想叫他出去工作。这样他就会高兴和愉快的。要是加林高兴和愉快,她也就感到心里好受一些。她想加林哥就是寻了工作,也再不会忘了她;她就在家里好好劳动,把娃娃抚养好。将来娃娃大了,有个工作的老子,在社会上也不受屈。再说,自己的男人在门外工作,她脸上也光彩。

这样想的时候,她就很希望加林哥出去工作,好让他少些苦恼。可是,她又认真一盘算,觉得根本没门!现时这号事都要有腿哩!加林哥当个民办教师,都让瞎心眼子高明楼挤掉了,更不要说找正式工作了。

这一天晚上,还是在那棵老椿树下,当她看见加林还是那么愁眉苦脸时,就主动对他说:

"加林哥,你干脆想办法去工作去!我知道你的心思!看把你愁成啥了!我很想叫你出去!"

加林两只手抓住她的肩头,长久地看着她的脸。亲爱的人!她在什么时候都了解他的心思,也理解他的心思。

他看了她老半天,才开玩笑说:"你叫我出去,不怕我不要你了吗?"

"不怕。只要你活得畅快,我……"她一下子哭了,紧紧抱住他,像菟丝子缠在草上一般说,"你什么时候也甭把我丢下……"

加林下巴搁在她头上,笑着说:"你啊!看你这样子,好像我已经有工作了!"

巧珍也抬起头笑了。她抹去脸上的泪水,说:"加林哥,真的,只要有门道,我支持你出去工作!你一身才能,窝在咱高家村施展不开。再说,你从小没劳动惯,受不了这苦。将来你要是出去了,我就在家里给咱种自留地、抚养娃娃;你有空了就回来看我;我农闲了,就和娃娃一搭里来和你住在一起……"

加林苦恼地摇摇头:"咱们别再瞎盘算了,现在要出去找工作根本不行。咱还是在咱的农村好好打主意……你看你胳膊凉得像冰一样,小心感冒了！夜已经深了,咱们回!”

他们像往常一样,互相亲了对方,就各回各家去了。

高加林进了家门,发现高明楼正坐在他们家炕栏石上,和他父亲拉话。见他进门来,他父亲马上说:“你到哪里去了？你明楼叔等了你半天!”

高明楼对他咧嘴笑了笑,说:“也没什么事喀！唉,加林！咱这农村,意识就是落后！你好心给水井里放了些漂白粉,人还以为你下了毒药呢！真是些榆木脑瓜!”

他父亲笑嘻嘻地对高明楼说:“全凭你了！要不是你压茬,那一天早上肯定要出事呀!”

他母亲也赶忙补充说:“对着哩！咱村里的事,就看他明楼叔拿哩!”

加林坐在脚地板凳上,也不看高明楼,说:“也怪我。我事先没给大家说清楚。”

高明楼吐了一口烟,说:“事情已经过去了,再不提了,过两天两个组都抽几个人,把水井整修一下,把石堰再往高垒一些。哈呀！不整修再不行了！我前一个月看见一头老母猪躺在里面洗澡哩!”他两个手指头把纸烟把子捏灭,丢在脚地上,“我今黑夜来是想和你商量个事。是这,咱准备到城里拉一点茅粪,好准备种麦。后组里正锄地,人手抽不出来;准备前组先去两个人。我考虑了一下,想让你和德顺老汉去,不知你愿意不愿意?”加林没说话。

他父亲赶忙对他说:“你去！你明楼叔给你寻了苦轻营生嘛！晚上只拉一回,用不了两三个小时,白天一天就歇在家里。往年大家都抢着去做这营生哩!”

高明楼又掏出一根烟,在煤油灯上吸着,看着低头不语的加林说:“你大概怕城里碰上熟人,不好意思吧？年轻人爱面子！其实,晚上嘛,根本碰不上!”

高加林抬起头，只说了两个字：“我去。”

明楼一看他同意了，便从炕栏石上下来，准备起身了。高玉德慌忙赤脚片溜下炕，同时加林他妈也从灶火圪崂里撵出来，准备送书记。高明楼在门口挡住他们，然后对后面的加林说：“你大概还不知道，拉粪去的人还是老规程，在城里吃一顿饭，钱和粮由队里补贴。今年还是巧珍去做饭，城里她姨家有一孔空窑。”高加林点点头，嗯了一声。

高玉德一听是巧珍去做饭，嘴张了几张，结结巴巴说：“明楼！做饭苦轻，最好去个老汉！巧珍年轻，现在劳动正繁忙，后组的地还没锄完哩……”

高明楼想笑又没好意思笑出来。他对玉德老汉说：“还是巧珍去合适。城里做饭的窑是她姨家的，生人去了怕不方便……”说完就拧转身走了。

德顺老汉和加林、巧珍在村对面的简易公路上套好架子车，已经临近黄昏，远远近近都开始模糊起来了，对面村子里，收工回来的人声和孩子们的叫闹声，夹杂着正在入圈的羊的咩咩声，组成了乡间这一刻特有的热闹的骚乱气氛。

德顺老汉一巴掌在驴屁股上打掉一只牛虻。过来把草垫子放到车辕上，说：“甭怕臭！没臭的，也就没有香的！闻惯了也就闻不见了。”他走到前车子旁边，从怀里掏出一个扁扁的酒壶，抿了一口，诡秘地对加林和巧珍一笑，“你们两个坐在后面车上，我打头。吆牲灵我是老把式了，你们跟着就是。现在天还没黑，两个先坐开些！”他得意地眨眨眼，坐在了前面的车辕上。

后面车上的加林和巧珍被德顺老汉说得很不好意思，也真的别别扭扭一人坐在一个车辕上，身子离得很开。

德顺老汉“嘚儿”一声，毛驴便迈开均匀的步子，走开了。两辆车子一前一后，在苍茫的暮色中向县城走去。

德顺老汉在前面又抿了一口酒，醉意便来了，竟然张开豁牙漏气的嘴巴唱了两声信天游——

> 哎哟！年轻人看见年轻人好，
> 白胡子老汉不中用了……

加林和巧珍在后面车上逗得直笑。

德顺老汉听见他们笑，摸了一下白胡子，说：“啊呀，你们笑什么哩？真的，你们年轻人真好！少男少女，亲亲热热，我老了，但看见你们在一块，心里也由不得高兴啊……”

加林在后面喊：“德顺爷，你一辈子为啥不娶媳妇？你年轻时候谈过恋爱没？”

“恋？爱？哼！我年轻时候比你们还恋的爱！”他又抿了一口酒，皱纹脸上泛起红潮，眼睛眯起来，望着东边山头上刚刚升起的月亮，不言传了。

驴儿打着响鼻，蹄子在土路上嘚嘚地敲打着。月光迷迷蒙蒙，照出一川泼墨似的庄稼。大地沉寂下来，河道里的水声却好像涨高了许多。大马河隐没在两岸的庄稼地之中，只是在车子路过石砭石崖的时候，才看得见它波光闪闪的水面。

高加林又在后面问：“德顺爷，你说说你年轻时候的风流事嘛！我不相信你那时还会恋爱哩！”他朝身边的巧珍做了个鬼脸，意思是对她说：我激老汉哩！

德顺老汉终于忍不住了，抿了一口酒，说：“哼！我不会恋爱？你爸才不会哩！那时我和你爸，还有高明楼和刘立本的老子，一块给刘国璋揽工，你爸年龄小，人又胆小，经常鼻涕往嘴里流哩！硬是我把你妈和你爸说成的……我那时已经二十几岁了，刘国璋看我心眼还活，农活不忙了，就打发我吆牲灵到口外去驮盐，驮皮货。那时，我就在无定河畔的一个歇脚店里，结交了店主家的女子，成了相好。那女子叫个灵转，长得比咱县剧团的小旦都俊样。我每次赶牲灵到他们那里，灵转都计算得准准的。等我一在他们村的前砭上出现，她就唱信天游迎接我哩。她的嗓音真好啊！就像银铃碰银铃一样好听……”

“唱什么歌哩？”巧珍插嘴问。

“听我给你们唱！”老汉得意地头一拐，就在前面醉心地唱起来了——

走头头的那个骡子哟三盏盏的灯，
戴上了那个铜铃子哟哇哇的声；
你若是我的哥哥哟招一招手，
你不是我的哥哥哟走呀走你的路……

老汉唱完，长长吐了一口气，说：“我歇进那店，就不想走了。灵转背转她爸，偷得给我吃羊肉扁食，荞面饸饹……一到晚上，她就偷偷从她的房子里溜出来，摸到我的窑里来了……一天，两天，眼看时间耽搁的太多了，我只得又赶着牲灵，起身往口外走。那灵转常哭得像泪人一样，直把我送到无定河畔，又给我唱信天游……”

“大概唱的是《走西口》吧？对不对？”加林笑着说。

“对着哩！”说着，老汉又忍不住唱了起来。他的声音是沙哑的，似乎还有点哽咽，并且一边唱，一边吸着鼻涕——

哥哥你走西口，
小妹妹实难留；
手拉着哥哥的手，
送你到大门口。

哥哥你走西口，
小妹妹送你走；

有几句知心话,
哥哥你记心头:

走路你走大路,
万不要走小路;
大路上人马稠,
小路上有贼寇。

坐船你坐船后,
万不要坐船头;
船头上风浪大,
操心掉在水里头。

日落你就安生,
天明再登程;
风寒路冷你一个人,
全靠你自操心。

哥哥你走西口,
万不要交朋友;
交下的朋友多,
你就忘了奴——

有钱的是朋友,
没钱的两眼瞅;
哪能比上小妹妹我,
天长日又久……

德顺老汉上气不接下气地唱着。到后来，已经曲不成调，变成了一句一句地说歌词；说到后来，竟然抽抽搭搭哭起来了；哭了一阵，又嘿嘿笑出了声，说："啊呀，把它的！这是干甚哩！老呀老了，还老得这么不正相！哭鼻流水的，惹你们娃娃家笑话哩……"巧珍不知什么时候已经靠在了加林的胸脯上，脸上静静地挂着两串泪珠。加林也不知什么时候，用他的胳膊搂住了巧珍的肩头。月亮升高了，远方的山影黑黝黝的，蒙上一层神秘的色彩。路两边的玉米和高粱长得像两堵绿色的墙；车子在碎石子路上碾过，发出轻微的沙沙声；路边茂密的苦艾散放出浓烈清新的味道，直往人鼻孔里钻。好一个夏夜啊！

"德顺爷，灵转后来干啥去了？"巧珍贴着加林的胸脯，问前面车子上黯然神伤的老汉。

德顺老汉叹了一口气："后来，听说她让天津一个买卖人娶走了。她不依，她老子硬让人家引走了……天津啊，那是到了天尽头了！从此，我就再也没见我那心上的人儿！我一辈子也就再不娶媳妇了。唉，娶个不称心的老婆，就像喝凉水一样，寡淡无味……"

巧珍说："说不定灵转现在还活着？"

"我死不了，她就活着！她一辈子都揣在我心里……"

车子拐一个山峁，前面突然亮起了一片灯火，各种建筑物在月亮和灯火交织的光气里，影影绰绰地显露了出来——县城到了。

德顺老汉摸出酒壶抿了一口。他手里虽然不拿鞭子，也还像一个吆牲灵出身的把式那样，胳膊在空中一抡："嘚儿——"

两辆车子轻快地跑起来，驴蹄子得得地敲打着路面，拐上了大马桥，向县城奔驰而去……

第十二章

加林和德顺爷灌满一车粪以后，老汉体力已经有点不支；加上又喝了不少酒，走路都摇摇晃晃的。加林硬把老汉送到巧珍做饭的窑里,让他坐到热炕头上歇着;他就一个人拉着另一个架子车去淘粪。他拉着车,尽量不走大街,也尽量不走灯光明亮处。虽然已经到夜里,街巷里基本没什么行人,但他仍然紧张地防备着,生怕碰见熟人和同学。

他拉着架子车,在街道北头那边一些分散的机关单位之间转悠。这个季节,乡里来城里淘粪的人很多;有时在一个单位的厕所里,茅坑底上还刮不了一担粪。他已走了几个单位,架子车的大粪桶还没装满一半。

前面就是县广播站。他犹豫地站在了街角一个暗影里。他想起了他的同学黄亚萍。他站了一会,决定还是不去广播站的厕所淘粪。

他远远地绕开路,向车站那边走去——那里过往人多,说不定厕所里粪要多一些。他在灯光若明若暗的街道上走着,心里忍不住感叹:生活的变化真如同春夏秋冬,一寒一暑,差别甚远!三年前,这样的夜晚,他此刻或者在明亮温馨的教室里读书;或者在电影院散场的人群里,和同学们说说笑笑走向学校。要不,就是穿着鲜红的运动衣,潇洒地奔驰在县体育场的灯光篮球场上,参加篮球比赛,听那不绝于耳的喝彩声……

现在,他却拉着茅粪桶,东避西躲,鬼鬼祟祟,像一个夜游鬼一样。他忍不住转过头,又望了一眼灯光闪烁的广播站。黄亚萍此刻在干什么呢?读书?看电视?喝茶?

他很快觉得自己有点可笑了。自己现在这副样子,想这些干啥呢?他现在应该赶快把这车子粪装满才对。是的,人做啥就为啥操心哩!他现在的心思主要在淘粪上。哪个厕所要是没粪,他立刻失望丧气;哪个厕所里粪要是多一点,他高兴得直想笑!因为德顺爷爷就是这个样子,他感染了自己,也使得自己的心理渐渐自觉地成了这个样子。劳动啊,它是艰苦的,但也有它本身的欢乐!

高加林把粪车放在车站大门外,然后进去看厕所有没有粪。他在厕所前面看了看,高兴得像发现了金子一般:厕所里的粪多得几乎几架子车也拉不完!

当他转到厕所后面的时候,一下子又不高兴了:不知哪里的生产队,已经在茅坑后面做了一个门,并且还上了锁。

高加林气愤地想:屎尿都有人霸占哩! 他妈的,我今天要“反霸”了! 高加林的坏脾气遇到这类事最容易引逗起来。他拾起一块石头片,没有砸锁,而是把锁下的铁扣环撬起来,打开了门。他从车子上把粪担子和粪勺取下来,开始在车站厕所的茅坑里舀起了粪。

他刚担了一担粪灌到架子车上的粪桶里,正准备去担第二担,突然有两个壮实的年轻人也来拉粪了。他们一色的的确良裤子,红背心上面印着“先锋”两个黄字。

加林知道,这是城关“先锋”队的人。这个队是蔬菜队,富足是全县有名的。这两个年轻人一看加林正在担粪,气呼呼地放下架子车,过来了。

“你为什么偷我们的粪?”其中一个已经挡住了加林的路。

“粪是你们的?”加林不以为然地反问。

“当然是我们的!”另一个在旁边喊叫。

“怎能是你们的? 这是公共厕所,又不是你们队的人屙尿的!”

“放你妈的屁!”前面那个后生已经破口了。

“把嘴放干净! 骂谁哩?”加林浑身的肌肉绷紧了。

“骂你哩! 你小子知道不知道? 我们为了这点粪,满年四季给车站上的干部供菜,一分钱都不要! 你凭什么来偷?”旁边那个人立眉竖眼地朝他喊叫。

“放下两块钱! 赔锁子!”前面那人双手叉腰,说。

“赔钱?”加林头一扭,“我还要担哩! 你们这些粪霸!”说着就担着粪担往前走。

那两个人都握住了拳头。前面的那个眼明手快,当胸就给了高加林一拳。加林两眼冒火,把粪担往地上一撂,拉起舀粪的粪勺。就向那后生砍去! 前面的人一跳,躲过去了,后面的那个刹那间也操起了粪勺。于是,三个淘粪的人就在车站的停车场上打了起来,长柄粪勺在空中飞舞,粪点子把三个人都溅了满身。迷蒙的月光静静地照耀着这个骚乱的场面。一个小伙子的脚被加林一粪勺打麻了,叫唤了一声蹲在了地下;而加林自己的脊背上却被另外一个人砍了一粪勺。

直到车站的人跑出来,才把架拉开。光头站长把双方劝说了半天,让加林不要拉了,说车站已经和先锋队订了“合同”,粪只能由他们拉。加林在心里骂道:“还有脸说‘合同’哩!拿你这个臭厕所白换着吃菜哩!”他觉得再要担这粪,肯定还要打架的。人家两个人,他一个人,打不过。再说,他们离队近,要是再叫来一群人,把他打不死才怪哩!他于是只好把粪担放在车上,拉起架子车离开了车站。

这附近只剩副食公司没去拉了。他原来主要考虑他的另一个同学张克南在那里工作,所以没去。

现在他猛然记起,克南不是已经调到副食门市去工作了吗?他很快决定去副食公司的厕所再看看。

他拉着车子,闻见自己满身的臭气,衣服和头发上都溅满了粪便。脊背上被砍了一粪勺的地方,疼得火烧火燎。他也不管这些,他只想着赶快把这车子粪装满,好早点回村——

德顺爷和巧珍大概已经等急了。

他把架子车放在副食公司的大门口上,先进去看厕所有没有粪。他从来没到过这里,找了半天才把厕所找见。他看了看,粪并不多,也很稀,但还是可以把他的粪桶子装满的。可只有一个不方便处:厕所到大门口路不太好,有几个地方很狭窄,粪车拉不到厕所旁边。

他于是决定一担一担往出担,担出来再倒进车上的粪桶里。高加林忙碌地从车上取下粪担,到后面的厕所里担出了第一担粪。担过副食公司院子的时候,在院子东南角一棵泡桐树下坐着的几个人,连连咂巴起了嘴,哼哼唧唧,显然嫌臭味打扰了他们在院子里乘凉。高加林自己也觉得很抱歉。但这是没法的事。他内心里希望这些干部原谅他。第二回他把粪担出来的时候,情况仍然是这样。但他还是硬着头皮担。第三回担出来的时候,有一个妇女出口了。声音很大,是故意说给他听的:“迟不担,早不担,偏偏在这个时候担,臭死人了!”高加林听见这刺耳话,忍不住脚步停住了。但他想,再有一两回车上的粪桶就装满了,忍着点,赶快装满就走。

当他把这担粪灌完,又担着空担子进了院子的时候,那妇女竟然站起来,朝他这边喊:

“担粪的！你把人臭死了！你到其他地方去担喀,甭在这里欺负人了!”高加林一下子站在院子里,两只手气得索索抖,牙齿狠狠咬住了嘴唇:明明是她在欺负人,竟然反咬说他欺负人。

火气从他心里冒上来,又被他强压了下去。他刚才已经和别人打了一架,不愿再发生什么冲突和纠葛;而且车子上的粪桶再有一两担就能装满,忍一忍,今晚上的任务就完成了。于是他就又去担粪了。

等这回担出来的时候,那妇女竟然又站起来,气更大子,嗓门更粗了,话也更难听了:“你这人耳朵坏了？给你说了一遍你不听,还在这里担,讨厌死人了!”

她旁边一个似乎老一点的干部说:“你不要费嘴话了,叫担去;担完了就不臭了!”

“这些乡巴佬,真讨厌!”那妇女又骂了一句。

高加林这下不能忍受了！他鼻根一酸,在心里想:乡里人就这么受气啊！一年辛辛苦苦,把日头从东山背到西山,打下粮食,晒干簸净,拣最好的送到城里,让这些人吃。他们吃了,屁股一撅就屙就尿,又是乡里人来给他们拾掇,给他们打扫卫生,他们还这样欺负乡下人!

他对这个妇女产生了一种强烈的愤恨心理。

他一下子把一担茅粪放在副食公司的院当中,鼻子口里三股冒气向那棵泡桐树下走去。他要和那个放肆的女人辩几句。当他快走到那几个人跟前的时候,那妇女先站起来,一下子不知这个愣后生要干什么呀。他旁边的几个老干部也紧张地站起来了。高加林猛地停住了脚步,立刻感到惶愧不安了:天啊,这妇女竟然是张克南他妈!

他离她十几步远,已清楚地认出是她。他一下子不知如何是好了,前不好前,后不好后,两只手慌乱地抠起了手指头。不论怎样,他不能和他妈吵嘴呀!这事太叫人尴尬了!他想:怎办呀?给她道个歉?可他又没惹她!要不说个"对不起"?正在他进退两难时,克南他妈竟然一指头指住他,问:"你是哪里来的?拉粪都不瞅个时候,专门在这个时候整造人呢!你过来干啥呀?还想吃个人?"

她显然已经记不得他是谁了。是的,他现在穿得破破烂烂,满身大粪;脸也再不是学生时期那样白净,变得粗粗糙糙的,成了地地道道的农民。他以前只去过克南家两三次,她怎能把他记住呢?既然是这样,他高加林也就不想客气了。但他出于对老同学母亲的尊重,还是尽量语气平静地解释说:"您不要生气,我很快就完了。这没有办法。我们在晚上进城拉粪,也是考虑到白天机关工作,不卫生;想不到你们晚上在院里乘凉哩……"旁边那几个干部都说:"算了,算了,赶快装满拉走……"但克南他妈还气冲冲地说:"走远!一身的粪!臭烘烘的!"

加林一下子恼了。他恶狠狠地对老同学他妈说:"我身上是不太干净,不过,我闻见你身上也有一股臭味!"

克南他妈一下子气得满脸肉直颤,就要过来拉扯他了;亏得旁边那几个人硬把她挡住,然后叫加林不要闹了,去拉他的粪。

高加林掉转身,过去担起那担茅粪,强忍着泪水出了副食公司的大门。他把粪倒进车子上的粪桶里,尽管还得两担才能满,他也不去担了,拉起架子车就走。

他拉着架子车,转到了通往街道的马路上,鼻子一阵又一阵发酸。城市的灯光已经渐渐地稀疏了,建筑物大部分都隐匿在黑暗中。只有河对面水文站的灯光仍然亮着,在水面上投下了长长的橘红色的光芒，随着粼粼波光，像是一团一团的火焰在水中燃烧。高加林的心中也燃烧着火焰。他把粪车子拉在路边停下来，眼里转着泪花子，望着悄然寂静的城市，心里说：我非要到这里来不可！我有文化，有知识，我比这里生活的年轻人哪一点差？我为什么要受这样的屈辱呢？

这时候，他的目光向水文站下面灯火映红的河面上望去，觉得景色非常壮观。他浑身的血沸腾起来，竟扔下粪车子，向那里奔去。快到河边的时候，他穿过一大片菜地。他知道这是“先锋”队的。想起刚才车站上的斗殴，他便鼻子口里热气直冒，跑过去报复似的摘了一抱西红柿。

他来到河边的一个被灯光照亮的水潭边，先把一抱西红柿抛到水里，然后他自己也跟着一纵身跳了下去。

他在水里憋着气，尽量使自己往下沉；然后又让身体慢慢浮上水面来。他游了一阵，把西红柿一个个从水面上捞起，洗净，又扔到岸上。他自己也拖着水淋淋的衣服爬上来，一屁股坐下，抓起一个西红柿，狼吞虎咽吃了起来……

高加林折腾了半夜，才和德顺老汉、巧珍拉着两架子车茅粪回到村里。巧珍先回了家。他和德顺老汉把粪倒在村前的粪坑里，拿土盖起来。德顺老汉独个儿去经管牲口去了。他便怀着一颗怏怏不快的心回到了家里。他父亲在前炕上拉呼噜；他母亲爬起来，问他怎这时候才回来。他没有回答，在箱子里寻找干衣服。他母亲摸索着，从后炕头的针线篮里取出一封信递给他，说：“你二爸来的。你先看，我睡呀，明早上再给我们念……”说完就躺下睡了。

高加林先没换衣服，赶忙拆开信，凑到煤油灯前看起来——

大哥、嫂嫂：

你们好！

我要告诉你们一个好事：组织已经同意了我的请求，让我转业到咱们地区工作了。现在听地方上来函说,初步决定安排让我在地区专署当劳动局长。

我是很高兴的,几十年离别家乡,梦里都常想回来。现在我也年过半百,俗话说,落叶归根,在家乡度过晚年是我最大的愿望。我的几个孩子都已经在新疆参加了工作,为了不给党增添麻烦,就让他们在当地工作吧,不转回来了。我和孩子妈,再有最小的加平,一共三口人回来。

我要是回到咱地区,等工作定下来,就准备回咱村子一回,看望你们。余言见面再叙。

弟:玉智

高加林看完信,激动得在炕栏石上狠狠拍了一巴掌,大声喊:“爸!妈!快醒一醒……”

第十三章

早饭时分,一辆草绿色的吉普车开进高家村,在村子中央那块空场地上停下来。高玉德当兵走了几十年的弟弟回来了!消息风快就传遍了全村。村里的人,不论大人还是娃娃,纷纷丢下正在吃饭的碗,向高玉德家的破墙烂院里涌来了。

高家村好多年都没有这样热闹过。老婆老汉们拄着拐杖,媳妇们抱着吃奶娃娃,庄稼人推迟了出山的时间,学生娃们背着上学起身的书包,熙熙攘攘,大呼大叫,纷纷跑来看“大干部”。全村的狗不知这里发生了什么事,也吠叫着跟人跑来了。村子里乱纷纷的,比谁家娶媳妇还红火。

高玉德家的窑里已经挤满了人。更多的人都涌在院子里和埝畔上,轮流挤到门口,好奇地看他们村在门外的这个最大的人物。

加林妈在旁边窑里做饭。好多婆姨女子都在帮助她。有的拉风箱,有的切菜,有的擀面。遇到这样的事,所有的邻居都乐意帮忙。高加林从叔父的提包里拿出许多糖,正给人群里的娃娃们散发。他尽量想保持一种含蓄的态度,但掩饰不住的兴奋仍然使他容光焕发,动作也显得比平时零碎了。

高玉德、高玉智两弟兄被一群年纪大的人包围在他家的脚地当中。玉智已经换上了地方干部的服装,比他哥看上去不是小十岁,而是小二十岁。他身材不高,但挺胖,红光满面,很少有皱纹。头发还是乌黑的,只是两鬓角夹杂几根白发。他笑容满面,辨认他小时候的伙伴们。这些人都已年过半百,又亲切又拘束地接过他双手敬上的纸烟。德顺老汉和另外一些长辈进来的时候,玉智把他们一个个搀扶着坐在炕栏石上,问他们的身体和牙口怎样?这些老汉们又都从炕栏石上溜下来,在他身上摸一摸,或者拍一拍,纷纷张开没牙的嘴抢着嚷嚷:

"啊,好身体……"

"听说你身上挂了不少彩?"

"有一阵子,你渺无音信,还传说你牺牲了呢!"

"哈呀,就听说你而今把官熬大了!"

……

高玉智笑呵呵地回答他们的问话。玉德老汉站在他旁边,嘴里噙着旱烟锅,一边笑,一边用瘦手抹眼泪。

陪同高玉智回村的县劳动局副局长马占胜同志,出去解了个手,就再挤不进高玉德家的院里了。

高加林在埝畔上碰见他,硬拉着他往回挤。但马占胜说:"先等等。你叔父几十年第一次回家,村里人都想看他哩!你要是不忙,咱先到吉普车里坐一坐!"

加林今天很高兴,说他现在没什么事,就和老马向吉普车那边走去。吉普车里已经挤满了一群娃娃,占胜要赶他们下来,加林拦住他说:"算了,算了,娃娃没见过这东西,叫坐一坐,咱先就在这树下站一会。”

占胜一条胳膊亲热地搂着加林的肩头,对他说:“旁的事我先不和你拉搭,我先只对你说一句话,你的工作我们会很快妥善解决的……”

高加林的心猛一阵狂跳。这句话对他的神经冲击太大了!在他还没有反应过来的时候,高明楼已经站在了他们面前。

明楼笑着说:“加林,你还不回家招呼你二爸去?你爸你妈人老了,手脚不麻利,家里又再没个人……”他说完转过身,热情地和马占胜握起了手。

加林说:“老马挤不到我家里,我陪他在这儿站一会。”

明楼说:“你去你的。叫马局长先到我家里坐一坐。另外,你告诉你妈,你叔父头一顿饭在你们家吃,下一顿饭就不要准备了,我们家已经准备上了。啊呀,多不容易呀!玉智几十年闹革命不回家,说什么也得在我家里吃一顿饭!”他转过头对占胜说,“玉智是我们村在门外最大的干部,是整个高家村的光荣!”

“高玉智同志现在是咱们地区的劳动局长,我的直接上级。”马占胜对高明楼说。

“我已经知道了!”高明楼一边说,一边让加林回家忙去,他便拉着马占胜到前村他们家去了。

吃过饭以后,加林跟着父亲和叔父上了祖父祖母的坟地。

祖坟在村子后面一个向阳的山坡上。两座坟堆上长满了茂密的蒿柴茅草——两位老人在这里已经长眠十几年了。

玉德老汉从随手提来的竹篮里取出一些馍和油糕,放在石头供桌上,又拿出一把黄表纸点着烧了,然后拉着玉智和加林跪下磕头。玉智稍犹豫了一下,但看见他哥脸像黑霜打了一般难看,就跟着跪下了。在这样的场合,劳动局长只得入乡随俗。他们三个连磕了三个头。加林和他叔父站了起来。玉德老汉却一头扑在黄土地上,啊嘿嘿嘿嘿地哭开了，弄得他两个都很尴尬。听见他哥伤心的哭声，玉智也掏出手帕抹着不断涌出来的泪水。他从小离开父母亲，直到他们入土，他也再没见他们。他记起在他小时候老人们受的苦，又想到他以后一直没有在他们身边，也由不得失声痛哭起来。加林皱着眉头站在一边看他们哭。两弟兄哭了一阵后，玉智把他哥搀扶起来。玉德老汉哽哽咽咽说："咱老人……活的时候……把罪受了……"

高玉智非常内疚地说："我一直在外，没好好管老人，想起来心里很难过。这已经没法弥补了。现在，我已回到咱家乡工作了，以后我要尽量帮扶你们哩……有什么困难，你就说，哥！我要把对咱老人欠的情，在你和嫂子身上补起来……"

高玉德怔了一阵，说："我们老两口也是快入土的人，没什么要牵累你的。现在农村政策活了，家里有吃有穿，没什么大熬煎。要说大熬煎，就是你这个侄儿子！"他朝加林看了看，"高中毕了业，就在村里劳动。大家有腿的，都走后门工作了，他……"

"你不是在村里教书着哩？"玉智转过头问加林。

没等加林回答，玉德老汉赶忙说："现在学生娃少了，用不了那么多教师，就回来了。"他生怕加林在他兄弟面前告高明楼。他不愿意让玉智知道明楼下了加林的教师。不管怎说，明楼是他们村的领导，不能惹！玉智屁股一拍就走了，但他们要和明楼在一个村生活一辈子哩！

高玉智沉默了一会，对他哥说："好哥哩，按说，你提出什么要求，我都要尊哩！但这件事你千万不要为难我！我任职后，地委和专署领导找我谈了话，说地区劳动局的前任局长，就是走后门招工太多，民愤很大，才撤换了的。领导说我刚从部队下来，又一直是做政治工作的，就让我担任了这个职务。这是信任我哩！我怎能辜负组织的信任，刚上任就做这些违法事呢？其他事怎样都可以，但这种事我可是坚决不能做啊！哥，你要理解我的心情哩……"

高玉德老汉听兄弟这么一说，思谋了半天，说："既然是这样，也就不能为难你了。唉……”老汉长叹了一口气,拍了拍膝盖上的土,便叫玉智和加林回村,他说走时明楼一再安咐,他们家的饭做好了,专门等着玉智哩……

高明楼此刻正和马占胜在他的“会客室”里拉话。

明楼现在心里很慌,生怕高加林给他叔父告他,说他走后门让自己儿子当了教师,而把他弄回队里参加了劳动。当时这事是他和占胜共同谋划的,因此这两个当事人现在首先就谈这事。

“万一这事让高局长知道了怎办?”明楼问正在喝茶的马占胜。

占胜咧嘴一笑:“有个比教师更好的工作让他干,他还能再对咱说个一长二短吗?”

“更好的工作?”明楼瞪起眼,“现时国家又不在农村招工招干,哪有比民办教师更好的工作?”

“正好最近地区给咱县上的小煤窑批了几个指标。当然,这几个指标本来没城关公社的,因为城关以前走的人太多了。”马占胜接过明楼递上的纸烟,点着吸了一口。

“加林恐怕不愿去掏炭!”

“谁让他掏炭哩?现在县委通讯组正缺个通讯干事,加林又能写,以工代干,让他就干这工作,保险他满意!”

“这恐怕要费周折哩!”

“我早把上上下下弄好了。到时填个表,你这里把大队章子一盖,公社和县上有我哩。反正手续做得合合法法,捣鬼也要捣得实事求是嘛!”马占胜一句不通顺的笑话,不光逗笑了高明楼,他把自己也逗笑了。

两个人哈哈大笑一番,明楼才问:“高局长提起给加林找工作的事没?”

“啊呀!你就在高家村是个精明人!”马占胜讥讽地看了一眼高明楼,“而今办这类事,哪个笨蛋领导明说哩?这就看手下人的心眼活不活嘛！咱主动给领导把这种事办了，领导表面上还批评你哩，可心里恨不得马上把你提拔了！”

高明楼惊得张开嘴半天合不拢。他心里想：怪不得占胜年纪不大，三十刚出头，就从公社的一般干部提成副局长了！这人不得了，以后的前程大着哩！

正在他两拉话的时候，三星已经引着高玉智进了院子。

明楼和占胜慌忙迎了出去。

高明楼把地区和县上的两位局长接进“会客室”，他老婆上茶，他的大媳妇敬烟点火。

高玉智本不想来这里，但他哥不让；让他一定得去吃这顿饭！说明楼是村里的领导人，不能伤了他的脸。再说，老先人都姓高！他只好来了。

高明楼让占胜先陪高局长喝茶抽烟，他过来在厨房里安咐他老婆和儿媳妇先别忙着上菜。

他出了院子，把正在院墙角里抽烟的三星叫过来，压低声音问：“你怎不把你高大叔和加林也叫来？”

“你没给我安咐叫他两个嘛！”他儿子困惑地看着他爸恼悻悻的脸。

“糊脑松！实实的糊脑松！你他妈的把书念到屁股里了！你快给我再叫去！”在上饭的前一刻，高玉德终于被三星捉着胳膊拉来了。

明楼慌忙出去，亲热地扶住他的另一条胳膊，问：“加林怎不来？”

玉德老汉说：“那是个犟板筋，不来就算了！”

高玉德立刻被明楼父子俩簇拥着进了窑，扶在了上席上，高玉智和马占胜分坐在两边。明楼在下席上落了座。

饭菜很快就上来了。偌大的红油漆八仙桌，挤满了碟子、盆子、大碗、小碗，山珍和海味都有，比县招待所的客饭要丰盛得多。这家伙不知从哪里搞来这么多稀罕东西！

明楼起来敬酒。第一杯满上，双手齐眉举起，敬到高玉德面前。

高玉德两只瘦手哆哆嗦嗦接过了酒杯。一杯酒下肚,老汉的五脏六腑搅成了一团!他看看高明楼满脸巴结的笑容,又看看身边的弟弟,老汉内心那无限的感慨,还用在这里细细摆出来吗?

半个月以后,高玉德的独生子高加林就成了国家正式工人,并且只去县煤矿报个到,而后就要在县委大院当干部了。他是怎样走到这一步的?中间经过些什么手续?这些连他自己也不知道。他只填了一张招工表。其余的事都由马占胜一手包办了。生活在一瞬间就发生了巨大的转折!

村里人对这类事已经麻木了,因此谁也没有大惊小怪。高加林教师下了当农民,大家不奇怪,因为高明楼的儿子高中毕业了。高加林突然又在县上参加了工作,大家也不奇怪,因为他的叔父现在当了地区的劳动局长。他们有时也在山里骂现在社会上的一些不正之风,但他们的厚道使他们仅限于骂骂而已。还能怎样呢?高加林离开村子的时候,他父亲正病着。母亲要侍候他父亲,也没来送他。只有一往情深的刘巧珍伴着他出了村,一直把他送到河湾里的分路口上。铺盖和箱子在前几天已运走了,他只带个提包。巧珍像城里姑娘一样,大方地和他一边扯一根提包系子。他们在河湾的分路口上站住后,默默地相对而立。这里,他曾亲过她。但现在是白天,他不能亲她了。

"加林哥,你常想着我……"巧珍牙咬着嘴唇,泪水在脸上扑簌簌地淌了下来。

加林对她点点头。

"你就和我一个人好……"巧珍抬起泪水斑斑的脸,望着他的脸。

加林又对她点点头,怔怔地望了她一眼,就慢慢转过了身。他上了公路,回过头来,见巧珍还站在河湾里望着他。泪水一下子模糊了高加林的眼睛。

他久久地站着,望着巧珍白杨树一般可爱的身姿,望着高家村参差不齐的村舍,望着绿色笼罩了的大马河川道,心里一下子涌起了一股无限依恋的感情。尽管他渴望离开这里，到更广阔的天地去生活，但他觉得对这生他养他的故乡田地，内心里仍然是深深热爱着的！

他用手指头抹去眼角泪水，坚决地转过身，向县城走去了。

在前面，在生活的道路上，他将会怎样走下去呢？

第十四章

高加林进县城以后，情绪好几天都不能平静下来，一切都好像是做梦一样。他高兴得如狂似醉，但又有点惴惴不安。他从田野上再一次来到城市，不过，这一次进来非同以往。当年他来到县城，基本上还是个乡下孩子，在城市的面前胆怯而且惶恐。几年活跃的学校生活，使他渐渐把自己的思想感情和生活习惯与城市紧密地融合在了一起，他很快把自己从里到外都变成了一个城里人。农村对他来说，变得淡漠了。有时候成了生活舞台上的一道布景，他只有在寒暑假才重新领略一下其中的情趣。

正当他和城市分不开的时候，城市却毫不留情地把他遣送了出来。高中毕业了，大学又没考上，他只得回到自己已经有些陌生的土地上。当时的痛苦对这样一个向往很高的青年人来说，是可想而知的，也是可以理解的。但这并不是通常人们说的命运摆布人。国家目前正处于困难时期，不可能满足所有公民的愿望与要求。

如果社会各方面的肌体是健康的，无疑会正确地引导这样的青年认识整个国家利益和个人前途的关系。我们可以回顾一下我国五十年代和六十年代初期对于类似社会问题的解决。令人遗憾的是，我们当今的现实生活中有马占胜和高明楼这样的人。他们为了个人的利益，有时毫不顾忌地给这些徘徊在生活十字路口的人当头一棒，使他们对生活更加悲观；有时，还是出于个人目的，他们又一下子把这些人推到生活的顺风船上，转眼时来运转，使得这些人在高兴的同时，也感到自己顺利得有点茫然。

高加林现在之所以高兴得如狂似醉,是他认识到,这次进县城,再不是一个匆匆过客了,他已经成了县城的一员,当然,他一旦到了这样的境地,就不会满足一生都待在这里。不过,眼下他能在这个城市占据一个位置,已经完全心满意足了。何况,他现在的这个位置在这个城市是多么瞩目啊！通讯干事,就是县上的“记者”,到处采访,又写文章又照相,名字还可以上报纸。县上开个大会,照相机一挎,敢在庄严神圣的主席台上平出平进！他知道他今天这一切全仰仗马占胜同志。他叔父诚心诚意不给他办事！但是,他不办,有人替他办。他从自己人间天上一般的变化中,才具体地体验到了什么叫“后门”——

后门,可真比前门的威力大啊！想到他是从“后门”进来的,心里也不免有些惴惴不安:现在到处都在反这东西！

但他很快又想:查出来的是少数！占胜说,哪个猫都沾腥哩！他让他放心,说出了事有他哩！于是他就尽量不往这方面想了。他觉得他既然已经成了国家干部,就要好好工作,搞出成绩来。这种心情也是真实的。他有时还把他的变化归到了党的关怀上,下决心努力为党工作——并且还庄严地想:干脆,明年就写入党申请书！

他的领导叫景若虹。老景比他大十几岁,瘦高个,戴一副白框眼镜。他“文化大革命”开始那年在省上师范大学中文系毕业。在高加林来之前,老景是县上唯一的通讯干事。

老景初次见面,给人的印象非常和蔼,表面上不多言语,但开口一谈吐,学问很大,性格内涵也很深。高加林很快就喜欢上了他,称他景老师。老景虽然没任命什么官,但不用说是他的当然领导。上班后的头一两天,老景不让他工作,让他先整顿一下自己的行装和办公室,没事了出去玩一玩。

他和老景的办公室在县委的客房院里,四面围墙,单独开门。他和老景一人占一孔造价标准很高的窑洞。其余五孔窑洞是本县最高级的“宾馆”——只有省上和地委领导偶尔来一次,住几天。把通讯干事安排在这里办公,显示了县委领导对舆论宣传工作的重视。这里条件好,又安静,适合写文章。

高加林在外面晾晒完铺盖,放好了箱子。老景带他去县委办公室领了一套办公用具。桌椅板凳和公文柜在他来的前一天都已经摆好了。所有这些弄好以后,高加林独个儿在窑里走来走去,这里看看,那里摸摸,忍不住嘴里哼起了他所喜爱的一首苏联歌曲《第聂伯河汹涌澎湃》;或者在镜子里照一会自己生气勃勃的脸。一切都叫人舒心爽气!西斜的阳光从大玻璃窗房射进来,洒在淡黄色的写字台上,一片明光灿烂,和他的心境形成了完美和谐的映照。

全部安排好了,在县委的大灶上吃完下午饭,他就悠然自得地出去散步——先到他的母校县立中学。

正在假期,校园里没什么人。他徜徉在这亲切熟悉的地方,过去生活的全部事情都浮现在眼前了,手风琴的醉心的声音,学校运动会上的笑语喧哗,也在耳边喧响起来。当年同学们的脸庞一个个都历历在目。最后,他回忆的风帆才在黄亚萍的身边停下来。他和她在哪一块地方讨论过什么问题,说过什么话,现在想起来都一清二楚。

他在他经常去的几个地方分别按当年的姿势坐了坐,或躺一躺,忍不住热泪盈眶了。所有少年时期经历过的一草一木,在任何时候都会非常亲切地保留在一个人的记忆中,并且一想起就叫人甜蜜得鼻子发酸!

从学校里出来,他又去了县体育场——他是体育爱好者,是学校许多项运动队的队员。尤其是篮球,他和克南都是校队的主力。他曾在这里度过许多激动人心的傍晚!

他从体育场转出来,从街道上走了过去,像巡礼似的把城里主要的地方都转悠了一遍,最后才爬上东岗。

东岗长满了一片一片的小树林,有的树还是当年他们在清明节栽下的。山顶上是烈士陵园,埋葬着一百多名解放这座县城牺牲了的战士。那已经有些斑驳的石碑告诉人们,从那时到现在已经过去了三十多个年头。

这是县城风景最优美的地方。一般的市民兴趣都在剧院和体育场上。经常来这里的大部分是中学教师、医院里的大夫这样一些本城的知识分子。山冈很大,没几个人来,显得幽静极了。高加林坐在一棵大槐树下。透过树林子的缝隙,可以看见县城的全貌。一切都和三年前他离开时差不多,只是街面上新添了几座三四层的楼房,显得“洋”了一些。县河上新架起了一座宏伟的大桥,一头连起河对面几个公社通向县城的大路,另一头直接伸到县体育场的大门上。

西边的太阳正在下沉,落日的红晖抹在一片瓦蓝色的建筑物上。城市在这一刻给人一种异常辉煌的景象。城外黄土高原无边无际的山岭,像起伏不平的浪涛,涌向了遥远的地平线……

当星星点点的灯火在城里亮起来的时候,高加林才站起来,下了东岗。一路上,他忍不住狂热地张开双臂,面对灯火闪闪的县城,嘴里喃喃地说:“我再也不能离开你了……”

县城南面的一场暴风骤雨,给高加林提供了第一次工作的机会。暴雨是早晨开始下的。城里雨也不小,但根据电话汇报,雨最大的地方是南马河公社。那时好几个村庄都被洪水淹没。初步统计,有三十多个人被洪水冲走,至今没有一点踪影;窑洞和房屋被水冲垮,许多人无家可归;全公社已经展开紧张的救灾活动……为了及时报道救灾情况,正在患感冒的景若虹决定当天亲自去南马河公社。高加林坚决不让老景去,因为雨仍然在下着,老景感冒很重,淋雨根本不行。

加林硬不让老景去,而要求老景让他去。他对老景说,他第一次出去搞工作,这正是一个考验,就是稿子写不好,他也可以把材料收集回来让老景写。景若虹只好同意了。

高加林没骑自行车,因为听说南马河的大部分路都被冲坏了。他穿了一件公用雨衣,裤子挽在半腿把上,冒雨向南马河公社赶去。他一路上热血沸腾。他性格中有一种冒险精神——也可以说是英雄主义品格。这种精神在无聊的斗殴中显示是可悲的，但遇到这样的情况，却显得很可贵了。

他在这种时候，精力充沛，精神集中，动作灵敏，思路清晰，一刹那间需要牺牲什么，他就会献出什么！

他是黄昏前出发的，出城没走几里路，天就黑了。

雨在头上浇盖着，天黑得伸出手看不见巴掌。他尽管路不熟，但仍然几乎是小跑着向南马河走。嗓门眼渴得像要烧着火，他就随便伏在路的水边坑里喝上几口。脚不知什么时候碰破了，连骨头都感到生疼。但所有这一切反而增加了他的愉快心情——这绝不是夸大的说法！真的，高加林此刻感到他真正像个新闻记者了。他尽管一天记者也没当，但深刻理解这个行业的光荣就在于它所要求的无畏的献身精神。他看过一些资料，知道在激烈的战场上，许多记者都是和突击队员一起冲锋——就在刚攻克的阵地上发出电讯稿。多美！

高加林是县上第一个到达南马河公社的干部。县委副书记率领的救灾队伍比他迟到了整整五个钟头——已经临近天明了。加林到南马河时，公社干部谁也不认识他。他自己给他们介绍说，他是县上新任通讯干事，赶来采访报道救灾情况的。大家一看这个二十刚出头的青年人浑身糊成个泥圪垯，脚上还流着血，立刻深受感动，赶忙给他做饭吃。公社干部们也是刚从灾情最重的一个大队回来，吃完饭，准备又起身到另一些大队去。他们一个个也都是浑身透湿，脸被泥糊得只露两只眼睛。公社书记刘玉海浑身负了七处伤，都用纱布缠着，简直就像刚从打仗的火线上下来一般。

他们硬让加林换身衣服，把脚包扎一下，然后由公社文书在家向他汇报情况，其余的人又都出发去做救灾工作了。

加林坚决不依，硬要跟大家一块去。他只从提包里拿出塑料袋包的笔记本和钢笔，就强行跟着他们出发了。公社文书开玩笑说，他要先给县上的通讯干事写一篇报道，表扬他的这种工作精神。半路上，这支满身泥巴的队伍分成了几组，分别到几个大队去查看情况，组织救灾。

高加林和文书小马跟书记刘玉海到寺佛大队去。一路上,他们谁也看不见谁,摸索着相跟前进。河道里山洪的咆哮声震耳欲聋,雨仍然瓢泼似的倾泻着。公社文书一边跌跌爬爬,一边给他谈全公社已知的受灾情况和公社的救灾措施。高加林在心里记录着。书记刘玉海一声不吭,走在前边。

到寺佛大队后,他们刚一落脚,村里就跑来许多人,一个个哭鼻流水,纷纷告诉刘玉海塌了多少窑,冲走了多少牲口,毁坏了多少庄稼……刘玉海胳膊腿都缠着纱布,脸黑苍苍的,大声问队干部:"人怎样?"

大家回答:"人都在哩!"

刘玉海没受伤的左胳膊一抡,吼雷一般喊道:"只要人在,什么也不怕!"

这一声把大家顿时喊得精神振奋了起来。刘玉海马上把队干部们拉在公窑的灶火圪塄里,在地上圪蹴成一圈,商量起了救急的办法。

高加林也被刘玉海这一声喊叫强烈地震动了。他侧过头,看见圪蹴在庄稼人中间的刘玉海,形象就像《红旗谱》里的朱老忠一样粗犷和有气魄。他看到他浑身都带着伤,还这样操心老百姓的事,心里非常感动。生活中有马占胜、高明楼这样的奸猾干部,同时也有刘玉海这样的好干部啊!马占胜虽然给他走了后门,但他在内心里并不喜欢他。刘玉海虽然第一次见面,他就被这个人强烈地吸引住了。

他想起刚才老刘那声喊叫,灵感立刻来了。他把笔记本和钢笔从塑料袋里掏出来,写下了他的第一篇报道的题目:《只要有人在,大灾也不怕》。

他就着公窑里微弱的灯火,专心写起了这篇报道。外面哗哗的大雨和河道里的山洪声喧嚣成了一片巨大的声响,但他都听不见。他激动得笔杆抖颤,在本子上飞快地写着。消息报道的门路架数他都懂得——他经常读报,各种文体早都在心中熟悉了。

写完稿子后，他就跟刘玉海到救灾现场，泥一把水一把地和众人一起干了起来。

第二天早晨，他把他的报道托公社的邮递员送到了老景的手里。晚上，他和刘玉海、文书一同回到公社，参加了一次紧急会议。会上，各队回来的干部分别汇报了情况。高加林第一次参加这样的会议，但他毫不拘束地向许多人提问，搜集具体的情况和一些英雄模范事迹。

会后，除过值班人员外，刘玉海给大家安排了三个钟头的睡觉时候，然后半夜里又准备出发。

高加林没有睡。他在煤油灯下又连续写了三篇短通讯和一篇综合报道。他写完后，出来站在公社门前，舒展了一下胳膊腿。

这时候，县上的有线广播开始播音。首先是本县节目，广播上传来了黄亚萍圆润洪亮的普通话："……社员同志们，现在请听加林采写的报道：《只要有人在，大灾也不怕》……"亚萍的声音听起来有点激动，尤其是读到刘玉海那一段事迹时很动感情，播音节奏似乎也比平时要快一点。

高加林站在窑檐下，心咚咚地跳着，一直听完了他的第一篇报道——尊敬的景老师连一个字都没改！

一种幸福的感情立刻涌上了高加林的心头，使他忍不住在哗哗的雨夜里轻轻吹起了口哨。

第二天，加林收到老景一张纸条，上面简短写着几个字：你干得很出色，等着你的下一批报道。什么时候回县城，由你决定……高加林遵照老景的指示，把南马河抗灾的报道一篇又一篇发回到县上。晚上和早晨，有线广播不时传来黄亚萍圆润洪亮的普通话声："……现在播送加林从南马河抗灾第一线采写的报道……"一直到第五天，高加林才随县委的慰问团一起回到了城里。

第十五章

高加林从南马河回来以后,倒在床上就什么也不知道了。

他已经整整睡了一个晚上。第二天,他连早饭也没起来吃,继续睡。他在迷糊中,突然听见好像有人敲门。起先他以为是敲老景的门,仔细一听,却是敲他的门。他想,大概是老景叫他哩!赶忙从床上起来,一边穿衣服,一边对门外说:“景老师,你进来!”门外传来一阵咯咯的笑声。一听是个女的!

他赶忙又朝门外喊:“先等一等!”

他很快把衣服穿上,前去开门。

门一打开,他惊讶地后退了一步:原来是黄亚萍!

亚萍手扶住门框,含笑望着他。她已不像学校时那么纤弱,变得丰满了。脸似乎没什么变化,不过南方姑娘的特点更加显著:两道弯弯的眉毛像笔画出来似的。上身是一件式样新颖的薄薄的淡水红短袖,下身是乳白色筒裤,半高跟赭色皮凉鞋——这些都是高加林一瞥之中的印象。

黄亚萍走进高加林的办公室,说:“你到县上工作了,为什么不来找我们?当了大记者,把老同学不放在眼里了!”

高加林慌忙解释说,他刚来,比较忙乱;接着很快又去了南马河;说他正准备这两天去看她和克南。

“克南怎没来?”加林一边给同学倒水,一边问。

黄亚萍说:“人家现在是实业家,哪有串门的心思!”

加林把茶杯放在黄亚萍面前,过去坐在床上,说:“克南的确是个实业家,很早我就看出他发展前途很大,国家现在正需要这样的人才。”

“别说克南了,让他当他的实业家去!”亚萍开玩笑说,“说说你吧!你一定累坏了!南马河那些抗灾报道写得太好了,有几篇我广播录音时都流了泪……"

"没你说的那么好。头一次写这类文章,很外行,全凭景老师修改。"加林谦虚地说,但他心里很高兴。

"你比在学校里时又瘦了一些,不过好像更结实了,个子也好像又长高了。"亚萍一边喝茶,一边用眼睛打量他。

加林被她看得有点不好意思,搪塞说:"当了两天劳动人民,可能比过去结实一些……"

亚萍很快意识到了加林的局促,自己也不好意思地把目光从加林身上移开,低头喝起了茶水。

他们沉默了一会。黄亚萍低头喝了一会茶,才又开口说:"你到了城里,我很高兴,又有个谈得来的人了。你不知道,这几年能把人闷死。大家都忙忙碌碌过日子,天下事什么也不闻不问。很想天上地下的和谁聊聊天,满城还找不下一个人!"

"你说得太过分了。这样的人有的是,可能你不太熟悉的缘故。你太傲气了,一般人不容易接近你。"加林笑着说。

黄亚萍也笑了,说:"可能有这方面的原因,但我的确感到生活过得有点沉闷。我希望能有一点浪漫主义的东西。"

"好在有克南哩……"加林自己也不知道为什么顺口说出了这句话。

"克南你又不是不知道! 人心眼倒不坏,但我总觉得他身上有情趣的东西太少了。不过,这几年他还是给了我不少帮助……你大概知道我们后来的……情况。"黄亚萍有脸红了。

"从旁听到过一点。"加林说。

"你今天中午到我们家去吃饭吧!"黄亚萍抬起头,热情地邀请他。加林赶忙说:"不了,不了,我根本不习惯去生人家吃饭。"

"我是生人吗?"黄亚萍有点委屈地问他。

"我是说我不认识你父母亲。"

"一回生,二回熟!"

“谢谢你的好意,我不……”

“怕人?”

“嗯……”

“乡巴佬!”黄亚萍咯咯笑了。

高加林并没有为这句嘲笑话生气。他很高兴亚萍这种亲切的玩笑。以前在学校时,她就常开玩笑叫他乡巴佬。

“乡巴佬就乡巴佬。本来就是乡巴佬。”他高兴地看了一眼黄亚萍。亚萍也看着他说:“你实际上根本不像个乡下人了。不过,有时候又表现出乡里人的一股憨气,挺逗人的……你不去我们家吃饭就算了,但你可要常来广播站,咱们好好聊聊天,像过去在学校一样,行吗?”

高加林一时不知该如何回答。过去学校的生活又一幕一幕在眼前闪过。不过,那时他们还是孩子,都很单纯。而现在,他们都已二十多岁了,还能像过去那样无拘无束地交往吗?说心里话,他很愿意和亚萍交谈。他们性格中共同的东西很多,话也能说到一块。但他知道再很难像学生时期那样交往了。他们都已经成了干部,又都到了一个惹人注目的年龄。再说,她和克南已经是恋爱关系,他必须考虑到这个因素。他犹豫了一下,见亚萍还看着他,等他说话,便支支吾吾说:“有时间,我一定去广播站拜访你。”

“外交部的语言!什么拜访?你干脆说拜会好了!我知道你研究国际问题,把外交辞令学熟练了!”

高加林忍不住大笑了,说:“你和过去一样,嘴不饶人!好吧,我一定去广播站找你!”

“你不来也行。我到你这里来!”

加林有点不高兴了,说:“亚萍,我请求你不要经常来我这里。我刚工作,怕影响……很对不起……”

黄亚萍也马上觉得,她自己今天已经有点失去了分寸,便很快站起来,没什么合适的掩饰说,只好说:“我开玩笑哩!你赶快休息吧,我走了……真的，有时间到广播站来拉拉话，咱们从学校毕业后，分别已经三年多了……”

高加林很诚恳地对她点点头。

黄亚萍从县委大院出来后，感动胸口和额头像火烧似的发烫。高加林的突然出现，把她平静的内心世界搅翻了！

中学毕业以后，她在县上参加了工作，加林回了农村，他们从此就分手了。分别后最初的一年，她时不时想起他。过去在学校他们一块那些很要好的交往情景，也常在她眼前闪来闪去。她有时甚至很想念他。她长这么大，跟父亲走过好几个地方上学，所有她认识的男同学，都没有像加林这样印象深刻。她原来根本看不起农村来的学生，认为他们不会有太出色的，但和加林接触后，她改变了自己的看法。加林的性格、眼界、聪敏和精神追求都是她很喜欢的。

后来，他们分开了，虽然距离只有十来里路，但如同两个世界。毕业时，他们谁也没有相约再见的勇气啊！就这样，一晃就是三年。直到前不久她在车站送克南出差时，才又看见了他。那次见面，弄得她精神好几天都恍恍惚惚的。

高中毕业后，克南比在学校时更接近她了。他经常三一回五一回往广播站跑，给她送吃送喝。来了什么时兴货，也替她买来了。她起先很讨厌他这样。在学校时，克南就常找机会给她献殷勤，她总是避开了——她的交往兴趣主要在高加林身上。但是，现在她工作了，单位上人生地疏，她的傲性子别人又不好接近，也确实感到有点孤独。克南总算同学几年，相互也比较了解，后来她就渐渐和克南好起来。她发现克南做啥事有股实干劲，心地也很善良，尤其在生活方面，他是一个很周到的人。他身上有些东西她不喜欢，他自己也有所察觉，在她面前尽量克服着。他也真有闲心。她一般生病从不告诉父母亲，常一个人在单位躺着。但瞒不住克南。他立刻就像一个细心的护士和保姆一样守护在她身边。他做一手好菜，一天几换样侍候她吃。

她渐渐受了感动,接受了克南对她的爱情。双方父母也都很满意。这两年,他们的感情已经比较平稳地固定了下来。她对克南也开始喜欢了。他虽然风度不很潇洒,但长得也并不难看。标准的男子汉体格,肩膀宽宽的,这几年在副食部门工作,身体胖了一些,但并不是臃肿,反而增加了某种男子汉气概。她和她一同相跟着看电影,也是全城比较瞩目的一对。前不久,军分区已基本同意亚萍父亲提出转业到老家江苏地方上工作的请求。父亲在那边的工作地点基本联系好了,在南京市内。亚萍是独生女,按规定,可以在父母身边工作。他父亲的一个老战友在江苏省级机关任领导职务,去年回老家时路过南京,这个叔叔听了她的播音,当时就让她到江苏人民广播电台当播音员。现在她要是回到南京,干这工作基本没问题。问题是克南。但他父亲已经给南京的许多老战友写了信,给克南联系工作单位,准备让克南和他们家一同调过去……生活本来一切都是在平静、正常和满意中进行的。可是,现在却突然闯进来个高加林!

当亚萍第一次播送加林在南马河采写的抗灾报道时,才从老景哪里知道,加林已经是县委的通讯干事了。她念着他那才气横溢的文章,感情顿时燃烧了起来,过去的一切又猛然地出现在她的眼前。她在录广播稿时,面对旋转的磁盘,的确落了泪,但并不完全是稿件的内容使她受了感动,而是她想起了她和加林过去在学校里的那些生活。她现在才清楚,她实际上一直是爱他的！他也是她真正爱的人！她后来之所以和克南好了,主要是因为加林回了农村,她再没有希望和他生活在一块。不必隐瞒,她还不能为了爱情而嫁给一个农民,她想她一辈子吃不了那么多苦!

现在,加林已经参加了工作,那个对她来说是非常害怕的前提已经不复存在。同等条件下,把加林和克南放在她爱情的天平上称一下,克南的分量显然远远比不上加林了……于是,她今天早晨刚听说加林回来了,就忍不住跑来看望他……现在她走在返回广播站的小路上,心情又激动又难受。她现在看见加林变得更潇洒了:颀长健美的身材,瘦削坚毅的脸庞,眼睛清澈而明亮,有点像小说《钢铁是怎样炼成的》里面保尔·柯察金的插图肖像;或者更像电影《红与黑》中的于连·索黑尔。如果我和他一块生活一辈子多好啊!亚萍一边走,一边心里想。可是,她马上又觉得很难受,因为她同时想起了克南。

“哎呀,走路低着个头,小心跌倒!”

迎面一声话音,惊得亚萍抬起了头:她正想克南的事,克南他妈就在她眼前!她不喜欢克南他妈——药材公司副经理身上有一股市民和官场的混合气息。

克南妈把手里提的几条肥鱼扬了扬,说:“中午来!南方人在咱这里真是受罪,一年都吃不上个鱼!这是副食公司刚从后山公社的水库里捞出来的……”

“伯母,我不去,我在你们家已经吃得太多了。”亚萍尽量笑着说。

“看这娃娃说的!我们家怎么成了你们家!”

亚萍一下子被克南他妈这句饶口的话逗笑了,也马上饶舌说:“你们家怎么成了我们家?”

克南妈也逗得哈哈大笑了。

亚萍对她说:“我今天胃不舒服,不想吃饭。我要赶忙回去躺一会。”

“要不要药?公司门市上新进了一种胃疼片,效果……”

“我有,不麻烦您了。”

亚萍说完,就匆匆从克南妈身边绕过去,向广播站走去。

她一进自己的房子,一下子就躺在床铺上。她从头下面拉出枕巾,把自己的脸蒙起来。

刚躺下不一会,就听见有人敲门。她厌烦地问:“谁?”

“我。”克南的声音。她烦躁地下去开了门。

克南一进来,高兴地对她说:“中午到我家吃鱼去!刚打出来的鲜鱼!我买了几条,我妈已经提回去了……”

“你们母子就知道个吃!吃!你看你吃得快胖成了个猪了!去年新织的毛衣,刚穿一冬,领子就撑得像桶口一般大!”黄亚萍气冲冲地又躺在了床上,拿枕巾把脸盖起来。

这一顿劈头盖脸的冰雹,打得张克南就像折了腰的糜子,蔫头耷脑地站在脚地上,不知如何是好。亲爱的亚萍今天发生了什么事?他不知所措地两只手互相搓了一会,走过去,轻轻把蒙在亚萍脸上的枕巾揭开。亚萍一把夺过去,又盖在脸上,大声喊叫说:“你走开!”

张克南惶惑地倒退了两步,哭一般说:“你今天倒究是怎了嘛……”过了好一会,亚萍才坐起来,把脸上的枕巾抹下,尽量平静一点地对呆立在脚地上的克南说:“你别生气。我今天身体有点不舒服……”“那今天晚上的电影你能不能去看?”克南一边从口袋里掏电影票,一边说,“听人家说这电影可好哩!巴基斯坦的,上下集,叫《永恒的爱情》。”

黄亚萍叹了一口气,说:“我去……”

第十六章

高加林立刻就在县城成了一个引人注目的人物。他的各种才能很快在这个天地里施展开了。地区报和省报已经发表了不少他写的通讯报道,并且还在省报的副刊上登载了一篇写本地风土人情的散文。他没多时就跟老景学会了照相和印放相片的技术。每逢县上有一些重大的社会活动,他胸前挂个带闪光灯的照相机,就潇洒地出没于稠人广众面前,显得特别惹眼。加上他又是一个标致漂亮的小伙子,更使他具有一种吸引力了。不久,人们便开始纷纷打问:新出现在这个城市的小伙子,叫什么?什么出身?多大年纪?哪里人?……许多陌生的姑娘也在一些场合给他飘飞眼,千方百计想接近他。傍晚的时候,他又在县体育场大出风头。县级各单位正轮流进行篮球比赛。高加林原来就是中学队的主力队员,现在又成了县委机关队的主力。山区县城除过电影院,就数体育场最红火。篮球场灯火通明,四周围水泥看台上的观众经常挤得水泄不通。高加林穿一身天蓝色运动衣,两臂和裤缝上都一式两道白杠,显得英姿勃发,加上他篮球技术在本城又是第一流的,立刻就吸引了整个体育场看台上的球迷。

在一个万人左右的山区县城里,具备这样多种才能、而又长得潇洒的青年人并不多见——他被大家宠爱是正常的。

很快,他走到国营食堂里买饭吃,出同等的钱和粮票,女服务员给她端出来的饭菜比别人又多又好;在百货公司,他一进去,售货员就主动问他买什么;他从街道上走过,有人就在背后指画说:"看,这就是县上的记者!常背个照相机!在报纸上都会写文章哩!"或者说:"这就是十一号,打前锋的!动作又快,投篮又准!"

高加林简直成了这个城市的一颗明星。

不用说,他的精神现在处于最活跃、最有生气的状态中。他工作起来,再苦再累也感觉不到。要到哪里采访,骑个车子就跑了。回到城里,整晚整晚伏在办公桌上写稿子。经济也开始宽裕起来了。除过工资,还有稿费。当然,报纸上发的文章,稿费收入远没有广播站的多。广播站每篇稿子两元稿费,他几乎每天都写——"本县节目"天天有,但县上写稿的人并不多。他内心里每时每刻都充满了一种骄傲和自豪的感觉,自尊心得到了最大的满足。有时候也由不得轻飘飘起来,和同志们说话言词敏锐尖刻,才气外露,得意的表情明显地挂在脸上。有时他又满头大汗对这种身不由己的冲动,进行严厉的内心反省,警告自己不要太张狂:他有更大的抱负和想法,不能满足于在这个县城所达到的光荣;如果不注意,他的前程就可能要受挫折——他已经明显地感到了许多人在嫉妒他的走红。

这样想的时候,他就稍微收敛一下。一些可以大出风头的地方,开始有意回避了。没事的时候,他就跑到东岗的小树林里沉思默想;或者一个人在没人的田野里狂奔突跳一阵,以抒发他内心压抑不住的愉快感情。

他只去县广播站找过一回黄亚萍。但亚萍"不失前言",经常来找他谈天说地。起先他对亚萍这种做法很烦恼,不愿和她多说什么。可亚萍寻找机会和他讨论各种问题。看来她这几年看了不少书,知识面也很宽,说起什么来都头头是道,并且还把她写的一些小诗给他看。渐渐地,加林也对这些交谈很感兴趣了。他自己在城里也再没更能谈得来的人。老景知识渊博,但年龄比他大;他不敢把自己和老景放在平等地位上交谈,大部分是请教。

他俩很快恢复了中学时期的那种交往。不过,加林小心翼翼,讨论只限于知识和学问的范围。当然,他有时也闪现出这样的念头:我要是能和亚萍结合,那我们一辈子的生活会是非常愉快的;我们相互之间的理解能力都很强,共同语言又多……这种念头很快就被另一处感情压下去了——巧珍那亲切可爱的脸庞立刻出现在他的眼前。而且每当这样的时候,他对巧珍的爱似乎更加强烈了。他到县里后一直很忙,还没见巧珍的面。听说她到县里找了他几回,他都下乡去了。他想过一段抽出时间,要回一次家。

这一天午饭后,加林去县文化馆翻杂志,偶然在这里又碰上了亚萍——她是来借书的。

他们在一张椅子上坐下来,马上东拉西扯地又谈起了国际问题。这方面加林比较特长,从波兰"团结"工会说到霍梅尼和已在法国政治避难的伊朗前总统巴尼萨德尔;然后又谈到里根决定美国本土生产和储存中子弹在欧洲和苏联引起的反响。最后,还详细地给亚萍讲了一条并不为一般公众所关注的国际消息:关于美国机场塔台工作人员罢工的情况,以及美国政府对这次罢工的强硬态度和欧洲、欧洲以外一些国家机场塔台工作人员支持美国同行的行动……

亚萍听得津津有味,秀丽的脸庞对着加林的脸,热烈的目光一直爱慕和敬佩地盯着他。

加林说完这些后,亚萍也不甘示弱,给他谈起了国际能源问题。

她先告诉加林，世界主要能源已从煤转变到石油。但七十年代以来，能源消费迅速增多，一些主要产油地区的石油资源已快消耗殆尽；新的能源危机必然要在世界出现。另外，据联合国新闻处发表的一份文件说，一九五〇年，世界陆地面积有四分之一覆盖着森林，但到今天一半的森林已经在斧头、推土机、链锯和火灾之下消失了。仅在非洲，每年大约有五百万英亩森林被当作燃料烧掉。联合国粮农组织的调查表明，全世界的一亿多人口深受燃料严重短缺之苦……

黄亚萍口若悬河，侃侃而谈。她接着又告诉加林，除了石油，现在有十四种新能源和可再生能源的复合能源，即太阳能、地热能、风力、水力、生物能、薪柴、木炭、油页岩、焦油砂、海洋能、波浪能、潮汐能、泥炭和畜力……

高加林听她滔滔不绝地讲述着，惊讶得半天合不拢嘴。他想不到亚萍知道的东西这么广泛和详细！

接着，他们又一块谈起了文学。亚萍犹豫了一下，从口袋里掏出一片纸，递给高加林说：“我昨天写的一首小诗，你看看。”

高加林接过来，看见纸上写着：

赠加林

我愿你是生着翅膀的大雁，
自由地去爱每一片蓝天；
哪一块土地更适合你生存，
你就应该把那里当作你的家园……

高加林看完后，脸上热辣辣的。他把这张纸片递给亚萍说：“诗写得很好。但我有点不太明白我为什么应该是一只大雁……”

亚萍没接，说：“你留着。我是给你写的。你会慢慢明白这里面的意思的。”他们都感到话题很难再转到其他方面了；而关于这首诗看来两个人也再不好说什么，就都从椅子上站起来，准备分手了。两个人都有点兴奋。

亚萍先走了。加林把她送给他的诗装进口袋里,从后面慢慢出了阅览室的门。他心情惆怅地怔怔站了一会,正准备到县水泥厂去采访一件事,一辆拖斗车的大型拖拉机吼叫着停在他身边。

加林惊讶地看见,开拖拉机的驾驶员竟然是高明楼当教师的儿子三星!

三星已从驾驶座上跳下来,笑嘻嘻地站在他面前。

"你怎开起了拖拉机?"加林问。

"你走后没几天,占胜叔叔就把我安排到县农机局的机械化施工队了。现在正在咱大马河上川道里搞农田基建。"

"那你走了,谁顶你教书哩?"

"现在巧玲教上了。"三星说。

"她没考上大学?"

"没……"三星犹豫了一下,说,"巧珍看你来了。她就坐我的拖拉机下来的。我路过咱村,她正在公路边的地里劳动,就让我把她捎来……她在前面邮电局门前下车的,说到县委去找你……"

加林胸口一热,向三星打了个招呼,就转身急匆匆向县委走去。

高加林走到县委大门口的时候,见巧珍正在门口踅来踅去朝县委大院里张望。她还没有看见他正从后面走来。

高加林望了一眼她的背影,见她上身仍穿着那件米黄色短袖。一切都和过去一样,苗条的身材仍然是那般可爱;乌黑的头发还用花手帕扎着,只是稍有点乱——大概是因为从地里直接上的拖拉机,没来得及梳。看一眼她的身体,高加林的心里就有点火烧火燎起来。

当巧珍看见他站在她面前时,眼睛一下子亮了,脸上挂上了灿烂的笑容,对他说:"我要进去找你,人家门房里的人说你不在,不让我进去……"

加林对她说:"现在走,到我办公室去。"说完就在头前走,巧珍跟在他后面。一进加林的办公室,巧珍就向他怀里扑来。加林赶忙把她推开,说:“这不是在庄稼地里!我的领导就住在隔壁……你先坐在椅子上,我给你倒一杯水。”他说着就去取水杯。

巧珍没有坐,一直亲热地看着她亲爱的人,委屈地说:“你走了,再也不回来……我已经到城里找了你几回,人家都说你下乡去了……”

“我确实忙!”加林一边说,一边把水杯放在办公桌上,让巧珍喝。巧珍没喝,过去在他床铺上摸摸,又揣揣被子,捏捏褥子,嘴里唠叨着:“被子太薄了,罢了我给你絮一点新棉花;褥子下面光毡也不行,我把我们家那张狗皮褥子给你拿来……”

“哎呀,”加林说,“狗皮褥子掂到这县委机关,毛烘烘的,人家笑话哩!”

“狗皮暖和……”

“我不冷!你千万不要拿来!”加林有点严厉地说。

巧珍看见加林脸上不高兴,马上不说狗皮褥子了。但她一时又不知该说什么,就随口说:“三星已经开了拖拉机,巧玲教上书了,她没考上大学。”

“这些三星都给我说了,我已经知道了。”

“咱们庄的水井修好了!堰子也加高了。”

“嗯……”

“你们家的老母猪下了十二个猪娃,一个被老母猪压死了,还剩下……”

“哎呀,这还要往下说哩?不是剩下十一个了吗?你喝水!”

“是剩下十一个了。可是,第二天又死了一个……”

“哎呀哎呀!你快别说了!”加林烦躁地从桌子上拉起一张报纸,脸对着,但并不看。他想起刚才和亚萍那些海阔天空的讨论,多有意思!现在听巧珍说的都是这些叫人感到乏味的话,他心里不免涌上了一股说不出的滋味。

巧珍看见他对自己这样烦躁,不知她哪一句话没说对,她并不知道加林现在心里想什么,但感觉他似乎对她不像以前那样亲热了。再说些什么呢?她自己也不知道了。她除过这些事,还再能说些什么!她决说不出十四种新能源和可再生能源的复合能源!加林看见巧珍局促地坐在他床边,不说话了,只是望着他,脸上的表情看来有点可怜——想叫他喜欢自己而又不知道该怎样才能叫他喜欢!他又很心疼她了,站起来对她说:"快吃下午饭了,你在办公室先等着,让我到食堂里给咱打饭去,咱俩一块吃。"

巧珍赶忙说:"我一点也不饿!我得赶快回去。我为了赶三星的车,锄还在地里撂着,也没给其他人安咐……"

她从床边站起来,从怀里贴身的地方掏出一卷钱,走到加林面前说:"加林哥,你在城里花销大,工资又不高,这五十块钱给你,灶上吃不饱,你就到街上食堂里买得吃去。再给你买一双运动鞋,听三星说你常打球,费鞋……前半年红利已经决分了,我分了九十二块钱呢……"

高加林忍不住鼻根一酸,泪花子在眼里旋转开了。他抓住巧珍递钱的手说:"巧珍!我现在有钱,也能吃得饱,根本不缺钱……这钱你给你买几件时兴衣裳……"

"你一定要拿上!"巧珍硬给他手里塞。

他只好说:"你如果再这样,我就恼了!"

巧珍看他脸上真的不高兴了,就只好委屈地把钱收起来,说:"我给你留着!你什么时候缺钱花,我就给你……我要走了。"加林和她相跟着出了门,对她说:"你先到大马河桥上等我,我到街上有个事,一会就来了……"

巧珍对他点点头,先走了。

高加林飞快地跑到街上的百货门市部,用他今天刚从广播站领来的稿费,买了一条鲜艳的红头巾。他把红头巾装在自己随身带的挂包里,就向大马河桥头赶去。

高加林一直就想给巧珍买一条红头巾。因为他第一次和巧珍恋爱的时候,想起他看过的一张外国油画上,有一个漂亮的姑娘很像巧珍,只是画面上的姑娘头上包着红头巾。出于一种浪漫,也出于一种纪念,虽然在这大热的夏天,他也要亲自把这条红头巾包在巧珍的头上。

他赶到大马河桥头时,巧珍正站在那天等他卖馍回来的那个地方。触景生情,一种爱的热流刹那间漫上了他的心头。

他和她肩并肩走下桥头,转向大马河川道。

拐过一个山峁,加林看看前后没人,就站住,从挂包里取出那条红头巾,给巧珍拢在了头上。

巧珍并不明白她亲爱的人为什么这样,但她全身心感到了这是加林在亲她爱她!

她也不说什么,一下子紧紧抱住他,幸福的泪水在脸上刷刷地淌下来了……高加林送毕巧珍,返回到街上的时候,突然感到他刚才和巧珍的亲热,已经远远不如他过去在庄稼地里那样令人陶醉了!为了这个不愉快的体会,他抬起头,向灰蒙蒙的天上长长吐了一口气……

第十七章

黄亚萍的精神正处于激烈的动荡之中。她现在内心里狂热地爱着高加林,觉得她无论如何要和高加林生活在一块。她已经下决心要和张克南中断恋爱关系了。

问题是她父母亲将会怎样看待她的行为呢?她是他们的独生女儿,从小娇生惯养,父母亲抢着亲她,什么事上也不愿她受委屈。但是他们太爱克南了。这几年里,克南几乎像儿子一样孝敬他们,他们也像对待儿子一样对待他。她要是和克南断了关系,肯定会给父母亲的精神带来沉重的打击。再说,两家四个大人的关系也已经亲密得如同一家人一样。她父亲是军人,非常讲义气,一定认为这是天下最不道德的事!

不管怎样,她想来想去,还是决定非和克南断绝关系不可。不管父母亲和社会舆论怎样看,她对这事有她自己的看法。在这个县城里,黄亚萍可以算得上少数几个"现代青年"之一。在她看来,追求个人幸福是一个人的权利和自由,"我是我自己的",谁也没权力干涉她的追求,包括至亲至爱的父亲,他们只是从岳父岳母的角度看女婿,而她应该是从爱情的角度看爱人。别说是她和克南现在还是恋爱关系,就是已经结婚了,她发现她实际上爱另外一个人,她也要和他离婚!在她这方面,决心已经是下定了。现在她最苦恼的是,高加林是不是爱她呢?从她个人感觉,高加林是很喜欢她的,而且他们在学校时就比一般同学相好。她想:就她各方面的条件来说,高加林也应该爱她!她长得虽然不像电影明星,但在这个城里就算数一数二的——她对自己的长相基本上是这样估计的。另外,她的家庭在社会上的地位和经济状况都比高加林强。更主要的是,他们很快要到南京去安家,她将会是江苏人民广播电台的播音员。她知道高加林是一个向往很远大的人,将来跟他们家去南京对他肯定有吸引力。不像张克南,在她父母面前不敢说,私下里还单独劝她不要去南京,说这地方已经人熟地熟生活过得很安乐——这人真没出息!

虽然她对加林爱她有一定的把握,但他不全尽然——有时候,他的脾气很古怪,常常有一些特别的行为。

但不管怎样,她要和他把问题谈明。她已经不能忍受了。最近以来,她吃不下去饭,晚上经常失眠,工作已经出了几次差错。大前天早晨,轮她值班,她一晚上失眠,快天明时才睡着,竟然连闹钟都没吵醒她,结果广播时间整整推迟了十五分钟。广播站长带着好几个人愣打门板才把她叫醒。因为这事,领导已经批评了她。

这天中午,她只吃了几口饭。想来想去,再不能拖下去了,于是就准备到县委去找高加林。

她刚要起身，克南却来了，气得她差点要哭出来。

“你怎又不高兴？”克南自己也马上一脸愁相，“你最近是不是身上什么地方有病哩？干脆，我下午陪你到医院检查一下！”克南愁眉苦脸地看着她说。

“不要检查！我害的是心脏病！”亚萍往床上一躺，赌气地说，也不看他。

“心脏病？”克南慌了，“你什么时候得的？”

“哎呀！谁有心脏病？你真笨！你连个玩笑都听不来嘛！”亚萍又烦又躁地说。

“我看见不像是开玩笑，也就当成真的了。”克南松了一口气，笑着说。他给自己倒了一杯水，坐在桌前的椅子上，说：“亚萍，加林参加工作，来县上时间已经不短了。我今天才突然想起，咱两个应该请他吃一顿饭。在学校时，咱们关系都不错，你和加林也谈得来，现在在县城里工作的同学也不多……就在国营食堂请他，那里我人熟，一个系统的，方便……”

黄亚萍躺在床上，一句话也不说。

克南又问她：“你说行不行？”

躺在床上的黄亚萍转过脸，几乎是央告着说：“好克南哩，你不要扯这些了，我心烦得要命，你不要再折磨我了！你上班去，让我睡一会……”

克南见她这样，只好站起来。他走到门前，又折转身，准备亲一下亚萍。黄亚萍一下子把头蒙在被子里，喊叫说：“不要这样了！你快走！”克南又失望又急躁地叹了一口气，走了。

黄亚萍躺在床上，好长时间爬不起来。她一刹那间觉得很痛苦：克南太老实了，他竟然看不出来她爱加林，还要请加林吃饭！她觉得她对克南有点太残酷了。她暂时决定今天中午不去找加林谈了。吃下午饭时，她心烦意乱地回到了家里。

他父亲正戴着老花镜，仔细地读报纸上的一篇社论，红铅笔在字行下一道一道画着。她母亲见她回来,赶忙从后边箱子里拿出一件衣服,说:“克南他爸去上海出差给你买的,克南妈才送来的,你试试……”

她把她妈递到手边的衣服一推,说:“先放一边去。我不舒服……”她爸侧过头,眼睛从镜框上面瞅着她说:“亚萍,我看你最近好像精神不大对,像有什么心事?”

亚萍也不看父亲,拿梳子对着镜子认真地一边梳头发,一边说:“不久,我可能做出一个重大的决定。不过,现在不告诉你们。”

“是不是要和克南结婚?”她母亲问她。

“不,离婚!”她说完,忍不住为这句话笑了。

她母亲也笑了,说:“永远是个调皮鬼!还没结婚就离婚哩!”她父亲又低下头看报纸,笑眯眯地,嘴里也嘟囔了一句:“真是个调皮鬼……”

两位老人谁都没认真对待女儿的这句话——他们不久就会知道这句话意味着什么了。

黄亚萍现在进一步认定,她得很快去找加林谈明她的心思。决不能再拖下去了!早一点解决了,所有的当事人精神上也就早一点解脱了。她不能再这样瞒着克南,也不能再这样折磨他了。她梳完头,换了一身深蓝色学生装,晚饭也没吃,就从家里出来,径直向县委走去。

她来到通讯组,高加林不在办公室,门上还吊把锁。

是不是下乡去了?她感到很难受。她很快到隔壁窑洞问景若虹。老景告诉她,加林没有下乡,今天一天都在办公室写稿子,刚才吃完饭出去散步去了。

谁知道他现在在哪里散步呢?这再不好问老景了。

她犹豫了一下,还是开口问:“老景,你知道高加林到什么地方散步去了?”

景若虹机警地看了她一眼,说:“这我一下也说不准。有急事吗?”

“没……”黄亚萍一下子感到脸上热辣辣的。

她正准备转身走,景若虹突然拍了一下脑门,对她说:“可能去东岗了,他常爱去那里溜达。”

“谢谢您。”亚萍向他点点头,便又从县委大院里出来了。

高加林此刻的确在东岗。

他靠在一棵槐树上,手指头夹着一根纸烟。他最近抽烟抽得很厉害。整整写了一天稿子,头脑一直昏昏沉沉的。现在被野外的风一吹,又加上烟的刺激,脑子很快又清醒了。

他由不得又交替想起了黄亚萍和巧珍。他不知为什么,一闲下来就同时想这两个人。毫无疑问,亚萍已经给了他一些爱情的暗示。但他觉得又有点奇怪:她不是一直和克南很好吗?从内心上说,亚萍以前一直就是他理想中的爱人。过去他不敢想,现在他也许敢想了,但情况又变得复杂了。她和克南已经恋爱了,而他也和巧珍恋爱了。想来想去,一切都好像已经无法挽回,他也就尽力说服自己不要再多考虑这事了。但亚萍一次又一次找他,除过语言的暗示,还用表情、目光向他表示:她爱他!他已经是恋爱过的人,对这一切都非常敏感,而且亚萍简直等于给他明说了。他的心潮早已开始激荡:并且感到一场风暴就要来临——他为之激动,又为之战栗!

一切将会怎样发展?什么时候闪电?什么时候吼雷?什么时候卷起狂风暴雨?高加林靠在树干上,一边吸烟,一边胡思乱想。他觉得他想了许多问题,又觉得他什么也没想。

一场普遍的透雨落过以后,大地很快凉了下来。虽然伏天未尽,但立秋已经近二十天。在山区,除过中午短暂地炎热一会,一早一晚已经感到有点冷了。

高加林没有穿长袖衫,胳膊已冷得受不了。他于是便起身下山。一层淡淡的雾气从沟底里漫上来,凉森森地带着一股潮气。他一边慢慢下山,一边向县城瞭望。城里又是灯火一片了。眼下已经没有多少人在外面乘凉,县城的大街小巷变得很清静,像洪水落下的河道。一盏又一盏橘黄色的路灯,静静地照耀着空荡荡的街面。只有十字街头还有一些人,那里不时传来卖小吃的摊贩无精打采的吆喝声……

高加林沿着一条小土路,刚下了一个小坡,看见前面上来了一个人。他忍不住站下了。直等那人走近,他才大吃了一惊:原来是黄亚萍!

"你怎上这儿来了?"他又兴奋又惊讶地问。

亚萍两只手斜插在衣裤里,笑着说:"这又不是你家的祖坟!别人为啥不能上来?"

"一说话就和打枪一样!"加林说,"天这么黑了,你一个人……"

"谁说我一个人?"

加林赶忙又向山下的小路上望了望,说:"克南哩?怎不见他?"

"他又不是我的尾巴,跟我干什么?"

"哪还有什么人哩?"

"你不是个人?"

"我?"

"嗯!"加林一下子感到心跳得像要从胸膛里蹦出来似的。

亚萍声音突然变得非常轻柔地说:"加林,你别怕,咱们一块坐一坐。"

高加林犹豫了一下,就和她一起走到旁边一片不太茂密的小杏树林里。他们坐下来,两个人都摘了几片杏叶,在手里捏着,摸着,撕着,半天谁也没说话。

"我要走了……"亚萍突然开口说。

"到什么地方出差去?"加林转过头问。

"不是出差,是永远离开这里!"亚萍怔怔地望着灯火闪烁的城市说。

“啊?”加林忍不住失口叫了一声。

“……我父亲很快就要转业到南京工作,我也要调过去。”亚萍转过头对加林说。

“你愿意走吗?”加林的眼睛紧紧盯着她的眼睛。

黄亚萍把脸稍微转开一点,憧憬似的望着星光灿烂的远方,喃喃地说:“我当然愿意走! 南方,是我的家乡,我从小生在那里,尽管后来跟父母到了北方,但我梦里都想念我的美丽的故乡……”她眼里似乎闪动着泪水,喃喃地念道:“江南好,风景旧曾谙:日出江花红胜火,春来江水绿如蓝,能不忆江南! ……”加林忍不住接着她念道:“江南忆,最忆是杭州:山寺月中寻桂子,郡亭枕上看潮头。何日更重游? ……”

亚萍转过头,热烈地望着加林,说:“南京离杭州很近。上有天堂,下有苏杭。苏州就是江苏省的……”

“唉……”加林叹了一口气,“那些地方我这一辈子是去不成了!”

“你想不想去?”亚萍扬起头,脸上露出一种无法描述的微笑。

“我联合国都想去!”加林把手中的树叶一丢,把头扭到一边去。

“我是问你想不想去南京、苏州、杭州,还有上海?”

“不会有到那些地方出差的机会。”

“要是一个人在那些地方玩,也没什么意思!”亚萍说。

“你去不会是一个人,有克南陪你哩……”

“我希望不是他,而是你!”

高加林猛地回过头,眼睛像燃烧似的看着黄亚萍。

黄亚萍眼里泪花闪闪,激动地说:“加林! 自从你到县里以后,我的心就一天也没有宁静过。在学校时,我就很喜欢你。不过,那时我们年龄都小,不太懂这些事。后来你又回了农村……现在,当我再看见你的时候,我才知道我真正爱的人是你! 克南我并不反感,但我实际上对他产生不了爱情。实际上,我父母亲比我更爱他……咱们在一块生活吧! 跟我们家到南京去! 你是一个很有前途的人,在大城市里就会有大发展。我回去可能在省广播电台当播音员,我一定让父亲设法通过关系,让你到《新华日报》或者省电台去当记者……”高加林低下头,一只手狠狠从地里拔出一棵羊角草,又随手扔到了坡底下,接着又拔出一棵,自己也跟着站起来。

亚萍也跟着站起来,她闪着泪光的眼睛一直在盯着他的脸。

加林手在自己的光胳膊上摸了一把,说:“我冷得实在受不了,咱们走吧……亚萍,你先别急,让我好好想一想……”

黄亚萍对他点点头。两个人转到小土路上,相跟着一前一后下了山……

第十八章

高加林预感到的暴风雨终于来到了,内心激烈的斗争是不可避免的。他虽然只有二十四岁,但已不是一个马马虎虎的人,而且往往比他同龄的青年人思想感情要更为复杂。

他在进行一场非常严重的抉择。

毫无疑问,黄亚萍和刘巧珍放在一起比较,不平衡是显而易见的——在他最初的考虑中,倾向就有了偏重。

他当然想和黄亚萍结合在一起。他现在觉得黄亚萍和他各方面都合适。她有文化,聪敏,家庭条件也好,又是一个漂亮的南方姑娘。在她身上弥漫着一种对他来说是非常神秘的魅力。像巧珍这样的本地姑娘,尤其是农村姑娘,他非常熟悉,一眼就能看到底。他认为她们是单纯的,也往往是单调的。但是,黄亚萍他又了解又不了解。虽然一块交往很多,但她好像还有无数更多的东西他不知道。家庭出身和经济条件的差别,不同的生活环境和个人经历,使他们天然地隔了一层什么。这反而更增加了他对她的神秘感。他觉得她云雾缭绕,他不能走近她。中学时期的交往像雨后蓝天上美丽的彩虹一般,很快就消失了,变成了一种记忆中的印象。这印象以前也偶然从心头翻上来,叫他若有所失地惆怅一样,但接着也就很快消失得无踪无影……

现在,这些过去曾幻想过的游丝断缕,突然就变成了一种实实在在的东西。黄亚萍已经向他表示了爱情。只要他现在愿意,他就将和她一块生活啰!生活啊,生活!有时候它把现实变成了梦想,有时候它又把梦想变成了现实!

但他不能不认真考虑他和巧珍的关系。他和她已经热烈地相爱了一段时间。巧珍爱她,不比克南爱亚萍差。所不同的是,亚萍说她对克南没有感情,而他在内心深处是爱巧珍的。巧珍的美丽和善良,多情和温柔,无私的、全身心的爱,曾最初唤醒了他潜伏的青春萌动,点燃起了他身上的爱情火焰。这一切,他在内心里是很感激她的——因为有了她,他前一段尽管有其他苦恼,但在感情生活上却是多么富有啊……

现在,当黄亚萍向他表示了爱情,并准备让他跟她去南京工作的时候,他才把爱情和他的前途联系在一起看了。他想:巧珍将来除过是个优秀的农村家庭妇女,再也没什么发展了。如果他一辈子当农民,他和巧珍结合也就心满意足了。可是现在他已经是"公家人",将来要和巧珍结婚,很少有共同生活的情趣,而且也很难再有共同语言:他考虑的是写文章,巧珍还是只能说些农村里婆婆妈妈的事。上次她来看他,他已经明显地感到了苦恼。再说,他要是和巧珍结婚了,他实际上也就被拴在这个县城了,而他的向往又很高很远。一到县城工作以后,他就想将来决不能在这里待一辈子,要远走高飞,到大地方去发展自己的前途……现在,这一切就等他说个"愿意"就行了。

他反复考虑,觉得他不能为了巧珍的爱情,而贻误了自己生活道路上这个重要的转折——这也许是决定自己整个一生命运的转折!不仅如此,单就从找爱人的角度来看,亚萍也可能比巧珍理想得多!他虽然还没和亚萍像巧珍那样恋爱过,但他感到肯定要更好,更丰富,更有色彩!

他权衡了一切以后,已决定要和巧珍断绝关系,跟亚萍远走高飞了!当然,他的良心非常不安——他还不是一个十恶不赦的坏蛋!克南方面他考虑得很少,主要在巧珍方面。他像一个疯子一样在自己的窑里转圈圈走;用拳头捣办公桌;把头往墙壁上碰……后来,他强迫自己不朝这方面想。他在心里自我嘲弄地说:你是一个浑蛋!你已经不要良心了,还想良心干什么……他尽量使他的心变得铁硬,并且咬牙切齿地警告自己:不要反顾!不要软弱!为了远大的前途,必须做出牺牲!有时对自己也要残酷一些!现在,这个已经“铁了心”的人,开始考虑他和巧珍断绝关系的方式。他预想这是一个撕心裂胆的场面,就想用一种很简短的方式向过去告别。使他苦恼的是,巧珍一个字也不识,要不,给她写一封信是最好的断交方式了,这样可能避免双方面对面的痛苦。

他于是一整天躺在床上,考虑他怎样和巧珍断绝关系。

黄亚萍不失时机地来了,问他考虑得怎样?

他犹豫了好一会,才把他和巧珍的关系,大略地给亚萍说了一下。黄亚萍听后,先是半天没说话。后来,她带着一脸的惊讶,说:“你原来在农村想和一个不识字的农村女人结婚?”

“嗯。”加林肯定地点点头。

“这简直是一种自我毁灭!你一个有文化的高中生,又有满身的才能,怎么能和一个不识字的农村女人结婚?我真不理解你当时是怎样想的!”

“住嘴!”加林一下子愤怒地从床上跳起来,“我那时黄尘满面,平顶子老百姓一个,你们哪个城里的小姐来爱我?”

亚萍一下子被他的愤怒吓住了,半天才说:“你这么凶!克南可从来都没对我发这么大的火!”

“你找你的克南去!”加林一下子躺在铺盖上,闭住了眼睛。一种新的烦恼涌上了心头。他心里也想:哼!巧珍从来也不这样对我说话……没过一会，亚萍来到他床边，手轻轻在他肩膀上推了一把。高加林睁开眼，看见她眼里闪着泪光。

他仍在生气，不理她。

亚萍声音有点激动地说："加林！你千万别生气！你给我发火，我心里不仅不生气，反而很高兴！你不知道，张克南你就是把刀放在他脖颈上都发不起来火！有时，我真想叫这个人愤怒了，美美给我发一通火，把我骂一通，可你怎样骂他，挖苦他，他总是对你笑嘻嘻的，气得人只能流泪。我就喜欢你这种性格！男子汉，大丈夫，血气方刚……"

高加林暂时还不能知道，她这话倒究是真的还是为了与他和好而编的。但他看见亚萍两道弯弯的细眉下，一双眼睛泪汪汪的，心便软了，说："我这人脾气不好……以后在一块生活，你可能要受不了。"

"加林！"亚萍一把抓住他的肩头，问，"那你是说，你愿意和我一块生活了?"他恍惚地对她点了点头。

亚萍顺床边坐下，和他挨在一起。加林很快把自己的身子往开挪了挪。不知为什么，他此刻一下子又想起了巧珍。他觉得他这一刻无法接受黄亚萍的这种表示感情的方式。

高加林沉默了一会，对亚萍说："我得要和巧珍把这事谈清楚……不瞒你说，我心里很不好受……请你原谅，我不愿对你说假话。"

"是的，你应该很快结束你们的不幸！"

"也可能是不幸的结束！"他像宿命论者一样回答她。

"我和克南好办，我给他写一封信就行了。在感情上我没有什么特别痛苦的，只不过同情和可怜他罢了。他倒是真心实意爱我……"

"克南是会很痛苦的……"加林叹了一口气。

"克南我先不考虑，我现在主要考虑我父母亲。他们一心喜欢克南，而且又都是老干部，道德观念完全是过去的……"

"你父母肯定不会接受我！他们要门当户对的！我一个老百姓

的儿子,会辱没他们的尊严!”加林又突然暴躁地喊着说。

亚萍用极温柔的音调说:“你看你,又发脾气了。其实,我父母倒不一定是那样的人,关键是他们认为我已经和克南时间长了,全城都知道,两家的关系又很深了,怕……”

“那就算了!”加林打断她的话。

黄亚萍一下子哭了,站起来说:“加林!你别这样发脾气行不行?我的事由我做主哩!我父母最后一定会尊重我的选择……现在我唯一要知道的是,你爱不爱我!是不是要和我好!”她说着,坚决地挨着他的身边坐下来了……

黄亚萍回到家里,按时作息的父母亲早已在他们的房间里睡着了。她进了自己的房子,扭开灯,先坐在桌前的椅子上,什么也不做,静静地坐着——她的心在欢蹦乱跳!

她即刻又站起来,在镜子前立了一会。她看见自己在笑。

她又躺在床上,躺下后又马上坐起来。

她站在脚地当中,不知自己做什么好,思绪像浪花飞溅的流水一般活跃。先是一连串往事的片断从眼前映过,接着是刚才所发生的从头到尾的一切细节,然后又是未来各式各样幻想的镜头……直到她洗完脸,脑子才稍微冷了一下。

晚上肯定又要失眠。失眠就失眠吧!反正明早上她不值班,另外一个人广播,她可以在家睡觉——至于明天上午能不能睡着,她也没有把握。

那么,现在该做什么呢?给克南写信?还是给父母亲“发表声明”?父母亲已经睡着了。那么,就给克南先写信!

她刚拿着信纸、信封和钢笔,马上又改变了主意:不!还是先给父母亲谈谈!这是最主要的!让他们早一点知道更好!

于是她开了自己的门,出了院子。

这个睡不着觉的人也决心不让她父母亲睡了。

她敲了敲父母亲的门,叫道:“爸爸,妈妈,你们起来,过我这边来一下！我有个要紧事给你们说！”

里面的灯开了，听见一阵紧张的唏嘘声。站在外面的任性的女儿这时候抿嘴直笑，回到了自己的房子里。

她母亲先过来了。接着父亲一边穿外套，一边也跌跌撞撞进了她的房间。两个人都先后紧张地问她：“出了什么事？”

黄亚萍看见父母亲都这么紧张，先忍不住笑了，然后又严肃起来，说：“你们别紧张。这事并不很急，但有些震动性！”

父亲瞪起眼看着她，还没反应过来他的这个任性的小宝贝，为什么黑天半夜把他老两口叫起来。

她母亲揉了揉眼睛，也着急地对她说：“哎呀，好萍萍哩！有什么事你就快说！你把人急死了！”

黄亚萍想了一下，说：“事情很复杂，但今晚上我先大概说一下。详细情况将来我不说，你们也会追问的……是这样，我已经和另外一个男同志好了，并且已经在恋爱，因此我要和克南断绝关系……”

“什么？什么？什么？……”

她父母亲都从坐的地方站起来，惊慌失措地看着他们的女儿。

“对我来说，这已经不能改变了。我知道你们对克南很爱，但我并不喜欢他……”

一阵长时间的沉默。

她父亲半天才清醒过来，困难地咽了一口唾沫，悲哀地说：“克南当初还不是你引回来的？这已经两年多了，全城人都知道！我和老张，你妈和克南妈，这关系……天啊，你这个任性的东西！我和你妈把你惯坏了，现在你这样叫我们伤心……”老汉捶胸顿足，两片厚嘴唇像蜜蜂翅膀似的颤动着。

她母亲已伏在她的床上哭开了。

她父亲尽管爱她胜过爱自己，但看来今晚实在气坏了，猛烈地发起了火：“你这是典型的资产阶级思想！你们现在这些青年真叫人痛心啊！垮掉的一代！无法无天的一代！革命要在你们手里葬送呀！……”老汉感情过于冲动,什么过分话都往出倒！黄亚萍一下伏在桌子上哭起来。她父亲从来都没有这样骂过她,她一下子忍受不了。

母亲见女儿哭了,也哭着,过来数说起了老汉:“就是萍萍不对,你也不能这样吼喊我的娃娃……”

“都是你惯坏的!”老军人咆哮着说。

“你没惯?”亚萍她妈也喊叫起来。

亚萍她爸一拧身出去了。出去后,他也没回房子去,站在院子里,掏出一根纸烟,在烟盒上敲得嘣嘣直响,也不往着点。亚萍站起来,两只手硬把她母亲推出房子,然后关上了门。她过去拿毛巾把脸上的泪水擦干净,然后坐到桌子前,开始给克南写信——

克南:

为了我们都好,我必须告诉你:我已经和加林相爱了,咱们的恋爱关系现在应该断绝,以后像过去一样,还是要好的同学和同志。我知道你会很痛苦的。但你应该想想,为一个不爱你的女人而痛苦,是不值得的。你应该寻找真正爱你的人。我相信你会找到这样的人。我愿你得到幸福。

你自己应该知道,我在学校时就和加林感情好。现在我觉得我真正爱的人是他,而不是你。过去咱们两个之所以发展了关系,完全是我因为你适时地关怀了我,使我受了感动。但这并不是爱情。你是好人,也是一个出色的人。不要因为我影响你的发展。你也不要恨加林。如果你认为你受了伤害,这完全是我一个人造成的,是我追求加林,你恨我吧!

我在内心里永远感谢你。我还要告诉你:在我爱情以外所有友爱的朋友中,你是我的第一个朋友。如果你能原谅我,那么我请求你为我祝福。

亚萍写于匆忙中

第十九章

高加林把自行车放到路边，然后伏在大马河的桥栏杆上，低头看着大马河的流水绕过曲曲折折的河道，穿过桥下，汇入到县河里去了。他在这里等着巧珍。他昨天让回村的三星捎话给巧珍，让她今天到县城来一下。他决定今天要把他和巧珍的关系解脱。他既不愿意回高家村完结这件事，也不愿意在机关。他估计巧珍会痛不欲生，当场闹得他下不了台。

前天，老景让他过两天到刘家湾公社去，采访一下秋田管理方面的经验，他就突然决定把这件事放在大马河桥头了。因为去刘家湾公社的路，正好过了大马河桥，向另外一条川道拐过去。在这里谈完，两个人就能很快各走各的路，谁也看不见谁了……高加林伏在桥栏杆上，反复考虑他怎样给巧珍说这件事。开头的话就想了好多种，但又觉得都不行。他索性觉得还是直截了当一点更好。弯拐来拐去，归根结底说的还不就是要和她分手吗？在他这样想的时候，听见背后突然有人喊："加林哥……"一声喊叫，像尖刀在他心上捅了一下！

他转过身，见巧珍推着车子，已经站在他面前了。她来得真快！是的，对于他要求的事，她总是尽量做得让他满意。

"加林哥，没出什么事吧！昨天我听三星捎话说，你让我来一下，我晚上急得睡不着觉，又去问三星看是不是你病了，他说不是……"她把自行车紧靠加林的车子放好，一边说着，向他走过来，和他一起伏在了桥栏杆上。

高加林看见她今天穿了一身新衣服，浑身上下都打扮得漂漂亮亮的，顿时感到有点心酸。

他怕他的意志被感情重新瓦解，赶快进入了话题。

"巧珍……"

“唔。”她抬头看见他满脸愁云,心疼地问,“你怎了?”

加林把头迈向一边,说:“我想对你说一件事,但很难开口……”

巧珍亲切地看着他,疼爱地说:“加林哥,你说吧!既然你心里有话,就给我说,千万别憋在心里!”

“说出来怕你要哭。”

巧珍一愣。但她还是说:“你说吧,我……不哭!”

“巧珍……”

“唔……”

“我可能要调到几千里路以外的一个地方去工作了,咱们……”

巧珍一下子把手指头塞在嘴里,痛苦地咬着。过了一会,才说:“那你……去吧。”

“你怎办呀?”

“……”

“我主要考虑这事……”

一阵长时间的沉默。两串泪珠静静地从巧珍的脸颊上淌下来了。她的两只手痉挛地抓着桥栏杆,哽咽地说:“……加林哥,你再别说了!你的意思我都明白了!你……去吧!我决不会连累你!加林哥,你参加工作后,我就想过不知多少次了,我尽管爱你爱得要命,但知道我配不上你了。我一个字不识,给你帮不上忙,还要拖累你的工作……你走你的,到外面找个更好的对象……到外面你多操心,人生地疏,不像咱本乡田地……加林哥,你不知道,我是怎样爱你……”

巧珍说不下去了,掏出手绢一下子塞在了自己的嘴里!

高加林眼里也涌满了泪水。他不看巧珍,说:“你……哭了……”巧珍摇摇头,泪水在脸上刷刷地淌着,一串接一串掉在了桥下的大马河里。清朗朗的大马河,流过桥洞,流进了夏日浑黄的县河里……沉默……沉默……整个世界都好像沉默了……

巧珍迅疾地转过身,说:“加林哥……我走了!”

他想拦住她,但又没拦。他的头在巧珍的面前,在整个世界面前，深深地低下了。

她摇摇晃晃走过去，困难地骑上了她的自行车，然后就头也不回地向大马河川飞跑而去了。等加林抬起头的时候，眼前只剩下了满川绿色的庄稼和一条空荡荡的黄土路……

高加林也猛地骑上了他的车子，转到通往刘家湾公社的公路上。他疯狂地蹬着脚踏，耳边风声呼呼直响，眼前的公路变成了一条模模糊糊的、飘曳摆动的黄带子……

他骑到一个四处不见人的地方，把自行车猛地拐进了公路边的一个小沟里。他把车子摔在地上，身子一下伏在一块草地上，双手蒙面，像孩子一样大声号啕起来。这一刻，他对自己仇恨而且憎恶！一个钟头以后，他在沟里一个水池边洗了洗脸，才推着车子又上了公路。现在他感觉到自己稍微轻松了一些。眼前，阳光下的青山绿水，一片鲜明；天蓝得像水洗过一般，没有一丝云彩。一只鹰在头顶上盘旋了一会，便像箭似的飞向了遥远的天边……

五天以后，高加林从刘家湾公社返回县城，就和黄亚萍开始了他们新的恋爱生活。

他们恋爱的方式完全是“现代”的。

他们穿着游泳衣，一到中午就去城外的水潭里去游泳。游完泳，戴着墨镜躺在河边的沙滩上晒太阳。傍晚，他们就到东岗消磨时间；一块天上地下的说东道西；或者一首连一首地唱歌。黄亚萍按自己的审美观点，很快把高加林重新打扮了一番：咖啡色大翻领外套，天蓝色料子筒裤，米黄色风雨衣。她自己也重新烫了头发，用一根红丝带子一扎，显得非常浪漫。浑身上下全部是上海出的时兴成衣。

有时候，他们从野外玩回来，两个人骑一辆自行车，像故意让人注目似的，黄亚萍带着高加林，扬扬得意地通过了县城的街道……他们的确太引人注目了。全城都在议论他们，许多人骂他们是“业余华侨”。但是他们根本不理睬社会的舆论，疯狂地陶醉在他们罗曼蒂克的热恋中。高加林起先并不愿意这样。但黄亚萍说，他们不久就要离开这个县城了,别人愿怎样看他们呢!她要高加林更洒脱一些,将来到大城市好很快适应那里的生活。高加林就抱着一种"实习"的态度,任随黄亚萍折腾。

他的情绪当然是很兴奋的,因为黄亚萍把他带到了另一个生活的天地。他感到新奇而激动,就像他十四岁那年第一次坐汽车一样。

他当然也有不满意和烦恼。他和亚萍深入接触,才感到她太任性了。他和她在一起,不像他和巧珍,一切都由着他,她是绝对服从他的。但黄亚萍不是这样,她大部分是按她的意志支配他,要他服从她。

有时正当他们愉快至极的时候,他就猛然会想起巧珍来,心顿时像刀绞一般疼痛,情绪一下子就从沸点降到了冰点,把个兴致勃勃的黄亚萍弄得败兴极了。亚萍一时又猜不透他为什么情绪会这么失常,感到很苦恼。于是,她为了改变他这状况,有时又想法子瞎折腾,使得高加林失常的现象频频加骤,这反过来又更加骤了她的苦恼。他们有时候简直是一种苦恋!

有一天上午,雨下得很大,县委宣传部正开全体会议。隔壁电话室喊高加林接电话。

加林拿起话筒一听,是亚萍的声音。她告诉他,她的一把进口的削苹果刀子,丢在昨天他们玩的地方了,让高加林赶到那地方给她找一找。

加林在电话上告诉她,他现在正开会,而且雨又这么大,等中午休息的时候他再去。

亚萍立刻在电话上撒起了娇,说他连这么个事都如此冷淡她,她很难受,并且还在电话里抽抽搭搭起来。

高加林烦恼极了,只好到会议室给主持会的部长撒了个谎,说一个熟人在街上让他下来有个急事,他得出去一下。

部长同意后,他就回到宿舍找了一件风雨衣,骑了个车子就跑。还没到街上,风雨衣就全湿透了。他冒着大雨,赶到县城南边他们曾待过的那个小洼地里。他下了车,在这地方搜寻那把刀子。找了半天,他几乎把每一棵草都翻拨过了,还是没有找到。虽然没有找见,这件事他想他已经尽了责任,就浑身透湿,骑着车子向广播站跑去,告诉她刀子没找见。

他推开亚萍的门,见她正兴奋地笑着,说:“你去了?”

加林说:“去了。没找见。”

亚萍突然咯咯地笑了,从衣袋里掏出了那把刀子。

“找见了?”加林问。

“原来就没丢!我故意和你开个玩笑,看你对我的话能听到什么程度!你别生气,我是即兴地浪漫一下……”

“浑蛋!陈词滥调!”高加林愤怒地骂道,嘴唇直哆嗦。他很快转过身就走了。

黄亚萍这下才知道她的恶作剧太过分了,吓得不知如何是好,一个人在房子里哭了起来。

高加林回到办公室,换了湿衣裳,痛苦地躺在了床铺上。这时候,巧珍的身影又出现在他的眼前,她那美丽善良的脸庞,温柔而甜蜜地对他微笑着。他忍不住把头埋在枕头里哭了,嘴里喃喃地一遍又一遍叫着她的名字……

第二天,黄亚萍买了许多罐头和其他吃的来找他,也是哭着给他道歉,保证以后再不让他生气了。

加林看她这样,也就和她又和好了。黄亚萍就像烈性酒一样,使他头疼,又能使他陶醉。不过,她对他的所有这些疯狂,也都是出于爱他——这点他最能强烈体验到的。在物质方面,她对他更是非常豁达的。她的工资几乎全花在了他身上:给他买了春夏秋冬各式各样的时兴服装,还托人在北京买了一双三接头皮鞋(他还没敢穿)。平时,罐头、糕点、高级牛奶糖、咖啡、可可粉、麦乳精,不断头地给他送来——这些东西连县委书记恐怕也不常吃,她还把自己进口带日历全自动手表给了他,她自己却戴他的上海牌表。这些方面,亚萍是完全可以做出牺牲的……

很快,他们就又进入了那种罗曼蒂克式的热恋之中。

正在高加林和黄亚萍这样“浪漫”的时候,他父亲和德顺老汉有一天突然来到他的住处。

两位老人一进他的办公室,脸色就都不好看。

高加林把奶糖、水果、糕点给他们摆下一桌子,又冲了两杯很浓的白糖水放在他们面前。

他们谁也不吃不喝。高加林知道他们要说什么了,就很恭敬地坐在他们面前,低下头,两只手轮流在脸上摸着,以调节他的不安的心情。

“你把良心卖了!加林啊……”德顺老汉先开口说,“巧珍那么个好娃娃,你把人家撂在了半路上!你作孽哩!加林啊,我从小亲你,看着你长大的,我掏出心给人说句实话吧!归根结底,你是咱土里长出来的一棵苗,你的根应该扎在咱的土里啊!你现在是个豆芽菜!根上一点土也没有了,轻飘飘的,不知你上天呀还是入地呀!你……我什么话都是敢对你说哩!你苦了巧珍,到头来也把你自己害了……”老汉说不下去了,闭住眼,一口一口长送气。

他爸接着也开了口:“当初,我说你甭和立本的女子牵扯,人家门风高!反过来说,现在你把人活高了,也就不能再做没良心的事!再说,那巧珍也的确是个好娃娃,你走了,常给咱担水,帮你妈做饭,推磨,喂猪……唉,好娃娃哩!甭看你浮高了,为你这没良心事,现在一川道的人都低看你哩!我和你妈都不敢到众人面前露脸,人家都叫你是晃脑小子哩!听说你现在又找了个洋女人,咱们这个穷家薄业怎样侍候下人家?你,趁早散了这宗亲事……”

“人常说,浮得高,跌得重!”德顺老汉接着他爸又指教他说,“不管你到了什么时候,咱为人的老根本不能丢啊……”

“我不常上城,今儿个专门拉了你德顺爷,来给你敲两句钟耳子话!你还年轻,不懂世事,往后活人的日子长着哩!爸爸快四十岁才得了你这个独苗，生怕你在活人这条路上有个闪失啊……”他父亲说着，老眼里已经汪满了泪水。

两个老人一人一阵子说着，情绪都很激动。

高加林一直低着头，像一个受审的犯人一样。

老半天，他才抬起头，叹了一口气说：“你们说得也许都对，但我已经上了这钩杆，下不来了。再说，你们有你们的活法，我有我的活法！我不愿意再像你们一样，就在咱高家村的土里刨挖一生……我给你们买饭去……”他站起来要去张罗，但两个老人也站起来，说他们人老腿硬，得赶忙起身上路，要不赶天黑也回不到高家村。他们根本不想吃饭，实际上却还想对他说许多话，但现在一看他们再说什么也不顶事了——这个人已经有了他自己的一套，用他们的生活哲学已经不能说服他了。于是他们就起身告别。

高加林一看他们坚决要走，只好相伴着他们，一直把他俩送到大马河桥头。两位老人心情相当沉重地走了。

高加林自己也很难过。德顺爷和他爸说的话，听起来道理很一般，但却像铅一样，沉甸甸地灌在了他的心里……

不久，一个新的消息突然又使高加林欣喜若狂了：省报要办一个短期新闻培训班，让各县去一个人学习，时间是一个月。县委宣传部已决定让他去。

他听到这个消息后，德顺爷和他爸给他造成的坏情绪很快消失了。他一晚上高兴得没睡着觉——这可是他有生以来第一次出远门，进省会，去逛大城市呀！

走的那天，亚萍和他相跟着去车站。他身上穿的和提包里提的东西，全是她精心为他准备的。她并且坚持让他穿上了那双三接头皮鞋。第一回穿这皮鞋走路，他感到又别扭又带劲……当汽车从车站门口驶出来，亚萍的笑脸和她挥动的手臂闪过以后，他的心很快就随着疾驰的汽车飞腾起来，飞向了远方无边的原野和那飞红流绿的大城市……

第二十章

高家村的人好几天没有见巧珍出山劳动,都感到很奇怪。因为这个爱劳动的女娃娃很少这样连续几天不出山的,她一年中挣的工分,比她那生意人老子都要多。

不久,人们才知道,可爱的巧珍原来是遭了这么大的不幸!

立刻,全村人都开始纷纷议论这件事了,就像巧珍和加林当初恋爱时一样。大部分人现在很可怜这个不幸的姑娘,也有个别人对她的不幸幸灾乐祸。不过,所有的人都一致认为,刘立本的二女子这下子算彻底毁了:她就是不寻短见,恐怕也要成了个神经病人。因为谁都知道,这种事对一个女孩子意味着什么,更何况,她对高玉德的小子是多么的迷恋啊!

可是,没过几天,村里人就看见,她又在田野上出现了,像一匹带着病的、勤劳的小牝马一样,又开始了土地上的辛劳。她先在她家的自留地里营务庄稼,整修她家菜园边上破了的篱笆。后来,也就又和大家一起劳动了,只不过一天到晚很少和谁说话,但是却仍然和往常一样,该做什么,就做什么。刚强的姑娘!她既没寻短见,也没神经失常。人生的灾难打倒了她,但她又从地上爬起来了!就连那些曾对她的不幸幸灾乐祸的人,也不得不在内心里对她肃然起敬!

所有的人都对她察言观色。普遍的印象是:她瘦多了!

她能不瘦吗?半个月来,她很少能咽下去饭,也很难睡上一个熟觉。每天夜半更深,她就一个人在被窝里偷偷地哭:哭她的不幸,哭她的苦命,哭她那被埋葬了的爱情梦想!

她曾想到过死。但当她一看见生活和劳动过二十多年的大地山川,看见土地上她用汗水浇绿的禾苗,这种念头就顿时消散得一干二净。她留恋这个世界,她爱太阳,爱土地,爱劳动,爱清朗朗的大马河,爱大马河畔的青草和野花……她不能死!她应该活下去!她要劳动！她要在土地上寻找别的地方找不到的东西。

经过这样一次感情生活的大动荡，她才似乎明白了，她在爱情上的追求是多么天真！悲剧不是命运造成的，而是她和亲爱的加林哥差别太大了。她现在只能接受现实对她的这个宣判，老老实实按自己的条件来生活。

但是，不论怎样，她在感情上根本不能割舍她对高加林的爱。她永远也不会恨他，她爱他，哪怕这爱是多么地苦！

家里谁也劝说不下她，她天天要挣扎着下地去劳动。她觉得大地的胸怀是无比宽阔的，它能容纳了人世间的所有痛苦。晚上劳动回来，她就悄然地回到自己的窑洞，不洗脸，不梳头，也不想吃饭，靠在铺盖卷上让泪水静静地流。她母亲、她大姐和巧玲轮流过来陪她，劝她吃饭，也和她一起流眼泪。她们哭，主要是怕她想不开，寻了短见。

刘立本睡在另外一个窑里长吁短叹。自从这事发生后，他就病了，头上被火罐拔下许多黑色的印记。他本来对巧珍和加林的事一直满肚子火气未消，但现在看见他娃娃已经成了这个样子，也就再不忍心对她说什么埋怨话了。村里和他家不和的人，已经在讥笑他的女儿，说她攀高没攀上，叫人家甩到了半路上，活该……这些话让仇人们去说吧！做父亲的怎能再给娃娃心上捅刀子呢？但他在心里咬牙切齿地恨高玉德的坏小子，害了他的巧珍！

人世间的事情往往说不来。就在这个时候，马店的马拴竟然正式托起媒人来，要娶巧珍。好几个媒人已经来过了，一看他家这形势，都坐一下子就尴尬地走了。

又过了几天，马拴却在一个晚上又自己找上门来了。

刘立本一家看他这样实心，也就在另外一孔窑洞里接待了他。不管怎样说，在巧珍这样不幸的时候，这个小伙子却来求亲，使得刘立本一家人心里都很受感动。至于这事行不行，刘立本现在已不太考虑了。事到如今，立本已经再不愿勉强女儿的婚事。苦命的孩子已经受了委屈,他再不能委屈她了。他老婆给马拴做饭,他拖着病蔫蔫的身子,来到巧珍的窑洞。他坐在炕边上,无精打采地摸出一根卷烟,吸了两口又捏灭,对靠在铺盖卷上的女儿说:

“巧珍,你想开些……高玉德家这个坏小子,老天爷报应他呀!”他一提起加林就愤怒了,从炕上溜下来,站在脚地当中破口大骂,“王八羔子!坏蛋!他妈的,将来不得好死,五雷轰顶呀!把他小子烧成个黑木桩……”

巧珍一下子坐起来,靠在枕头上喘着气说:“爸爸,你不要骂他!不要骂他!不要咒他!不要……”

刘立本住了口,沉重地叹息了一声,说:“巧珍,过去了的伤心事就再不提它了,你也就不要再难过了。高加林,你把他忘了!你千万不要想不开,自己损蹦自己,你还没活人哩……以前爸爸想给你瞅人家,也是为了你好。从今往后,你的事爸爸再不强求你了。不过,你也不小了,你自己给自己寻个人家吧。心不要太高,爸爸害得你没念书,如今你也就寻个本本分分的庄稼人……唉,马拴这几天又托起了媒人往咱家跑,但这事我再不强求你了。你要是不同意了,我就直截了当地给他回个话,让他不要再来了……他今天又亲自到咱家。”

“他现在还在吗?”巧珍问她父亲。

“在哩……”

“你让他过来一下……”

她父亲看了她一眼,不知道她这是什么意思,就转身出去了。不一会,马拴一个人进来了。

他看了一眼炕上的巧珍,很局促地坐在前炕边上,两只手搓来搓去。

“马拴,你真的要娶我吗?”巧珍问。

马拴不敢看她,说:“我早就看下你了!心里一直像猫爪子抓一般……后来,听说你和高老师成了,我的心也就凉了。高老师是文化人,咱是个土老百姓,不敢比,就死了心……前几天,听说高老师和城里的女子恋上了爱,不要你了,我的心就又动了,所以……”

“我已经在村前后庄名誉不好了,难道你不嫌……”

“不嫌!”马拴叫道,“这有什么哩?年轻人,谁没个三曲两折?再说,你也甭怨高老师,人家现在成了国营干部,你又不识字,人家和你过不到一块。咱乡俗话说,金花配银花,西葫芦配南瓜。咱两个没文化,正能合在一块哩!巧珍,我不会叫你一辈子受苦的!我有力气,心眼也不死,我一辈子就是当牛做马,也不能委屈了你。咱乡里人能享多少福,我都要叫你享上……”粗壮的庄稼人说到这里,已经大动感情了,掏出火柴“啪”地擦着,才发现纸烟还没从口袋里取出来。

眼泪一下子从巧珍红肿的眼睛里扑簌簌地淌下来了,她说:“马拴,你再别说了。我……同意。咱们很快就办事吧!就在这几天!”

马拴把掏出的纸烟又一把塞到口袋里,跳下炕,兴奋得满面红光,嘴唇子直颤。

巧珍对他说:“你过去叫我爸过来一下。你不要过来了。”

马拴赶忙往出走,在门槛上绊了一下,几乎跌倒。

不一会,刘立本黯淡的病容脸上挂着一丝笑意走过来了。

巧珍很快对他说:“爸爸,我已经同意和马拴结婚。我要很快办事!就在这三五天!”

刘立本一下子不知所措了,说:“这……时间这么紧,要不要两家简单地准备迎送一下?”

“爸爸,你告诉马拴,事情完全按咱的乡俗来。咱家里你们也准备一下。你和我妈当年结婚怎样过事,我结婚也就怎样过事!”

“我们那时是旧式的……”

“旧的就旧的!”她痛苦地喊叫说。

刘立本马上退了出来。他过来先把巧珍的意思给马拴说了。马拴说没问题,他即刻回去准备,订吹手,准备席面,至于其他结婚方面的东西,他前两年就办齐备了。

刘立本送走马拴以后,很快跑到前村去找高明楼。

明楼听说巧珍已经同意和马拴结婚,先吃了一惊。然后对亲家说:"也好!高加林现在位置高了,咱的娃娃攀不上了。马拴在庄稼人里头,也就是像样的……"

"现在主要是巧珍有点赌气,要按咱过去的老乡俗行婚礼,这……"

"不怕!"明楼决断地说,"就按娃娃的意思来!现在党的政策放宽了,这又不是搞迷信活动哩!你就按娃娃说的办!这几天要是忙不过来,叫我大小子和刘巧英给你们帮忙去……"

刘巧珍和马拴举行结婚仪式的这一天,高家村和马店两个村都洋溢着一种喜庆的气氛。两个村的大部分庄稼人都没有出山。在高家村这里,除过门中人当然被邀请为宾客以外,村里的一些外姓旁人也被事主家请去帮忙了。村里的大人娃娃都穿起见人衣裳。即是不参加婚礼的村民,也都换上了干净衣服:因为看红火,在众人面前露脸,总得要体面一些。

高加林的父母亲当然是例外。高玉德老汉一早就躲着出山去了。加林他妈去了邻村一个亲戚家——也是躲这场难看。

全村只有一个人躺在自己家里没出门,这就是德顺老汉。重感情的老光棍此刻躺在土炕的光席片上,老泪止不住地流。他为巧珍的不幸伤心,也为加林的负情而难过。

娶亲仪式的开头首先在马店那里进行。马拴的一个姨姨和姑姑是引人的主要角色。另一个更主要的角色是马拴他大舅——男女双方的舅家都是属第一等宾客。吹鼓手一行五人走在前面,他们后面是迎新媳妇的高头大马,鞍前鞍后,披红挂彩。黑铁塔一样的马拴现在骑在马上——这叫"压马",按规程新女婿要"压"到本村的村头。然而再返回自己家里等新媳妇回来。马拴后面,是他姑和他姨,都骑着毛驴,他姑夫和姨父分别给自己的老婆牵着驴缰绳。他舅作为"领队"断后,和媒人走在一起——媒人是两家的贵宾,既是引人的,又是送人的。

这支队伍一进高家村，吹鼓手长号一吹，接着便鼓乐齐鸣了，两个吹唢呐的人腮帮子鼓得像拳头一般大，呜哩哇啦吹起了“大摆队”。同时，在刘立本家的埝畔上，已经噼噼啪啪响起了欢迎的鞭炮声。迎亲人的被接下不久后，第一顿饭就开始了，按习俗是吃饸饹。吹鼓手在院墙角里围成一圈，开始吹奏起慢板调。

刘立本家的院子里、埝畔上、窑顶上，此刻都挤满了看红火热闹的人，娃娃们大呼小叫，婆姨女子说说笑笑。

因为要赶时间，第一顿饭刚完，就开始上席。席面是传统的“八碗”，四荤四素，四冷四热，一壶烧酒居中，八个白瓷酒杯在红油漆八仙桌上转边摆开。第一席是双方的舅家，接下来是其他嫡亲，然后是门中人、帮忙的人和刘立本的朋亲。吹鼓手们一直在吹着——要等到所有的人吃完之后才能轮上他们……就在里里外外红火热闹的时候，巧珍正一个人待在她自己的窑里。她坐在炕头上，呆呆地望着对面墙壁的一个地方，动也不动。外面的乐器声，人的喧哗声，端盘子的吆喝声，都好像离她很远很远。她想不到，二十二年的姑娘生活，就这样结束，她从此就要跟一个男人一块生活一辈子了。她绝没有想到，她把自己的命运和马拴结合在一起，她心爱过的人是高加林！她为他哭过，为他笑过，做过无数次关于他的梦。现在，梦已经做完了……

她呆呆地坐了一会，感到疲乏得要命，就靠在铺盖上，闭住了眼。渐渐地，她感到迷迷糊糊的，接着便睡着了。

门“吱扭”一声，把她惊醒了。

她倒转头，见是她妈进来了，手里拿着一摞衣服。

“把衣服换上，再洗个脸，梳个头。快起身了……”她妈轻声对她说。她用手指头抹去了眼角两颗冰凉的泪珠，慢慢坐起来，下了炕。这时候，外面的鼓乐突然吹奏得更快更热烈了，这意味着最后一席已经起场，吹鼓手正在结束他们的工作，准备吃饭了。她妈只好赶紧把她扶在椅子上,给她换衣服。换完衣服,她就又倒了一盆热水,给她洗去满脸泪痕,然后就开始给她梳头。就在这时,她妹妹巧玲进来了。她刚放学,也没去吃饭,就进来看她二姐。漂亮的巧玲很像过去的巧珍,修长的身材像白杨树一般苗条,一张生动的脸流露出内心的温柔和多情,长睫毛下的两只大眼睛,会说话似的扑闪着。

巧珍看见她妹妹,便伸出自己的一只手,抓住了巧玲的手,非常动情地说:“巧玲,好妹妹,你不要忘了二姐……你要常来看我。二姐没有念过书,但心里喜欢有文化的人……我现在只有看见你,心里才畅快一点……”

巧玲眼里转着泪花子,说:“二姐,我知道你现在心里很苦……”

巧珍说:“妹妹你放心,不管怎样,我还得活人。我要和马拴一块劳动,生儿育女,过一辈子光景……”

巧玲在巧珍面前蹲下来,两只手捉住巧珍的手说:“二姐,你说得对。我以后一定会经常去看你的。我从小就爱你,虽然你没上过学,但你想的事很多,我虽然上了学,但受了你不少好影响,否则,我的性格很倔,也不会像今天这样开展……二姐!你也不要过分想以往的事了。对待社会,我们常说要向前看,对一个人来说,也要向前看。生活总是这样,不能叫人处处都满意。但我们还要热情地活下去。人活一生,值得爱的东西很多,不要因为一个方面不满意,就灰心。比如说我吧,梦里都想上大学,但没考上,我就不活人了吗?我现在就好好教书,让村里的其他娃娃将来多考几个大学生,就是不能教书,回村劳动了,该怎样还要怎样哩……”

已经在各方面开始成熟的巧玲,这一番话把巧珍说得眼睛亮了起来。她的手紧紧抓着巧玲的手,只是说:“你一定常来看我,常给我说这些话……”

巧玲不住地给她点头,然后突然愤愤地说:“高加林太没良心了!”巧珍摇摇头,又痛苦地闭住了眼睛。

准备送人的巧英进来了。她让她妈赶紧收拾齐备,说已经准备起身了。她妈让巧玲去吃饭。巧玲走后,她把窑里其他东西查看了一下,然后从后面箱子里拿出一块红丝绸,用发卡别在了巧珍的头上——这是蒙面的盖头。

太阳西斜的时候,娶亲的人马一摆溜从刘立本家的土坡里下来了。唢呐、锣鼓、号声、鞭炮声响成一片。出村的道路两旁和村里所有人家的硷畔上,都挤满了看热闹的人。娃娃们引着狗,在娶亲队伍的前后乱跑。

吹鼓手们在最前面鼓乐齐鸣,缓缓引路,紧跟着是男方娶亲的人马。新媳妇红丝绸盖头蒙面,骑在披红挂彩的高头大马上,走在中间。后面是送人的女方亲戚,按规矩是引人的一倍,几乎包括了刘立本两口子全部参加婚礼的亲戚。立本按乡俗把这支队伍送到坡下,就返回自己家里——他一进大门,立刻长长舒了一口气……

娶亲的人马在通过村子的时候,行进得特别缓慢——似乎为了让这热闹非凡的一刻,更深刻地留在村民的记忆里……巧珍骑在马上,尽量使自己很虚弱的身体不要倒下来,她红丝绸下面的一张脸,痛苦地抽搐着。

在估计快要出村的时候,她忍不住用手撩开盖头一角:她看见了加林家的硷畔,她曾多少次朝那里张望过啊!她也看见了河对面一棵杜梨树——就在那树下,在那一片绿色的谷林里,他们曾躺在一起,抱过,亲过……别了,过去的一切!她放下红丝绸,重新蒙住了脸,泪水再一次从她干枯的眼睛里涌出来了……

第二十一章

张克南把他的全部苦恼都发泄在了一根榆木树棒上。这根去了根梢的榆木树棒,就躺在他家院子的石炭和柴垛旁。

他们家现在做饭和今年一个冬天的引火柴,本来早已经绰绰有余,根本不需要劈柴了。就是缺少劈柴,他们向来谁又亲自动过手呢？没了买几担就行了,不需要张克南费这么大的劲！这根粗壮的榆木树棒,谁也不记得是哪一年躺在他们家院子的,也忘了是什么人给他们送来的。反正一直就在那里堵挡柴垛,防止摞好的劈柴倒下来。

张克南在接到黄亚萍断交信的第二天,就从副食门市部后边的院子里,带回一把长柄大斧头,一声不吭地破起了这根榆木棒。在本地的树木中,榆树的纤维是最坚韧的,一般人谁也不做劈柴烧——因为很难破开。

张克南一下班就劈。他好多天实际上没有劈下来几块柴。他也根本不管劈下来了还是没劈下来,反正只是劈,满头满身的汗,气喘得像拉风箱一般急促。但他一刻也不停地挥动着那把长柄斧头……实在累得支持不住了,就回去仰面躺在床铺上,头枕着自己的两个手掌,闭住眼一句话也不说。

他母亲有时过来看他这副样子,也一句话不说,只是沉着脸瞅他两眼。她内心有些什么翻腾看不出来,只是戒了一年的烟又开始抽上了。克南他父亲正在县党校学习,经常不回家。这个独院整天都静得没有一点儿声响。

这一天,他拼命劈了一会榆树棒,又闭住眼躺在了床铺上,高大结实的身体像没有了气息似的,动也不动。

他母亲进来了。这次她开了口:“南南,你起来!”

张克南好像没听见,仍然一动不动躺着。

“起来！我有个事要给你说！你像你没出息的父亲一样,二十几岁了,看窝囊成个啥!”

克南睁开眼,看了看母亲的阴沉脸,不说话,仍然躺着。

“我给你说！我前两天已经打问清楚了,高加林那小子是走后门参加工作的！是马屁精马占胜给的！材料我都掌握了!”她脸上露出一丝捉摸不来的笑影。

张克南仍然没有理他母亲,他不知道这个事和自己的失恋有什么关系，淡淡地说："前门后门，反正都一样……"

"你这个窝囊废！我给你说，你妈前几天已经向地委纪律检查委员会揭发控告了这件事。今天听县纪委你姜叔叔说，地纪委很重视这件事，已经派来了人，今天已经到了县上。他高加林小子完蛋了！"

张克南一闪身爬起来，眼瞪着他妈，喊："妈！你怎能做这事呢？这事谁要做叫谁做去吧！咱怎能做这事啊？这样咱就成了小人了！"

"放你妈的臭屁！你这个没出息的东西！爱人都叫人家挖走了，还说这一个钱不值的混账话！我为什么不揭发控告他狗日的，一个乡巴佬欺负到老娘的头上，老娘不报复他还轻饶他呀？再说，他走后门，违法乱纪，我一个国家干部，有责任维护党的纪律！"

"妈，从原则上说，你是对的。但从道义上说，咱这样做，就毁了！众人都长眼着哩！决不会认为你党性强，而是报私仇哩！咱不能用错纠错！"

他妈抢前一步，上来啪啪地打了张克南几个耳光，然后一屁股坐在床上哭起来了，嘴里伤心地喊叫说："我的命真苦啊！生下这么个不成器的东西……"

克南手摸着被母亲打过的脸，眼泪直淌，说："妈妈！你知道，我非常喜欢亚萍……我心里一直像刀割一般难受，我甚至想死！我也恨过高加林！但我想来想去，这是没有办法的事！俗话说，强扭的瓜不甜。既然亚萍不喜欢我，喜欢高加林，我就是再痛苦也得承认这个现实。你知道，我心善，从小连别人杀鸡我都不敢看。我一生中最害怕最厌恶的就是屠宰场！我一听见猪的号叫，就头发倒竖，神经都要错乱了。因此，我也不愿看见在我的生活周围，在人与人之间，精神上互相屠杀……妈妈！我虽然才二十五岁，但我已经经历了一些生活，我之所以社会上朋友多，大家也愿意和我交往，就因为我待人诚恳宽厚……我也有我自己的缺点，性格不坚强，在生活中魄力不够，视野狭窄，亚萍正是不喜欢我这些。但她并不知道，我还不至于就是一个堕落的人！亚萍！你不完全了解我啊……"

张克南两只手抓住自己的胸口,先是对他妈说,后来又对他看不见的亚萍说,脸痛苦扭成了一种可怕的形象。他说完后,一下子倒在了床上,死沉沉的就像谁丢下了一口袋粮食……很久以后,克南才从床上爬起来。他妈不知道什么时候走了,也不知道她到哪里去了。院子里静得像荒寺古庙一般。

克南出了门,在院墙根下急促地来回走了好长时间。

地上丢了十几根烟把子以后,他出了门,直接向广播站走去。他找到黄亚萍,很快把他母亲给地纪委写信,地纪委已经派人到县里的情况,统统给亚萍说了,同时也说了他自己的所有心里话。他让亚萍看有没有办法挽救这个局面。

黄亚萍听完后,先顾不上急,出口就骂:"你妈是个卑鄙的人!"她然后眼里闪着泪光,对克南说:"克南,你是个好人……"

高加林走后门参加工作的问题,被地纪委和县纪委迅速查清落实了。与此同时,高加林的叔父也知道了这件事,两次给县委书记打电话,让组织坚决把高加林退回去。

眼下,这样的问题一直就是公众最关心的。这事很快在县城传开,街头巷尾,人们纷纷在议论。

在县委的一次常委会上,这件事被专门列入了议题。调查的人列席了常委会,详细汇报了这个事件的调查情况。

常委会的决定很快就做出了:撤销高加林的工作和城市户口,送回所在大队;县劳动局副局长马占胜无视党的纪律,多次走后门搞不正之风,撤销其领导职务,调出劳动局,等候人事部门重新分配工作……

专门的文件很快下达到了有关单位。马占胜急得像热锅上的蚂蚁,到处拜访领导,托人求情,说让他好好检讨,请求县委不要给他处分。后来,他看一切暂时都无济于事,就只好到处叫冤说:"啊呀呀,这下舔屁股舔到他妈的刀刃上了……"

这几天,除过马占胜,另一个事中人黄亚萍也在四处奔跑,打探消息,找她父亲的朋友,看能不能挽回局面,不要让高加林回了农村。当她看见县委下达的文件后,才知道局面是挽不回来了。

“完了!完了!一切都完了……”她在心里喊叫着,不知该怎么办。她料不到生活的变化如同闪电一般迅疾,她刚刚开始了愉快,马上又陷入了痛苦!

她揪扯着自己的头发,在床上打滚。她无法忍受这个打击所带来的痛苦。她痛苦的焦点在哪里呢?

这是不言而喻的:她真诚地爱高加林,但她也真诚地不情愿高加林是个农民!她正是为这个矛盾而痛苦!

如果有一个方面的坚定选择,她也就不会如此痛苦了:假若她不去爱高加林,那高加林就是下了狱也与她无干;如果她为了爱情什么也不顾,那高加林就是下地狱她也会跟着下去!矛盾是无法统一的。两个方面她自己认为都很重要:她爱高加林而又怕他当农民啊!

生活对于她这样的人总是无情的。如果她不确立和坚定自己的生活原则,生活就会不断地给她提出这样严峻的问题,让她选择。不选择也不行!生活本身的矛盾就是无所不在的上帝,谁也别想摆脱它!黄亚萍觉得自己不知如何是好。加林本人不在,她又没有更亲密的朋友和她一块商量。克南倒是可以商量,但他又在他们之间处于这样的位置,根本不能去找。

她于是想起她亲爱的父亲。她现在只能和他谈这件事。

怎样和父亲谈呢?他本来就反对她离开克南而找加林。在这件事上,她已伤了他的心,他会怎样对待她目前的困难处境呢?不管怎样,她还是去找父亲。

她回家去找他,他不在家。妈妈告诉她,父亲在办公室里。她就又跑到了他的办公室。

她父亲正戴着老花镜,看《解放军报》。见她进来,就把老花镜摘下,放在报纸上。

“爸爸,高加林的事你知道不知道?”

“我怎不知道? 常委会我都参加了……”

“这怎办呀嘛……”

“什么怎办呀?”

“我怎办呀?”

“你?”

“嗯……”

她父亲抬起头,望着窗户,沉默了半天。

他点燃一支烟,也不看她,仍然望着窗户说:

“你们现在年轻人的心思,我很难理解。你们太爱感情用事了。你们没有经受革命生活的严格训练,身上小资产阶级东西太多。正是这些东西,导致了你现在的处境……”

“爸爸,你先不要给我上政治课! 你知道,我现在有多么痛苦……”

“痛苦是你自己造成的。”

“不! 我觉得生活太冷酷了,它总是在捉弄人的命运!”

“不要抱怨生活! 生活永远是公正的! 你应该怨你自己!”老军人大声说着,激动地从椅子上站起来,长眉毛下的一双眼睛,炯炯有神地望着他的女儿。

黄亚萍跺了一下脚,拉着哭调说:

“爸爸,我想不到你一下子变得对我这样冷酷! 我恨你!”

她父亲一下子心软了,走过来用粗大的手掌抚摸了一下她的头发,让她坐在椅子上,掏出手帕揩掉她眼角的泪水。然后他转过身,冲了一杯麦乳精,加了一大勺白糖,给她放在面前,说:“先喝点水,你嗓子都哑了……”

他又坐进他办公桌前的圈椅里,手指头在桌子上嘣嘣地敲着,怔怔地看女儿一小口一小口喝那杯饮料。

半天,他才往椅背上一靠,长长出了一口气说:“我不怀疑你对那个小伙子的感情，我虽然没见他，但知道我女儿爱上的人不会太平庸，最起码是有才华的人。因此，你那么突然地抛开克南，我和你妈妈尽管很难过，也感觉对老张一家人很抱愧，但我们没有强行制止你这样做。爸爸一生在炮雨弹林中走南闯北，九死一生，多半辈子人了，才得了你这个宝贝。就你我而言，我把你看得比我重要，我不愿使你受一丝委屈。正因为这样，我对你的关心只限于不让你受委屈，而没有更多地教育你树立正确的人生观……”他突然停顿了下来，手在空中一挥，对自己不满地唠叨说，“扯这些干啥哩！一切都为时过晚了！”

他吸了一口烟，回头看了看静静坐着的女儿，说：

“这事我已经考虑过了，这次你最好能听爸爸的。咱们马上要到南京，那个小伙子是农民，我们怎能把他带去呢？就是把他放在郊区农村当社员，你们一辈子怎样过日子？感情归感情，现实归现实，你应该……”

“你让我去和加林断吗？”黄亚萍抬起头，两片嘴唇颤动着。

“是的。听说他现在在省里开会，快回来了，你找他……”

“不，爸爸！别说了！我怎能去找他断绝关系呢？我爱他！我们才刚刚恋爱！他现在遭受的打击已经够重了，我怎能再给他打击呢？我……”

“萍萍，这种事再不能任性了！这种事也不允许人任性了！如果不能在一块生活，迟早总要断的，早断一天更好！痛苦就会少一点……”

“永远不会少！我永远会痛苦的……”

他父亲站起来，低着头在地上慢慢踱着步，接连叹了两口气，说：“一生经历了无数苦恼事，哪一件苦恼事也没有这件事叫人这么苦恼……苦恼啊！”他摇摇头，“本来，你和克南好好的，可是……噢，前天我刚收到老战友的信，说南京那里已经给克南联系工作单位了……”

黄亚萍一下站起来,大声喊:“现在你别提克南!别提他的名字……”她走过去,坐在父亲的圈椅里,拉过一张白纸来。

“你要干什么?”父亲站住问她。

“我要给加林写信,告诉他这一切!”

父亲赶忙走到她身边说:“你现在千万不要给他写信!这么严重的事,让他知道了,在外面出了事怎办?他不是快回来了吗?”

黄亚萍想了一下,把纸推到一边。父亲的这个意见她听从了,说:“按原来省上通知的时间,再一个星期就回来了。”

她走过去,把父亲墙上挂的日历嚓嚓地接连扯了七页。

第二十二章

经过平原和大城市的洗礼,高加林兴致勃勃地回到这个山区县城来了。他下了公共汽车,出了车站,猛一下觉得县城变化很大,变得让人感到很陌生。城郭是这么小!街道是这么短窄!好像经过了一番不幸的大变迁,人稀稀拉拉,四处静悄悄的,似乎没有什么声响。县城一点儿也没变,是他的感觉变了。任何人只要刚从喧哗如水的大城市再回到这样僻静的山区县城,都会有这种印象。高加林出了车站,走在马路上,脚步似乎坚实而又自在。他觉得对他未来的生活更有自信心了。虽然时间很短暂,但他已经基本了解了外边的世界大概是怎一回事。他把眼前这个小世界和外面的大世界一比较,感到他在这里不必缩头缩脑生活,完全可以放开手脚……他的心情就像一个游了一次大海的人,又回到小水潭里一样。

他出车站没走几步,碰见了他们村的三星。他穿一身油污的工作服,羡慕地过来和他握手,问:“回来了?”

高加林对他点点头,问:“你干什么哩?”

三星说:“我开的拖拉机坏了,今早上来城里修理,晚上就又到咱上川里去呀。”

“咱村和我们家里没什么事吧?”他随便问。

“没……就是……巧珍前不久结婚了……”

“和谁?”高加林感到头“嗡”地响了一声。

“和马拴……你在！我还忙着哩!”三星一看他脸色变得很难看,就赶忙走了。

高加林听到这个消息,心里一下子涌起一种说不出的难受滋味。他在马路上若有所失地站了好一阵。他想不到巧珍这样快就结婚了。听到一个爱过自己的姑娘和别人结了婚,这总叫人心里不美气。他马上意识到,这样呆立在马路当中也不合适,就又提着包往县委走。不过,他走得很慢,脚步也有点沉重起来。他感到街上的人也都似乎有点怪眉怪眼地看他,就像他们知道他心里有什么不愉快似的。

其实,街上的人这样看他,完全是出于另外的原因——

这一点要等他回到县委才能明白。

他回到办公室刚把东西放下,老景就过来了,他先问了加林这次出去的一些情况,然后突然沉默了起来,脸上的表情也很不自然。高加林很奇怪,他看出了老景好像要和他谈什么,又感到难开口。老景坐在他的椅子上,又沉默了一会,才终于把有关他“走后门”参加工作被揭发,县委已经决定让他回农村的前前后后,全部给他说了。并告诉他,是克南母亲给地纪委写信揭发的,还听说克南和他母亲吵了一架,反对她这样做……

高加林听完后,脑子一下子变成了一片空白。

他麻木地立在脚地当中,甚至不知道自己现在在什么地方。他后来只听见老景断断续续说,他曾找过县委书记,说他工作很出色,请求暂时用雇用的形式继续工作,但书记不同意,说这事影响太大,让赶快给他办清手续,让他立刻就回队,还听说他叔父打了电话,让组织把他坚决退回去……

老景什么时候走的?他不知道。当他确实明白过来他面临的是什么时,一下子反应不过来眼下他该做什么。

他先把烟掏出来,但没抽,扔到了门背后。烟扔掉后,又莫名其妙地掏出了火柴。他把火柴盒抽出来,哗一下全撒在了地上。然后,他又弯下腰,一根一根往火柴盒里拾,拾起以后,又撒在了地上,又拾……

一个钟头以后,他的脑子才恢复了正常。

事情马上变得单纯极了:他不就是又要回到他们村,回到土地上去当社员吗?紧接着他第一个想到的是巧珍。他在桌子上狠狠砸了一拳,绝望地叫道:"完了!我这个浑蛋……"

接下来他才想到了黄亚萍。她没有引起他过分的痛苦,只是嘴里喃喃地说了一句:"生活啊,真是开了一个玩笑……"

是生活开了他一个玩笑,还是他开了生活一个玩笑?他不得而知。正像巧珍认为她和高加林的关系是做了一场梦一样,他感觉他和黄亚萍的关系也是做了一场梦。一切都是毫无疑问的:他现在又成了农民,他和黄亚萍中间,也就自然又横上了一条无法逾越的鸿沟。和亚萍结婚,跟她到南京去……这一切马上变成了一个笑话!即使亚萍现在对他的爱情仍然是坚决的,但他自己已经坚定地认为这事再不可能了,他们仍然应该回到各自原来的位置上。他尽管是个理想主义者,但在具体问题上又很现实。

至于他个人生活道路上这个短暂而又复杂的变化过程,他现在来不及更多地思考。他甚至觉得眼前这个结局很自然,反正今天不发生,明天就可能发生。他有预感,但思想上又一直有意回避考虑。前一个时期,他也明知道他眼前升起的是一道虹,但他宁愿让自己把它看作是桥!

他希望的那种"桥"本来就不存在,虹是出现了,而且色彩斑斓,但也很快消失了。

他现在仍然面对的是自己的现实。

是的,现实是不能以个人的意志为转移的。谁如果要离开自己的现实,就等于要离开地球。一个人应该有理想,甚至应该有幻想,但他千万不能抛开现实生活，去盲目追求实际上还不能得到的东西。尤其是对于刚踏入生活道路的年轻人来说，这应该是一个最重要的认识。

可是，社会也不能回避自己的责任。我们应该真正廓清生活中无数不合理的东西，让阳光照亮生活的每一个角落；使那些正徘徊在生活十字路口的年轻人走向正轨，让他们的才能得到充分的发展，让他们的理想得以实现。祖国的未来属于年轻的一代，祖国的未来也得指靠他们！

当然，作为青年人自己来说，重要的是正确对待理想和现实生活。哪怕你的追求是正当的，也不能通过邪门歪道去实现啊！而且一旦摔了跤，反过来会给人造成一种多大的痛苦，甚至能毁掉人的一生！

高加林的悲剧包含诸方面的复杂因素——关于这一切，就让明断的公众去评说吧！我们现在仍然叙述我们的生活故事。加林现在还顾不得考虑其他。他现在首先要考虑的是，他怎样处理他和亚萍的关系。

实际上，这件事他已经在心里决定了：他要主动找黄亚萍断绝关系！他洗了一把脸，把那双三接头皮鞋脱掉，扔在床底下，拿出了巧珍给他做的那双布鞋。布鞋啊，一针针，一线线，那里面缝着多少柔情蜜意！他一下子把这双已经落满尘土的补口鞋捂在胸口上，泪水止不住从眼睛里涌出来了……

他换了鞋，就起身去找黄亚萍——现在中午已经下班了，亚萍肯定在家里。他想他这是第一次上亚萍家，也是最后一次。正在他刚要出门的时候，克南却突然进了他的办公室。

他们相对而立，一阵长时间的沉默。

半天，高加林才说："你坐……"

克南坐在他办公桌旁边的一把椅子上。他自己也在他的床边坐下来。"加林，你现在一定很恨我……"克南没有看他，说。

高加林也没有看他,说:“不……你应该恨我!”

“你现在心里小看我！认为我张克南是个小人!”

“不,”加林回过头,认真说,“我了解你……关于这件事,和你没关系。这我已经知道了。实际上,就是你写信揭发我走了后门,我也可以理解。因为是我首先伤害了你……你即使报复我,也是正当的……”

张克南猛地抬起头,怔怔地看着高加林说:“你是一个有血性的人。尽管咱们性格不一样,但我过去一直在内心很尊重你。我现在仍然尊重你。过去的事情已经过去了……我现在不知道眼前我该怎样帮助你。我知道你现在很痛苦,亚萍也在痛苦……我不愿意你们痛苦……”

“你更痛苦!”加林站起来,“现在让我们结束这个不幸的局面吧!你和亚萍仍然恢复你们的一切。我现在唯一要求你的,就是你能谅解我以前给你带来的痛苦……”

“不!”克南也站起来,“尽管我爱亚萍,亚萍实际上是爱你的！我的痛苦已经过去了,一切我也都想通了……亚萍也不会离开你……”

“我要离开她！我要主动和她断绝关系！这我已经决定了!”

“她是爱你的……”

“我真正爱的人实际上是另外一个!”高加林大声说。

张克南惊讶地望着他,半天说不出话来了。高加林又颓唐地坐在床边上,一绺乱蓬蓬的头发耷拉在他苍白的额头上。

克南沉默了一下,然后走到高加林面前,说:“……加林,我们不说这些事了。我现在主要考虑你要回农村,生活会很艰苦的。我原来也知道,你们家并不太富裕……我们家经济情况好一点,你如果需要我……”

克南还没说完,高加林一下子愤怒地站起来,大声咆哮:“别污辱我了！你滚出去！滚出去!”

克南一下子呆住了。他眼里闪着泪花,看了一眼高加林,慢慢转过了身。

高加林又猛然走上前来,用一条胳膊搂住了他的肩膀,用一种亲切低沉的音调说:“……克南,对不起。你怎能说这种话呢?如果我不了解你是出于一种真诚,我就马上会把你打倒在这里……原谅我,你走吧!我要马上找亚萍结束我们之间的一切。原谅我……”他们在门外沉默地握手告别了。

黄亚萍听说高加林回来了,正准备去找他,想不到高加林已经找到她门上来了。亚萍在大门口把他接回到自己房子里。他父母亲分别拿着糕点、纸烟、茶壶、茶杯,过来放在桌子上,就都退出去了。亚萍把一杯茶放到他面前,着急地问:“你知道了吗?”

高加林喝了一口茶,平静地说:“知道了。”

黄亚萍一下子伏在他旁边的桌子上,呜咽着哭开了。

高加林从侧面看着她耸动着的圆润的肩膀,看着她烫过的蓬松柔软的头发,心里又忍不住隐隐作痛起来。他又记起省城的大街上、公园里,那些一对一对挽着胳膊走路的青年男女。当时他曾想过:不久,我和亚萍也会这样手挽着手,徜徉在南京的大街上;去长江边看朝霞染红的浪花;去雨花台捡五颜六色的雨花石……他一边想着,一边难受地咽着唾沫。他一直向往的理想生活,本来已经就要实现,可现在一下子就又破灭了。他感到胸口一阵剧烈的疼痛,赶忙用拳头抵住。

亚萍抬起头来,满面泪痕说:

“你明天到地区去!找你叔父,让他重新考虑给你找个工作!”

加林点着一支烟,狠狠吸了一口,说:

“他原来就反对这样做。这次他也打了电话,让把我退回去。对他来说,这样做也是对的,我并不抱怨他。现在我更不准备去找他了。说来说去,路还得自己走。现在事情很简单,我只能再回到我们村去……”

“你不能回去!”她认真地叫道。

加林苦笑了："不是能不能回去，而是必须要回去！"

"回去可怎办呀……"亚萍抬起头，脸痛苦地对着天花板，喃喃地念叨着，两只手神经质地捋着头发。

"怎办呀？还能怎办呀！回去当农民！"

"我们怎办呀？"亚萍脸对着他的脸，像是问自己，又像是问加林。

"我已经想好了。我来找你，也就是说这事的！"加林站起来，走过去靠在墙上，"我们现在应该结束我们的关系。你还是和克南一块生活吧！他是非常爱你的……"

"不，我要和你在一块！"黄亚萍也站起来，靠在桌子上。

"这已经是不可能的了，我已经又成了农民，我们无法在一块生活。再说，你很快要到南京去工作了。"

"我不工作了！也不到南京去了！我退职！我跟你去当农民！我不能没有你……"亚萍一下子双手蒙住脸，痛哭流涕了。可怜的姑娘！她现在这些话倒不全是感情用事。她也是一个有个性的人，事到如今，完全可以做出崇高的牺牲。而她现在在内心里比任何时候都要更爱高加林！

高加林一口接一口地吸着烟，说：

"亚萍，怎能这样呢？我根本不值得你做这样的牺牲。就是你真的跟我去当农民，难道我一辈子的灵魂就能安宁吗？你一直娇生惯养，农村的苦你吃不了……亚萍，我知道你对我的感情是真诚的。为了这，我很感激你。我自己一直也是非常喜欢你的。但我现在才深切感到，从感情上来说，我实际上更爱巧珍，尽管她连一个字也不识。我想我现在不应该对你隐瞒这一点……"

亚萍突然惊讶而绝望地望着他的脸，一下子震惊得发呆了。她麻木地呆立了好长时间，然后用袖口揩去脸上的泪水，向前走了两步，站在高加林面前，缓缓说："如果是这样，那么……我祝你们……幸福……"她向他伸出手来，两行泪水静静地在脸上流着。

加林握住她的手，说："巧珍已经和别人结婚了……现在让我来真诚地祝你和克南幸福吧!”

他说完,就把他的手从她的手里抽出来,转过身就往门外走。亚萍后边一把扯住他,伤心地说:“你……再吻我一下……”高加林回过头,在她的泪水脸上吻了吻,然后嘴里含着一股苦涩的味道,匆匆跨出了门槛……

高加林从黄亚萍家里出来以后,先没回自己的办公室,径直去县农机修配厂找来三星,让他把他的全部行李在当天晚上就捎回家里去了。然后他和老景一起把所有该办的手续全部办清,就一个人关住门在光床板上躺了下来……

第二十三章

在高三星把加林的铺盖行李捎回村的当天晚上,高家村的大部分人都知道了这件事。全村人都很感慨,谁也没有想到小伙子竟然落了这么个下场!

玉德老两口倒平静地接受了三星捎回来的铺盖卷,也平静地接受了儿子的这个命运。他们一辈子不相信别的,只相信命运,他们认为人在命运面前是没什么可说的。

对这事感到满意的是刘立本,他也认为这是老天爷终于睁了眼,给了高加林应得的报应。他当晚就很有兴致地跑到明楼家,向三星打问这件事的根根梢梢。

但他亲家却没有显出多少兴致来。听了这事,明楼反而显得心情很沉重。这倒不是说他同情高加林,而是他从这件事里敏感地意识到,社会对他们这种人的威胁越来越大了!就连占胜这样的精能人都说垮就垮了台,他一个不识字的农村干部又有多少能耐呢?谁知道什么时候,说不定也会清算到他的头上?另外,他的老心病也马上犯了。他认为高加林不管怎样,都已经在心里恨上了他,往后他们又要同在一个村里闹世事,这小伙子将是他最头疼的一个人。从这一点上说,明楼不愿让高加林回来,宁愿他在外面飞黄腾达去!

就在当晚村里各种人对高加林回村进行各种议论的时候,刘立本的老婆和她的大女儿巧英,却正在立本家一孔闲窑里策划一件妇道人家的伎俩……

第二天一大早,立本的大女儿巧英提了个筐子,出了村,来到大马河湾的分路口附近打猪草。这地方并没有多少猪能吃的东西,巧英弄了半天还没把筐底子铺满。

巧英实际上并不是来打猪草的!她要在这里进行她和她妈昨天晚上谋划过的那件事。两个糊涂的女人,为了出气,决定由巧英在今天把回村的高加林堵在这里,狠狠地奚落他一通!因为今天上午村里的男男女女都在这附近的地里劳动,因此在这个地方闹一下最合适。到时候,田野里的人就都会过来看热闹,而且很快就会在大马河上下川道传得刮风下雨!把他高加林小子的名誉弄得臭臭的!叫他再能!

这件事昨天晚上母女俩谋划时,被巧玲在门外听见了。有文化的高中生进去劝母亲和姐姐千万不要这样,说到时人家不会笑话高加林,而丢人的反倒会是她们!但两个不识字的妇道人家却把她臭骂了一通,弄得巧玲当晚上跑到学校另一个女老师那里睡觉去了。巧英已经有了一个孩子,不像做姑娘时那般漂亮了,但仍然容貌出众。每逢赶集上会,竟然还有一些远地的陌生小伙子以为她是个姑娘,就倾心地向她求爱,她立刻就用农村妇女最难听的粗话把这些人骂得狗血喷头。和两个妹子不大一样,她从里到外把父母的一切都全盘继承了,有时心胸狭窄,精明得有点糊涂,但心地倒也善良,还有一股泼辣劲儿。眼下这行为纯粹是一肚子气鼓起来的。

现在她一边心不在焉地打猪草,一边留心望着前川道的公路,心里盘算她怎样给高加林制造这场难看。她一直脸色阴沉,撅着个嘴,早已经像演员一样进入了角色。

她突然听见背后传来一阵慌乱的脚步声。回过头一看,竟然是大妹子巧珍！这真的是巧珍。她穿一件朴素的印花布衫和一条蓝布裤，脚上是她自己做的布鞋，头发也留成了农村那种普通的“短帽盖”。她一切方面都变成一个农村少妇了，但看起来似乎倒比原来更惹人亲，更漂亮。对于本来就美的人，衣着的质朴更能给人增加美感。巧珍的脸上既没有通常新婚妇女那种特别的幸福光彩，但也看不出不久前那场不幸给她留下的阴影。

“你到这儿干啥来了？”巧英问妹子。

“姐姐，快回！你千万不能这样！人家笑话呀！”巧珍扯住巧英的袖口说。

“什么事笑话我哩？”巧英愚蠢地装出一副惊讶的样子。

“好姐姐哩！巧玲昨晚上跑到我那里，把什么事都给我说了。我昨晚上急得一夜没睡着。今早上，我跑到咱家里，把妈妈数说了一番，她也觉得不该，然后我就来……”

“你真是个受罪鬼！”巧英打断了她的话，一下子恨得牙咬住嘴唇，半天不言语了。过了好一会，她才愤愤地说：“高加林不光辱没了你，把咱们一家人都拿猪尿泡打了，满身的臊气！你能忍了这口气，你忍着！我们可忍受不了！我今儿个非给他小子难看不可！”

“好姐姐哩！他现在也够可怜了，要是墙倒众人推，他往后可怎样活下去呀……”巧珍说着，泪水已经在眼眶里旋转起来。

巧英执拗地把头一拧，说：“你别管！这是我的事！”说着，把手里的筐子往地上一丢，一屁股坐在一块石头上，双手狠狠把膝盖一抱，像一个粗野的男人一样。

巧珍一下子跪在巧英面前，把头抵在姐姐的怀里，哽咽着说：“我给你跪下了！姐姐！我央告你！你不要这样对待加林！不管怎样，我心疼他！你要是这样整治加林，就等于拿刀子捅我的心哩……”

善良的品格和对不幸的妹妹的巨大同情心，使得巧英一下子心软了。她一只手上去抹自己眼里涌出的泪珠，另一只手亲热地摩挲着巧珍的头，说：“珍珍，你不要哭了！姐姐知道你的心！姐姐不了……”她停了半天,突然又叹了一口气说,“我心里知道你最爱他。唉!这坏小子要是早叫公家开除回来就好了……现在可怎办呀?我看得出来,这坏小子实际上心里也是爱你的!说不定他还要你哩,可现在……”

“不!”巧珍抬起泪水斑斑的脸,“这是不可能的,我已经结婚了。再说,我也应该和马拴过一辈子!马拴是好人,对我也好,我已经伤过心了,我再不能伤马拴的心了……”

巧英又长出了一口气,说:“那你回喀。我也就回呀……”说着就站起来拿筐了

巧珍也站起来,问:“你公公在不在家?”

“在哩。怎啦?”巧英问。

“是这样的,我昨晚还听巧玲说,公社可能还要叫咱们学校增加一个教师。加林回来一下子又习惯不了地里的劳动,我想看能不能叫他再教书。马拴是校管委会的,他昨晚上说马店村有他哩,说他一定代表马店村去给公社说。咱村里你公公拿事,我想拉你一块去求求明楼叔,让加林再去教书。你在旁边一定要帮我说话,你是他的儿媳妇,面子比我大……”

巧英惊讶地张开嘴,望着妹妹怔了半天。她一条胳膊挽起筐子,过来用另一条胳膊搂住巧珍的肩头,说:“那咱们回!妹子,你可真有一副菩萨心肠……”

天还没有明时,高加林就赤手空拳悄然地离开了县委大院。他匆匆走过没有人迹的街道,步履踉跄,神态麻木,高挑的个子不像平时那般笔直,背微微地有些驼了,失神的眼睛深陷在眼眶里,没有一点光气,头发也乱蓬蓬的像一团茅草。整个脸上像蒙了一层灰尘,额头上都似乎显出了几条细细的皱纹。漂亮而潇洒的小伙子啊,一下子就好像老了许多岁!

到现在,高加林才感觉到自己像个一无所有的叫花子一般。他感觉到自己孤零零的,前不着村,后不靠店。他不知道自己从什么路

上走来,又向什么路上走去……

当他走到大马河桥上的时候,他一下子有气无力地伏在了桥栏杆上。桥下,清清的大马河在黎明前闪着青幽幽的波光,穿过桥洞,汇入了初秋涨宽了的县河里。县河浑黄的流水平静地绕过城下,流向了看不见的远方。

他手抚着桥栏杆,想起第一次卖馍返回的时候,巧珍就是站在这里等他的;想起在这同一个地方,他不久前又曾狠心地和她断绝了关系……眼下他又在这里了,可是他现在还有什么呢?他幻想的工作和未来在大城市生活的梦想破灭了,黄亚萍又退回到了他生活的远景上;亲爱的刘巧珍被他冷酷地抛弃,现在已和别人结了婚。他真想一纵身从这桥上跳下去!这一切怨谁呢?想来想去,他现在谁也不怨了,反而恨起了自己:他的悲剧是他自己造成的!他为了虚荣而抛弃了生活的原则,落了今天这个下场!他渐渐明白,如果他就这样下去,他躲过了生活的这一次惩罚,也躲不过去下一次惩罚——那时候,他也许就被彻底毁灭了……

严峻的现实生活最能教育人,它使高加林此刻减少了一些狂热,而增强了一些自我反省的力量。他进一步想:假如他跟黄亚萍去了南京,他这一辈子就会真的幸福吗?他能不能就和他幻想的那样在生活中平步青云?亚萍会不会永远爱他?南京比他出色的人谁知有多少,以后根本无法保证她不再去爱其他男人,而把他甩到一边,就像甩张克南一样。可是,如果他和巧珍结了婚,他就敢保证巧珍永远会爱他。他们一辈子在农村生活苦一点,但会活得很幸福的……现在,他把生活中最宝贵的东西轻易地丢弃了!他做了昧良心的事!爸爸和德顺爷的话应验了,他害了别人,也害了自己!他搅乱了许多人的生活,也把自己的生活搅了个一塌糊涂……

黎明不知什么时候已经静悄悄地来临了。县城的灯光先后熄灭,大地万物在一种自然柔和的光亮中脱去了夜的黑衣裳,显出了它们各自的面目。时令已进入初秋,山头和川道里的庄稼、树木,绿色中已夹杂了点点斑黄。

城里已经又开始纷纷攘攘了。一天的生活像往常一样开始了它的节奏。高加林望了一眼罩在蓝色雾霭中的县城,就回过头,穿过桥面,拐进了大马河川道。

他走在庄稼地中间的简易公路上,心里涌起了一种从未体验过的难受。他已经多少次从这条路上走来走去。从这条路上走到城市,又从这条路上走回农村。这短短的十华里土路,对他来说,是多么的漫长!这也象征着他已经走过的生活道路——短暂而曲折!他折一枝柳树梢,一边走,一边轻轻抽打着路边的杂草,心想:他回到村里后,人们会怎样看他呢?他将怎样再开始在那里生活呢?亲爱的巧珍已经不在了!如果有她在,他也就不会像现在这样难受和痛苦了。她那火一样热烈和水一样温柔的爱,会把他所有的苦恼冲洗掉。可是现在……他忍不住一下子站在路上,痛不欲生地张开嘴,想大声嘶叫,又叫不出声来!他两只手疯狂地揪扯着自己的胸脯,外衣上的纽扣"嘣嘣"地一颗颗飞掉了。

早晨的太阳照耀在初秋的原野上,大地立刻展现出了一片斑斓的色彩。庄稼和青草的绿叶上,闪耀着亮晶晶的露珠。脚下的土路潮润润的,不起一点黄尘。高加林在路上摇摇晃晃地走着,走几步就站下,站一会再走……

离村子还有一里路的地方,他听见河对面的山坡上,有一群孩子唧唧喳喳地说话,其中一个男孩子大声喊:"高老师回来啰……"他知道这是他们村的砍柴娃娃,都是他过去的学生。

突然,有一个孩子在对面山坡上唱起了信天游——

哥哥你不成材,
卖了良心才回来……

孩子们都哈哈大笑,唧唧喳喳地跑到沟里去了。

这古老的歌谣,虽然从孩子的口里唱出来,但它那深沉的谴责力量,仍然使高加林感到惊心动魄。他知道,这些孩子是唱给他听的。唉!孩子们都这样厌恶他,村里的大人们就更不用说了。

他走不远,就看见了自己的村子。一片茂密的枣树林掩映着前半个村子;另外半个村子伸在沟口里,他看不见。

他忍不住停下了脚,忧伤地看了一眼他熟悉的家乡。一切都是原来的样子——但对他来说,一切又都不一样了……

就在这时,许多刚下地的村里人,却都从这里那里的庄稼地里钻出来,纷纷向他跑来了。

他不知道这是怎一回事,村里的人们就先后围在了他身边,开始向他问长问短。所有人的话语、表情、眼神,都不含任何恶意和嘲笑,反而都很真诚。大家还七嘴八舌地安慰他哩。

"回来就回来吧,你也不要灰心!"

"天下农民一茬子人哩!逛门外和当干部的总是少数!"

"咱农村苦是苦,也有咱农村的好处哩!旁的不说,吃的都是新鲜东西!"

"慢慢看吧,将来有机会还能出去哩。"

……

亲爱的父老乡亲们!他们在一个人走运的时候,也许对你躲得很远;但当你跌了跤的时候,众人却都伸出自己粗壮的手来帮扶你。他们那伟大的同情心,永远都会给予不幸的人!高加林忍不住热泪盈眶。他一句话也说不出来,只是掏出纸烟,给大家一人散了一根。

庄稼人们问候和安慰了他一番,就都又下地去了。

当高加林再迈步向村子走去的时候,感到身上像吹过了一阵风似的松动了一些。他抬头望着满川厚实的庄稼,望着浓绿笼罩的村庄,对这单纯而又丰富的故乡田地,心中涌起了一种深厚的情感,就像他离开它已经很长时间了,现在才回来……当他从公路上转下来,走到大马河湾的分路口上时,腿猛一下子软得再也走不动了。他很快又想起,他和巧珍第一次相跟着从县城回来时,就是在这个地方分手的——现在他们却永远地分手了。他也想起,当他离开村子去县城参加工作时,巧珍也正是在这个地方送他的。现在他回来了,她是再不会来接他了……他坐在一块石头上,身上像火烧着一般烫热。他用两只手蒙住眼睛,头无力地垂在胸前。他真不知道往后的日子怎么过呀?他嘴里喃喃地说:“亲爱的人!我要是不失去你就好了……”泪水立刻像涌泉一般地从指缝里淌出来了……

好久,高加林才抬起头。他猛然发现,德顺爷爷正蹲在他面前。他不知道德顺爷爷是什么时候蹲在他面前的,他只是静静地蹲着,抽着旱烟锅。

他见他抬起头来,便笑眯眯地说:“你还有眼泪呢?”接着一脸皱纹一下子缩到眼角边,摇了摇那白雪一般的头颅,痛心地说:“娃娃呀,回来劳动这不怕,劳动不下贱!可你把一块金子丢了!巧珍,那可是一块金子啊!”

“爷爷,我心里难过。你先别说这了。我现在也知道,我本来已经得到了金子,但像土圪垯一样扔了。我现在觉得活着实在没意思,真想死……”

“胡说!”德顺爷爷一下子站起来,“你才二十四岁,怎么能有这么些混账想法?如果按你这么说,我早该死了!我,快七十岁的孤老头子了,无儿无女,一辈子光棍一条。但我还天天心里热腾腾的,想多活它几年!别说你还是个嫩娃娃哩!我虽然没有妻室儿女,但觉得活着总还是有意思的。我爱过,也痛苦过;我用这两只手劳动过,种过五谷,栽过树,修过路……这些难道也不是活得有意思吗?——拿你们年轻人的词说叫幸福。幸福!你小子不知道,我把我树上的果子摘了分给村里的娃娃们,我心里可有多……幸福!不是么,你小时候也吃过我的多少果子啊!你小子还不知道,我栽下一拨树,心里就想,我死了,后世人在那树上摘着吃果子,他们就会说,这是以前村里的光棍老汉德顺栽下的……”

德顺老汉大动感情地说着，像是在教导加林，又像是借此机会总结他自己的人生，他像一个热血沸腾的老诗人，又像一个哲学家，那只拿烟锅的、衰老的手在剧烈地抖动着。

高加林一下子站起来了。傲气的高中生虽然研究过国际问题，读过许多本书，知道霍梅尼和巴尼萨德尔，知道里根的中子弹政策，但他没有想到这个满身补丁的老光棍农民，在他对生活失望的时候，给他讲了这么深奥的人生课题。他望着亲爱的德顺爷爷那张老皱脸，一双失去光彩的眼睛里重新飘荡起了两点火星。

德顺爷爷用缀补丁的袖口揩了一下脸上的汗水，说："听说你今上午要回来，我就专门在这里等你，想给你说几句话。你的心可千万不能倒了！你也再不要看不起咱这山乡圪塄了。"他用枯瘦的手指头把四周围的大地山川指了一圈，说，"就是这山，这水，这土地，一代一代养活了我们。没有这土地，世界上就什么也不会有！是的，不会有！只要咱们爱劳动，一切都还会好起来的。再说，而今党的政策也对头了，现在生活一天天往好变。咱农村往后的前程大着哩，屈不了你的才！娃娃，你不要灰心！一个男子汉，不怕跌跤，就怕跌倒了不往起爬，那就变成个死狗了……"

"爷爷，你的话给我开了窍，我会记住的，也会重新好好开始生活的。刚才我在前川碰见庄里的其他人，他们也给我说了不少宽心话。唉，我现在就担心高明楼和刘立本两家人往后会找我的麻烦，另眼看我……"

"啊呀，这你别担心！就是为了这事，我刚才还去明楼家找了他。我和他爸当年是拜把兄弟，我敢指教他哩！我已经把话给他敲明了，叫他再不要捣你的鬼……噢，我倒忘了给你说了！我刚才去明楼家，正碰见巧珍央求明楼，让他去公社做做工作，让你再教书哩！巧珍说得鼻子一把泪一把！明楼当下也应承了。不知为什么，他儿媳妇巧英也帮巧珍说话哩。你不要担心，书教成教不成没什么，好好重新开始活你的人吧……啊，巧珍，多好的娃娃！那心就像金子一样……金子一样啊……”德顺老汉泪水夺眶而出,顿时哽咽得说不下去了。高加林一下子扑倒在德顺爷爷的脚下,两只手紧紧抓着两把黄土,沉痛地呻吟着,喊叫了一声:

“我的亲人哪……”

平凡的世界

（节选：贫穷的学生时代）

路　遥

一九七五年二三月间，一个平平常常的日子，细蒙蒙的雨丝夹着一星半点的雪花，正纷纷淋淋地向大地飘洒着。时令已快到惊蛰，雪当然再不会存留，往往还没等落地，就已经消失得无踪无影了。黄土高原严寒而漫长的冬天看来就要过去，但那真正温暖的春天还远远地没有到来。

在这样雨雪交加的日子里，如果没有什么紧要事，人们宁愿一整天足不出户。因此，县城的大街小巷倒也比平时少了许多嘈杂，街巷背阴的地方，冬天残留的积雪和冰溜子正在雨点的敲击下蚀化，石板街上到处都漫流着肮脏的污水。风依然是寒冷的。空荡荡的街道上，有时会偶尔走过来一个乡下人，破毡帽护着脑门，胳膊上挽一筐子土豆或萝卜，有气无力地呼唤着买主。唉，城市在这样的日子里完全丧失了生气，变得没有一点可爱之处了。

只有在半山腰县立高中的大院坝里，此刻却自有一番热闹景象。午饭铃声刚刚响过，从一排排高低错落的石窑洞里，就跑出来了一群一伙的男男女女。他们把碗筷敲得震天价响，踏泥带水、叫叫嚷嚷地跑过院坝，向南面总务处那一排窑洞的墙根下蜂拥而去。偌大一个院子，霎时就被这纷乱的人群踩踏成了一片烂泥滩。与此同时，那些家在本城的走读生们，也正三三两两涌出东面学校的大门。他们撑着雨伞，一路说说笑笑，通过一段早年间用横石片插起的长长的下坡路,不多时便纷纷消失在城市的大街小巷中。

在校园内的南墙根下,现在已经按班级排起了十几路纵队。各班的值日生正在忙碌地给众人分饭菜。每个人的饭菜都是昨天登记好并付了饭票的,因此程序并不复杂,现在值日生只是按饭表付给每人预订的一份。菜分甲、乙、丙三等。甲菜以土豆、白菜、粉条为主,里面有些叫人嘴馋的大肉片,每份三毛钱;乙菜其他内容和甲菜一样,只是没有肉,每份一毛五分钱。丙菜可就差远了,清水煮白萝卜——似乎只是为了掩饰这过分的清淡,才在里面象征性地漂了几点辣子油花。不过,这菜价钱倒也便宜,每份五分钱。

各班的甲菜只是在小脸盆里盛一点,看来吃得起肉菜的学生没有几个。丙菜也用小脸盆盛一点,说明吃这种下等伙食的人也没有多少。只有乙菜各班都用烧瓷大脚盆盛着,海海漫漫的,显然大部分人都吃这种既不奢侈也不寒酸的菜。主食也分三等:白面馍、玉米面馍,高粱面馍。白、黄、黑,颜色就表明了一种差别;学生们戏称欧洲、亚洲、非洲。

从排队的这一片黑压压的人群看来,他们大部分都来自农村,脸上和身上或多或少都留有体力劳动的痕迹。除过个把人的衣装和他们的农民家长一样土气外,这些已被自己的父辈看作是“先生”的人,穿戴都还算体面。贫困山区的农民尽管眼下大都少吃缺穿,但孩子既然到大地方去念书,家长们就是咬着牙关省吃节用,也要给他们做几件见人衣裳。当然,这队伍里看来也有个把光景好的农家子弟,那穿戴已经和城里干部们的子弟没什么差别,而且胳膊腕上往往还撑一块明晃晃的手表。有些这样的“洋人”就站在大众之间,如同鹤立鸡群,毫不掩饰自己的优越感。他们排在非凡的甲菜盆后面,虽然人数寥寥无几,但却特别惹眼。

在整个荒凉而贫瘠的黄土高原,一个县的县立高中,就算是本县的最高学府吧,也无论如何不可能给学生们盖一座餐厅。天好天坏,大家都是露天就餐。好在这些青年都来自山乡圪崂,谁没在野山野地里吃过饭呢？因此大家也并不在乎这种事。通常天气好的时候，大家都各自和要好的同学蹲成一圈，说着笑着就把饭吃完了。

今天可不行。所有打了饭菜的人都用草帽或胳膊肘护着碗，趔趔趄趄穿过烂泥塘般的院坝，跑回自己的宿舍去了。不大一会工夫，饭场上就稀稀落落的没有几个人了。大部分班级的值日生也都先后走了。

现在，只有高一(1)班的值日生一个人留在空无人迹的饭场上。这是一位矮矮胖胖的女生，大概是小时候得过小儿麻痹一类的病，留下了痼疾，因此行走有点瘸跛。她面前的三个菜盆里已经没有了菜，馍筐里也只剩了四个焦黑的高粱面馍。看来这几个黑家伙不是值日生本人的，因为她自己手里拿着一个白面馍和一个玉米面馍，碗里也像是乙菜。这说明跛女子算得上中等人家。她端着自己的饭菜，满脸不高兴地立在房檐下，显然是等待最后一个姗姗来迟者——我们可以想来这必定是一个穷小子，他不仅吃这最差的主食，而且连五分钱的丙菜也买不起一份啊！

雨中的雪花陡然间增多了，远远近近愈加变得模模糊糊。城市寂静无声。隐约地听见很远的地方传来一声公鸡的啼鸣，给这灰蒙蒙的天地间平添了一丝睡梦般的阴郁。

就在这时候，在空旷的院坝的北头，走过来一个瘦高个的青年人。他胳膊窝里夹着一只碗，缩着脖子在泥地里蹒跚而行。小伙子脸色黄瘦，而且两颊有点塌陷，显得鼻子像希腊人一样又高又直。脸上看来才刚刚褪掉少年的稚气——显然由于营养不良，还没有焕发出他这种年龄所特有的那种青春光彩。

他撩开两条瘦长的腿，扑踏扑踏地踩着泥水走着。这也许就是那几个黑面馍的主人？看他那一身可怜的穿戴想必也只能吃这种伙食。瞧吧，他那身衣服尽管式样裁剪得勉强还算是学生装，但分明是自家织出的那种老土粗布，而且黑颜料染得很不均匀，给人一种肮肮脏脏的感觉。脚上的一双旧黄胶鞋已经没有了鞋带，凑合着系两根白线绳;一只鞋帮上甚至还缀补着一块蓝布补丁。裤子显然是前两年缝的,人长布缩,现在已经短窄得吊在了半腿把上;幸亏袜腰高,否则就要露肉了。(可是除过他自己,谁又能知道,他那两只线袜子早已经没有了后跟,只是由于鞋的遮掩,才使人觉得那袜子是完好无缺的。)

他径直向饭场走过来了。现在可以断定,他就是来拿这几个黑面馍的。跛女子在他未到馍筐之前,就早已经迫不及待地端着自己的饭碗一瘸一跛地离开了。

他独个儿来到馍筐前,先怔了一下,然后便弯腰拾了两个高粱面馍。筐里还剩两个,不知他为什么没有拿。

他直起身子来,眼睛不由得朝三只空荡荡的菜盆里瞥了一眼。他瞧见乙菜盆的底子上还有一点残汤剩水。房上的檐水滴答下来,盆底上的菜汤四处飞溅。他扭头瞧了瞧:雨雪迷蒙的大院坝里空无一人。他很快蹲下来,慌得如同偷窃一般,用勺子把盆底上混合着雨水的剩菜汤往自己的碗里舀。铁勺刮盆底的嘶啦声像炸弹的爆炸声一样令人惊心。血涌上了他黄瘦的脸。一滴很大的檐水落在盆底,溅了他一脸菜汤。他闭住眼,紧接着,就见两颗泪珠慢慢地从脸颊上滑落了下来——唉,我们姑且就认为这是他眼中溅进了辣子汤吧!

他站起来,用手抹了一把脸,端着半碗剩菜汤,来到西南拐角处的开水房前,在水房后墙上伸出来的管子上给菜汤里搀了一些开水,然后把高粱面馍掰碎泡进去,就蹲在房檐下狼吞虎咽地吃起来。

他突然停止了咀嚼,然后看着一位女生来到馍筐前,把剩下的那两个黑面馍拿走了。是的,她也来了。他望着她离去的、穿破衣裳的背影,怔了好一会。

这几乎成了一个惯例:自从开学以来,每次吃饭的时候,班上总是他两个最后来,默默地各自拿走自己的两个黑高粱面馍。这并不是约定的,他们实际上还并不熟悉,甚至连一句话也没说过。他们都是刚刚从各公社中学毕业后,被推荐来县城上高中的。开学没有多少天，班上大部分同学相互之间除过和同村同校来的同学熟悉外，生人之间还没有什么交往。

他蹲在房檐下，一边往嘴里扒拉饭，一边在心里猜测：她之所以也常常最后来取饭，原因大概和他一样。是的，正是因为贫穷，因为吃不起好饭，因为年轻而敏感的自尊心，才使他们躲避公众的目光来悄然地取走自己那两个不体面的黑家伙，以免遭受许多无言的耻笑！

但他对她的一切毫无所知。因为班上一天点一次名，他现在只知道她的名字叫郝红梅。

她大概也只知道他的名字叫孙少平吧？

哦,香雪!

铁　凝

如果不是有人发明了火车,如果不是有人把铁轨铺进深山,你怎么也不会发现台儿沟这个小村。它和它的十几户乡亲,一心一意掩藏在大山那深深的皱褶里,从春到夏,从秋到冬,默默地接受着大山任意给予的温存和粗暴。

然而,两根纤细、闪亮的铁轨延伸过来了。它勇敢地盘旋在山腰,又悄悄地试探着前进,弯弯曲曲,曲曲弯弯,终于绕到台儿沟脚下,然后钻进幽暗的隧道,冲向又一道山梁,朝着神秘的远方奔去。

不久,这条线正式营运,人们挤在村口,看见那绿色的长龙一路呼啸,挟带着来自山外的陌生、新鲜的清风,擦着台儿沟贫弱的脊背匆匆而过。它走得那样急忙,连车轮碾轧钢轨时发出的声音好像都在说:不停不停,不停不停!是啊,它有什么理由在台儿沟站脚呢?台儿沟有人要出远门吗?山外有人来台儿沟探亲访友吗?还是这里有石油储存?有金矿埋藏?台儿沟,无论从哪方面讲,都不具备挽住火车在它身边留步的力量。

可是,记不清从什么时候起,列车时刻表上,还是多了“台儿沟”这一站。也许乘车的旅客提出过要求,他们中有哪位说话算数的人和台儿沟沾亲;也许是那个快乐的男乘务员发现台儿沟有一群十七、八岁的漂亮姑娘,每逢列车疾驰而过,她们就成帮搭伙地站在村口,翘起下巴,贪婪、专注地仰望着火车。有人朝车厢指点,不时能听见她们由于互相捶打而发出的一两声娇嗔的尖叫；也许什么都不为，就因为台儿沟太小了，小得叫人心疼，就是钢筋铁骨的巨龙在它面前也不能昂首阔步，也不能不停下来。总之，台儿沟上了列车时刻表，每晚七点钟，由首都方向开往山西的这列火车在这里停留一分钟。

这短暂的一分钟，搅乱了台儿沟以往的宁静。从前，台儿沟人历来是吃过晚饭就钻被窝，他们仿佛是在同一时刻听到大山无声的命令。于是，台儿沟那一小片石头房子在同一时刻忽然完全静止了，静得那样深沉、真切，好像在默默地向大山诉说着自己的虔诚。如今，台儿沟的姑娘们刚把晚饭端上桌就慌了神，她们心不在焉地胡乱吃几口，扔下碗就开始梳妆打扮。她们洗净蒙受了一天的黄土、风尘，露出粗糙、红润的面色，把头发梳的乌亮，然后就比赛着穿出最好的衣裳。有人换上过年时才穿的新鞋，有人还悄悄地往脸上涂点胭脂。尽管火车到站时已经天黑，她们还是按照自己的心思，刻意斟酌着服饰和容貌。然后，她们就朝村口，朝火车经过的地方跑去。香雪总是第一个出门，隔壁的凤娇第二个就跟了出来。

七点钟，火车喘息着向台儿沟滑过来，接着一阵空哐乱响，车身震颤一下，才停住不动了。姑娘们心跳着涌上前去，像看电影一样，挨着窗口观望。只有香雪躲在后边，双手紧紧捂着耳朵。看火车，她跑在最前边，火车来了，她却缩到最后去了。她有点害怕它那巨大的车头，车头那么雄壮地吐着白雾，仿佛一口气就能把台儿沟吸进肚里。它那撼天动地的轰鸣也叫她感到恐惧。在它跟前，她简直像一叶没根的小草。

“香雪，过来呀，看！”凤娇拉过香雪向一个妇女头上指，她指的是那个妇女头上别着的那一排金圈圈。

“怎么我看不见？”香雪微微眯着眼睛。

“就是靠里边那个，那个大圆脸。看，还有手表哪，比指甲盖还小哩！”凤娇又有了新发现。

香雪不言不语地点着头，她终于看见了妇女头上的金圈圈和她腕上比指甲盖还要小的手表。但她也很快就发现了别的。“皮书包!”她指着行李架上一只普通的棕色人造革学生书包,就是那种连小城市都随处可见的学生书包。

尽管姑娘们对香雪的发现总是不感兴趣,但她们还是围了上来。

“哟,我的妈呀! 你踩着我的脚啦!”凤娇一声尖叫,埋怨着挤上来的一位姑娘。她老是爱一惊一乍的。

“你咋呼什么呀,是想叫那个小白脸和你搭话了吧?”被埋怨的姑娘也不示弱。

“我撕了你的嘴!”凤娇骂着,眼睛却不由自主地朝第三节车厢的车门望去。

那个白白净净的年轻乘务员真下车来了。他身材高大,头发乌黑,说一口漂亮的北京话。也许因为这点,姑娘们私下里都叫他“北京话”。“北京话”双手抱住胳膊肘,和她们站得不远不近地说:“喂,我说小姑娘们,别扒窗户,危险!”

“哟,我们小,你就老了吗?”大胆的凤娇回敬了一句。

姑娘们一阵大笑,不知谁还把凤娇往前一搡,弄得她差点撞在他身上,这一来反倒更壮了凤娇的胆,“喂,你们老待在车上不头晕?”她又问。

“房顶子上那个大刀片似的,那是干什么用的?”又一个姑娘问。她指的是车厢里的电扇。

“烧水在哪儿?”

“开到没路的地方怎么办?”

“你们城市里人一天吃几顿饭?”香雪也紧跟在姑娘们后面小声问了一句。

“真没治!”“北京话”陷在姑娘们的包围圈里,不知所措地嘟囔着。

快开车了,她们才让出一条路,放他走。他一边看表,一边朝车门跑去,跑到门口,又扭头对她们说:“下次吧,下次告诉你们!”他的两条长腿灵巧地向上一跨就上了车，接着一阵叽里哐啷，绿色的车门就在姑娘门面前沉重地合上了。列车一头扎进黑暗，把她们撇在冰冷的铁轨旁边。很久，她们还能感觉到它那越来越轻的震颤。

一切又恢复了寂静，静得叫人惆怅。姑娘们走回家去，路上总要为一点小事争论不休：

“谁知道别在头上的金圈圈是几个？”

“八个。”

“九个。”

“不是！”

“就是！”

“凤娇你说哪？”

“她呀，还在想‘北京话’哪！”有人开起了凤娇的玩笑。

“去你的，谁说谁就想。”凤娇说着捏了一下香雪的手，意思是叫香雪帮腔。

香雪没说话，慌得脸都红了。她才十七岁，还没学会怎样在这种事上给人家帮腔。

“他的脸多白呀！”那个姑娘还在逗凤娇。

“白？还不是在那大绿屋里捂的。叫他到咱台儿沟住几天试试。”有人在黑影里说。

“可不，城里人就靠捂。要论白，叫他们和咱们香雪比比。咱们香雪，天生一副好皮子，再照火车那些闺女的样儿，把头发烫成弯弯绕，啧啧！‘真没治’！凤娇姐，你说是不是？”

凤娇不接茬儿，松开了香雪的手。好像姑娘们真的在贬低她的什么人一样，她心里真有点替他抱不平呢！不知怎么的，她认定他的脸绝不是捂白的，那是天生。

香雪又悄悄把手送到凤娇手心里，她示意凤娇握住她的手，仿佛请求凤娇的宽恕，仿佛是她使凤娇受了委屈。

“凤娇，你哑巴啦？”还是那个姑娘。

“谁哑巴啦！谁像你们,专看人家脸黑脸白。你们喜欢,你们可跟上人家走啊!”凤娇的嘴巴很硬。

“我们不配!”

“你担保人家没有相好的?”

……

不管在路上吵得怎样厉害,分手时大家还是十分友好的,因为一个叫人兴奋的念头又在她们心中升起:明天,火车还要经过,她们还会有一个美妙的一分钟。和它相比,闹点小别扭还算回事吗?

哦,五彩缤纷的一分钟,你饱含着台儿沟的姑娘们多少喜怒哀乐!

日久天长,这五彩缤纷的一分钟,竟变得更加五彩缤纷起来,就在这个一分钟里,她们开始挎上装满核桃、鸡蛋、大枣的长方形柳条篮子,站在车窗下,抓紧时间跟旅客和和气气地做买卖。她们踮着脚尖,双臂伸得直直的,把整筐的鸡蛋、红枣举上窗口,换回台儿沟少见的挂面、火柴,以及属于姑娘们自己的发卡、香皂。有时,有人还会冒着回家挨骂的风险,换回花色繁多的纱巾和能松能紧的尼龙袜。

凤娇好像是大家有意分配给那个“北京话”的,每次都是她提着篮子去找他。她和他做买卖故意磨磨蹭蹭,车快开时才把整篮的鸡蛋塞给他。要是他先把鸡蛋拿走,下次见面时再付钱,那就更够意思了。如果他给她捎回一捆挂面、两条纱巾,凤娇就一定抽出一斤挂面还给他。她觉得,只有这样才对得起和他的交往,她愿意这种交往和一般的做买卖有区别。有时她也想起姑娘们的话:“你担保人家没有相好的?”其实,有没有相好的不关凤娇的事,她又没想过跟他走。可她愿意对他好,难道非得是相好的才能这么做吗?

香雪平时话不多,胆子又小,但做起买卖却是姑娘中最顺利的一个。旅客们爱买她的货,因为她是那么信任地瞧着你,那洁如水晶的眼睛告诉你,站在车窗下的这个女孩子还不知道什么叫受骗。她还不知道怎么讲价钱,只说:“你看着给吧。”你望着她那洁净得仿佛一分钟前才诞生的面孔，望着她那柔软得宛若红缎子似的嘴唇，心中会升起一种美好的感情。你不忍心跟这样的小姑娘耍滑头，在她面前，再爱计较的人也会变得慷慨大度。

有时她也抓空儿向他们打听外面的事，打听北京的大学要不要台儿沟人，打听什么叫“配乐诗朗诵”（那是她偶然在同桌的一本书上看到的）。有一回她向一位戴眼镜的中年妇女打听能自动开关的铅笔盒，还问到它的价钱。谁知没等人家回话，车已经开动了。她追着它跑了好远，当秋风和车轮的呼啸一同在她耳边鸣响时，她才停下脚步意识到，自己的行为是多么可笑啊！

火车眨眼间就无影无踪了。姑娘们围住香雪，当她们知道她追火车的原因后，便觉得好笑起来。

“傻丫头！”

“值不当的！”

她们像长者那样拍着她的肩膀。

“就怪我磨蹭，问慢了。”香雪可不认为这是一件值不当的事，她只是埋怨自己没抓紧时间。

“咳，你问什么不行呀！”凤娇替香雪挎起篮子说。

“谁叫咱们香雪是学生呢！”也有人替香雪分辩。

也许就因为香雪是学生吧，是台儿沟唯一考上初中的人。

台儿沟没有学校，香雪每天上学要到十五里以外的公社。尽管不爱说话是她的天性，但和台儿沟的姐妹们总是有话可说的。公社中学可就没那么多姐妹了，虽然女同学不少，但她们的言谈举止，一个眼神，一声轻轻地笑，好像都是为了叫香雪意识到，她是小地方来的，穷地方来的。她们故意一遍又一遍地问她：“你们那儿一天吃几顿饭？”她不明白她们的用意，每次都认真的回答：“两顿。”然后又友好地瞧着她们反问道：“你们呢？”

“三顿！”她们每次都理直气壮地回答。之后，又对香雪在这方面的迟钝感到说不出的怜悯和气恼。

“你上学怎么不带铅笔盒呀?”她们又问。

“那不是吗?”香雪指指桌角。

其实,她们早知道桌角那只小木盒就是香雪的铅笔盒,但她们还是做出吃惊的样子。每到这时,香雪的同桌就把自己那只宽大的泡沫塑料铅笔盒摆弄得哒哒乱响。这是一只可以自动合上的铅笔盒,很久以后,香雪才知道它所以能自动合上,是因为铅笔盒里包藏着一块不大不小的吸铁石。香雪的小木盒呢,尽管那是当木匠的父亲为她考上中学特意制作的,它在台儿沟还是独一无二的呢！可在这儿,和同桌的铅笔盒一比,为什么显得那样笨拙、陈旧?它在一阵哒哒声中有几分羞涩地畏缩在桌角上。

香雪的心再也不能平静了,她好像忽然明白了同学对她的再三盘问,明白了台儿沟是多么贫穷。她第一次意识到这是不光彩的,因为贫穷,同学才敢一遍又一遍地盘问她。她盯住同桌那只铅笔盒,猜测它来自遥远的大城市,猜测它的价钱肯定非同寻常。三十个鸡蛋换得来吗?还是四十个、五十个?这时她的心又忽地一沉:怎么想起这些了?娘攒下鸡蛋,不是为了叫她乱打主意啊！可是,为什么那诱人的哒哒声老是在耳边响个没完?

深秋,山风渐渐凛冽了,天也黑得越来越早。但香雪和她的姐妹们对于七点钟的火车,是照等不误的。她们可以穿起花棉袄了,凤娇头上别起了淡粉色的有机玻璃发卡,有些姑娘的辫梢还缠上了夹丝橡皮筋。那是她们用鸡蛋、核桃从火车上换来的。她们仿照火车上那些城里姑娘的样子把自己武装起来,整齐地排列在铁路旁,像是等待欢迎远方的贵宾,又像是准备着接受检阅。

火车停了,发出一阵沉重的叹息,像是在抱怨着台儿沟的寒冷。今天,它对台儿沟表现了少有的冷漠。车窗全部紧闭着,旅客在黄昏的灯光下喝茶、看报,没有人向窗外瞥一眼。那些眼熟的、常跑这条线的人们,似乎也忘记了台儿沟的姑娘。

凤娇照例跑到第三节车厢去找她的“北京话”,香雪系紧头上的紫红色线围巾，把臂弯里的篮子换了换手，也顺着车身不停地跑着。她尽量高高地踮起脚尖，希望车厢里的人能看见她的脸。车上一直没有人发现她，她却在一张堆满食品的小桌上，发现了渴望已久的东西。它的出现，使她再也不想往前走了，她放下篮子，心跳着，双手紧紧扒住窗框，认清了那真是一只铅笔盒，一只装有吸铁石的自动铅笔盒。它和她离得那样近，如果不是隔着玻璃，她一伸手就可以摸到。

一位中年女乘务员走过来拉开了香雪。香雪挎起篮子站在远处继续观察。当她断定它属于靠窗的那位女学生模样的姑娘时，就果断地跑过去敲起了玻璃。女学生转过脸来，看见香雪臂弯里的篮子，抱歉地冲她摆了摆手，并没有打开车窗的意思。不知怎么地她就朝车门跑去，当她在门口站定时，还一把扒住了扶手。如果说跑的时候她还有点犹豫，那么从车厢里送出来的一阵阵温馨的、火车特有的气息却坚定了她的信心，她学着“北京话”的样子，轻巧地跃上了踏板。她打算以最快的速度跑进车厢，以最快的速度用鸡蛋换回铅笔盒。也许，她所以能够在几秒钟内就决定上车，正是因为她拥有那么多鸡蛋吧，那是四十个。

香雪终于站在火车上了。她挽紧篮子，小心地朝车厢迈出了第一步。这时，车身忽然悸动了一下，接着，车门被人关上了。当她意识到眼前发生了什么事时，列车已经缓缓地向台儿沟告别了。香雪扑在车门上，看见凤娇的脸在车下一晃。看来这不是梦，一切都是真的，她确实离开姐妹们，站在这既熟悉又陌生的火车上了。她拍打着玻璃，冲凤娇叫喊：“凤娇！我怎么办呀，我可怎么办呀！”

列车无情地载着香雪一路飞奔，台儿沟刹那间就被抛在后面了。下一站叫西山口，西山口离台儿沟三十里。

三十里，对于火车、汽车真的不算什么，西山口在旅客们闲聊之中就到了。这里上车的人不少，下车的只有一位旅客，那就是香雪，她胳膊上少了那只篮子，她把它塞到那个女学生座位下面了。

在车上，当她红着脸告诉女学生，想用鸡蛋和她换铅笔盒时，女学生不知怎么地也红了脸。她一定要把铅笔盒送给香雪,还说她住在学校吃食堂,鸡蛋带回去也没法吃。她怕香雪不信,又指了指胸前的校徽,上面果真有“矿冶学院”几个字。香雪却觉着她在哄她,难道除了学校她就没家吗?香雪一面摆弄着铅笔盒,一面想着主意。台儿沟再穷,她也从没白拿过别人的东西。就在火车停顿前发出的几秒钟的震颤里,香雪还是猛然把篮子塞到女学生的座位下面,迅速离开了。

车上,旅客们曾劝她在西山口住一夜再回台儿沟。热情的“北京话”还告诉她,他爱人有个亲戚就住在站上。香雪并没有住,更不打算去找“北京话”的什么亲戚,他的话倒更使她感到了委屈,她替凤娇委屈,替台儿沟委屈。她只是一心一意地想:赶快走回去,明天理直气壮地去上学,理直气壮地打开书包,把“它”摆在桌上。车上的人既不了解火车的呼啸曾经怎样叫她像只受惊的小鹿那样不知所措,更不了解山里的女孩子在大山和黑夜面前到底有多大本事。

列车很快就从西山口车站消失了,留给她的又是一片空旷。一阵寒风扑来,吸吮着她单薄的身体。她把滑到肩上的围巾紧裹在头上,缩起身子在铁轨上坐了下来。香雪感受过各种各样的害怕,小时候她怕头发,身上粘着一根头发择不下来,她会急得哭起来;长大了她怕晚上一个人到院子里去,怕毛毛虫,怕被人胳肢(凤娇最爱和她来这一手)。现在她害怕这陌生的西山口,害怕四周黑幽幽的大山,害怕叫人心跳的寂静,当风吹响近处的小树林时,她又害怕小树林发出的窸窸窣窣的声音。三十里,一路走回去,该路过多少大大小小的林子啊!

一轮满月升起来了,照亮了寂静的山谷,灰白的小路,照亮了秋日的败草,粗糙的树干,还有一丛丛荆棘、怪石,还有漫山遍野那树的队伍,还有香雪手中那只闪闪发光的小盒子。

她这才想到把它举起来仔细端详。她想,为什么坐了一路火车,竟没有拿出来好好看看?现在,在皎洁的月光下,她才看清了它是淡绿色的，盒盖上有两朵洁白的马蹄莲。她小心地把它打开，又学着同桌的样子轻轻一拍盒盖，“哒”的一声，它便合得严严实实。她又打开盒盖，觉得应该立刻装点东西进去。她从兜里摸出一只盛擦脸油的小盒放进去，又合上了盖子。只有这时，她才觉得这铅笔盒真属于她了，真的。她又想到了明天，明天上学时，她多么盼望她们会再三盘问她啊！

她站了起来，忽然感到心里很满意，风也柔和了许多。她发现月亮是这样明净。群山被月光笼罩着，像母亲庄严、神圣的胸脯；那秋风吹干的一树树核桃叶，卷起来像一树树金铃铛，她第一次听清它们在夜晚，在风的怂恿下“哗啷啷”地歌唱。她不再害怕了，在枕木上跨着大步，一直朝前走去。大山原来是这样的！月亮原来是这样的！核桃树原来是这样的！香雪走着，就像第一次认出养育她长大成人的山谷。台儿沟呢？不知怎么的，她加快了脚步。她急着见到它，就像从来没有见过它那样觉得新奇。台儿沟一定会是“这样的”：那时台儿沟的姑娘不再央求别人，也用不着回答人家的再三盘问。火车上的漂亮小伙子都会求上门来，火车也会停得久一些，也许三分、四分，也许十分、八分。它会向台儿沟打开所有的门窗，要是再碰上今晚这种情况，谁都能从从容容地下车。

今晚台儿沟发生了什么事？对了，火车拉走了香雪，为什么现在她像闹着玩儿似的去回忆呢？四十个鸡蛋没有了，娘会怎么说呢？爹不是盼望每天都有人家娶媳妇、聘闺女吗？那时他才有干不完的活儿，他才能光着红铜似的脊梁，不分昼夜地打出那些躺柜、碗橱、板箱，挣回香雪的学费。想到这儿，香雪站住了，月光好像也黯淡下来，脚下的枕木变成一片模糊。回去怎么说？她环视群山，群山沉默着，她又朝着近处的杨树林张望，杨树林窸窸窣窣地响着，并不真心告诉她应该怎么做。是哪来的流水声？她寻找着，发现离铁轨几米远的地方，有一道浅浅的小溪。她走下铁轨，在小溪旁边蹲了下来。她想起小时候有一回和凤娇在河边洗衣裳，碰见一个换芝麻糖的老头。

凤娇劝香雪拿一件旧汗褂换几块糖吃,还教她对娘说,那件衣裳不小心叫河水给冲走了。香雪很想吃芝麻糖,可她到底没换。她还记得,那老头真心实意等了她半天呢。为什么她会想起这件小事?也许现在应该骗娘吧,因为芝麻糖怎么也不能和铅笔盒的重要性相比。她要告诉娘,这是一个宝盒子,谁用上它,就能一切顺心如意,就能上大学、坐上火车到处跑,就能要什么有什么,就再也不会被人盘问她们每天吃几顿饭了。娘会相信的,因为香雪从来不骗人。

小溪的歌唱高昂起来了,它欢腾着向前奔跑,撞击着水中的石块,不时溅起一朵小小的浪花。香雪也要赶路了,她捧起溪水洗了把脸,又用沾着水的手抿光被风吹乱的头发。水很凉,但她觉得很精神。她告别了小溪,又回到了长长的铁路上。

前边又是什么?是隧道,它愣在那里,就像大山的一只黑眼睛。香雪又站住了,但她没有返回去,她想到怀里的铅笔盒,想到同学们惊羡的目光,那些目光好像就在隧道里闪烁。她弯腰拔下一根枯草,将草茎插在小辫里。娘告诉她,这样可以"避邪"。然后她就朝隧道跑去。确切地说,是冲去。

香雪越走越热了,她解下围巾,把它搭在脖子上。她走出了多少里?不知道。尽管草丛里的"纺织娘"、"油葫芦"总在鸣叫着提醒她。台儿沟在哪儿?她向前望去,她看见迎面有一颗颗黑点在铁轨上蠕动。再近一些她才看清,那是人,是迎着她走过来的人群。第一个是凤娇,凤娇身后是台儿沟的姐妹们。

香雪想快点跑过去,但腿为什么变得异常沉重?她站在枕木上,回头望着笔直的铁轨,铁轨在月亮的照耀下泛着清淡的光,它冷静地记载着香雪的路程。她忽然觉得心头一紧,不知怎么地就哭了起来,那是欢乐的泪水,满足的泪水。面对严峻而又温厚的大山,她心中升起一种从未有过的骄傲。她用手背抹净眼泪,拿下插在辫子里的那根草棍儿,然后举起铅笔盒,迎着对面的人群跑去。

山谷里突然爆发了姑娘们欢乐的呐喊,她们叫着香雪的名字,声音是那样奔放、热烈;她们笑着,笑得是那样不加掩饰、无所顾忌。古老的群山终于被感动得战栗了,它发出洪亮低沉的回音,和她们共同欢呼着。

哦,香雪! 香雪!

我的遥远的清平湾

史铁生

北方的黄牛一般分为蒙古牛和华北牛。华北牛中要数秦川牛和南阳牛最好，个儿大，肩峰很高，劲儿足。华北牛和蒙古牛杂交的牛更漂亮，犄角向前弯去，顶架也厉害，而且皮实、好养。对北方的黄牛，我多少懂一点。这么说吧：现在要是有谁想买牛，我担保能给他挑头好的。看体形，看牙口，看精神儿，这谁都知道。光凭这些也许能挑到一头不坏的，可未必能挑到一头真正的好牛。关键是得看脾气，拿根鞭子，一甩，“嗖”的一声，好牛就会瞪圆了眼睛，左蹦右跳。这样的牛干起活来下死劲，走得欢。疲牛呢？听见鞭子响准是把腰往下一塌，闭一下眼睛，忍了。这样的牛，别要。我插队的时候喂过两年牛，那是在陕北的一个小山村儿——清平湾。

我们那个地方虽然也还算是黄土高原，却只有黄土，见不到真正的平坦的塬地了。由于洪水年年吞噬，塬地总在塌方，顺着沟、渠、小河，流进了黄河。从洛川再往北，全是一座座黄的山峁或一道道黄的山梁，绵延不断。树很少，少到哪座山上有几棵什么树，老乡们都记得清清楚楚；只有打新窑或是做棺木的时候，才放倒一两棵。碗口粗的柏树就稀罕得不得了。要是谁能做上一口薄柏木板的棺材，大伙儿就都佩服，方圆几十里内都会传开。

在山上拦牛的时候，我常想，要是那一座座黄土山都是谷堆、麦垛，山坡上的胡蒿和沟壑里的狼牙刺都是柏树林，就好了。和我一起拦牛的老汉总是"吸溜吸溜"地抽着旱烟,笑笑说:"那可就一股劲儿吃白馍馍了。老汉儿家、老婆儿家都睡一口好材。"

和我一起拦牛的老汉姓白。陕北话里,"白"发"破"的音,我们都管他叫"破老汉"。也许还因为他穷吧,英语中的"poor"就是"穷"的意思。或者还因为别的:那儿颗零零碎碎的牙,那儿根稀稀拉拉的胡子。尤其是他的嗓子——他爱唱,可嗓子像破锣。傍晚赶着牛回村的时候,最后一缕阳光照在崖畔上,红的。破老汉用镢把挑起一捆柴,扛着,一路走一路唱:"崖畔上开花崖畔上红,受苦人过得好光景……"声音拉得很长,虽不洪亮,但颤巍巍的,悠扬。碰巧了,崖顶上探出两个小脑瓜,竖着耳朵听一阵,跑了:可能是狐狸,也可能是野羊。不过,要想靠打猎为生可不行,野兽很少。我们那地方突出的特点是穷,穷山穷水,"好光景"永远是"受苦人"的一种盼望。天快黑的时候,进山寻野菜的孩子们也都回村了,大的拉着小的,小的扯着更小的,每人的臂弯里都着个小篮儿,装的苦菜、苋菜或者小蒜、蘑菇……孩子们跟在牛群后面,"叽叽嘎嘎"地吵,争抢着把牛粪撮回窑里去。

越是穷地方,农活也越重。春天播种;夏天收麦;秋天玉米、高粱、谷子都熟了,更忙;冬天打坝、修梯田,总不得闲。单说春种吧,往山上送粪全靠人挑。一担粪六七十斤,一早上就得送四五趟;挣两个工分,合六分钱。在北京,才够买两根冰棍儿的。那地方当然没有冰棍儿,在山上干活渴急了,什么水都喝。天不亮,耕地的人们就扛着木犁、赶着牛上山了。太阳出来,已经耕完了几垧地。火红的太阳把牛和人的影子长长地印在山坡上,扶犁的后面跟着撒粪的,撒粪的后头跟着点籽的,点籽的后头是打土坷垃的,一行人慢慢地、有节奏地向前移动,随着那悠长的吆牛声。吆牛声有时疲惫、凄婉,有时又欢快、诙谐,引动一片笑声。那情景几乎使我忘记自己是生活在哪个世纪,默默地想着人类遥远而漫长的历史。人类好像就是这么走过来的。

清明节的时候我病倒了,腰腿疼得厉害。那时只以为是坐骨神经疼,或是腰肌劳损,没想到会发展到现在这么严重。陕北的清明前后爱刮风,天都是黄的。太阳白蒙蒙的。窑洞的窗纸被风沙打得“刷拉拉”响。我一个人躺在土炕上……

那天,队长端来了一碗白馍……

陕北的风俗,清明节家家都蒸白馍,再穷也要蒸几个。白馍被染得红红绿绿的,老乡管那叫“zi chui”。开始我们不知道是哪两个字,也不知道什么意思,跟着叫“紫锤”。后来才知道,是叫“子推”,是为纪念春秋时期一个叫介子推的人的。破老汉说,那是个刚强的人,宁可被人烧死在山里,也不出去做官。我没有考证过,也不知史学家们对此作何评价。反正吃一顿白馍,清平湾的老老少少都很高兴。尤其是孩子们,头好几天就喊着要吃子推馍馍了。春秋距今两千多年了,陕北的文化很古老,就像黄河。譬如,陕北话中有好些很文的字眼:“喊”不说“喊”,要说“呐喊”;香菜,叫芫荽;“骗人”也不说“骗人”,叫作“玄谎”……连最没文化的老婆儿也会用“酝酿”这词儿。开社员会时,黑压压坐了一窑人,小油灯冒着黑烟,四下里闪着烟袋锅的红光。支书念完了文件,喊一声:“不敢睡!大家讨论了一下!”人群中于是息了鼾声,不紧不慢地应着:“酝酿酝酿了再……”这“酝酿”二字使人想到那儿确是革命圣地,老乡们还记得当年的好作风。可在我们插队的那些年里,“酝酿”不过是一种习惯了的口头语罢了。乡亲们说“酝酿”的时候,心里也明白:球是不顶!可支书让发言,大伙总得有个说的。支书也是难,其实那些政策条文早已经定了。最后,支书再喊一声:“同意啊不?”大伙回答:“同意——”然后回窑睡觉。

那天,队长把一碗“子推”放在炕沿上,让我吃。他也坐在炕沿上,“吧嗒吧嗒”地抽烟。“子推”浮头用的是头两茬面,很白,里头都是黑面,麸子全磨了进去。队长看着我吃,不言语。临走时,他吹吹烟锅儿,说:“唉!‘心儿’家不容易,离家远。”“心儿”就是孩子的意思。

队里再开会时，队长提议让我喂牛。社员们都赞成。“年轻后生家，不敢让腰腿作下病，好好价把咱的牛喂上！”老老小小见了我都这么说。在那个地方，担粪、砍柴、挑水、清明磨豆腐、端午做凉粉、出麻油、打窑洞……全靠自己动手。腰腿可是劳动的本钱，唯一能够代替人力的牛简直是宝贝。老乡把喂牛这样的机要工作交给我，我心里很感动，嘴上却说不出什么。农民们不看嘴，看手。

我喂十头，破老汉喂十头，在同一个饲养场上。饲养场建在村子的最高处，一片平地，两排牛棚，三眼堆放草料的破石窑。清平河水整日价“哗哗啦啦”的，水很浅，在村前拐了一个弯，形成了一个水潭。河湾的一边是石崖，另一边是一片开阔的河滩。夏天，村里的孩子们光着屁股在河滩上折腾，往水潭里“扑通扑通”地跳，有时候捉到一只鳖，又笑又嚷，闹翻了天。破老汉坐在饲养场前面的窑顶上看着，一袋接一袋地抽烟。“‘心儿’家不晓得愁。”他说，然后就哑着个嗓子唱起来：“提起那家来，家有名，家住在绥德三十里铺村……”破老汉是绥德人，年轻时打短工来到清平湾，就住下了。绥德出打短工的，出石匠，出说书的，那地方更穷。

绥德还出吹手。农历年夕前后。坐在饲养场上，常能听到那欢乐的唢呐声。那些吹手也有从米脂、佳县来的，但多数是绥德人。他们到处串，随便站在谁家窑前就吹上一阵。如果碰巧那家要娶媳妇，他们就被推去，“呜哩哇啦”地吹一天，吃一天好饭。要是运气不好，吹完了，就只能向人家要一点吃的或钱。或多或少，家家都给，破老汉尤其给得多。他说：“谁也有难下的时候。”原先，他也干过那营生，吃是能吃饱，可是常要受冻，要是没人请，夜里就得住寒窑。“揽工人儿难，哎哟，揽工人儿难；正月里上工十月里满，受的牛马苦，吃的猪狗饭……”他唱着，给牛添草。破老汉一肚子歌。

小时候就知道陕北民歌。到清平湾不久，干活歇下的时候我们就请老乡唱，大伙都说破老汉爱唱，也唱得好。“老汉的日子熬煎咧，人愁了才唱得好山歌。”确实,陕北的民歌多半都有一种忧伤的调子。但是,一唱起来,人就快活了。有时候赶着牛出村,破老汉憋细了嗓子唱《走西口》,“哥哥你走西口,小妹妹也难留,手拉着哥哥的手,送哥到大门口。走路你走大路,再不要走小路,大路上人马多,来回解忧愁……”场院的婆姨、女子们嘻嘻哈哈地冲我嚷:“让老汉儿唱个《光棍哭妻》嘛,老汉儿唱得可美!”破老汉只做没听见,调子一转,唱起了《女儿嫁》:“一更里叮当响,小哥哥进了我的绣房,娘问女孩儿什么响,西北风刮得门闩响嘛哎哟……”往下的歌词就不宜言传了。我和老汉赶着牛走出很远了,还听见婆姨、女子们在场院上骂。老汉冲我眨眨眼,撅一条柳条,赶着牛,唱一路。

破老汉只带着个七八岁的小孙女过。那孩子小名儿叫“留小儿”。两口人的饭常是她做。

把牛赶到山里,正是晌午。太阳把黄土烤得发红,要冒火似的。草丛里不知名的小虫子“吱——吱——”地叫。群山也显得疲乏,无精打采地互相挨靠着。方圆十几里内只有我和破老汉,只有我们的吆牛声。哪儿有泉水,破老汉都知道:几镢头挖成一个小土坑,一会儿坑里就积起了水。细珠子似的小气泡一串串地往上冒,水很小,又凉又甜。“你看下我来,我也看下你……”老汉喝水,抹抹嘴,扯着嗓子又唱一句。不知道他又想起了什么。

夏天拦牛可不轻闲,好草都长在田边,离庄稼很近。我们东奔西跑地吆喝着,骂着。破老汉骂牛就像骂人,爹、娘、八辈祖宗,骂得那么亲热。稍不留神,哪个狡猾的家伙就会偷吃了田苗。最讨厌的是破老汉喂的那头老黑牛,称得上是“老谋深算”。它能把野草和田苗分得一清二楚。它假装吃着田边的草,慢慢接近田苗,低着头,眼睛却溜着我。我看着它的时候,田苗离它再近它也不吃,一副廉洁奉公的样儿;我刚一回头,它就趁机啃倒一棵玉米或高粱,调头便走。我识破了它的诡计,它再接近田苗时,假装不看它,等它确信无虞把舌头伸向禁区之际,我才大吼一声。老家伙趔趔趄趄地后退,既惊慌又愧悔,那样子倒有点可怜。

陕北的牛也是苦,有时候看着它们累得草也不想吃,"呼哧呼哧"喘粗气,身子都跟着晃,我真害怕它们趴架。尤其是当年那些牛争抢着去舔地上渗出的盐碱的时候,真觉得造物主太不公平。我几次想给它们买些盐,但自己嘴又馋,家里寄来的钱都买鸡蛋吃了。

每天晚上,我和破老汉都要在饲养场上待到十一二点,一遍遍给牛添草。草添得要勤,每次不能太多。留小儿跟在老汉身边,寸步不离。她的小手绢里总包两块红薯或一把玉米粒。破老汉用牛吃剩下的草疙节打起一堆火,干的"噼噼啪啪"响,湿的"吱吱"冒烟。火光照亮了饲养场,照着吃草的牛,四周的山显得更高,黑魆魆的。留小儿把红薯或玉米埋在烧尽的草灰里;如果是玉米,就得用树枝拨来拨去,"啪"地一响,爆出了一个玉米花。那是山里娃最好的零嘴儿了。

留小儿没完没了地问我北京的事。"真个是在窑里看电影?""不是窑,是电影院。""前回你说是窑里。""噢,那是电视。一个方匣匣,和电影一样。"她歪着头想,大约想象不出,又问起别的。"啥时想吃肉,就吃?""嗯。""玄谎!""真的。""成天价想吃呢?""那就成天价吃。"这些话她问过好多次了,也知道我怎么回答,但还是问。"你说北京人都不爱吃白肉?"她觉得北京人不爱吃肥肉,很奇怪。她仰着小脸儿,望着天上的星星。北京的神秘,对她来说,不亚于那道银河。

"山里的娃娃什么也解不开。"破老汉说。破老汉是见过世面的,他三七年就入了党,跟队伍一直打到广州。他常常讲起广州:霓虹灯成宿地点着、广州人连蛇也吃、到处是高楼、楼里有电梯……留小儿听得觉也不睡。我说:"城里人也不懂得农村的事呢。""城里人解开个狗吗?"留小儿问,"咯咯"地笑。她指的是我们刚到清平湾的时候,被狗追得满村跑。"学生价连犍牛和生牛也解不开,"留小儿说着去摸摸正在吃草的牛,一边数叨,"红犍牛、猴犍牛、花生牛……爷!老黑牛怕是难活下了,不肯吃!""它老了,熬了。"老汉说。山里的夜晚静极了,只听得见牛吃草的"沙沙"声,蛐蛐叫,有时远处还传来狼嗥。

破老汉有把破胡琴,"吱吱嘎嘎"地拉起来,唱:"一九头上才立冬,阎王领兵下河东,幽州困住杨文广,年太平,金花小姐领大兵……"把历史唱了个颠三倒四。

留小儿最常问的还是天安门。"你常去天安门?""常去。""常能照着毛主席?""哪的来,我从来没见过。""咦?!他就生在天安门上,你去了会照不着?"她大概以为毛主席总站在天安门上,像画上画的那样。有一回她趴在我耳边说:"你冬里回北京把我引上行不?"我说:"就怕你爷爷不让。""你跟他说说嘛,他可相信你说的了。盘缠我有。""你哪儿来的钱?""卖鸡蛋的钱,我爷爷不要,都给了我,让我买褂褂儿的。""多少?""五块!""不够。""嘻——我哄你,看,八块半!"她掏出个小布包,打开,有两张一块的,其余全是一毛、两毛的。那些钱大半是我买了鸡蛋给破老汉的。平时实在是饿得够呛想解解馋,也就是买几个鸡蛋。我怎么跟留小儿说呢?我真想冬天回家时把她带上。可就在那年冬天,我病厉害了。

其实,喂牛没什么难的,用破老汉的话说,只要勤谨,肯操心就行。喂牛,苦不重,就是熬人,夜里得起来好几趟,一年到头睡不成个囫囵觉。冬天,半夜从热被窝里爬出来的滋味可不是好受的。尤其五更天给牛拌料,牛埋下头吃得香,我坐在牛槽边的青石板上能睡好几觉。破老汉在我耳边叨唠:黑市的粮价又涨了,合作社来了花条绒、留小儿的袄烂得露了花……我"哼哼哈哈"地应着,刚梦见全聚德的烤鸭,又忽然掉进了什刹海的冰窟窿,打了个冷战醒了,破老汉还没唠叨完。"要不回窑睡去吧,二次料我给你拌上。"老汉说。天上划过一道亮光,是流星。月亮也躲进了山谷。星星和山峦,不知是谁望着谁,或者谁忘了谁。"这营生不是后生家做的,后生家正是好睡觉的时候。"破老汉说,然后"唉,唉——"地发着感慨。我又迷迷糊糊地入了梦乡。

碰上下雨下雪,我们俩就躲进牛棚。牛棚里尽是粪尿,连打个盹的地方也没有。那时候我的腿和腰就总酸疼。"倒运的天!"破老汉骂,然后对我说,“北京够咋美,偏来这山沟沟里做什么嘛。”“您那时候怎么没留在广州?”我随便问。他抓抓那几根黄胡子,用烟锅儿在烟荷包里不停地剜,瞪着眼睛愣半天,说:“咋!让你把我问着了,我也不晓得咋价日鬼的。”然后又愣半天,似乎回忆着到底是什么原因。“唉,毬毛擀不成个毡,山里人当不成个官。”他说,“我那阵儿要是不回来,这阵儿也住上洋楼了,也把警卫员带上了。山里人憨着咧,只要打罢了仗就回家,哪搭儿也不胜窑里好。毬!要不,我的留小儿这阵儿还愁穿不上个条绒袄儿?”

每回家里给我寄钱来,破老汉总嚷着让我请他抽纸烟。

“行!”我说,“‘牡丹’的怎么样?”“唏——‘黄金叶’的就拔尖了!”“可有个条件,”我凑到他耳边,“得给‘后沟里的’送几根去。”“憨娃娃!”他骂。“后沟里的”指的是住在后沟里的一个寡妇,比破老汉小十九岁,村里人都知道那寡妇对破老汉不错。老汉抽着纸烟,望着远处。我也唱一句:“你看下我来,我也看下你……”递给他几根纸烟,向后沟的方向示意。他不言传,笑眯眯地不知道想了什么。末了,他把几根纸烟装进烟荷包,说:“留小儿大了嫁到北京去呀!”说罢笑笑,知道那是不沾边儿的事。

在后山上拦牛的时候,远远地望着后沟里的那眼土窑洞,我问破老汉:“那婆姨怎么样?”“亮亮妈,人可好。”他说。我问:“那你干吗不跟她过?”“唏——老了老了还……”他打岔,“算了吧!”我说:“那你夜里常往她窑里跑。”我其实是开玩笑。“咦!不敢瞎说!”他装得一本正经。我诈他:“我都看见了,你还不承认!”他不言传了,尴尬地笑着。其实我什么也没看见。

破老汉望着山脚下的那眼窑洞。窑前,亮亮妈正费力地劈着一疙瘩树根;一个男孩子帮着她劈,是亮亮。“我看你就把她娶了吧,她一个人也够难的。再说就有人给你缝衣裳了。”“唉,丢下留小儿谁管?”“一搭里过嘛!”“她的亮亮也娇惯得危险,留小儿要受气呢。后妈总不顶亲的。”“什么后妈,留小儿得管她叫奶奶了。”“还不一样?”

山里没人,我们敞开了说。亮亮家的窑顶上冒起了炊烟。老汉呆呆地望着,一缕蓝色的轻烟在山沟里飘绕。小学校放学的钟声"当当"地敲响了。太阳下山了,收工的人们扛着锄头在暮霭中走。拦羊的也吆喝着羊群回村了,大羊喊,小羊叫"咩咩"地响成一片。老汉还是呆呆地坐着,闷闷地抽烟。他分明是心动了,可又怕对不起留小儿。留小儿的大死得惨,平时谁也不敢向破老汉问起这事。据说,老汉一想起就哭,自己打自己的嘴巴。听说,都是因为破老汉舍不得给大夫多送些礼,把儿子的病给耽误了。其实,送十来斤米或者面就行。那些年月啊!

秋天,在山里拦牛简直是一种享受。庄稼都收完了,地里光秃秃的,山洼、沟掌里的荒草却长得茂盛。把牛往沟里一轰,可以躺在沟门上睡觉;或是把牛赶上山,在山下的路口上坐下,看书。秋山的色彩也不再那么单调:半崖上小灌木的叶子红了,杜梨树的叶子黄了,酸枣棵子缀满了珊瑚珠似的小酸枣……尤其是山坡上绽开了一丛丛野花,淡蓝色的,一丛挨着一丛,雾蒙蒙的。灰色的小田鼠从黄土坷垃后面探头探脑;野鸽子从悬崖上的洞里钻出来,"扑棱棱"飞上天;野鸡"咕咕嘎嘎"地叫,时而出现在崖顶上,时而又钻进了草丛……我很奇怪,生活那么苦,竟然没人逮食这些小动物。也许是因为没有枪,也许是因为这些鸟太小也太少,不过多半还是因为别的。譬如:春天燕子飞来时,家家都把窗户打开,希望燕子到窑里来做窝;很多家窑里都住着一窝燕儿,没人伤害它们。谁要是说燕子的肉也能吃,老乡们就会露出惊讶的神色,瞪你一眼:"咦!燕儿嘛!"仿佛那无异于亵渎了神灵。

种完了麦子,牛就都闲下了,我和破老汉整天在山里拦牛。老汉闲不着,把牛赶到地方,跟我交代几句就不见了。有时忽然见他出现在半崖上,奋力地劈砍着一棵小灌木。吃的难,烧的也难,为了一把柴,常要爬上很高很陡的悬崖。老汉说,过去不是这样,过去人少,山里的好柴砍也砍不完,密密匝匝的,人也钻不进去。老人们最怀恋的是红军刚到陕北的时候，打倒了地主，分了地，单干。“才红了那阵儿，吃也有得吃，烧也有得烧，这咋会儿，做过啦！”老乡们都这么说。真是，“这咋会儿”，迷信活动倒死灰复燃。有一回，传说从黄河东来了神神，有些老乡到十几里外的一个破庙去祷告，许愿。破老汉不去。我问他为什么，他皱着眉头不说，又哼哼起《山丹丹开花红艳艳》。那是才红了那阵儿的歌。过了半天，使劲磕磕烟袋锅，叹了口气：“都是那号婆姨闹的！”“哪号？”我有点明知故问。他用烟袋指指天，摇摇头，撇撇嘴：“那号婆姨，我一照就晓得……”如此算来，破老汉反“四人帮”要比“四五运动”早好几年呢！

在山里，有那些牛做伴，即便剩我一个人，也并不寂寞。我半天半天地看着那些牛，它们的一举一动都意味着什么，我全懂。平时，牛不爱叫，只有奶着犊子的生牛才爱叫。太阳偏西，奶着犊儿的生牛就急着要回村了，你要是不让它回，它就“哞——哞——”地叫个不停，急得团团转，无心再吃草。

有一回，我在山洼洼里，睡着了，醒来太阳已经挨近了山顶。我和破老汉吆起牛回村，忽然发现少了一头。山里常有被雨水冲成的暗洞，牛踩上就会掉下去摔坏。破老汉先也一惊，但马上看明白，说：“没麻搭，它想儿了，回去了。”我才发现，少了的是一头奶犊儿的生牛。离村老远，就听见饲养场上一声声牛叫了，儿一声，娘一声，似乎一天不见，母子间有说不完的贴心话。牛不老在母亲肚子底下一下一下地撞，吃奶，母牛的目光充满了温柔、慈爱，神态那么满足、平静。我喜欢那头母牛，喜欢那只牛不老。我最喜欢的是一头红犍牛，高高的肩峰，腰长腿壮，单套也能拉得动大步犁。红犍牛的犄角长得好，又粗又长，向前弯去；几次碰上邻村的牛群，它都把对方的首领顶得败阵而逃。我总是多给它拌些料，犒劳它。但它不是首领。最讨厌的还是那头老黑牛，不仅老奸巨猾，而且专横跋扈，双套它也会气喘吁吁，却占着首领的位置。遇到外“部落”的首领，它倒也勇敢，但不下两个回合，便跑得比平时都快了。那头老生牛就好，虽然比老黑牛还老,却和蔼得很,再小的牛冲它伸伸脖子,它也会耐心地为之舔毛……和牛在一起,也可谓其乐无穷了,不然怎么办呢?方圆十几里内看不见一个人,全是山。偶尔有拦羊的从山梁上走过,冲我呐喊两声。黑色的山羊在陡峭的岩壁上走,如走平地,远远看去像是悬挂着的棋盘;白色的绵羊走在下边,是白棋子。山沟里有泉水,渴了就喝,热了就脱个精光,洗一通。那生活倒是自由自在,就是常常饿肚子。

破老汉有个弟弟,我就是顶替了他喂牛的。据说那人奸猾,偷牛料;头几年还因为投机倒把坐过县大狱。我倒不觉得那人有多坏,他不过是蒸了白馍跑到几十里外的水站上去卖高价,从中赚出几升玉米、高粱米。白面自家舍不得吃。还说他捉了乌鸦,做熟了当鸡卖,而且白馍里也掺了假。破老汉看不上他弟弟,破老汉佩服的是老老实实的受苦人。

一阵山歌,破老汉担着两捆柴回来了。“饿了吧?”他问我。“我把你的干粮吃了。”我说。“吃得下那号干粮?”他似乎感到快慰,他“哼哼唉唉”地唱着,带我到山背洼里的一棵大杜梨树下。“咋吃!”他说着爬上树去。他那年已经五十六岁了,看上去还要老,可爬起树来却比我强。他站在树上,把一杈杈结满了杜梨的树枝撅下来,扔给我。那果实是古铜色的,小指盖儿大小,上面有黄色的碎斑点,酸极了,倒牙。

老汉坐在树杈上吃,又唱起来:“对面价沟里流河水,横山里下来些游击队……”那是《信天游》。老汉大约又想起了当年。他说他给刘志丹抬过棺材,守过灵。别人说他是吹牛。破老汉有时是好吹吹牛。“牵牛牛开花羊跑春,二月里见罢到如今……”还是《信天游》。我冲他喊:“不是夜来黑喽才见罢吗?”“憨娃娃,你还不赶紧寻个婆姨?操心把‘心儿’耽误下!”他反唇相讥。“‘后沟里的’可会迷男人?”“咦!亮亮妈,人可好!”“这两捆柴,敢是给亮亮妈砍的吧?”“谁情愿要,谁扛去。”这话是真的,老汉穷,可不小气。

有一回我半夜起来去喂牛,借着一缕淡淡的月光,摸进草窑。刚要揽草，忽然从草堆里站起两个人来，吓得我头皮发麻，不禁喊了一声，把那两个人也吓得够呛。一个岁数大些的连忙说："别怕，我们是好人。"破老汉提着个马灯跑了过来，以为是有了狼。那两个人是瞎子说书的，从绥德来。天黑了，就摸进草窑，睡了。破老汉把他们引回自家窑里，端出剩干粮让他们吃。陕北有句民谣："老乡见老乡，两眼泪汪汪。"老汉和两个瞎子长吁短叹，唠了一宿。

第二天晚上，破老汉操持着，全村人出钱请两个瞎子说了一回书。书说得乱七八糟，李玉和也有，姜太公也有，一会是伍子胥一夜白了头，一会又是主席语录。窑顶上，院墙上，磨盘上，坐得全是人，都听得入神。可说的是什么，谁也含糊。人们听的那么个调调儿。陕北的说书实际是唱，弹着三弦儿，哀哀怨怨地唱，如泣如诉，像是村前汩汩而流的清平河水。河水上跳动着月光。满山的高粱、谷子被晚风吹得"沙沙"响，时不时传来一阵响亮的驴叫。破老汉搂着留小儿坐在人堆里，小声跟着唱。亮亮妈带着亮亮坐在窑顶上，穿得齐齐整整。留小儿在老汉怀里睡着了，她本想是听完了书再去饲养场上爆玉米花的，手里攥着那个小手绢包儿。山村里难得热闹那么一回。

我倒宁愿去看牛顶架，那实在也是一项有益的娱乐，给人一种力量的感受，一种拼搏的激励。我对牛打架颇有研究。

二十头牛（主要是那十几头犍牛、公牛）都排了座次，当然不是以姓氏笔画为序，但究竟根据什么，我一开始也糊涂。我喂的那头最壮的红犍牛却敬畏破老汉喂的那头老黑牛。红犍牛正是年轻力壮的时候，肩峰上的肌肉像一座小山，走起路来步履生风，而老黑牛却已显出龙钟老态，也瘦，只剩了一副高大的骨架。然而，老黑牛却是首领。遇上有哪头母牛发了情，老黑牛便几乎不吃不喝地看定在那母牛身旁，绝不允许其他同性接近。我几次怂恿红犍牛向它挑战，然而只要老黑牛晃晃犄角，红犍牛便慌忙躲开。我实在憎恨老黑牛的狂妄、专横，又为红犍牛的怯懦而生气。后来我才知道，牛的排座次是根据每年一度的角斗，谁夺了魁，便在这一年中被尊崇为首领，享有"三宫六院”的特权，即便它在这一年中变得病弱或衰老，其他的牛也仍为它当年的威风所震慑，不敢贸然不恭。习惯势力到处在起作用。可是，一开春就不同了，闲了一冬，十几头犍牛、公牛都积攒了气力，是重新较量、争魁的时候了。“男子汉”们各自权衡了对手和自己的实力，自然地推举出一头（有时是两头）体魄最大、实力最强的新秀，与前冠军进行决赛。那年春天，我的红犍牛处在新秀的位置上，开始对老黑牛有所怠慢了。我悄悄促成它们决斗，把它们引到开阔的河滩上去（否则会有危险）。这事不能让破老汉发觉，否则他会骂。一开始，红犍牛仍有些胆怯，老黑牛尚有余威。但也许是春天的母牛们都显得愈发俊俏吧，红犍牛终于受不住异性的吸引或是轻蔑，“哞——哞——”地叫着向老黑牛挑战了。它们拉开了架势，对峙着，用蹄子刨土，瞪红了眼睛，慢慢地接近，接近……猛地扭打到一起。这时候需要的是力量，是勇气。犄角的形状起很大作用，倘是两支粗长而向前弯去的角，便极有利，左右一晃就会顶到对方的虚弱处，然而，红犍牛和老黑牛都长了这样两支角。这就要比机智了。前冠军毕竟老朽了，过于相信自己的势力和威风，新秀却认真、敏捷。红犍牛占据了有利地形（站在高一些的地方比较有利），逼得老黑牛步步退却，只剩招架之功。红犍牛毫不松懈，瞧准机会把头一低，一晃一冲，顶到了对方的脖子。老黑牛转身败走，红犍牛追上去再给老首领的屁股上加一道失败的标记。第一回合就此结束。这样的较量通常是五局三胜制或九局五胜制。新秀连胜几局，元老便自愿到一旁回忆自己当年的骁勇去了。

为了这事，破老汉阴沉着脸给我看。我笑嘻嘻地递过一根纸烟去。他抽着烟，望着老黑牛屁股上的伤痕，说：“它老了呀！它救过人的命……”

据说，有一年除夕夜里，家家都在窑里喝米酒，吃油馍，破老汉忽然听见牛叫、狼嗥。他想起了一头出生不久的牛不老，赶紧跑到牛棚。好家伙，就见这黑牛把一只狼顶在墙旮旯里，黑牛的脸被狼抓得流着血,但它一动不动,把犄角牢牢地插进了狼的肚子。老汉打死了那只狼,卖了狼皮,全村人抽了一回纸烟。

“不,不是这。”破老汉说,“那一年村里的牛死的死,杀的杀(他没说是哪年),快光了。全凭好歹留下来的这头黑牛和那头老生牛,村里的牛才又多起来。全靠了它,要不全村人倒运吧!”破老汉摸摸老黑牛的犄角。他对它分外敬重。“这牛死了,可不敢吃它的肉,得埋了它。”破老汉说。可是,老黑牛最终还是被人拖到河滩上杀了。那年冬天,老黑牛不小心踩上了山坡上的暗洞,摔断了腿。牛被杀的时候要流泪,是真的。只有破老汉和我没有吃它的肉。那天村里处处飘着肉香。老汉呆坐在老黑牛空荡荡的槽前,只是一个劲抽烟。

我至今还记得这么件事:有天夜里,我几次起来给牛添草,都发现老黑牛站着,不卧下。别的牛都累得早早地卧下睡了,只有它喘着粗气,站着。我以为它病了。走进牛棚,摸摸它的耳朵,这才发现,在它肚皮底下卧着一只牛不老。小牛犊正睡得香,响着均匀的鼾声。牛棚很窄,各有各的“床位”,如果老黑牛卧下,就会把小牛犊压坏。我把小牛犊赶开(它睡的是“自由床位”),老黑牛“扑通”一声卧倒了。它看着我,我看着它。它一定是感激我了,它不知道谁应该感激它。

那年冬天我的腿忽然用不上劲儿了,回到北京不久,两条腿都开始萎缩。

住在医院里的时候,一个从陕北回京探亲的同学来看我,带来了乡亲们捎给我的东西:小米、绿豆、红枣儿、芝麻……我认出了一个小手绢包儿,我知道那里头准是玉米花。那个同学最后从兜里摸出一张十斤的粮票,说是破老汉让他捎给我的。粮票很破,渍透了油污,中间用一条白纸相连。

“我对他说这是陕西省通用的。在北京不能用,破老汉不信,说:‘咦!你们北京就那么高级?我卖了十斤好小米换来的,咋啦不能用?!’我只好带给你。破老汉说你治病时会用得上。”

唔,我记得他儿子的病是怎么耽误了的,他以为北京也和那儿一样。

十年过去了。前年留小儿来了趟北京,她真的自个儿攒够了盘缠!她说这两年农村的生活好多了,能吃饱,一年还能吃好多回肉。她说,黑肉真的还是比白肉好吃些。

“清平河水还流吗?”我糊里巴涂地这样问。

“流哩嘛!”留小儿“咯咯”地笑。

“我那头红犍牛还活着吗?”

“在哩!老下了。”

我想象不出我那头浑身是劲儿的红犍牛老了会是什么样,大概跟老黑牛差不多吧,既专横又慈爱……

留小儿给他爷爷买了把新二胡。自己想买台缝纫机可没买到。

“你爷爷还爱唱吗?”

“一天价瞎唱。”

“还唱《走西口》吗?”

“唱。”

“《揽工调》呢?”

“什么都唱。”

“不是愁了才唱吗?”

“咦?!谁说?”

关于民歌产生的原因,还是请音乐家和美学家们去研究吧。我只是常常记起牛群在土地上舔食那些渗出的盐的情景,于是就又想起破老汉那悠悠的山歌“崖畔上开花崖畔上红,受苦人过得好光景……”如今,“好光景”已不仅仅是“受苦人”的一种盼望了。老汉唱的本也不是崖畔上那一缕残阳的红光,而是长在崖畔上的一种野花,叫山丹丹,红的,年年开。

哦,我的白老汉,我的牛群,我的遥远的清平湾……

棋　王

阿　城

一

车站是乱得不能再乱，成千上万的人都在说话。谁也不去注意那条临时挂起来的大红布标语。这标语大约挂了不少次，字纸都折得有些坏。喇叭里放着一首又一首的语录歌儿，唱得大家心更慌。

我的几个朋友，都已被我送走插队，现在轮到我了，竟没有人来送。父母生前颇有些污点，运动一开始即被打翻死去。家具上都有机关的铝牌编号，于是统统收走，倒也名正言顺。我虽孤身一人，却算不得独子，不在留城政策之内。我野狼似的转悠一年多，终于还是决定要走。此去的地方按月有二十几元工资，我便很向往，争了要去，居然就批准了。因为所去之地与别国相邻，斗争之中除了阶级，尚有国际，出身孬一些，组织上不太放心。我争得这个信任和权利，欢喜是不用说的，更重要的是，每月二十几元，一个人如何用得完？只是没人来送，就有些不耐烦，于是先钻进车厢，想找个地方坐下，任凭站台上千万人话别。

车厢里靠站台一面的窗子已经挤满各校的知青，都探出身去说笑哭泣。另一面的窗子朝南，冬日的阳光斜射进来，冷清清地照在北边儿众多的屁股上。两边儿行李架上塞满了东西。我走动着找我的座位号,却发现还有一个精瘦的学生孤坐着,手笼在袖管儿里,隔窗望着车站南边儿的空车皮。

我的座位恰与他在一个格儿里,是斜对面儿,于是就坐下了,也把手笼在袖里。那个学生瞄了我一下,眼里突然放出光来,问:“下棋吗?”倒吓了我一跳,急忙摆手说:“不会!”他不相信地看着我说:“这么细长的手指头,就是个捏棋子儿的,你肯定会。来一盘吧,我带来家伙呢。”说着就抬身从窗钩上取下书包,往里掏着。我说:“我只会马走日,象走田。你没人送吗?”他已把棋盒拿出来,放在茶几上。塑料棋盘却搁不下,他想了想,就横摆了,说:“不碍事,一样下。来来来,你先走。”我笑起来,说:“你没人送吗?这么乱,下什么棋?”他一边码好最后一个棋子,一边说:“我他妈要谁送?去的是有饭吃的地方,闹得这么哭哭啼啼的。来,你先走。”我奇怪了,可还是拈起炮,往当头上一移。我的棋还没移到,他的马却“啪”的一声跳好,比我还快。我就故意将炮移过当头的地方停下。他很快地看了一眼我的下巴,说:“你还说不会?这炮二平六的开局,我在郑州遇见一个名手,就是这么走,险些输给他。炮二平五当头炮,是老开局,可有气势,而且是最稳的。嗯?你走。”我倒不知怎么走了,手在棋盘上游移着。他不动声色地看着整个棋盘,又把手袖起来。

就在这时,车厢乱了起来。好多人拥进来,隔着玻璃往外招手。我就站起身,也隔着玻璃往北看月台上。站上的人都拥到车厢前,都在叫,乱成一片。车身忽地一动,人群“嗡”地一下,哭声四起。我的背被谁捅了一下,回头一看,他一手护着棋盘,说:“没你这么下棋的,走哇!”我实在没心思下棋,而且心里有些酸,就硬硬地说:“我不下了。这是什么时候!”他很惊愕地看着我,忽然像明白了,身子软下去,不再说话。

车开了一会儿,车厢开始平静下来。有水送过来,大家就掏出缸子要水。我旁边的人打了水,说:“谁的棋?收了放缸子。”他很可怜的样子,问:“下棋吗?”要放缸的人说:“反正没意思,来一盘吧。”他就很高兴,连忙码好棋子。对手说:“这横着算怎么回事儿?没法儿看。”他搓着手说:“凑合了,平常看棋的时候,棋盘不等于是横着的?你先走。”对手很老练地拿起棋子儿,嘴里叫着:“当头炮。”他跟着跳上马。对手马上把他的卒吃了,他也立刻用马吃了对方的炮。我看这种简单的开局没有大意思,又实在对象棋不感兴趣,就转了头。

这时一个同学走过来,像在找什么人,一眼望到我,就说:“来来来,四缺一,就差你了。”我知道他们是在打牌,就摇摇头。同学走到我们这一格,正待伸手拉我,忽然大叫:“棋呆子,你怎么在这儿?你妹妹刚才把你找苦了,我说没见啊。没想到你在我们学校这节车厢里,气儿都不吭一声。你瞧你瞧,又下上了。”

棋呆子红了脸,没好气地说:“你管天管地,还管我下棋?走,该你走了。”就又催促我身边的对手。我这时听出点音儿来,就问同学:“他就是王一生?”同学睁了眼,说:“你不认识他?哎呀,你白活了。你不知道棋呆子?”我说:“我知道棋呆子就是王一生,可不知道王一生就是他。”说着,就仔细看着这个精瘦的学生。王一生勉强笑一笑,只看着棋盘。

王一生简直大名鼎鼎。我们学校与旁边几个中学常常有学生之间的象棋厮杀,后来拼出几个高手。几个高手之间常摆擂台,渐渐地,几乎每次冠军就都是王一生了。我因为不喜欢象棋,也就不去关心什么象棋冠军,但王一生的大名,却常被班上几个棋篓子供在嘴上,我也就对其事迹略闻一二,知道王一生外号棋呆子,棋下得神不用说,而且在他们学校那一年级里数理成绩总是前数名。我想棋下得好而且有个数学脑子,这很合情理,可我又不信人们说的那些王一生的呆事,觉得不过是大家寻轶闻鄙事,以快言论罢了。后来运动起来,忽然有一天大家传说棋呆子在串联时犯了事儿,被人押回学校了。我对棋呆子能出去串联表示怀疑,因为以前大家对他的描述说明他不可能解决串联时的吃喝问题。

可大家说呆子确实去串联了,因为老下棋,被人瞄中,就同他各处走,常常送他一点儿钱,他也不问,只是收下。后来才知道,每到一处,呆子必要挤地头看下棋。看上一盘,必要把输家挤开,与赢家杀一盘。初时大家见他其貌不扬,不与他下。他执意要杀,于是就杀。几步下来,对方出了小汗,嘴却不软。呆子也不说话,只是出手极快,像是连想都不想。待到对方终于闭了嘴,连一圈儿观棋的人也要慢慢思索棋路而不再支招儿的时候,与呆子同行的人就开始摸包儿。大家正看得紧张,哪里想到钱包已经易主?待三盘下来,众人都摸头。这时呆子倒成了棋主,连问可有谁还要杀?有那不服的,就坐下来杀,最后仍是无一盘得利。

后来常常是众人齐做一方,七嘴八舌与呆子对手。呆子也不忙,反倒促众人快走,因为师傅多了,常为一步棋如何走自家争吵起来。就这样,在一处呆子可以连杀上一天。后来有那观棋的人发觉钱包丢了,闹嚷起来。慢慢有几个有心计的人暗中观察,看见有人掏包,也不响,之后见那人晚上来邀呆子走,就发一声喊,将扒手与呆子一齐绑了,由造反队审。呆子糊糊涂涂,只说别人常给他钱,大约是可怜他,也不知钱如何来,自己只是喜欢下棋。审主看他呆相,就命人押了回来,一时各校传为轶事。后来听说呆子认为外省马路棋手高手不多,不能长进,就托人找城里名手近战。有个同学就带他去见自己的父亲,据说是国内名手。名手见了呆子,也不多说,只摆一副据说是宋时留下的残局,要呆子走。呆子看了半晌,一五一十道来,替古人赢了。名手很惊讶,要收呆子为徒。不料呆子却问:“这残局你可走通了?”名手没反应过来,就说:“还未通。”呆子说:“那我为什么要做你的徒弟?”

名手只好请呆子开路,事后对自己的儿子说:“你这同学倨傲不逊,棋品连着人品,照这样下去,棋品必劣。”又举了一些最新指示,说若能好好学习,棋锋必健。后来呆子认识了一个捡烂纸的老头儿,被老头儿连杀三天而仅赢一盘。呆子就执意要替老头儿去撕大字报纸,不要老头儿劳动。不料有一天撕了某造反团刚贴的“檄文”,被人拿获,又被这造反团栽诬于对立派,说对方"施阴谋,弄诡计",必讨之,而且是可忍,孰不可忍!对立派又阴使人偷出呆子,用了呆子的名义,对先前的造反团反戈一击。一时呆子的大名"王一生"贴得满街都是,许多外省来取经的革命战士许久才明白王一生原来是个棋呆子,就有人请了去外省会一些江湖名手。交手之后,各有胜负,不过呆子的棋据说是越下越精了。只可惜全国忙于革命,否则呆子不知会有什么造就。

这时我旁边的人也明白对手是王一生,连说不下了。王一生便很沮丧。我说:"你妹妹来送你,你也不知道和家里人说说话儿,倒拉着我下棋!"王一生看着我说:"你哪儿知道我们这些人是怎么回事儿?你们这些人好日子过惯了,世上不明白的事儿多着呢!你家父母大约是舍不得你走了?"我怔了怔,看着手说:"哪儿来父母,都死球了。"我的同学就添油加醋地叙了我一番,我有些不耐烦,说:"我家死人,你倒有了故事了。"王一生想了想,对我说:"那你这两年靠什么活着?"我说:"混一天算一天。"王一生就看定了我问:"怎么混?"我不答。待了一会儿,王一生叹一声,说:"混可不易。一天不吃饭,棋路都乱。不管怎么说,你父母在时,你家日子还好过。"我不服气,说:"你父母在,当然要说风凉话。"我的同学见话不投机,就岔开说:"呆子,这里没有你的对手,走,和我们打牌去吧。"呆子笑一笑,说:"牌算什么,瞌睡着也能赢你们。"我旁边儿的人说:"据说你下棋可以不吃饭?"我说:"人一迷上什么,吃饭倒是不重要的事。大约能干出什么事儿的人,总免不了有这种傻事。"王一生想一想,又摇摇头,说:"我可不是这样。"说完就去看窗外。

一路下去,慢慢我发觉我和王一生之间,既开始有互相的信任和基于经验的同情,又有各自的疑问。他总是问我与他认识之前是怎么生活的,尤其是父母死后的两年是怎么混的。我大略地告诉他,可他又特别在一些细节上详细地打听,主要是关于吃。例如讲到有一次我一天没有吃到东西,他就问:"一点儿都没吃到吗?"我说:"一点儿也没有。”他又问:“那你后来吃到东西是在什么时候?”我说:“后来碰到一个同学,他要用书包装很多东西,就把书包翻倒过来腾干净,里面有一个干馒头,掉在地上就碎了。我一边儿和他说话,一边儿就把这些碎馒头吃下去。不过,说老实话,干烧饼比干馒头解饱得多,而且顶时候儿。”他同意我关于干烧饼的见解,可马上又问:“我是说,你吃到这个干馒头的时候是几点?过了当天夜里十二点吗?”我说:“噢,不。是晚上十点吧。”他又问:“那第二天你吃了什么?”我有点儿不耐烦。讲老实话,我不太愿意复述这些事情,尤其是细节。我觉得这些事情总在腐蚀我,它们与我以前对生活的认识太不合辙,总好像是在嘲笑我的理想。我说:“当天晚上我睡在那个同学家。第二天早上,同学买了两个油饼,我吃了一个。上午我随他去跑一些事,中午他请我在街上吃。晚上嘛,我不好意思再在他那儿吃,可另一个同学来了,知道我没什么着落,硬拉了我去他家,当然吃得还可以。怎么样?还有什么不清楚?”他笑了,说:“你才不是你刚才说的什么‘一天没吃东西’。你十二点以前吃了一个馒头,没有超过二十四小时。更何况第二天你的伙食水平不低,平均下来,你两天的热量还是可以的。”我说:“你恐怕还是有些呆!要知道,人吃饭,不但是肚子的需要,而且是一种精神需要。不知道下一顿在什么地方,人就特别想到吃,而且,饿得快。”他说:“你家道尚好的时候,有这种精神压力吗?恐怕没有什么精神需求吧?有,也只不过是想好上再好,那是馋。馋是你们这些人的特点。”我承认他说得有些道理,禁不住问他:“你总在说你们、你们,可你是什么人?”他迅速看着其他地方,只是不看我,说:“我当然不同了。我主要是对吃要求得比较实在。唉,不说这些了,你真的不喜欢下棋?何以解忧?唯有象棋。”我瞧着他说:“你有什么忧?”他仍然不看我,“没有什么忧,没有。‘忧’这玩意儿,是他妈文人的作料儿。我们这种人,没有什么忧,顶多有些不痛快。何以解不痛快?唯有象棋。”

我看他对吃很感兴趣,就注意他吃的时候。列车上给我们这儿节知青车厢送饭时,他若心思不在下棋上,就稍稍有些不安。听见前面大家拿吃时铝盒的碰撞声,他常常闭上眼,嘴巴紧紧收着,倒好像有些恶心。拿到饭后,马上就开始吃,吃得很快,喉结一缩一缩的,脸上绷满了筋。常常突然停下来,很小心地将嘴边或下巴上的饭粒儿和汤水油花儿用整个儿食指抹进嘴里。若饭粒儿落在衣服上,就马上一按,拈进嘴里。若一个没按住,饭粒儿由衣服上掉下地,他也立刻双脚不再移动,转了上身找。这时候他若碰上我的目光,就放慢速度。吃完以后,他把两只筷子吮净,拿水把饭盒充满,先将上面一层油花吸净,然后就带着安全抵岸的神色小口小口地呷。有一次,他在下棋,左手轻轻地叩茶几。一粒干缩了的饭粒儿也轻轻地小声跳着。他一下注意到了,就迅速将那个饭粒儿放进嘴里,腮上立刻显出筋络。我知道这种干饭粒儿很容易嵌到槽牙里,巴在那儿,舌头是赶它不出的。果然,待了一会儿,他就伸手到嘴里去抠。终于嚼完,和着一大股口水,"咕"的一声儿咽下去,喉结慢慢地移下来,眼睛里有了泪花。他对吃是虔诚的,而且很精细。有时你会可怜那些饭被他吃得一个渣儿都不剩,真有点儿惨无人道。我在火车上一直看他下棋,发现他同样是精细的,但就有气度得多。他常常在我们还根本看不出已是败局时就开始重码棋子,说:"再来一盘吧。"有的人不服输,非要下完,总觉得被他那样暗示死刑存些侥幸。他也奉陪,用四五步棋逼死对方,说:"非要听'将',有瘾?"

我每看到他吃饭,就回想起杰克·伦敦的《热爱生命》,终于在一次饭后他小口呷汤时讲了这个故事。我因为有过饥饿的经验,所以特别渲染了故事中的饥饿感觉。他不再喝汤,只是把饭盒端在嘴边儿,一动不动地听我讲。我讲完了,他呆了许久,凝视着饭盒里的水,轻轻吸了一口,才很严肃地看着我说:"这个人是对的。他当然要把饼干藏在褥子底下。照你讲,他是对失去食物发生精神上的恐惧,是神经病?不,他有道理,太有道理了。写书的人怎么可以这么理解这个人呢?杰……杰什么?嗯,杰克·伦敦,这个小子他妈真是饱汉子不知饿汉饥。”我马上指出杰克·伦敦是一个如何如何的人。他说:“是呀,不管怎么样,像你说的,杰克·伦敦后来出了名,肯定不愁吃的,他当然会叼着根烟,写些嘲笑饥饿的故事。”我说:“杰克·伦敦丝毫也没有嘲笑饥饿,他是……”他不耐烦地打断我说:“怎么不是嘲笑?把一个特别清楚饥饿是怎么回事儿的人写成发了神经,我不喜欢。”我只好苦笑,不再说什么。可是一没人和他下棋了,他就又问我:“嗯?再讲个吃的故事?其实杰克·伦敦那个故事挺好。”我有些不高兴地说:“那根本不是个吃的故事,那是一个讲生命的故事。你不愧为棋呆子。”大约是我脸上有种表情,他于是不知怎么办才好。我心里有一种东西升上来,我还是喜欢他的,就说:“好吧,巴尔扎克的《邦斯舅舅》听过吗?”他摇摇头。我就又好好儿描述一下邦斯舅舅这个老饕。不料他听完,马上就说:“这个故事不好,这是一个馋的故事,不是吃的故事。邦斯这个老头儿若只是吃而不馋,不会死。我不喜欢这个故事。”他马上意识到这最后一句话,就急忙说:“倒也不是不喜欢。不过洋人总和咱们不一样,隔着一层。我给你讲个故事吧。”我马上感了兴趣:棋呆子居然也有故事!他把身体靠得舒服一些,说:“从前哪,”笑了笑,又说,“老是他妈从前,可这个故事是我们院儿的五奶奶讲的。嗯——老辈子的时候,有这么一家子,吃喝不愁。粮食一囤一囤的,顿顿想吃多少吃多少,嘿,可美气了。后来呢,娶了个儿媳妇。那真能干,就没说把饭做糊过,不干不稀,特解饱。可这媳妇,每做一顿饭,必抓出一把米来藏好……”听到这儿,我忍不住插嘴:“老掉牙的故事了,还不是后来遇了荒年,大家没饭吃,媳妇把每日攒下的米拿出来,不但自家有了,还分给穷人?”他很惊奇地坐直了,看着我说:“你知道这个故事?可那米没有分给别人,五奶奶没有说分给别人。”我笑了,说:“这是教育小孩儿要节约的故事,你还拿来有滋有味儿地讲,你真是呆子。这不是一个吃的故事。”他摇摇头,说:“这太是吃的故事了。首先得有饭,才能吃,这家子有一囤一囤的粮食。可光穷吃不行,得记着断顿儿的时候,每顿都要欠一点儿。老话儿说‘半饥半饱日子长’嘛。”我想笑但没笑出来，似乎明白了一些什么。为了打消这种异样的感触，就说：“呆子，我跟你下棋吧。”他一下高兴起来，紧一紧手脸，啪啪啪就把棋码好，说：“对，说什么吃的故事，还是下棋。下棋最好，何以解不痛快？唯有下象棋。啊？哈哈哈！你先走。”我又是当头炮，他随后把马跳好。我随便动了一个子儿，他很快地把兵移前一格儿。我并不真心下棋，心想他念到中学，大约是读过不少书的，就问：“你读过曹操的《短歌行》？”他说：“什么《短歌行》？”我说：“那你怎么知道‘何以解忧，唯有杜康’？”他愣了，问：“杜康是什么？”我说：“杜康是一个造酒的人，后来也就代表酒，你把杜康换成象棋，倒也风趣。”他摆了一下头，说：“啊，不是。这句话是一个老头儿说的，我每回和他下棋，他总说这句。”我想起了传闻中的捡烂纸老头儿，就问：“是捡烂纸的老头儿吗？”他看了我一眼，说：“不是。不过，捡烂纸的老头儿棋下得好，我在他那儿学到不少东西。”我很感兴趣地问：“这老头儿是个什么人？怎么下得一手好棋还捡烂纸？”他很轻地笑了一下，说：“下棋不当饭。老头儿要吃饭，还得捡烂纸。可不知他以前是什么人。有一回，我抄的几张棋谱不知怎么找不到了，以为当垃圾倒出去了，就到垃圾站去翻。正翻着，这老头儿推着筐过来了，指着我说：‘你个大小伙子，怎么抢我的买卖？’我说不是，是找丢了的东西，他问什么东西，我没搭理他。可他问个不停，‘钱？存折儿？结婚帖子？’我只好说是棋谱，正说着，就找到了。他说叫他看看。他在路灯底下挺快就看完了，说‘这棋没根哪’。我说这是以前市里的象棋比赛。可他说：‘哪儿的比赛也没用，你瞧这，这叫棋路？狗脑子。’我心想怕是遇上异人了，就问他当怎么走。老头儿哗哗说了一通棋谱儿，我一听，真的不凡，就提出要跟他下一盘。老头让我先说。我们俩就在垃圾站下盲棋，我是连输五盘。老头儿棋路猛听头几步，没什么，可着子真阴真狠，打闪一般，网得开，收得又紧又快。后来我们见天儿在垃圾站下盲棋，每天回去我就琢磨他的棋路，以后居然跟他平过一盘，还赢过一盘。其实赢的那盘我们一共才走了十几步。老头儿用铅丝耙子敲了半天地面,叹一声:'你赢了。'我高兴了,直说要到他那儿去看看。老头儿白了我一眼,说:'撑的?!'告诉我明天晚上再在这儿等他。第二天我去了,见他推着筐远远来了。到了跟前,从筐里取出一个小布包,递到我手上,说这也是谱儿,让我拿回去,看瞧得懂不。又说哪天有走不动的棋,让我到这儿来说给他听听,兴许他就走动了。我赶紧回到家里,打开一看,还真他妈不懂。这是本异书,也不知是哪朝哪代的,手抄,边边角角儿,补了又补。上面写的东西,不像是说象棋,好像是说另外的什么事儿。我第二天又去找老头儿,说我看不懂,他哈哈一笑,说他先给我说一段儿,提个醒儿。他一开说,把我吓了一跳。原来开宗明义,是讲男女的事儿,我说这是'四旧'。老头儿叹了,说什么是旧?我这每天捡烂纸是不是在捡旧?可我回去把它们分门别类,卖了钱,养活自己,不是新?又说咱们中国道家讲阴阳,这开篇是借男女讲阴阳之气。阴阳之气相游相交,初不可太盛,太盛则折,折就是'折断'的'折'。我点点头。'太盛则折,太弱则泻'。老头儿说我的毛病是太盛。又说,若对手盛,则以柔化之。可要在化的同时,造成克势。柔不是弱,是容,是收,是含。含而化之,让对手入你的势。这势要你造,需无为而无不为。无为即是道,也就是棋运之大不可变,你想变,就不是象棋,输不用说了,连棋边儿都沾不上。棋运不可悖,但每局的势要自己造。棋运和势既有,那可就无所不为了。玄是真玄,可细琢磨,是那么个理儿。我说,这么讲是真提气,可这下棋,千变万化,怎么才能准赢呢?老头儿说这就是造势的学问了。造势妙在契机。谁也不走子儿,这棋没法儿下。可只要对方一动,势就可入,就可导。高手你入他很难,这就要损。损他一个子儿,损自己一个子儿,先导开,或找眼钉下,止住他的入势,铺排下自己的入势。这时你万不可死损,势式要相机而变。势式有相因之气,势套势,小势开导,大势含而化之,根连根,别人就奈何不得。老头儿说我只有套,势不太明。套可以算出百步之远,但无势,不成气候。又说我脑子好,有琢磨劲儿，后来输我的那一盘，就是大势已破，再下，就是玩了。老头儿说他日子不多了，无儿无女，遇见我，就传给我吧。我说你老人家棋道这么好，怎么干这种营生呢？老头儿叹了一口气，说这棋是祖上传下来的，但有训——'为棋不为生'，为棋是养性，生会坏性，所以生不可太盛。又说他从小没学过什么谋生本事，现在想来，倒是训坏了他。”我似乎听明白了一些棋道，可很奇怪，就问：“棋道与生道难道有什么不同么？”王一生说：“我也是这么说，而且魔怔起来，问他天下大势。老头儿说，棋就是这么几个子儿，棋盘就是这么大，无非是道同势不同，可这子儿你全能看在眼底。天下的事，不知道的太多。这每天的大字报，张张都新鲜，虽看出点道儿，可不能究底。子儿不全摆上，这棋就没法儿下。”

我就又问那本棋谱。王一生很沮丧地说：“我每天带在身上，反复地看。后来你知道，我撕大字报被造反团捉住，书就被他们搜了去，说是'四旧'，给毁了，而且是当着我的面儿毁的。好在书已在我脑子里，不怕他们。”我就又和王一生感叹了许久。

火车终于到了，所有的知识青年都又被用卡车运到农场。在总场，各分场的人上来领我们。我找到王一生，说：“呆子，要分手了，别忘了交情，有事儿没事儿，互相走动。”他说当然。

二

这个农场在大山林里，活计就是砍树，烧山，挖坑，再栽树。不栽树的时候，就种点儿粮食。交通不便，运输不够，常常就买不到煤油点灯。晚上黑灯瞎火，大家凑在一起臭聊，天南地北。又因为常割资本主义尾巴，生活就清苦得很，常常一个月每人只有五钱油，吃饭钟一敲，大家就疾跑如飞。大锅菜是先煮后搁油，油又少，只在汤上浮几个大花儿。落在后边，常常就只能吃清水南瓜或清水茄子。米倒是不缺，国家供应商品粮，每人每月四十二斤。可没油水，挖山又不是轻活,肚子就越吃越大。我倒是没有什么,毕竟强似讨吃。每月又有二十几元工薪,家里没有人惦记着,又没有找女朋友,就买了烟学抽,不料越抽越凶。

山上活儿紧时,常常累翻,就想:呆子不知怎么干?那么精瘦的一个人。晚上大家闲聊,多是精神会餐。我又想,呆子的吃相可能更恶了。我父亲在时,炒得一手好菜,母亲都比不上他,星期天常邀了同事,专事品尝,我自然精于此道。因此聊起来,常常是主角,说得大家个个儿腮胀,常常发一声喊,将我按倒在地上,说像我这样儿的人实在是祸害,不如宰了炒吃。下雨时节,大家都慌忙上山去挖笋,又到沟里捉田鸡,无奈没有油,常常吃得胃酸。山上总要放火,野兽们都惊走了,极难打到。即使打到,野物们走惯了,没膘,熬不得油。尺把长的老鼠也捉来吃,因鼠是吃粮的,大家说鼠肉就是人肉,也算吃人吧。我又常想,呆子难道不馋?好上加好,固然是馋,其实饿时更馋。不馋,吃的本能不能发挥,也不得寄托。又想,呆子不知还下棋不下棋。我们分场与他们分场隔着近百里,来去一趟不容易,也就见不着。

转眼到了夏季。有一天,我正在山上干活儿,远远望见山下小路上有一个人。大家觉得影儿生,就议论是什么人。有人说是小毛的男的吧。小毛是队里一个女知青,新近在外场找了一个朋友,可谁也没见过。大家就议论可能是这个人来找小毛,于是满山喊小毛,说她的汉子来了。小毛丢了锄,跌跌撞撞跑过来,伸了脖子看。还没等小毛看好,我却认出来人是王一生——棋呆子。于是大叫,别人倒吓了一跳,都问:“找你的?”我很得意。我们这个队有四个省市的知青,与我同来的不多,自然他们不认识王一生。我这时正代理一个管三四个人的小组长,于是对大家说:“散了,不干了。大家也别回去,帮我看看山上可有什么吃的弄点儿。到钟点儿再下山,拿到我那儿去烧。你们打了饭,都过来一起吃。”大家于是就钻进乱草里去寻了。

我跳着跑下山,王一生已经站住,一脸高兴的样子,远远地问:

“你怎么知道是我?”我到了他跟前说:“远远就看你呆头呆脑,还真是你。你怎么老也不来看我?”他跟我并排走着,说:“你也老不来看我呀!”我见他背上的汗浸出衣衫,头发已是一绺一绺的,一脸的灰土,只有眼睛和牙齿放光,嘴上也是一层土,干得起皱,就说:“你怎么摸来的?”他说:“搭一段儿车,走一段儿路,出来半个月了。”我吓了一跳,问:“不到百里,怎么走这么多天?”他说:“回去细说。”

说话间已经到了沟底队里。场上几只猪跑来跑去,个个儿瘦得赛狗。还不到下班时间,冷冷清清的,只有队上伙房隐隐传来叮叮当当的声音。

到了我的宿舍,就直进去。这里并不锁门,都没有多余的东西可拿,不必防谁。我放了盆,叫他等着,就提桶打热水来给他洗。到了伙房,与炊事员讲,我这个月的五钱油全数领出来,以后就领生菜,不再打熟菜。炊事员问:“来客了?”我说:“可不!”炊事员就打开锁了的柜子,舀一小匙油找了个碗盛给我,又拿了三只长茄子,说:“明天还来打菜吧,从后天算起,方便。”我从锅里舀了热水,提回宿舍。

王一生把衣裳脱了,只剩一条裤衩,呼噜呼噜地洗。洗完后,将脏衣服按在水里泡着,然后一件一件搓,洗好涮好,拧干晾在门口绳上。我说:“你还挺麻利的。”他说:“从小自己干,惯了。几件衣服,也不费事。”说着就在床上坐下,弯过手臂,去挠背后,肋骨一根根动着。我拿出烟来请他抽。他很老练地敲出一支,舔了一头儿,倒过来叼着。我先给他点了,自己也点上。他支起肩深吸进去,慢慢地吐出来,浑身荡一下,笑了,说:“真不错。”我说:“怎么样?也抽上了?日子过得不错呀。”他看看草顶,又看看在门口转来转去的猪,低下头,轻轻拍着净是绿筋的瘦腿,半晌才说:“不错,真的不错。还说什么呢?粮?钱?还要什么呢?不错,真不错。你怎么样?”他透过烟雾问我。我也感叹了,说:“钱是不少,粮也多,没错儿,可没油哇。大锅菜吃得胃酸。主要是没什么玩儿的,没书,没电影儿。去哪儿也不容易,老在这个沟儿里转,闷得无聊。”他看看我,摇一下头,说:“你们这些人哪！没法儿说,想的净是锦上添花。我挺知足,还要什么呢？你呀,你就叫书害了。你在车上给我讲的两个故事,我琢磨了,后来挺喜欢的。你不错,读了不少书。可是,归到底,解决什么呢？是呀,一个人拼命想活着,最后都神经了,后来好了,活下来了,可接着怎么生活呢？像邦斯那样？有吃,有喝,好收藏个什么,可有个馋的毛病,人家不请吃就活得不痛快。人要知足,顿顿饱就是福。”他不说了,看着自己的脚趾动来动去,又用后脚跟去擦另一只脚的背,吐出一口烟,用手在腿上掸了掸。

我很后悔用油来表示我对生活的不满意,还用书和电影儿这种可有可无的东西表示我对生活的不满足,因为这些在他看来,实在是超出基准线上的东西,他不会为这些烦闷。我突然觉得很泄气,有些同意他的说法。是呀,还要什么呢？我不是也感到挺好了吗？不用吃了上顿惦记着下顿,床不管怎么烂,也还是自己的,不用窜来窜去找刷夜的地方。可是我常常烦闷的是什么呢？为什么就那么想看看随便什么一本书呢？电影儿这种东西,灯一亮就全醒过来了,图个什么呢？可我隐隐有一种欲望在心里,说不清楚,但我大致觉出是关于活着的什么东西。

我问他:“你还下棋吗?”他就像走棋那么快地说:“当然,还用说?”我说:“是呀,你觉得一切都好,干吗还要下棋呢？下棋不多余吗?”他把烟卷儿停在半空,摸了一下脸说:“我迷象棋,一下棋,就什么都忘了。待在棋里舒服。就是没有棋盘、棋子儿,我在心里就能下,碍谁的事儿啦?”我说:“假如有一天不让你下棋,也不许你想走棋的事儿,你觉得怎么样?”他挺奇怪地看着我说:“不可能,那怎么可能？我能在心里下呀！还能把我脑子挖了？你净说些不可能的事儿。”我叹了一口气,说:“下棋这事儿看来是不错。看了一本儿书,你不能老在脑子里过篇儿,老想看看新的。下棋可不一样了,自己能变着花样儿玩。”他笑着对我说:“怎么样,学棋吧？咱们现在吃喝不愁了,顶多是照你说的,不够好,又活不出个大意思来。书你哪儿找去？

下棋吧,有忧下棋解。”

我想了想,说:“我实在对棋不感兴趣。我们队倒有个人,据说下得不错。”他把烟屁股使劲儿扔出门外,眼睛又放出光来:“真的?有下棋的?嘿,我真还来对了。他在哪儿?”我说:“还没下班呢。看你急的,你不是来看我的吗?”他双手抱着脖子仰在我的被子上,看着自己松松的肚皮,说:“我这半年,就找不到下棋的。后来想,天下异人多得很,这野林子里我就不信找不到个下棋下得好的。现在我请了事假,一路找人下棋,就找到你这儿来了。”我说:“你不挣钱了?怎么活着呢?”他说:“你不知道,我妹妹在城里分了工矿,挣钱了,我也就不用给家寄那么多钱了。我就想,趁这工夫儿,会会棋手。怎么样?你一会儿把你说的那人找来下一盘?”我说当然,心里一动,就又问他:“你家里到底是怎么个情况呢?”

他叹了一口气,望着屋顶,很久才说:“穷。困难啊!我们家三口儿人,母亲死了,只有父亲、妹妹和我。我父亲嘛,挣得少,按平均生活费的说法儿,我们一人才不到十块。我母亲死后,父亲就喝酒,而且越喝越多,手里有俩钱儿就喝,就骂人。邻居劝,他不是不听,就是一把鼻涕一把泪,弄得人家也挺难过。我有一回跟我父亲说:‘你不喝就不行?有什么好处呢?’他说:‘你不知道酒是什么玩意儿,它是老爷们儿的觉啊!咱们这日子挺不易,你妈去了,你们又小。我烦哪,我没文化,这把年纪,一辈子这点子钱算是到头儿了。你妈死的时候,嘱咐了,怎么着也要供你念完初中再挣钱。你们让我喝口酒,啊?对老人有什么过不去的,下辈子算吧。’”他看了看我,又说:“不瞒你说,我母亲解放前是窑子里的。后来大概是有人看上了,做了人家的小,也算从良。有烟吗?”我扔过一支烟给他,他点上了,把烟头儿吹得红红的,两眼不错眼珠儿地盯着,许久才说:“后来,我妈又跟人跑了,据说买她的那家欺负她,当老妈子不说,还打。后来跟的这个是什么人,我不知道,我只知道我是我妈跟这个人生的。刚一解放,我妈跟的那个人就不见了。当时我妈怀着我,吃穿无着,就跟了我现在这个父亲。我这个后爹是卖力气的,可临到解放的时候儿,身子骨儿不行,又没文化,钱就挣得少。和我妈过了以后,原指着相帮着好一点儿,可没想到添了我妹妹后,我妈一天不如一天。那时候我才上小学,脑筋好,老师都喜欢我。可学校春游、看电影我都不在,给家里省一点儿是一点儿。我妈怕委屈了我,拖累着个身子,到处找活。有一回,我和我母亲给印刷厂叠书页子,是一本讲象棋的书。叠好了,我妈还没送去,我就一篇一篇对着看。不承想,就看出点儿意思来。于是有空儿就到街下看人家下棋。看了有些日子,就手痒痒,没敢跟家里要钱,自己用硬纸剪了一副棋,拿到学校去下。下着下着就熟了。于是又到街上和别人下。原先我看人家下得挺好,可我这一跟他们真下,还就赢了。一家伙就下了一晚上,饭也没吃。我妈找来了,把我打回去。唉,我妈身子弱,都打不痛我。到了家,她竟给我跪下了,说:‘小祖宗,我就指望你了!你若不好好儿念书,妈就死在这儿。’我一听这话吓坏了,忙说:‘妈,我没不好好儿念书。您起来,我不下棋了。’我把我妈扶起来坐着。那天晚上,我跟我妈叠页子,叠着叠着,就走了神儿,想着一路棋。我妈叹一口气说:‘你也是,看不上电影儿,也不去公园,就玩儿这么个棋。唉,下吧。可妈的话你得记着,不许玩儿疯了。功课要是拉下了,我不饶你。我和你爹都不识字儿,可我们会问老师。老师若说你功课跟不上,你再说什么也不行。’我答应了。我怎么会把功课拉下呢?学校的算术,我跟玩儿似的。这以后,我放了学,先做功课,完了就下棋,吃完饭,就帮我妈干活儿,一直到睡觉。因为叠页子不用动脑筋,所以就在脑子里走棋,有的时候,魔怔了,会突然一拍书页,喊棋步,把家里人都吓一跳。”我说:“怨不得你棋下得这么好,小时候棋就都在你脑子里呢!”他苦笑笑说:“是呀,后来老师就让我去少年宫象棋组,说好好儿学,将来能拿大冠军呢!可我妈说:‘咱们不去什么象棋组,要学,就学有用的本事。下棋下得好,还当饭吃了?有那点儿工夫,在学校多学点儿东西比什么不好?你跟你们老师们说,不去象棋组,要是你们老师还有没教你的本事,你就跟老师说,你教了我,将来有大用呢。啊?专学下棋?这以前都是有钱人干的!妈以前见过这种人,那都是身份,他们不指着下棋吃饭。妈以前待过的地方,也有女的会下棋,可要的钱也多。唉,你不知道,你不懂。下下玩儿可以,别专学,啊?'我跟老师说了,老师想了想,没说什么。后来老师买了一副棋送我,我拿给妈看,妈说:'唉,这是善心人哪!可你记住,先说吃,再说下棋。等你挣了钱,养活家了,爱怎么下就怎么下,随你。'"我感叹了,说:"这下儿好了,你挣了钱,你就能撒着欢儿地下了,你妈也就放心了。"王一生把脚搬上床,盘了坐,两只手互相捏着腕子,看着地下说:"我妈看不见我挣钱了。家里供我念到初一,我妈就死了。死之前,特别跟我说:'这一条街都说你棋下得好,妈信。可妈在棋上疼不了你。你在棋上怎么出息,到底不是饭碗。妈不能看你念完初中,跟你爹说了,怎么着困难,也要念完。高中,妈打听了,那是为上大学,咱们家用不着上大学,你爹也不行了,你妹妹还小,等你初中念完了就挣钱,家里就靠你了。妈要走了,一辈子也没给你留下什么,只捡人家的牙刷把,给你磨了一副棋。'说着,就叫我从枕头底下拿出一个小布包来,打开一看,都是一小点儿大的子儿,磨得是光了又光,赛象牙,可上头没字儿。妈说:'我不识字,怕刻不对。你拿了去,自己刻吧,也算妈疼你好下棋。'我们家多困难,我没哭过,哭管什么呢?可看着这副没字儿的棋,我绷不住了。"

我鼻子有些酸,就低了眼,叹道:"唉,当母亲的。"王一生不再说话,只是抽烟。

山上的人下来了,打到两条蛇。大家见了王一生,都很客气,问是几分场的,那边儿伙食怎么样。王一生答了,就过去摸一摸晾着的衣裤,还没有干。我让他先穿我的,他说吃饭要出汗,先光着吧。大家见他很随和,也就随便聊起来。我自然将王一生的棋道吹了一番,以示来者不凡。大家都说让队里的高手"脚卵"来与王一生下。一个人跑了去喊,不一刻,脚卵来了。脚卵是南方大城市的知识青年,个子非常高,又非常瘦。动作起来颇有些文气,衣服总要穿得整整齐齐,有时候走在山间小路上,看到这样一个高个儿纤尘不染,衣冠楚楚,真令人生疑。脚卵弯腰进来,很远就伸出手来要握,王一生糊涂了一下,马上明白了,也伸出手去,脸却红了。握过手,脚卵把双手捏在一起端在肚子前面,说:“我叫倪斌,人儿倪,文武斌。因为腿长,大家叫我脚卵。卵是很粗俗的话,请不要介意,这里的人文化水平是很低的。贵姓?”王一生比倪斌矮下去两个头,就仰着头说:“我姓王,叫王一生。”倪斌说:“王一生?蛮好,蛮好,名字蛮好的。一生是哪两个字?”王一生直仰着脖子,说:“一二三的一,生活的生。”倪斌说:“蛮好,蛮好。”就把长臂曲着往外一摆,说:“请坐。听说你钻研象棋?蛮好,蛮好,象棋是很高级的文化。我父亲是下得很好的,有些名气,喏,他们都知道的。我会走一点点,很爱好,不过在这里没有对手。你请坐。”王一生坐回床上,很尴尬地笑着,不知说什么好。倪斌并不坐下,只把手虚放在胸前,微微向前侧了一下身子,说:“对不起,我刚刚下班,还没有梳洗,你候一下好了,我马上就来。噢,问一下,乃父也是棋道里的人么?”王一生很快地摇头,刚要说什么,但只是喘了一口气。倪斌说:“蛮好,蛮好。好,一会儿我再来。”我说:“脚卵洗了澡,来吃蛇肉。”倪斌一边退出去,一边说:“不必了,不必了。好的,好的。”大家笑起来,向外嚷:“你到底来是不来?什么‘不必了,好的’!”倪斌在门外说:“蛇肉当然是要吃的,一会儿下棋是要动脑筋的。”

大家笑着脚卵,关了门,三四个人精着屁股,上上下下地洗,互相开着身体的玩笑。王一生不知在想什么,坐在床里边,让开擦身的人。我一边将蛇头撕下来,一边对王一生说:“别理脚卵,他就是这么神神道道的一个人。”有一个人对我说:“你的这个朋友要真是有两下子,今天有一场好杀。脚卵的父亲在我们市里,真是很有名气哩。”另外的人说:“爹是爹,儿是儿,棋还遗传了?”王一生说:“家传的棋,有厉害的。几代沉下的棋路,不可小看。一会儿下起来看吧。”说着就紧一紧手脸。我把蛇挂起来,将皮剥下,不洗,放在案板上,用竹刀把肉划开,并不切断,盘在一个大碗内,放进一个大锅里,锅底蓄上水,叫:“洗完了没有?我可开门了!”大家慌忙穿上短裤。我到外边地上摆三块土坯,中间架起柴引着,就将锅放在土坯上,把猪吆喝远了,说:“谁来看看?别叫猪拱了。开锅后十分钟端下来。”就进屋收拾茄子。

有人把脸盆洗干净,到伙房打了四五斤饭和一小盆清水茄子,捎回来一棵葱和两瓣野蒜、一小块姜,我说还缺盐,就又有人跑去拿来一块,捣碎在纸上放着。

脚卵远远地来了,手里抓着一个黑木盒子。我问:“脚卵,可有酱油膏?”脚卵迟疑了一下,返身回去。我又大叫:“有醋精拿点儿来!”

蛇肉到了时间,端进屋里,掀开锅,一大团蒸气冒出来,大家并不缩头,慢慢看清了,都叫一声好。两大条蛇肉亮晶晶地盘在碗里,粉粉地冒蒸气。我嗖的一下将碗端出来,吹吹手指,说:“开始准备胃液吧!”王一生也挤过来看,问:“整着怎么吃?”我说:“蛇肉碰不得铁,碰铁就腥,所以不切,用筷子撕着蘸料吃。”我又将切好的茄块儿放进锅里蒸。

脚卵来了,用纸包了一小块儿酱油膏,又用一张小纸包了几颗白色的小粒儿,我问是什么,脚卵说:“这是草酸,去污用的,不过可以代替醋。我没有醋精,酱油膏也没有了,就这一点点。”我说:“凑合了。”脚卵把盒子放在床上,打开,原来是一副棋,乌木做的棋子,暗暗地发亮。字用刀刻出来,笔画很细,却是篆字,用金丝银丝嵌了,古色古香。棋盘是一幅绢,中间亦是篆字:楚河汉界。大家凑过去看,脚卵就很得意,说:“这是古董,明朝的,很值钱。我来的时候,我父亲给我的。以前和你们下棋,用不到这么好的棋。今天王一生来嘛,我们好好下。”王一生大约从来没有见过这么精彩的棋具,很小心地摸,又紧一紧手脸。

我将酱油膏和草酸冲好水,把葱末、姜末和蒜末投进去,叫声:

“吃起来!”大家就乒乒乓乓地盛饭,伸筷撕那蛇肉蘸料,刚入嘴嚼,纷纷嚷鲜。

我问王一生是不是有些像蟹肉,王一生一边儿嚼着,一边儿说:“我没吃过螃蟹,不知道。”脚卵伸过头去问:“你没有吃过螃蟹?怎么会呢?”王一生也不答话,只顾吃。脚卵就放下碗筷,说:“年年中秋节,我父亲就约一些名人到家里来,吃螃蟹,下棋,品酒,作诗。都是些很高雅的人,诗做得很好的,还要互相写在扇子上。这些扇子过多少年也是很值钱的。”大家并不理会他,只顾吃。脚卵眼看蛇肉渐少,也急忙捏起筷子来,不再说什么。

不一刻,蛇肉吃完,只剩两副蛇骨在碗里。我又把蒸熟的茄块儿端上来,放少许蒜和盐拌了。再将锅里热水倒掉,续上新水,把蛇骨放进去熬汤。大家喘一口气,接着伸筷,不一刻,茄子也吃净。我便把汤端上来,蛇骨已经煮散,在锅底刷拉刷拉地响。这里屋外常有一二处小丛的野茴香,我就拔来几棵,揪在汤里,立刻屋里异香扑鼻。大家这时饭已吃净,纷纷舀了汤在碗里,热热的小口呷,不似刚才紧张,话也多起来了。

脚卵抹一抹头发,说:“蛮好,蛮好的。”就拿出一支烟,先让了王一生,又自己叼了一支,烟包正待放回衣袋里,想了想,便放在小饭桌上,摆一摆手说:“今天吃的,都是山珍,海味是吃不到了。我家里常吃海味的,非常讲究,据我父亲讲,我爷爷在时,专雇一个老太婆,整天就是从燕窝里拔脏东西。燕窝这种东西,是海鸟叼来小鱼小虾,用口水粘起来的,所以里面各种脏东西多得很,要很细心地一点一点清理,一天也就能搞清一个,再用小火慢慢地蒸。每天吃一点,对身体非常好。”王一生听呆了,问:“一个人每天就专门是管做燕窝的?好家伙!自己买来鱼虾,熬在一起,不等于燕窝吗?”脚卵微微一笑,说:“要不怎么燕窝贵呢?第一,这燕窝长在海中峭壁上,要拼命去挖。第二,这海鸟的口水是很珍贵的东西,是温补的。因此,舍命,费工时,又是补品,能吃燕窝,也是说明家里有钱和有身份。”大家就说这燕窝一定非常好吃。脚卵又微微一笑，说：“我吃过的，很腥。”大家就感叹了，说费这么多钱，吃一口腥，太划不来。

天黑下来，早升在半空的月亮渐渐亮了。我点起油灯，立刻四壁都是人影子。脚卵就说：“王一生，我们来下一盘?”王一生大概还没有从燕窝里醒过来，听见脚卵问，只微微点一点头。脚卵出去了，王一生奇怪了，问：“嗯?”大家笑而不答。一会儿，脚卵又来了，穿得笔挺，身后随来许多人，进屋都看看王一生。脚卵慢慢摆好棋，问：“你先走?”王一生说：“你吧。”大家就上上下下围了看。

走出十多步，王一生有些不安，但也只是暗暗捻一下手指。走过三十几步，王一生很快地说：“重摆吧。”大家奇怪，看看王一生，又看看脚卵，不知是谁赢了。脚卵微微一笑，说：“一赢不算胜。”就伸手抽一棵烟点上。王一生没有表情，默默地把棋重新码好。两人又走。又走到十多步，脚卵半天不动，直到把一根烟吸完，又走了几步，脚卵慢慢地说：“再来一盘。”大家又奇怪是谁赢了，纷纷问。王一生很快地将棋码成一个方堆，看看脚卵问：“走盲棋?”脚卵沉吟了一下，点点头。两人就口述棋步。好几个人摸摸头，摸摸脖子，说下得好没意思，不知谁是赢家。就有几个人离开走出去，把油灯带得一明一暗。

我觉出有点儿冷，就问王一生：“你不穿点儿衣裳?”王一生没有理我。我感到没有意思，就坐在床里，看大家也是一会儿看看脚卵，一会儿看看王一生，像是瞧从来没有见过的两个怪物。油灯下，王一生抱了双膝，锁骨后陷下两个深窝，盯着油灯，时不时拍一下身上的蚊虫。脚卵两条长腿抵在胸口，一只大手将整个儿脸遮了，另一只大手飞快地将指头捏来弄去。说了许久，脚卵放下手，很快地笑一笑，说：“我乱了，记不得。”就又摆了棋再下。不久，脚卵抬起头，看着王一生说：“天下是你的。”抽出一支烟给王一生，又说：“你的棋是跟谁学的?”王一生也看着脚卵，说：“跟天下人。”脚卵说：“蛮好，蛮好，你的棋蛮好。”大家看出是谁赢了，都高兴地动起来，盯着王一生看。

脚卵把手搓来搓去，说：“我们这里没有会下棋的人，我的棋路生了。今天碰到你,蛮高兴的,我们做个朋友。”王一生说:“将来有机会,一定见见你父亲。”脚卵很高兴,说:“那好,好极了,有机会一定去见见他。我不过是玩玩棋。”停了一会儿,又说,“你参加地区的比赛,没有问题。”王一生问:“什么比赛?”脚卵说:“咱们地区要组织一个运动会,其中有棋类。地区管文教的书记我认得,他早年在我们市里,与我父亲认识。我到农场来,我父亲给他带过信,请他照顾。我找过他,他说我不如打篮球。我怎么会打篮球呢?那是很野蛮的运动,要伤身体的。这次运动会,他来信告诉我,让我争取参加农场的棋类队到地区比赛,赢了,调动自然好说。你棋下到这个地步,参加农场队,不成问题。你回你们场,去报名就可以了。将来总场选拔,肯定会有你。”王一生很高兴,起来把衣裳穿上,显得更瘦。大家又聊了很久。

将近午夜,大家都散去,只剩下宿舍里同住的四个人与王一生、脚卵。脚卵站起来,说:“我去拿些东西来吃。”大家都很兴奋,等着他。一会儿,脚卵弯腰进来,把东西放在床上,摆出六颗巧克力,半袋麦乳精,纸包的一斤精白挂面。巧克力大家都一口咽了,来回舔着嘴唇。麦乳精冲成稀稀的六碗,喝得满屋喉咙响。王一生笑嘻嘻地说:“世界上还有这种东西?苦甜苦甜的。”我又把火升起来,开了锅,把面下了,说:“可惜没有调料。”脚卵说:“我还有酱油膏。”我说:“你不是只有一小块儿了吗?”脚卵不好意思地说:“咳,今天不容易,王一生来了,我再贡献一些。”就又拿了来。

大家吃了,纷纷点起烟,打着哈欠,说没想到脚卵还有如许存货,藏得倒严实,脚卵急忙申辩这是剩下的全部了。大家吵着要去翻,王一生说:“不要闹,人家的是人家的,从来农场存到现在,说明人家会过日子。倪斌,你说,这比赛什么时候开始呢?”脚卵说:“起码还有半年。”王一生不再说话。我说:“好了,休息吧。王一生,你和我睡在我的床上。脚卵,明天再聊。”大家就起身收拾床铺,放蚊帐。我和王一生送脚卵到门口,看他高高的个子在青白的月光下远远去了。王一生叹一口气,说:“倪斌是个好人。”

王一生又待了一天，第三天早上，执意要走。脚卵穿了破衣服，肩了锄来送。两人握了手，倪斌说："后会有期。"大家远远在山坡上招手。我送王一生出了山沟，王一生拦住，说："回去吧。"我嘱咐他，到了别的分场，有什么困难，托人来告诉我，若回来路过，再来玩儿。王一生整了整书包带儿，就急急地顺公路走了，脚下扬起细土，衣裳晃来晃去，裤管儿前后荡着，像是没有屁股。

三

这以后，大家没事儿，常提起王一生，津津有味地回忆王一生光膀子大战脚卵。我说了王一生如何如何不容易，脚卵说："我父亲说过的，'寒门出高士'。据我父亲讲，我们祖上是元朝的倪云林。倪祖很爱干净，开始的时候，家里有钱，当然是讲究的。后来兵荒马乱，家道败了，倪祖就卖了家产，到处走，常在荒野店投宿，遇到一些高士。后来与一个会下棋的村野之人相识，学得一手好棋。现在大家只晓得倪云林是元四家里的一个，诗书画绝佳，却不晓得倪云林还会下棋。倪祖后来信佛参禅，将棋炼进禅宗，自成一路。这棋只我们这一宗传下来。王一生赢了我，不晓得他是什么路，总归是高手了。"大家都不知道倪云林是什么人，只听脚卵神吹，将信将疑，可也认定脚卵的棋有些来路，王一生既然赢了脚卵，当然更了不起。这里的知青在城里都是平民出身，多是寒苦的，自然更看重王一生。

将近半年，王一生不再露面。只是这里那里传来消息，说有个叫王一生的，外号棋呆子，在某处与某某下棋，赢了某某。大家也很高兴，即使有输的消息，都一致否认，说王一生怎会输棋呢？我给王一生所在的分场队里写了信，也不见回音，大家就催我去一趟。我因为这样那样的事，加上农场知青常常斗殴，又输进火药枪互相射击，路途险恶，终于没有去。

一天脚卵在山上对我说，他已经报名参加棋类比赛了，过两天就去总场,问王一生可有消息。我说没有。大家就说王一生肯定会到总场比赛,相约一起请假去总场看看。

过了两天,队里的活儿稀松,大家就纷纷找了各种借口请假到总场,盼着能见着王一生。我也请了假出来。

总场就在地区所在地,大家走了两天才到。这个地区虽是省以下的行政单位,却只有交叉的两条街,沿街有一些商店,货架上不是空的,就是“展品概不出售”。可是大家仍然很兴奋,觉得到了繁华地界,就沿街一个馆子一个馆子地吃,都先只叫净肉,一盘一盘地吞下去,拍拍肚子出来,觉得日光晃眼,竟有些肉醉,就找了一处草地,躺下来抽烟,又纷纷昏睡过去。

醒来后,大家又回到街上细细吃了一些面食,然后到总场去。

一行人高高兴兴到了总场,找到文体干事,问可有一个叫王一生的来报到。干事翻了半天花名册,说没有。大家不信,拿过花名册来七手八脚地找,真的没有,就问干事是不是搞漏掉了。干事说花名册是按各分场报上来的名字编的,都已分好号码,编好组,只等明天开赛。大家你望望我,我望望你,搞不清是怎么回事儿。我说:“找脚卵去。”脚卵在运动员们住下的草棚里,见了他,大家就问。脚卵说:“我也奇怪呢。这里乱糟糟的,我的号是棋类,可把我分到球类组来,让我今晚就参加总场联队训练,说了半天也不行,还说主要靠我进球得分。”大家笑起来,说:“管他赛什么,你们的伙食差不了。可王一生没来太可惜了。”

直到比赛开始,也没有见王一生的影子。问了他们分场来的人,都说很久没见王一生了。大家有些慌,又没办法,只好去看脚卵赛篮球。脚卵痛苦不堪,规矩一点儿不懂,球也抓不住,投出去总是三不沾,抢得猛一些,他就抽身出来,瞪着大眼看别人争。文体干事急得抓耳挠腮,大家又笑得前仰后合。每场下来,脚卵总是嚷野蛮,埋怨脏。

赛了两天,决出总场各类运动代表队,到地区参加地区决赛。大家看看王一生还没有影子，就都相约要回去了。脚卵要留在地区文教书记家再待一两天，就送我们走一段。快到街口，忽然有人一指："那不是王一生？"大家顺着方向一看，真是他。王一生在街口另一面急急地走来，没有看见我们。我们一齐大叫，他猛地站住，看见我们，就横街向我们跑来。到了跟前，大家纷纷问他怎么不来参加比赛？王一生很着急的样子，说："这半年我总请事假出来下棋，等我知道报名赶回去，分场说我表现不好，不准我出来参加比赛，连名都没报上。我刚找了由头儿，跑上来看看赛得怎么样。怎么样？赛得怎么样？"大家一迭声儿地说早赛完了，现在是参加与各县代表队的比赛，夺地区冠军。王一生愣了半晌，说："也好，夺地区冠军必是各县高手，看看也不赖。"我说："你还没吃东西吧？走，街上随便吃点儿什么去。"脚卵与王一生握过手，也惋惜不已。大家就又拥到一家小馆儿，买了一些饭菜，边吃边叹息。王一生说："我是要看看地区的象棋大赛。你们怎么样？要回去吗？"大家都说出来的时间太长了，要回去。我说："我再陪你一两天吧。脚卵也在这里。"于是又有两三个人也说留下来再耍一耍。

脚卵就领留下的人去文教书记家，说是看看王一生还有没有参加比赛的可能。走不多久，就到了。只见一扇小铁门紧闭着，进去就有人问找谁，见了脚卵，不再说什么，只让等一下。一会儿叫进了，大家一起走进一幢大房子，只见窗台上摆了一溜儿花草，伺候得很滋润。大大的一面墙上只一幅主席诗词的挂轴儿，绫子黄黄的很浅。屋内只摆几把藤椅，茶几上放着几张大报与油印的简报。不一会儿，书记出来，胖胖的，很快地与每个人握手，又叫人把简报收走，就请大家坐下来。大家没见过管着几个县的人的家，头都转来转去地看。书记呆了一下，就问："都是倪斌的同学吗？"大家纷纷回过头看书记，不知该谁回答。脚卵欠一下身，说："都是我们队上的。这一位就是王一生。"说着用手掌向王一生一倾。书记看着王一生说："噢，你就是王一生？好。这两天，倪斌常提到你。怎么样，选到地区来赛了吗?”王一生正想答话,倪斌马上就说:“王一生这次有些事耽误了,没有报上名。现在事情办完了,看看还能不能参加地区比赛。您看呢?”书记用胖手在扶手上轻轻拍了两下,又轻轻用中指很慢地擦着鼻沟儿,说:“啊,是这样。不好办。你没有取得县一级的资格,不好办。听说你很有天才,可是没有取得资格去参加比赛,下面要说话的,啊?”王一生低了头,说:“我也不是要参加比赛,只是来看。”书记说:“那是可以的,那欢迎。倪斌,你去桌上,左边的那个桌子,上面有一份打印的比赛日程。你拿来看看,象棋类是怎么安排的。”倪斌早一步跨进里屋,马上把材料拿出来,看了一下,说:“要赛三天呢!”就递给书记。书记也不看,把它放在茶几上,掸一掸手,说:“是啊,几个县嘛。啊?还有什么问题吗?”大家都站起来,说走了。书记与离他近的人很快地握了手,说:“倪斌,你晚上来,嗯?”倪斌欠欠身说好的,就和大家一起出来。大家到了街上,舒了一口气,说笑起来。

大家漫无目的地在街上走,讲起还要在这里待三天,恐怕身上的钱支持不住。王一生说他可以找到睡觉的地方,人多一点恐怕还是有办法,这样就能不去住店,省下不少钱。倪斌不好意思地说他可以住在书记家。于是大家一起随王一生去找住的地方。

原来王一生已经来过几次地区,认识了一个文化馆画画儿的,于是便带了我们投奔这位画家。到了文化馆,一进去,就听见远远有唱的,有拉的,有吹的,便猜是宣传队在演练。只见三四个女的,穿着蓝线衣裤,胸撅得不能再高,一扭一扭地走过来,近了,并不让路,直脖直脸地过去。我们赶紧闪在一边儿,都有点儿脸红。倪斌低低地说:“这几位是地区的名角。在小地方,有她们这样的功夫,蛮不容易的。”大家就又回过头去看名角。

画家住在一个小角落里,门口鸡鸭转来转去,沿墙摆了一溜儿各类杂物,草就在杂物中间长出来。门又被许多晒着的衣裤布单遮住。王一生领我们从衣裤中弯腰过去,叫那画家。马上就乒乒乓乓出来一个人,见了王一生,说:“来了?都进来吧。”画家只是一间小屋,里面一张小木床，到处是书、杂志、颜色和纸笔。墙上钉满了画的画儿。大家顺序进去，画家就把东西挪来挪去腾地方，大家挤着坐下，不敢再动。画家又迈过大家出去，一会儿提来一个暖瓶，给大家倒水。大家传着各式的缸子、碗，都有了，捧着喝。画家也坐下来，问王一生："参加运动会了吗？"王一生叹着将事情讲了一遍。画家说："只好这样了。要待几天呢？"王一生就说："正是为这事来找你。这些都是我的朋友。你看能不能找个地方，大家挤一挤睡？"画家沉吟半晌，说："你每次来，在我这里挤还凑合。这么多人，嗯——让我看看。"他忽然眼里放出光彩来，说："文化馆里有个礼堂，舞台倒是很大。今天晚上为运动会的人演出，演出之后，你们就在舞台上睡，怎么样？今天我还可以带你们进去看演出。电工与我很熟的，跟他说一声，进去睡没问题。只不过脏一些。"大家都纷纷说再好不过了。脚卵放下心的样子，小心地站起来，说："那好，诸位，我先走一步。"大家要站起来送，却谁也站不起来。脚卵按住大家，连说不必了，一脚就迈出屋外。画家说："好大的个子！是打球的吧？"大家笑起来，讲了脚卵的笑话。画家听了，说："是啊，你们也都够脏的。走，去洗洗澡，我也去。"大家就一个一个顺序出去，还是碰得叮当乱响。

原来这地区所在地，有一条江远远流过。大家走了许久，方才到了。江面不甚宽阔，水却很急，近岸的地方，有一些小洼儿。四处无人，大家脱了衣裤，都很认真地洗，将画家带来的一块肥皂用完。又把衣裤泡了，在石头上抽打，拧干后铺在石头上晒，除了游水的，其余便纷纷趴在岸上晒。画家早洗完，坐在一边儿，掏出个本子在画。我发觉了，过去站在他身后看。原来他在画我们几个人的裸体速写。经他这一画，我倒发觉我们这些每日在山上苦的人，却矫健异常，不禁赞叹起来。大家又围过来看，屁股白白的晃来晃去。画家说："干活儿的人，肌肉线条极有特点，又很分明。虽然各部分发展可能不太平衡，可真的人体，常常是这样，变化万端。我以前在学院画人体，女人体居多，太往标准处靠，男人体也常静在那里，感觉不出肌肉滚动，越画越死。今天真是个难得的机会。”有人说羞处不好看,画家就在纸上用笔把说的人的羞处涂成一个疙瘩,大家就都笑起来。衣裤干了,纷纷穿上。

这时已近傍晚,太阳垂在两山之间,江面上便金子一般滚动,岸边石头也如热铁般红起来。有鸟儿在水面上掠来掠去,叫声传得很远。对岸有人在拖长声音吼山歌,却不见影子,只觉声音慢慢小了。大家都凝了神看。许久,王一生长叹一声,却不说什么。

大家又都往回走,在街上拉了画家一起吃些东西,画家倒好酒量。天黑了,画家领我们到礼堂后台入口,与一个人点头说了,招呼大家悄悄进去,缩在边幕上看。时间到了,幕并不开,说是书记还未来。演员们化了妆,在后台走来走去,伸一伸手脚,互相取笑着。忽然外面响动起来,我拨了幕布一看,只见书记缓缓进来,在前排坐下,周围空着,后面黑压压一礼堂人。于是开演,演出甚为激烈,尘土四起。演员们在台上泪光闪闪,退下来一过边幕,就喜笑颜开,连说怎么怎么错了。王一生倒很入戏,脸上时阴时晴,嘴一直张着,全没有在棋盘前的镇静。戏一结束,王一生一个人在边幕拍起手来,我连忙止住他,向台下望去,书记不知什么时候已经走了,前两排仍然空着。

大家出来,摸黑拐到画家家里,脚卵已在屋里,见我们来了,就与画家出来和大家在外面站着。画家说:“王一生,你可以参加比赛了。”王一生问:“怎么回事儿?”脚卵说,晚上他在书记家里,书记跟他叙起家常,说十几年前常去他家,见过不少字画儿,不知运动起来,损失了没有?脚卵说还有一些,书记就不说话了。过了一会儿书记又说,脚卵的调动大约不成问题,到地区文教部门找个位置,跟下面打个招呼,办起来也快,让脚卵写信回家讲一讲。于是又谈起字画古董,说大家现在都不知道这些东西的价值,书记自己倒是常在心里想着。脚卵就说,他写信给家里,看能不能送书记一两幅,既然书记帮了这么大忙,感谢是应该的。又说,自己在队里有一副明朝的乌木棋,极是考究,书记若是还看得上,下次带上来。书记很高兴,连说带上来看看。又说你的朋友王一生,他倒可以和下面的人说一说,一个地区的比赛,不必那么严格,举贤不避私嘛。就挂了电话,电话里回答说,没有问题,请书记放心,叫王一生明天就参加比赛。

大家听了,都很高兴,称赞脚卵路道粗,王一生却没说话。脚卵走后,画家带了大家找到电工,开了礼堂后门,悄悄进去。电工说天凉了,问要不要把幕布放下来垫盖着,大家都说好,就七手八脚爬上去摘下幕布铺在台上。一个人走到台边,对着空空的座位一敬礼,尖着嗓子学报幕员,说:“下一个节目——睡觉,现在开始。”大家悄悄地笑,纷纷钻进幕布躺下了。

躺下许久,我发觉王一生还没有睡着,就说:“睡吧,明天要参加比赛呢!”王一生在黑暗里说:“我不赛了,没意思。倪斌是好心,可我不想赛了。”我说:“咳,管它！你能赛棋,脚卵能调上来,一副棋算什么?”王一生说:“那是他父亲的棋呀！东西好坏不说,是个信物。我妈妈留给我的那副无字棋,我一直性命一样存着,现在生活好了,妈的话,我也忘不了。倪斌怎么就可以送人呢?”我说:“脚卵家里有钱,一副棋算什么呢?他家里知道儿子活得好一些了,棋是舍得的。”王一生说:“我反正是不赛了,被人做了交易,倒像是我占了便宜。我下得赢下不赢是我自己的事,这样赛,被人戳脊梁骨。”不知是谁也没睡着,大约都听见了,咕噜一声:“呆子。”

四

第二天一早儿,大家满身是土地起来,找水擦了擦,又约画家到街上去吃。画家执意不肯,正说着,脚卵来了,很高兴的样子。王一生对他说:“我不参加这个比赛。”大家呆了,脚卵问:“蛮好的,怎么不赛了呢?省里还下来人视察呢!”王一生说:“不赛就不赛了。”我说了说,脚卵叹道:“书记是个文化人,蛮喜欢这些的。棋虽然是家里传下的,可我实在受不了农场这个罪,我只想有个干净的地方住一住,不要每天脏兮兮的。棋不能当饭吃的,用它通一些关节,还是值的。家里也不很景气,不会怪我。”画家把双臂抱在胸前,抬起一只手摸了摸脸,看着天说:“倪斌,不能怪你。你没有什么了不得的要求。我这两年,也常常犯糊涂,生活太具体了。幸亏我还会画画儿。何以解忧?唯有——唉。”王一生很惊奇地看着画家,慢慢转了脸对脚卵说:“倪斌,谢谢你。这次比赛决出高手,我登门去与他们下。我不参加这次比赛了。”脚卵忽然很兴奋,攥起大手一顿,说:“这样,这样!我呢,去跟书记说一下,组织一个友谊赛。你要是赢了这次的冠军,无疑是真正的冠军。输了呢,也不太失身份。”王一生呆了呆:“千万不要跟什么书记说,我自己找他们下。要下,就与前三名都下。”

大家也不好再说什么,就去看各种比赛,倒也热闹。王一生只钻在棋类场地外面,看各局的明棋。第三天,决出前三名。之后是发奖,又是演出,会场乱哄哄的,也听不清谁得的是什么奖。

脚卵让我们在会场等着,过了不久,就领来两个人,都是制服打扮。脚卵作了介绍,原来是象棋比赛的第二、三名。脚卵说:“这位是王一生,棋蛮厉害的,想与你们两位高手下一下,大家也是一个互相学习的机会。”两个人看了看王一生,问:“那怎么不参加比赛呢?我们在这里待了许多天,要回去了。”王一生说:“我不耽误你们,与你们两人同时下。”两人互相看了看,忽然悟到,说:“盲棋?”王一生点一点头。两人立刻变了态度,笑着说:“我们没下过盲棋。”王一生说:“不要紧,你们看着明棋下。来,咱们找个地方儿。”话不知怎么就传了出去,立刻嚷动了,会场上各县的人都说有一个农场的小子没有赛着,不服气,要同时与亚、季军比试。百十个人把我们围了起来,挤来挤去地看,大家觉得有了责任,便站在王一生身边儿。王一生倒低了头,对两个人说:“走吧,走吧,太扎眼。”有一个人挤了进来,说:“哪个要下棋?就是你吗?我们大爷这次是冠军,听说你不服气,叫我来请你。”王一生慢慢地说:“不必。你大爷要是肯下,我和你们三人同下。”众人都轰动了,拥着往棋场走去。到了街上,百十人走成一片。

行人见了,纷纷问怎么回事,可是知青打架?待明白了,就都跟着走。走过半条街,竟有上千人跟着跑来跑去。商店里的店员和顾客也都站出来张望。长途车路这里开不过,乘客们纷纷探出头来,只见一街人头攒动,尘土飞起多高,轰轰的,乱纸踏得嚓嚓响。一个傻子呆呆地在街中心,咿咿呀呀地唱,有人发了善心,把他拖开,傻子就依了墙根儿唱。四五条狗窜来窜去,觉得是它们在引路打狼,汪汪叫着。

到了棋场,竟有数千人围住,土扬在半空,许久落不下来。棋场的标语标志早已摘除,出来一个人,见这么多人,脸都白了。脚卵上去与他交涉,他很快地看着众人,连连点头儿,半天才明白是借场子用,急忙打开门,连说"可以可以",见众人都要进去,就急了。我们几个,马上到门口守住,放进脚卵、王一生和两个得了名誉的人。这时有一个人走出来,对我们说:"高手既然和三个人下,多我一个不怕,我也算一个。"众人又嚷动了,又有人报名。我不知怎么办好,只得进去告诉王一生。王一生咬一咬嘴说:"你们两个怎么样?"那两个人赶紧站起来,连说可以。我出去统计了,连冠军在内,对手共是十人,脚卵说:"十不吉利的,九个人好了。"于是就九个人。冠军总不见来,有人来报,既是下盲棋,冠军只在家里,命人传棋。王一生想了想,说好吧。九个人就关在场里。墙外一副明棋不够用,于是有人拿来八张整开白纸,很快地画了格儿。又有人用硬纸剪了百十个方棋子儿,用红黑颜色写了,背后粘上细绳,挂在棋格儿的钉子上,风一吹,轻轻地晃成一片,街上人也嚷成一片。

人是越来越多。后来的人拼命往前挤,挤不进去,就抓住人打听,以为是杀人的告示。妇女们也抱着孩子们,远远围成一片。又有许多人支了自行车,站在后架上伸脖子看,人群一挤,连着倒,喊成一团。半大的孩子们钻来钻去,被大人们用腿拱出去。数千人闹闹嚷嚷,街上像半空响着闷雷。

王一生坐在场当中一个靠背椅上,把手放在两条腿上,眼睛虚望着,一头一脸都是土,像是被传讯的歹人。我不禁笑起来,过去给他拍一拍土。他按住我的手,我觉出他有些抖。王一生低低地说:“事情闹大了。你们几个朋友看好,一有动静,一起跑。”我说:“不会。只要你赢了,什么都好办。争口气,怎么样?有把握吗?九个人哪!头三名都在这里!”王一生沉吟了一下,说:“怕江湖的不怕朝廷的,参加过比赛的人的棋路我都看了,就不知道其他六个人会不会冒出冤家。书包你拿着,不管怎么样,书包不能丢。书包里有……”王一生看了看我,“我妈的无字棋。”他的瘦脸上又干又脏,鼻沟也黑了,头发立着,喉咙一动一动的,两眼黑得吓人。我知道他拼了,心里有些酸,只说:“保重!”就离了他。他一个人空空地在场中央,谁也不看,静静地像一块铁。

棋开始了。上千人不再出声儿。只有自愿服务的人一会儿紧一会儿慢地用话传出棋步,外边儿自愿服务的人就变动着棋子儿。风吹得八张大纸哗哗地响,棋子儿荡来荡去。太阳斜斜地照在一切上,烧得耀眼。前几十排的人都坐下了,仰起头看,后面的人也挤得紧紧的,一个个土眉土眼,头发长长短短吹得飘,再没人动一下,似乎都把命放在棋里搏。

我心里忽然有一种很古的东西涌上来,喉咙紧紧地往上走。读过的书,有的近了,有的远了,模糊了。平时十分佩服的项羽、刘邦都目瞪口呆,倒是尸横遍野的那些黑脸士兵,从地下爬起来,哑了喉咙,慢慢移动。一个樵夫,提了斧在野唱。忽然又仿佛见了呆子的母亲,用一双弱手一张一张地折书页。

我不由得伸手到王一生书包里去掏摸,捏到一个小布包儿,拽出来一看,是个旧蓝斜纹布的小口袋,上面绣了一只蝙蝠,布的四边儿都用线做了圈口,针脚很是细密。取出一个棋子,确实很小,在太阳底下竟是半透明的,像是一只眼睛,正柔和地瞧着。我把它攥在手里。

太阳终于落下去,立即爽快了。人们仍在看着,但议论起来。里边儿传出一句王一生的棋步,外面的人就嚷动一下。专有几个人骑车为在家的冠军传送着棋步,大家就不太客气,笑话起来。

我又进去,看见脚卵很高兴的样子,心里就松开一些,问:“怎么样?我不懂棋。”脚卵抹一抹头发,说:“蛮好,蛮好。这种阵式,我从来也没有见过,你想想看,九个人与他一个人,九局连环!车轮大战!我要写信给我的父亲,把这次的棋谱都寄给他。”这时有两个人从各自的棋盘前站起来,朝着王一生鞠躬,说:“甘拜下风。”就捏着手出去了。王一生点点头儿,看了他们的位置一眼。

王一生的姿势没有变,仍旧是双手扶膝,眼平视着,像是望着极远极远的远处,又像是盯着极近的近处,瘦瘦的肩挑着宽大的衣服,土没拍干净,东一块儿,西一块儿。喉结许久才动一下。我第一次承认象棋也是运动,而且是马拉松,是多一倍的马拉松!我在学校时,参加过长跑,开始后的五百米,确实极累,但过了一个限度,就像不是在用脑子跑,而像一架无人驾驶飞机,又像是一架到了高度的滑翔机只管滑翔下去。可这象棋,始终是处在一种机敏的运动之中,兜捕对手,逼向死角,不能疏忽。我忽然担心起王一生的身体来。这几天,大家因为钱紧,不敢怎么吃,晚上睡得又晚,谁也没想到会有这么一个场面。看着王一生稳稳地坐在那里,我又替他赌一口气:死顶吧!我们在山上扛木料,两个人一根,尽管路不是路,沟不是沟,也得咬牙,死活不能放手。谁若是顶不住软了,自己伤了不说,另一个也得被木头震得吐血。可这回是王一生一个人过沟坎儿,我们帮不上忙。我找了点儿凉水来,悄悄走近他,在他跟前一挡,他抖了一下,眼睛刀子似的看了我一下,一会儿才认出是我,就干干地笑了一下。我指指水碗,他接过去,正要喝,一个局号报了棋步。他把碗高高地平端着,水纹丝儿不动。他看着碗边儿,回报了棋步,就把碗缓缓凑到嘴边儿。这时下一个局号又报了棋步,他把嘴定在碗边儿,半晌,回报了棋步,才咽一口水下去,“咕”的一声儿,声音大得可怕,眼里有了泪花。他把碗递过来,眼睛望望我,有一种说不出的东西在里面游动,嘴角儿缓缓流下一滴水,把下巴和脖子上的土冲开一道沟儿。我又把碗递过去,他竖起手掌止住我,回到他的世界里去了。

我出来,天已黑了。有山民打着松枝火把,有人用手电筒照着,黄乎乎的,一团明亮。大约是地区的各种单位下班了,人更多了。狗也在人前蹲着,看人挂动棋子,眼神凄凄的,像是在担忧。几个同来的队上知青,各被人围了打听。不一会儿,"王一生"、"棋呆子"、"是个知青"、"棋是道家的棋",就在人们嘴上传。我有些发噱,本想到人群里说说,但又止住了,随人们传吧,我开始高兴起来。这时墙上只有三局在下了。

忽然人群发一声喊。我回头一看,原来只剩了一盘,恰是与冠军的那一盘。盘上只有不多几个子儿。王一生的黑子儿远远近近地峙在对方棋营格里,后方老帅稳稳地待着,尚有一"士"伴着,好像帝王与近侍在聊天儿,等着前方将士得胜回朝;又似乎隐隐看见有人在伺候酒宴,点起尺把长的红蜡烛,有人在悄悄地调整管弦,单等有人跪奏捷报,鼓乐齐鸣。我的肚子拖长了音儿在响,脚下觉得软了,就拣个地方坐下,仰头看最后的围猎,生怕有什么差池。

红子儿半天不动,大家不耐烦了,纷纷看骑车的人来没有,嗡嗡地响成一片。忽然人群乱起来,纷纷闪开。只见一老者,精光头皮,由旁人搀着,慢慢走出来,嘴嚼动着,上上下下看着八张定局残子。众人纷纷传着,这就是本届地区冠军,是这个山区的一个世家后人,这次"出山"玩玩儿棋,不想就夺了头把交椅,评了这次比赛的大势,直叹棋道不兴。老者看完了棋,轻轻抻一抻衣衫,跺一跺土,昂了头,由人搀进棋场。众人都一拥而起。我急忙抢进了大门,跟在后面。只见老者进了大门,立定,往前看去。

王一生孤身一人坐在大屋子中央,瞪眼看着我们,双手支在膝上,铁铸一个细树桩,似无所见,似无所闻。高高的一盏电灯,暗暗地照在他脸上,眼睛深陷进去,黑黑的似俯视大千世界,茫茫宇宙。那生命像聚在一头乱发中,久久不散,又慢慢弥漫开来,灼得人脸热。众人都呆了,都不说话。外面传了半天,眼前却是一个瘦小黑魂,静静地坐着,众人都不禁吸了一口凉气。

半晌,老者咳嗽一下,底气很足,十分洪亮,在屋里荡来荡去。王一生忽然目光短了,发觉了众人,轻轻地挣了一下,却动不了。老者推开搀的人,向前迈了几步,立定,双手合在腹前摩挲了一下,朗声叫道:"后生,老朽身有不便,不能亲赴沙场。命人传棋,实出无奈。你小小年纪,就有这般棋道,我看了,汇道禅于一炉,神机妙算,先声有势,后发制人,遣龙治水,气贯阴阳,古今儒将,不过如此。老朽有幸与你接手,感触不少,中华棋道,毕竟不颓,愿与你做个忘年之交。老朽这盘棋下到这里,权做赏玩,不知你可愿意平手言和,给老朽一点面子?"

王一生再挣了一下,仍起不来。我和脚卵急忙过去,托住他的腋下,提他起来。他的腿仍是坐着的样子,直不了,半空悬着。我感到手里好像只有几斤的分量,就暗示脚卵把王一生放下,用手去揉他的双腿。大家都拥过来,老者摇头叹息着。脚卵用大手在王一生身上、脸上、脖子上缓缓地用力揉。半晌,王一生的身子软下来,靠在我们手上,喉咙嘶嘶地响着,慢慢把嘴张开,又合上,再张开,"啊啊"着。很久,才呜呜地说:"和了吧。"

老者很感动的样子,说:"今晚你是不是就在我那儿歇了?养息两天,我们谈谈棋?"王一生摇摇头,轻轻地说:"不了,我还有朋友。大家一起来的,还是大家在一起吧。我们到、到文化馆去,那里有个朋友。"画家就在人丛里喊:"走吧,到我那里去,我已经买好了吃的,你们几个一起去。真不容易啊!"大家慢慢拥了我们出来,火把一团儿照着。山民和地区的人层层团了,争睹棋王风采,又都点头儿叹息。

我搀了王一生慢慢走,光亮一直随着。进了文化馆,到了画家的屋子,虽然有人帮着劝散,窗上还是挤满了人,慌得画家急忙把一些画儿藏了。

人渐渐散了,王一生还有一些木。我忽然觉出左手还攥着那个棋子,就张了手给王一生看。王一生呆呆地盯着,似乎不认得,可喉咙里就有了响声,猛然"哇"的一声儿吐出一些黏液,呜呜地说:"妈,儿今天……妈——"大家都有些酸,扫了地下,打来水,劝了。王一生哭过,滞气调理过来,有了精神,就一起吃饭。画家竟喝得大醉,也不管大家,一个人倒在木床上睡去。电工领了我们,脚卵也跟着,一齐到礼堂台上去睡。

夜黑黑的,伸手不见五指。王一生已经睡死。我却还似乎耳边人声嚷动,眼前火把通明,山民们铁了脸,肩着柴火林中走,咿咿呀呀地唱。我笑起来,想:不做俗人,哪儿会知道这般乐趣?家破人亡,平了头每日荷锄,却自有真人生在里面,识到了,即是幸,即是福。衣食是本,自有人类,就是每日在忙这个。可囿在其中,终于还不太像人。倦意渐渐上来,就拥了幕布,沉沉睡去。

乡 村 情 感

张 宇

一

我是乡下放进城里来的一只风筝，飘来飘去已经二十年，线绳儿还系在老家的房梁上。在城里由于夹紧着尾巴做人，二十年前的红薯屁还没有放干净。脸上贴一种纸花般的假笑，也学会对别人说你好和谢谢，但是总觉得骨子眼里还是个乡下人。清早刷牙晚上洗脚时，总盼望有人能发现，证明我已经刷过牙和洗过脚。

城里的街道很宽，总觉得这是别人的路，没有自己下脚的地方。往前走时感觉不到在走，总觉得是挤。好不容易挤过去，还要再挤回来。日月就这么重复着，把人的生命放在洗衣机里来回搅。只有风低低地吹过来时，才能追着风吻到那遥远的山坡和亲密的乡村，还有那温暖的黄土泥屋。

我常常有一种感觉，总会有那么一天，城里人把我看够玩够了，就会把我赶出去。那时候我就回到乡下去，肩起犁拐掂起鞭子，打着牛屁股，去翻起父亲们翻过的泥土。每逢集日掂半篮鸡蛋到街里去换回盐和火柴。养一棵桐树，将来给自己打棺材。可惜麦生伯害癌症死了，不然就可以跟着他学木匠，打棺材时不用请人。

不知为什么，当初爹和麦生伯在城里放着官不做，又没有犯错误,却跑回山里当庄稼人。有时候就想,如果父母把我生在城里,我对这个世界,就会是另一种感觉。我问过多次,他们都不说,好像这是他们两个人的秘密,和别人不发生关系。时间长了,使你觉得他们就没有过去,只有眼前的日月。

麦生伯姓郑,住郑家疙瘩,离我们张家湾不远,中间隔一道坡,流一条河。山坡上的树被人们一代又一代砍净了,露着肉的荒坡上只盘着些曲曲弯弯的小道,像黄牛身上缠绕着的鞭痕。小河从深山里流出来,走过一个又一个村庄,摇摇摆摆流进前边的洛河,进黄河,奔大海,像人来自大地又回到大地那样曲折和坎坷。

虽然不一个村,麦生伯常来,爹也常去,经常坐在一块拉家常排闲话。说说庄稼,也说说家里养的牛和猪。有时高兴,爹从墙上取下大弦,扯着长长的弓,摇头晃脑使劲地锯,麦生伯就伸长脖子吼叫起来。麦生伯的脖子长,唱起来又滚出几条很粗的筋,使我觉得他是在用脖子唱。有时候心烦,他们一声不吭,只对着抽旱烟;岁月在他们烟锅里一点点燃烧为灰烬,然后举起来往鞋底一磕,就什么都没有了。

和成的面像石头蛋,
放在面板上按几按。
擀杖擀成一大片,
用刀一切切成线,
下到锅里团团转,
舀到碗里是莲花瓣,
生葱,烂蒜,
姜末,胡椒面,
再放几撮芝麻叶儿,
这就是咱山里人的面条饭。

在他们所有的唱段里，我喜欢这段“面条饭”。如果去说，这段唱里什么道理都没有；如果去听，这段唱里则好像什么意思都有。那扯开的腔里展开着庄稼人走过的长长的路，那曲曲弯弯的弦声里诉说着山里人坎坷不平的人生。说不明白是生活进入了音乐，还是音乐飘进了生活。

他们唱，我跟着学，总唱不出那股味道。小时候常怪自己嗓子细，不明白是由于心里还没有悲凉的苦楚。

除了听他们唱戏，还喜欢麦生伯带我上野地里玩。我们走进坟地，把狼从坟地赶出来，看着狼大摇大摆从我们面前走过去，我就对着狼吆喝：

日头落，
狼下坡，
逮住小子当蒸馍，
逮住闺女当汤喝。

手里还提着麦生伯给我做的木头手枪。有麦生伯在身边，我什么都不怕。只是奇怪，既然有人，为什么还要有狼呢？那时候还不知道怕人，只知道怕狼。

麦生伯指着狼对我说不要怕，狼有吃人的心，没有吃人的胆；豹有吃人的胆，没有吃人的心。我问麦生伯，狼为什么想吃人又不敢，豹子为什么敢吃人又不想？麦生伯笑笑说，这些道理等你长大了才能明白。其实到如今我也不明白，只是不去追问这些话罢了。

孩子们不明白的事情还少，总想追问，大人们不明白的事情太多，也就不去追问了。不去追问，把一些话放在心里埋起来，这恐怕就是大人和孩子的区别了。

二

麦生伯发现自己害了癌症是那年秋后。麦生伯吃饭老往外吐,爹心里邪,害怕出事儿,就逼着他上县医院检查。这之前麦生伯的儿子小龙已经和我妹妹秀春订了婚,两家人亲上加亲,和一家人一样。起初麦生伯还高低不去,爹发了脾气,才逼着他上了车。

在县医院做胃镜检查时,爹在外边等。爹后来说麦生伯一进那黑屋里,他忽然两腿发软,浑身冒汗,就知道这病不会有好结果。因为在我爷爷奶奶死前,爹都有过这种奇怪的感觉,一下就双腿发软心惊肉跳,满脸出冷汗。爹解释不了这感觉的道理,只是有这种感觉。

麦生伯走进那黑屋里,什么也看不见,定睛一会儿,才稳住了神儿。先喝下那白糊糊的药,等了一会儿,才脱去衣裳给检查。检查完了后又到几个诊室去折腾。折腾完了,赶他出来,爹脸上的冷汗还没有落下去。

医生把门打开一条窄窄的缝,叫:"谁是郑麦生的家属?"

爹站起来说:"我。"

医生说:"进来吧。"

爹先挤进了那门缝儿,麦生伯也要跟进去,被医生谢绝了。医生顺手碰上门,那门板差点碰上麦生伯的额头。

医生看着爹的打扮,在里边又显得很严肃很郑重地问:"你叫啥?"

"我叫张树声。"

"你和郑麦生啥关系?"

"他是我哥,我是他兄弟。"

"你姓张,他姓郑,怎么是兄弟?"

"大夫有啥你尽量说,我们和亲兄弟一样,我能当住他的家儿。"

"唉,"医生说,"根据目前情况看已是胃癌晚期,回去准备后事吧。”

爹接过那几张检验单，像接过一块砖头那么沉重，久久说不出话来。医生又劝他：

“别难过，不要告诉病人，影响病人情绪。”

爹点点头，又把那几张检查结果的单子放回桌子上。他没有勇气把这些单子带回家。但是奇怪，浑身的汗落了，心里冰凉冰凉，他知道麦生伯走到了路尽头。

不过，爹一辈子经历的事太多，知道在这个世界上，好人并不一定有好报，老天爷并不公平；既然认定是癌，也就冷静下来。在黑屋待了一会儿，出门时已经是满脸笑容。他拉住麦生伯的手就走，像什么事儿没发生一样，走出医院就轻松地说说笑笑起来。

“他妈的，真是虚惊一场。”爹哈哈笑着说，“我怕是癌，原来是啥胃炎消化不良。”

“日他妈，我想着就是消化不良。”麦生伯也笑了，“人吃五谷杂粮，还能不出点毛病？”

他们两个说着，走到县城大街上。看着大街上车水马龙，爹忽然觉得心里难受。麦生伯是条硬汉子，瞒着他，太看不起他。再说，能瞒到啥时候？总会有一天他要知道的。说明了，又不忍心。于是，就站下来，看着麦生伯的脸，心里没了主意。

“你看着我干啥？不认得？”

“唉，麦生哥，我看他妈的给你实说了吧，反正你这老家伙啥都能看得开。咱这病刚才大夫说了，可不是胃炎消化不良。”

“是啥？”

“是癌。”

“狗日的你这老家伙还想瞒我，大夫叫你进去我就看出来了，你不说我也知道了。”

“咋？你在门外偷听了？”

“那还用说！”

两个人都哈哈大笑起来。爹然后满不在乎地说:

“癌也没啥了不起,又不是翻人家墙头偷人家大闺女小媳妇,害病不丢人。”

“有啥了不起?”麦生伯也笑着说,“这病别人能害,咱也能害,反正不害这病害那病,都是死。”

“反正不能长生不老。”

“不是是啥!”

“打土匪时死了那么多弟兄,还不都是二三十岁?叫我说,麦生哥,咱又活了这几十年,已经是便宜了。”

“不是是啥!”

爹突然心里一热:“咋弄,去哪儿?”

麦生伯说:“你说上哪儿就上哪儿。”

爹说:“上酒馆,喝一杯!”

麦生伯一拍大腿乐了:“他奶奶的,喝一杯!”

两人进了酒馆,要了四盘菜一瓶白酒,喝了个痛快……

从县里回来,麦生伯一个月后就躺倒了,一躺倒,再没有起来。一个人的命就像树叶那么轻,风一吹霜一打,说黄就黄,说卷就卷,说落就落了。

人一死,什么都没有了。

只有风低低地吹过世界。

三

那年我们家修房子,麦生伯身体还强壮,跑来做泥水匠。我从城里赶回去帮工,因为修房子在我们老家是件大事情。

我们那山里人,一生就三件大事:修房子、娶媳妇、生孩子。这就是我们山里人的全部的事业和辉煌的前程。他们不知道也不去想还有别的什么,只为了这些脸朝黄土背朝天,土里刨食,一代又一代。

我们家乡的房屋分两类：瓦房和草房，很少有窑洞。但全都是黄土泥墙，站在山坡上去望我们的村庄，就像一群黄牛卧在那里晒太阳。不断有山风吹歪一股股炊烟，就像黄牛们举起来的尾巴。

房墙大都由土坯先垒起来，外边再抹上黄泥。黄泥里拌有麦草，它们是泥墙的筋肌，手挽手把着不让风雨吹打进去。常年的雨水洗干净麦草的脸，天晴时麦草上便反射出金灿灿的阳光。

这种墙的好处是可以更换，屋宇用木柱架起来撑着，墙倒屋不塌，过许多年，人们闲下来时，就把老墙扒掉，当肥料送进田里去养庄稼。这种肥料叫壮士，劲道很大，在肥料中算上品。然后再用新土做成新墙，十分方便，又给人一种新房的感觉。

不知为什么，在我们家乡，庄稼人极少用砖做墙，过去的大地主富户也只用砖做个墙腿以显排场，都不肯一砖到底，只有一些老庙宇例外。这些神仙住的地方才完全用砖做墙，而且一砖到顶不见黄泥，和庄稼人住的黄泥墙屋形成鲜明的对比。好像只有神仙才能脱离土地，飘出人间飞上天空。爹和麦生伯都对我讲过，这是老辈人的古训，人是土物，离不开土。如果细细去追踪，这话里好像有些什么神秘的启示，在深深地揭示着人和土地之间一种生命的联系。这个联系从现实世界到精神世界，无处不有，能使人联想到漫无边际。

不过在家乡时，并没有觉得住那土屋有什么好处，除了比城里的房子多一些老鼠洞，并没有别的优点。一直到在城里住了许多年后，才逐渐体验到那黄土泥屋的温暖。具体说，那只是心灵上一种温暖的感觉，住在家乡那黄土泥屋里永远有一种躺在母亲怀抱里的安全和幸福，而且这感觉是住在城市的楼房里体验不出来的。于是每每从城里远远地返回那乡村，走进那黄土泥屋，就像一个大人又回到婴儿的世界。在这里见人不用说你好和谢谢，谁要感谢谁，见面不用说好听话。这就使我在城里活得很累，我害怕城里人。

我小时候怕狼，现在害怕城里人。

麦生伯给我们家干活不要工钱，又特别卖力气。每天早早上架子,吃饭时才下来。撒尿时就解开裤裆掏出家伙,往墙上滋,好像满世界就他一个人。

那时候他已经死了老伴,里里外外一手人,经常吃不上应时饭。妈妈心细,每顿饭都给他碗底卧一个鸡蛋,想补补他的身子。爹让我每天都给他衣袋里塞包烟,让他随便抽。而他并不常抽,却喜欢把纸烟像旗帜一样夹在耳根。他还把抽剩的烟屁股留着,剥去外边的纸,把烟末装进旱烟锅里。他在替我们家节省,他知道这纸烟都是用钱买来的,而钱又是用汗水换来的,能省一点是一点。庄稼人就这样,啥时候都是细水长流过日月。

那几天活儿紧,人累,但夜里全不急着去睡,一定要聚在一块排闲话。因为我从城里回来,麦生伯想听我说外边的事情,晚上也不回郑家疙瘩,就住在俺家。排闲话时,爹爱坐在木圈椅里,脚蹬住桌边儿。麦生伯爱躺在床上,扛着被卷儿,把一双臭脚蹬在木圈椅的靠背上,差一点就放在我爹的肩膀上。只有点烟时才起身,把旱烟锅对住灯头儿,把灯头火吸得一会倒下去,一会又站起来。

"娃子,"麦生伯有天夜里忽然问我,"你说,咱中国老富不起来,这是他妈的啥问题?"

"中国地大,人多呗。"我说。

麦生伯重新躺下去后,自己讲起来,"闹土改斗地主时,咱们去发动人家,就说咱们共产党是为穷人们服务的。现在还这么说,还说是为人民服务的,咱共产党是人民的服务员。可要是咱共产党的干部们比群众吃得好穿得好,群众咋会相信咱?不相信,就不能上下一条心,不一条心,就搞不上去。"

爹说:"可是总要有人去当官儿。没有官儿,就没有人管;没有人管,天下不就乱了?"

"可是谁来管这些当官的?"麦生伯说,"有些官要是不好好服务时,咱老百姓管不住他们,时间一长,不就生外心只为自己不为国家了?所以我还是那句老话,咱们的官儿,是凭良心官儿。"

爹说:“一定要想个办法,让群众一发烧当官的就头疼,群众一肚子疼当官儿的就拉稀屎,这才能心连着心命连着命。这个社会主义搞好了,保险能搞过资本主义。”

麦生伯叹口气说:“唉,这个办法可不好想。咱老两个想了几十年,还在这原地转圈圈儿。”

我这才明白,他们这些年来想得很苦,虽然脱离革命队伍回家当了庄稼人,却并没有停止过思考。

麦生伯那晚上的话一字一句如一块块石头压在我心上,直到他死后,也没能够放下来。虽然这些话很家常,我却知道这里边的深刻内容。我不知道什么时候才能去到麦生伯的坟地,对他说您安息吧,您想了一辈子的问题,现在解决了。

太阳每天都从东方挺灿烂地升起来,每次都放射出万道金光一样,难道这一天很遥远很遥远吗?

四

证实自己是癌症后,麦生伯不让爹对外人说出去,他说还有些事情要办。回家以后,先放倒家里那棵桐树,亲自拉锯,把这棵桐树解成二寸厚七尺长的棺材板。然后又用麦糠火把木板烘干,这时候他觉得自己没了力气,翻动那棺材板时已经张口喘气头上冒汗。他知道自己没有劲把棺材做成了,才买来二斤点心,去请来木匠。匠人们一上工,乡亲们才明白这是为什么了。

他本来准备亲手把棺材做好,他知道自己个头多高,怎么样躺进去舒服。再者做棺材要花不少钱,他不想再多浪费。给别人做了多少棺材,给自己做个棺材不算什么,要不了几天工夫。怎奈实在是力不从心,才请了人。等到做棺材的匠人们开工以后,麦生伯便浑身像软面条一样倒了下来,再也站不起来了。开始还多少能喝点稀汤,慢慢地越来越吃喝不进去了。

麦生伯早早死了老伴,儿子郑小龙才二十二岁,和我妹妹秀春还没有结婚,没过门的媳妇不能常住在婆家侍候公爹。白天去干点活,夜里还要赶回俺张家湾住,住在郑家别人要说闲话。在山里,名誉是女人的命,比什么都要紧。爹每天下午都在山坡下等,一直到太阳落山后,看见山坡上秀春的影子,才放心地回家来。

这样,病人家就没有女人料理,只好亏了麦生伯的妹妹郑麦花,放下婆家的一摊子,住回娘家来侍候哥哥。按乡俗称呼,我们这晚辈人都叫她麦花姑。

麦花姑已经五十岁了,老实人一个,虽然手脚并不精巧和麻利,心肠极好。每日洗洗涮涮,一边侍候哥哥,一边给做棺材的匠人们做饭。还要张罗着给哥哥缝制老衣,里里外外忙得团团转。她不怕忙,亲兄妹吃一个奶吊大,爹娘下世早,基本上是哥哥把她拉扯着成人。老嫂比母,长兄比父,她最敬最亲哥哥。但使她难受的是自己心眼太实,拐不过弯儿,从小哥哥只待她好,侍候她吃喝,却不怎么和她说话。如今哥哥躺在床上,眼看着一天不如一天,死在眼皮子上了,总是唉声叹气明显有心事放不下,她就是问不出来。为此她伤心极了。

这时候她又坐在床边,慢声细语给哥哥说话。

"哥,棺材在原来生产队的场房里做,那里地场大,宽展,啥都能拉得开。"

"我知道,我去看的地方我知道。"

"匠人们可卖力气,还刻了木花,前边刻龙,后边刻凤。老师傅说解放时跟着你打土匪拉锯,还是你的兵。"

"我知道,我什么都知道,我也听见斧头响了。"

"哥,你放心,老衣也在缝。七件,咱小龙孝顺,还给你买了件军大衣。嫂子们还在枕头顶上给你绣花,一头绣着日头和云彩,一头绣着月亮和星星,是地道的阴阳枕。"

"球——这些鸡毛蒜皮事,你认真干啥?"

"哥,我们都想好了,等你百年之后,无论如何也要把俺嫂子的骨头起出来，给你们合葬。”

“唉，你都操这些闲心弄啥？人死如灯灭，合葬不合葬，有什么要紧，费那工夫干啥？”

“哥，你到底有啥心事，也说出来给妹子听听。妹子再没有能耐，也总还有心。你啥也不说，我知道你想啥？”

麦生伯有点不耐烦了，闭上眼睛，不再搭理自己的妹妹。好一会儿沉默，他才摆摆手说：“饭不是做好了吗？做好了给匠人们送饭去吧。我啥心事也没有，你也别再胡思乱想了。你一辈子没心秤，能知道点啥。”

郑麦花看着哥哥心烦，连忙抹一把泪退出来，收拾好饭篮，提着去给匠人们送饭。

已经是初冬，西北风小刀子一样往身上刮。村里人闲下来，不少庄稼汉袖着手缩着脖子夹着膀子在背风处晒太阳。牛吃饱了草，被牵出来拴在小树上，几头牛卧在地上慢慢地拍着那宽大的嘴巴一点点往外倒沫，一边倒沫一边悠闲地卷起尾巴在空中缭绕。

场房屋在村边上，过去生产队红火时这里极热闹，又是粮库又是开会的地点，差一点就是政治经济文化中心了。现在那破墙上还留着“文化大革命”时的毛主席像，造反派写的标语。不过墙已经老了，伤痕累累已经破败，这场房屋便像过去的一团影子飘在这里。现在闲下来没有用场，人们常借来做活用，麦生伯的棺材就在这儿做。

匠人一共三个，老师傅带两个小徒弟。棺身棺盖已具规模，两个小徒弟正用细刨子刨光打磨，准备上漆。老师傅正手握雕刀一心一意地刻花，老花镜滑落在鼻尖上。

老师傅旁边有一堆火，一来用它取暖，俗话说屁暖床烟暖房，人坐在火边心不凉；二来用它温胶，几块石头架着一只胶锅，胶锅里有一把胶刷，是那种用竹笋叶捆起来砸碎的胶刷，过胶后黄亮透明。郑麦花提着饭篮进来时，都正在用心做活。老木匠只翻眼看了看，没有说话，好像吃饭这些事目前不大重要，他的一颗心都在刀尖上。

郑麦花把饭打在碗里,屋里便飘起油葱花的香味儿。她双手端给老木匠,老木匠这才接住饭碗。郑麦花又要给两个小徒弟打饭,被老木匠拦住了。

“麦花,你也坐下歇会腿,叫他们自己弄。”

等着木匠们用心地吃饭,郑麦花不由得看着棺材心里难受,忍不住又说:“活做好些,活做细些,可怜我哥受了一辈子罪,让你们受累了。”

这话,郑麦花不知说多少遍了。老木匠听见,认真地点点头,吃完饭他抹把嘴后,才忽然对郑麦花说:“有一点可要说清楚,我这回做活可是破了规矩,在这棺材头的龙身后刻了一面红旗。麦生兄弟当过我们连长,我想这么刻。不管你们家同意不同意,我都这么刻了。”

老木匠说完眼潮潮的,痴痴地看自己刻的那面红旗,去看那红旗上飞舞腾跃的龙……

郑麦花连忙答应下来:“好,好。其实我啥规矩都不懂,只要你看着好,就好。”

她真的许多事情都不明白,她只知道吃饭干活,给男人过光景。但她知道哥哥的为人,庄稼人看得起她,常常说这就是郑麦生的妹子。老木匠的几句话,使她又一次为有这样受人尊敬的兄长而骄傲,又一次感到可亲可敬的兄长就要死了,天就要塌下来了。

郑麦花低着头走在村路上,村路弯弯,像牛绳一样缠来绕去,拴住了一个又一个的黄土泥屋。

五

郑麦花送饭回来,走进院门,远远看见小龙站在病人的屋外边。郑麦花走过去。郑小龙连忙拦住她,对她又打手势又摇头,不让她往里闯。她不知道发生了什么事,一直往里走,郑小龙只好拉她过来,悄悄对她说:“麦旺叔来了,在这里屋与爹说话呢!”她才停下脚步,姑侄两个默默站在门外，听着里边的动静。郑麦旺是村长，他们多么希望村长能打开病人的心扉，让亲人们心安。

屋里边，郑麦旺已经坐在床边，拉了拉病人的手，又把这软塌塌的手放进被窝里，点着烟，一边抽一边往外一串串掏垫肠子话。

“麦生哥，”郑麦旺说，“你也六十开外的人了，啥事心都要想开点儿。人生在世就这么回事儿，早晚都有这一回，谁也躲不过，你说是不是？”

“麦旺兄弟，你放心，人活七十古来稀，啥道理我都明白，没有啥。”

“麦生哥，说起来我是村长，在办官事儿。可是当初是你介绍我入党的，其实关住屋门，咱说家里话，咱还是姓郑一家人，你是我哥，我是你兄弟。咱今个儿说说，我麦旺啥时候不听你麦生哥的？”

“说这叫啥，该咋是咋。”

“麦生哥，办官事儿我有点私心，有几场事为占便宜弄得不美气，哪一回你训我都像训牲口一样，我哪回给你记过仇？到头来还不是乖乖听你的，连个屁也不放。所以我说，你有啥心事不方便给家里人说，给兄弟我说说，不能让一家人干着急呀！”

郑麦生两眼看着黄土泥墙，不接他的话。

“麦生哥，咱麦花妹子人虽老实不会花言巧语，是个没嘴葫芦，心肠好呀。我看侍候得你也不赖，端吃端喝端屎端尿，也尽了心。咱小龙虽没成家，还是个娃娃，我看给你请大夫办老衣，料理起事情，比个大人还懂事儿。你也该知足。人活一辈子啥叫值，我看这就叫值。走在人前有人敬，走在人后有人想。公道不公道，打个颠倒，麦生哥，你说是不是这个理？你平常不是也常这样劝别人吗？”

郑麦生眼从那黄土泥墙上移过来，久久看着郑麦旺。

郑麦旺不慌不忙地抽烟，说几句话，故意停下来，让病人在心里想想。

“麦生哥，我知道你这一辈子太硬气太刚强，啥话都不说，万事不求人。可是我是你兄弟。我还不知道你心里想着啥吗？今天我给你明说哩,这几天我没有来看你,我可给你办了件大事儿。”

郑麦旺说完故意得意扬扬地看着郑麦生,掩饰不住心头的喜悦。郑麦生问:“麦旺,啥事体?”

“麦生哥,我知道你嫌咱院小没地场儿,房屋太窄,不能种树,也不能放手养猪养鸡,不是个过光景的场儿。将来小龙结了婚,过得不如人。所以,这几天我看好一块地皮,就和我那新院子挨着,三分半大,能盖三面房,也朝阳也亮堂,又离大路不远,出路也好。我在村里弄了个证明,又跑到乡里盖了章,给你办好了地基。麦生哥,这一回,你该放心了吧?”

郑麦旺说完,从口袋里把地基的表挖出来,小心地展开,把这张村里庄稼人都望眼欲穿的宝贝纸递到郑麦生手上,然后高兴地说:“麦生哥,我亲手交给你,你交给咱小龙。”

郑麦生双手拿着这张表,两眼闪闪地看着郑麦旺。亲兄弟吃一个奶吊大,也不过如此吧。便久久说不出话,定定地看着这同族的兄弟,这郑家疙瘩的村长。

“麦生哥,我想这宅基和我的新院子挨着,就是将来没有了你,还有我呢！我吃碗稠的,总不能叫小龙他们喝稀的。我替你照看孩子们,你就放心吧,啊?”

“麦旺兄弟,真让你难为了,我知道这玩意儿难弄。将来有你们照看小龙,我再放心不过了。”

“看麦生哥说的,别的本事没有,孩子们我还能照拂好。村长干不好,给咱姓郑的当看门狗,还行。”

说到了动情处,郑麦旺两眼潮潮鼻子尖也酸酸起来。毕竟在一块生活了一辈子,春种秋收,脸朝黄土背朝天地土里刨食,结下了深厚的情意。现在,眼看着人就要去了而且一去不返永不能再相见,使人感到天下的路长、人生的路短。一晃几十年过去,再追不回往日的岁月了。

两个人默默地望着，在这生死离别的地方，你看着我，我看着你，任凭两眼燃烧着兄弟之情的火花，两个人之间只觉得心越来越近了。

郑麦生的眼神由激动转向平静，好久好久才淡下来，苦笑着对郑麦旺摇了摇头，这才慢慢地说：“兄弟，我知道你。不但有本事，心肠也好。这心意我领下了。只是这宅基并不需要，房屋虽小院地虽窄，也还够小龙住的。咱村这些年盖房太多，耕地越来越少，我也不是觉悟高，凭良心说能省地还是省点地，给后代人留一口饭吃。这表你拿回去，我不要了。”

郑麦旺怎么也没有料到，郑麦生能退回这张表，能说出这种话，说什么也没想到。他郑麦旺并没有猜透病人的心事，这让他又失望又伤感。他心里一下子就空了，只好慢慢把这张纸卷起来，无奈地走出房来。

等在门外的郑麦花和郑小龙眼巴巴看着他，他无力地摇了摇头，低下脑袋，双手背后托着小大衣往院外走。姑侄两个送他到院外边，他什么话也不说，一步一步向前走去。已经走出去十几步远，郑麦旺忽然心里一动，又拐回头，对郑小龙说：“小龙，你去趟张家湾儿吧。”

“麦旺叔，”小龙不解地望着郑麦旺说，“去张家湾干啥？”

“去请你老丈人来一趟，我想了，你爹的心事，也只有树声哥知根知底儿。你去对他说，就说我请他来，总不能让你爹就这么可怜地去了。”

“好，我一会儿就去。”

“不，你现在就去。麦花，你偷空儿也歇会儿，不能这么熬，看把你熬出毛病。”

“麦旺哥，不要紧，您回去吧。”

“缝老衣那边，由你嫂子照看，我交代过，不会出差错，你不用管。”

“哥，回去吧，嫂子在那儿，我放心。”

姑侄两个站立院门外，一直看着郑麦旺低着头背着手慢慢地走去,郑麦旺脚步笨笨的有点斜,也斜出老年人的老态来。这时候太阳已经有点偏西,冬天里日头短,阳光一眨眼已走出院子爬上了院墙。

墙头上有公鸡追着阳光踮着脚小心地走。

西北风轻轻摇着树梢儿。

六

郑家疙瘩离俺张家湾也就几里路,翻一面坡就到。平时放牛,两个村的牧童经常在山头上相会,比赛着甩鞭子。平时干活,地界挨着地界,老头们也聚在地头烟锅对着烟锅点火抽烟。当然也发生争执,双方呼腾腾站出来十几条小伙子要拼命,便由两边的老年人推开,从中间说合说合,彼此让根纸烟,就烟消云散了。

小龙弟弟赶到俺张家湾时,太阳还没有落下去,正蹲在西山头回首相望,于是晚霞便烧红了半天的云彩。做晚饭的炊烟刚刚升起来,叮叮当当的风箱声在村巷里溅来溅去。粪堆上的鸡群刚刚散开,正慢慢地摇摆着身子,走向自家的鸡窝。

爹正在屋檐儿下给牛拌料,冬天里山坡上没草,要在家里喂养。他给牛料桶里兑上热水,又丢把盐末。这才伸手试试水温,并把指头放在嘴上伸出舌头尝尝咸不咸,他做这些活一贯非常认真,总觉得牛干了一年活,冬天里难熬,不能亏待它们。爹常说牛是庄稼人的半个江山,虽不会说人话却通人性,也是家里一口子,要以心换心。平时犁地赶车,爹手里的牛鞭子总爱在空中绕来绕去,轻易不抽在牛身上。土地把人和牛的感情紧紧地联系在一起,相依为命,耕种着未来和理想。

小龙帮着爹把活干完,才开始说话。未来的小女婿进了丈人家门儿都勤快,这是庄稼人的特点。小龙说话,爹抽着烟只是听,也不问。爹听完后也不表态,不说去,也不说不去,让妈妈和秀春先给小龙做饭吃。爹心细周到,知道这种时刻小龙肯定是忙里忙外吃不好饭，先稳住他，叫他好好吃顿饱饭。一个女婿半个儿，爹嘴上不说，心里却疼着他。

等小龙吃过饭，爹才说，我还有点事儿，一会儿再去，让秀春送你先回去。并大大方方叫秀春，送送你小龙哥。

爹这么做，是让他们说说话，给年轻人一个机会，让他们多接触接触，建立些感情。爹不允许他们像城里人那样随便谈恋爱，害怕败坏门风，却经常创造出一些机会，让他们大大方方地多接近接近。

我常常觉得爹什么都明白都懂，比任何人都开通，但是有一条，你必须接受他的安排和计划，决不允许你越出他的轨道，只能在他的操纵下运转。这就是爹。经常使人想到爹是一个鸟笼，儿女们像鸟儿一样在笼里有吃有喝，自由自在地在笼里跳上跳下却展不开翅膀，渴望着外边的天空。爹像一个鱼池，儿女们像鱼儿一样在池里游来游去，却见不到江河大海里的风浪，渴望着那江河和那大海。我有时候甚至想，爹把儿女们养大成人，很难说是为了儿女们，还是为了他自己。这时候我便觉得自己不孝顺，有了深深的罪恶感。我不敢再往下想，因为我做过噩梦，爹像一座山压着我，压得我喘不过气来……

一直等到秀春送罢小龙回来，爹才掂着小烟袋出村。这时候天已经落黑儿，远山已漫进夜雾里，天上的红云已渐渐暗下来，几颗不驯的星星已挣扎着跳出来。喧闹的白天已走到尽头，夜晚已张开温暖的怀抱搂住了山山水水。

爹走进郑家疙瘩时，在村头碰上蹲在那儿的郑麦旺，他显然在等爹。两个人一块儿走进村子，直奔麦生伯的院子。走进院子，郑麦旺停下来，并拦住郑麦花和小龙，三个人不再往病人屋里去，只让爹一个人进去。

爹自然是走一路想一路，把什么都想到了。但一走进病人的屋子，却像换了一个人，也不问病情，劈头就对他笑着骂起来：

"麦生哥，你咋还没有死哩？"

“没有嘛。”一见爹的面,一听爹的话,麦生伯马上就有了笑脸,“阎王爷去开会还没有回来,我还没有接住通知。狗日的,你可等着急了?”

“死吧死吧,我都等着急了。”

“我才不着急呢。我正托人给阎王爷走后门儿,准备把你也捎上。”

“不行不行,还是你先去,到那儿给我多占个位儿,我去了就不用排队。”

“狗日的啥会儿你都比别人日能,又不是看电影看戏,我才不管你的闲事呢,人都是和自己近各顾各,我不给你占位儿,你去了自己挤吧。”

老朋友之间一说一笑,生死在他们心里一下就淡下来,淡如一杯白水。也许生死原本就很淡,因为有些人把它们看得太重,它们才显得重要,于是这个世界才发生那么多的丑恶和美好。

慢慢地,他们才说起正经话,又说起他们常说的老话题。还是麦生伯先说:“树声兄弟,这几天我躺在床上想遍几十年,你说咱两个当初要不回来,这会儿也起码是县团级了吧?”

“少说也是县团级。”

“穿黑皮鞋,披呢子大衣,坐小汽车屁股冒烟儿,这都是小菜儿。”

“那当然,说不定比这还阔呢!”

“老实说,兄弟,你后悔不后悔?”

“不悔,我啥会儿都不悔。”

“为啥不后悔?”

“狗日的咱当初动员穷人们闹土改时,咱说的啥排场话,你忘了吗?”

“对了,咱们发动群众,打下一个寨子就站在那碌碡上讲我们是为穷人们办事儿的。咱从来没想过,让别人去冲锋陷阵,为了咱当县团级。”

“是呀，咱那时候啥也不想，只想着打掉国民党，剿完土匪，让老百姓过好日月。”

“对了。可是后来这几十年，我嘴上硬，心里确实也后悔过。咱们就不说了，看着孩子们跟着咱穷，我心里确实后悔过，觉得当初把官帽白白扔了，有点对不住孩子们。你动过这心没有？”

爹不言不语看着他。

“老弟，我快死了，你对我说句实话。”

“后悔过，人非圣人，还能不想七想八？不过，我还是会想，咱要为享福，咋对起死去的那么多兄弟？”

“对了，这就他妈的对了。这几天我想了个遍儿，还是不后悔。因为咱当初说过排场话，过后革命胜利了，咱也没享福，还是庄稼人咋着咱咋着，咱没有比庄稼人多吃一个鸡蛋多抽一根纸烟。”

“这就是咱们的不后悔。”

“对极了，对极了。”

“就是咱们没有把这个问题想透，老是受症。咱们老说咱是人民的服务员，人民是咱们的主人，可是服务员老是比主人吃得香穿得光，闹得人人都想当服务员，不想当主人。这问题苦没有办法弄。”

“唉，我可是再不想这个事儿了，因为我快死了，以后你一个人慢慢去想吧。”

老朋友一说到这个老问题，就打住车，几十年来他们思索的野马一次也没有冲破这道墙，这儿简直是鬼打墙，永远挡住了两个老党员两个庄稼老人的思路。

爹心里一动，觉得这时候不应该再折磨他，人要死了，要让他高兴高兴，就伸手取下墙上挂着的大弦，吹去上边的灰尘，用袖子揩净弦杆，一试弓，就拉出了弦声。

“你要干啥？”

“麦生哥，你也快死了，今夜黑儿咱们两个再耍耍，唱也唱不了几回了。你这腿一蹬眼一闭，我找谁耍去？”

麦生伯乐了:“狗日的你这个侉头儿,有你这样的吗?人家还没死,你就来送戏。你没看我有出气没进气,还能唱动吗?”

“别狗日的装蒜,”爹说,“我知道你十天半月死不了,你唱不动,我自己拉自己唱,你在心里跟着我哼还不行吗?”

“狗日的好极了,好极了。”麦生伯兴奋起来,“我就是想听你唱,咱死也落个快乐死。”

爹运满弓,先拉出长长的过门儿,弦声便如那黄土高坡的小道曲曲弯弯起起伏伏,又如山间流水时而卷起浪花时而直泻而下,流进了静静的夜晚里。

屋里这么一闹,把屋外边的郑麦旺他们闹呆了,他们万万没有想到,这两个过心的朋友说着说着又唱起来,再也想不着他们要干什么了。

七

和成的面像石头蛋。
放在面板上按几按。
擀杖擀成一大片,
用刀一切切成线,
下到锅里团团转,
舀到碗里是莲花瓣,
生葱,烂蒜,
姜末,胡椒面,
再放上一撮芝麻叶儿,
这就是咱山里人的面条饭。

爹放开嗓吼着唱,弦声和心声像水和面一样和在了一起,像有一串串玉谷穗儿和红薯块块带着泥土的腥气从这弦声里滚动出来,跳出屋门跳出院子,流向村巷里的各家各户。乡邻们不少人走出院子,站在那里倾听。庄稼人还没有见过,有这样奇怪的朋友,一个人要死了,一个人还来唱戏。他们听着这如歌如云如泣如诉的弦声,似乎感到了什么,品出了这音韵的味道,也似乎什么也品不出来……

音乐这个世界,并不是什么人都能走进去的。

唱过这段,爹便放下了大弦,不再接着唱。其实爹会唱许多的戏文,但他知道麦生伯就只喜欢这一段,能咬仙桃一口,不吃烂杏一筐,适可而止。于是爹放下大弦,小心地把弓收好,挂上了墙。

"麦生哥,唱得不赖吧?"

"听你唱这一回,死了也不亏了。"

"死,你可别吓唬我,你吓唬别人行,吓唬我,我可不买账。咋弄,说正经事儿吧?"

麦生伯不解地望着他的老朋友,他听不懂爹的话,也猜不透他的心事,只默默地望着他。

爹上前一步,坐在床沿上,慢悠悠说起来:"麦生哥,我知道你十天半月死不了,你也知道我张树声这人心狠。我想趁你现在没死,再给我办一场事儿。只再办一场事儿,怎么样?"

麦生伯乐了:"狗日的你这个侉头儿,我都这模样了,还能给你办啥事儿?"

"能办,这事儿天底下也只有你能办,换个人,还办不成呢。"

"啥事儿,快说,看你说得多玄乎。"

"啥事儿?你老东西只想着胳膊腿一放一蹬死了美气,你就不管娃子们的事儿了?"

"娃子们怎么了?"

"你别装糊涂了。"

"我装啥糊涂?"

"麦生哥,我不管你死活,说到天边儿,我也不饶你,你死前得把我闺女秀春娶过来,看着他们成一家人,有了小光景,你再走好不好?”

麦生伯一下收住笑容,呆住了。

麦生伯说啥也不会想到爹能说这种话,这是深深地一直埋在他心里的话啊!老伴死时,什么也没有交代,只求他一定把小龙养大成人,一定把儿媳妇娶过来。他记着这话。没料到自己还没有等到这一天,已经患了癌症死在眼前。他觉得这一天永远不会有了,心里又难受又没法对任何人说出口。

因为按照风俗,这时候是绝对不能娶媳妇过红事儿的,新媳妇过门来就戴热孝挂哭棍儿,是极不吉利的。虽然这风俗这习惯不一定有什么道理,只是几百年传下来的规矩,但他不能因此而伤害和姓张的感情。再说他目前久病不起,存那几个钱儿,也扔在药罐子里了,也没能力办这么大的事情。可是,这话能从亲家的嘴里说出来,就像捧出来一颗血疙瘩心,他再也说不出话来,只呆呆看着爹……

麦生伯好大一会儿,才抖着手抓住爹的胳膊,只管摇,只管摇,什么话也说不出来,热泪终于像玉谷籽一样一颗颗从眼眶里掉下来了。

“麦生哥,你答应了?”

“好兄弟,这哪是给你办事儿,你这话说得太拐弯儿,我也能听出来,你这是为我想呀!”

“麦生哥,”爹的话一出口,两眼也潮湿起来,“我知道这不吉利,我也知道你手头没钱儿,可是钱这玩意脏,算啥东西?只要你答应下来,我张树声一手托两家,这边我给咱姓郑的娶媳妇,那边我给咱姓张的嫁闺女,啥都不叫你操心,只要你好好躺着,啊?”

“不,不能这么办。”

“能,就这么办。”

“太难为你,太难为你了。”

“没啥,没啥,咱把事儿办了,你到阴间见到我嫂子也好交代。”

“不行,不行。”

“就这么定了!”

“你等等,叫我再想想。”

麦生伯定了定神,闭上了眼,过了一会儿,又睁开眼笑了,仿佛已平静下来。

“好兄弟,我想是这样,事不能办,你有这句话,哥我也知足了。你要实在想尽尽心,叫娃子们去乡里登记一下,领个证我看看,我摸摸,也就是了,别认真办。”

“不,办,我已订好日子,今天是初二,就放在初六,就这么办了。”

爹说完这话,不再停留,把被子给病人掖好,走出屋来。他还要赶回去安排,他已经把事情定下来,家里人还不知道呢。爹从来就是这样,天大的事儿,从不征求家里人的意见,总是一个人做主,先定下来,再通知我们。

郑麦花和郑小龙等在门外,单单不见了郑麦旺。显然,什么话他们都在屋外边听到了。

郑麦花连忙说:“树声哥,天晚了,我弄点你吃吃。”

“不吃了,我得快回去。”

郑麦花看着拦不住,连忙追着劝:“树声哥,别办了,你的心俺们领了。秀春过门来就戴热孝一辈子不吉利,俺哥他秧儿短,闺女路长啊。”

爹没好气地说:“我知道。”

郑麦花说:“再说就是树声哥你同意,还有咱姓张的族里人,还有亲戚们,还是不办了好。明显显的不吉利事儿,谁也不会同意的。”

爹边走边说:“我知道。”

小龙追到院门外也开口劝:“别办了,俺爹他有病他糊涂了,您别当真。”

爹忽然收住脚,回头瞪着小龙说:“谁说你爹他糊涂了?你们年轻人才糊涂,我们啥会儿都不会糊涂,你少给我说这些混账话!”

小龙没见过爹发起脾气这么凶,训得不敢吭声,两眼噙着泪,呆呆地站在那里,像一根木桩子。

爹发过脾气，就从口袋里掏出一百块钱，递给小龙，小龙不明白这意思，不敢伸手去接。

“拿上。”

小龙往后边退。

“拿上!”

小龙只好接过来。

爹像下命令一样说：“记着，从明天开始，用这钱买葡萄糖，开始给你爹打吊针，不准他死。”

小龙小心地记着爹的话，点点头，再不敢说什么。看着爹的背影，他心里也热辣辣地燃起了一团火，一下理解到这一份情意。

在高大的爹的面前，孩子们永远是长不大的。

夜已经很深了，山村也浸入梦中。

爹翻山时，已经是星星满天，月光如银泼满了山川。那黄土高坡一道道连成起起伏伏的世界，在月光下分出许多的层次……

远远溅起几声鲜活的狗咬。

爹把夜踩得很响很响。

八

郑麦旺甩手而去，一晚上没有睡安稳，为没能猜着病人的心事感到又惭愧又丢人，第二天一大早就起来，去敲钟吆喝，让姓郑的男人们吃过早饭都到场房屋开会。

这是一个响晴的天，天上飘满了雪白雪白的瓦片云。钟声落后，便有郑氏家族的男人们或袖着手或披着棉袄从各家各户走出来，向场房屋云集。在山里，开家族会历来就比公家开会更加重要，俗话说亲戚三辈，族情万年，家族观念极深。

场房屋里的棺材已经做成，正在上漆。整个棺材黑明发亮，棺头飘一面红旗，红旗上腾飞一条金龙，棺尾卧一只凤凰，前龙后凤，倾注尽老木匠的全部感情。

钟声响时，小徒弟不解地问老木匠："师傅，没见过这号事儿，这边做棺材，那边又要娶媳妇，这到底算白事儿还是红事儿？"

老木匠一边刷漆一边说："这叫红白大事吧。按道理说，不该这么办，新媳妇过门来就披麻戴孝，不吉不利。不过对男方没啥，主要是对女方主凶。不知道女方是哪村的？怎么连这点道理都不知道，是外来户还是本地坐地苗子？"

"听说是张家湾儿的。"

"姓啥？"

"姓张。"

"这张家湾姓张的可是名门大户，祖上出过朝廷命官，还有秀才和举人，现在的老族长是有名的大夫，不会连这点道理都不懂。没听说是谁家闺女？"

"听说是张树声家。"

老木匠一下停下刷子，半天不说话，长长出口气，把感慨抒发："错了，你们都错了。"

"为什么错了？"

老木匠又运起刷子，一边悠悠地推着漆刷子，一边慢条斯理地说："别人还好说，要说是张树声的闺女，我可知根知底儿。闹革命时张树声就是咱县独立团的司务长，那时候二十郎当岁，就是个精明能干的弄家儿。别说在张家湾儿，就在这方圆三里五村，比张树声懂道理的人，还真没有几个呢。"

"那他怎么会办这种糊涂事儿？"

"唉，这种事儿别人办，也许是鬼迷心窍不明道理，把自己闺女往血灾里送。张树声要办，那可不是糊涂，这叫气派。"

"怎么他办就叫气派，别人办就叫糊涂？"

"你们知道个啥，明知主凶，便要冲着上，这显然是为姓郑的病人着想，舍生为死。这就叫出手高千丈，仗义万古传。好，好啊！"

“不就是嫁闺女吗?”

“唉,”老木匠叹口气,“现在这人是啥都不懂了,因为不懂,也就掂不着轻重了。记着,一会儿人家姓郑的来这儿开家族会,咱们手艺人可不敢多嘴多舌。来来,把杂碎物件挪挪,给人家腾腾地方。”

两个小徒弟连忙开始搬东西。

“停住,要慢点,别荡起灰尘。”

两个徒弟刚把闲杂物件腾开,姓郑的男人们便一拨一拨走进来,老木匠连忙招呼两个徒弟,把活停下来,挤在墙角里坐下,不再说话。

场房屋很大,四间房子通着没有隔墙,百十人涌进来,也没有占满。有的人围着烤火,有的人蹲着抽烟,还有的从地上捡根木片撕开做成耳勺,往耳朵里挖。只有村长郑麦旺板着脸坐在那张破桌后边抽纸烟,满脸的怒气,镇得人群静悄悄的,没有人敢笑敢说话,只有几个年轻人不知天高地厚,对着咬耳朵。

一个人开始查人数,扳着手指点着脑袋,查完后回头对郑麦旺说:“旺哥,人齐了,开始吧。”

郑麦旺扔掉烟屁股,站起身来,把滑下肩头的小大衣往上一抖,把那张破桌子一拍,开口就骂:“咱姓郑的男人们都死绝了没有?我看今天来的人还不少,我想着都死绝了,咱郑家疙瘩就剩下蹲在地上尿尿的婆娘们了!”

人群被骂得死一般寂静,好像郑麦旺一伸手就卡住了所有人的喉咙。郑麦旺不仅是村长,也是郑氏家族的头人,所以他说话才敢这么凶。

“你们知道不知道,咱姓郑的出大事儿了!”

刚才查人数的那人连忙小声劝郑麦旺,让他别生气,慢慢说,慢慢说。郑麦旺这才长长出一口气,把那嗓门降了下来。

“唉,要说起来,不怪你们,全怪我。”这才慢慢讲起来,“今天这个会,不是咱村的官事儿,是咱姓郑的私事儿,所以没有通知那几家杂姓兄弟们来参加。但是,这也是咱姓郑的官事儿,挨着门扳住指头数数，咱郑家疙瘩不姓郑的还有几家？”

有人连忙给他点根烟，郑麦旺抽口烟，情绪稳定了下来，又坐在那破凳子上，慢条斯理讲起来：

“唉，啥事体呢，不说你们也知道了，麦生哥害了癌症，眼看一天不如一天，这不，棺材也做好了。麦生哥是条血性汉子，解放时打土匪斗地主，是咱村里的头人。好几次为了看家护院，差点送命，为一干人落了一身枪伤。

“唉，不说你们也知道，咱姓郑的和张家湾姓张的那时候闹革命立场最坚决，剿匪反霸时死人最多。后来成立区小队，咱这两家人是基本队伍，麦生哥当队长，树声哥当队副。后来区小队又编成县独立团成了正规军，麦生哥又是出了名的老虎连连长。为解放咱们县，麦生哥立过多次战功。咱姓郑的人不旺，辈辈穷做庄稼，出过麦生哥这么个人物，是咱郑氏家族的光荣啊。可是麦生哥眼看就要去了，咱姓郑的这么多人，有谁去问问麦生哥死前有什么心事未了呢？”

郑麦旺说到这里眼泪闪闪，连忙抽两口烟，稳稳自己激动的心情，又接住说：

“我去问过，麦生哥没说。我给他弄了份地基，麦生哥不要，他说为咱姓郑的后人留口粮食，省一点耕地。作为村长，我脸上无光呀！”

郑麦旺说：“夜黑里，我打发小龙搬来了树声哥，人家树声哥不愧和麦生哥是生死朋友，一来就知道麦生哥想在死前看着儿子成家有光景儿，心里踏实。你们知道不知道？”

郑麦旺说：“不说你们也知道，麦生哥的小龙和树声哥的闺女秀春订婚时，还是我的媒人。这一说你们心里的镜明了吧？如今人家树声哥准备一手托两家，那边给人家姓张的送闺女，这边给咱姓郑的娶媳妇，赶在麦生哥死前把这件事办了。明明放着这血灾，人家姓张的敢浑身淌着这么办，咱姓郑的男人们都死绝了吗？”

人群开始不安地小声说话，纷纷议论起来。

郑麦旺最后恨恨地说：“我夜里在门外听，脸红得像猴屁股，直想把头塞进裤裆里当球使,丢人哪!真是找不着地缝儿,找着地缝儿我就一头钻进去再没脸见人了。”

人群炸了窝,呼啦啦站起来几条庄稼汉,往郑麦旺跟前涌过来。

有人叫:“麦旺叔,人家敢办,咱还说啥,把这事接过来,咱姓郑的人办!”

有人喊:“办,咱要再不出头办,咱姓郑的就把脸丢尽了,以后咋在上村下院做人?”

“不但要办,还要办排场。”

“对,让人家姓张的兄弟们看得起咱,把闺女嫁过来,也放心。”

“村长,你说咋办吧,咱姓郑的老少爷们不是婆娘,听你的!”

人群呼一下都站起来,看着郑麦旺。

郑麦旺看着众人这么义气,心里高兴脸上也有了笑容。他伸手把大家按坐下,又说起来:“我也想了,麦生哥家穷,办也办不起,要踢一屁股账,往后咋叫小龙侄儿过日月?打断骨头连着筋,手心手背都是肉,一手掰不开一个郑字,咱是一家人。要办,咱各家各户兑粮兑钱,齐心合力,把这红白大事全办了,你们看咋样?”

人群腾一下又站起来:“办,就这么办!”

“好!他妈的这才像男人,这才像咱姓郑的子孙。”郑麦旺兴奋起来:“大家都同意,就这么办。有一条说到前头,各凭各良心,过后没账算!”

庄稼人嗷嗷乱叫:“对,各凭各良心,过后没账算。”

事情就这么定了,会就要散了,墙角处忽然站出来老木匠,吆喝一声等等我,就挤着走过人群,来到郑麦旺面前,一下子拿出来二百块钱,往郑麦旺手里塞:

“郑村长,收下吧,我也算一份儿。”

老木匠这一手把人群弄呆了,也把郑麦旺弄愣了,郑麦旺推着老木匠的手,怎么也不肯接收。

“老师傅,别这样,别这样。”

“收下吧，郑村长，你收下，我高兴。”

老木匠看着郑麦旺死活不接，竟然发了脾气。

“郑麦旺，这是我干活挣下的手艺钱，干干净净，不脏。”

郑麦旺慌了神，连忙劝：“老师傅，不是这意思。”

老木匠把钱往那破桌上一放，不再理郑麦旺，回头对郑氏家族的男人们说：“我给你们明说吧，你们和郑麦生是姓郑一家子，觉得我是另姓旁人不是？你们全错了，我和郑麦生的关系比你们还近还亲哪。”

“你们去看看，”老木匠手指棺材，“我在棺材头刻了面红旗，这是为了啥，你们没有人知道。”

老木匠抬起眼似乎穿过黄泥老墙望穿几十年岁月，深深地说：“你们都知道我是木匠，连我的名字也记不住，你们去问问郑麦生，他知道我叫啥。为啥？因为闹革命时我也先干农会后当兵，我是郑麦生郑连长的老部下哪！那一次打东山土匪的寨子，我正好跟郑连长身后，往上冲时，我一出头就挨了他一耳巴子，他骂我‘你想死哩，跟在我屁股后头！’为啥，因为他知道我是独子，怕我一死，绝了我这门人。这一耳巴子打得我哭了多少场，到死我也忘不了。你们想想，我和老连长是啥关系啥感情？现在为老连长儿子娶媳妇，我老木匠还是个人，不是条狗，我能不兑一份礼钱表表心意吗？郑村长，你就可怜可怜我这老头子，收下这份礼钱吧。”

郑麦旺还说什么呢，庄稼人不会花言巧语，只有一颗血疙瘩心，不习惯握手，郑麦旺伸出双手抓住老木匠的两只胳膊，用劲地捏着，什么话也说不出来，只有眼泪点点滴滴往下掉……

不少人都为这情景感动，默默抱脑袋低下来，燃烧着自己的情感。老木匠的话使郑麦生的人品在他们心里燃烧出灿烂的火光，把自己前边的路照亮。

这时候太阳从窗外照进来，扑上了黑亮亮的棺材，那面红旗在阳光下展开来哗啦啦飘，那条龙在阳光下飞起来，活在了人心里……

九

从郑家疙瘩回来的那天夜里，爹先做家里人的思想工作。也只是走过场儿。许多年过去，俺家里已形成习惯，凡事他说了算。家里人已经习惯听他的话，他是俺们家里的神。

所以，他一说初六要把妹妹秀春嫁过去，尽管有些突然，都没有话说。只有妈妈呆呆坐在那里一声不吭，眼眶里慢慢就有些泪水涌出来在灯光下晶晶地亮。她是心疼秀春，明知道主凶不吉利，心里难受，又不想把话讲出来，去伤爹的心。

爹把事情讲明白，就停下话来抽烟，让大家在心里翻腾翻腾，在爹的方面看，这就算对家里人的尊重了。一直等到妈叹口气把眼泪掉下来，秀春玩着衣襟的手放下抬起头迎着爹的目光表示同意，爹这才慢慢地又说起来，他要把这个事情的根根梢梢讲清楚，要把他的计划讲明白。

夜已经深了，灯里已没了油，灯头开始跳着挣扎。妈妈掂着油瓶又给灯续上新油，灯火才又直直地立起来，不再摇晃着跳了。

“秀春，”爹开口说，“现在你还是咱姓张的闺女，过罢初六，你就成了姓郑的人了。爹脾气不好，养你这么大，从来就没有给你个好脸气，动不动就拿你们出气。有时候呢，确实是你们有错误，有时候呢，是爹心里烦故意把火往你们身上发。现在你长大了，这些话爹给你讲明白，你知道不知道？”

“爹，我知道。”

“秀春，你一出门就成了外人，爹娘不能再跟着你，凡事要自己做主，多动动心眼，话到嘴边留三分。这郑家疙瘩是咱亲戚窝儿，你过门去当媳妇，也带着你爹妈的脸，抬脚动手邻居们都看着你，要好好做人。一上来就要站稳脚跟，立住名声，人活名鸟活声，这要紧哪！”

“爹放心，我懂。”

“你懂是懂，我该说还要说。你过门去，虽然没有公婆，自己多受些罪，可也没那么多事儿，小两口过日月清净，也有好处。但是要记住，丈夫是棵大树，你是只树上的鸟儿，你敬他，他才心疼你。可不敢信他们说那男女平等，这男女啥时候也不平等。”

“爹，我记下了。”

“再给你说咱家，你这一出门去，拐回来就和过去不一样了。不要心里只有你爹你妈，你爹妈生你养你，啥时候也得罪不下。要把心往你哥你嫂子那儿靠那儿暖，爹娘的路短，哥嫂的路长。将来我们一下世，你要有困难，只有哥嫂才能给你撑腰做主，可不敢糊涂。”

“爹，我明白。”

“我和你妈也六十来岁了，没几天阳寿。人的命天注定，像这灯头火一样说灭就灭。爹娘一下世，你和哥嫂处得亲亲热热，你就不可怜。你哥你嫂子在城里当干部，又不要你们啥，多写信问问，有顺手人去捎块红薯捎点核桃柿饼，东西不值钱，是你的心。你和你哥比，还不是明看着你哥贴补你们的多吗？”

“爹放心，我知道心疼我哥。”

“这就好。这接下来，我交代你过门去咋办。秀春，你长这么大，爹没有看上你有啥长处，就喜欢你给爹娘端饭这一条。你公爹这人血性汉子，可怜一辈子没有温暖过。你过门去可不比一般的儿媳妇，先当三天客人不沾生水不进厨，咱可不守这老规矩。因为你公爹死在眼皮子上，现在对他不是论月而是论天，说不定哪会儿说死就死了。”

妈妈眼里又孕满了泪：“麦生哥可怜哪！”

“所以，”爹说，“你这一过门，走进婆家院子，什么也不要管，先下厨房，抢着给你公爹做顿饭。”

妈妈说：“就做面条儿，他一辈子好吃这，回回来家就让我擀面条儿。记着要把面和得筋筋的，擀得薄薄的，切得细细的，记着要稀点儿，看病人咽下去。”

爹接着说:“唉,做啥饭他也吃不下去了,喝口水现在还往外吐呢。我让你给他做饭,并不是让他吃,他知道这是啥意思?是让你公爹知道知道他有了儿媳妇,让他亲手摸摸儿媳妇端去的碗,亲口尝尝儿媳妇给他做的饭。”

妈妈说:“你公爹身体弱,床也脏,你可不要嫌弃。要大大方方一手把你公爹扶起来,一手用勺往他嘴里喂,叫他知道有人在孝顺在侍候他。”

爹越说越动情:“明知是血灾,爹为啥偏要这么办?你们年轻,体会不到人老了啥味儿。等到你们老了,就体会到了。等到我和你妈死的时候,就知道了。”

爹说着,秀春答应着,答应到最后已经只点头不说话,热泪已涌满了她的眼眶,说不出话了。

妈妈劝:“别说了,夜也深了,明天还要和族里说,咱都早些歇吧。”

爹长长叹一口气,抹把老泪,放下烟袋说:“好了,该说的,都说了。明天秀春去给你哥打电报,我去和族里人说。走,现在是正当午夜,咱去当间把祖牌位敬出来,给你爷爷奶奶说说,让他们保佑你。”

俺家的房屋是爷爷奶奶传下来的老宅,高大古朴,三大间房子两边住人。中间是堂屋,放一张宽大的老式四方桌,桌后边靠墙摆一张一丈多长的古条案,条案两头卷起来,条案檐下镶着一排木雕的花纹,条案正中央敬放着一尊二尺高的木楼,那木楼就像是缩小的宫殿和庙宇,里边存放着祖先们的一尊尊灵牌,老人们都叫这木楼为祖楼。过年时爹总把这些灵牌从祖楼里敬出来,按辈分摆满在方桌上,带着全家老小烧香磕头。那木制的灵牌有二寸宽一尺高,上边圆顶,下边还有四方底座,活像石碑的木模,那时候方桌上便灵牌林立像碑林一样壮观。

爹和妈妈带着秀春来到堂屋,先把香炉摆好,再点三根香插在香炉里,这才去打开祖楼,敬出爷爷和奶奶两尊灵牌,放在香炉后边方桌的中央。爹退后几步，望着这灵牌，就像望着爷爷奶奶的灵魂，缓缓跪了下来，把心里的话诉说。

爹先说："父母大人在上，你们的孙女张秀春初六就要出嫁，男方是郑家疙瘩郑麦生家，姓郑的是老门老户，善良人家，望二老放心。"

妈妈说："爹，妈，秀春太年轻，不懂礼节，少调失教，平时有啥不孝顺你们处，还望多担待，别和她一般见识。闺女嫁过去主凶，眼前有血灾，望二老在天之灵，保佑她平安无事。"

秀春最后说："爷爷奶奶在上，孙女张秀春初六就要出门，请你们放心，不论我走到哪儿都不会忘记你们，年年回来给你们上坟，十月一给你们烧纸送寒衣。爷爷奶奶，请你们放心，不论我遇到再大的困难，一定好好做人，给你们争气。爷爷，奶奶，保佑我吧，保佑我吧。"

把话说完，爹领着给爷爷奶奶的灵牌磕头，这才站起来，把香案收好。

这时候鸡已经叫了。夜晚已走到了尽头。

十

天刚亮，爹躺在床上只眯眯眼，就起来去和族里人商量，爹知道有更大的困难在等待着他。俺们姓张的族规极严，能不能过去这一关，他心里也没数。于是，他先去找老族长，抬脚进了中院。

现在我们张氏家族人丁兴旺，房屋已新盖得很多，早没有了布局和章法。古人传下来时就三幢院子，分南院北院和中院，一个完整的结构部落。这三幢院子，每幢院分三进，每一进都有牌房从中隔开，每一进院子都有左右厢房，三进院子只厢房就有六座，再加上上房和下房，整幢院共八座房屋。说是厢房，并不比外姓的上房小，每座厢房共三间，也设左右卧室中间堂屋，还出前檐，只是比上房下房低下来。院内极宽阔，清一色的砖铺地，极其讲究。住房又不能乱了辈分，长不离祖，上房为尊，下房次之，厢房里住儿女们，左厢为兄，右厢为弟。三幢院子,中院为主院,南院和北院为偏院。一看就知道,当初是兄弟三人,兄住中院,弟住南院和北院。这三幢院子传下来三支人,我们家住北院下房,属老三传下来这一支人。老族长住中院,是老大传下来的这一支人。因为是族长,他住上房。这中院的上房又历来是我们张氏家族议事的中心,每每都是族里头人的住宅。

在我们张氏家族的部落里,中院的上房又最为高大,在一大片房屋中拔地而起居高临下。晚辈们造房,谁也不敢超过它。这上房结构和一般上房看去一样,却大到见方三丈,我们那儿又叫这种房屋为方三丈。高高的房脊上塑着一排飞禽走兽,房脊两头站两只雄鸡,象征着发达和吉祥。堂屋里的八仙桌和条案都由紫檀木做成,桌檐下都镶有木雕,一朵朵的莲花;条案檐下的木雕是一群仙女们的舞姿,条案两头又卷起来前龙后凤,古香古色。不同的是,这条案上不供祖楼,供一只明红的木塔,木塔里存放着古时候皇帝下给我们先人的两卷圣旨,老人们都管这木塔叫圣塔。在堂屋正中的宽大墙壁上悬挂着一张宽阔的壁挂,那壁挂上画着我们张氏家族的来历,从上到下,左右分支,一代一代,层次分明,老人们管这张壁挂叫神旨。每年春节,族里的男丁们都要先到这儿烧香磕头,然后由老族长指着壁挂给后辈人讲古,然后才能回家去敬各家各户的祖上的灵牌。

这张壁挂是先人所绘,后辈人不敢乱往上添,于是与这张壁挂相接的便是家谱,厚厚的一本书,谁家娶妻生子,嫁女出外或是亡故入坟,便由老族长提笔在家谱上给你续写入卷,不使你流浪游离家族之外成为可怜的孤魂。

这是因为我们不是当地土著,祖上是朝廷命官,因得罪奸臣有杀身灭族之祸才四散奔逃,我们这一支人立祖人张益本曾做过江南两省学监,很可能我们是江南人,流落逃往到这江北伏牛山中。老族长曾几次下江南遍访几省,给我们张氏家族寻根求源,未能如愿。每每我回去,他都交代我,常在外边跑,要多找多问,一定要找到我们的根本。

按辈分，我叫老族长爷爷。他年岁已高，将近八旬，由于习研中医，善修身养性，耳聪目明红光满面。一把雪白胡子飘在胸前，人见人敬，三里五村的人，都叫他张先儿，也就是张老先生的简称。

爹走进中院，远远就看见上房的门已开了，老族长已经早早起来，在堂屋木圈椅上闭目打坐。爹不敢惊动他，抽着旱烟蹲在外边等待。一直看着老族长打坐完毕，缓缓向外推出两只手掌，呼出长长的一口气，才睁开眼。爹这才进了上房，给他讲事情的来龙去脉。爹讲着他听着，一边捋着自己的胡子一言不发。等爹讲完，在心里思忖了好大一会儿，才表态说：

"去叫他们来吧。"

吃过早饭，老族长主持召开了我们的家族会。不同的是，我们的家族会分层次，很少开那种每家男人们都参加的大会。一般来说，只请几个家族中的主要人物，来到上房堂屋，把事情定下来，再去分头传达。只有清明扫墓和春节时，才开家族大会。或者是要与别的家族械斗，才召集全家族的男丁。不过这已经是旧社会的事儿了，解放后再没有发生过。所以，能走进老族长的堂屋议事，也不是容易的，要么是辈分高，要么是能干会办事在社会上有影响。总之，全是我们张氏家族的上层人物。

老族长开门见山先介绍完事情，接着也不征求意见，就一锤定音：

"我看这事儿不但该办，还要办得排场。树声贤侄敢这么做，这是我姓张的门风。"

老族长说："咱张氏家族，祖上是朝廷命官，一代忠良。忠臣不绝后，只咱这一支人，如今不是兴旺发达人强马壮吗？"

只要开家族会，老族长就要摆古。他从来就讲不俗，别人从来也听不烦。就像江河回首望着源头，总有一种悠远亲切的情感在心里燃烧着。

老族长说："这第八代上，咱姓张的又出过两位名士，一个举人一个秀才。后来因为替饥民奔走告状,又屈死狱中。方圆百里的饥民都聚会在咱张家湾,给咱这两位先人立碑。如今石碑还在,碑文写得明明白白,这是咱祖上的光荣。”

老族长说:“再说解放时跟着共产党打土豪劣绅和剿匪反霸,咱姓张的又是一马当先,和郑家疙瘩姓郑的联手成立了区小队,打遍西山打东山。还乡团扑过来,一次就杀死咱姓张的十七口人。咱姓张的害怕了吗?没有,见血不要命,仇恨鲜明不畏生死,这是咱姓张的门风。那时候我只会当大夫,不会打枪。我下刀子从郑麦生贤侄的大腿上把枪子儿挖出来,我的手都抖了,麦生贤侄咬碎了牙没叫喊一声。英雄呀,汉子呀!”

老族长说着说着站起来:“所以我说,如今麦生贤侄患了绝症死在眼前,树声侄敢送女过去,不避血灾,这是大义。这才像我姓张的门风,舍生为死。你们说,该办不该办?”

十来个主事人早被老族长一番热肠子的话打动,全都同意老族长的意见,把这件事拍了。

老族长这才缓缓坐下,开始料理:“虽然是急事儿,也不能乱了章法。通知下去,每家去一个送女客。马备上,车套上,要气气派派。到初六那一天,你们安排好,我要亲自去送女!”

大家都感动了,老族长由于年高,逢这种事只主持大局,好几年都不曾亲自出动了。爹怕万一,连忙劝说:“老伯,你年高,天也太冷,就不要去了。”

“去去!”老族长把眼一瞪,“我要亲自把我孙女送到郑家疙瘩,交给郑家人。让麦生贤侄放心,他后世有人。”

这个结果,是爹没有料到的。爹只是想通过老族长说服,大家会勉强同意,没想到家族里人人都这么深明大义,心里只觉得有股血浪往上涌。他当众跪下,谢过老族长,谢过全家族的亲人们。

十一

接到电报，我就往家赶，多年来养成的习惯，只要家里有事，排除一切困难，我也要赶回去。急切切的，就像江河卷起来，回到源头那么渴望。

我回到家，一切都准备好了。

初六那天一大早，我家院里已热闹起来，本家族的人和来自四面八方的捧情客挤满了院子。我拿着烟，一个个地散，足足散了三盒。经常不回家，我要找住机会和乡亲们亲热亲热，哪怕是一支烟两句话一声笑，总算又贴了心。我害怕他们忘了我，希望他们像过去那样待我，我不是城里人，是他们中间的一个。

鞭炮声在街里响了。这是向家里报信儿，来迎亲的郑家人到了。老族长手一摆，我们张氏家族的男人们便涌出院门，来到街里，迎接客人。接过客人肩上的四彩礼钱褡儿，接过来抬嫁妆的扁担，前引后拥，把客人请进院子。

来迎亲的郑家人由郑麦旺带着，一女四男，女的陪新人，四个男的抬嫁妆，两根扁担上缠着布袋和绳子。从现在起，就不能再用娘家的东西捆绑嫁妆，也没什么道理，像是古时候花轿沿袭下来的象征吧。

老族长没出院门，只站在院中央，看见客人进来，笑容满面地双手拱起来，向客人行一个古礼：

“辛苦，一路辛苦。”

郑麦旺连忙紧走几步，跑上前搀住老族长的胳膊说：“不敢，不敢。老伯好！”

“贤侄好！”

于是老族长由郑麦旺搀着走进俺家的堂屋，两个人在首席坐下，其他人便围着方桌按辈分入席。这一桌酒席，是款待迎亲客人的，吃过这桌酒席,才能起程。

这时候便有主事的大总管看着客人已落下座,站在门外屋檐儿下开始吆喝:

“旋风哪里——”

我们家乡管端菜上酒的跑堂人叫旋风,总管一叫,马上就有人应声:

“旋风在——”

“上酒上菜——”

“酒菜来了——”

一叫一应,全扯着长长的声音,差一点就是唱了。那叫声悠长古朴,有一种历史和文化感在里边洋溢。叫声中,旋风飞快把菜端上摆好,把酒具敬上,又把酒满上,这才退下来手掂着四方红漆木盘,候在那里,充当仆人;又不准远离,完全是宴席的一部分内容,给场面形成一种氛围。

老族长站起来,手举酒杯:

“一杯水酒,不成敬意,给各位洗尘,请!”

大家全站起来,并不碰杯,看着老族长喝下酒,才敢下酒。然后由老族长落座,举起筷子,在各盘里点点,才说:

“开动,开动!”

这时候酒席才正式开始,该吃该喝各随各便,刚才那一套,完全是一种仪式。不走这个仪式,乱吃乱喝,那叫不懂方圆,老族长说那样做就是野人。

在酒席进行中,另有人帮助迎亲客人,把嫁妆捆好两担,一担是老式朱红桌子在下,桌面上放烤火取暖用的火炉架子和洗脸盆架子,接触处用布袋垫好,以免破损。另一担是朱红木箱在下,箱面上放几床被子和床单以及门帘。一共两担,共四个人抬。剩下的小件东西,如洗脸盆、镜子、针线筐、小凳子等,都由娘家新娘的弟弟和侄儿辈的人手里抱着,和古时候把轿门儿的顽童一样。送女到婆家,婆家人用红封包银，才能把这些小东西接过去呢。

大总管站在屋门外房檐儿下，一边看外边捆绑嫁妆一边观看里边的酒席。看看两边都已完毕，便长长出一口气，挺累的样子，好像外边干活的里边吃喝的都是他一个人一样。然后又伸长脖子开始吆喝：

“旋风哪里——”

“旋风在——”

“收席——”

“收席了——”

吆喝了里边，一掉头又吆喝外边：

“嫁妆好了——”

院里人便应声：

“嫁妆好了——”

“嫁妆起——”

“嫁妆起了——”

来抬嫁妆的四个小伙子连忙抬起嫁妆，先走出院门儿。他们要走在最前边，和后边的送亲队伍拉开长长的距离，赶回去铺新床，又要赶回去报信儿。因为在这一天，新郎家的床一定要空着，等新娘带来的被褥才能铺。算不上什么规矩，因为新郎家的被褥按风俗都要由新郎的嫂子们来缝，嫂子们爱闹，要在那褥子被子里塞上石头瓦片甚至枣刺和木棍儿，只有娘家人心疼闺女，才不乱闹。

嫁妆一起，鞭炮又响起来。大总管在鞭炮声中提高嗓门儿，接着吆喝：

“车套好了没有——”

“车套好了——”

“老族长请——”

便由晚辈人一边一个搀着老族长走出院门儿，一直扶着他坐上马车。老族长一动百动，大总管便一连串地叫喊起来：

“新娘子请了——”

“迎亲客请了——”

“送女客请了——”

在大总管的一连串吆喝声中,我们按次序排好队伍。抬嫁妆的已出村看不见了。头一辆马车上坐着我妹妹秀春,来迎亲的女客坐在她前边,去送她的我们姓张的女伴坐在她后边,算两个伴娘。第二辆马车上坐着老族长,郑麦旺和我们张氏家族的长辈人陪着老族长,坐在周围。爹带着我们跟在车后边走,人群中挤着掂小东西的孩子们,一声鞭响,马车起程,浩浩荡荡,向村外涌出。

车动的那一刻,我妹妹哭了。她回头望着我们的家,望着站在那里远远送她的妈妈,望着我们张家湾的一切,哭成了泪人一个。但她咬着牙,不哭出声,她知道她不能哭,今天是她的好日子。

十二

平时去郑家疙瘩,翻坡走小路近,走平路要远出五里绕过前边的山尾巴。因为是喜事,自然舍近求远走大道。冬天的山川荒凉冷漠,望不断的黄土高坡像一张张剥去衣裳的老人的脊梁,小河细成一股尿挣扎着往前流。我们张氏家族的送亲队伍放一路鞭炮,洒一路红绿纸花,使凉哇哇的山野变得异常生动。

绕过山尾巴,离郑家疙瘩一里远的地方,我们受到了家族历史上从来没有过的热烈欢迎,浩浩荡荡的郑氏家族竟然迎出村外一里之远。先听到地动山摇的礼炮声,那是一排三眼铳,接下去是鼓声,再接下去是鼓乐,一排五杆金唢呐同时吹响,老年人一看就明白,这是动了老礼。

手执三眼铳的六个小伙子点响以后,抱着铳枪站在最前边。路中央是一面大鼓,擂鼓人双槌挥动,两腮的肌肉突突乱跳。围着大鼓的内圈是手钗,像草帽那么大的铜钗,一圈四副。再往外,站一圈老头甩镲，这镲要大出铜钗一倍，一副铜镲就像两张小伞。甩镲的人不能够平举起来像铜钗那样拍响，每一次都要鼓足力气甩起来举过头顶拍几下，又连忙放下来张口喘气，然后再弯腰用力再举起来，这样他们就只能击响鼓点中重要的节拍。于是在起起伏伏的鼓点中，在流水开花般响亮的铜钗声中，就在铜钗声不断像响雷滚过，炸碎了冬日的空旷和沉闷，敲醒了昏迷的黄土高坡和田野。

后边一排五杆唢呐朝着天空，全吹得是《百鸟朝凤》，满山的鲜花在唢呐声中开放，一群群的鸟儿在唢呐声中歌唱，美丽的凤凰在唢呐声中展开了翅膀……

整个春天在唢呐声中向人们全部展开。

一看这气派，面对这阵势，老族长马上让停住马车，从车上下来，一路拱手还礼，步行入村。

受到如此隆重的欢迎，我们张氏家族的人十分兴奋和自豪，郑氏家族给了我们张氏家族天大的脸面。我们在前边走，鼓乐在后边跟着，一直把我们送进院子，送入酒席，仍然在院里边击鼓奏乐。

只有我妹妹秀春悄悄挤进了厨房。

爹和我不放心，跟着她，站在了厨房门外。

厨房里的郑麦花连忙起身拦住秀春：

“闺女，今天是你大喜日子，不要进厨烧火做饭。”

“姑姑，”秀春说，“我是想亲手给爹做顿饭，尽尽心，你就成全我吧。”

郑麦花抬头望着我爹，爹对她点点头，她才让开了。

不少人过来围观，一看这阵势，感觉到了什么，也不敢嘻嘻哈哈，都认真地看着秀春做饭，看着她和面擀面，也看着她拉风箱烧火。一直看着她手端饭碗从厨房出来，走进病人的屋子。

人群闪开一条路，让我和爹跟着秀春，走进病人的屋里。我一回头，小龙弟弟不知什么时候也站在了我身边，他往前一挤，我伸手拦住了他，我要让妹妹走完这个全部的过程……

麦生伯抬头热切切望着我们,泪在眼里打转。

“爹,”秀春把饭端到床边,“我给您擀了碗面条儿,趁热,我喂您吃点儿。”

“不了,不了,别难为你了。”

爹劝他:“麦生哥,你吃一口,她能侍候你吃顿饭,这是她的福分。”

麦生伯不再阻拦,让秀春扶起来,一手扶着身子,一手用小勺到桌上的碗里舀一勺,又放在嘴边吹吹,伸出舌头尝尝,喂他吃一口。喂一口,吃一口,三口之后,麦生伯开始往外吐。秀春连忙用手帕接住,收拾干净,慢慢地把麦生伯又放下去。

就像爹安排的,这不是吃饭,这只是吃一个形式。

麦生伯走完这个形式,显然是极感动极满足,躺下去喘了口气,就摆着手把小龙叫过去,指着地,对小龙说:

“跪下!”

我没料到这一手,眼看着小龙面向爹和我跪了下来,去搀也不是,不搀也不是,一时间不知该如何办,也不知要发生什么事情。

麦生伯开始说话:“记着,我死之后,你树声叔就是你亲爹,秀春就是你亲妹子。”

小龙向爹磕了一个头:“我记下了。”

麦生伯又说:“这以后,每年都要去给你爹你妈做生日,等你爹你妈百年后,要和你哥一样披麻戴孝,把你爹你妈送到坟头。”

小龙向爹又磕了一个头:“我记下了。”

这就算小龙的爹要死了,又给他找了个爹。

这时候屋里所有人都掉了泪,那一刻本该难受到极点,但我眼里噙着泪,心里却忽然想到了别的什么,爹安排制造的这一切全发生了,而这一切都像是飘着白云的天空……

“让开,让开!”

听到门外的叫喊声,我连忙搀起小龙,回头迎接客人。不是别人,是郑麦旺引着老族长,来看病人。我们连忙闪开,退到后边,让老族长走到床边。

老族长拉起麦生伯的手:“麦生贤侄,我看你来了。”

麦生伯诚惶诚恐:“老伯父,您怎么也来了?”

“这么大的喜事儿,我能不来吗?”

老族长说着又拉过秀春,说:“我送孙女来了,就是孙女没教养不懂话,往后可要让你多操心指教。”

麦生伯连忙说:“老伯父,哪里话,你们给我做亲戚,这就是抬举我了。”

“不不,我孙女能进到郑家门,是她的福分。”

“我这身子,也不能起身去给您老敬杯酒。”

“不必了,自古咱姓张姓郑的就是一家人哪!”

老族长说过这句话,忽然动了感情,放下病人的手,去擦自己的眼中泪。郑麦旺看在眼里,连忙扶着老族长,让他出病房,不让他激动,害怕万一。

“老伯父,您看过病人,就先出去歇会儿,啊?”

老族长被扶着往外走,麦生伯忽然两眼放光,坐了起来高声叫道:

“老伯别走,让我给您磕个头吧!”

我们都呆了。

麦生伯奇迹般一下子坐起来,能喊出这么高的声音,是谁也没想到的。然而他已无力走下病床和跪在地上向老族长磕头了,他两手艰难地把住靠着床的桌沿儿,转一下身子,远远向着刚走出门外又回过头的老族长,努力地低下脑袋,把脑袋磕在了桌面上……

十三

麦生伯是在秀春过门后第七天死去的,不是六天,也不是八天,整整是七天。

人死了以后,七天算一个祭日,有一七、三七、五七,然后才是周年。

七真是一个神秘的数字。

由于听到儿媳妇叫爹,亲口尝了儿媳妇给他做的饭,还给老族长磕了头,麦生伯死得很满足,离开这个世界时脸上还带着微笑。

他对这个世界充满着希望。

生命就像是一阵风一片云一排滚滚的洪流一样,说来就来说走就走。一个人就这样没有了。

喜事接着是丧事。喜事和丧事手挽手一块儿走进了这个庄稼院儿。我看着老木匠在盖棺时手举斧头口噙长长的四方棺针,在左边砸钉时就吼叫着老连长你往右边躲,在右边砸钉时就吼叫着老连长你往左边躲。我看着出殡时先把棺材抬出去放在街里,让亲人们最后一次扑上去抱着棺材哭。人们一边哭喊一边用袖子用手擦着棺材,并不是要擦干净些,完全是一种抚摸,是死去的人最后一次接受亲人们的抚摸。

几百名孝子拼命地哭。女人们闭着眼哭得很悠扬,不紧不慢起起伏伏又曲曲弯弯,完全切进了音乐。男人们吼声如雷,哭得很粗狂如洪水泛滥排山倒海……

参加完葬礼回到城里,这哭声还在我的脑海里游荡。正赶上青年联合会举办的新春联欢晚会,我被架出来注定要出一个节目。看着一群城里的红男绿女,心里一动,我恶作剧般向他们唱起了面条饭的唱段。没有伴奏,我只是拼命地吼叫:

和成的面像石头蛋,
放在面板上按几按。
擀杖擀成一大片,
用刀一切切成线,

下到锅里团团转，
舀到碗里莲花瓣，
生葱，烂蒜，
姜末，胡椒面，
再放一撮芝麻叶儿，
这就是咱山里人的面条饭。

我得说我得到了疯狂的掌声。这掌声让我极不平静。难道城里人也听够了城里人的声音，渴望听到山里乡村的牛叫和狼嗥？

无论如何这里边有一种沟通。

也许城市感情的溪水是从乡村流过来的，乡村情感是城市感情的源头。反正那一刻，我觉得城里人一下子有点可爱了。

啊，我的乡村情感！

透明的红萝卜

莫　言

一

秋天的一个早晨,潮气很重,杂草上、瓦片上都凝结着一层透明的露水。槐树上已经有了浅黄色的叶片,挂在槐树上的红锈斑斑的铁钟也被露水打得湿漉漉的。队长披着夹袄,一手里拤着一块高粱面饼子,一手里捏着一棵剥皮的大葱,慢吞吞地朝着钟下走。走到钟下时,手里的东西全没了,只有两个腮帮子像秋田里搬运粮草的老田鼠一样饱满地鼓着。他拉动钟绳,钟锤撞击钟壁,"嘡嘡嘡"响成一片。老老少少的人从胡同里涌出来,汇集到钟下,眼巴巴地望着队长,像一群木偶。队长用力把食物吞咽下去,抬起袖子擦擦被络腮胡子包围着的嘴。人们一齐瞅着队长的嘴,只听到那张嘴一张开——那张嘴一张开就骂:"他娘的腿!公社里这些狗娘养的,今日抽两个瓦工,明日调两个木工,几个劳力全被他们给零打碎敲了。小石匠,公社要加宽村后的滞洪闸,每个生产队里抽调一个石匠、一个小工,只好你去了。"队长对着一个高个子宽肩膀的小伙子说。

小石匠长得很潇洒,眉毛黑黑的,牙齿是白的,一白一黑,衬托得满面英姿。他把脑袋轻轻摇了一下,一绺滑到额头上的头发轻轻地甩上去。他稍微有点口吃地问队长去当小工的人是谁,队长怕冷似的把膀子抱起来，双眼像风车一样旋转着，嘴里嘈嘈地说："按说去个妇女好，可妇女要拾棉花。去个男劳力又屈了料。"最后，他的目光停在墙角上。墙角上站着一个十岁左右的男孩子。孩子赤着脚，光着脊梁，穿一条又肥又长的白底带绿条条的大裤头子，裤头上染着一块块的污渍，有的像青草的汁液，有的像干结的鼻血。裤头的下沿齐着膝盖。孩子的小腿上布满了闪亮的小疤点。

"黑孩儿，你这个小狗日的还活着？"队长看着孩子那凸起的瘦胸脯，说，"我寻思着你该去见阎王了。打摆子好了吗？"

孩子不说话，只是把两只又黑又亮的眼睛直盯着队长看。他的头很大，脖子细长，挑着这样一个大脑袋显得随时都有压折的危险。

"你是不是要干点活儿挣几个工分？你这个熊样子能干什么？放个屁都怕把你震倒。你跟上小石匠到滞洪闸上去当小工吧，怎么样？回家找把小锤子，就坐在那儿砸石头子儿，愿意动弹就多砸几块，不愿动弹就少砸几块，根据历史的经验，公社的差事都是糊弄洋鬼子的干活。"

孩子慢慢地蹭到小石匠身边，扯扯小石匠的衣角。小石匠友好地拍拍他的光葫芦头，说："回家跟你后娘要把锤子，我在桥头上等你。"

孩子向前跑了。有跑的动作，没有跑的速度，两只细胳膊使劲甩动着，像谷地里被风吹动着的稻草人。人们的目光都追着他，看着他光着的背，忽然都感到身上发冷。队长把夹袄使劲扯了扯，对着孩子喊："回家跟你后娘要件褂子穿着，嗐，你这个小可怜虫儿。"

他跷腿蹑脚地走进家门。一个挂着两条清鼻涕的小男孩正蹲在院子里和着尿泥，看着他来了，便扬起那张扁乎乎的脸，奓煞着手叫："可……可……抱……"黑孩弯腰从地上捡起一个浅红色的杏树叶儿，给后母生的弟弟把鼻涕擦了，又把粘着鼻涕的树叶像贴传单一样"吧唧"拍到墙上。对着弟弟摆摆手，他向屋里溜去，从墙角上找到一把铁柄羊角锤子，又悄悄地溜出来。小男孩又冲着他叫唤，他找了一根树枝,围着弟弟画了一个大大的圆圈,扔掉树枝,匆匆向村后跑去。他的村子后边是一条不算大也不算小的河,河上有一座九孔石桥。河堤上长满垂柳,由于夏天大水的浸泡,树干上生满了红色的须根。现在水退了,须根也干巴了。柳叶已经老了,橘黄色的落叶随着河水缓缓地向前漂。几只鸭子在河边上游动着,不时把红色的嘴插到水草中,"呱唧呱唧"地搜索着,也不知吃到什么没有。

孩子跑上河堤,已经累得气喘吁吁。凸起的胸脯里像有只小母鸡在打鸣。

"黑孩!"小石匠站在桥头上大声喊他,"快点跑!"

黑孩用跑的姿势走到小石匠跟前,小石匠看了他一眼,问:"你不冷?"

黑孩怔怔地盯着小石匠。小石匠穿着一条劳动布的裤子,一件劳动布夹克式上装,上装里套一件火红色的运动衫,运动衫领子耀眼地翻出来,孩子盯着领口,像盯着一团火。

"看着我干什么?"小石匠轻轻拨拉了一下孩子的头,孩子的头像货郎鼓一样晃了晃。"你呀,"小石匠说,"生被你后娘给打傻了。"

小石匠吹着口哨,手指在黑孩头上轻轻地敲着鼓点,两人一起走上了九孔桥。黑孩很小心地走着,尽量使头处在最适宜小石匠敲打的位置上。小石匠的手指骨节粗大,坚硬得像小棒槌,敲在光头上很痛,黑孩忍着,一声不吭,只是把嘴角微微吊起来。小石匠的嘴非常灵巧,两片红润的嘴唇忽而嘬起,忽而张开,从他唇间流出百灵鸟的婉转啼声,响,脆,直冲到云霄里去。

过了桥上了对面的河堤,向西走半里路,就是滞洪闸,滞洪闸实际上也是一座桥,与桥不同的是它插上闸板能挡水,拨开闸板能放洪。河堤的漫坡上栽着一簇簇蓬松的紫穗槐。河堤里边是几十米宽的河滩地,河滩细软的沙土上,长着一些大水落后匆匆生出来的野草。河堤外边是辽阔的原野,连年放洪,水里挟带的沙土淤积起来,改良了板结的黑土,土地变得特别肥沃。今年洪水不大,没有危及河堤，滞洪闸没开闸滞洪，放洪区里种植了大片的孟加拉国黄麻。黄麻长得像原始森林一样茂密。正是清晨，还有些薄雾缭绕在黄麻梢头，远远看去，雾下的黄麻地像深邃的海洋。

小石匠和黑孩悠悠逛逛地走到滞洪闸上时，闸前的沙地上已集合了两堆人。一堆男，一堆女，像两个对垒的阵营。一个公社干部拿着一个小本子站在男人和女人之间说着什么，他的胳膊忽而扬起来，忽而垂下去。小石匠牵着黑孩，沿着闸头上的水泥台阶，走到公社干部面前。小石匠说："刘副主任，我们村来了。"小石匠经常给公社出官差，刘副主任经常带领人马完成各类工程，彼此认识。黑孩看着刘副主任那宽阔的嘴巴。那构成嘴巴的两片紫色嘴唇碰撞着，发出一连串音节："小石匠，又是你这个滑头小子！你们村真他妈的会找人，派你这个笊篱捞不住的滑蛋来，够我淘的啦。小工呢？"

孩子感到小石匠的手指在自己头上敲了敲。

"这也算个人？"刘副主任捏着黑孩的脖子摇晃了几下，黑孩的脚跟几乎离了地皮。"派这么个小瘦猴来，你能拿动锤子吗？"刘副主任虎着脸问黑孩。

"行了，刘副主任，刘太阳。社会主义优越性嘛，人人都要吃饭。黑孩家三代贫农，社会主义不管他谁管他？何况他没有亲娘跟着后娘过日子，亲爹鬼迷心窍下了关东，一去三年没个影，不知是被熊瞎子舔了，还是被狼崽子吹了。你的阶级感情哪儿去了？"小石匠把黑孩从刘太阳副主任手里拽过来，半真半假地说。

黑孩被推搡得有点头晕。刚才靠近刘副主任时，他闻到了那张阔嘴里喷出了一股酒气。一闻到这种味儿他就恶心，后娘嘴里也有这种味。爹走了以后，后娘经常让他拿着地瓜干子到小卖铺里去换酒。后娘一喝就醉，喝醉了他就要挨打，挨拧，挨咬。

"小瘦猴！"刘副主任骂了黑孩一句，再也不管他，继续训起话来。

黑孩提着那把羊角铁锤，蔫儿古唧地走上滞洪闸。滞洪闸有一百米长，十几米高，闸的北面是一个和闸身等长的方槽，方槽里还残留着夏天的雨水。孩子站在闸上，把着石栏杆，望着水底下的石头，几条黑色的瘦鱼在石缝里笨拙地游动。滞洪闸两头联结着高高的河堤，河堤也就是通往县城的道路。闸身有五米宽，两边各有一道半米高的石栏杆。前几年，有几个骑自行车的人被马车搡到闸下，有的摔断了腿，有的摔折了腰，有的摔死了。那时候他比现在当然还小，但比现在身上肉多，那时候父亲还没去关东，后娘也不喝酒。他跑到闸上来看热闹，他来得晚了点，摔到闸下的人已被拉走了，只有闸下的水槽里还有几团发红发浑的地方。他的鼻子很灵，嗅到了水里漂上来的血腥味……

他的手扶住冰凉的白石栏杆，羊角锤在栏杆上敲了一下，栏杆和锤子一齐响起来。倾听着羊角铁锤和白石栏杆的声音，往事便从眼前消散了。太阳很亮地照着闸外大片的黄麻，他看到那些薄雾匆匆忙忙地在黄麻里钻来钻去。黄麻太密了，下半部似乎还有间隙，上半部的枝叶挤在一起，湿漉漉，油亮亮。他继续往西看，看到黄麻地西边有一块地瓜地，地瓜叶子紫勾勾地亮。黑孩知道这种地瓜是新品种，蔓儿短，结瓜多，面大味道甜，白皮红瓤儿，煮熟了就爆炸。地瓜地的北边是一片菜园，社员的自留地统统归了公，队里只好种菜园。黑孩知道这块菜园和地瓜都是五里外的一个村庄的，这个村子挺富。菜园里有白菜，似乎还有萝卜。萝卜缨儿绿得发黑，长得很旺。菜园子中间有两间孤独的房屋，住着一个孤独的老头，孩子都知道。菜园的北边是一望无际的黄麻。菜园的西边又是一望无际的黄麻。三面黄麻一面堤，使地瓜地和菜地变成一个方方的大井。孩子想着，想着，那些紫色的叶片，绿色的叶片，在一瞬间变成井中水，紧跟着黄麻也变成了水，几只在黄麻梢头飞蹿的麻雀变成了绿色的翠鸟，在水面上捕食鱼虾……

刘副主任还在训话。他的话的大意是，为了农业学大寨，水利是农业的命脉，八字宪法水是一法，没有水的农业就像没有娘的孩子，有了娘，这个娘也没有奶子，有了奶子，这个奶子也是个瞎奶子，没有奶水，孩子活不了，活了也像那个瘦猴(刘副主任用手指指着闸上的黑孩。黑孩背对着人群，他脊梁上有两块大疤瘌，被阳光照得忽啦忽啦打闪电)。而且这个闸太窄，不安全，年年摔死人，公社革委特别重视，认真研究后决定加宽这个滞洪闸。因此调来了全公社各大队共合二百余名民工。第一阶段的任务是这样的，姑娘媳妇半老婆子加上那个瘦猴(他又指指闸上的孩子，阳光照着大疤瘌，像照着两面小镜子)，把那五百方石头砸成柏子养心丸或者是鸡蛋黄那么大的石头子儿。石匠们要把所有的石料按照尺寸剥磨整齐。这两个是我们的铁匠(他指着两个棕色的人，这两个人一个高，一个低，一个老，一个少)，负责修理石匠们秃了尖的钢钻子之类。吃饭嘛，离村近的回家吃，离村远的到前边村里吃，我们开了一个伙房。睡觉嘛，离村近的回家睡，离村远的睡桥洞(他指指滞洪闸下那几十个桥洞)。女的从东边向西睡，男的从西边向东睡。桥洞里铺着麦秸草，暄得像钢丝床，舒服死你们这些狗日的。

"刘副主任，你也睡桥洞吗?"

"我是领导。我有自行车。我愿意在这儿睡不愿意在这儿睡是我的事，你别操心烂了肺。官长骑马士兵也骑马吗? 狗日的，好好干，每天工分不少挣，还补你们一斤水利粮，两毛水利钱，谁不愿干就滚蛋。连小瘦猴也得一份钱粮，修完闸他保证要胖起来……"

刘副主任的话，黑孩一句也没听到。他的两根细胳膊拐在石栏杆上，双手夹住羊角锤。他听到黄麻地里响着鸟叫般的音乐和音乐般的秋虫鸣唱。逃逸的雾气碰撞着黄麻叶子和深红或是淡绿的茎秆，发出震耳欲聋的声响。蚂蚱剪动翅羽的声音像火车过铁桥。他在梦中见过一次火车，那是一个独眼的怪物，趴着跑，比马还快，要是站着跑呢? 那次梦中，火车刚站起来，他就被后娘的扫炕笤帚打醒了。后娘让他去河里挑水。笤帚打在他屁股上，不痛，只有热乎乎的感觉。打屁股的声音好像在很远的地方有人用棍子抽一麻袋棉花。他把扁担钩儿挽上去一扣，水桶刚刚离开地皮。担着满满两桶水，他听到自己的骨头"咯嘣咯嘣"地响。肋条跟胯骨连在了一起。爬陡峭的河堤时,他双手扶着扁担,摇摇晃晃。上堤的小路被一棵棵柳树扭得弯弯曲曲。柳树干上像装了磁铁,把铁皮水桶吸得摇摇摆摆。树撞了桶,桶把水撒在小路上,很滑,他一脚踏上去,像踩着一块西瓜皮。不知道用什么姿势他趴下了,水像瀑布一样把他浇湿了。他的脸碰破了路,鼻子尖成了一个平面,一根草梗在平面上印了一个小沟沟。几滴鼻血流到嘴里,他吐了一口,咽了一口。铁桶一路欢唱着滚到河里去了。他爬起来,去追赶铁桶。两个桶一个歪在河边的水草里,一个被河水载着向前漂。他沿着水边追上去,脚下长满了四个棱的他和一班孩子们称之为"狗蛋子"的野草。尽管他用脚指头使劲扒着草根,还是滑到了河里。河水温暖,没到了他的肚脐。裤头湿了,漂起来,围在他的腰间,像一团海蜇皮。他呼呼隆隆淌着水追上去,抓住水桶,逆着水往回走。他把两只胳膊奓煞开、一只手拖着桶,另一只手一下一下划着水。水很硬,顶得他趔趔趄趄。他把身体斜起来,弓着脖子往前用力。好像有一群鱼把他包围了,两条大腿之间有若干温柔的鱼嘴在吻他。他停下来,仔细体会着,但一停住,那种感觉顿时就消逝了。水面忽地一暗,好像鱼群惊惶散开。一走起来,愉快的感觉又出现了,好像鱼儿又聚拢过来。于是他再也不停,半闭着眼睛,向前走啊,走……

"黑孩!"

"黑孩!"

他猛然惊醒,眼睛大睁开,那些鱼儿又忽地消失了。羊角铁锤从他手中挣脱了,笔直地钻到闸下的绿水里,溅起了一朵白菊花一样的水花。

"这个小瘦猴,脑子肯定有毛病。"刘太阳上闸去,拧着黑孩的耳朵,大声说,"过去,跟那些娘们砸石子去,看你能不能从里边认个干娘。"

小石匠也走上来,摸摸黑孩凉森森的头皮,说:"去吧,去摸上你的锤子来。砸几块,算几块,砸够了就耍耍。"

"你敢偷奸磨滑我就割下你的耳朵下酒。"刘太阳张着大嘴说。

黑孩哆嗦了一下。他从栏杆空里钻出去,双手钩住最下边一根石杆,身子一下子挂在栏杆下边。

"你找死!"小石匠惊叫着,猫腰去扯孩子的手。黑孩往下一缩,身体贴在桥墩菱状突出的石棱上,轻巧地溜了下去。黑孩子贴在白桥墩上,像粉墙上一只壁虎。他哧溜到水槽里,把羊角锤摸上来,然后爬出水槽,钻进桥洞不见了。

"这小瘦猴!"刘太阳摸着下巴说,"他妈的这个小瘦猴!"

黑孩从桥洞里钻出来,畏畏缩缩地朝着那群女人走去。女人们正在笑骂着。话很脏,有几个姑娘夹杂在里边,想听又怕听,脸儿一个个红扑扑的像鸡冠子花。男孩黑黑地出现在她们面前时,她们的嘴一下子全封住了。愣了一会儿,有几个咬着耳朵低语,看着黑孩没反应,声音就渐渐大了起来。

"瞧瞧,这个可怜样儿!都什么节气了还让孩子光着。"

"不是自己腚里养出来的就是不行。"

"听说他后娘在家里干那行呢……"

黑孩转过身去,眼睛望着河水,不再看这些女人。河水一块红一块绿,河南岸的柳叶像蜻蜓一样飞舞着。

一个蒙着一条紫红色方头巾的姑娘站在黑孩背后,轻轻地问:"哎,小孩,你是哪个村的?"

黑孩歪歪头,用眼角扫了姑娘一下。他看到姑娘的嘴上有一层细细的金黄色的茸毛,她的两眼很大,但由于眼睫毛太多,毛茸茸的,显出一副睡眼惺忪的样子。

"小孩,你叫什么名字?"

黑孩正和沙地上一棵老蒺藜作战,他用脚指头把一个个六个尖或是八个尖的蒺藜撕下来,用脚掌去捻。他的脚像骡马的硬蹄一样,蒺藜尖一根根断了,蒺藜一个个碎了。

姑娘愉快地笑起来,“真有本事,小黑孩,你的脚像挂着铁掌一样。哎,你怎么不说话?”姑娘用两个手指戳着孩子的肩头说,“听到了没有,我问你话呢!”

黑孩感觉到那两个温暖的手指顺着他的肩头滑下去,停到他背上的伤疤上。

“哎,这,是怎么弄的?”

孩子的两个耳朵动了动。姑娘这才注意到他的两耳长得十分夸张。

“耳朵还会动,哟,小兔一样。”

黑孩感觉到那只手又移到他的耳朵上,两个指头在捻着他漂亮的耳垂。

“告诉我,黑孩,这些伤疤,”姑娘轻轻地扯着男孩的耳朵把他的身体调转过来,黑孩齐着姑娘的胸口,他不抬头,眼睛平视着,看见的是一些由红线交叉成的方格,有一条梢儿发黄的辫子躺在方格布上,“是狗咬的?生疮啦?上树拉的?你这个小可怜……”

黑孩感动地仰起脸来,望着姑娘浑圆的下巴。他的鼻子吸了一下。

“菊子,想认个干儿吗?”一个脸盘肥大的女人冲着姑娘喊。

黑孩的眼睛转了几下,眼白像灰蛾儿扑棱。

“对,我就叫菊子,前屯的,离这儿十里,你愿意说话就叫我菊子姐好啦。”姑娘对黑孩说。

“菊子,是不是看上他了?想招个小女婿吗?那可够你熬的,这只小鸭子上架要得几年哩……”

“臭老婆,张嘴就喷粪。”姑娘骂着那个胖女人。她把黑孩牵到像山岭一样的碎石堆前,找了一块平整的石头摆好,说,“就坐在这儿吧,靠着我,慢慢砸。”她自己也找了一块光滑石头,给自己弄了个座位,靠着男孩坐下来。很快,滞洪闸前这一片沙地上,就响起了“噼噼啪啪”的敲打石头声。女人们以黑孩为话题议论着人世的艰难和造就这艰难的种种原因，这些“娘儿们哲学”里，永恒真理掺杂着胡说八道，菊子姑娘一点都没往耳里入，她很留意地观察着孩子。黑孩起初还以那双大眼睛的偶然一瞥来回答姑娘的关注，但很快就像入了定一样，眼睛大睁着，也不知他看着什么，姑娘紧张地看着他。他左手摸着石头块儿，右手举着羊角锤，每举一次都显得精疲力竭，锤子落下时好像猛抛重物一样失去控制。有时姑娘几乎要惊叫起来，但什么也没发生，羊角铁锤在空中划着曲里拐弯的轨迹，但总能落到石头上。

黑孩的眼睛本来是专注地看着石头的，但是他听到了河上传来了一种奇异的声音，很像鱼群在唼喋，声音细微，忽远忽近，他用力地捕捉着，眼睛与耳朵并用，他看到了河上有发亮的气体起伏上升，声音就藏在气体里。只要他看着那神奇的气体，美妙的声音就逃跑不了。他的脸色渐渐红润起来，嘴角上漾起动人的微笑。他早忘记了自己坐在什么地方干什么，仿佛一上一下举着的手臂是属于另一个人的。后来，他感到右手食指一阵麻木，右胳膊也不由自主地抽搐了一下。他的嘴里突然迸出了一个音节，像哀叫又像叹息。低头看时，发现食指指甲盖已经破成好几半，几股血从指甲破缝里渗出来。

“小黑孩，砸着手了是不？”姑娘耸身站起，两步跨到孩子面前蹲下，“亲娘哟，砸成了什么样子？哪里有像你这样干活的？人在这儿，心早飞到不知哪国去了。”

姑娘数落着黑孩。黑孩用右手抓起一把土按在砸破的手指上。

“黑孩，你昏了？土里什么脏东西都有！”姑娘拖起黑孩向河边走去，孩子的脚板很响地扇着油光光的河滩地。在水边上蹲下，姑娘抓住孩子的手浸到河水里。一股小小的黄浊流在孩子的手指前形成了。黄土冲光后，血丝又渗出来，像红线一样在水里抖动，孩子的指甲像砸碎的玉片。

“痛吗？”

他不吱声。这时候他的眼睛又盯住了水底的河虾，河虾身体透亮,两根长须冉冉飘动,十分优美。

姑娘掏出一条绣着月季花的手绢,把他的手指包起来。牵着他回到石堆旁,姑娘说:“行了,坐着耍吧,没人管你,冒失鬼。”

女人们也都停下了手中的锤子,把湿漉漉的目光投过来,石堆旁一时很静。一群群绵羊般的白云从青蓝蓝的天上飞奔而过,投下一团团稍纵即逝的暗影,时断时续地笼罩着苍白的河滩和无可奈何的河水。女人们脸上都出现一种荒凉的表情,好像寸草不生的盐碱地。待了好长一会儿,她们才如梦初醒,重新砸起石子来,锤声寥落单调,透出了一股无可奈何的情绪。

黑孩默默地坐着,目不转睛地看着手绢上的红花儿。在红花旁边又有一朵花儿出现了,那是指甲里的血渗出来了。女人们很快又忘了他,“嘎嘎咕咕”地说笑起来。黑孩把伤手举起来放在嘴边,用牙齿咬开手绢的结儿,又用右手抓起一把土,按到伤指上。姑娘刚要开口说话,却发现他用牙齿和右手又把手绢扎好了。她长长地叹了一口气,举起锤子,沉重地打在一块酱红色的石片上。石片很坚硬,石棱儿像刀刃一样,石棱与锤棱相接,碰出了几个很大的火星,大白天也看得清。

中午,刘副主任骑着辆乌黑的自行车从黑孩和小石匠的村子里窜出来。他站在滞洪闸上吹响了收工哨。他接着宣布,伙房已经开火,离家五里以外的民工才有资格去吃饭。人们匆匆地收拾着工具。姑娘站起来。孩子站起来。

“黑孩,你离家几里?”

黑孩不理她,脑袋转动着,像在寻找什么。姑娘的头跟着黑孩的头转动,当黑孩的头不动了时,她也把头定住,眼睛向前望,正碰上小石匠活泼的眼睛,两人对视了几十秒钟。小石匠说:“黑孩,走吧,回家吃饭。你不用瞪眼,瞪眼也是白瞪眼,咱俩离家不到二里,没有吃伙房的福分。”

“你们俩是一个村的?”姑娘问小石匠。

小石匠兴奋地口吃起来，他用手指指村子，说他和黑孩就是这村人，过了桥就到了家。姑娘和小石匠说了一些平常但很热乎的话。小石匠知道了姑娘家住前屯，可以吃伙房，可以睡桥洞。姑娘说，吃伙房愿意，睡桥洞不愿意。秋天里刮秋风，桥洞凉。姑娘还悄悄地问小石匠黑孩是不是哑巴。小石匠说绝对不是，这孩子可灵性哩，他四五岁时说起话来就像竹筒里晃豌豆，咯嘣咯嘣脆。可是后来，话越来越少，动不动就像尊小石像一样发呆，谁也不知道他寻思着什么。你看看他那双眼睛吧，黑洞洞的，一眼看不到底。姑娘说看得出来这孩子灵性，不知为什么我很喜欢他，就像我的小弟弟一样。小石匠说，那是你人好心眼儿善良。

小石匠、姑娘、黑孩儿，不知不觉落到了最后边，他和她谈得很热乎，恨不得走一步退两步。黑孩跟在他俩身后，高抬腿、轻放脚，那神情和动作很像一只沿着墙边巡逻的小公猫。在九孔桥上，刚刚在紫穗槐树丛里耽误了时间的刘太阳骑着车子“嘎嘎啦啦”地赶上来，桥很窄，他不得不跳下车子。

“你们还在这儿磨蹭？黑猴，今天上午干得怎么样？噢，你的爪子怎么啦？”

“他的手让锤子打破了。”

“他妈的。小石匠，你今天中午就去找你们队长，让他趁早换人，出了人命我可担不起。”

“他这是工伤，你忍心撵他走？”姑娘大声说。

“刘副主任，咱俩多年的老交情了，你说，这么大个工地，还多这么个孩子？你让他瘸着只手到队里去干什么？”小石匠说。

“瘦猴儿，真你妈的，”刘太阳沉吟着说，“给你调个活儿吧，给铁匠炉拉风匣，怎么样？会不会？”

孩子求援似地看看小石匠，又看看姑娘。

“会拉，是不是黑孩？”小石匠说。

姑娘也冲着他鼓励地点点头。

二

黑孩在铁匠炉上拉风箱拉到第五天,赤裸的身体变得像优质煤块一样乌黑发亮;他全身上下,只剩下牙齿和眼白还是白的。这样一来,他的眼睛就更加动人,当他闭紧嘴角看着谁的时候,谁的心就像被热铁烙着一样难受。他的鼻翼两侧的沟沟里落满煤屑,头发长出有半寸长了,半寸长的头发间也全是煤屑。现在,全工地的男人女人们都叫他“黑孩”儿,他谁也不理,连认真看你一眼也不。只有菊子姑娘和小石匠来跟他说话时,他才用眼睛回答他们。昨天中午,工地上的人们全去吃饭了,铁匠师傅的一把小锤和一个淬火用的新水桶被人偷走了。刘太阳在滞洪闸上大骂了半个小时。他分派给黑孩一个新任务:每天中午放工吃饭后,留在工地看守工具,午饭由铁匠师傅从伙房里带来。刘副主任说,便宜黑孩这个狗小子一顿午饭。

人全走了,喧闹了一上午的工地静得很。黑孩走出桥洞,在闸前的沙地上慢慢地踱步。他倒背着胳膊,双手捂着屁股,蹙着眉毛,额头上出现三道深深的皱纹。他翻来覆去地数着桥洞,从两片嘴唇间“叭儿叭儿”地吐出一个个小泡泡儿。在第七个桥墩前,他站住了,然后双腿夹住桥墩的菱状石棱,一耸一耸地往上爬。爬到半截时,他滑了下来,肚皮上擦破了一大块,渗出一层血珠来。他弯腰抓起一把土,按到肚子上。然后倒退几步,抬起手掌打着眼罩,看着桥墩与桥面相接处那道石缝,他放心了。

很快地他又走到了妇女们砸石子的地方,他曾经坐过的那块石头没有了。他很准地找到了菊子姑娘的座位,他认识她那把六棱石匠锤。他坐在姑娘的座位上,不断地扭动着身体,变换着姿势,一直等调整到眼睛跟第七个桥墩上那条石缝成一条直线时,才稳稳地坐住,双眼紧盯着石缝里那个东西……

那天中午,他早早地跑到滞洪闸下,在西边第一个桥洞里蹲下来。他眼睛一遍遍地抚摸红炉、铁钳、大锤、小锤、铁桶、煤铲，甚至每块煤，甚至每块煤渣。快到上工时间了，他右手拿起煤铲，捅开了压住火的红炉，左手用力一拉风箱，煤烟和着煤灰飞起来，迷了眼睛，他使劲揉着，眼眶处充血发了紫。风箱里新勒了鸡毛，很沉，他一只手拉起来有些吃力。右手食指被碰了一下。看手指时才想起那条包着伤指的手绢。手绢已经不白了，月季花还是鲜红的。他转了一个念头，走出桥洞，四下打量着。在第七个桥墩前，他解下手绢用口叼着，费力地爬上去，把手绢塞到石缝里……三捅两戳，火灭了。他的额上沁出一层汗珠。这时桥洞外响起踢踢踏踏的脚步声，他惶恐地倒退着，一直退到脊背贴着凉凉的石壁。黑孩看到一个短腿的青年弯着腰走进桥洞，那姿势好像要证明桥洞很低他人很高。黑孩咧了咧嘴。短腿青年看着被捅灭的火炉和拉出半截的风箱，又看看紧贴石壁站着的他，骂一声："小狗崽子！你来折腾什么？火也捅灭了，风匣也拉歪了，欠揍的小浑蛋。"黑孩听到头上响起一阵风声，感到有一个带棱角的巴掌在自己头皮上扇过去，紧接着听到一个很脆的响，像在地上摔死一只青蛙。

"滚出去砸你的石头子儿，小浑蛋！"青年人骂着。

黑孩这才知道这就是小铁匠。小铁匠的脸上布满密集的粉刺疙瘩，鼻子像牛犊的鼻子一样，扁扁的，平平的，上边布满汗珠。黑孩看到小铁匠麻利地清理炉膛。又看着他从桥洞的角上抓过一把金黄的麦秸塞到炉膛里，点燃，轻轻地拉几下风箱，麦秸先冒出又轻又白的烟，紧跟着蹿出火苗。小铁匠铲了一铲湿漉漉的煤，薄薄地撒在正在燃烧的麦秸上，拉风箱的手一直不停。又撒了一层煤。又撒了一层煤。炉里蹿起焦黄的烟，烟里夹带着呛鼻子的煤味。小铁匠用铁铲尖儿把炉中煤一戳，几缕强劲有力的暗红色的火苗蹿了出来，煤着了。

黑孩兴奋地"噢"了一声。

"你还不滚，小浑蛋！"

一个又高又瘦的老头子慢吞吞地走进桥洞,问小铁匠:“不是压住火了吗?怎么又生?”他的语声沉闷,声音像是从胸膈以下发出来的。

“被这个小浑蛋给捅灭了。”小铁匠抬起煤铲指指黑孩。

“你让他拉吧。”老头说。他把一块蛋黄色的油布围在腰间,把两块蛋黄色的油布绑在脚脖子上护住了脚面。油布上布满了火星烧成的洞洞眼眼。黑孩知道这就是老铁匠了。

“让他拉风匣,你专管打锤,这样你也轻松一点。”老铁匠说。

“让这么个毛孩子拉风匣?你看他瘦得那个猴样,在火炉边还不给烤成干柴棍儿!”小铁匠不满意的嘟哝着。

刘太阳一步闯进来,翻着眼皮说:“怎么啦?不是你说的要个拉火的吗?”

“要拉火的不要他!刘副主任,你看看他瘦得那个样子,恐怕连他妈的煤铲都拿不动,你派他来干什么?臭杞摆碟凑样数!”

“我知道你小子的鬼心眼子。你想要个大姑娘来给你拉火是不是?挑个最漂亮的,让那个蒙着紫红色方头巾的来?美得你这个臊包狗蛋!黑孩,拉风箱吧。”刘太阳冲着小铁匠说,“你他妈的好好教教他!”

黑孩畏畏缩缩地走到风箱前站定,目光却期待什么似的望着老铁匠的脸。孩子发现,老铁匠的脸色像炒焦了的小麦,鼻子尖像颗熟透了的山楂。他走上前来,教给黑孩一些烧火的要领。黑孩的耳朵抖动着,把老铁匠的话儿全听进去了。

刚开始拉火时,他手忙脚乱,满身都是汗水,火焰烤得他的皮肤像针尖刺着一样疼痛。老铁匠面部没有表情,僵硬犹如瓦片,连看也不看他一眼。黑孩咬着下嘴唇,不断地抬起黑胳膊擦着流到眼睛上边的汗水。他的鸡胸脯一起一伏,嘴和鼻孔像风箱一样“呼哧呼哧”喷着气。

小石匠送来磨秃的钢钻待修,看着黑孩那副样子,说:“能不能挺住？挺不住就吱声，还去砸你的石头子儿。"

黑孩连头都没抬。

"这倔种！"小石匠把钢钻扔在地上，走了。但很快他又折了回来，和菊子姑娘一起。菊子把方头巾扎在脖子上，整个脸显得更加完整。

桥洞里的小铁匠忽然感到眼前一亮，使劲咽了一口唾液，又用肥厚的舌头舔了舔干裂的嘴唇。他的两只眼睛不比黑孩的眼睛小，但右眼里有一个鸭蛋皮色的"萝卜花"遮盖了瞳孔。天长日久地用左眼看东西，养成了脑袋往右歪的习惯。他的头枕在右肩上，左眼里射出一道灼热的光，直盯着姑娘红扑扑的脸膛。十八磅的大铁锤头朝下站在他的两腿间，他手扶锤把子，像拄着一根拐棍。

炉中烟火升腾，黑烟夹带着火星直冲到桥面上，又愤怒地反扑下来。孩子的脸笼罩在烟雾里，他咳嗽着，胸脯里"咝咝"地响。老铁匠冷冷地看了黑孩一眼，从磨得油亮的皮口袋里掏出烟袋，慢吞吞地装上烟，就着炉火点燃，把两股白色烟喷进黑色烟里，鼻孔里两撮黑毛抖动着，他从烟雾里漠然地看了一眼桥洞口的小石匠和菊子，这才对黑孩说："少加煤，撒匀一点。"

孩子急促地拉着风箱，瘦身子前倾后仰，炉火照着他汗湿的胸脯，每一根肋巴条都清清楚楚。左胸脯的肋条缝中，他的心脏像只小耗子一样可怜巴巴地跳动着。老铁匠说："拉长一点，一下是一下。"

菊子姑娘看到黑孩的下唇流出深红的血，眼睛里顿时充满泪水。她喊道："黑孩，不给他们干了。走，回去跟我砸石子儿。"她走到风箱前，捏住了黑孩那两条干柴棍一样的细胳膊。黑孩拼命挣扎着，喉咙里呜呜地响着，像一条要咬人的小狗。他身体很轻，姑娘架着他的胳膊把他端出了桥洞，他粗糙的脚趾划着地面，地上的碎石片儿哗哗地响着。

"黑孩，咱不给他们干了，你顶不住烟熏火燎，你这么瘦，流光了汗，就烤成锅巴啦。还是跟姐姐去砸石子儿轻松。"一边说着，一边把他放下,用一只手拖着他往石堆那边走。她的胳膊粗壮有力,手很大很柔软,捏着黑孩的手腕,像捏着一条小山羊腿。黑孩打着坠,脚后跟哗哗啦啦犁着地上的碎石片。“小傻瓜,小拗种,好好跟我走。”姑娘停住脚,回头对他说着,手用力捏捏他的腕子,“看看你这小狗腿,我要一用劲,保准捏碎了,那么重的活你怎么干得了?”黑孩恨恨地盯了她一眼,猛地低下头,在姑娘胖胖的手腕上狠狠地咬了一口。她“哎哟”了一声,松开手,黑孩转身跑回了桥洞。

黑孩的牙齿十分锋利,姑娘的手腕上被咬出了两排深深的牙印。他的犬齿是两个锥牙儿,这两个锥牙在姑娘腕上钻出了两个流血的小洞。小石匠关切地走上前去,掏出一条皱巴巴的手绢要给姑娘包扎。她推开他,眼睛也不看他,弯腰从地上抓起一把土,按在伤口上。

“有病菌!”小石匠吃惊地叫喊。

姑娘走回乱石堆前,寻着自己的座位坐下来,呆呆地瞅着河水上层出不穷的波纹,一块石头儿也不砸。

“看看,又傻了一个。”

“黑孩八成会使魔法。”

女人们咬着耳朵低语。

“黑孩,你给我滚出来。狗崽子,狗咬吕洞宾,不识好人心。”小石匠骂着往铁匠炉所在的桥洞里走。

一股脏乎乎、热烘烘的水泼出来,劈头盖脸蒙住了小石匠。小石匠对得正,桥洞里瞄得准,半桶水几乎没浪费一滴。他柔软的黄头发上、劳动布夹克衫上、大红运动衫翻领上,沾满了铁屑和煤灰,脏水像小溪一样从头往脚流。

“瞎了狗眼了!”小石匠大骂着冲进桥洞,“谁干的?说,谁干的?”

没有人答理他。桥洞里黑烟散尽,炉火正旺,紫红色的老铁匠用一把长长的铁钳子把一根烧得发白透亮的钢钻子从炉里夹出来,钻子尖上“噼噼”地爆着耀眼的钢花。老铁匠把钻子放在铁砧上,用小叫锤敲了一下铁砧的边缘,铁砧清脆地回答着他。他的左手操着长把铁钳，铁钳夹着钻子，钻子按着他的意思翻滚着；右手的小叫锤很快地敲着钢钻。他的小锤敲到哪儿，独眼小铁匠的十八磅大铁锤就打到哪儿。老铁匠的小锤像鸡啄米一样迅疾，小铁匠的大锤一步不让，桥洞里习习生出热风。在惊心动魄的锻打声中，钢钻子火星四溅，火星溅到老铁匠和小铁匠围腰护脚的油布上，"嗞嗞"地冒着白色的烟。火星也飞到了黑孩裸露的皮肤上，他咧着嘴，龇出两排雪白的小狼牙齿。钢火在他肚皮上烫起几个大燎泡，他一点都没有痛的表情，眼睛里跳动着心荡神迷的火苗，两个瘦削的肩头耸起来，脖子使劲缩着，双臂交叠在胸前，手捂着下巴和嘴巴，挤得鼻子上满是皱纹。

秃钻子被打出了尖，颜色暗淡下来——先是殷红，继而是银白。地下落着一层灰白的铁屑，铁屑引燃了一根草梗，草梗悠闲地冒着袅袅的白烟。

"谁他妈的泼了我？"小石匠盯着小铁匠骂。

"老子泼的，怎么着？"小铁匠遍体放光，双手拄着锤把，优雅地歪着头说。

"你瞎眼了吗？"

"瞎了一个。老爹泼水你走路，碰上了算你运气。"

"你讲理不讲？"

"这年头，拳头大就有理。"小铁匠捏起拳头，胳膊上的肉隆起来。

"来吧，独眼龙！老子今天把你这只狗眼也打瞎。"小石匠怒气冲冲地靠了前，老铁匠好像无意地往前跨了一步，撞了他一下。小石匠猛然觉得老人那双深深地眍瞜着的眼窝里射出了一股物质，好像暗示着什么，他顿时感到浑身肌肉松弛。老铁匠微微扬起脸，极随便地哼唱了一句说不出是什么味道的戏文或是歌词来。

恋着你刀马娴熟，通晓诗书，少年英武，跟着你闯荡江湖，风餐露宿，吃尽了世上千般苦。

老铁匠只唱了这一句，声音戛然而止，听得出他把一大截悲怆凄楚的尾音咽进了肚子。老铁匠又看了小石匠一眼，低下头去给刚打出尖的钻子淬火。淬火前,他捋起右手衣袖,把手伸进水桶里试着水温,他的小臂上有一个深紫色的伤疤,圆圆的,中间凸出,尽管这个伤疤不像一只眼睛,但小石匠却觉得这个紫疤像一只古怪的眼睛盯着自己。他撇了一下嘴,恍恍惚惚像中了魔怔,飘飘地出了桥洞,红炉这边,一下午没见到他的影子。

……孩子的眼睛酸了,头皮也晒得发烫。他从姑娘的座位上站起来,踱回到铁匠炉边。桥洞里很暗,他摸摸索索地坐在老铁匠的马扎上,什么都不想的时候,双手便火烧火燎的痛起来,他把手放在凉森森的石壁上,赶快去想过去的事情。

三天前,老铁匠请假回家拿棉衣和铺盖,他说人老了腿值钱,不愿天天往家跑,在红炉边絮个铺,冻不着的。(黑孩抬眼看看老铁匠的铺。桥洞的北边已经用闸板堵起来了。几缕亮光从板缝里漏进来,斜照着老铁匠那件油晃晃的棉袄和那条狗毛脱落的皮褥子。)老师傅回了家,小铁匠成了一洞之主。那天上午进桥洞来,他挺着胸,凸着肚,好颜好色地说:"黑孩,生火,老东西回家了,咱们俩干。"

黑孩看着他。

"瞪什么眼,兔崽子!你瞧不起老子是不?老子跟着老东西已经熬了整三年啦,他那点把戏我全知道。"小铁匠说。

黑孩懒洋洋地生起火来。小铁匠得意地哼着什么。他把几支头天没来得及修的钢钻插进炉膛烧着。黑孩把火拉得很旺,照着自己的黑脸透出红来。小铁匠忽然笑起来,说:"黑孩,你小子冒充老红军准行,浑身是疤。"

孩子使劲拉火。

"这几天怎么也不见你那个浪干娘来看你啦?你咬了她一口,把她得罪啦,狗儿子。她的胳膊什么味儿?是酸的还是甜的?你狗日的好口福。要是让我捞到她那条白嫩胳膊,我像吃黄瓜一样啃着吃了。"

黑孩提起长钳,夹起一根烧透了的钢钻扔到砧子上。

“哟，儿子，好快！”小铁匠抄起一把比大锤小比小锤大的中锤，一手掌钳，一手抡锤，狠狠地打起来。黑孩呆呆地看着。小铁匠一身好力气，铁锤耍得出神出鬼，打出的钢钻尖儿棱角分明，像支削好的铅笔。黑孩很悲哀地看着老铁匠那把小叫锤儿。小铁匠用铁钳夹着打好的钢钻到桶边淬火，他淬火的动作跟老铁匠一模一样。黑孩背过脸，又去看那把躺在砧子旁边的小叫锤，小叫锤的木把儿像老牛的角尖一样又光又滑。

小铁匠好马快刀，一会儿工夫就修好十几支钢钻。他得意地坐在师傅的马扎上卷烟。卷好烟，插进嘴。吩咐黑孩夹过一块通红的炭给他点着。

“儿子，看到了吧？没有老梆子我们照样干！”

小铁匠正得意着，刚才拿走钻子的石匠们找他来了。

“小铁匠，你淬得什么鸟火？不是崩头就是弯尖，这是剥石头，不是打豆腐。没有弯弯肚子，别吞镰头刀子。等你师傅回来吧，别拿着我们的钢钻练功夫。”

石匠们把那十几支坏钻子扔在地上。走了。小铁匠脸变了色，咤呼着黑孩拉火烧钻子。一会儿工夫他又把钻子打好，淬好，亲自抱着送到工地上。他前脚进了桥洞，石匠们后脚就跟来了。坏钻子扔在地上，脏话扔在小铁匠头上：“去你娘的蛋，别耍我们的大头了，看看你淬的火！全崩了你娘的尖啦！”

黑孩看看小铁匠，嘴角上漾出两道纹来，谁也不知道他是高兴还是难过。小铁匠把工具摔得“嘁哩喀啦”响，蹲到地上，呼呼地吐闷气。他抽了一支烟，那只独眼古噜噜地转着，射出迷茫暴躁的光线，两条大蝌蚪一样的眉毛急遽地扭动着。他扔掉烟屁股，站起来，说：

“妈的，就不信羊不吃蒿子！黑孩，拉火再干！”

黑孩无精打采地拉着风箱，动作一下比一下迟缓。小铁匠催他，骂他，他连头都不抬。钻子又烧好了。小铁匠草草打了几锤，就急不可耐地到桶边淬火。这次他改变了方式，不是像老铁匠那样一点点地淬,而是把整个钻子一下插到水里。桶里的水吱吱地叫着,一股白气绞着麻花冲起来。小铁匠把钢钻提起来,举到眼前,歪着头察看花纹和颜色。看了一阵,他就把这支钻子放在砧子上,用锤轻轻一敲,钢钻断成两半。他沮丧地把锤子扔到地上,把那半截钻子用力甩到桥洞外边去。坏钻子躺在洞前石片上,怎么看都难受。

“去把那根钻子捡回来!”小铁匠怒冲冲地吩咐黑孩。黑孩的耳朵动了动,脚却没有动。他的屁股上挨了一脚,肩膀上被捅了一钳子,耳边响起打雷一样的吼声:“去把钻子捡回来。”

黑孩垂着头走到钻子前,一点一点弯下腰去,伸手把钻子抓起来。他听到手里“嗞嗞啦啦”地响,像握着一只知了。鼻子里也嗅到炒猪肉的味道。钻子沉重地掉在地上。

小铁匠一愣,紧接着大笑起来:“兔崽子,老子还忘了钻子是热的,烫熟了猪爪子,啃吧!”

黑孩走回桥洞,一眼也不看小铁匠,把烫熟了皮肉的手淹到水桶里泡了泡,又慢悠悠走出桥洞。他弯下腰去,仔细地端详着那半截钢钻子。钢钻是银灰色的,表面粗糙,有好多小颗粒。地上的湿土在钢钻下冒着白气,那白气很细,若有若无。他更低地俯下身去,屁股高高地翘起来,大裤头全退到屁股上,露出比小腿颜色略浅的大腿。他的一只手捂在背上,一只手从肩前垂下去,慢慢地接近钢钻,水珠沿着指尖滴下去,钢钻子嗤啦一声响。水珠在钻子上跳动着,叫着,缩小着,变成一圈波纹,先扩大一下,立即收缩,终于消逝了。他的指尖已经感到了钢钻的灼热,这种灼热感一直传导到他心里去。

“你他妈的在那儿干什么,弯腰撅腚,冒充走资派吗?”小铁匠在桥洞里喊他。

他一把攥住钢钻,哆嗦着,左手使劲抓着屁股,不慌不忙走回来。小铁匠看到黑孩手里冒出黄烟,眼像风瘫病人一样㖞斜着叫:“扔、扔掉!”他的嗓子变了调,像猫叫一样,“扔掉呀,你这个小浑蛋!”

黑孩在小铁匠面前蹲下,松开手,抖了两抖,钻子打了两滚儿躺在小铁匠脚前。然后就那么蹲着，仰望着小铁匠的脸。

小铁匠浑身哆嗦起来："别看我，狗小子，别看我。"他拧过脸去。黑孩站起来，走出桥洞……他记得他走出桥洞后望了一会儿西天，天上连一丝云彩也没有，只有半个又白又薄的月亮，像一块小小的云……

他想得很累，耳朵里有蜜蜂的叫声。从马扎子上起来，走到老铁匠的铺前躺下来。头枕着棉袄，眼皮不知不觉合上了。他感到有一个人在抚摸自己的脸，抚摸自己的手，痛，他忍着。有两滴沉甸甸的水珠落下来，一滴落在两片唇间，他咽下了；一滴打到鼻尖上，鼻子被砸得酸溜溜的。

"黑孩、黑孩，醒醒，吃饭啦。"

他觉得鼻子酸得厉害，匆忙爬起来，看着姑娘。有两股水儿想从眼窝里滚出来，他使劲憋住，终于让水儿流进喉咙。

"给你。"姑娘解开那条紫红色头巾。头巾里包着两个窝窝头。一个窝窝头的眼里塞着一根腌黄瓜，一个窝窝头眼里栽着一根大葱。一根长长的梢儿发黄的头发沾在窝窝头上。姑娘用两个指头拈起头发，轻轻一弹，头发落地时声音很响，黑孩听到了。

"吃吧，你这条小狗！"姑娘摸着他的脖子说。

黑孩咬葱咬黄瓜咬窝窝头，一边咀嚼一边看姑娘。

"手是怎么烫的？是不是独眼龙使坏？还咬我吗？看看你的狗牙多快。"

孩子的耳朵使劲忽扇着，左手举起窝窝头，右手举起大葱腌黄瓜，遮住了脸。

三

夜里，莫名其妙地下了一场雷阵雨。清晨上工时，人们看到工地上的石头子儿被洗得干干净净，沙地被拍打得平平整整。闸下水槽里的水增了两拃,水面蓝汪汪地映出天上残余的乌云。天气仿佛一下子冷了,秋风从桥洞里穿过来,和着海洋一样的黄麻地里的窸窣之声,使人感到从心里往外冷。老铁匠穿上了他那件亮甲似的棉袄,棉袄的扣子全掉光了,只好把两扇襟儿交错着掩起来,拦腰捆上一根红色胶皮电线。黑孩还是只穿一条大裤头子,光背赤足,但也看不出他有半点瑟缩。他原来扎腰的那根布条儿不知是扔了还是藏了,他腰里现在也扎着一节红胶皮电线。他的头发这几天像发疯一样地长,已经有二寸长,头发根根竖起,像刺猬的硬毛。民工们看着他赤脚踩着石头上积存的雨水走过工地,脸上都表现出怜悯加敬佩的表情来。

“冷不冷?”老铁匠低声问。

黑孩惶惑地望着老铁匠,好像根本不理解他问话的意思。“问你哩!冷吗?”老铁匠提高了声音。惶惑的神色从他眼里消失了,他垂下头,开始生火。他左手轻拉风箱,右手持煤铲,眼睛望着燃烧的麦秸草。老铁匠从草铺上拿起一件油腻腻的褂子给黑孩披上。黑孩扭动着身体,显出非常难受的样子。老铁匠一离开,他就把褂子脱下来,放回到铺上去。老铁匠摇摇头,蹲下去抽烟。

“黑孩,怪不得你死活不离开铁匠炉,原来是图着烤火暖和哩,妈的,人小心眼儿不少。”小铁匠打了一个百无聊赖的呵欠,说。

工地上响起哨子声,刘副主任说,全体集合。民工们集合到闸前向阳的地方,男人抱着膀子、女人纳着鞋底子。黑孩偷觑着第七个桥墩上的石缝,心里忐忑不安。刘副主任说,天就要冷,因此必须加班赶,争取结冰前浇完混凝土底槽。从今天起每晚七点到十点为加班时间,每人发给半斤粮,两毛钱。谁也没提什么意见。二百多张脸上各有表情。黑孩看到小石匠的白脸发红发紫,姑娘的红脸发灰发白。

当天晚上,滞洪闸工地上点亮了三盏汽灯。汽灯发着白炽刺眼的光,一盏照耀石匠们的工场,一盏照着妇女们砸石子儿的地方。妇女们多数有孩子和家务,半斤粮食两毛钱只好不挣。灯下只围着十几个姑娘。她们都离村较远,大着胆子挤在一个桥洞里睡觉,桥洞两头都堵上了闸板，只在正面留了个洞，钻进钻出。菊子姑娘有时钻桥洞，有时去村里睡（村里有她一个姨表姐，丈夫在县城当临时工，有时晚上不回家睡，表姐就约她去做伴）。第三盏汽灯放在铁匠炉的桥洞里，照着老年青年和少年。石匠工场上锤声叮当，钢钻子啃着石头，不时迸出红色的火星。石匠们干得还算卖劲，小石匠脱掉夹克衫，大红运动衣像火炬一样燃烧着。姑娘们围灯坐着，产生许多美妙联想。有时嘎嘎大笑，在时窃窃私语，砸石子的声音零零落落。在她们发出的各种声音的间隙里，充填着河上的流水声。菊子放下锤子，悄悄站起来，向河边走去。灯光把她的影子长长地投在沙地上。“当心被光棍子把你捉去。”一个姑娘在菊子身后说。菊子很快走出灯光的圈子。这时她看到的灯光像几个白亮亮的小刺球，球刺儿伸到她面前停住了，刺尖儿是红的、软的。后来她又迎着灯光走上去。她忽然想去看看黑孩儿在干什么，便躲避着灯光，闪到第一个桥墩的暗影里。

她看到黑孩儿像个小精灵一样活动着，雪亮的灯光照着他赤裸的身体，像涂了一层釉彩。仿佛这皮肤是刷着铜色的陶瓷橡皮，既有弹性又有韧性，撕不烂也扎不透。黑孩似乎胖了一点点，肋条和皮肤之间疏远了一些。也难怪么，每天中午她都从伙房里给他捎来好吃的。黑孩很少回家吃饭，只是晚上回家睡觉，有时候可能连家也不回——姑娘有天早晨发现他从桥洞里钻出来，头发上顶着麦秸草。黑孩双手拉着风箱，动作轻柔舒展，好像不是他拉着风箱而是风箱拉着他。他的身体前倾后仰，脑袋像在舒缓的河水中漂动着的西瓜，两只黑眼睛里有两个亮点上下起伏着，如萤火虫幽雅地飞动。

小铁匠在铁砧子旁边以他一贯的姿势立着，双手拄着锤柄，头歪着，眼睛瞪着，像一只深思熟虑的小公鸡。

老铁匠从炉子里把一支烧熟的大钢钻夹了出来，黑孩把另一支坏钻子捅到大钢钻腾出的位置上。烧透的钢钻白里透着绿。老铁匠把大钢钻放到铁砧上，用小叫锤敲敲砧子边，小铁匠懒洋洋地抄起大锤，像抡麻秆一样抡起来，大锤轻飘飘地落在钢钻子上，钢花立刻光彩夺目地向四面八方飞溅。钢花碰到石壁上,破碎成更多的小钢花落地,钢花碰到黑孩微微凸起的肚皮,软绵绵地弹回去,在空中划出一个个漂亮的半圆弧,坠落下去。钢花与黑孩肚皮相撞以及反弹后在空中飞行时,空气摩擦发热发声。打过第一锤,小铁匠如同梦中猛醒一般绷紧肌肉,他的动作越来越快,姑娘看到石壁上一个怪影在跳跃,耳边响彻“咣咣咣咣”的钢铁声。小铁匠塑铁成形的技术已经十分高超,老铁匠右手的小叫锤只剩下干敲砧子边的份儿。至于该打钢钻的什么地方,小铁匠是一目了然。老铁匠翻动钢钻,眼睛和意念刚刚到了钢钻的某个需要锻打的部位,小铁匠的重锤就敲上去了,甚至比他想得还要快。

姑娘目瞪口呆地欣赏着小铁匠的好手段,同时也忘不了看着黑孩和老铁匠。打得最精彩的时候,是黑孩最麻木的时候(他连眼睛都闭上了,呼吸和风箱同步),也是老铁匠最悲哀的时候,仿佛小铁匠不是打钢钻而是打他的尊严。

钢钻锻打成形,老铁匠背过身去淬火,他意味深长地看了小铁匠一眼,两个嘴角轻蔑地往下撇了撇。小铁匠直勾勾地看着师傅的动作。姑娘看到老铁匠伸出手试试桶里的水,把钻子举起来看了看,然后身体弯着像对虾,眼瞅着桶里的水,把钻子尖儿轻轻地、试试探探地触及水面,桶里水“嗞嗞”地响着,一股很细的蒸气蹿上来,笼罩住老铁匠的红鼻子。一会儿,老铁匠把钢钻提起来举到眼前,像穿针引线一样瞄着钻子尖,好像那上边有美妙的画图,老头脸上神采飞扬,每条皱纹里都溢出欣悦。他好像得出一个满意答案似地点点头,把钻子全淹到水里,蒸气轰然上升,桥洞里形成一个小小的蘑菇烟云。汽灯光变得红殷殷的,一切全都朦胧晃动。雾气散尽,桥洞里恢复平静,依然是黑孩梦幻般拉风箱,依然是小铁匠公鸡般冥思苦想,依然是老铁匠如枣者脸如漆者眼如屎克郎者臂上疤痕。

老铁匠又提出一支烧熟的钢钻,下面是重复刚才的一切,一直到老铁匠要淬火时,情况才发生了一些变化。老铁匠伸手试水温。加凉水。满意神色。正当老铁匠要为手中的钻子淬火时,小铁匠耸身一跳到了桶边,非常迅速地把右手伸进了水桶。老铁匠连想都没想,就把钢钻戳到小伙子的右小臂上。一股烧焦皮肉的腥臭味儿从桥洞里飞出来,钻进姑娘的鼻孔。

小铁匠"嗷"地号叫一声,他直起腰,对着老铁匠恶狠狠地笑着,大声喊:"师傅,三年啦!"

老铁匠把钢钻扔在桶里,桶里翻滚着热浪头,蒸气又一次弥漫桥洞。姑娘看不清他们的脸子,只听到老铁匠在雾中说:"记住吧!"

没等烟雾散尽她就跑了,她使劲捂住嘴,有一股苦涩的味儿在她胃里翻腾着。坐在石堆前,旁边一个姑娘调皮地问她:"菊子,这一大会儿才回来,是跟着大青年钻黄麻地了吗?"她没有回腔,听凭着那个姑娘奚落。她用两个手指捏着喉咙,极力不让自己发出声音。

收工的哨声响了。三个钟头里姑娘恍惚在梦幻中。"想汉子了吗? 菊子?""走吧,菊子。"她们招呼着她。她坐着不动,看着灯光下憧憧的人影。

"菊子,"小石匠板板整整地站在她身后说,"你表姐让我捎信给你,让你今夜去做伴,咱们一道走吗?"

"走吗? 你问谁呢?"

"你怎么啦? 是不是冻病啦?"

"你说谁冻病啦?"

"说你哩!"

"别说我。"

"走吗?"

"走。"

石桥下水声响亮,她站住了。小石匠离她只有一步远。她回过头去,看到滞洪闸西边第一个桥洞还是灯火通明,其他两盏汽灯已经熄灭。她朝滞洪闸工地走去。

"找黑孩吗?"

“看看他。”

“我们一块去吧,这小浑蛋,别迷迷糊糊掉下桥。”

菊子感觉到小石匠离自己很近了,似乎能听到他“怦怦”的心跳声。走着,走着。她的头一倾斜,立刻就碰到小石匠结实的肩膀,她又把身子往后一仰,一只粗壮的胳膊便把她揽住了。小石匠把自己一只大手捂在姑娘窝窝头一样的乳房上,轻轻地按摩着,她的心在乳房下像鸽子一样乱扑棱。脚不停地朝着闸下走,走进亮圈前,她把他的手从自己胸前移开。他通情达理地松开了她。

“黑孩!”她叫。

“黑孩!”他也叫。

小铁匠用只眼看着她和他,腮帮子抽动一下。老铁匠坐在自己的草铺上,双手端着烟袋,像端着一杆盒子炮。他打量了一下深红色的菊子和淡黄色的小石匠,疲惫而宽厚地说:“坐下等吧,他一会儿就来。”

……黑孩提着一只空水桶,沿着河堤往上爬。收工后,小铁匠伸着懒腰说:“饿死啦。黑孩,提上桶,去北边扒点地瓜,拔几个萝卜来,我们开夜餐。”

黑孩睡眼迷蒙地看看老铁匠。老铁匠坐在草铺上,像只羽毛凌乱的败阵公鸡。

“瞅什么?狗小子,老子让你去你尽管去。”小铁匠腰挺得笔直,脖子一抻一抻地说。他用眼扫了一下瘫坐在铺上的师傅。胳膊上的烫伤很痛,但手上愉快的感觉完全压倒了臂上的伤痛,那个温度可是绝对地舒适绝对地妙。

黑孩拎起一只空水桶,踢踢踏踏往外走。走出桥洞,仿佛“扑通”一声掉下了井,四周黑得使他的眼睛里不时迸出闪电一样的虚光,他胆怯地蹲下去,闭了一会眼睛,当他睁开眼睛时,天色变淡了,天空中的星光暖暖地照着他,也照着瓦灰色的大地……

河堤上的紫穗槐枝条交叉伸展着,他用一只手分拨着枝条,仄着肩膀往上走。他的手捋着湿漉漉的枝条和枝条顶端一串串结实饱满的树籽,微带苦涩的槐枝味儿直往他面上扑。他的脚忽然碰到一个软绵绵热乎乎的东西,脚下响起一声“唧喳”,没及他想起这是只花脸鹌,这只花脸鹌就懵头转向地飞起来,像一块黑石头一样落到堤外的黄麻地里。他惋惜地用脚去摸花脸鹌适才趴窝的地方,那儿很干燥,有一簇干草,草上还留着鸟儿的体温。站在河堤上,他听到姑娘和小石匠喊他。他拍了一下铁桶,姑娘和小石匠不叫了。这时他听到了前边的河水明亮地向前流动着,村子里不知哪棵树上有只猫头鹰凄厉地叫了一声。后娘一怕天打雷,二怕猫头鹰叫。他希望天天打雷,夜夜有猫头鹰在后娘窗前啼叫。槐枝上的露水把他的胳膊濡湿了,他在裤头上擦擦胳膊。穿过河堤上的路走下堤去。这时他的眼睛适应了黑暗,看东西非常清楚,连咖啡色的泥土和紫色的地瓜叶儿的细微色调差异也能分辨。他在地里蹲下,用手扒开瓜垄儿,把地瓜撕下来,“叮叮当当”地扔到桶里。扒了一会儿,他的手指上有什么东西掉下,打得地瓜叶儿哆嗦着响了一声。他用右手摸摸左手,才知道那个被打碎的指甲盖儿整个儿脱落了。水桶已经很重,他提着水桶往北走。在萝卜地里,他一个挨一个地拔了六个萝卜,把缨儿拧掉扔在地上,萝卜装进水桶……

“你把黑孩弄到哪儿去了?”小石匠焦急地问小铁匠。

“你急什么?又不是你儿子!”小铁匠说。

“黑孩呢?”姑娘两只眼盯着小铁匠一只眼问。

“等等,他扒地瓜去了。你别走,等着吃烤地瓜。”小铁匠温和地说。

“你让他去偷?”

“什么叫偷?只要不拿回家去就不算偷!”小铁匠理直气壮地说。

“你怎么不去扒?”

“我是他师傅。”

“狗屁!”

“狗屁就狗屁吧!”小铁匠眼睛一亮,对着桥洞外骂道,“黑孩,你他妈的去哪里扒地瓜?是不是到了阿尔巴尼亚?”

黑孩歪着肩膀,双手提着桶鼻子,趔趔趄趄地走进桥洞,他浑身沾满了泥土,像在地里打过滚一样。

“哟,我的儿,真够下狠的了,让你去扒几个,你扒来一桶!”小铁匠高声地埋怨着黑孩,说,“去,把萝卜拿到池子里洗洗泥。”

“算了,你别指使他了。”姑娘说,“你拉火烤地瓜,我去洗萝卜。”

小铁匠把地瓜转着圈子垒在炉火旁,轻松地拉着火。菊子把萝卜提回来,放在一块干净石头上。一个小萝卜滚下来,沾了一身铁屑停在小石匠脚前,他弯腰把它捡起来。

“拿来,我再去洗洗。”

“算了,光那五个大萝卜就尽够吃了。”小石匠说着,顺手把那个小萝卜放在铁砧子上。

黑孩走到风箱前,从小铁匠手里把风箱拉杆接过来。小铁匠看了姑娘一眼,对黑孩说:“让你歇歇哩,狗日的。闲着手痒痒?好吧,给你,这可不怨我,慢着点拉,越慢越好,要不就烤煳了。”

小石匠和菊子并肩坐在桥洞的西边石壁前。小铁匠坐在黑孩后边。老铁匠面南坐在北边铺上,烟锅里的烟早烧透了,但他还是双手捧烟袋,双肘支在膝盖上。

夜已经很深了,黑孩温柔地拉着风箱,风箱吹出的风犹如婴孩的鼾声。河上传来的水声越加明亮起来,似乎它既有形状又有颜色,不但可闻,而且可见。河滩上影影绰绰,如有小兽在追逐,尖细的趾爪踩在细沙上,声音细微如同毳毛纤毫毕现,有一根根又细又长的银丝儿,刺透河的明亮音乐穿过来。闸北边的黄麻地里,“泼剌剌”一声响,麻秆儿碰撞着,摇晃着,好久才平静。全工地上只剩下这盏汽灯了,开初在那两盏汽灯周围寻找过光明的飞虫们,经过短暂的迷惘之后,一齐麇集到铁匠炉边来,为了追求光明,把汽灯的玻璃罩子撞得“哗哗啪啪”响。小石匠走到汽灯前,捏着汽杆,“噗唧噗唧”打气。汽灯玻璃罩破了一个洞，一只蝼蛄猛地撞进去，炽亮的石棉纱罩撞掉了，桥洞里一团黑暗。待了一会儿，才能彼此看清嘴脸。黑孩的风箱把炉火吹得如几片柔软的红绸布在抖动，桥洞里充溢着地瓜熟了的香味。小铁匠用铁钳把地瓜挨个翻动一遍。香味越来越浓，终于，他们手持地瓜红萝卜吃起来。扒掉皮的地瓜白气袅袅，他们一口凉，一口热，急一口，慢一口，咯咯吱吱，吸吸溜溜，鼻尖上吃出汗珠。小铁匠比别人多吃了一个萝卜两个地瓜。老铁匠一点也没吃，坐在那儿如同石雕。

“黑孩，回家吗?”姑娘问。

黑孩伸出舌头，舔掉唇上残留的地瓜渣儿，他的小肚子鼓鼓的。

“你后娘能给你留门吗?”小石匠说，“钻麦秸窝儿吗?”

黑孩咳嗽了一声。把一块地瓜皮扔到炉火里，拉了几下风箱，地瓜皮卷曲，燃烧，桥洞里一股焦煳味。

“烧什么你? 小杂种，”小铁匠说，“别回家，我收你当个干儿吧，又是干儿又是徒弟，跟着我闯荡江湖，保你吃香的喝辣的。”

小铁匠一语未了，桥洞里响起凄凉亢奋的歌唱声。小石匠浑身立时爆起一层幸福的鸡皮疙瘩，这歌词或是戏文他那天听过一个开头。

恋着你刀马娴熟，通晓诗书，少年英武，跟着你闯荡江湖，风餐露宿，吃尽了世上千般苦——

老头子把脊梁靠在闸板上，从板缝里吹进来的黄麻地里的风掠过他的头顶，他头顶上几根花白的毛发随着炉里跳动不止的煤火轻轻颤动。他的脸无限感慨，腮上很细的两根咬肌像两条蚯蚓一样蠕动着，双眼恰似两粒燃烧的炭火。

……你全不念三载共枕，如去如雨，一片恩情，当作粪土。奴为你夏夜打扇，冬夜暖足，怀中的香瓜，腹中的火炉……你骏马高官，良田万亩，丢弃奴家招赘相府，我我我我是苦命的奴呀……

姑娘的心高高悬着，嘴巴半张开，睫毛也不眨动一下地瞅着老铁匠微微仰起的表情无限丰富的脸和他细长的脖颈上那个像水银珠一样灵活地上下移动着的喉结。凄婉哀怨的旋律如同秋雨抽打着她心中的田地,她正要哭出来时,那旋律又变得昂扬壮丽浩渺无边,她的心像风中的柳条一样飘荡着,同时,有一种麻酥酥的感觉从脊椎里直冲到头顶,于是她的身体非常自然地歪在小石匠肩上,双手把玩着小石匠那只厚茧重重的大手,眼里泪光点点,身心沉浸在老铁匠的歌里,意里。老铁匠的瘦脸上焕发出夺目的光彩,她仿佛从那儿发现了自己像歌声一样的未来……

小石匠怜爱地用胳膊揽住姑娘,那只大手又轻轻地按在姑娘硬邦邦的乳房上。小铁匠坐在黑孩背后,但很快他就坐不住了,他听到老铁匠像头老驴一样叫着,声音刺耳,难听。一会儿,他连驴叫声也听不到了。他半蹲起来,歪着头,左眼几乎竖了起来,目光像一只爪子,在姑娘的脸上撕着,抓着。小石匠温存地把手按到姑娘胸脯上时,小铁匠的肚子里燃起了火,火苗子直冲到喉咙,又从鼻孔里、嘴巴里喷出来。他感到自己蹲在一根压缩的弹簧上,稍一松神就会被弹射到空中,与滞洪闸半米厚的钢筋混凝土桥面相撞,他忍着,咬着牙。

黑孩双手扶着风箱杆儿,炉中的火已经很弱了,一绺蓝色火苗和一绺黄色火苗在煤结上跳跃着,有时,火苗儿被气流托起来,离开炉面很高,在空中浮动着,人影一晃动,两个火苗又落下去。孩子目中无人,他试图用一只眼睛盯住一个火苗,让一只眼黄一只眼蓝,可总也办不到,他没法把双眼视线分开。于是他懊丧地从火上把目光移开,左右巡睃着,忽然定在了炉前的铁砧上。铁砧踞伏着,像只巨兽。他的嘴第一次大张着,发出一声感叹(感叹声淹没在老铁匠高亢的歌声里)。黑孩的眼睛原本大而亮,这时更变得如同电光源。他看到了一幅奇特美丽的图画:光滑的铁砧子。泛着青幽幽蓝幽幽的光。泛着青蓝幽幽光的铁砧子上,有一个金色的红萝卜。红萝卜的形状和大小都像一个大个阳梨,还拖着一条长尾巴,尾巴上的根根须须像金色的羊毛。红萝卜晶莹透明,玲珑剔透。透明的、金色的外壳里包孕着活泼的银色液体。红萝卜的线条流畅优美,从美丽的弧线上泛出一圈金色的光芒。光芒有长有短,长的如麦芒,短的如睫毛,全是金色……老铁匠的歌唱被推出去很远很远,像一个小蝇子的嗡嗡声。他像个影子一样飘过风箱,站在铁砧前,伸出了沾满泥土煤屑、挨过砸伤烫伤的小手,小手抖抖索索……当黑孩的手就要捉住小萝卜时,小铁匠猛地蹿起来,他踢翻了一个水桶,水汩汩地流着,渍湿了老铁匠的草铺。他一把将那个萝卜抢过来,那只独眼充着血:"狗日的!公狗!母狗!你也配吃萝卜?老子肚里着火,嗓里冒烟,正要它解渴!"小铁匠张开牙齿焦黑的大嘴就要啃那个萝卜。黑孩以少有的敏捷跳起来,两只细胳膊插进小铁匠的臂弯里,身体悬空一挂,又嘟噜滑下来,萝卜落到了地上。小铁匠对准黑孩的屁股踢了一脚,黑孩一头扎到姑娘怀里,小石匠大手一翻,稳稳地托住了他。

老铁匠停下了嘶哑的歌喉,慢慢地站起来。姑娘和小石匠也站起来。六只眼睛一起瞪着小铁匠。黑孩头很晕,眼前的一切都在转动。使劲晃晃头,他看到小铁匠又拿着萝卜往嘴里塞。他抓起一块煤渣投过去,煤渣擦着小铁匠腮边飞过,碰到闸板上,落在老铁匠铺上。

"日你娘,看我打死你!"小铁匠咆哮着。

小石匠跨前一步,说:"你要欺负孩子?"

"把萝卜还给他!"姑娘说。

"还给他?老子偏不。"小铁匠冲出桥洞,扬起胳膊猛力一甩,萝卜带着飕飕的风声向前飞去,很久,河里传来了水面的破裂声。

黑孩的眼前出现了一道金色的长虹,他的身体软软地倒在小石匠和姑娘中间。

四

那个金色红萝卜砸在河面上,水花飞溅起来。萝卜漂了一会儿,便慢慢沉入水底。在水底下它慢慢滚动着,一层层黄沙很快就掩埋了它。从萝卜砸破的河面上,升腾起沉甸甸的迷雾,凌晨时分,雾积满了河谷,河水在雾下伤感地呜咽着。几只早起的鸭子站在河边,忧悒地盯着滚动的雾。有一只大胆的鸭子耐不住了,蹒跚着朝河里走。在蓬生的水草前,浓雾像帐子一样挡住了它。它把脖子向左向右向前伸着,雾像海绵一样富于伸缩性,它只好退回来,"呷呷"地发着牢骚。后来,太阳钻出来了,河上的雾被剑一样的阳光劈开了一条条胡同和隧道,从胡同里,鸭子们望见一个高个子老头儿挑着一卷铺盖和几件沉甸甸的铁器,沿着河边往西走去了。老头的背驼得很厉害,担子沉重,把它的肩膀使劲压下去,脖子像天鹅一样伸出来。老头子走了,又来了一个光背赤脚的黑孩子。那只公鸭子跟它身边那只母鸭子交换了一个眼神,意思是说:记得吧?那次就是他,水桶撞翻柳树滚下河,人在堤上做狗趴,最后也下了河拖着桶残水,那只水桶差点没把麻鸭那个臊包砸死……母鸭子连忙回应:是呀是呀是呀,麻鸭那个讨厌家伙,天天追着我说下流话,砸死它倒利索……

黑孩在水边慢慢地走着,眼睛极力想穿透迷雾,他听到河对岸的鸭子在"呷呷呷呷,嘎嘎嘎嘎"地乱叫着。他蹲下去,大脑袋放在膝盖上,双手抱住凉森森的小腿。他感觉到太阳出来了,阳光晒着背,像在身后生着一个铁匠炉。夜里他没回家,猫在一个桥洞里睡了。公鸡啼鸣时他听到老铁匠在桥洞里很响地说了几句话,后来一切归于沉寂。他再也睡不着,便踏着冰凉的沙土来到河边。他看到了老铁匠伛偻的背影,正想追上去,不料脚下一滑,摔了一个屁股墩,等他爬起来时,老铁匠已经消逝在迷雾中了。现在他蹲着,看着阳光把河雾像切豆腐一样分割开,他望见了河对岸的鸭子,鸭子也用高贵的目光看着他。露出来的水面像银子一样耀眼,看不到河底,他非常失望。他听到工地上吵嚷起来,刘太阳副主任响亮地骂着:"娘的,铁匠炉里出了鬼了,老浑蛋连招呼都不打就卷了铺盖,小浑蛋也没了影子,还有没有组织纪律性?"

“黑孩!”

“黑孩!”

“那不是黑孩吗? 瞧,在水边蹲着。”

姑娘和小石匠跑过来,一人架着一只胳膊把他拉起来。

“小可怜,蹲在这儿干什么?”姑娘伸手摘掉他头顶上的麦秸草,说,“别蹲在这儿,怪冷的。”

“昨夜里还剩下些地瓜,让独眼龙给你烤烤。”

“老师傅走了。”姑娘沉重地说。

“走了。”

“怎么办? 让他跟着独眼? 要是独眼折磨他呢?”

“没事,这孩子没有吃不了的苦。再说,还有我们呢,谅他不敢太过火的。”

两个人架着黑孩往工地上走,黑孩一步一回头。

“傻蛋,走吧,走吧,河里有什么好看的?”小石匠捏捏黑孩的胳膊。

“我以为你狗日的让老猫叼了去了呢!”刘太阳冲着黑孩说。他又问小铁匠:“怎么样你? 把老头挤对走了,活儿可不准给我误了。淬不出钻子来我剜了你的独眼。”

小铁匠傲慢地笑笑,说:“请看好吧,刘头。不过,老头儿那份钱粮可得给我补贴上,要不我不干。”

“我要先看看你的活。中就中,不中你也滚他妈的蛋!”

“生火,干儿。”小铁匠命令黑孩。

整整一个上午,黑孩就像丢了魂一样,动作杂乱,活儿毛草,有时,他把一大铲煤塞到炉里,使桥洞里黑烟滚;有时,他又把钢钻倒头儿插进炉膛,该烧的地方不烧,不该烧的地方反而烧化了。“狗日的,你的心到哪儿去啦?”小铁匠恼怒地骂着。他忙得满身是汗,绝技在身的兴奋劲儿从汗珠缝里不停地流溢出来。黑孩看到他在淬火前先把手插到桶里试试水温,手臂上被钢钻烫伤的地方缠着一道破布,似乎有一股臭鱼烂虾的味道从伤口里散出来。黑孩的眼里蒙着一层淡淡的云翳,情绪非常低落。九点钟以后,阳光异常美丽,阴暗的桥洞里,一道光线照着西壁,折射得满洞辉煌。小铁匠把钢钻淬好,亲自拿着送给石匠师傅去鉴定。黑孩扔下手中工具,蹑手蹑脚溜出桥洞,突然的光明也像突然的黑暗一样使他头晕眼光。略微迟疑了一下,他便飞跑起来,只用了十几秒钟,他就站在河水边缘上了。那些四个棱的狗蛋子草好奇地望着他,开着紫色花朵的水芡和擎着咖啡色头颅的香附草贪婪地嗅着他满身的煤烟味儿。河上飘逸着水草的清香和鲢鱼的微腥,他的鼻翅扇动着,肺叶像活泼的斑鸠在展翅飞翔。河面上一片白,白里掺着黑和紫。他的眼睛生涩刺痛,但还是目下不转睛,好像要看穿水面上漂着的这层水银般的亮色。后来,他双手提起裤头的下沿,试试探探下了水,跳舞般向前走。河水起初只淹到他的膝盖,很快淹到大腿,他把裤头使劲卷起来,两半葡萄色的小屁股露了出来。这时候他已经立在河的中央了,四周的光一齐往他身上扑,往他身上涂,往他眼里钻,把他的黑眼睛染成了坝上青香蕉一样的颜色。河水湍急,一股股水流撞着他的腿。他站在河的硬硬的沙底上,但一会儿,脚下的沙便被流水掏走了,他站在沙坑里,裤头全湿了,一半贴着大腿,一半在屁股后漂起来,裤头上的煤灰把一部分河水染黑了。沙土从脚下卷起来,抚摸着他的小腿,两颗琥珀色的水珠挂在他的腮上,他的嘴角使劲抽动着。他在河中走动起来,用脚试探着,摸索着,寻找着。

“黑孩! 黑孩!”

他听到小铁匠在桥洞前喊叫着。

“黑孩,想死吗?”

他听到小铁匠到了水边,连头也不回,小铁匠只能看到他青色的背。

“上来呀!”小铁匠挖起一块泥巴,对准黑孩投过去,泥巴擦着他的头发梢子落到河水里,河面上荡开椭圆形的波纹。又一坨泥巴扔过来，正打着他的背，他往前扑了一下，嘴唇沾到了河水。他转回身，“忽忽隆隆”地躺着水往河边上走。黑孩遍身水珠儿，站在小铁匠面前。水珠儿从皮肤上往下滚动，一串一串的，“嘟噜噜”地响。大裤头子贴在身上，小鸡子像蚕蛹一样硬邦邦地翘着。小铁匠举起那只熊掌一样的大巴掌刚要扇下去，忽然觉得心脏让猫爪子给剐了一下子，黑孩的眼睛直盯着他的脸。

“快去拉火。师傅我淬出的钢钻，不比老家伙差。”他得意地拍拍黑孩的脖颈。

铁匠炉上暂时没有活儿，小铁匠把昨夜剩下的生地瓜放在炉边烤着。黄麻地里的风又轻轻地吹进来了。阳光很正地射进桥洞。小铁匠用铁钳翻动着烤出焦油的地瓜，嘴里得意地哼着：“从北京到南京，没见过裤裆里拉电灯。黑孩，你见过裤裆里拉电灯吗？你干娘裤裆里拉电灯哩……”小铁匠忽然记起似地对黑孩说：“快点，拔两个萝卜去，拔回来赏你两个地瓜。”黑孩的眼睛猛然一亮，小铁匠从他肋条缝里看到他那颗小心儿使劲地跳了两下，正想说什么没及开口，孩子就像家兔一样跑走了。

黑孩爬上河堤时，听到菊子姑娘远远地叫了他一声。他回过头，阳光捂住了他的眼。他下了河堤，一头钻出黄麻地。黄麻是散种的，不成垄也不成行，种子多的地方黄麻秆儿细如手指、铅笔；种子少的地方，麻秆如镰柄、手臂。但全都是一样高矮。他站在大堤上望麻田时，如同望着微波荡漾的湖水。他用双手分拨着粗粗细细的麻秆往前走，麻秆上的硬刺儿扎着他的皮肤，成熟的麻叶纷纷落地。他很快就钻到了和萝卜地平行着的地方，拐了一个直角往西走。接近萝卜地时，他趴在地上，慢慢往外爬。很快他就看到了满地墨绿色的萝卜缨子。萝卜缨子的间隙里，阳光照着一片通红的萝卜头儿。他刚要钻出黄麻地，又悄悄地缩回来。一个老头正在萝卜垄里爬行着，一边爬一边从口袋里往外掏着麦粒，一穴一穴地点种在萝卜垄沟中间。骄傲的秋阳晒着他的背，他穿着一件白布褂儿，脊沟溻湿了，微风扬起灰尘,使汗溻的地方发了黄。黑孩又膝行着退了几米远,趴在地上,双手支起下巴,透过麻秆的间隙,望着那些萝卜。萝卜田里有无数的红眼睛望着他,那些萝卜缨子也在一瞬间变成了乌黑的头发,像飞鸟的尾羽一样耸动不止……

一个红脸膛汉子从地瓜地里大步走过来,站在老头背后,猛不丁地说:"哎,老生,你说昨天夜里遭了贼?"

老头手忙脚乱地爬起来,垂着手回答:"遭了,偷了六个萝卜,缨子留下了,地瓜八墩,蔓子留下了。"

"怕是让修闸的那些狗日的偷去了,加点小心,中饭晚点回去吃。"

"我听着啦,队长。"老头儿说。

黑孩和老头一起,目送着红脸汉子走上大堤。老头坐在萝卜地里,面对着孩子。黑孩又惶乱地往后退出一节,这时,密密麻麻的黄麻把他的视线遮住了。

"黑孩!"

"黑孩!"

姑娘和小石匠站在大堤上,对着黄麻地喊着。他们背对着正晌的太阳,阳光照着散工的人群。

"我看到他钻到黄麻地里,我还以为他去撒尿拉屎了呢!"姑娘说。

"独眼龙难道又欺负他了?"小石匠说。

"黑孩!"

"黑孩!"

姑娘和小石匠的男女声二重喊贴着黄麻梢头像燕子一样滑翔,正在黄麻梢头捕食灰色小蛾的家燕被惊吓得高飞,好一会儿才落下来。小铁匠站在桥洞前边,独眼望着这并膀站着的男女,感到肚子越胀越大。方才姑娘和小石匠来找黑孩,那语气那神态就像找他们的孩子。"等着吧,丫头养的你们!"他恨恨地低语着。

“黑孩！黑孩！”姑娘说，“他怕是钻到黄麻地里睡着了。”

“去看看吗？”小石匠乞求地看着姑娘。

“去吗？去吧。”

两个人拉着手下了堤，钻到黄麻地里。小铁匠尾追着冲上河堤，他看到黄麻叶子像波浪一样翻滚着，黄麻秆子“刷拉拉”地响着，一男一女的声音在喊叫黑孩，声音像从水里传上来的一样……

黑孩趴累了，舒了一口气，翻了一个身，仰面朝天躺起来。他的身下是干燥的沙土，沙上铺着一层薄薄的黄麻落叶。他后脑勺枕着双手，肚子很瘪的凹陷着，一个带着红点的黄叶飘飘地落下来，盖住了他满是煤灰的肚脐。他望着上方，看到一缕粗一缕细的蓝色光线从黄麻叶缝中透下来，黄麻叶片好像成群的金麻雀在飞舞。成群的金麻雀有时又像一簇簇的葫芦蛾，蛾翅上的斑点像小铁匠眼中那个棕色的萝卜花一样愉快地跳动。

“黑孩！”

“黑孩！”

熟悉的声音把他从梦幻中唤醒，他坐起来，用手臂摇了一下身边那棵粗大的黄麻。

“这孩子，睡着了吗？”

“不会的，我们这么大声喊。他肯定是溜回家去了。”

“这小东西……”

“这里真好……”

“是好……”

声音越来越低，像两只鱼儿在水面上吐水泡。黑孩身上像有细小的电流通过，他有点紧张，双膝跪着，扭动着耳朵，调整着视线，目光终于通过了无数障碍，看到了他的朋友被麻秆分割得影影绰绰的身躯。一时间极静了的黄麻地里掠过了一阵小风，风吹动了部分麻叶，麻秆儿全没动。又有几个叶片落下来，黑孩听到了它们振动空气的声音。他很惊异很新鲜地看到一根紫红色头巾轻飘飘地落到黄麻秆上，麻秆上的刺儿挂住了围巾，像挑着一面沉默的旗帜，那件红格儿上衣也落到地上。成片的黄麻像浪潮一样对着他涌过来。他慢慢地站起来，背过身，一直向前走，一种异样的感觉猛烈冲击着他。

五

一连十几天，姑娘和小石匠好像把黑孩忘记了，再也不结伴到桥洞里来看望他。每当中午和晚上，黑孩就听到黄麻地里响起百灵鸟婉转的歌唱声，他的脸上浮起冰冷的微笑，好像他知道这只鸟在叫着什么。小铁匠是比黑孩晚好几天才注意到百灵鸟的叫声的。他躲在桥洞里仔细观察着，终于发现了奥秘：只要百灵鸟叫起来，工地上就看不见小石匠的影子，菊子姑娘就坐立不安，眼睛四下打量，很快就会扔下锤子溜走。姑娘溜走后一会儿，百灵鸟就歇了歌喉。这时，小铁匠的脸色就变得更加难看，脾气变得更加暴躁。他开始喝起酒来。黑孩每天都要走过石桥到村里小卖部给他装一瓶地瓜烧酒。

这天晚上，月光皎皎如水，百灵鸟又叫起来了。黄麻地里的熏风像温柔的爱情扑向工地。小铁匠攥着酒瓶子，把半瓶烧酒一气灌下去，那只眼睛被烧得泪汪汪的。刘太阳副主任这些天回家娶儿媳妇去了，工地上人心涣散，加夜班的石匠们多半躺在桥洞里吸烟，没有钻子要修理，炉火半死不活地跳动着。

“黑孩……去，给老子拔几个萝卜来……”酒精烧着小铁匠的胃，他感到口中要喷火。

黑孩像木棍一样立在风箱边上，看着小铁匠。

“你，等着老子揍你吗？去……”

黑孩走进月光地，绕着月光下无限神秘的黄麻地，穿过花花绿绿的地瓜地，到了晃动着沙漠蜃影的萝卜地。等他提着一个萝卜走回桥洞时，小铁匠已经歪在草铺上呼呼地睡了。黑孩把萝卜放在铁砧子上，手颤抖着拨亮炉火，可再也弄不出那一蓝一黄升腾到空中的火苗，他变换着角度，瞅那个放在铁砧子上的萝卜，萝卜像蒙着一层暗红色的破布，难看极了，孩子沮丧地垂下头。

这天夜里，黑孩没有睡好。他躺在一个桥洞里，翻来覆去地打着滚。刘副主任不在，民工们全都跑回家去睡觉。桥洞里只剩下一层薄薄的麦秸草。月光斜斜地照进桥洞，桥洞里一片清冷光辉，河水声、黄麻声、小铁匠在最西边桥洞里发出的鼾声以及其他一些莫名其妙的声音，一齐钻进了他的耳朵。石头上的麦草闪闪烁烁，直扎着他的眼睛。他把所有的麦秸草都收拢起来，堆成一个小草岭，然后钻进去，风还是能从草缝里钻进来，他使劲蜷缩着，不敢动了。他想让自己睡觉，可总是睡不着。他总是想着那个萝卜，那是个什么样的萝卜呀。金色的，透明。他一会儿好像站在河水中，一会儿又站在萝卜地里，他到处找呀，到处找……

第二天早晨，太阳还没出来，月亮还没完全失去光彩，成群的黑老鸹惊慌失措地叫着从工地上空掠过，滞洪闸上留下了它们脱落的肮脏羽毛。东边的地平线上，立着十几条大树一样的灰云，枝杈上挂满了破烂的布条。黑孩从桥洞里一钻出来就感到浑身发冷，像他前些日子打摆子时寒战上来一样滋味。刘副主任昨天回来了，检查了工地上的情况，他非常生气，大骂了所有的民工。所以今天人们来得都很早，干活也卖力，工地上的锤声像池塘里的蛙鸣连成一片。今天要修的钢钻很多，小铁匠的工作态度也非常认真，活儿干得又麻利又漂亮。来换钢钻的石匠们不断地夸奖他，说他的淬火功夫甚至超过了老铁匠，淬出的钢钻又快又韧，下下都咬石头。

太阳两竿子高的时候，小石匠送来两支钢钻待修。这是两支新钻，每支要值四五块钱。小铁匠瞥瞥神采焕发的小石匠，独眼里射出一道冷光。小石匠没觉察到小铁匠的表情，幸福的眼睛里看到的全是幸福。黑孩儿感到心里害怕：他看出小铁匠要作弄小石匠了。小铁匠把那两支钢钻烧得像银子一样白，草草地在砧子上打出尖儿，然后一下子浸到水里去……

小石匠提着钢钻走了,小铁匠嘴上滑过一个得意的笑容,他对着黑孩眏眏眼,说:"孙子,他妈的也配使老子淬出的钻子?儿子,你说他配吗?"黑孩缩在角落里,使劲打着哆嗦。一会儿,小石匠回到铁匠炉边,他把两支钻子扔到小铁匠跟前,骂道:"独眼龙,你这是淬得什么火?"

"孙子,叫唤什么?"小铁匠说。

"睁开你那只独眼看看!"

"这是你的钻子不好。"

"放屁,你这是成心作弄老子。"

"作弄你又怎么着?爷们看着你就长气!"

"你、你,"小石匠气得脸色煞白,说,"有种你出来!"

"老子怕你不成!"小铁匠撕下腰间扎着的油布,光着背,像只棕熊一样踱过去。

小石匠站在闸前的沙地上,把夹克衫和红运动衣脱下来,只穿一件小背心。他身材高大,面孔像个书生,身体壮得像棵树。小铁匠脚上还扎着那两块防烫的油布,脚掌踩得地上尖利的石片嗷嗷地响,他的臂长腿短,上身的肌肉非常发达。

"文打还是武打?"小铁匠不屑一顾地说。

"随你的便。"小石匠也不屑一顾地说。

"你最好回家让你爹立个字据,打死了别让我赔儿子。"

"你最好回家先钉口棺材。"

骂着阵,两个人靠在了一起。黑孩远远地蹲着,一直没停地打着哆嗦。他看到,小铁匠和小石匠最初的交锋很像开玩笑。小石匠卷着舌头啐了小铁匠一脸唾沫,小铁匠扬起长臂,把拳头捅过去,小石匠一退,这一拳打空了。又啐。又一拳。又退。闪空。但小石匠的第三口唾沫没迸出唇,肩头上就被小铁匠猛捅了一拳,他的身体不由自主地转了一圈。

人们惊叫着围拢上来,高喊着:"别打了,别打了。"但没有人上前拉架。后来，连喊声也没有了，大家都睁大眼，屏住气，看着这两个身段截然不同的小伙子比试力气。菊子姑娘脸色灰白，使劲地抓住她身边一个姑娘的肩头。当他的情人吃了小铁匠的铁拳时，她就低声呻唤着，眼睛像一朵盛开的墨菊。

决斗还难分高低，你打我一拳，我也打你一拳。小石匠个头高，拳头打得漂亮潇洒，但显然有点飘，有点花哨，力量不很足。小铁匠动作稍慢一点，但出拳凶狠扎实，被他懵上一拳，小石匠就要转一个圈。后来，小铁匠头上挨了一拳，有点晕头转向，小石匠趁机上前，雨点般的拳头打得小铁匠的身体嘭嘭地响。小铁匠一猫腰，钻进了小石匠腋下，两只长臂像两条鳗鱼一样缠住了小石匠的腰，小石匠急忙夹住小铁匠的头，两个人前进，后退，后退，又前进，小石匠支持不住，仰面朝天摔在沙地上。

人群里爆发了一阵欢呼。

小铁匠站起来，吐吐口中的血沫子，歪着头，像只斗胜的公鸡。

小石匠爬起来，向着小铁匠扑过去。一白一黑两个身体又扭在一起。这次小石匠把身体伏得很低，保护着自己的下三路不让小铁匠得手，四只胳膊紧紧地纠缠着，有时候，小石匠把小铁匠撩起来，转着圈抡动，但并不能把小铁匠摔出去。小石匠气喘吁吁，满身都是汗水，小铁匠却连一个汗珠都没掉。小石匠体力不支，步伐错乱，眼前出现重影，稍一懈怠，手臂便被拨开，小铁匠抱住他的腰，箍得他出气不匀，他再次仰天倒地。

第三个回合小石匠败得更惨，小铁匠一个癞狗钻裆把他扛起来，摔出去足有两米远。

菊子姑娘哭着扑上去，扶起了小石匠。在菊子姑娘的哭声中，小铁匠脸上的喜色顿时消逝，换上了满面凄凉。他呆呆地站着。小石匠爬起来，拨开菊子的手，抓起一把沙土，对准小铁匠的脸打上去。沙土迷住了小铁匠的独眼，他像野兽一样嗥叫着，使劲搓着眼睛。小石匠趁机扑上去，卡着小铁匠的脖子把他按倒，拳头像擂鼓一样对着小铁匠的脑袋乱打……

这时候，从人们的腿缝里，钻出了一个黑色的影子。这是黑孩。他像只大鸟一样飞到小石匠背后，用他那两只鸡爪一样的黑手抓住小石匠的腮帮子使劲往后扳。小石匠龇着牙，咧着嘴，“噢噢”地叫着，又一次沉重地倒在沙地上。

小铁匠挣扎着坐起来，两只大手摸起地上的碎石片儿，向着四周抛撒。“畜生！狗！”骂声和着石头片儿，像冰雹一样横扫着周围的人群，人们慌乱地躲闪着。菊子姑娘突然惨叫了一声。小铁匠的手像死了一样停住了。他的独眼里的沙土已被泪水冲积到眼角上，露出了瞳孔。他朦胧地看到菊子姑娘的右眼里插着一块白色的石片，好像眼里长出一朵银耳。他怪叫一声，捂着眼睛，躺在地上痛苦地扭动着。

黑孩听到姑娘的惨叫，便松开了自己的手。他的手指把小石匠的腮帮子抓出两排染着煤灰的血印。趁着人们慌乱的时候，他悄悄地跑回桥洞，蹲在最黑暗的角落上，牙齿“得得”地打着战，偷眼望着工地上乱纷纷的人群。

六

第二天，滞洪闸工地上消失了小石匠和菊子姑娘的影子，整个工地笼罩着沉闷压抑的气氛。太阳像抽风般颤抖着，一股股肃杀的秋风把黄麻吹得像大海一样波浪起伏，一群群麻雀惊恐不安地在黄麻梢头噪叫声。风穿过桥洞，扬起尘土，把半边天都染黄了。一直到九点多钟，风才停住，太阳也慢慢恢复正常。

刚娶完儿媳妇回来的刘太阳副主任碰上了这些事，心里窝着一腔火，他站在铁匠炉前，把小铁匠骂得狗血淋头，并扬言要抠出他那只独眼给菊子姑娘补眼。小铁匠一声不吭，黑脸上的刺疙瘩一粒粒憋得通红，他大口喘着气，大口喝着酒。

石匠们不知被什么力量催动着，玩儿命地干活，钢钻子磨秃了一大批，堆在红炉旁等着修理。小铁匠像大虾一样蜷曲在草铺上，咕咕地灌着酒，桥洞里酒气扑鼻。

刘副主任发火了，用脚踹着小铁匠骂："你害怕了？装孙子了？躺着装死就没事了？滚起来修钻子，这样也许能将功补过。"

小铁匠把手中的酒瓶向上抛起来，酒瓶在桥面上砰然撞碎，碎玻璃掺着烧酒落了刘副主任一头。小铁匠跳起来，一路歪斜跑出去，喊着："老子怕什么，老子天都不怕，死都不怕，还怕什么？"他爬上滞洪闸，继续高叫着："我谁都不怕！"他的腿碰到了石栏杆，身子歪歪扭扭，桥下有人喊："小铁匠，当心掉下桥。""掉下桥？"他哈哈大笑起来，笑着攀上石栏杆，一松手，抖抖擞擞地站在石栏杆上。桥下的人都中了魔，入了定，呼吸也不敢用力。

小铁匠双臂奓煞开，一上一下起伏着，像两只羽毛丰满的翅膀。他在窄窄的石栏杆上走起来，身体晃来晃去。他慢走变成快走，快走变成小跑，桥下的人捂住眼睛，又松手露出眼睛。

小铁匠一起一伏晃晃悠悠地在石栏杆上跑着，栏杆下乌蓝的水里映出他变了形的身影。他从西头跑到东头，又从东头跑回来，一边跑一边唱起来："南京到北京，没见过裤裆里拉电灯，格里咙格里格咙，里格垅，里格垅，南京到北京，没见过裤裆里打弹弓……"

几个大胆的石匠跑上闸去，把小铁匠拖了下来。他拼命挣扎着，骂着："别他妈的管我，老子是杂技英豪，那些大妞在电影上走绳子，老子在闸上走栏杆，你们说，谁他妈的厉害……"几个人累得气喘吁吁，总算把他弄回桥洞里。他像块泥巴一样瘫在铺上，嘴里吐着白沫，手撕着喉咙，哭叫着："亲娘哟，难受死了，黑孩，好徒弟，救救师傅吧，去拔个萝卜来……"

人们突然发现，黑孩穿上了一件包住屁股的大褂子，褂子是用崭新的、又厚又重的小帆布缝的。这种布非常结实，五年也穿不破。那条大裤头子在褂子下边露出很短的一截，好像褂子的一个花边。黑孩的脚上穿着一双崭新的回力球鞋,由于鞋子太大,只好紧紧地系住鞋带,球鞋变得像两条丑陋的胖头鲇鱼。

“黑孩,听到了吗?你师傅让你去干什么?”一个老石匠用烟袋杆子戳着黑孩的背说。

黑孩走出桥洞,爬上河堤,钻进黄麻地。黄麻地里已经有了一条依稀可辨的小径,麻秆儿都向两边分开。走着走着,他停住脚。这儿一片黄麻倒地、像有人打过滚。他用手背揉揉眼睛,抽泣了一声,继续向前走。走了一会,他趴下,爬进萝卜地。那个瘦老头不在,他直起腰,走到萝卜地中央,蹲下去,看到萝卜垄里点种的麦子已经钻出紫红的锥芽,他双膝跪地,拔出了一个萝卜,萝卜的细根与土壤分别时发出水泡破裂一样的声响。黑孩认真地听着这声响,一直追着它飞到天上去。天上纤云也无,明媚秀丽的秋阳一无遮拦地把光线投下来。黑孩把手中那个萝卜举起来,对着阳光察看。他希望还能看到那天晚上从铁砧上看到的奇异景象,他希望这个萝卜在阳光照耀下能像那个隐藏在河水中的萝卜一样晶莹剔透,泛出一圈金色的光芒。但是这个萝卜使他失望了。它不剔透也不玲珑,既没有金色光圈,更看不到金色光圈里包孕着的活泼的银色液体。他又拔出一个萝卜,又举出阳光下端详,他又失望了。以后的事情就变得很简单了。他膝行一步,拔两个萝卜,举起来看看,扔掉。又膝行一步,拔,举,看,扔……

看菜园的老头子眼睛像两滴混浊的水,他蹲在白菜地里捉拿钻心虫儿。捉一个用手指捏死,再捉一个还捏死。天近中午了,他站起来,想去叫醒正在看院屋子里睡觉的队长。队长夜里误了觉,白天村里不安宁,难以补觉,看院屋子里只能听到秋虫浅吟,正好睡觉。老头儿一直起腰,就听到脊椎骨“叭哽叭哽”响。他恍然看到阳光下的萝卜地一片通红,好像遍地是火苗子。老头打起眼罩,疾步向前走,一直走到萝卜地里,他才看得那遍地通红的竟是拔出来的还没有完全长成的萝卜。

“作孽啊!”老头子大叫一声。他看到一个孩子正跪在那儿,举着一个大萝卜望太阳。孩子的眼睛是那么大,那么亮,看着就让人难受。但老头子还是不客气地抓住他,扯起来,拖到看园屋子里,叫醒了队长。

“队长,坏了,萝卜,让这个小熊给拔了一半。”

队长睡眼惺忪地跑到萝卜地里看了看,走回来时他满脸杀气。对着黑孩的屁股他狠踢了一脚,黑孩半天才爬起来。队长没等他清醒过来,又给了他一耳巴子。

“小兔崽子,你是哪个村的?”

黑孩迷惘的眼睛里满是泪水。

“谁让你来搞破坏?”

黑孩的眼睛清澈如水。

“你叫什么名字?”

黑孩的眼睛里水光潋滟。

“你爹叫什么名字?”

两行泪水从黑孩眼里流下来。

“他娘的,是个小哑巴。”

黑孩的嘴唇轻轻嚅动着。

“队长,行行好,放了他吧。”瘦老头说。

“放了他?”队长笑着说,“是要放了他。”

队长把黑孩的新褂子、新鞋子、大裤头子全剥下来,团成一堆,扔到墙角上,说:“回家告诉你爹,让他来给你拿衣裳。滚吧!”

黑孩转身走了,起初他还好像害羞似地用手捂住小鸡儿,走了几步就松开了手。老头子看着这个一丝不挂的男孩,抽抽搭搭地哭起来。

黑孩钻进了黄麻地,像一条鱼儿游进了大海。扑簌簌黄麻叶儿抖,明晃晃秋天阳光照。

黑孩——黑孩——

未穿的红嫁衣

(节选:走进“极乐园”)

霍　达

海天一色。喷薄而出的太阳把它的光焰铺满天空,满天的云便被染成了玫瑰色,也映红了天下面那面巨大的幢子。仿佛地球的转动搅动了天上的云、海中的水,不然,云为什么飞个不停?水为什么涌流不止?

和太阳、大海同步,秦屿醒来了。从浓绿的热带雨林中,从褐红的沃土上,从洁白的沙滩旁,倏然集合起浩浩荡荡的大军,白色的鹈鹕、红脚鲣鸟和双翼幅长两三米的军舰鸟,以及粉红色的火烈鸟,成群结队地腾空而起,又为海天铺上一层红白相间的云。密密匝匝,铺天盖地。随心所欲地盘旋,自由自在地翱翔。它们从空中俯瞰着秦屿,它们世代繁衍生息的家园。怀着深深的爱恋,它们不知疲倦地赞叹秦屿惊人的美,“啊,啊,啊……”那声音响遏行云。

极乐园也醒来了,开始了周而复始的新的一天。古堡里的居民们走出自己的巢,伸长脖子望着天空,向那威武雄壮的鸟阵行注目礼,与鸟儿们骄傲的和鸣相呼应,发出自己的赞叹,有的尖厉:“咦——咦——”有的低沉:‘呜——呜——’有的粗放:“噢——噢——”有的狂暴:“啊——啊”……

极乐园的每一天,都是这样辉煌而豪迈地开始。

在秦屿和越州之间那两公里宽的海面上,波涛汹涌。也许因为“不塞不流”的辩证原理吧,愈是被海岛和陆地挤压得很窄的海峡,水流便愈急。而且激流下面遍布暗礁，如果潜到深处去细细观赏，这里的海底一定像棘皮动物的巨大脊背。完全可以设想，在很久很久以前，秦屿和大陆是连在一起的。

海峡中，一艘摩托快艇在浪花中起伏跳跃着，向秦屿方向开去。

快艇上只有一名驾驶员、一名乘客，那乘客是李言。天已经很热，西服在越州的夏天穿不得了；他只穿了一件雪白的衬衣，窄领的新款式，打一条紫红色领带。他保持着旧有的习惯，出门时在乎服装、仪表，连头发都梳理得整整齐齐，脸刮得干干净净。尽管如此，也仍然没有掩饰住他的疲惫和衰弱，脸比过去消瘦了，上下眼睑明显地松弛，像是刚刚生了一场大病。快艇吃水很浅，像体育竞赛的舢板贴在水面飞。但由于风高浪急，颠簸得厉害，时而被推上浪峰，时而又被抛下低谷，因而，要保持船体的平衡，绝对避免翻船落水，成功地到达彼岸，虽仅有两公里的水路，也颇具难度，不仅需要驾驶员的胆识，更需要高超的航海技术。这情形，恰似李言的心态和处境。

他抓牢座位前方的扶手，眯起眼睛望着沧海之中的一片郁郁葱葱。

前面就是秦屿。

“宁下地狱，不上秦屿。”这个鬼地方，许多越州人从生到死都不会来一回，而李言却在短短的时间内两度造访。两个月前的那次鬼使神差、走火入魔的秦屿之行，给他的心灵烙下了永难磨灭的创痕，险后忆险，痛定思痛，不堪回首！

快艇在青苔斑驳的码头边停住了。李言舍舟登岸，爬上那十几级粗粝的麻石台阶。当他再次踏上秦屿，犹如经历了千百年沧桑。

沿着他还记得的那条丛林中的褐红色土路，向纵深走去。

荒藤古树，奇花异卉，山泉石桥，野老村姑……一切都和从前一样，千百年来都是这样。

密林豁然开朗，闪出了那座古堡。城墙依旧，雉堞依旧。斑斑驳驳，凹凹凸凸，土坯石块，青藤苔藓，如天降之陨石，如出土之青铜，如史前恐龙骸骨之化石。倾国倾城稀世之珍宝,疯人院垃圾堆朽木不可雕也,粪土之墙不可饰也,一无所用当摧枯拉朽之废墟。

是李言发现了它的价值,仍将由李言来毁灭它。

市委关于开发秦屿的决议,早已形成文件,登了报,下达各区、县、局,传达到群众——家喻户晓。一期工程很快就要开始,大队人马就要进驻秦屿,海上孤岛已经没有几天宁静,伐木丁丁、采石咚咚、机器隆隆,热火朝天的景象即将出现。“极乐园”当然首当其冲,要推平,铲光,打地基,盖新楼。蒙程功同志不弃,在两个月前论证会上的那场轩然大波之后,仍然任命李言为秦屿工程的总指挥。须知,这项工程的完成,至少要三到五年,到那时,程书记早已不在位了。这一任命富于深意。当时,虽然陈志恒激烈反对,诸位常委也多有保留,程功同志还是力排众议,将此重任交给李言,这意味着什么呢?也许是为了体现“政策”的一种过渡,也许是出于公心、爱才惜才,也许是根本无意把李言一棍子打死,而只想“教训”一下,以便于控制,也许是……为了不留后患而让李言亲手破坏一个旧秦屿建设一个新秦屿,功乎过乎连他自己都说不清楚,也就永无翻案之日?当年月下追韩信的是萧何,后来在未央宫诱杀韩信的也是萧何!

重上秦屿,又见古堡,对未来的探究欲和对历史的负罪感扭结在一起,缚住他那颗心,绞紧了……

历史是有来无回的,不管你昂首阔步还是畏葸踟蹰,都只好走下去。

他按了电铃,叫开了这座历史之门。

接待他的还是夏院长。老先生大夏天还是穿着一身笔挺的西服,打着领带,连西服纽扣都扣得一个不剩。人瘦,不怕热。老先生讲究体面。还有,对市里领导的尊重。还是那样毕恭毕敬,脸上挂着谦和的笑容量以沙哑的嗓音,轻轻地说话。但是,李言感觉得到,老先生已经流露出了掩饰不住的急躁情绪。因为秦屿工程一开,“秦屿精神病院”就不复存在了,卫生局已经做了决定:撤销这所专科医院,分散到市属医院的神经科去。久治不愈的长期病人遣返,我们不承担“养老院”和“收容所”的义务,由病人家属或所在单位自找门路。医院现有人员一律不裁减,转入各医院。为了安定民心,市里决定:秦屿居民中的所有农业户口一次性农转非,迁入越州市区,市房管局优先分配住房。文件传达下去,除了精神病人之外,一片欢欣雀跃。孤岛上的人向往城市生活,这已是大势所趋,现代化一步到位,何乐而不为?精神病人的意见不算数,连宪法都规定精神病人没有选举权和被选举权,当然什么也不必征得他们的同意,何况他们之中有许多根本不是本地人,也管不着越州的事。唯有这位在秦屿住了大半辈子、住上了瘾的老院长不赞成,但他又算老几呢?

“李市长,院址不能徙,不能徙啊!”在院长办公室里,老头儿哀哀求告,寄希望于最后的“苦谏”使市长收回成命,“优美的自然环境对病员是十分有利的。而且,分散到其他医院,医疗就无法统一管理了,‘神经科’和‘精神科’是两回事啊,不可同日而语的!无论如何,院址不能徙!”

一个“徙”字牵动了李言的愁肠,老头儿那诚挚之情也不能不让他心有所动。但他还是控制着自己,不露声色。他也曾以同样的诚挚“苦谏”程功,尚且无效,何况你一个疯人院院长?史学家和精神病专家对秦屿的感情也根本是两回事,李言并不想和他找任何共同语言。木已成舟,一切空话都不必说了。

“执行上级决议吧。”李言只表了这么一个毫无盛情的态,站起身来。他无心喝老头儿为他泡好的秦屿今年第一茬新茶,也无心再听他唠叨。

夏院长懊丧地垂下了眼皮。“市长……还有什么要吩咐吗?”

他以为,李言下面就要说拆迁的事了,怎么装箱、造册,还有车、船的安排,等等。精神病院自从创办以来还是头一次搬家,当然没有任何准备,需要市里支援。

李言怎么可能去管这些鸡毛蒜皮的事?作为秦屿工程的总指

挥,他今天到这里来,其实并无公务,既不是来布置“极乐园”的搬迁,也不是来视察未来的工地,那都是比他低好几个台级的下属的事儿。他仅仅想……想满足自己隐藏在内心深处的感情渴求,来看一看即将夷为平地的古堡,看一看他不能忘怀的人!

他没有理睬夏院长的提问,向办公室外的院子走去。夏院长自然亦步亦趋地跟出来,市长在这里的一切他都得负责,这里暂时还是他的地盘。

院子里的“早课”早已散了,疯子门向天膜拜过鸟群之后,回房“喋”他们的“盔”,然后各自修炼:或滔滔不绝地述说陈年往事,或桀骜不驯地伺机攻击他人,或莫名其妙地哭而笑笑而哭啼笑皆非。

穿过“堡垒”之间曲曲折折的通道,李言像是漫不经心地踱步,其实是凭着记忆寻找那间独特的“病房”。

到了。

李言伸出手,刚要推门,又停住了,回头问夏院长:“他……现在怎么样?”

“市长还记得他啊?他还是老样子。”院长答道,“二十多年来一直如此,病情稳定,没有恶化,也没有好转。”

李言这才放心地推开了门。

病房里,依然是满墙、满地的烂纸,皓首银须的令狐谵先生正襟危坐,面壁独语:

“……韩非有之曰明主之吏宰相必起于州部猛将必发于卒伍夫有功者必赏则爵禄厚而愈劝迁官袭级则官职大而愈治汉武之世女富溢尤宠霍光以辅幼主平生命将尽其嬖幸卫霍贰师之伦宿将爪牙若李广程不识者非摧抑乃废不用秦皇则一任李斯王翦蒙恬而已矣岂无便辟之使燕昵之谒邪抱一司契自胜而不为也孝武壹怒则大臣莫保其性其自太守以下虽直指得擅杀之文帝为贤也淮南之狱案诛长吏不发封者数人迁怒无罪以伤己名世以秦皇为严而不妄诛一吏也由是言之秦皇之于孝武则犹高山之与大湫也其视孝文秦皇犹贤也……”

依然是长句无逗，一以贯之，顿挫抑扬，缠绵不断。

“听不懂，听不懂啊！”夏院长感叹道，“二十多年来就是这样，不知说些什么！”

李言默然无语。其实，令狐先生所说的并不难懂，他在背诵章太炎的《秦政记》。李言所听到的这个段落，一字不错，令狐先生二十年来如一日，毕生如一日，心中念念不忘的是秦史，口中不绝如缕的是秦史，两千年前那个短暂的朝代，却吸引了您倾一生之力去研究，百岁高龄仍坐守着这块遗落世外的“秦土”，是等待人们发现吗？惭愧啊，正是您的学生发现了它，却又要摧毁它！噢，如果您的晚年不落地生根在秦屿，如果李言没有在秦屿见过您甚或不曾有过秦屿之行，那就等于什么也没有发生过，当秦屿的摩天大楼、豪华宾馆、海滨别墅突然像雨后春笋冒出来，昨天、今天的一切就都不存在了，和从来就没存在过又有什么两样？毁灭的秦屿就成了永远也无法破译、无人破译的历史之谜，历史上本来就充满这样那样的“谜”，让它们自生自灭吧，也就省得庸人自扰、自戕、自辱了，岂不更好吗？啊，啊，令狐先生啊！

令狐谵目不斜视，旁若无人，继续他的背诵：“……人主虽圣未无不知也惑于左右随于文辩己之措置方制于人何以为独制自汉唐以下者能既其名顾不能既其实则何也……”

李言转过身来，问夏院长：“医院搬迁之后，他怎么安置？”

“唉，这也不是他一个人的事，‘一刀切’啦！”这位远离世故的老先生倒用了个挺时髦的词儿，“他也不是本郡人，没有办法留下，我和南方大学联系，请他们安置吧！”

“唔。”李言想，也只好如此，又说，“其他的病人，也希望安置得好一些！啊？”

夏院长严肃地答道：“责任所系，我当然要尽力而为。请市长放心！”

其实，李言刚才所说的话是有所指的，但又不好明说。只好问：

“最近,新来的病人多不多?”

“不多,两个月前进了一位女病人。医院要徙,现在不敢再收住新病人了,有些病情轻一些的,还要尽快让他们出院……”

李言无心听出院的事儿,拦住话头追问:“你刚才说的那个新来的女病人,她是哪儿的?”

“本郡的,是一位女教师。”

这正是李言所关注的!

“她的情况怎么样?”他以掩饰不住的急切问道,“什么病?”

“精神分裂症。”

“精神分裂症?!”

李言听得心惊肉跳,如五雷轰顶。这位学富五车的大学者对医学、对精神病学是一窍不通的,“精神分裂”这四个字,在他看来有如原子弹爆炸、蘑菇云升天那么令人恐怖!

夏院长看了他一眼,平静地笑笑。对于他来说,和精神病人打了一辈子交道,“精神分裂”只是家常便饭,没有什么可怕。他并不是、也不敢嘲笑李市长的无知,而是怕吓着了市长,那一丝笑容是要给市长一个安慰,让他不必紧张。

“精神分裂症,英文名叫 Schizophrenia,是一种常见的重性精神病,其发病率在精神病中居首位,占精神病院住院病人的一半以上。这种病具有不断发展、慢性进行的病程,其心理异常的……”

话说得太啰唆了。李言迫不及待地打断了他,问:“这种病的病态表现是什么?”

“主要表现就是精神的‘分裂’,也就是认识过程、情感过程、意志行为和个性等各方面统一性的失调。病人联想散漫,感情淡漠,言行怪异,脱离现实。我国医学早在公元四世纪到七世纪就有这方面的记载,晋代医书《肘后备急方》中所说的‘女人与邪物交道,独言独笑,悲想恍惚’……”

当他说到“女人与邪物交通”的时候,李言的眉头不由自主地皱了一下，而夏院长并没有注意，继续说下去："……隋代医书《诸病源候论》中所说的'其状不同，或言语错乱，或啼哭行走，或癫狂昏乱，或喜怒悲笑，成大怖惧，如来人逐，或时悲泣，或不肯语'，'其状不欲见人，如有对忤……'，都是很典型的精神分裂症的表现。不过，世界上把这类病态表现看成单独的疾病，始于上世纪末叶。一八五七年，法国的精神病学家莫勒尔把那些在青少年期无外界原因而发病并导致精神衰退的病例称为'早发性痴呆'；一八六九年，德国卡的尔邦曾经描述了一种具有特殊精神障碍而伴有全身肌肉紧张的精神病称为'紧张症'；紧接着，在一八七〇年德国的赫寇把发生在青春期而具有荒谬、愚蠢行为的病例称为'青春痴呆'；到了一八九六年，德国的克雷丕林在通过对此类病人的长期观察和研究之后指出：上述这几种病其实都是表现为不同症状的同一种精神病，症状虽有所不同，但最终必然发展成痴呆，由于此病多发生于青年期，仍然称为'早发性痴呆'……"

牵言心里着急，中途打断他，问："你的意见呢？"

"你听我讲呀，"夏院长接着说，你从哪里打断，他还是从哪里接茬儿，这正是学究的固执，"直到一九一一年，瑞士的精神病学家布鲁尔才注意到本病不一定都发生在青春期，也并不都是以痴呆为结局，他根据本病患者通常都有思维感情和行为彼此分裂、不相协调的特点，而改名为'精神分裂症'，这个名称一直沿用至今……"

夏院长平时难得有机会向来访者普及他的专业知识，说起来就是一大套，简直讲了一部精神病研究史。当然，这已经是极其简略的了，如果要细讲，他可以在大学里开一门课，讲上它一年半载也不成问题。

李言一开始听得相当认真，几乎盯着夏院长所说的每一个字，极力从中捕捉他所需要的信息，却越听越不得要领。他不打算研究夏院长津津乐道的课题，而只是关心他萦绕于怀的问题，于是，趁夏院长的讲述告一段落，主动提问："这种病的表现，能不能再讲具体一些?"

"就是认识过程、情感过程、意志行为和个性等各方面统一性的失调嘛! 病人联想散漫,情感淡漠,言行怪异,脱离现实……"

越是要他具体,老头儿的回答却越抽象,又回到开头的那几句话。一碗豆腐,豆腐一碗。

"比方说,你刚才讲到的那位女教师……"李言好似随意举例,从一般到个别,引导老头儿把话说透,"她的病态表现是什么样子?"

一位身居高位的市委副书记、副市长,如此深入实际,关心病人的疾苦,这使老院长很为感动,就道:"精神分裂症心理异常表现如思维障碍、逻辑进程障碍、情感障碍、意志行为障碍和感知受障碍,在她身上都有不同程度的体现,尤其是情感障碍。患者的情感出现不明原因的剧烈变化,有时表现为不可遏制的亢奋、激动、愤怒,躁狂……"

李言吃了一惊:"啊?! 她伤害别人吗?"

"这倒没有。"夏院长说,"她从没有攻击,伤害别人的举动,只是自己对自己发脾气……"

"她……说些什么?"李言又急切地问。

"什么也不说,躁狂性发作之后又转入抑郁,面壁独坐,一言不发。"

"唔!"李言轻轻地舒了一口气,狂跳的心暂时得到一点安定,然而却丝毫也不觉得轻松。

"那么……你知不知道,她发病的原因是什么?"他又试探地问夏院长。

"很难讲啦!"老头儿有些为难地耸耸肩,这个在洋人的培养下成就起来的精神病专家至今在身上残留着某些洋味儿,"从上世纪中叶起,一百多年来各国的精神学家对本病的发病原因和机理进行了多方面的、大量的研究工作,至今尚无确切的结论,还是世界医学中的一大难题。不过,一般说来,遗传因素、精神因素、躯体因素,病理生化机制和病理生理机制都和本病有着密切的关系。巴甫洛夫认为……”

话题从个别又回到一般，扯得漫无边际，而且还是个待解的难题。李言无心纠缠这些连精神病专家都纠缠不清的学术问题，也不想听“巴甫洛夫”是怎么“认为”的了，将老头儿的长篇大论又拦腰切断，单刀直入：“你刚才讲到‘精神因素’，具体指的是什么？”

“就是外界环境的有害因素啦，在临床中常见的许多精神分裂症患者的发病和和遭受精神刺激有密切关系。”

谈话渐渐切题。

“什么样的精神刺激呢？”李言对此紧追不舍。

“多种多样：比如亲人亡故，本人遭受车、船、飞机的突然事故，人生和事业上的突然打击，交往之间的矛盾冲突，都可能造成强烈的精神刺激，引发本病。古人早就讲过嘛，‘女人与邪物交通，独言独笑，悲想恍惚……”

车轱辘话来回说，又回到公元四世纪了。这位满口洋理论的专家也还时时不忘国粹。

李言又蹙紧了眉头。他厌恶“女人与邪物交通”这句话，仿佛谈鬼说怪那么荒诞不经，又仿佛暗有所指，含沙射影。

“你说的‘邪物’指的是什么？”李言几乎是在质问他。

而夏院长却完全没有觉察到李市长对他的理论有什么厌恶之处，而只当是不耻下问，穷根寻源，这是好学风！于是答道：“就是外界环境的有害因素，精神刺激嘛！”

竟又绕了回来，甲即乙，乙即甲，一种概念，两种说法，互相印证而已，理论的狡辩理论的贫乏也正是理论的完备。这当然难以使李言满意。不过，这比点出那位女教师发病原因的什么具体事实，岂不是要好得多吗？看来，这位专家对他的病人的观察和了解也仅止皮毛而已，远未达到窥测人的心灵洞若观火的地步。

李言已经不打算再作这种没有多少实际价值的咨询了，把老头儿扯得漫无边际的话题重新拉回来:“夏院长,你刚才说的那位女教师,我可以去见一见吗?”

“当然可以!市长来视察,所有的病人都去看一看,最好!”老头儿表现出不胜其荣幸。

李言得了什么病呢,要看所有的病人?他所关心的、急于要见的,其实只有一个人。

“市长请!”老头儿带路,引着李言朝另一个方向走去,嘴里述在不停地说,“这位病人,显然是遭受了什么精神刺激,心里想不开。”夏院长又接着说,“她虽然精神错乱,记忆受损,却一直对一件事特别执着……”

李言心里一动,问道:“一件什么事?”

“据我分析……”老学究沉思着,似乎要把他掌握的材料条分缕析,讲给市长听,却又并没说下去,“噢,她就住在前面!”

李言紧紧地跟着他,脚下不禁有些踉跄。

到了,曲径通幽,又是一间病房,夏院长停在门外。

“这也是一间单人病房,”夏院长解释说:“别人很难和她相处……”

“怎么?”李言忙问,“你不是说她并不攻击别人吗?”

“是啊,她从不攻击别人,可是,这女子有洁癖,不愿意和别人住在一起。她有一件心爱之物,总担心别人会抢她的……”

“那是一件什么东西?”李言急切地追问,心怦怦地跳。

夏院长指了指房门:“我们进去看看好了,只要不动她的东西,就没有关系!”说着,伸手去推房门。精神病院的病房的门都没有锁和插销,免得病人从里面反锁,所以,一推就开。

李言忍不住要一步跨进去!但,还是拦住了院长,迟疑地说:“不……不要打扰她了!”

他想强迫自己走开,但脚步又不听从指挥,在门前踟蹰。他看见离房门不远的墙上有一个小小的窗子,便不由自主地靠了过去。

精神病院的窗子是防范性的，装着铁栅。李言急切地把脸贴近铁栅，他看见了那个人——郁琅嬛！

两个月之前，就在李言悄悄地来了又悄悄地离去的第二天，郁琅嬛没有像往常一样去越州一中上班。同事们以为她临时有什么事，也没有在意。但是，第三天、第四天，仍然不见她露面，就去问校长，郁老师出了什么事呀？黄胖子好奇怪，郁老师什么事也没有呀！当即打电话过去。越州一中只有黄胖子有郁琅嬛的电话号码。电话没有人接，好久好久也没有人接。奇怪呀，郁老师难道……难道……人们实在猜不出会出现什么意想不到的事。匆匆赶了去，敲门无人应。大家都心跳不止，是不是她在房里寻了短见啊？为什么？郁老师平时工作很积极，也没有听说她有什么不顺心的事，何至于如此？慌得手忙脚乱，准备拿什么东西把门撬开。

其实，门根本没锁，轻轻一推就开了。人们一拥而进，本来是担心她吊在上面或是倒在血泊里，却不料进门就看见郁琅嬛好好的，正在仔细地用蒸气熨斗熨衣服，一条猩红的羊绒连衣裙！

一场虚惊！

“郁老师呀，你吓死人了，好好地在家里，为什么要捉弄我们？”

“郁老师呀，你怎么好几日不到学校去，也不同我们打个招呼？”

“郁老师呀，咦，我们这么多人来看你，也不请我们饮茶？还熨衣服？以后再熨啦！”

这么多人吵吵嚷嚷，七嘴八舌，郁琅嬛都好像连听也没听见，连看也没看见，仍然低着头，一手扶着熨衣板上的红色连衣裙，一手拿着熨斗，极专注地熨啊熨啊，停也不停。

有人就忍不住伸过手去，摸着那条连衣裙：“哗，什么衣服这么珍贵呀？”

郁琅嬛猛地把人家伸过来的手拨开，惊慌地抬起头来，这才发现了身旁有这么多人，都在莫名其妙地看着她。

“啊!”她突然大叫一声,扔掉了熨斗,双手抓起那条猩红的羊绒连衣裙,紧紧地抱在怀里,连连后退,好像人们要抢她的!

同事们惊呆了!这是怎么回事啊?郁老师的行为太反常了,她……她……她一定是疯了!人们悲哀地得出了结论。唉,可惜了,生得这么靓的一个人,还没有结婚,就得了这种病,完了!可是,她怎么会疯的呢?谁知道!黄校长和同事们所能做的,就是把她送到秦屿来,这里有一座疯人院,专门收治疯子……

现在,李言来到秦屿了,来看她。甚至可以说,他是专程来看她的。

他身上还装着一封信,是李盼从香港寄给郁琅嬛的,却没有直接寄到越州一中,而是寄到市委机关,装在给李言的信封里,请她转交给郁老师。当时李言就吃了一惊:这孩子为什么要这么做呢?难道她……不过,那封信并没有封口,像是有意让李官看过之后再转交的。

郁老师:

当您接到这封信的时候,可能会埋怨它来得太迟。我到香港已经两个多月了,才抽出时间给您写第一封信,不好意思!我在离开越州之前,曾经到学校向校长和老师们辞行,并且很想再见到您一次。可是很遗憾,那天您正好不在,可能去忙别的事情吧?因为我走得太急,就没有到您家里去当面告个别,这里面还有别的原因,使我不敢到您家里去。现在可以告诉您了,就在那天您留我在家的时候,我乘您不在,拿走了一部线装本《金瓶梅》。请您不要把这看成“偷”吧,因为我当时只是好奇,本想看过之后再悄悄地还给您。遗憾的是,这部书我连看都没有来得及看,就被妈妈“缴获”了!其实这本书有什么呀?在香港公开卖,只要有钱就买得到,我家里(就是大姨妈家里)就有,我已经通读了一遍,也没有觉得中了什么毒嘛,香港的电影,比那些更“开放”的还有的是,大陆那么“禁”啊“禁”的,少见多怪!

告诉您,我在香港生活得很快活,大姨妈什么都有,生意有人去管,我们什么事也不用做,只是享受。我和我哥(就是我新交的男朋友)天天出去玩,玩得好开心噢!你们大陆人太不会享受了,一个个都活得好累、好苦,还都自以为在做着神圣的事业,为国家、为民族,至少是在为家庭奔波呀、奉献呀,而从不想到人活一世自己应该得到什么,社会、家庭欠了你什么。爸爸、妈妈,还有您,都为我操了好多的心,要把我也培养成这样的“接班人”。我知道你们是真心为我好,可是,按照你们指出的路,我又能怎么样呢?发财,还是做官?在大陆能发什么大财呢?做官又有什么意思?爸爸已经五十岁了,才做到这么一个小小的地方官,也没有发财嘛。我在家里一直被当成小孩子,讲话也没有人要听,大人都认为我是最不求上进的,将来成不了大器。可是怎么样呢?我倒比你们先成了百万富婆!

郁老师,这封信由爸爸转给您,您感到奇怪吗?告诉您,因为我已经不在你们身边了,所以才敢说:我知道你们的秘密!当我知道了您在爱着爸爸,爸爸也在爱着您,我好高兴噢!我觉得你们两个好合适噢!我还要请你们原谅,妈妈闹事虽然和我有关系,但我不是有意要和你们作对,这完全是意外的!但是我了解妈妈,她这个人其实胆子很小,不敢把事情闹大,闹得满城风雨,对她有什么好处?你们两个都是有学问的人,对付她当然是轻而易举的,只是要想个什么办法,把问题解决得好一些,也不要太伤害了妈妈,她的命也好苦,要让她有个好的归宿。从感情上讲,我是非常讨厌她的,永远也不想再见到她,但又觉得她可怜。如果她答应和爸爸离婚,我可以说服大姨妈,把她接到香港来生活,这样也就成全了爸爸和您了。郁老师,您觉得我的建议怎么样啊?

盼回信,等着你们的好消息。

对不起,我哥又来约我出去玩了,这封信暂写到这里。

祝您幸福!

您的学生李盼

199×年×月×日

现在,这封信就装在李言贴胸的衬衣口袋里。郁老师教了李盼将近三年,作文从来没有给她过高分数,因为她几乎没有一次能耐心地写完。这封信,也可以算是一篇书信体应用文吧?观点荒唐不荒唐,文笔流畅不流畅,且不去管它,至少写得有头有尾,格式正确,而且难得地说了许多实话。她在越州的时候,哪儿说过实话?她敢吗?大人有闲心听吗?现在天各一方了,大人鞭长莫及了,人家愿意和"你们大陆人"谈谈心了,却又太晚了!阿盼毕竟还是太年轻,她把大人之间的事看得太简单了,哪有她那么轻率、随意?这边扔下了一"连"的人,到那边马上又有了"我哥"了!她一走了之,以为家里也雨过天晴、风平浪静,却完全想象不到这里已经是什么局面,她的老师如今是何等处境!李言当然不会在回信中告诉李盼这一切,她既然什么都不知道,就让她永远也不知道吧,何必在她那里留下一个口实呢?要知道,她是根本不可能保住任何秘密的!至于她给郁老师的信……

现在,透过装着铁栅的小小窗口里,李言看到了郁琅嬛。

两个月不见,郁琅嬛已经消瘦、憔悴了许多。恐怕是因为刚刚来到秦屿,还"喋"不惯这里的"盔"。不过,这也不会吃很久了,以后转到市里别的医院去,伙食也就随之改变了,秦屿的痕迹随着时间的推移,会统统消失的。

郁琅嬛的神情却还算安详,似乎看不出被"囚禁"的痛苦之状。头发还像过去那样洗得干干净净,理得一丝不乱,身上还是那样一身素白,没有任何多余的饰物。她从来就不喜欢发卡、发带、耳环、戒指之类，现在连腕子上的手表也摘除了，精神病院不允许病人身上带有任何可以自伤、自杀的东西。

此刻，正是郁琅嬛“面壁独坐，一言不发”的时候。她静静地坐在床上，两眼专注地望着前面。

李言顺着她的目光看去，发现了一片耀眼的红色！

就是那件羊绒连衣裙，一色猩红，纤细的腰身，精巧的袖子，红色瀑布般的下摆，曲线如英文“V”字又如汉文“心”字的领口，镶着连锁循环缠绵不断的边饰，心有千千结！

“这是我的嫁妆……我的嫁妆，所以不要你买！知道吗？在我们家乡，再穷的人家，也要为女儿准备嫁妆！可是我……可是我呢？我只有自己嫁自己了！”

“小郁！人家的婚纱都是白色的，你也一向喜欢一身洁白，为什么却选择这件红色的连衣裙做嫁衣呢？”

“因为它红得像心脏，像血，真挚热烈的爱，生死不渝的爱，应该是这种颜色！”她喃喃地说，“记得王国维的词句吗？‘问世间情为何物？直叫人生死相许！’”

啊，啊，这一切，李言还记得吗？记得，记得清清楚楚，他怎么能忘了呢？一切都好像发生在昨天，可是现在回忆起来却恍若隔世，精神病院窗口上的一道铁栅，把他们分隔在两个世界！

郁琅嬛完全不理会窗外有人在做什么、想什么。她只是专注地凝视着那片猩红，屏息静气，眼睛好久也不眨一眨。

那条连衣裙，猩红依旧，只是换了地方，挂在“疯人院”的病房里。

她一言不发，专注地凝望着那条连衣裙，好似在观察，在研究。是把这条裙子本身作为一个研究课题？是在破译一个难解的谜？是在回味倾注其中的一片痴情？是在咀嚼自己酿成的苦酒？是在审视与此相关的人和事？一件衣服上到底贮存了多少信息，这也就只有她知道了。

李言屏住呼吸，唯恐惊动了她。

“这就是她最关心、最执着的一件事。”夏院长说，“如果谁敢碰一碰那条红裙子，她就拼命地抢夺！”

寂静中突然听到人声，李言吓了一跳，从茫然中被惊醒了。

郁琅嬛却好像什么也没听见，对窗外连看也不看。

小郁，你看一眼啊，看一眼，是我来了！唉，你不屑一顾！也许，在你眼里我只配算个罪人，是吗？可是，你却仍然恋恋不舍这件红嫁衣，是吗？

心灵的悲鸣无声，也无回应。有声又如何？

谁也不知道郁琅嬛的内心世界，而只能猜测。

“她可能是突然遭受了强烈的刺激，引起记忆障碍，把许多事都忘记了，唯独对这件衣服放不下，每天都这样认真地研究。她研究什么呢？”夏院长喃喃地自问自答，“精神病人的举动往往千奇百怪，不可思议。据我分析，这件衣服可能和她的生活经历有很特殊的关系，在她的心灵深处封存着一段不平常的记忆，却又理不清楚……”

李言的心被狠狠地刺了一刀，怦怦地狂跳！“那……‘封存’的记忆，还可能重新打开、重新理清吗？”

“很难说，”夏院长忧心忡忡地望着他的病人，“我将为她做最大的努力。‘心病还要心药医’，也就是心理治疗。这也许要等很久很久，也许——得来全不费工夫，最重要的是找到打开她记忆之门的钥匙！”

“噢？”李言心头一震，手不禁摸着自己贴胸的口袋，那里还装着郁琅嬛门上的钥匙呢，可惜，那已经没有用了，他多么愿意有夏院长说的那样一把钥匙，比金子还要贵重的钥匙，来打开那锁住郁琅嬛心灵的沉重铁锁，唤醒这个沉醉的人！他有好多好多的话要对她说，他们还应该拥有美好的未来！啊，醒来吧，小郁！

“夏院长，你刚才说什么？得来全不费工夫？”

“嗯，市长看过一部外国电影吗？片名我已经记不得了。说的是，一名在战争中丧失记忆的人，后来在类似的外部条件刺激下，又突然恢复了记忆。我想,这女子心里一定有什么秘密,如果能找到和她很接近、很熟悉的人,耐心地帮助她回忆往事,说不定在某个关口,那扇门,就突然打开了!”夏院长很激动,甚至伸手抓住李市长的手腕,仿佛已经找到解决问题的途径!

“啊?!”李言又被他吓了一跳!当然,夏院长只是设想,并没有对他做任何暗示和影射的意思。但是,李言却不能不随着他的设想而浮想联翩:这老头儿所做的努力一旦实现,李言面对神志清醒的郁琅嬛,该说些什么呢?她对他,又将会怎么样?她对他的了解太多、太深,他对她的负疚也太多、太深!相约十年后……那恐怕只是梦想了。谁知道在未来的十年之中,还会发生什么事情?

想到这些,李副市长突然觉得这炎炎夏日很冷很冷……

他终于强制着自己,没有对窗口里的郁琅嬛发出他积郁于心、喷薄于口的呼唤。有夏院长站在旁边,他什么话也不能说。可是,即使没有夏院长在,他又能说什么呢?

他也没有拿出李盼的那封信。那封信,他根本不可能转交给郁琅嬛。

李言瑟缩地转过了身,离开了那装有铁栅的窗口。突然之间,他想起了几个人:降胡之后的李陵去看望流放的苏武,对同窗好友落井下石的李斯到狱中去安抚韩非,负罪的涅赫留道夫去保释他欠下了一笔风流冤债的喀秋莎……不,不!我李言跟这些人有什么关系?书读得太多了,负载太重了!

他走了,走出了这座“极乐园”。尽管心怀忐忑,尽管疑虑重重,尽管若有所失,他还是要走下去,漫漫人生路从来是有去无回。

“极乐园”寂静无声。

装着铁栅的小小窗口里,郁琅嬛专心致志地继续她的研究,默默地读着那一片猩红。

窗外,海阔天空。

归　来

王祥夫

怎么说呢,今年的杏花开过后,忽然又下了一场雪,雪下得很大,但化得也很快,才半天,地上的雪就全没了,村里村外,是到处一片泥泞,又起了雾,远远近近一片模糊,走近了,要喊,才会知道对方是个谁。人们这几天都很忙,忙着种葱的事。吴婆婆家的人是该回来的都从外边匆匆忙忙赶回来了,吴婆婆再也下不了地了,谁让地那么滑,吴婆婆滑了一跤就去了。这种事情,家里人即使离得再远也是要往回赶的。在乡下,娶媳妇和死人是最大的事,还有什么事能比这个大?吴婆婆的小儿子,也终于带着他在外边娶的四川媳妇赶回来了,都已经三年了,婆婆的小儿子总说是等过年的时候一定会来把媳妇带给婆婆看,但他总是忙,孩子不觉已经一岁了,两岁了,现在都已经三岁了,婆婆忽然一下子就不在了。现在好了,婆婆的小儿子三小带着媳妇和已经三岁了的孩子从外边赶回来了。他一回来,先是去了村南那个家,路上都是泥,很滑,他是跌跌撞撞,他的媳妇因为抱着孩子,就更加跌跌撞撞。村南那个家没人,三小和他媳妇抱着孩子又去了村西那个老屋,老屋顶上堆的那几垛草都黑了,像是一顶烂帽壳子,一见老屋,三小的眼泪一下子就下来了。三小的媳妇从来都没见三小这样过,在外边再难再苦也没见过他这样过。她连声说:“三小,三小,三小。”三小是连走带跑,几步就抢进了院子,那口棺材已经彩画过了,上边是既有荷花也有牡丹,就停在院子正当中的棚子下,棺材前边的供桌上也是花花绿绿，一盘子馒头，一盘子梨，还有一盘香烟，婆婆抽烟吗？婆婆哪会抽烟。但客人来了是要抽的，点支烟，上支香，磕个头，就算是和吴婆婆道别了，是永远的道别。三小从外边进来了，一只胳膊朝前伸着，往前抢着跑，像是要够什么东西，但那东西他是永远也够不着了，他跪下，往棺材那边爬。屋里忙事的人猛地听到有人从外边闯了进来喊了一声“妈——”，接着就是“呜——”的一声，是三小？屋里的人马上都白花花地跑了出来，可不是三小。还有，那是个谁？能不是三小的四川媳妇？三小的四川媳妇，瘦瘦的，而且黑，抱着儿子，跟在三小后边，人们便都明白她是谁了。“三小，三小。”有人在喊三小，是三小的大嫂，这几年老了也胖了。她这时把早已经给三小准备好的孝服孝帽拿了出来，三小和三小媳妇还有三小的儿子马上穿了起来。穿好孝服，三个人又都齐齐跪下，地下铺的是草秸，院里又马上腾起一片哭声。三小的儿子呢，也就是婆婆最小的孙子，却不哭，也不跪，东望望，西望望，把一个手指含在嘴里。这时婆婆的大儿子出现了，把小弟从地上拉起来。怎么说呢，这么一拉，三小就又大哭了起来，顿着脚。棺材刚刚油漆过，还有些黏手。三小的大哥又拉三小，要三小进屋，却忍不住“呀”了一声。三小回转身来，用另一只手紧紧攀住了他哥。三小的大哥脸色一下子就变了，“啊呀三小？”停停，声音颤得更加厉害，“你这条胳膊呢？啊，这条胳膊呢？啊，三小？”

因为有雾，天很快就黑了下来。灯在雾里一点一点黄了起来，有人从外边进来了，又有人从外边进来了。有人从屋里出去了，又有人从屋里出去了。有人又来商量唱戏的事，但这事早就定下来了，这人喝过茶，便客客气气告辞了。最忙的是厨房那边，几个临时过来帮忙的亲戚和邻居都在那里洗的洗刷的刷。厨房和紧贴厨房那间屋的地上都是大盆子小盆子，有的盆子里是潲水，有的盆子里是要洗的菜。乡下人过日子，是这一天和那一天一样；是这一个月和那个月也一样；是这一年和任何哪一年也没什么两样。但是现在不一样了，吴婆婆没了,像吴婆婆这样的老婆婆,只有在她没了的时候人们才会想到她曾经的存在,想到她平时怎么说话,想到她上次还拿出几个干桂圆给人们吃,说是三小从外边捎回来的。吴婆婆的侄子也来了,这几年是更加的少言寡语,人长得虽很俊,但就是没什么话,因为长年做木匠活,手粗不说,背也有些驼,不是驼,是总朝前弯着那么一点。他是上午来的,来送祭馍,现在不时兴送馍了,送来的是十二个很大的面包,面包红彤彤的,已经摆在了那里,还有五碗菜,都是素菜,这地方的讲究,人一死,就只能吃素了。吴婆婆的侄子来了,代表娘家人,礼数到了,这也是最后一送。这个侄子是吴婆婆一手拉扯大的,他放下送来的馍就蹲到棺材后边去了,点了一支烟,没人能看到他的脸上都是泪。按规矩他要在姑姑这里住到姑姑出殡,但他心里还惦着明天往地里送葱苗的事。他蹲在那里抽烟,他看到了院墙下边的那头羊,是准备"领牲"用的,被人用绳子绊了腿,此刻正在那里吃地上的草秸,不是吃草秸,是嘴头子一动一动在找散落在草秸里的豆子。吴婆婆的侄子这时想的倒是他的父亲,死了许多年了,在地里打烟叶,一下子就倒下了,直到吴婆婆去世,人们都不敢把这消息告诉吴婆婆。这下好了,吴婆婆的侄子在心里说,就让姑姑和父亲在地下相见吧,说不定,他们此刻已经见了面,正拉着手,说着多年不见互相想念的话。吴婆婆的侄子要哭出声了,鼻子酸,但他怕自己哭出声,他用拇指和食指一下一下抹眼角的泪。这时有人在喊:"连成,连成。"他应了一声,眼泪就更多了,他把一只手捂在脸上。在心里,埋怨自己,上次来送红薯,怎么就没和姑姑多待一会儿,多说一会儿话?为什么自己总是忙?他朝棺材那边看了一眼,这时有人一迈一迈,过来了,"咯吱咯吱",踩着地上的草秸,这地方的规矩,孝子到了晚上都要睡在棺材四周的草秸上。

"连成,就等你了。"是大小,三小的大哥。

三小的二哥呢,是个哑子。"呀呀呀,呀呀呀",他只会"呀呀呀"。所以背后人们都叫他鸭子。

“鸭子哪去了?”有时候家里人也这么说。

“鸭子鸭子!”有时候吴婆婆也会这么叫,但鸭子听不到,小时候生病发烧把耳朵给烧坏了。

堂屋里的晚饭已经摆上了,热菜热饭腾起的汽团团的都在灯泡周围,因为办事,屋里特意换了大灯泡,白刺刺的悬在头上。无论出什么事,人们总是要吃饭。因为三小,这顿饭特意多加了一个肉菜,照例是炖肉。乡下办事,自家的三顿,不过是豆腐粉条白菜,如果来了客人,或再加一点点肉,肉都是早就炖好的,无论做什么菜,舀一勺子搅到菜里就是。连成比三小大一岁,小时候一起玩大。他们都坐下来,挨着,这样的晚饭,多说也不是,笑也不是,哭也不是,但因为有酒,人们的话才慢慢多起来。端碗拿筷子前,先是三小站起来,把放在自己面前的那碗炖肉用一只手端起来放在大小的跟前,紧接着是大小亦站起来,把那碗肉又端起来往弟弟三小这边放过去,这便是乡下的礼。然后一家人才开始动筷子吃饭。虽是一家人,也是先连喝三杯,然后是三小敬大哥大嫂,然后是大哥大嫂再敬过三小。三小是用一只手拿起瓶子倒酒,然后放下酒瓶再用这只手端起酒杯敬酒,一只手来一只手去,让人看着很难过,三小把能喝酒的家人一一敬过,也敬过哑子二小,然后坐下吃菜。哑子二小只盯着三小看,忽然“呀呀呀”地叫起来,被大小用手势打住。但哑子二小还是用手指着自己的胳膊“呀呀呀”地喊,一桌的人都明白,哑子是在说三小的胳膊,大小又把他喊住,用手势告诉他别喊,“吃饭!”连成也是喝了酒,忽然,在旁边,抬起手,摸了一下三小的空袖筒:“三小,三小,三小。”想说什么,却又不说话了。“你那一份妈还给你留着呢。”三小的大哥忙又在一旁说,是接着刚才的话说,吴婆婆自己养的猪,去年杀了,给儿子闺女每人一份。三小的那份吴婆婆都用盐和八角揉好吊在那里,现在还挂在灶头上,红彤彤的。三小的大哥说完这话就不知再说什么,筷子在盘里挟了一下,却什么也没挟,收回来,却又去端酒杯。一家人,忽然团团坐在一起,有说不完的话,但忽然,又会找不出一句话要说。

三小只是话少,人们都小心翼翼着三小胳膊的事,一条胳膊,怎么会忽然就不见了?发生了什么事?三小受了多大的苦?怎么回事?谁都想知道,但谁都不敢问。忽然又说起种葱的事,今年春天的大葱贵得不得了。村里许多人家都准备多种些,但又怕到了秋天没人下来收。“这几天城里五块钱也只买三根大葱。”三小的大哥又有话了,他拿烟来比葱,“葱比烟都贵!”三小的大嫂把话接过来,说:“这几天村里人都去我娘家那边接小葱去了。”三小的大嫂是山东那边的人,“种葱其实是个苦事,要不停地拢,不停地拢,拢到后来地里的葱要比人还高,不这样哪有好葱白?”三小的大嫂接着说,说到后来不用再拢的时候还可以在葱垄里再种一茬小白菜,到时候,葱和小白菜一起出地头,因为有葱,小白菜又会不长虫子。这话,其实人人都知道,三小的大嫂这是没话找话。

“去,看看香完了没有?”三小的大哥对三小大嫂说。

三小已经站起身,一迈腿,跨过凳子,抢先出去。

人们都略静一静,外边草秸“咯吱咯吱”响。

三小的大哥忽然放低了声音,趁三小出去,他想问问三小胳膊的事。

“三小怎么这么大的事也不告诉家里?”

三小的媳妇忽然低了头,用指甲抠桌上的饭粒,饭粒抠了放嘴里。“温州人。”三小媳妇说那个厂是温州人开的,做胶鞋的,刚刚开起,他也没多少钱,三小出事只给了八千块钱。三小媳妇又停停,说:“三小他咋能回来?咋也不能回来。”三小媳妇的声音很低,厨房里的人都过来围拢了听,三小媳妇又不说了。停片刻,又说:“三小他咋能回来,钱也没了,胳膊也没了,什么都没了。”又说:“那温州小张人其实挺好,他也没办法,他也没钱。”三小的媳妇忽然笑了一下,笑得很苦,嚼了一口菜,把菜再喂到到孩子嘴里,说三小现在还在那厂里,给人家看门,还养了一只羊,是奶羊,给孩子挤奶吃。又说,还在房后开了一小片地,种菜,给自己吃,现在,有菜吃了。三小媳妇不再说话,旁边的人，不知谁轻轻“唉”了一声，白刺刺的灯下，一张张脸都很白很紧。三小的大哥把自己筷子伸过去，有些抖，他搛菜，搛准了，筷子没收回来，却送到三小媳妇的碗里。三小大嫂也跟着搛菜了，搛一块肉，也没收回来，也送在三小媳妇的碗里，又搛一筷子，想想，放在三小的碗里，然后放下筷子出去了，“三小，三小，进来吃饭。”三小大嫂的声音从外边传了进来，声音只是颤，只隔片刻，三小大嫂的声音忽然变成了哭声。这时候哭，没人会有什么意见，但人们知道她此刻在哭什么，她进这屋的时候，三小才三岁。有时候下地，她后边背着三小，前边抱着自己的儿子，也就是三小的侄子。三小的侄子也大了，长得英挺漂亮，去年秋天刚刚办过事，媳妇肚子里已经有了。因为怀孕，又属蛇，所以她不能过来，三小的侄子现在在厨下，这几天饭菜全靠他，他学厨子已经有一年多了。师傅说他那么高的个子学厨子是活受罪，整天哈着个腰，上灶的活儿个儿不能太高。“活在这个世上就没有不受罪的。”三小的这个侄子说。三小的侄子从小和三小一起玩大，三年不见，见了却没话，叫一声“小叔”，把一盒留着总舍不得抽的好烟递过来。

外边，三小的大嫂住了哭，对三小说：“进屋吧，香还得一阵子。”她要三小进家，自己却忽然又哭起来。想说什么，却再也说不出来，在她心里，三小简直就和自己儿子一样。三小虽叫三小，但要是吴婆婆生在三小前边的那几个孩子没死，三小应该是七小或八小。三小的大哥比三小整整大出十六岁。

哑子二小，这时候从屋里“呀呀呀”地出来了，他过来，一手把住三小的那只空袖筒，急切地叫起来。从记事起，三小就没见哑子二小哭过，急了就是叫，再急了就是一头一脸的汗。哑子二小现在是一头一脸的汗，“呀呀呀呀、呀呀呀呀！”

吴婆婆七十二了，生日是端午节那天，现在呢，却是清明还没到，端午节还远，但按阳历算，说七十二也对。七十二在村里是个好岁数，算得上是喜丧。所以要唱戏，现在村里的日子也好了，死人的排场也就是活人的排场。坟地那边该做的已经都做了,好在政府现在管的不是那么严了。地里,油菜花已经开得黄黄的一片,下过那一场雪,油菜花像是开得更满了,春天的花开得满秋天的菜子就结得好。出殡的日子也都看好了。“二宅”原先定的日子是要在家里停十四天。村长王宝地不高兴了,取出一支烟递给“二宅”,“你怎么连这都不明白了? 谁现在不是地里家里一大堆事!”“二宅”是本村的,明白村长王宝地的意思,便再看,这回看好了,吴婆婆在家里停七天即可,第八天出殡,“二宅”说“八”就是“发”。

“吴婆婆出殡占个八字,后人一定好发。”

“妈的!”村长王宝地说,“你这张嘴,对不对吧,你这样说也好听!”

王宝地这几天有事没事总要过来一下,村长王宝地是大小的同学,现在村里办什么事都要他说话。三小的大哥大小对村长说:“领牲你来吧。”村长王宝地马上说:“天光日月星,我算哪一颗?”王宝地的意思是,主持“领牲”这种事还是要村里岁数最大的来做,“也不走样。”村长说现在做什么事别说做好做赖,不走样就是好。这地方的乡俗,出殡的前一天要“领牲”,领过牲,那头羊宰割了,白事也就到了高潮,也就要结束了,是个交代。

“那就麻烦王伯。”大小说。

王伯是村长王宝地的父亲,事情就这样定下。虽然王宝地的父亲不是村里辈分最大的,也说得过去。村长说:“我父亲在村里辈分不低,也不是为你那一份头蹄。”大小说:“咱弟兄一场你说什么?”大小和王宝地说话的时候,那只羊还在那里吃,它是不停地吃,只要地上有,它就吃。羊和猪,来到这世上,像是只知道吃,把自己吃肥,吃得浑身都是肉,像是在那里说,来啊,来啊,来把我杀了吃我的肉。王宝地忽然笑了一下,对大小说:“世事难得公平,挨这一刀的都是公货,还不知道配过没配过?”大小低声说:“瞎说,哪头公羊不是早早给阉过,还不都是不公不母。”大小说话的时候,那只羊歪了头朝这边看，猛然打了个嚏喷，又打了一个，声音很响。王宝地憋住，看定了大小，这不是笑的时候。大小却笑了一下，也看着那只羊，它又开始吃，找地上的豆子。大小在心里想，这两天两夜，吃了那么多豆子也不知能长几两肉？

“唉，三小。”村长王宝地说，“要不是办这事，谁能知道三小胳膊的事？”

“三小可怜，都不知他现在拉过屎怎么系裤子。”大小说。

“四川媳妇不赖，就是黑。”村长王宝地说。

三小的媳妇这时候正在厨房帮着择菜，三小的大嫂抱着三小的儿子在叠元宝，叠好，再“浮浮浮浮”吹鼓。

“黑了我让我爸过来。”村长王宝地站起来，往外走，说什么事都是高了就要低，都这么种葱不对头，到秋天出不去还不抓瞎？王宝地这么说，但他也没办法，“到秋天麻烦更多。”院门口的香椿树上，那只鸟还在跳来跳去，可能是想做窝了。香椿芽已经顶出来了，笔头大，紫红娇艳，再过一夜，那香椿芽就会变成两笔头，到长到三笔头，人们就会把它们摘下来。春天里的万物是一天一个样一夜一个样。

“这场雪下的好。”村长王宝地说。

“没这场雪我妈也去不了。”大小说。

“都是命，怨不得雪。”村长王宝地说雪是好东西，又说刘国跨媳妇要生了，这一胎是小子。

天黑后，王伯打着手电过来了，按规矩，先坐下吃过饭，也不喝酒，然后厨房那边收拾了，便开始领牲。

吴婆婆的子女和该来的亲戚也都准备好了。大小去让儿子把院门关了，那只羊也给牵了进来，吴婆婆的晚辈子女都在堂屋地上跪下，白花花的一地。羊现在没的什么可吃了，站在白刺刺的灯下，猛然又打了个嚏喷，脖子上的那两个垂下来的肉铃铛这时候看去可真像是铃铛了。水壶和酒碗都拿过来放在了王伯身边，王伯坐下来，面对着羊，羊眼睛又大又亮，仔细看呢，却又让人想笑，羊的眼睛仁儿却是一条竖着的缝。王伯他要和羊说话,这时候和羊说话并不是和羊在说话,而是在和吴婆婆说话。所以一屋子的人心都收紧了,都只觉得吴婆婆已经站在那里了,白刺刺的灯下,一屋子的人都看着羊。王伯做这事也不是一次,知道该从什么地方说起,知道该怎么做。羊却是从来都没见过这种场面,一下子给拉到屋子里,羊的脾性就是稳重,要是猪,便会不安,便会"吱吱"乱叫,便会乱拱,而它是羊,就站在那里,看着满屋子白花花跪在那里的人,头顶上的灯从上边照下来。羊的两只眼睛里,那两条竖着的缝,真是有那么点好笑。但没人笑。王伯开始问了。问之前,吴婆婆的亲人对着这只羊把头磕过,人人都明白,此刻,这羊便是吴婆婆。

"坟地呢?"王伯对羊说,"你也看过了,你满意不?"

王伯这一问,人们就都看羊的反映,羊没动,没人把王伯的话翻译成羊们的话,羊当然不懂。

"材呢,厚也够画得也好。"王伯又说,"牡丹西番莲,好着呢。"

羊站在那里不动。吴婆婆的家人都定定地看着羊。

"家里的事你就放心,戏也请下了,人们都来看了,都说好呢。"王伯说,"请的都是名角儿。"

羊这回动了,动了动后蹄子,像是要往后退,却朝前迈了一下。

"知道你爱看戏。"王伯说,"你是咱这村里最会看戏的人。"

羊又动了一下,这回是把头掉到了一边,正对着三小。

"你是在看三小呢?"王伯说,"三小远天远地地赶回来了,三小的媳妇也赶回来了,你是个福气人,你小孙子你也看到了,你高兴不?"王伯看定了羊,羊却又不动了。

"你娘家人也都来了,你也看到了,他们也都好,你就放心吧。"

羊呢,却又把头掉过去了,又朝着三小那边,三小嘴张大了,头往后仰,却又忍住,把嘴紧紧抿了。

"你又看三小呢?三小可好呢,好着呢,钱也能挣下,日子也过得好,你就放心,三小媳妇也好。"

羊呢，忽然朝前走了一步，正对着三小。就差喊出“三小”这两个字来。

三小忽然又张大了嘴，这一下怕是三小要忍不住了，三小把脸伏在了地下。

“你想三小了吧，知道你想他呢，他是你最小的儿子你能不想？三小都好，你也看到了。”王伯继续说。

羊却又不动了，正对着伏在地上的三小。

“唉，”王伯唉了一声，“你就放心吧。”

羊这时猛然把头一甩打了个嚏喷，这个嚏喷一打，羊身子就跟上抖了一抖。

“好好好，你满意就好。”王伯说。

这时的三小，已经哭出了声。

王伯说：“你看看三小，三小也想你呢。”

三小的四川媳妇也是泪流满面。

“你看看三小媳妇，多好的媳妇，你满意了吧？”王伯说。

这时候，羊却开始了走动，好像是又要找吃的东西了，地上跪的都是人，它也没多大可以走动的地方，它又走到三小的身边，又站住了。这就让人们又重新紧张起来，它开始在三小的身上闻，屋子里的人开始流泪。三小大嫂哭出了声。二小“呀呀”了两声，领牲的事，他不明白，别人也很难用手势告诉他。

“放心吧你就。”王伯说，“你放心吧你就。”王伯停停，又把刚才的话重复了一遍，“三小在外边好着呢？钱也能挣，身体也好，他媳妇也好，你孙子也好，房也买下了，电视冰箱都有，啥都不缺。到了秋里，三小还要在外边买房呢，你就放心吧。”王伯想想，又说，“你也都看到了，电冰箱，电视机，小汽车，样样都给你准备下了，你要什么也都有什么，你就放心吧。”王伯转转身子，把身边的水碗端起来，端平了，平到了羊头的上边，一屋子的人，此时声息全无，都定定地看着王伯手里的水碗，水从碗里浇了下来，羊惊了一下，猛然摇起头来。

“好啦,好啦,你满意高兴放心就好。”王伯说。

水浇到了羊的头上,羊把身子猛地抖过,领牲也就算完了。羊被牵了出去,屋子里的人才纷纷从地上起来,才开始小声说话,像是才一起又回到这个世界。“这种事准得很。”王伯对屋里人说,既然那羊已经被从屋里牵了出去,既然吴婆已经随着羊离开了,王伯说刚才你们也看到了,吴婆最不放心的就是三小,这回好了,她知道三小回来了。你看它看三小的样子?王伯说这种事准得很,刚才领牲,看那羊走得那几步,走一圈儿,把你们都看到,最舍不得的就是你们。

大小陪着王伯说话,把茶又换了一回,说趁王伯在,让好梅她们妯娌把我妈的箱底收拾了。

大小的媳妇叫好梅,按这地方的规矩,妯娌齐了,要看看箱里留下没留下值钱东西,当着老者,当着全家,把东西都收拾过,谁也没有闲话。

吴婆婆的那屋里,一进屋靠左手是两个黄漆漆的衣箱,衣箱很老了,都裂了,糊着纸条。衣箱上放着梳妆用的镜子,是吴婆婆当年的陪嫁;梳妆镜旁边是一个毛主席的瓷像,瓷像裂了,用纸又糊好,擦来擦去,瓷是白的纸是黑的,是黑白分明;瓷像旁边又是一个佛像,是什么佛呢,谁也说不清,吴婆婆嫌烧香供佛浪费钱也从不供他;靠近门北边的地上是一架缝纫机,蝴蝶牌的,早就不能用了,蒙着一块花布,上边是一个盆子,盆子里是豆子,缝纫机虽早就不能用了,但吴婆婆一直把它放在那里。正对着门的那地方呢,是个黄油漆的立柜,是大小他们的舅舅也就是连成的父亲的手艺。是乡下木匠的手艺,样子虽笨却厚气,厚墩墩的,柜上的镜子早就什么也看不清了,但还是擦拭得干干净净,立柜上是两个柳条笸箩。靠着立柜,便是吴婆婆的那张床,床靠着窗子,原来这地方是没床的,是一条炕,炕什么时候拆的呢?是大小娶媳时候拆的,那时候时兴床,大小就非要把炕拆了睡床,那床亦是大小他们舅舅的手艺,两个人睡在床上,一点点声响都不会有。吴婆婆本来不喜欢床,但既是弟弟做的,大小他们后来盖了新房搬走，吴婆婆便又睡了这张床。大小的儿子有一阵子和奶奶睡这张床，大小的儿子睡床头，电灯绳扯过来拴在床头上，他那时看《瓦岗寨》《说岳全传》入迷，一看就看到半夜，婆婆会说：“再不睡，小心把脑子看坏了。”有时候看书看得睡着了，又要吴婆婆去把灯关掉，吴婆婆又会把被子给孙子从上到下掖一遍，被子小人大，吴婆婆会在孙子的脚下再加张旧褥子。孙子蒙蒙眬眬中不要，两只脚，蹬蹬蹬，蹬蹬蹬。吴婆婆说：“小时你脚这么小，我一把握得住，你现在大了。”大小的儿子，也就是吴婆婆的孙子，闭着眼，人却已醒了，这话让他的眼睛一热。

人去了，屋里便静了，一世界都像是静了。大小的媳妇领着二小和三小的媳妇把吴婆婆的屋子收拾了一遍，把箱子开了。箱子里塞得满满的，旧衣服，盒纸子，一本书，书里挟着照片。再一个盒子，盒子里是衣服扣子或是一纸片暗扣。一个包，又一个包，小孩子的衣服，大小穿过二小再穿，三小又穿的旧衣服，吴婆婆的媳妇们不知道吴婆婆留着这些旧衣服做什么。再有，旧鞋子，大小他们父亲的旧鞋子，家做的，穿旧的，而又洗干净的，压在箱子底。另一个箱子里有许多个纸包，打开包，一阵霉气冲起来，是种子，烟叶的种子，还有别的什么的种子，这个豆种，那个豆种，不知什么时候放在箱里，有了虫了，连包种子的纸包都给虫子咬了洞，再一个盒子，里边都是线，红线绿线黑线蓝线，一轴一轴，一团一团，还有针，插在线团上，这些东西吴婆婆多年不用了。还有那个顶针，还有那个铜把子锥子，都在这里了。再翻，居然还有鞋样子，纸的，鞋面和鞋底子，夹在一本书里，不是一个，是许多鞋样子，有大小的，也有二小的，还有三小的，当然，谁也分不清了，只有吴婆婆自己能分清。大小的媳妇眼红了，想哭一声，却突然叫了起来，一个包，被翻了出来，用吴婆婆的旧头巾包着，那头巾是烟色的，大小的媳妇还记着当年吴婆婆包着这个头巾的样子，这个头巾包被打开了，妯娌三个同时都“呀”了一声，包里是钱。妯娌三个，一时眼睛都是亮的。三小的大嫂是有主意的，她们待在里边不动,请王伯马上进来,还有大小二小三小,要他们都进来。因为收拾吴婆婆的箱底,屋里的灯也换过了,白刺刺的,角角落落都亮。

王伯和吴婆婆的儿子们都进到里屋来,其他人不许进来。

“王伯来数。”大小说,声音有些抖。

王伯亦有些激动,屏着声气,把钱在白刺刺的灯下数过。

屋里的人就更激动,你看我,我看你,谁也想不到,吴婆婆省吃俭用,会攒下一万五千八百块的钱在这里。大小的媳妇先哭出来。想起吴婆婆常年就饭的那碟子盐豆,吴婆婆只说是吃斋,是从不吃肉,但儿子孙子们的碗里剩饭,即使是荤菜,吴婆婆也会打扫得干干净净。她原是吃荤的,为了生活,吴婆婆原是入过一个乡里的民间教门,这个教门只教人吃素,当年日子过得艰苦的人,差不多都入了这个教,只为了不吃荤,吃菜毕竟省钱。现在日子好了,信这个教门的人也就少了。吴婆婆信这个教,吴婆婆的弟弟也就是三小他们的舅舅也信这个教,他们吃饭,最好的菜也就是菜里加个豆腐,或鸡蛋。这个教门在乡下就叫“不吃肉教”。白刺刺的灯下,算王伯也在里边,心里都难受。乡下的人都明白,吴婆婆这些钱都是从嘴里抠出来的。

三小的大嫂先哭了出来。

“看你。”大小说。

三小的大嫂便止了哭。

三小的大哥大小说:“趁王伯在给咱们做个主,这钱咋办?”

这便是吴婆婆最后这场事的最后一件事,外边的戏还在唱着,但声音一下子像是变远了,远在了天边。

办完吴婆婆的事,院子门口那株香椿树上的叶子都张开了,因为今年没人去摘它,那只鸟的窝也有样子了。三小说什么都要走,也终于带着他的四川媳妇和儿子走了,三小和媳妇惦着那边的羊和菜地。家里人虽不愿三小走,但心里也好受了一些。吴婆婆留下的那些钱,大小一家同意,二小一家也同意,全都给了三小。三小走了,坐了天天来一趟的那个永远是灰土土的中巴,泥里雾里,一点一点开远了。

直到吴婆婆过了七七，这天中午，哑子二小突然在家里“呀呀呀呀、呀呀呀呀”叫了起来，连带着他那个哑子媳妇也在叫。隔壁大小以为发生了什么事，急忙忙地过来。哑子二小手里拿着那个包儿，是吴婆婆的那个头巾包，大小记起了那天晚上三小说的那句话：“可怜我二哥是个哑子，老来老去比我都可怜。”

大小没说什么，打着手势要哑子二小把钱赶快放起来，放在谁也看不到的地方。

“放好放好！”大小打着手势，“放在谁也看不到的地方。”

然后，大小去打香椿了，香椿芽虽然长开了，城里人还是喜欢吃。三小的大嫂是个厚道人，什么也没说，把大小打下来的香椿，一小捆一小捆扎好。他们合计好了，明天要进趟城，再买些菜子。

《文学照亮人生——中国现当代优秀文学作品选》

总 目 录

小说卷(上)

铁木前传　孙犁
我的两家房东　康濯
暴风骤雨(节选:分马)　周立波
城南旧事(节选:我们看海去)　林海音
山楂村的歌声　刘绍棠
铁道游击队(节选:王强夜谈敌情)　知侠
工地之夜　杜鹏程
党费　王愿坚
我的第一个上级　马烽
韩梅梅　马烽
风雪之夜　王汶石
黎明的河边　峻青
老水牛爷爷　峻青
三月雪　萧平
玉姑山下的故事　萧平
红旗谱(节选:朱老巩大闹柳树林)　梁斌
林海雪原(节选:杨子荣献礼)　曲波
红豆　宗璞
青春万岁(节选:迎接新年)　王蒙
悠悠寸草心　王蒙
青春之歌(节选:在狱中)　杨沫
百合花　茹志鹃
创业史(节选:梁生宝买稻种)　柳青

小说卷(下)

诗歌散文卷

诗　歌

散　文

报告文学回忆录卷

报告文学

回忆录

因入选作品的部分著作权人未能取得联系，敬请有关著作权人尽快联系我社。